김우창 金禹昌

1936년 전라남도 함평 출생. 서울대학교 문리과대학 정치학과에 입학해 영문학과로 전과했다. 미국 오하이오 웨슬리언대학교를 거쳐 코넬대학교에서 영문학 석사 학위를, 하버드대학교에서 미국 문명사 박사 학위를 취득했다. 서울대학교 영문학과 전임강사, 고려대학교 영문학과 교수와 이화여자대학교 학술원 석좌교수를 지냈으며《세계의 문학》편집위원,《비평》발행인이었다. 현재 고려대학교 명예교수, 대한민국예술원 회원으로 있다.

저서로『궁핍한 시대의 시인』(1977),『지상의 척도』(1981),『심미적 이성의 탐구』(1992),『풍경과 마음』(2002),『자유와 인간적인 삶』(2007),『정의와 정의의 조건』(2008),『깊은 마음의 생태학』(2014) 등이 있으며, 역서『가을에 부처』(1976),『미메시스』(공역, 1987),『나, 후안 데 파레하』(2008) 등과 대담집『세 개의 동그라미』(2008) 등이 있다. 서울문화예술평론상, 팔봉비평문학상, 대산문학상, 금호학술상, 고려대학술상, 한국백상출판문화상 저작상, 인촌상, 경암학술상을 수상했고, 2003년 녹조근정훈장을 받았다.

보편 이념과
나날의 삶

보편 이념과
나날의 삶

현대 문학과
사회에 관한
에세이

1964~1986

김우창 전집

6

민음사

그러나 우리의 일은
무엇인가 보편적이고 인간적인 것,
길거리의 법석 속에서 수시로 연습된 것,
사람에게는 먹는 일과 숨 쉬는 일처럼 익숙한 것.

— 베르톨트 브레히트, 「일상성의 극장에 대하여」

…… doch, was wir machen
Ist etwas Allgemeines und Menschliches, stündlich
Im Gewimmel der Straße Geübtes, beinahe
So Beliebtes wie Essen und Atmen dem Menschen.

—Bertolt Brecht, "Über alltägliches Theater"

수신(修身)은 가장 고귀한 인간적 품성에서 시작했고, 그 발전과 함양은 한없는 유용성을 가진 것으로 보인다. 그리고 ── 광신이나 미신으로 끝났다.

— 임마누엘 칸트, 「결론」, 『실천이성 비판』

Die Moral fing mit der edelsten Eigenschaft in der menschlichen Natur an,
deren Entwicklung und Kultur auf unendlichen Nutzen hinaussieht, und
endigte ── mit der Schwärmerei, oder dem Aberglauben.

—Immanuel Kant, "Beschluss", *Kritik der praktischen Vernunft*

간행의 말

1960년대부터 글을 발표하기 시작한 김우창은 문학 평론가이자 영문학자로 글쓰기를 시작하여 2015년 현재까지 50년에 걸쳐 활동해 온 한국의 인문학자이다. 서양 문학과 서구 이론에 대한 광범위한 천착을 한국 문학에 대한 깊은 관심과 현실 진단으로 연결시킨 김우창의 평론은 한국 현대 문학사의 고전으로 읽히고 있다. 우리 사회의 대표적 지성으로서 세계의 석학들과 소통해 온 그의 이력은 개인의 실존적 체험을 사상하지 않은 채, 개인과 사회 정치적 현실을 매개할 지평을 찾아 나간 곤핍한 역정이었다. 전통의 원형은 역사의 파란 속에 흩어지고, 사회는 크고 작은 이념 논쟁으로 흔들리며, 개인은 정보 과잉 속에서 자신을 잃고 부유하는 오늘날, 전체적 비전을 잃지 않으면서 오늘의 구체로부터 삶의 더 넓고 깊은 가능성을 모색하는 김우창의 학문은 우리가 믿고 의지할 수 있는 소중한 자산의 하나가 아닌가 한다. 그리하여 간행 위원들은 그 모든 고민이 담긴 글을 잠정적이나마 하나의 완결된 형태로 묶어 선보여야 할 필요성을 절감했다. 이것이 바로 이번 김우창 전집이 기획된 이유이다.

김우창의 원고는 그 분량에 있어 실로 방대하고, 그 주제에 있어 가히 전면적(全面的)이다. 글의 전체 분량은 새로 선보이는 전집 19권을 기준으로 약 원고지 5만 5000매에 이른다. 새 전집의 각 권은 평균 700~800쪽가량인데, 300쪽 내외로 책을 내는 요즘 기준으로 보면 실제로는 40권에 달한다고 봐야 할 것이다. 이 막대한 분량은 그 자체로 일제 시대와 해방 전후, 6·25 전쟁과 군부 독재기 그리고 세계화 시대에 이르기까지 한국 현대사를 따라온 흔적이다. 김우창의 저작은, 그의 책 제목을 빗대어 말하면, '정치와 삶의 세계'를 성찰하고 '정의와 정의의 조건'을 탐색하면서 '이성적 사회를 향하여' 나아가고자 애쓰는 가운데 '자유와 인간적인 삶'을 갈구해 온 어떤 정신의 행로를 보여 준다. 그것은 '궁핍한 시대'에 한 인간이 '기이한 생각의 바다'를 항해하면서 '보편 이념과 나날의 삶'이 조화되는 '지상의 척도'를 모색한 자취로 요약해도 좋을 것이다.

2014년 1월에 민음사와 전집을 내기로 결정한 후 5월부터 실무진이 구성되어 본격적인 활동을 시작했다. 방대한 원고에 대한 책임 있는 편집 작업은 일관된 원칙 아래 서너 분야, 곧 자료 조사와 기록 그리고 입력, 원문 대조와 교정 교열, 재검토와 확인 등으로 세분화되었고, 각 분야의 성과는 편집 회의에서 끊임없이 확인, 보충을 거쳐 재통합되었다.

편집 회의는 대개 2주마다 한 번씩 열렸고, 2015년 12월 현재까지 35차례 진행되었다. 이 회의에는 김우창 선생을 비롯하여 문광훈 간행 위원, 류한형 간사, 민음사 박향우 차장, 신새벽 사원이 거의 빠짐없이 참석했고, 박향우 차장이 지난 10월 퇴사한 뒤로 신동해 부장이 같이했다. 이 회의에서는 그간의 작업에서 진척된 내용과 보충되어야 할 사항에 대해 서로 의견을 교환했고, 다음 회의까지 무엇을 해야 할지를 결정했다. 일관된 원칙과 유기적인 협업 아래 진행된 편집 회의는 매번 많은 물음과 제안을 낳았고, 이것들은 그때그때 상호 확인 속에서 계속 보완되었다. 그것은 개별 사안에 대한 고도의 집중과 전체 지형에 대한 포괄적 조감 그리고 짜임새 있는 편성력을 요구하는 일이었다. 이렇게 19권의 전체 목록은 점차 뚜렷한 윤곽을 잡아 갔다.

자료의 수집과 입력 그리고 원문 대조는 류한형 간사를 중심으로 서울대학교 국어국문학과 대학원의 천춘화 박사, 김경은, 허선애, 허윤, 노민혜, 김은하 선생이 해 주셨다. 최근 자료는 스캔했지만, 세로쓰기로 된 1970년대 이전 자료는 직접 타자해야 했다. 원문 대조가 끝난 원고의 1차 교정은 조판 후 민음사 편집부의 박향우 차장과 신새벽 사원이 맡았다. 문광훈 위원은 1차로 교정된 이 원고를 그동안 단행본으로 묶이지 않은 글과 함께 모두 검토했다. 단어나 문장의 뜻이 불분명한 경우에는 하나도 남김 없이 김우창 선생의 확인을 받고 고쳤다. 이 원고는 다시 편집부로 전해져 박향우 차장의 책임 아래 신새벽 사원과 파주 편집팀의 남선영 차장, 이남숙 과장, 김남희 과장, 박상미 대리, 김정미 대리가 교정 교열을 보았다.

최선을 다했으나 여러 미비가 있을 것이다. 독자 여러분들의 관심과 질정을 기대한다.

2015년 12월
김우창 전집 간행 위원회

일러두기

편집상의 큰 원칙은 아래와 같다.

1 민음사판『김우창 전집』은 1964년부터 2014년까지 한국어로 발표된 김우창의 모든 글을 모은 것이다. 외국어 원고는 제외하였다.

2 이미 출간된 단행본인 경우에는 원래의 형태를 존중하였다. 그에 따라 기존『김우창 전집』(전 5권, 민음사)이 이번 전집의 1~5권을 이룬다. 그 외의 단행본은 분량과 주제를 고려하여 서로 관련되는 것끼리 묶었다.(12~16권)

3 단행본으로 나온 적이 없는 새로운 원고는 6~11권, 17~19권으로 묶었다.

4 각 권은 모두 발표 연도를 기준으로 배열하였고, 이렇게 배열한 한 권의 분량 안에서 다시 주제별로 묶었다. 훗날 수정, 보충한 글은 마지막 고친 연도에 작성된 것으로 간주하여 실었다. 한 가지 예외는 10권 5장 '추억 몇 가지'인데, 자전적인 글을 따로 묶은 것이다.

5 각 권은 대부분 시, 소설에 대한 비평 등 문학에 대한 논의 이외에 사회, 정치 분석과 철학, 인문 과학론 그리고 문화론을 포함한다.(6~7권, 10~11권) 주제적으로 아주 다른 글들, 예를 들어 도시론과 건축론 그리고 미학은『도시, 주거, 예술』(8권)에 따로 모았고, 미술론은『사물의 상상력』(9권)으로 묶었다. 여기에는 대담/인터뷰(18~19권)도 포함된다.

6 기존의 원고는 발표된 상태 그대로 싣는 것을 원칙으로 삼아 탈오자나 인명, 지명이 오래된 표기일 때만 고쳤다. 단어나 문장의 의미가 불분명한 경우에는 저자의 확인을 받은 후 수정하였다. 단락 구분이 잘못되어 있거나 문장이 너무 긴 경우에는 가독성을 위해 행 조절을 했다.

7 각주는 원문의 저자 주이다. 출전에 관해 설명을 덧붙인 경우에는 '편집자 주'로 표시하였다.

8 맞춤법과 외래어 표기는 국립국어원 규정에 따르되, 띄어쓰기는 민음사 자체 규정을 따랐다. 한자어는 처음 1회 병기하는 것을 원칙으로 하고, 문맥상 필요하다고 판단되는 경우 여러 번 병기하였다.

본문에서 쓰인 기호는 다음과 같다.

책명, 전집, 단행본, 총서(문고) 이름:『 』

개별 작품, 논문, 기사:「 」

신문, 잡지:《 》

간행의 말   7

1부 시와 지성 — 영미 문학론

관습시론(慣習詩論) — 그 구조와 배경   17

존재의 인식과 감수성의 존중   62

전통과 방법   96

시에 있어서의 지성   122

현대에 있어서의 개인 — 솔 벨로의 세계   152

월리스 스티븐스 — 시적 변용과 정치적 변화   184

월리스 스티븐스의 시적 배경   196

키츠의 시 세계   204

『황무지』   211

공동체에서 개인에로 — 19세기 미국 시에 대한 한 관견(管見)   218

엘리자베스 비숍의 시 — 사물에서 사건으로   277

사물의 미학과 구체적 보편의 공동체   301

수평적 초월 — 미국적 경험 양식에 대한 한 고찰   326

2부 문학예술과 사회의식

1장 단평 모음

비사실적 소설   363

작가의 자기 훈련과 사회의식   368

신동집 씨의 「근업시초(近業詩抄)」   373

100주기를 맞는 보들레르의 시   378

시민으로서의 시   383

외국 이론 수용의 반성   387

언어와 현실 ─ 인간적인 것   392

문물, 세태, 사상 ─ 송욱의 『문물의 타작』 서평   395

문학의 발달을 위한 몇 가지 생각   400

2장 평론

거역의 기쁨과 외로움   409

제3세계 소설의 가능성   419

자연 소재와 독특한 정서　**424**

새벽 두 시의 고요 ── 신석진 씨의 시에 부쳐서　**429**

가난과 행복의 권리 ── 하일의 시　**442**

대중문화 속의 예술 교육　**462**

미국의 시적 심상 ── 김수영을 중심으로　**476**

농촌 문제의 시적 탐색 ── 정동주의 시에 부쳐서　**502**

3부 시대와 보편적 문화

1장 시대와 마음

시와 정치 현실 ── 5·16 이후의 한국 문화　**525**

정치와 일상생활　**534**

예술과 사회　**557**

문학 현실주의의 조건　**564**

삶의 형상적 통일과 사회 역사적 변화　**570**

리얼리즘과 리얼리즘 이후　576

생명이 있어야 할 자리　598

2장 교육과 문화

새로운 교과서 체제를 위한 제언　611

시험은 불가피하지만 편의상 고안에 불과한 것일 뿐　619

오늘의 대학 입시제 어디에 문제점이 있나?　623

앎과 깨우침　627

도구화하는 영어 교육　637

문학　640

대학 교육과 연구 —— 진리의 존재 방식에 대하여　645

'정치 제일' 속에 증발된 문화　654

출전　670

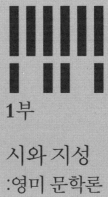

1부

시와 지성
:영미 문학론

관습시론 慣習詩論

그 구조와 배경

1

시는 그 본질과 기능에 있어서 ─ 그것이 무엇이든지 간에 ─ 어떠한 시대에나 자기 동일적인 것으로 생각될 수 있다. 그러나 이러한 표면상의 동일성을 좀 더 가까이 살펴보면, 시 또한 역사의 변천과 더불어 다른 여러 가지 양상을 띠며, 이러한 다른 양상들은 결국 다른 본질을 말하여 주는 것이 아닌가 하고도 생각된다. 그리고 어떤 시기에 일어나는 시의 변모는 따로 떨어져 일어나고 있는 독립적인 현상이 아니고 시에 대한 근본 전제와는 물론, 그 시기의 전반적인 형이상학적인 분위기와 밀접한 상관관계 속에 일어나는 것 같다. 서구 시에 있어서, (또는 한국 시에 있어서도) 시의 역사적 변모 과정 중 가장 극단적인 대조를 보여 주는 시의 두 개의 유형은 관습시(慣習詩)와 현실시(現實詩)라고 부를 수 있는 것이다. 이 두 가지 유형의 시는 그 외부 형태와 내부 구조에 있어서 많은 차이점을 가지고 있으며 또한 이들 두 가지 시가 입각하여 있는 근본 전제와 이 전제를 싸고 있는 형이상학적 분위기 또한 판이하다. 본고가 의도하는 것은 관습시와 현실시의 구조상의 차이를 밝히고 나아가서 이러한 구조를 나타나게 하는 여러 가지 지적(知的) 상황의 요소에 대해 언급하고자 하는 것이다.

예술론자들은, 우리가 관습의 테두리 안에서 상식적으로 생활할 때, 우리가 보는 것은 사상(事象)의 진상이 아니고 생활의 필요에 따라서 추상한 표면뿐이라고 말한다. 다시 말하여 편의의 추상이 이루어 놓은 관습 속에 사는 우리는 "어떠한 사상 그 자체를 보지 아니하고 거기 붙어 있는 표제만을 볼 뿐이다."[1] 이에 대하여 예술가는 진상을 보는 사람이라 할 수 있다. 그는 관습과 추상적 개념의 껍질을 뚫고 구체적이고 유니크한 직접 경험을 포착해 낼 수 있는 사람이다. 따라서 "예술 창조의 과정은 발견과 유리(遊離)의 과정이다. 내적 생명의 흐름과 흐름 위에 떠 있는 결정체들이라는 잘 알려진 비유를 써서 말하면 위대한 창조적 예술가나 진리의 혁신가는 결정체들이 널려 있는 표면을 꿰뚫고 하부의 흐름 속으로 잠수함으로써, 하저(河底)에서 새로운 형상을 끌어내어 그것을 지속적인 것으로 고정하고자 한다."[2]

이러한 예술론에서 예술은 (그것이 어떤 형태의 진리이든지) 진리에 관여하며, 이 진리는 대개 개념적으로 표현하기 어려운 직접 경험의 형상적 파악으로서 생각된다. 개괄적으로 말한다면 19세기 이후의 예술을 뒷받침하고 있는 예술론에서 주장되는 명제의 하나는 바로 이러한 것이다. 우리는 의식적으로 또는 무의식적으로 예술 작품이 어떠한 사상에 관한 진상을 새롭게 밝혀 주기를 기대하는데, 이것은 전기(前記)한 예술론에 그 근거를 가지고 있는 것이다. 다시 말하여 예술 작품의 현실에 대한 조응도(照應度)

---

1 Henri Bergson, *Laughter*, in *Comedy*, ed. by Wylie Sypher(New York, 1956), p. 159.

2 T. E. Hulme, *Speculations*(London, 1936), p. 149.

는 작품 평가의 한 기준이 되어 있는 것이 오늘날의 실정이다. 그리고 독자의 입장에서, 감수성은 작품의 진실을 검증할 유일한 인식 주관이 되며, 이것은 예술 작품의 감상에 가장 중요한 조건이 된다.

제1차적으로 작품의 진리성과 독자의 감수성은 오로지 근대 예술의 조건이라 하겠으나, 흔히 이러한 조건은 하나의 보편적인 비평 태도로 발전되어 모든 시대의 작품이 이러한 조건하에서 접근·평가되어야 하는 것처럼 생각되는 일이 많다. 필자는 본고에서 이러한 근대 내지 현대적 비평 태도로서 접근해서는 아니 될 시를 논할 것이다.

2

위에 요약한 현대 예술론이 설정하는 조건을 마음에 두고 다음 시구절에 나오는 비유를 분석 비교하여 보자.[3]

> Upon this promise did he raise his chin
> Like a dive-dapper peering through a wave,
> Who, being look'd on, ducks as quickly in;
> So offers he to give what she did crave;
>> But when her lips were ready for his pay,
>> He winks, and turns his lips another way.[4]

---

3 Cf. Hallett Smith, "Ovidian Poetry", *Elizabethan Poetry*(Cambridge, Mass., 1960).

4 Shakespeare, *Venus and Adonis*, 11, 85~90.

Thus near the bed she blushing stood upright,

And from her countenance behold ye might

A kind of twilight break, which through the hair,

As from an orient cloud, glimpse here and there;

And round about the chamber this false morn

Brought forth the day before the day was born.[5]

　첫 번째의 구절은 사랑을 강요당하는 소년을 묘사한 것인데, 여기서 물새의 비유는 매우 적절하다. 그것은 우리에게 그러한 소년의 시각적·심리적 윤곽을 정확히 제시하여 준다. 독자가 받는 사실적(寫實的) 인상은 이 비유로 인하여 보다 분명해진다. 시인의 입장에서 볼 때, 말하자면, 시인은 주어진 상황을 응시함으로써 거기에 새로운 국면을 발견하고 그다음에 이 국면을 보다 효과적으로 드러내 줄 수 있는 구상(具象)을 찾은 셈이다. 환언하면, 메타포는 본질적으로 주어진 상황 속에 내재하였던 것으로 생각되고, 시인은 지금까지 희미하던 덩어리에 좀 더 강렬한 광선을 투사하여 내재하는 메타포의 모습을 드러나게 했다 할 수 있다. 여기서 메타포는 상황의 분석에서 거의 자연적으로 적출된 것이니까, 메타포의 구조는 분석적이라 부를 수 있고, 그 기능에 있어서는 현실의 진상의 발견이 제1차적이라고 하겠다.

　둘째 번의 시구를 보자. 물새의 비유와는 다르게, 황혼의 비유는 독자에게 좀 더 분명해진 현실의 내용을 제시해 주지 않을 뿐만 아니라, 오히려 사실적 일루전(illusion)을 파괴해 버리고 있는 듯하다. 여기서 시인은 메타포를 현실 발굴의 수단으로 사용하고 있는 것이 아니라, 매우 박약한 구실에 의지하여 시구의 장식에 사용하고 있을 뿐인 것이다. 여기서 메타포는

5　Marlowe, *Hero and Leander*, 2nd Sestiad, 11, 318~322.

내용의 분석에서 발견되지 아니하고 주어진 상황에 외부적으로 추가되었다고 하겠다. 요약건대, 메타포를 구성하는 두 가지[枝]는 어느 한 상황 속으로부터 끌어내지는 것이 아니고 현실의 내용과는 직접적인 관계를 갖지 않는 종합의 요소가 된다. 따라서 이때 메타포는 종합적 구조를 가지며 그 기능은 제1차적으로 장식적인 것이다.

위의 두 메타포를 비교함에 있어서는 무조건적으로, 물새의 비유를 성공한 비유라고 하고 황혼의 비유를 실패한 비유라고 할 수 있을까? 우리가 만약 앞의 비유만을 적절한 것이라고 판단한다면, 우리는 은연중에 시는 어떤 형태로든지 현실의 해명에 관여하며 시적 과정은 발견과 유리의 과정이라는 예술론을 근본 전제로서 받아들이고 있는 것이다. 그러나 이러한 전제는 바뀌지 않고 어느 시기, 어느 경우나 해당할 수 있는 것은 아니다. 이 근본 전제와 시대적인 콘텍스트가 바뀔 때 위 두 비유에 대한 우리의 판단은 전혀 반대의 것이 될 수도 있는 것이다. 모든 시에 있어서 메타포의 구조는 반드시 분석적임을 요하는 것이 아닌 것이다.

종합적 구조의 황혼의 이미지가 타당할 수 있는 것은 관습시의 콘텍스트 안에서이다. 관습시에서 박진감이나 현실성은 별로 문제가 되지 아니한다. 앞에 인용한 둘째 번의 시구는 크리스토퍼 말로의 『히로와 리앤더』에서 온 것인데, 이 시는 그리고 이 시의 세부 구성은 '신화시(神話詩)'의 관습적 여건에 맞추어 쓰였고 또 이러한 여건에 따라 읽혀져야 한다. '신화시'에 있어서 이미저리의 구조는 현실의 구조가 아니라, 전통과 관습이 요구하고 있는바 회화적 또는 수사적 장식을 창조하고자 하는 시적 의도에 의하여 규제되는 것이었다. 그리고 관습은 이러한 표면적 장식을 위한 비유가 될 수 있는 대로 고전 신화에서 직접 온 것이거나 아니면 적어도 신화의 형태를 취한 것이기를 요구하였다. '신화시'에서 리얼리즘이 무관계한 것은 그 이미저리에서만이 아니었다. 가령, 인물 구성에 있어서도 우리가 흔히 생각하는바 사실적(寫實的) 성격을 가진 인물은 하등 중요한 것이 아니었다. 말로의 시에 있어서 주인공 히로와 리앤더는 당초부터 입체적 성격 부조(浮彫)라든가 심리의 심부 탐구(深部探求) 등으로 나타낼 수 있는 예술 의도와는 먼 관념하에 창조된 인물들이다. 이들 인물들은 전체적 신화의 패턴에 표면적으로 관계될 뿐인 것이다. "그러니까 어떤 의미에서 히로와 리앤더는 '인물'이란 말로 지칭될 수 없다. 그들은 전체 신화 구성에 있어서 초점의 역할을 할 뿐이다. 말로가 의도하고 있는 것은 직접적으로 감지할 수 있는 미를 창조하는 것인데, 그 아름다움의 신비는 독자가 일찍이 느낀 일이 있는 막연한 감정이나 짐작은 했으나 구체적으로 파악할 수 없었던 어떤 경험에 비추어 볼 것이 아니라 관습으로 인정된 바의 신화물의 표준에 비추어 보아져야 할 것이다."[6] 이러한 '신화시'에서, 메타포의 의미도 당연히 "직접적으로 감지할 수 있는 미", 즉 회화미(繪畵美)나 수사미(修辭美)의 창조에 있는 것이다. 이렇게 하여 말로의 비유는 신화적 분위기를 환기해 주는 장식적 아름다움을 창조하는 데 성공하였으므로 적절한 비유로 받아들여질 수 있게 된다.

위에서 처음에 인용한 물새의 비유는 『비너스와 아도니스』에서 온다. 이 셰익스피어의 시는 현실시와 관습시 어느 테두리 안에서 읽히고 평가되어야 할 것인가? 앞에서 우리는 현실시의 기준을 적용하여 인용된 시구를 판단하였으나, 우리는 오히려 작품의 소재와 전반적인 예술 의도에 있어서 이 시도 '신화시'의 전통 안에 서 있다고 보아야 한다. 그러나 이미 우리가 본 바와 같이, 이 시는 많은 현실시적인 요소를 가지고 있다. 따라서 만약 우리가 작품 효과의 통일성을 강조하는 순수주의의 입장을 택한다고 하면, 『비너스와 아도니스』는 분열된 예술 의도를 노정하고 있는 작품이

---

6 Hallet Smith, op. cit., p. 82.

므로, 만족할 만한 작품이 못된다고 말해질 수밖에 없다. 한 비평가에 의하면, "셰익스피어가 온실과 호외(戶外), 장식적 스타일과 직접적인 관찰을 종합시킴으로써, 오비드 풍의 시를 쓰고자 한 것이 아니라 새로운 형식의 작품을 쓰려고 한 것인지는 알 수 없는 노릇이나, 그가 이러한 기도에 실패한 것은 틀림이 없다고 할 수 있다."[7]

극을 제외한 모든 엘리자베스 조(朝)의 시에서 『히로와 리앤더』, 『비너스와 아도니스』는 가장 우수한 작품으로 손꼽히고 빈번히 비교 평가의 대상이 된다. 그리고 위에서 본 바와 같이, (다른 요인도 있지만) 평가의 결과는 비평의 근본 전제에 의해서 크게 좌우된다. 이때에 중요한 것은 적절한 비평의 콘텍스트를 정하는 것인데, 대개 현대의 우리가 주의해야 할 것은 모든 시가 다 현실시는 아니라는 것이다. 개괄적으로 말하여 낭만주의 이전의 작품은 관습시의 테두리에서 읽혀야 하는 것이 보통이다.

서구 문학에서의 두 다른 유형의 시는 한국 문학에서도 발견된다. 한국 시에 있어 신문학 이후의 시와 그 이전의 시조는 바로 현실시와 관습시로 구분이 되는 것 같다. 서구 문학의 경우에서와 마찬가지로, 여기에서도 일원적인 비평 태도는 반성을 요하는 태도인 것이다. 비평가나 전문가가 하여야 할 일의 하나는 우리가 무의식적으로 받아들이고 있는 전제를 검토하고, 서로 다른 전제하에 쓰인 작품들에 적용할 비평 기준을 가려내는 일이다. 시조와 현대시가 그 전제부터 달리하고 있는 것이라면, 그리고 시조가 관습시의 일종이라고 볼 수 있는 것이라면, 이러한 시조가 배경으로 가지고 있는 관습 또는 제(諸) 관습의 내용을 밝혀내는 것은 중요한 작업의 하나가 될 것이다.

---

7 W. B. C. Watkins, "Shakespeare's Bonquet of Sense", *Southern Review*, VII(1942), p. 710. Hallet Smith, op. cit., p. 84에서 인용.

3

위에서 서구 시를 낭만주의 이전과 이후로 구분하여 생각하여야 한다는 것을 시사하였다. 19세기 초에 있어서의 낭만주의의 대두를 여러 가지 면으로 설명 또는 고찰할 수 있으나, 낭만주의와 더불어 일어난 가장 중요한 변화의 하나는 시론상의 변혁이다. 한마디로 시적 과정이 확실하게 발견과 유리의 과정으로 생각된 것은 이때부터이다. 콜리지의 유명한 예술 형식 유기체론은 이러한 변혁된 시론을 잘 표현하고 있다.

> 내용으로부터 필연적으로 자라는 것이 아닌, 미리 준비된 형식을, 진흙에 모형을 찍듯이, 내용에 내리누를 때, 그러한 형식을 기계적이라 할 것이다. 이에 반하여 유기적 형식은 내재적이어서 안으로부터 서서히 발전하여 나온다. 그것이 완성된 외부 형식으로 나타나는 것은 내적 성숙과 일치한다. 이것은 살아 있는 유기체의 경우와 같은 것이다.[8]

여기에서 콜리지는 유기적인 시는 내부로부터 서서히 밝아 오는 것이라고 생각하고 있는데, 이것은, 앞에서 본바, 흄(Thomas Ernst Hulme)이 예술 창조의 과정이 발견과 유리의 과정이라 한 것과 근본적으로 같은 것이라고 할 수 있다. 시는 새로 발견되는 내용이 서서히 구명(究明)되어 감으로써 그 외적 형식을 얻게 되는 것으로 생각된다. 또는 한 현대 시인의 말을 빌려서 시는 기쁨의 충동에서 시작하여 지혜로 끝나는 것이다.

이렇게 말할 때, 앞에 인용한 말로의 메타포 같은 것을 지적 유희의 소산이라고 생각하는 것은 당연하다. 그러나 이것은 낭만주의와 더불어 의

---

8 Samuel Coleridge, *Lectures on Shakespeare*, ed. by T. Ashe(London, 1883), p. 229.

식적으로 대두된 시론이고 그 이전의 시대에 있어서는, 시는 내용의 발견에서 진화해 오는 외부적 표현이 아니었다. 이때에, 시는 발견이 아니라 제작으로, 표현이 아니라 모방으로 설명되었다. 주어진 소재에 일정한 법칙을 가진 형식을 부여하는 것이 잘못된 시에서뿐만 아니라 잘된 시에서도 작용하는 시적 과정이었다. 문제는 발견되는 현실이 아니라, 관습이 제시하는 내용을 관습적 제작 기술을 사용하여 얼마나 성공적으로 작품 속에 구현하는가 하는 것이었던 것이다. 이러한 관습시의 밑바닥에 있는 시적 또는 비평적 태도에 대한 보다 요령 있는 설명을 C. S. 루이스 교수의 「실낙원 서설」에서 인용해 보자. 그에 의하면, 관습적인 시 「실낙원」을 쓰면서 밀턴이 생각한 것은 현대의 작가들이 하는 것처럼 '내가 표현하고자 하는 것은 무엇인가', '내가 말하고자 하는 것은 어떤 형식을 사용함으로써 가장 잘 표현될 것인가' 하는 따위의 문제가 아니고 '나는 어떤 종류의 시를 제작할 것인가' 하는 문제였다.

　　종류, 독자의 기대, 작용력 — 이런 것들이 전혀 다른, 어떤 전통적인 문학 양식, 교육 받은 독자가 곧 그것으로 인지할 수 있는 어떤 종류의 문학 양식에 기여할 것인가 하는 것이 밀턴의 문제였다. 이러한 태도는 자기가 전달하고자 하는 독특한 내용이 무엇이며, 어떤 형식이면 이것이 가장 잘 전달될 것인가를 저울질하는 현대 작가의 태도에 유사한 것이라기보다는, 석가산(石假山)을 만들 것인가 테니스 코트를 만들 것인가를 생각하는 정원사, 교회를 지을 것인가 주택을 지을 것인가를 생각하는 건축 기사, 하키를 할 것인가 축구를 할 것인가를 결정하지 못하는 소년, 또는 결혼과 독신 생활 어느 쪽을 택할 것인가를 연구하는 청년의 태도에 유사하다 할 것이다. 선택의 대상은 이미 그것대로의 일정한 특징과 규칙을 가지고 있는 것으로 말할 수 있는 것이다. 하나를 취한다면 다른 하나를 포기하는 것이 될 것이다. 목표가 되는 것은 일반화된 '좋은 것'이 아니고 선택되는 물건에 고유한 '좋은 것'이기 때문에. 석가산이나 독신 생활의 좋은 점은 테니스 코트나 가정생활의 좋은 점과 전혀 다른 것이라는 것은 말할 필요도 없다.[9]

시인은 일반화된 의미의 시를 쓰는 것이 아니다. 관습시의 시인은 건축 기사가 테니스 코트를 선택하듯이 이미 확립되어 있는 문학 양식 가운데 하나를 선택한다. 그리고 그 선택된 장르가 요구하는 것이 무엇인가(건축 기사의 경우, 테니스 코트가 성립하는 조건은 무엇인가)를 생각한다. 그다음 단계는 이 요구 조건을 가장 잘 만족시켜 줄 수 있는 방법을 찾아서 시의 제작에 착수하는 것이다. 이 장르의 특징, 또 거기에 고유한 재미(oikeia hedone)는 하등 새로운 것도 개인적인 것도 아니기 때문에 완성된 작품이 새로운 진실 또는 내용을 담을 것이 요구되지 아니한다. 그리고 이러한 전통적인 재미를 확보하기 위한 방법 또한 관습에 의하여 이미 알려진 것 가운데서 고르면 된다. 중요한 것은, 따라서, 선택과 솜씨인 것이다. 이러한 시 제작 과정은, 그 순서를 바꾸어서, 독자가 시를 읽을 때 취하여야 할 태도이기도 하다. 잘된 테니스 코트를 감식하는 데 테니스 코트에 대한 어떤 정견(定見)을 가지고 있을 것이 전제되듯이, 독자는 관습적인 시를 읽기 위하여 문학 장르마다 다른 관습의 여건을 알아야 한다. 감수성만은 문학을 읽는 데 충분한 조건은 아닌 것이다.

---

9 C. S. Lewis, *Preface to Paradise Lost*(Oxford, 1942), pp. 2~3.

4

위에서 우리는 관습시의 시론을 일별하였다. 본고의 처음에 비교한 두 이미지의 차이는 결국 현실시와 관습시의 근본 전제의 차이에서 오는 것이다. 관습시는 현실의 발견에 직접적인 관계를 갖지 아니하고, 그 구극적 목적이 어디에 있든지 적어도 시의 외적 부분에 있어서 관습이 요구하는 미를 창조하는 데 주력한다. 서두의 이미저리 분석에서 본 바와 같이 이러한 관습미의 하나는 관습의 테두리 안에서의 회화미이다. 그러나 이것이 관습시가 목적하는 유일한 미는 아니다.

위에서 관습시에서는 내용보다 방법 ── 내용의 구현을 위한 전략이 중요한 것으로 말하였는데, 이 전략은 대부분의 경우 수사적 문제로 생각된다. 그래서 관습시의 시대에 있어서 시학은 곧 수사학이었다. 발견의 시론에 뒷받침된 낭만주의 이후의 시학이 심리학과 밀접한 관계를 맺고 그 실제 비평이 의미의 재발견에 치중하는 해석적 경향을 띤 데 대하여 관습기 (期)의 시론은 수사적 분석에 주력하였다. 그리고 이러한 시론의 시대에 시가 수사미의 창조를 그 중요한 목적의 하나로 한 것은 당연하다. 관습시에서 요구된 것은 앞서 이야기한 회화미와 아울러, 또는 그 이상으로, 수사미였다. 영시 사상 가장 뚜렷한 관습 문학기인 18세기에 있어서 수사는 제1차적인 시적 효과였다.(이것은 16세기의 회화미 중시에 비교된다.)

시론 또는 비평과 시의 관계는 반드시 일방적이 아니다. 주요한 비평 방법이 수사적 분석이었던 때에 있어서 많은 문학 작품은 의식적으로 또는 무의식적으로 수사학적 방법에 의하여 쓰였다. 시카고 대학의 매클레인 교수는 그의 논문 「행동에서 이미지로」에서 한 고전시를 분석하여 관습시가 얼마나 철저한 수사적 구조를 가지고 있었던가를 보여 주고 있다. 매클레인 교수는 아리스토텔레스에서 그 분석의 도구를 찾는다. 아리스토텔레스에 의하면 수사법은 세 가지 수사체에 의하여 세 분과로 나뉜다. 이 가운데 '의론체(議論體, deliberative)'는 미래의 행동에 관계하며 그 독특한 설득 수단은 '보기(example)'이다. '변론체(辯論體, forensic)'는 과거 행동의 정사(正邪), 합법, 비합법을 논하는 데 사용되고 '수사적 삼단 논법(rhetorical syllogism, enthymeme)'이 그 수단이 된다. 마지막 것은, 기념사, 송사(頌辭), 조사(吊辭) 등에서 어떤 사건, 인물, 기구(機構), 덕성을 칭송하고자 할 때, 즉 현재가 믿고자 하는 것을 이상화하여 표현하려고 할 때 사용되는 '송사체(頌辭體, epideictic)'이다. 이 송사체 수사에서 요구되는 것은 보통 과장이니까, 그 수단으로 '부연, 확대(Amplication)'가 중요하게 된다.

　매클레인 교수는 아리스토텔레스의 수사학을 말하고 계속 존 드라이든(John Dryden)의 시 「알렉산더의 향연」을 분석한다. 수사학의 개념을 적용하여 말하면, 이 시는 송사체 수사에 근거한 송사이다. 「알렉산더의 향연」은 그 부제가 밝히고 있듯이 음악의 힘에 대한 송가이다. 시의 구성은 철저하게 수사학의 처방에 따라 있다. 음악의 힘은 간접적인 방법으로 찬양되고 있는데, 물론 이것은 수사학에서 일러 주는 바에 따른 것이다. "어떤 사물(지금의 경우 음악)의 힘을 보여 주는 데 좋은 방법은 그 영향력을 보여 주는 것이다. 그리고 이 영향력이 인간에게 작용할 때, 그것은 가장 위대한 것으로 간주된다."[10] 이 시에서 티모슈스의 음악의 효과를 시험하는 대상이 되어 있는 것이 알렉산더이다. 알렉산더나 기타 사건 및 인물이 역사에서 취해진 것은 수사학적 배려에서이다. 역사적 사례는 보다 신빙성이 있으니까. 사건을 하나만 취급한 것도 잘한 일이다. 그것은 보다 집약적인 효과를 낳을 테니까. "시의 내부 구조도 송사체 수사법에 따라 짜여 있다. 과학에서나 마찬가지로 송사체 수사에서도 큰 효과는 큰 원인의 소산이다.

10　Norman McLean, "From Action to Image", *Critics and Criticism*(Chicago, 1952), p. 431.

「알렉산더의 향연」에서 음악은 온 누리를 정복한 …… 정복자를 정복한다. …… 티모슈스는 각 절마다 서로 다른 종류의 노래로써 알렉산더를 감동시키는데, 이렇게 환기되는 감정은 극단과 극단의 관계에 있다. 즉 한 노래가 알렉산더의 가슴에 불러일으키는 감정은, 그다음 노래의 감정에 정반대가 된다. 이러한 전개법은 다양한 감정의 전 음역(音域)이 동원되었다는 인상을 준다.(서로 대조되는 감정은 포괄적인 인상을 주기 쉬우니까.)"[11] 시의 마지막 연은 지금까지의 사건이 그리스도 이전의 일이다. 그러므로 그리스도의 성도(聖徒) 세실리아가 음악의 수호신이 된 다음의 기독교 음악이 이보다 더 우수할 것은 말할 나위도 없다. ─ 이러한 결론을 제시한다. 이렇게 하여 이 시의 부제가 제시한 과제는 완전한 수사적 증명을 얻은 셈이 되는 것이다.

우리는 불충분한 대로 위에서 매클레인 교수의 분석을 요약함으로써 관습적인 시가 얼마나 수사적 전략에 의존하는가를 보았다.

5

위에 살펴본 드라이든의 시에서 우리는 한 가지 중요한 사실에 주목해야 한다. 그것은 이 시의 감정은 전혀 개인적인 것이 아니라는 것이다. 거기에 나타나 있는 것은 서정시의 주관적이고 개인적인 감정과는 달리 일종의 공적 감정이다. 수사란 원래 설득을 목적으로 하는 것이니까, 수사의 내용이나 방법이 공적으로 용인된 것이어야 하는 것은 불가피하다. 그리고 이 드라이든의 시의 경우, 수사가 송사체인 것은 시의 감정을 한층 더

---

[11] Ibid., p. 432.

공적인 것이게 하는 원인이 되었다. 관습시는 대체로 그 제1차적인 기능에 있어서 공적인 것이었다. 현실시에서 중요한 발견은 원래 개인적인 것으로 생각된다. 그러나 관습시에서 관습이 존중되고 한 관습이 여러 세대, 여러 사람에 의하여 공유될 때 그것은 개인적인 발견의 독창성과 신선함을 가질 수 없다. 따라서 관습시의 본령은 개인적 발견의 경이에서가 아니고 묵은 것의 재확인에 의한 공공 유산에의 참여에서 나타나는 것이다. 현대의 독자가 드라이든이나 밀턴의 시에 적절히 반응하려면, 다른 조건에 추가하여 그들의 시가 많은 경우 공적 성질을 띤 것이라는 것을 알아야 한다. 시에서 개인적인 감정의 표현을 기대하는 낭만주의 이후의 독자는 관습시에서 그가 기대하는 것을 찾지 못할 때, 그가 읽은 관습시를 부당히 평가하기 쉬우니까 말이다.

그러면 이러한 드라이든의 시를 위해서 우리의 비평 태도를 조정하여, 공적인 감정, 수사적인 솜씨에 탄복할 준비를 갖추었다고 하자. 그러나 문제는 또 남아 있다. 서정시, 극시, '오드' 등을 제외한, 18세기까지의 여타 서정적인 표현을 어떻게 생각할 것인가? 현대 독자는 이들 관습 문학기에 있어서의 서정적인 작품에 어떠한 비평 태도의 재조정을 필요로 하는가? 모든 시적 수단이 공적 감정의 반응 양식에 맞추어 있었을 때, 개인적 감정은 어떻게 취급되었는가 하는 것은 그 자체만으로도 흥미 있는 문제이다.

18세기까지의 문학 형식에서 가장 서정적인 것은 소네트일 것이다. 이러한 소네트가 어느 시기에서보다도 많이 쓰였던 때는 엘리자베스 시대이다. 다음에서, 엘리자베스 시대의 소네트에 가장 빈번히 나타나는 시법(詩法)을 통하여 소네트의 시적 구조, 나아가서는 서정적 감정의 반응 양식을 밝혀 보기로 한다. 이 특수한 시법이란 '기상(奇想, conceit)'을 말한다. 이것은 두 가지 의미로 사용될 수 있다. 즉 어떤 때는 시상이 표현되는 일정한 정식(定式)을 말하고, 어떤 때는 이러한 정식 속에 담긴 일정한 내용을 말한다. 예를 들어 이 양면을 다 살펴보자.

> I could rehearse, if that I would,
> The whole effect of nature's plaint
> When she had lost the perfect mould,
> The like to whom she could not paint;
> With wringing hands how she did cry,
> And what she said, I know it, I.
>   I know she swore with raging mind,
> Her kingdom only set apart,
> There was no loss, by law of kind,
> That could have gone so near her heart.
> And this was chiefly all her pain, ——
> She could not make the like again.[12]

　기상(奇想)은, 말하자면 감성보다 오성의 형식이라 할 수 있다. 그것은 감정에도 오성의 굴레를 씌우려 한다. 위의 시구에서 서리 백작은 애인의 아름다움을 말함에 있어서, 현대적인 시인처럼 구상적(具象的)인 이미지를 보여 주는 대신 하나의 사변적 도식만을 보여 준다. 올든의 말에 의하면 "르네상스 시인이 즐겨 사용하던 기상은 수사적 또는 상상적 개념인데, 흔히는 지나치게 정치(精緻)하여 표현하고자 하는 경험보다는 오히려 관념에 주의를 끌게 된다. 따라서 순간적으로나마 자연적이고 순수한 시적 과

---

12 Earl of Surrey, "A Praise of His Love".

정은 사유의 과정으로 대치되는 경향이 있다."[13]

내용으로 볼 때, 기상은 관습적으로 고정되어 있는 감정 반응의 공식 (formula)이다. 같은 내용의 기상이 반복해서 나타나는 것은 엘리자베스조 (朝)의 단시에서 빈번히 발견된다. 자기의 애인이야말로 모든 아름다움의 원형이라 하고 그 원형이 지상으로 내려온 후 자연은 다시 그와 같은 미인을 만들 수 없게 되었다는, 소위 '잃어버린 원형(lost mould)'의 기상은 흔한 기상 가운데 하나에 지나지 않는다. 엘리자베스조의 시에서 흔히 "사랑은 심장의 교환이란 관점에서 표현된다. 사랑하는 사람의 심장은 사랑받는 귀부인의 가슴속에, 그리고 귀부인의 심장은 기사의 가슴속에 발견된다. 또는 사랑이 불로서 생각되는 수도 있다. 사랑의 불은 사랑을 하는 사람의 가슴을 태우면서 사랑받는 사람의 가슴은 싸늘한 채 둔다. 이 시기의 시에 나타나는 기상으로서 아마 가장 유명한 것은 사랑과 아름다움과 명성의 관계이다. 아름다움은 시든다. 그러나 그것은 시와 결합되어 시 속에서 영원한 것이 된다. 그리하여 후세의 사람들은 가 버린 아름다움을 슬픈 추억으로 간직하게 될 것이다."[14] 여기 열거된 것들은 셰익스피어에 나타나는 것들이지만, 이에 유사한 기상은 엘리자베스조 시 일반에도 그대로 나타난다.

이러한 기상은 현대적 감수성에 별 호소력을 갖지 못한다고 말할 수 있는데, 그것은 같은 시상(詩想)이 너무 반복하여 나타나는 때문이라기보다는 오히려 이러한 시적 테크닉에 내재하는 비근대적 조건에 기인하는 것 같다. 이것은 지나친 논리주의와 현실 조응의 결여 두 가지로 말하여질 수 있다. 우리는 너무나 철저한 논리는 의심하려는 경향이 있다. 우리들 현대

---

13 Raymond Alden, *Shakespeare*(Boston, 1922), p. 120.

14 Ibid., p. 121.

인의 생각에 시적 소재로서의 감정은 어디까지나 비논리적인 것이다. 기상이 오성적 형식 ── 또는 감정의 논리화 정식이라는 것은 불리한 조건이다. 그러나 이 사실만으로서 우리의 시적 감수성과 제시된 시적 체험과의 괴리를 가져오는 데 충분한 것은 아니다. 오히려 보다 중요한 원인은 현실에 대한 조응이 결여되어 있다는 것이다. 오성 형식은 현실 체험에서 형식 자체에 시인의 눈을 돌리게 함으로써 현실 조응의 결여를 가져오기 쉽게 하는 것이다.

17세기에 있어서는 기상은 성공적인 시적 테크닉으로 사용되었다. 그것은 감성적임과 동시에 지성적인, 종합적 감수성에 의하여 시적 표현의 주요한 무기가 되었다. 17세기 형이상파(形而上派)의 시에서 한 예를 들어 앞서 살펴본 서리 백작의 기상과 비교하여 보자.

> Sweet spring, full of sweet days and roses
> A box where sweets compacted lie.

이 봄을 상장에 비교한 허버트의 기상과 잃어버린 원형의 기상과의 차이는 오로지 현실 조응에 있다. 잃어버린 원형의 기상이 감성적으로 직관될 수 있는 현실의 밑받침이 없는 가교인 데 대하여, 허버트의 경우 봄과 상자를 연결하고 있는 것은 기대의 심리를 비롯한 현실의 기반이다. 봄은 과자 상자처럼 많은 달콤한 것들을 약속한다. 그러나 영어의 속언이 말하는 것처럼 과자를 먹고 또 동시에 그대로 갖는 것은 불가능하다. 따라서 다음 구절에

> My music shows ye have your closes,
>   And all must die.

라고 정반대의 주장을 내세울 수 있게 된다. 그리고 이러한 관계에서뿐만 아니라 상자의 비유는 이 시의 맨 앞에 나오는 이미지에 비추어 볼 때 더욱 적절한 것이 된다.

> Sweet day, so cool, so calm, so bright,
>
> The bridal of the earth and sky;
>
> The dew shall weep thy fall tonight,
>
> For thou must die.[15]

과자 상자는 미각의 향연을 약속하지만, 위에 언급한 속언이 나타내고 있는 것처럼 그것은 오래 지속될 수 없는 향연이다. 그리하여 과자 상자는 결혼식의 축과(祝菓)인 동시에 신부의 타락, 쾌락에 따르는 죽음의 그림자에 대한 좋은 심벌이 된다. 이러한 분석에서 우리는 상자의 비유가 이 시가 전달하고자 하는 상황의 리얼리스틱한 파악 위에 서 있는 것을 본다. 교환된 심장 또는 잃어버린 미(美)의 원형에서 우리는 주관적 객관적 현실 조응을 별로 찾아낼 수 없다. 성공한 형이상시의 기상이 현실 파악의 좋은 도구로 사용된 데 대하여, 보다 관습적인 시에서 기상은 단지 회화적 또는 수사적인 역할만을 갖는다. 이리하여 개인적인 감정의 내용을 소재로 한 관습시에서는, 달리 비평 태도를 재조정할 여지도 없이 공허한 수사만이 발견되는 듯한 느낌이다. 감정의 내용이 문제될 때, 수사 형식은 제2차적이 될 수밖에 없는 것이다.

---

15 George Herbert, "Virtue".

6

우리는 위에서 관습시에 자주 나타나는 시적 테크닉 기상을 분석하고 이것이 오성 형식이라고 말하였는데, 도대체 관습시는 그 전체 구성에 있어서 퍽이나 오성적이다. 소네트는 원래 두 개의 4행연(quatrain)과 두 개의 3행연(tercet)으로 구성되어 기승전결, 연역적 구조를 가졌던 시이다. 르네상스의 시학자들이 시를 논리학의 한 분과로 분류한 것은 우연한 일은 아닌 것이다.[16] 시가 오성적 또는 논리적 구조를 갖는다고 하지만, 물론 이것은 엄밀한 변증적 논리(Dialectical syllogism)[17]가 아니라 단지 수사적인 논리를 의미하는 것이라는 것은 말할 필요도 없다. 중요한 것은 수사인 것이다.

앞에 매클레인 교수의 분석에서 드라이든의 시가 송사체 수사법으로 설명되는 것을 보았는데, 엘리자베스조의 소네트를 비롯한 서정 단시들은 많은 경우 수사법 중 변론체로 설명되지 않나 한다. 이러한 소네트에서 주제가 되는 사랑은 대개 과거로서 (그것이 어제 일이든, 먼 옛일이든) 파악된다. 시가 시작했을 때 이미 사랑은 일어나 버리고 만 일로 그려진다는 말이다. 과거는 변론체 수사법의 시간 영역이다. 그리고 사랑의 소네트는 애인의 무정함을 호소하거나 자기의 무구(無垢)함을 변호하는 형식을 취한다. 후자의 경우, 사랑에 빠진 사람은 그 애인에게 사랑의 순수하고 열렬함을 말하거나, 스스로의 양심에 대하여 자기의 사랑이 도덕적인 것임을 변호한다. 양심에 대한 자기변호에서 보통 시는 이성과 감정의 상호 공격 및 방어를 중심으로 전개된다. 필립 시드니의 소네트 연작에서 이성과 감정의 대립이 구조상의 주요 원리로 작용하고 있는 것은 이러한 예의 하나이다.

---

16 Cf. J. E. Spingarn, *Literary Criticism in the Renaissance* (New York, 1899), p. 24 et passim.

17 Aristotle, *Rhetoric*, 1354a, 1356a et passim.

아리스토텔레스에 의하면 변론체 수사에 사용되는 수단은 '엔슈미마'
또는 수사적 실로시즘이다. 우리는 다음의 예에서 이러한 '엔슈미마' 및
기타 아리스토텔레스적 수사 원리가 작용하고 있는 것을 본다.

Alas, have I not pain enough, my friend,

    Upon whose breast a fiercer gripe doth tire

    Than did on him who first stole down the fire,

    While Love on me doth all his quiver spend, ——

But with your rhubarb words ye must contend,

    To grieve me worse, in saying that desire

    Doth plunge my well-formed soul even in the mire

    Of sinful thoughts which do in ruin end?

If that be sin which doth the manners frame,

    Well stayed with truth in word and faith of deed,

    Ready wit and fearing naught but shame,

If that be sin which in fined hearts doth breed

    A loathing of all loose unchastity,

    Then love is sin, and let me sinful be.[18]

여기에서 반드시 엄밀한 삼단 논법을 발견할 수는 없지만, 그 전체적 또
는 세부적 구조가 변론체 수사법에 따른다는 것은 틀림없다. 이 시에서 있
어서 시인의 주장은 둘째 4행연과 3행연 속에 삼단적으로 전개되어 있다.
그리고 내용상으로는 이 시는 사랑이 비도덕적이라는 공격에 대한 반박이

---

18 Sir Philip Sidney, "Alas, have I not pain enough, my friend".

되는데, 반박은 단순한 반증 위에 서 있다. 이것은 가장 기초적인 반박 논법이다. 아리스토텔레스는, 수사의 목적은 미래의 행동에 영향을 주려는 것이니까, 단순한 정공적인 논박만이 중요한 것이 아니고 오히려 변론의 단초에 청중을 동정적인 심리 상태에 이끌어 들이는 것이 중요하다고 말한다. 위의 14행시에서 처음의 4행연은 청중의 동정을 불러일으키는 역할을 한다. 그리고 여기에 사용되는 수법은 특히 수사학적으로 우수하다. 시인은 이중으로 시달리는 고통의 잔혹을 들어 동정심에 호소한다. 그러나 시인은 직접 청중의 도덕적 감수성에 호소하는 데 그치지 않고 한편으로 이 호소를 정당화할 수 있는 터전을 닦는다. 의론과 변론에 있어서 하나의 중요한 설득의 수단이 되는 것은 '보기(paradeigma)'이며, 이중에 가장 유리한 것은 역사적 선례이다.[19] 시인은 사랑이라는 일견 이성에 어긋나는 사실을 프로메테우스가 불을 훔친, 일견 우주의 원리에 어긋나는 일에 비교하고 있는데, 그는 사랑도 한편으로는 이성에 대한 반역이지만, 또 한편으로는 새로운 가치의 기원이 된다는 것을 암시함으로써 그의 호소를 정당화하고, 또 시의 마지막에 나오는 반증에 입각한 결론을 준비하고 있는 것이다.

수사법이란 것도 본래 인간 의식의 내재적 양식에 근거한 것이므로 어떠한 시가 수사적 구조를 가졌다고 해서 곧 어느 특정한 수사학에 의거하여 쓰였다고 결론을 내릴 수 있는 것은 물론 아니다. 우리가 엘리자베스 시대의 시나 기타 관습시에 대해서 확실히 말할 수 있는 것은 이들 시대의 '여론의 풍토'가 수사학적이었다는 것이다. 즉 어떠한 시인들은 수사학에서 단적으로 시작(詩作) 지침을 발견하였고, 또 어떤 시인들은 그들의 마음이 모르는 사이에 수사학적인 반응 양식을 가지게 되었을 것이라는 것이

---

19 Aristotle, *Rhetoric*, 1393a, 1393b.

다. 앞에 본 시드니의 시를 후자의 경우라고 할 수 있을지 모르나, 전자의 경우로 생각되는 시도 찾기 어렵지 않다. 가령 말로의 「목동의 노래」에 대한 월터 롤리의 「목녀(牧女)의 답변」 같은 것은 보다 확실히 수사학의 처방에 따라 쓰인 것이라고 말할 수 있을 것이다. 다음에서 상기 양 시인의 시에서 한 구절씩과 아리스토텔레스의 수사 처방을 나란히 인용해 보자.

> And we will sit upon the rocks,
> Seeing the shepherds feed their flocks,
> By shallow rivers to whose falls
> Melodious birds sings madrigals.

다음은 롤리의 답변.

> Time drives the flocks from field to fold
> When rivers rage and rocks grow cold,
> And philomel becometh dumb;
> The rest complains of cares to come.

다음은 아리스토텔레스의 수사학 반박 논법에 관한 부분에서의 인용이다.

한 과제의 부분을 하나씩 떼어서 따져 들어가는 논법이 있다……

어떠한 일이든지 대개는 좋고 나쁜 결과를 낳을 수가 있다. 따라서 이 있을 수 있는 결과를 이유로 하여 어떤 일을 해야 된다든가, 해서는 안 된다든가, 누구를 공박하든가 변호하든가 또는 비난이나 칭찬하는 논법이 있을 수 있다. 예를 들어, 교육은 시의(猜疑)를 초래할 수도 있고(나쁜 결과), 지혜를 가져올 수도 있다.(좋은 결과) 이에 따라 우리는 두 가지로 말할 수 있다. 즉, 시의의 대상이 되는 것은 나쁘다, 고로 교육을 받는 것은 불리하다. 또는 지혜로운 것은 좋은 일이다, 고로 교육을 받는 쪽이 유리하다.[20]

위에서 본 바와 같이 르네상스의 시들은 그 전체 또는 세부 구조에 있어서 수사학적이다. 이때의 시에서 수사적 구조의 골격이 되는 것은 논리인데, 어떤 경우에 이러한 논리는 시행 전개의 방법으로 보다 직접적으로 작용하기도 한다. 다음의 경우를 보자.

> Loving in truth, and fain in verse my love to show,
>> That she, dear she, might take some pleasure of my pain,
>> Pleasure might cause her read, reading might make her know,
>> Knowledge might pity win, and pity grace obtain, ——[21]

이것은 전형적인 예의 하나인데, 각 시행들은 오로지 추리의 연쇄만으로 구성되어 있다. 우리에게는 이러한 논리적 구성은 경계심을 유발한다. 우리가 감정의 지나친 논리화는 사실의 위장을 동반한다고 생각하는 것은 여기에도 작용하니까. 그래도 이 시드니의 시에서는 논리 전개의 속도가 비교적 완만하여 그 구성의 약점을 강조하는 경향이 없으나, 다음의 예에서는 지나치게 빠른 연쇄의 속도와 너무나 표면화한 논리 전개가 독자의 흥미를 일으키기보다는 오히려 반감을 산다고 하겠다.

---

20 Aristotle, *Rhetoric*, 1399a.

21 Sidney, "Loving in truth, and fain in my verse my love to show".

The longer life, the more offence

The more offence, the greater pain;

The greater pain, the less defence;

The less defence, the lesser gain.

The loss of gain long ill doth try,

Wherefore come death, and let me die.[22]

이러한 구조는 한국의 시조의 밑바닥에도 놓여 있다. 다음의 예는 그 극단적인 예가 될 것이다.

말하기 좋다 하고 말 마를 것이

남의 말 내 하면 남도 내 말 하는 것이,

말로써 말이 많으니, 말 마를까 하노라.

7

우리는 관습시의 구조상의 몇 가지 특징에 대해서 언급했거니와, 다음에서 이를 현대적인 시 구조와 비교하여 보기로 한다.

에드윈 뮤어(Edwin Muir, 1887~1959)는 그의 소설론에서, 소설가는 예술적 통일과 질서를 위하여 고정된 퍼스펙티브를 확보하는 한 방법으로서 사유의 두 범주 가운데 시간이나 공간 어느 한쪽을 고정시키고 다른 한쪽을 진행시키는 것이 보통이라고 말하고 있다. 물론 이 두 차원을 동시에 진

---

22 Tottle's Miscellany, "Upon consideration of the state of this life he wisheth death".

행 또는 정지시키는 것이 불가능하다는 것은 아니나, 그것은 예술 소재에 대한 통제 능력의 경제라는 관점에서 불리한 방법이다. 소설에 있어서의 이러한 구조 원리는 시에도 해당되는 것 같다. 시인의 경우에 있어서도 대개는 공간과 시간 두 범주 가운데 한쪽을 고정하고 한쪽을 진행시키는 것이 유리하다는 말이다. 시인은 그의 시적 과정에서 한 시계(視界)를 가져야 되는 것 같은데, 대개 공간을 응시하거나 시간의 방향을 쫓거나 한다. 두 범주가 동시에 작용할 때는 혼란이 일기 쉽다. 이에 따라 시에는 시간적 구조와 공간적 구조가 나타난다. 여기서 시간은 지속이 아니고 선(線)적이며 계기적인 것이다. 그리고 계기적인 선으로 생각되는 시간은, 베르그송의 설명을 빌릴 것도 없이, 논리적 사유의 형식이다. 이런 의미에서 시의 시간적 구조와 논리적 구조는 적어도 시의 구조라는 관점에서는 거의 동의어로 생각할 수 있을 것 같다. 특히 장시가 아닌 단시에서는 시간적 구조보다는 논리적 구조라는 말이 더 적절한 말로 사용될 수 있을 것 같다. 이럴 때 시간은 시 속에 있는 것이 아니라 시적 과정 속에 있다 해도 좋다. 앞에서 우리는 시드니의 시를 인용하여 그 논리적 구조를 말하였는데, 이것과 다른 시에 나타나는 구조를 비교해 보기로 한다. 같은 시드니의 소네트 연작에서,

With how sad steps, O moon, thou climb'st the skies!

    How silently, and with how wan a face!

    What! may it be that even in heav'nly place

    That busy archer his sharp arrows tries?

Sure, if that long-with-love-acquainted eyes

    Can judge of love, thou feel'st a lover's case;

    I read it in thy looks, ——thy languished grace

To me, that feel the like, thy state descries.[23]

이 소네트가 시드니의 다른 어떤 소네트보다도 우리의 감수성에 직접적으로 호소해 오는 바가 있다고 말한다면, 이것은 필자만의 독단이 아닐 것이다. 이 시의 구조를 보면 여기에서 시 전개의 원리는 논리보다는 어떠한 테두리를 정해 주는 공간에 안배되어 있는 사건들을 직접적으로 제시하는 것이다. 시의 머리에 나오는 달 또는 달밤의 한 장면은 이러한 테두리를 정해 주는 역할을 한다. 이와 같이 통일적인 공간을 설정한 후 시인이 할 일은 달을 출발점으로 해서 그럴싸한 추리의 연쇄를 연구해 내는 것이 아니라, 달의 이미지에 의하여 한정되는 상황을 시인의 감정과의 함수 관계에서 구명해 나가는 것이다. 이때 달과 시인의 감정 ― 이것들이 드러내 보일 여러 국면은 시간적 계기나 논리적 선후 관계 속에 있는 것이 아니고 공간적 동시성 속에 있다고 할 것이다. 여기에 시간이 있다면 그것은 계기가 아니라 지속인데, 지속 또는 동시적 공간의 복잡한 내용은 하나의 통일적 공간(많은 경우, 하나의 통일적 이미지)에 의하여 정리된다. 따라서 시간적 구조를 가진 시에서는 배열의 형식, 또는 아리스토텔레스적 의미에서 행동이, 공간적 구조를 가진 시에서 이미지가 중요하게 되는 것이다.

이러한 두 가지 구조는 어느 시대에나 병존할 수 있는 것이지만, 역시 어느 특정한 시기에는 어느 한 가지만이 우세하게 되는 것 같다. 대략적으로 말하여 시간적 형식은 관습시에서, 공간적 형식은 현실시에서 우세하다. 시대적으로 그 분계점은 앞에서 말한 바와 같이 낭만주의로 생각해서 무방하다. 이 두 시기의 시의 대조를 위해서 거의 비슷한 소재를 취급한 다음 두 시를 나란히 두고 보자. 하나는 16세기 영시에서 하나는 19세기 프

---

23 Philip Sidney, "With how sad steps, O moon, thou climb'st the skies!"

랑스 시에서 취한 것이다.

Sighs are my food, my drink are my tears;

Clinking of fetters would such music crave;

Stink and close air, away my life it wears;

Poor innocence is all the hope I have.

Rain, wind, or weather judge I by mine ears;

Malice assaults that righteousness should have.

Sure am I, Bryan, this wound shall heal again,

But yet, alas, the scar shall still remain.[24]

다음은 베를렌의 시.

Dame souris trotte

Noire dans la gris du soir,

Dame souris trotte

Grise dans le noir

On sonne la cloche:

Dormez, les bons prisonniers,

On sonne la cloche:

Faut que vous dormiez.

---

24 Sir Thomas Wyatt, "Wyatt being in prison, to Bryan".

Pas de mauvais rêves,

Ne pensez qu, à vos amours.

Pas de mauvais rêves:

Les belles toujours!

Le grand clair de lune!

On ronfle ferme à côté

Le grand clair de lune

En réalité.

Un nuage passe,

Il fait noir comme en un four,

Un nuage passe:

Tiens, le petit jour!

Dame souris trotte,

Rose dans les rayons bleus,

Dame souris trotte:

Debout, paresseux![25]

처음에 든 와이엇의 시에서 감옥 생활의 고생되고 억울한 일은 그것을
독자에게 전달하는 데 유리하다고 생각되는 몇 개의 사실로서 정연하게
묘사되어 있다. 베를렌의 시에서 우리는 감옥 생활의 장면을 본다. 두 시

---

25 Paul Verlaine, "Impression Fausse".

다 주어진 상황을 표출하는 데 적절한 사실들을 끌어들이고 있지만, 이러한 사실들은 전자의 경우 논리적·수사적 직선 위에 차근차근 배열되어 있고, 후자의 경우 그것들은 하나의 입체적 공간 안에 안배되어 있다. 단적으로 베를렌의 시에서 우리는 철 침대 위에 누워서 뜬 눈으로 한밤을 새우는 죄수, 그리고 창이 조그맣게 난 그의 방을 연상하지만, 와이엇의 시에서는 시가 말하여지고 있는 통일적인 장을 쉽게 상상할 수 없다. 모든 근대시가 이 베를렌의 시처럼 분명한 시각적 이미지의 테두리 속에서 전개된다고 말할 수는 없지만, 적어도 그것이, 비록 표면에 분명히 나타나지 않는 경우라도, 배후에 숨어 있는 어떤 통일적 공간에 의하여 구성되며 근대 독자가 이러한 구성에 보다 가깝게 느껴 왔다는 것은 틀림이 없다. 우리가 앞에 든 바 있는 달을 그 통일적 이미지로 하는 시가 다른 사랑의 레토릭보다 친근하게 느껴진다거나, 한국의 시조 가운데서도 다른 어떤 것보다 황진이의 시조가 또는 "이화(李和)에 월백(月白)하고 은한(銀漢)이 삼경(三更)인 제"로 시작하는 이조년(李兆年)의 시조가 우리에게 보다 더 큰 호소력을 갖는다고 할 때, 적어도 어느 정도까지는 그러한 호소력이 그들 시 또는 시조가 가지고 있는 근대적 구조로 인하여 가능해지는 것이 아닌가 한다.

우리는 여기에서 현대에 올수록 서사적 장시가 불가능해진다는 주장을 생각해 볼 수 있다. 낭만주의 이후에 효과적인 시 구조는 위에서 말한 바와 같이 공간적이 되었다. 그러나 서사시에서 구성의 골격이 되는 것은 행동(action)이므로 서사시는 시간적 구조를 요구하게 된다. 따라서 이런 두 개의 양립하기 어려운 요구는 서사시를 매우 힘드는 것으로 만든 것인지도 모른다고 할 수 있다. 이미지스트 시에서 출발한 에즈라 파운드(Ezra Pound)가 그의 장시 「칸토(Cantos)」에서 장시의 전개에 통일성을 줄 수 있는 새로운 원리를 얻지 못하여 고심하고 있는 것은 장시의 어려움을 보여 주는 가장 좋은 예이다.

위에서 시의 두 가지 구조를 이야기하면서, 시간적 또는 논리적 구조가 비효과적이라고 하였다. 그러나 구극(究極)적으로 잘못은 구조 자체에 있는 것은 아니다. 기상(conceit)을 분석할 때 언급한 바와 같이 문제는 논리적 구조가 논리나 수사에 휩쓸려 현실을 도외시하기가 쉽다는 데 있는 것이다. 기상의 경우나 마찬가지로 시의 전체적 구조에 있어서도 논리는 주어진 사상(事象)의 진상을 척결해 내는 훌륭한 수술도가 될 수도 있다. 엘리자베스조에 소네트가 변론체 레토릭에 의하여 설명된다고 했는데, 변론체는 과거로 향하는 수사법이다. 여기서 결과는 이미 나와 있다. 문제는 어떠한 사상을 정당화할 수 있는 변론의 기술에 있다. 이것은 법률적인 개념으로 생각하면 더욱 분명하다. 변론의 기술이란 어떠한 법전과 구체적인 사례를 연결시키는 데 있고, 이 기술은 될 수 있는 대로 선례에 따를 것이 요구된다. 사랑의 소네트에서 주어진 사건은 어떤 구체적인 사랑의 실례이고, 변호가 의거해야 할 법전은 '기사도적인 사랑(Courtly Love)'의 제 법칙과 인간의 이성이다. 시는 두 개의 — 더 구명할 필요도 없이 자명한 것으로 받아들여지는 두 개의 사상 — 재판에 부쳐진 사건과 법전을 연결하는 논리적 기술인 것이다. 여기서 시의 논리가 관심을 갖는 것은 사건에 대한 새로운 해석이나 법전의 근거를 추구하는 일이 아니다. 그러나 17세기 영시에 있어서 논리는 이러한 법전 내지 재판 제도 전체에 의심을 가지고 그 내용을 해명하는 데 사용되었다. 17세기의 사랑의 시에서 사랑은 기성 법률 체계를 떠나 그 자체로서 검토되었다. 이렇게 시적 체험의 내용이 문제가 되자 시인은, 문제가 되어 있는 현실을 참을성 있게 응시하였고, 이에 따라 시는 강한 현실 조응을 가지게 되었다. 그리고 논리는 현실 척결의 방향을 인도하는 수단으로 사용된 것이다. 엘리엇(T. S. Eliot)이 17세기 형이상 시인들에게서 '강인한 논리성(tough reasonableness)'을 발견한다고 할 때, 이것은 바로 이러한 현실과 맞붙어 싸우는 논리를 의미하는 것일 것이다.

요약하여 말하면, 시에서의 논리적 태도의 두 구분은 논리가 하나의 발견의 수단으로 사용되었는가 또는 단순히 수사적 제작(composition)의 수단으로 사용되었는가에 따라서 정해진다.

그리고 여기에서 주목하여야 할 것은 발견이 있기 위해서는 발견될 무엇이 있다는 것이 우선 인정되어야 한다는 것이다. 즉 시에 소재로 들어오는 것이 문제적인 것이라는 의식, 미지수가 들어 있다는 느낌이 있어야 된다는 것이다. 관습시에서 모든 것은 기지수(旣知數)이다. 대부분의 소네트 작가들이 입을 열 때 우리는 안다. 그들에게 사랑은 한결같이 외부로부터 침입해 들어오는 폭군이며, 애인은 한결같이 매정스럽고 보석보다 아름답다 운운. 그러나 존 던이,

> I long to talk with some old lover's ghost,
>   Who died before the god of love was born:
> I cannot think that he, who then loved most,
>   Sunk so low as to love one which did scorn.[26]

이렇게 추리를 펼쳐 나갈 때, 여기에 사용된 모든 관습적인 사랑의 철학에도 불구하고 우리는 모든 것을 이미 다 알고 있는 것으로 돌리지 아니한다. 그의 어조가 이미 문제적인 것이다. 우리는 그가 이 시를 통하여 새로운 문제로서 사랑의 내용을 밝히고 그렇게 함으로써 시인 자신과 우리의 마음을 좀 더 풍요하게 해 줄 것을 기다린다. 우리가 이러한 시에 귀를 기울이는 것은 이 시의 첫 행에서부터 감지되는 관습적 관념과 개인적 체험과의 마찰에서 오는 긴장감 때문일 것이다.

---

26 John Donne, "Love's Deity".

우리는 한국의 관습시(시조)에서도 모든 것을 기지수로 받아들이고 아무것도 새로 문제시될 수 있는 것이 없는 것으로 모든 시적 소재를 다루는 태도를 발견한다. 시조에 등장하는 추상 명사로 표현되는 심리 상태, 즉 충효인의예지(忠孝仁義禮知) 등은 도대체 의심의 여지도 없는 범주로서 생각된다. 우리는, '이 몸이 죽어 가서', 운운하는 시조가 시작될 때, 무엇을 기대할 것인가 이미 안다. 적어도 기대할 수 있는 것은 바위처럼 굳어 있는 충(忠)의 개념의 밑바닥을 투시하는 일은 아닐 것이다.

8

현실시의 시론은 발견의 시론이다. 그리고 앞에 말한 바와 같이 발견이 가능하기 위해서는 발견되어야 할 무엇이 있는 것으로 인정되어야 한다. 관습시에서 현실시에로의 변화는 이 발견의 필요성이 자각되었던 시기에 일어난 것이다. 다시 말하면 이런 변화는 지금까지 기지수로 생각되던 것이 새삼스럽게 문제시되고 현실을 새로 응시하고 평가할 필요가 있었을 때 일어난 것이다. 이렇게 말하면, 이러한 변화가 시 감수성의 변화가 아닌, 보다 광범위한 정신사적 변화의 일부라는 것이 분명해진다. 여기에서 이야기는 저절로 정신사적 변화와 시 감수성의 변화와의 관계에 미치게 된다. 이하에서 우리는 간략하게 이 관계에 대한 설명을 시도해 보기로 한다.

화이트헤드(Alfred Whitehead)는 『과학과 근대 세계』라는 책에서 실증적인 자연과학의 근본 개념을 비판하고 있는데, 상대성 원리 이전의 뉴턴 물리학은 '물질', 또는 '단순한 위치(simple location)'라는 개념 위에 서 있다고 말하고, 이러한 개념은 추상의 산물에다 구체적 현실성을 부여하는 오류

(Fallacy of Misplaced Concreteness)로부터 나온 것이라고 비판하고 있다. 이 것은 비단 과학에서만 일어나는 현상은 아니다. 관습시의 큰 특징의 하나 는 현실을, '잘못 부여된 구체성을 가진' 추상 개념 또는 실재화(Hypostasis) 된 관념을 가지고 접근한다는 데 있다. 우리에게 감정적 체험은 유니크하 고 다양한 것으로, 시인이 가진 독특한 테크닉에 의하여 비로소 파지(把持) 되고 그 분명한 형태가 인지되는 것이지만, 관습시의 시대에서 감정은 그 것을 지칭하는 명사만치 단일하고 정적인 것으로 생각되었다. 그리고 이 러한 명사 또는 그것이 표현하고 있는바 이성적 법칙은 원래 매우 국한된 관찰에서 출발하여 급기야는 동적인 현실과 관계없이 고도로 추상적인 범 주에까지 밀어 올려지고 거의 실재적인 중량감을 갖기에 이른 것이다. 현 실시는 잘못 굳어진 추상 명사 속에 '단순한 위치'를 가진 것으로 파악되 었던 경험의 실재성이 문제시되면서 비롯한다.

　이러한 추상 개념의 실재화는 개념의 단순성과 경험의 다양성, 인식 주관의 논리적 구조와 세계의 구조 사이에 하등 저어(齟齬)되는 것을 찾 을 수 없는 것으로 생각한 합리주의의 시대에 일어나는 일이다. 르네상스 나 18세기는 관습시의 시대였던 동시에 합리주의 또는 이성주의의 시대 였다. 르네상스는, 여러 엇갈리는 조류가 있기는 하였지만, 그 근본 태도에 있어서는 방대한 연역의 건축 『신학대전(Summa Theologiae)』을 쓴 토마스 아 퀴나스의 시대였다. 중세적인 미몽에 가장 요란스러운 반기를 들었던 18 세기가 바로 그러한 중세와, 가장 중요한 점에서 같은 성격을 가졌다면 놀 라운 일일지 모르나, 중세를 미신의 시대라고 생각하는 대신 아퀴나스의 시대라고 생각하면, 18세기는 르네상스 이후 어느 때보다도 중세적인 시 기였다. 이 점은 칼 베커(Carl Becker)가 그의 『18세기 철학자의 신시(神市) (The Heavenly City of the Eighteenth-Century Philosophers)』라는 18세기 서구 정신 사 가운데 정연하게 논파하고 있는 바다. 18세기의 대표적인 철학 '디이즘

(deism)'은 아퀴나스의 체계와 마찬가지로 우주가 전체적으로 합리적인 보편 법칙에 의하여 지배되고 있다는 사상 또는 신념의 표현인 것이다. 모든 것이 이성적 권위에 의하여 설명되는 세계에서 감정 또한 선험적 이성이 지정해 주는 위치에 굳어 버린 개념의 딱지를 붙이고 얌전히 정좌하고 있어야 한다는 것은 당연한 귀결이었던 것이다.

지금까지 이야기한 것과 비슷한 일이 동양에 있어서 유교의 세계관 속에 발견된다. 유교에 있어서 근본적인 사유의 원리가 되는 것은 중세 말이나 18세기의 이성과는 다른 것이겠지만, 적어도 보편 원리에 의하여 체계화되는 세계를 믿었다는 점에서, 그 사유 태도가 서양의 이성주의에 유사하다고 할 수 있다. 범주에까지 밀어 올려진 몇 개의 심리학적 법칙에서 우주 만상을 연역해 내고자 한 것이 유교적 사유 방식이라고 하면 지나친 말일까?

보편 원리의 세계에서 시인이 할 일은 시인에게 주어지는 시적 소재의, 우주적 질서에의 논리적 연관을 제시 또는 재확인하는 것이었다. 그러한 보편적 질서의 내용은 무반성적으로 받아들여지는 것이기 때문에 자연히 중요한 것은 수사적 증명이고, 따라서 시는 그 구조에 있어서 논리적 양상을 띠었다. 이와 다르게 근대적인 시에 있어서는 내용 그 자체가 중요하게 되고 그 표현의 매개 수단으로는 논리 대신 이미저리가 주로 사용되었던 것이다. 말하자면 이것은 옛날의 시인들은 어떠한 사상(事象)이 보편 질서 속에 갖는 위치를 손가락질함으로써만도 독자를 납득시킬 수 있었는 데 대하여, 근대의 독자들은 물건 그 자체의 감촉을 요구하게 된 때문이라고 할 수 있다. 다시 말하여, 세계관의 변혁을 겪은 후에 우리는 손가락이 가리키는 그 의미를 해득지 못하게 되었거나, 손가락의 신호 그 자체를 불신하게 된 것이다. 우리는 신호가 아니라 사물 그 자체에 맞닥뜨려야 우리의 태도를 정할 수 있게 되었다.

여기에 관련하여, 근대적 예술 감각은 어찌하여 예술 작품이 외부와의 교통을 일절 차단한 완전한 자립 체제를 이룰 것을 요구하는가 하는 문제도 생각해 볼 수 있다. 이러한 요구란 다시 말하면, 우리가 하나의 예술 작품에서 거기에 제시된 객관적 제(諸) 상황이 가능케 하는 감정의 총화와 독자에게 기대되고 있는 감정의 총화가 일치할 것과, 모든 지적·감정적 수수께끼의 열쇠가 작품 안에 들어 있을 것을 기대한다는 것이다. 이러한 자립적 감정 체제에 대한 요구는 20세기에 올수록 뚜렷해지는데, 이것은 예술 수법상의 발전이라 할 수 있을는지는 몰라도 분명히 사회적으로 공동체 의식의 퇴세(退勢)라고 할 것이다. 옛날의 시인들은 감정의 공동체적 반응 양식에 의지하여 시를 쓸 수 있었던 것이다. 이렇게 쓰인 시는 말하자면, 개방된 '프레임 오브 레퍼런스(참조의 관련 체재라 할까?)'를 가져, 독자는 시의 지표에 따라 공동체적 반응을 보충함으로써 시가 요구하는 경험을 적절히 재현할 수 있었을 것이다. 그러니까 논리적이고 이미저리에 빈약한 시가 지금이나 마찬가지로 옛날에도 시적 체험의 불발탄이라고 생각하는 것은 속단이라고 할 수 있다. 옛날에 감정은 이성이나 마찬가지로 공도(公道)를 갖는데, 현대에 가까워 올수록 공유 지대는 상실되고 감정적 체험은 극도로 원자화된 것이다. 요약건대, 옛날에 시는 수사적 증명에 의하여 공동체적 반응 체계에 관련되어지고, 현대에 있어 그것은 일정한 한계 속에 독립된 코스모스를 창조하게 된 까닭에 자연히 전근대의 관습시가 비교적 개방적인 시간적 또는 논리적 구조를, 근대의 현실시가 비교적 밀폐된 공간적 또는 구상적(具象的) 구조를 가지게 된 것이라고 할 수 있을 것이다.

9

　대개 보편 원리의 시대는 사회적으로 안정된 동질적인 공동체를 이루고 있던 시대였다. 시인과 독자도 이러한 동질적 공동체의 구성원이 되었는데, 이러한 사정은 문화 담당자가 보다 한정된 상층 계급인이었다는 사실로 더 강조적인 것이 되었던 것 같다. 엘리자베스조의 서정시인들은 정신(廷臣)들 자신이었거나 궁정에 기식(寄食)하는 사람들이었다. 18세기 고전주의 시대에 있어서도 시인들은 궁정을 중심한 상류 사회의 토양에 뿌리를 내린 사람들이란 데는 변화가 없었고, 한국에 있어서도 시조가 본질적으로 궁정 중심의 선비 문화의 표현이라고 말해서 큰 잘못은 없을 것이다. 시는 이러한 사회에 있어서 개인적인, 따라서 어느 정도 반사회적인, 감정, 가치 또는 진실의 표현이 아니고 집단적 가치의 재확인 행위로서, 사회적인 의미를 갖는 양식이었다. 따라서 시인은, 현대에서 흔히 그러하듯이 고독한 이단자가 아니라 사회적 기능과 위치를 가진 사회인이었다. 부알로는 "시에만 전념하지 말라/ 벗과 사귀며 믿음을 기르라/ 진정 훌륭한 것은 은근하고 단정한 시를 쓰느니보다는 오히려/ 회화(會話)를 즐기며 원만히 사는 법을 배우는 것이라."[27]라고 사회적 존재로서의 시인의 이상을 표현하였던 것이다. 사회적 활동으로서 시작 행위가 생각되었다는 증거는 시의 창작, 방법, 내용, 구조 어디에나 나타나 있다. 예를 들어 '경기시(tournament sonnets)' 같은 것은 시의 사회적인 인스피레이션을 말해 주는 단적인 증거가 될 것이다. 이것은 이미 많이 다루어진 주제를 두고 다른 시인들과의 수사적 기능을 겨룰 목적으로 쓰이는 소네트였는데, 엘리자베스조에 있어서는 잠[睡眠], 죽음, 무상(無常) 등이 가장 많이 이런 주제로서 택

27　Nicolas Boileau-Despréaux, *L'Art Poétique*, IV, 121.

하여졌다. '경기시'에 해당하는 것은 재래의 한국 시조에서도 발견될 것으로 생각한다. 이러한 종류의 시가 심각한 현실 탐구가 될 수 없고 단지 사회적 분위기의 조화를 위한 수사적 연습이 되기 쉬운 것은 물론이다.

비교적 조화된 사회의 소산물로서의 관습시가 어떠한 내용과 구조를 자연스러운 것으로 가지고 있는가에 대해서는 위에서 구구하게 이야기한 바 있지만, 우리는 이것을 독자와 시인의 관계에서 다시 한 번 고찰해 봄으로써 몇 개의 작은 특징을 더 발견해 낼 수 있다. 관습시의 시기에 있어서 독자와 시인의 관계는 매우 평화로운 것이었다. 앞에서 말한 바와 같이 관습시의 큰 특징의 하나가 수사라면, 수사란 화자와 청자가 직접적인 관계를 가질 때 성립하는 것이다. 관습시의 시인은 늘 독자의 존재를 두고 직접 말을 건넨다. 영시에서 빈번한 호칭(apostrophizing)이나 시조에서의 '아희야', '두어라' 등의 호칭이나 명령형은 수사적·직접적인 시인=독자의 관계를 말해 주는 것이 아닐까? 낭만주의 이후에 있어서 시인=독자의 관계는 그렇게 고른 것이 아니었다. 이때의 시인은 독자에게 직접 말을 건네는 일이 거의 없다. 루이스 교수의 말대로 독자는 시인의 말을 엿들을 뿐이다. 이러한 상황에서 낭만주의 이후의 시인들은 점잖은 사교 서클에서 화제가 될 수 없는 고백이나 환상을 시 속에 도입할 수도 있었고, 구조 면에 있어서는 관습시의 시인들이 많은 것을 공유하고 있는 독자를 상정하였기에 많은 것을 시의 밖에 두고 시를 쓴 것에 대하여, 낭만주의의 시인은 시 안으로 모든 것을 끌어들여 시를 자율적인 독립체로 만들지 않으면 안 되었던 것이다.

10

위에서 관습시는 보편 원리의 세계를 믿는 시대에 나타나고, 또 현실시는 이러한 획일적 형식적 사유 방식이 붕괴되고 현실의 재검토 내지 분석이 필요하다고 자각될 때에 대두되는 것이 아닐까 하고 이야기하였는데, 현실시의 정신적 배경을 조금 더 알아보기로 하자.

현대의 시적 감수성의 지적 배경을 이루고 있는 정신 태도는, 형식인(形式因)에서 출발하여 모든 것을 설명해 내려오는 권위주의적 사유 방식을 불신한 것에 의하여 특징지어진다고 말할 수 있다. 18세기의 이성주의가 의심되고 낭만주의자들이 경이의 눈을 가지고 경험의 세계를 돌아보기 시작했을 때부터 상대주의의 현대에까지, 이 불신은 점점 굳어져 간 정신사의 주류인 것이다. 그래서 현대의 지적 상황은 다음과 같이 요약된다.

우리는 아무런 대전제를 가지고 있지 않다. 오늘날 왕좌에 앉아 세계를 통치하고 있는 것은 혼란의 소용돌이이다. 따라서 우리는 이 소용돌이에서, 즉 직접적인 경험에서 나타나는 혼란된 사상(事象)으로부터 출발하여야 한다. 우리는 시원스럽게 처리해 버릴 수 없는 불투명한 사실에서 출발한다. 우리는 이러한 사실을 적당히 유도하여, 세계의 이성적 구조를 가정하고 그 가정하에서 가능한 사유의 범주 속에 맞춰 넣을 수 없다는 것을 알고 있으므로, 사실을 사실로 받아들일 수밖에 없다. 우리가 할 수 있는 일이란 주어진 사실을 그대로 받아들이고 이를 관찰, 실험, 검증, 분류하고 가능한 경우 측정하며, 될 수 있는 대로 연역적 사변의 가공을 가하지 않는 것이다.[28]

---

28 Carl L. Becker, *The Heavenly City of the Eighteenth-Century Philosophers*(New Haven, 1932), p. 16.

낭만주의 이후 서구의 정신사적 주류는 추상 과정의 소산인 일체의 보편 개념의 현실성을 파괴하는 방향으로 향했었다. 요약건대, 처음에는 굳게 응고된 이성주의의 제(諸) 개념이 부서져 그 구성 분자로 해체되고 이러한 구성 분자에 대응하는 경험적 사실에 착안하였으나, 파괴와 세분의 과정이 가속적으로 진행됨에 따라 이 경험이나 사실 그 자체까지도 의심되고 급기야는 모든 것이 부단히 변화하고 유동하는 동적인 상관관계만으로서 파악되게 된 것이 오늘날의 사정이 아닌가 한다.

관습시와 현실시를 시대적으로 구분하고 있는 것은 18세기 말 또는 19세기 초의 낭만주의인 것으로 말한 바 있는데, 그 구분이 그렇게 확연한 것은 아니고, 현실시는 19세기 초에서 20세기에 가까이 올수록 뚜렷해지는 시의 유형이라고 말하는 것이 보다 더 정확하다. 그리고 18세기 이전이라도 17세기는 조금 다른 모습의 현실시가 발견되는 시기이다. 따라서 17세기와 20세기가 가장 뚜렷이 현실시의 시대라고 할 수 있겠는데, 이것은 서구의 정신사의 흐름과도 완전히 병행하는 일인 것 같다.

사실 존중의 태도는 서구에서는 17세기부터 줄곧 발달되어 왔다. 그러나 18세기에 와서는 일견 사실이 드러내 주는 자연법칙의 보편성에 대한 낙관적 견해가 사상계의 전경(前景)을 차지하게 되어 일시 중세적 보편 법칙의 세계가 재등장하였다. 19세기 초에 시인들은 합리적인 우주에 반드시 조화되어 가는 것이 아닌 개인과 개인적 감정 체험을 발견하였다. 세기가 진전함에 따라 이러한 개인적 경험과 그에 맞서는 외계를 조화해 주는 보편 원리가 신비스러운 방식으로 존재하는 듯도 했으나, 결국 보편적이고 동질적인 세계의 존재에 대한 회의는 깊어만 갔고, 20세기에 있어서 경험의 원자화는 극단에 이르게 된 것이라 할 수 있다. 앞의 인용문이 말하는 바와 같이, 오늘날 세계의 옥좌에 앉아 있는 것은 혼돈이고, 우리가 의지할 수 있는 유일한 거점은 따로 분리되어 있는 직접적인 경험이다. 현실시는 이러한 경험적 사실의 세계에서 가장 뚜렷한 유형으로서 등장한다고 말한 바 있는데, 20세기와 17세기가 가장 현실적인 시가 쓰인 시대임과 동시에 그 정신적 풍토에서도 서로 비슷하다는 것은 이것을 증명해 주고 있는 것이다. 다음의 인용문은 17세기에 있어서의 지적 상황을 말하고 있는 것이나, 이것은 20세기에도 거의 들어맞는 서술이라고 할 수 있다.

과학, 종교, 도덕, 예술, 어떤 분야에서도 주류가 된 것은 중세 스콜라 철학의 무제약적인 이성주의와 르네상스 휴머니스트들의 이성과 학문 숭앙에 대한 반발이었다. 스콜라 철학자들이 구축해 놓은 거대한 논리적 사변의 체계와 기독교의 진리를 적당히 요리하여 그들의 이성철학에 맞추려고 한 신플라톤학파, 신아리스토텔레스학파, 신스토아학파 등에 대하여 반기를 든 이들 반항자들은 이론이 내세우는 이상과 그들 자신이 관찰한 바의 현실과의 차이를 강조하고 진리에 대한 새로운 접근 방식을 주창하였다.

종교가들은 새로이 신앙과 신의 은총과 계시를 강조하고, 과학자들은 관찰과 실험을, 도덕론자는 향락과 본능을, 역사, 정치, 사회에 대하여 논하는 자는 '사실'과 실용적 경험을 강조하였다. 그리고 일부의 극단론자들은 확실한 지식은 불가능하다고 말하며 인식론적 회의주의를 표방하였다…….

이 [경험의] 제일 원리에로의 복귀는 여러 가지 형태의 문화적, 과학적, 역사적, 종교적 원시주의로 나타났다. 그리하여 단순 소박한 것이 옹호되고, 비중앙집권적이고 비종교적인 개개의 경험이 강조되어 인식의 대상과의 직접적이고 개인적인 접촉이 희구되고, 지식의 모든 국면을 하나의 종합적인 체계 속에 포함시킬 것이 아니라 제한된 국면만이 독립적으로 연구되어야 한다고 주장되었다. 이리하여 '반(反)르네상스(Counter Renaissance)'의 종교가와 신비가는 능동적으로 의지와 사랑과 믿음, 수동적으로 은총과 계시를 강조하였고, 과학자는 경험적 방법에 의지하여 '불투명한 사실' 그 자체를 연구하고자 했으며, 사회, 정치, 도덕, 역사론에서는 인물이나 사건을 취급함에 있어서 '있는 그대로의 사실'을 프래그머틱하게 고찰하는 것이 중시되었다. 이론이 아니고 실제와 사실이, 보편이 아니고 구체가, 사변적, 이성적, 논리적인 것이 아니고 직접적, 의지적, 경험적인 것이 정신의 지평 위에 크게 나타난 것이었다.[29]

위의 인용을 적의가감(適宜加減)하면 이것은 실존주의 신학, 논리적 실증주의, 실증과학 및 심부(深部) 심리학으로 특징지어지는 현대 서구의 정신 상황을 그대로 이야기하고 있는 말이 된다. 이러한 사정에 비추어 볼 때 20세기에서 17세기 시가 가장 활발히 논의되고 평가되었다는 것은 단지 시사상(詩史上)의 우발적 현상이 아닌 것이다.

위에서 우리는 영국에 있어서 17세기와 19세기 이후의 지적 상황과 시의 관계에 대하여 말하였는데, 우리는 한국 문학사에 있어서도 이에 유사한 평행 관계가 존재함을 지적할 수 있다. 즉 한국에 있어서 신시(新詩)가 탄생한 것도 유교의 보편 원리가 지배하는 형식주의적 세계가 붕괴한 것과 그 시기를 같이 했다는 것이다. 그러나 여기서 하나의 중요한 차이를 지적해야겠다.

16세기, 17세기에 있어서 기성 가치 체계에 대한 회의가 커지고 세계관과 사유 태도의 재조정이 요청됨에 따라 영시는 서서히 변모하여 현실시의 대두를 보게 되었다. 이것은 안으로부터 서서히 자라 나온 한 세력이 외부적 표현을 얻는 경우였다. 시사적(詩史的)으로 17세기 특유의 회의적 태도는 이미 월터 롤리(Sir Walter Raleigh)에서 나타나고 논리적 수법의 새로운 사용은 그레빌(Fulke Greville)에서 볼 수 있으나, 감수성과 수법의 완전

---

29 Hiram Haydn, *The Counter Renaissance*(New York, 1950), pp. 84~85.

한 변화는 존 던에 이르러 분명해졌다. 이것은 한 시인이 내용과 형식에 있어서 관습의 테두리를 벗어나 개성적인 이디엄(idiom)을 발전시키는 과정에서도 나타난다. 변화하는 감수성은 내용에 있어서 관습을 벗어나고 차차 형식에 있어서도 관습적 형식을 일탈하여 새로운 리듬과 시형을 요구하게 된다. 존 던에 있어 비관습적인 시 형식 및 구조는 새로운 의식의 필연적 요구였던 것이다.

> 사람이 비평적 자의식의 고차적 단계로 나아갈 때 대가로, 오랫동안 인간의 가장 높은 자기표현이었고 본능의 아름다움, 자연인의 맥박의 미화(승화는 아니라 하더라도)의 소산인, 리듬의 유려함을 상실하게 된다. 던에 있어서 처음부터 이 리듬은 사색과 반성의 간섭으로 늘 중단된다.[30]

자의식이 고차로 발전되면, 리듬 또한 새로운 것이 되어야 한다. 이와 같이 내부의 발효가 외부적인 형태로 정착하는 것은 정상적인 생성 발전의 과정인 것이다. 한국의 신시(新詩)는 이와는 반대되는 과정을 밟아 대두되었다. 즉 유교적 세계관이 무너지고 난 후 한국 시는 충분한 발효의 과정을 겪지 않고 새로운 외부 형태를 갖추게 되었던 것이다. 본래 유교적 세계는 이미 그 자체 내에 붕괴의 씨를 가지고 있었다고 하더라도 그 붕괴에 결정적인 영향을 끼친 것은 외부 세력이었다. 그리고 이 외부 세력은 이미 기성 형식을 갖추고 있어서 한국의 시인들은 그것을 받아들이기만 하면 되었다. 그러나 형식 면에 있어서 이미 새로운 것을 갖추었다 해도 한국 시가 완전히 새로운 시가 되기 위해서는, 다른 모든 문화적 표현 양식과 함께 내부에서 발효되는 새로운 감수성의 출현을 기다려야 했다. 그러니까 최초

---

30 Hugh I'Anson Fausset, *John Donne: A Study in Discord* (London, 1924), p. 48.

의 비시조적 시를 쓴 것은 육당 최남선이겠지만, 참다운 현대적 감수성의 시가 쓰이기 시작한 것은 훨씬 후의 일이 된다. 이러한 근대 또는 현대적인 시는, 분석하면 대개 필자가 본고에서 밝힌바 현실시의 제(諸) 조건을 (시론적 전제 및 구조에 있어) 드러낼 것이다. 육당의 「해(海)에게서 소년(少年)에게」와 같은 시는 시조 형식을 쓰지 않았다고는 하지만 그 관습시적 구조에 있어서 시조와 별로 다르지 않은 것이다.

11

지금까지 이야기한 바의 논지는 다음과 같다.

시를 읽음에 있어서 우리는 시가 쓰인 시대와 감수성의 변천에 따라 예비 태세를 조정하여야 한다. 여기에는 크게 보아 두 가지의 방향이 있을 수 있다. 하나는 시를 주관적 또는 객관적 리얼리즘의 시론에서 접근하는 것이고, 다른 하나는 문학사적 관습에 관련시켜 보는 것이다. 처음의 태도에서는 독자의 감수성이, 두 번째의 태도에서는 관습에 대한 예비적 소양이 중시된다. 다시 말하여, 전자의 경우에는 시인의 전기 또는 독자 자신의 전기가 필요하고 후자의 경우에는 문학 장르의 전기가 이에 못지않게 필요하다.[31] 이 두 개의 다른 태도는 시에 대하여 서로 다른 가정을 가짐으로써 가능하다. 하나는 시가 발견과 유리의 기능을 갖는 것으로 보고 본질적으로 리얼리티의 새로운 국면의 해명에 관계한다고 생각하는 데 대하여, 다른 하나는 시를 제작이라는 관점에서 파악하여 현실과는 밀접한 관계없이 직접적으로 감지할 수 있는 미를 제작하며 사회적으로는 기성 가치의 재

---

31 C. S. Lewis, op. cit., p. 8.

확인이라는 공적 기능을 수행한다고 생각한다. 근본 전제가 다른 두 가지 시는 자연히 그 구조를 달리한다. 현실시에 있어서 이미저리는 주어진 리얼리티의 해명에 관계하므로 강한 현실 조응을 가질 것이 요구되고 분석적인 데 대하여 관습시에 있어서 이미저리는 표면적인 회화미나 수사미의 창작을 제1차적으로 목적으로 하는 까닭에 종합적 구조를 갖는다. 시 전체의 구조도 위에 말한 시론적 전제에 따라서 달라지게 된다. 관습시는 수사미를 목적으로 하는 경우가 많으므로 그 구조에 있어서 수사적 전개를 보여 준다. 그러나 주의할 것은 수사적 방법에 의하여 표현되는 것은 개인적 감정이 아니고 공동체의 감정이라는 것이다. 따라서 현대적인 감수성으로는 기이한 느낌이 드는 현상이 일어난다. 그것은 관습시가 순수한 공적인 시 소재를 떠난 개인적인 감정을 취급할 때 일어나는 현상이다. 왜냐하면 논리적 수사적 방법은 근대인에게는 감정의 반응 또는 표현 양식이 아니기 때문이다. 18세기 이후의 독자에게 관습시가 보여 주는바 논리적 구조는 낯선 것이다. 이에 대하여 이러한 독자에게 보다 직접적인 호소력을 갖는 시의 구조는 대개 공간적이다. 그런 이미지 중심의 공간적인 시가 아니면 다 비효과적이란 것은 아니다. 보다 중요한 것은 관습적 논리가 현실에 (그것이 주관적이든 객관적이든) 무관심하다는 것이다. 논리적 구조는 이러한 무관심을 조장하기 쉽다는 점에서 불리한 것이다.

　대개 현실에 대한 관심, 나아가서 현실시는 사회적으로 정신사적으로 그럴 만한 동기가 있을 때 뚜렷하게 나타난다. 관습시는 영국에 있어서나 한국에 있어서나 보편 원리의 세계관이 군림하고 있을 때 성행했고 현실시는 이러한 세계관이 붕괴할 때 등장한다. 보편 원리의 세계에서 시인의 할 일은 어떠한 구체적인 감정 체험과 보편적 질서와의 관계를 밝히는 것이었다. 여기에서 감정의 내용이나 세계의 근거는 문제시되지 아니하였다. 이미 그것들은 일체 표현 활동의 대전제로서 모든 사람들이 받아들이고 있는 것이었다. 시인이 논리적 수사적 구조를 가진 시를 쓰게 된 것은 보편 원리에의 관련을 수사적으로 증명할 필요가 있기 때문이었기도 하려니와 시인이 많은 것을 시의 외부에 가정할 수 있게 하는 동질적이고 보편적인 문화 배경이 있었던 때문이었다. 보편적 세계관의 쇠퇴기에 있어서 시인은 리얼리티를 응시할 필요를 느끼고 여기에서 얻은 시적 체험을 보편적 제일 원리에 관련시킴이 없이 표현하려고 한다. 여기에서 생기는 새로운 시적 테크닉에 대한 요구에 따라 시인은 저절로 자기 폐쇄적·공간적 구조와, 추상적 법칙의 지원을 받지 않아도 좋을 구체적 이미저리에 의지한다. 시인이 구체적인 것에 의지할 필요를 느낀다는 것은 뒤집어 말하면, 시인과 독자가 공동으로 가지고 있는 보편적 가치 배경이 상실되었다는 것을 의미한다. 혼돈이 지배하는 세계에서 시인은 창이 없는 모나드가 되고, 그의 시 또한 그것 자체로 세계를 이루는 자율적 단위가 된다. 이것은 시인=독자의 관계에서 단적으로 나타난다. 관습시인은 독자와의 긴장 관계에서 시를 썼으나, 현실시인은 현실과의 긴장 속에서 시를 쓴다. 전자에게는 주어진 과제를 증명해 보여 주어야 할 독자가 있었고, 후자에게는 그의 외로운 대결에서 밝혀져야 할 불투명한 현실이 있을 뿐이다. 그리고 밝혀진 현실은 유니크한 정서적 부하(負荷)를 수반하여 시인은 점점 고절(孤絶)의 깊은 안개 속에 싸여 들어가게 된다. 관습시와 현실시에 다르게 나타나는 구조는 위에 말한 여러 사정들의 표현인 것이다.

(1964년)

존재의 인식과 감수성의 존중[1]

전후의 작시풍(作詩風)

바람이 인다! …… 살아 보아야겠다!

거창한 대기가 내 책을 폈다 다시 덮는다.

산산이 부서진 물결이 바위에서 감히 뿜어 오른다.

— 폴 발레리, 「해변의 묘지」 부분

Le vent se lève!…… il faut tenter de vivre!

L'air immense ouvre et referme mon livre,

La vague en poudre ose jaillir des rocs!

생명 있는 인간의 육체는 바람 앞에서 움츠러든다. 비록 그것이 황야의

---

1 하동훈, 김우창 공저. 전반부는 하동훈이, 79쪽의 '엘리엇의 전통'부터는 김우창이 집필함.(편집자 주)

눈을 녹이는 훈풍이든, 또는 세기의 종악장(終樂章)을 고하는 묵시의 바람이든 인간의 살결은 반응하게 마련이다.

제1차 세계대전이 끝난 지 2년째 되는 1920년에 발레리는 「해변의 묘지」를 발표함으로써, 얼어붙은 순수의 결정체로부터 시의 기능을 이탈시키려 시도했다. 그것은 곧 생명의 수용에로 방향 전환을 나타내는 것이며, 사색이 좌절된 극한상(極限狀)에서는 행동이 유일한 수단으로서 잔류함을 암시했다. 그리고 행동은 육체의 문제임을 넌지시 비치기까지 한다. "시는 지성의 축제이어야 하며 그 이외의 것이어서는 안 된다."라고 말한 발레리가 이러한 곳까지 이르른 데는 자못 의미심장한 바 있다. 그로부터 20년도 채 못 되어 또다시 전 세계를 포화의 광란 속으로 몰아넣은 제2차 대전이 터지고 말았다. 인간은 어떠한 형태의 것이든 행동에의 강요를 여지없이 당한 것이다. "바람이 인" 것이다. "산산이 부서진 파도가 바위에서 감히 뿜어 오른" 것이다. 1차 대전만큼 인명을 희생시키지는 않았다 하지만 그 상처는 더욱 쓰라린 것이었다. 그중에는 영구 불치의 고질이 되어 버린 것도 있거니와 일반적인 치료 기간도 오래 걸렸다. 2차 대전은 보편적 가치와 원리에 대하여 보다 철저한 파괴를 가했기 때문이다. 그것은 한마디로 말하여 '가치의 붕괴'였고 '양식의 파산'이었다. 이미 양식은 현실을 정리하지 못했고 더구나 명료한 정의를 내려 줄 것 같지도 않았다. '파시즘'과 '나치즘'이 패전으로 막을 내렸건만 인간의 위기는 계속되었다. 동과 서의 냉전, 불식되지 않은 새로운 분쟁들이 예기치 않은 때 예기치 않던 곳에서 꼬리를 물고 일어났다. 한층 문제는 심각하여 개성의 붕괴 작용이라는 막바지에까지 다다르게 된다. 이성의 가치 폭락, 전체주의의 위혁, 인간관계의 희박, 및 대화의 두절 등은 인간을 고독의 광장으로 몰아내었고, 그 광장에는 의미의 공가(空家) 같은 '매스컴'에 의하여 겨우 현금 유대(現金紐帶, cashnexus)를 유지할 수 있을 뿐이었다. 게다가 '메커니즘'과 그 발명자인 인간의 부조화, 공동체 내에서의 혼(âme)이 없는 생활은 마침내 인간으로 하여금 신념을 잃게 함으로써 개성 붕괴까지 초래했던 것이다. 이것이 현실이다. 그러나 위기는 항시 그 자체 속에 출구에의 암시를 내포하고 있는 법이다. 일체의 '앙비발랑스(ambivalance)'를 승화시키려는 곳에 시의 존재 이유가 있다. 그리고 그것은 분열된 인간상과 현실상을 조화하려는 벅찬 노력인지도 모른다. 그 방법은 실로 다양하다. 이를테면 예술적 형식에 있어서 불가결의 바탕인 초월을 획득하느냐, 아니면 실존의 물음에 대하여 수평적인 해답을 내리느냐, 그것도 아니면 이 양자의 '생테즈(synthése)'를 확립하느냐 등등 방법론적인 다양성은 불가피한 것이다. 전후 20년 동안의 현대시가 복잡한 양상을 띠고 있다면 그 이유도 바로 여기에 있는 것이다. 다만 그 어느 것이나 현실에 대한 새로운 인식에서 출발한 것만은 분명한 사실이다.

새로운 인식에서 출발한 예술의 과제는 낡은 형식으로 다룰 수 없다. 더욱이 형식의 미학이 내용에 선행할지도 모르는 시에 있어서는 '장르'의 제약이 한층 심한 것이다. 사실상 19세기 후반(정확하게 말하면 1860년대)부터 문학상의 저명한 인물은 영향을 끼친 자와 일치하고 있다. (여기서 말하는 영향이란 형식과 내용 양자에 대한 것이다.) 이 점은 가에탕 피콩(Gaetan Picon)이 그의 저서 『작가와 그 그림자』에서도 지적하고 있다.

"확실히 문학이 과거와 연을 끊고 새로이 나아갈 방향을 모색하는 시기에는, 천재적인 것과 문학의 진행 방향을 결정하는 힘 사이에 일치점이 생긴다." 실례를 들면 보들레르, 랭보, 말라르메, 라포르그, 로트레아몽, 아폴리네르, 슈테판 게오르게, 엘리엇 등의 시인이 그러했음을 우리는 문학사에서 쉽사리 발견할 수 있다. 현존하는 시인들이 후대에 영향을 끼친 자가 될지 어떨지는 시간만이 증명할 수 있는 문제다. 현재에서 미래의 영향을 추단(推斷)하기는 어려운 일이다. 그러나 한 가지 분명한 것은 현대의 시인들이 각기 새로운 과제의 해결을 위하여 작업을 하고 있다는 점이다. 과거와 연을 끊고 새로이 나아갈 방향을 모색하고 있는 것이다. 시에 있어서는 새로운 형식의 추구라고도 할 수 있겠다. 전통을 완전히 방기하는 것은 아니지만 전통에의 예속을 거부한다는 점에서 이들은 과거와 연을 끊은, 또는 연을 끊으려는 자들이다. 전통이 다소 간직된다 하더라도 그것은 이미 지배자나 율법으로 군림하는 것이 아니라 목적을 위한 비복(婢僕)으로 존재할 따름이다. 왜냐하면 향방의 모색에 가장 중요한 것은 언제나 현실이기 때문이다. 현실이란 변전하는 사위(四圍)이며 그 속에서 형성되는 체험인 동시에, 그 사위에 대한 체험자의 반작용이다. 그것은 현존적인 시간이며 생의 의식이다.

전후 20년의 시를 논함에 있어서 어떠한 형태이든 그 기준이 아쉬울 것 같으므로 이러한 기준을 세워 둔다. 즉 현실이라는 시간적인 특성과 그 현실에 대한 시인의 인식을 바탕으로 하여 작품의 미학적 가치를 논하는 동시에 그 계보를 살피고자 한다. 따라서 필자들이 분류·형성한 계보에는 독단 내지 착오도 있을 수 있을 것이다. 왜냐하면 현실이란 부단히 변전할뿐더러 너무도 복잡한 양상을 띠고 있기 때문에 객관적으로 현실을 논하기란 어렵다는 것이 그 첫째 이유이요, 둘째는 현존하는 작가란 예기한 '사인·코사인·커브'에서 엉뚱하게 '탄젠트·커브'를 그릴 수도 있다는 이유에서이다.

순수에의 줄기찬 의지

현대시에 있어서 거의 신성(神聖)에 가까울 만큼 절대적인 전통을 형성하고 있는 것은 시의 순수성이었다. G. 델펠(Guy Delfel)이 『말라르메의 미학』에서 극히 타당성 있게 지적한 것처럼, 그(말라르메)에게 있어서 — '플라톤' 학파의 철학에서 말하는 — '사랑'의 역할을 한 것은 당위의 윤리적 의식(le sens éthique de devoir)이었다. 그런데 이러한 의식은 말라르메에게만 고유한 속성은 아니었다는 점에서 우리는 때때로 당황한다. 위로는 포와 보들레르에서 비롯하여 말라르메, 발레리, 예이츠, 릴케, 엘리엇에 이르는 계보를 우리는 정통적인 현대시의 길임을 의심하지 않는다. 이른바 상징파 내지 후기 상징파라는 이름이 붙은 이들에게는 한결같이 '당위의 윤리적 의식'이 있었던 것이다. 그러나 '쉬르레알리스트(surrealist)'들도 이러한 'sens éthique'를 가졌다는 점에서 우리는 당황하는 것이다. 다만 말라르메가 오로지 이성(raison)에서만 추구하려 한 것을 '쉬르레알리스트'들은 불합리성(l'irrationnel)에서 찾으려 한 것이 다를 뿐이다. 그리고 '쉬르레알리스트'들은 말라르메가 인식론(épistémologie)을 필요로 한 데 대하여 마법(magie)을 필요로 했다. 비가시적인 세계에의 문을 열기 위하여 이들은 완전히 관념론을 팽개쳐 버릴 만큼 용감하지는 못했던 것 같다. 따라서 시비슴(civisme, 공민 정신)에 속하는 도덕적인 규율의 그림자가 '쉬르레알리슴'의 행동 주위에는 항시 따르고 있는 것이다. 앙드레 브르통(André Breton)과 그의 친구들은 "상상이 실체를 만든다.(l'immagination fait les choses.)"라고 한 그들의 선언을 우리에게 입증할 만큼 행동 — 시작(詩作) — 을 성공시키지는 못했다. 그러나 순수성만이 그 어떤 것으로도 치환할 수 없는 지고의 목적이었던 말라르메에게는 새로운 세계의 예시(豫示)를 느낄 수 있다. 언어의 전능이 시와 진실의 결혼을 축복해 주리라 믿는 순수의 세계가 말라르메에게는 있다는 말이다. 이에 대하여 쉬르레알리스트들은 꿈과 행동의 대립 관계를 해소하려는 필요성을 우리들에게 보여 주었다. 마르크스가 '세계를 변혁'하듯이, 그리고 랭보가 '삶을 변화'시키듯이 쉬르레알리스트들은 서슴지 않고 말라르메의 우연의 주사위(les dés du hasard)를 궁극점까지 밀고 올라감으로써 가시적인 세계의 피안에 숨겨져 있는 실체(les choses réelles)가 기호로서 우리들 앞에 나타나게 하려 했던 것이다. 그러므로 '쉬르레알리슴'과 상징주의는 서로가 상반되는 만큼의 일치점을 가지고 있는 것이다. 그리고 이 두 줄기의 흐름은 현대시에 있어서 두 개의 유방 같은 역할을 하고 있다. 이러한 풍토에서 출발한 현대 시인들은 각기 저마다의 특유한 색조를 띤 시를 생산하고 있지마는 순수성을 추구하는 점에서 일종의 공통분모를 설정할 수 있지 않을까 싶다.

시는 관념의 미화이기에 앞서 어느 본질에 접근하려는 우화적 힘이 되기를 바라는 경향이 최근에 짙은데 르네 샤르(René Char, 1907~1988)는 언어의 극단적인 절약을 다소 난해한 격언조의 시구에 귀착시키려 한다. 이에 비하여 로베르 간조(Robert Ganzo, 1897~1995)는 완전한 정밀성과 절대적인 통제로써 무의식과 우연의 분주(奔走)에 귀를 기울이고 있다. 그러므로 간조의 시에는 말라르메류의 우주가 전개되는 것이다. 르네 샤르와 로베르 간조는 순수를 지향하는 활시위의 두 극점이라 하겠다. 이 두 개의 극점 사이에는 집중하려는 힘과 서로 반대 방향으로써 확산하려는 힘이 병존한다.

이들은 쉬르레알리슴의 중심 지대에서 또는 그곳에서부터 분기된 무수한 계곡 사이에서 태어난 시인들과, 말라르메와 그 후계자들인 발레리, 릴케, 나아가서는 엘리엇의 영향을 절대적으로 받은 시인들에게 새로운 영향을 다시 끼치고 있다. 그리고 독일의 프리드리히 게오르크 윙거 (Friedrich Georg Jünger, 1898~1958), 베르너 베르겐그륀(Werner Bergengrün, 1892~1964) 같은 시인들도 형식 면에서 무시 못 할 영향을 주고 있거니와, 무엇보다도 미와 격조와 예언자적인 순수성을 시에 부여하였던 슈테판 게오르게(Stefan George, 1868~1933)는 현대시에 다대한 영향을 준 사람이다. 우리는 여기에 두 줄기의 계보를 도식화할 수 있으리라 생각한다. 그 하나는 말라르메, 발레리, 릴케 등을 거쳐 로베르 간조, 르네 메나르 (René Ménard, 1908~), 롤랑 드 르네빌(Rolland de Renéville, 1903~1962), 그리고 독일의 귄터 아이히(Günter Eich, 1907~), 빌헬름 레만(Wilhelm Lehmann, 1882~) 등이 밟고 있는 길이다. 또 하나는 랭보, 로트레아몽에서 시작하여 쉬르레알리슴의 가교를 건너 르네 샤르, 조 부스케(Joë Bousquet, 1897~1950), 이반 골(Yvan Goll, 1891~1950), 알랭 보스케(Alain Bosquet, 1919~) 등에 이르는 길이다. (앞에서 말했거니와 이들 시인은 각자의 독특한 격조로 시작을 하고 있으므로 어떤 의미에서는 동일한 계열에 넣을 수 없을지도 모른다. 그러나 여기에서는 순수성의 추구라는 공통분모에 입각하여 분류했음을 밝혀 둔다.) 전자는 함축성 있는 목소리와 응축된 형식으로 시공(時空)의 비연속을 극복하려 하는 노력이 보인다. 따라서 이들에게는 고뇌와 질서에 대한 회의가 극히 인공적으로 승화되어 있으며, 인공적인 것의 분야가 점점 확대되어 마침내는 새로운 초월성을 창조적으로 만들어 낸다. 이러한 태도는 고트프리트 벤(Gottfried Benn, 1886~1956)의 그것과도 일치한다.

자 ― 가라앉고 솟아오르게 버려두라.
숱한 나라들이 일제히 나타난다.
태고의 스핑크스, 제금(提琴),
그리고 바빌론에서는 하나의 탑이.

—『제4기 2』의 1~4행

Komm — laß sie sinken und steigen,
die Zyklen brechen hervor;
uralte Sphinxe, Geigen

und von Babylon ein Tor,

—Quartär 2

　흔히들 벤을 서정시인이라고 말하고 있거니와 우리는 이 시에서 맹아
(萌芽)와 서광에 대한 날카로운 직관력을 본다. 바벨탑과 이집트의 스핑크
스는 고대 세계의 위대성과 거부(巨富)에 직결되는 설형 문자인 반면 부패
와 타락의 상징이다. 극히 금욕적이고 응축된 형식에 서광과 몰락이 교차
하는 환상이 전개된다. 여기에는 시공의 비연속을 극복하여 초월에 접하
려는 인식의 모습이 보인다. 이러한 태도는 놀랄 만큼 롤랑 드 르네빌의 겸
허한 치밀성과 일치하고 있다. 깊은 명상과 극도의 엄격성을 통하여 언어
이마주와 상징이 난해할 만큼 정밀한 법칙 위에 구축된 조형미는 오히려
귄터 아이히의 로코코적 미와 통하는 르네빌의 시다. 요컨대 이들은 현실
을 용해하여 미를 걸러 내려는 미학의 연금술사이다. 이로서 말라르메 이
후 오늘에 이르기까지 시의 순수를 고집하는 하나의 계보를 극히 개관적
이나마 살펴본 셈이다. 이와 다른 또 하나의 계보는 랭보(그 자신은 두 가지
요소를 함께 지녔지만), 로트레아몽을 교조로 쉬르레알리슴을 거쳐 오늘에
이르는 길이다. 쉬르레알리스트의 헤라클레스적 존재였던 르네 샤르(그도
전시에는 대위로서 항전했음)를 비롯하여 이반 골, 조 부스케, 알랭 보스케 그
리고 자크 바롱 등이 이에 속함은 앞에서도 밝혔거니와, 이들은 대개가 쉬
르레알리슴의 모험으로부터 시작하였으나 점점 '휴머나이즈'되어 마침내
는 쉬르레알리슴의 악마적인 부분(la part diabolique)을 연소해 버린 후 응
축되고 음악적인 형식에까지 도달한 시인들이다. 사실상 이들에 이르러
서는 이미 생볼리슴(symbolisme)과 쉬르레알리슴의 '생테즈'가 확립된 감
이 있다. 노발리스가 요청했듯이 '절대적 현실'의 시로서 초현실주의의 언
덕을 거슬러 올라가는 파울 첼란(Paul Celan, 1920~), 카를 슈베트헬름(Karl

Schwedhelm, 1915~) 같은 현존하는 독일 시인들도 이 계열에 속할 것이다. 이들에게서 볼 수 있는 특징은, 다이아몬드처럼 경도 높은 언어의 명증성을 완벽한 형식에 부각함으로써 쉬르레알리슴에서 출발한 현대시가 무의식의 전사지(轉寫紙) 속에 추락하지 않는다는 일면을 증명해 주는 것이다.

순수성을 지향하는 현대시의 이상과 같은 계보 옆에는 역시 쉬르레알리슴에서 자양을 흡수했으나 '파르나시앙(parnassien, 고답파)'의 냉엄성을 간직한 페르낭 마르크(Fernand Marc, 1920~), 인공적인 면이 다소 배제된 모리스 블랑샤르(Maurice Blanchard, 1909~), 조르주 셰아데(Georges Schéhadé, 1910~), 프랑수아 도다(François Dodat, 1908~1996) 등이 모자이크와 같은 다채로운 성좌를 형성하고 있다.

서정적 자아가 역사의 체험을 초월하여 존재하며, 현실의 파동을 정신적 혹은 정적 공간에서 극복하려는 독일의 에밀 벨츠너(Emile Belzner, 1901~), 프리츠 우징거(Fritz Usinger, 1895~), 알베르트 아르놀트 숄(Albert Arnold Scholl, 1926~), 하인츠 피온테크(Heinz Piontek, 1925~), 그리고 오스트리아의 규수 시인 잉게보르크 바흐만(Ingeborg Bachmann, 1926~)도 잊어서는 안 되겠다. 그러나 역사의 광기는 이따금 생명 있는 인간으로 하여금 산문적(구체적)인 해답을 내리도록 강요할 때도 있다. 여기에서 이른바 '포에지 앙가제(poésie Engagée, 참가의 시)'가 생긴다.

현실악(現實惡)에 도전하는 십자군들

알베레스의 말마따나 "신앙이 반역과 냉혹성의 상담역이 되었고, 자동소총과 기도가 자매로 되었던" 시기가 프랑스에 있었다. 레지스탕스의 시가 그것이다. 엘뤼아르, 아라공 같은 쉬르레알리슴의 최후 기수였던 시인들을 비롯하여 피에르 에마뉘엘(Pierre Emmanuel, 1916~), 파트리스 드 라 투르 뒤 팽(Patrice de La Tour du Pin, 1911~), 로아 마송(Loys Masson, 1915~) 같은 시인들은 애국심을 시와 결부시키려 했고, 시로써 집단의 감정을 표현하려 했다. 이를테면 이 시기는 프랑스 시에서 영원히 사멸된 줄만 알았던 '디닥티슴(didactisme, 교훈시)'이 성스러운 시의 사원과 실험실에 제 발로 걸어 들어온 시기다. 1930년대에는 상상도 못했던 절충과 야합이 1940~1944년 사이에 성립된 것이다.

소식

그가 죽기 전날 밤은
그의 생전에 가장 짧은 밤이었다.
아직도 그가 살아 있을 때
사념(思念)은 손목까지 피를 태웠고
육체의 무게는 그를 메스껍게 했고
힘은 그를 신음하게 했다.
그가 미소 지은 것은 이 공포의 바로 밑바닥에서였다.
그는 하나의 동지도 아닌
수만 수십만의 동지를 가졌었다.
그들이 원수를 갚아 주리라는 것도 알고 있었다.
그리고 그날이 그를 위하여 밝아 왔다.

　　　　　　　　　　　──폴 엘뤼아르,『독일군의 집합지에서』(1942년)

AVIS

La nuit qui précéda sa mort

Fut la plus courte de sa vie

L'idée qu'il existait encore

Lui brûlait le sang aux poignets

Le poids de son corps l'écœurait

Sa force le faisait gémir

C'est tout au fond de cette horreur

Qu'il a commencé à sourire

Il n'avait pas *un* camarade

Mais des millions et des millions

Pour le venger il le savait

Et le jour se leva pour lui.

—Paul Éluard, "Au rendez-vous allemand"(1942)

이를테면 순수시와 디닥티즘이 레지스탕스의 주체로 비밀 지하실에서 결혼식을 올린 셈이다. 그러나 이러한 현상도 역사의 종창(腫脹)에서 돋아난 뿌리 없는 버섯이라고는 할 수 없다. 문학사(文學史)상에는 이들의 선배가 엄연히 존재하기 때문이다. 아그리파 도비네(Agrippa d'Aubigné, 1552~1630)에서 빅토르 위고(1802~1885)에 이르는 길을, 에제지프 모로 (Hégésippe Moreau, 1810~1838)와 샤를 페기(Charles Péguy, 1873~1914)의 유사성이 그것이다. 고대에는 그리스의 호메로스도 자기 민족의 서사시를 읊었던 점에서 대상황(grandes circonstances)의 시인이라 할 수 있다. 그러나 무엇보다도 랭보가 『파리에는 다시 민중이 모여들다(*Paris se repeuple*)』

에서, 그리고 러시아의 마야콥스키(1893~1930)가 『그 사건에 관하여(*A propos de cela*)』에서 자기 민족의 봉기와 혁명을 노래했다는 것을 주목해야 하겠다. 이와 같이 긴 전통을 가진 '포에지 앙가제'도 그 동기가 되는 역사의 파도가 가라앉으면 다시 실험실로 복귀하곤 했다. 40~44년 사이의 시도 여기에서 예외는 될 수 없었다. 아라공의 『프랑스의 기상나팔(*La Diame Française*)』, 마르즈나크의 『총형자(銃刑者)의 하늘(*Le Ciel des Fusillés*)』, 세르게스의 『공유 재산(*Domaine Public*)』 등등은 하나의 시대를 그 후대에까지 전언하는 증인의 소임을 할 뿐, 시는 또다시 고독과 명상의 실험실로 되돌아왔다. 그러나 실험실로 되돌아온 1950년대의 시는 대전 전의 그것과는 다른 경향을 띠고 있다. 한때 분노와 괴로움과 희망과 자유와 전쟁을 노래하던 버릇은 서정시에 고유한 금은 세공적 기교 면으로 나타났던 것이다. 즉 그 기교는 대전 전에 비하여 훨씬 소박하고 '휴머나이즈'된 것이었다. 잠의 신 '이프노스'에 사로잡혀 있는 현대를 깨워 또다시 자연과 인간의 신비를 계시하려는 르네 샤르에서 앙드레 프레노(André Frénaud, 1907~)에 이르는 길을, 인간과 사물에 대한 깊은 애정을 원시적인 언어로써 실직(實直)한 직인(職人)처럼 충실하게 표현하려는 로베르 데노스(Robert Denos, 1900~1945)에서 외젠 기유비크(Eugene Guillevic, 1907~)에 연결되는 선을, 인간의 감정에 충실한 나머지 추상보다는 오히려 '포비슴(fauvisme)'을 연상시키는 피에르 세게르스(Pierre Seghers, 1906~)와 로아 마송의 유사성 등 계보는 길고도 다양하다. 이 모두가 레지스탕스 투사들이었으나 1950년대부터는 각자의 개성이 짙은 시를 쓰고 있다. 그러나 모두가 한결같이 인간에 대하여 충실한 점, 한때 '발견자(le trouver)'로서의 시인이 민중과 공감을 노래했던 경력이 있기 때문이리라.

아늑한 마을,

매끄럽고 파아란 풀밭과

바다로 향한 이 구름 위에서

너는 결코 나를 떠나지 않으리.

오 너무도 철 이른 행복이여,

한 아기가 내뿜는 입김처럼,

회양목들이 처음부터

내게 미소를 던진다면.

──앙드레 프레노, 「아늑한 마을」(1961년 11월 1일)

Gentil village

sur la peau lisse et verte

et ces nuages pour l'outte mer,

tu ne m'auras jamais quitté

ô bonheur trop précoce

si me sourient d'entrée les buis

des bouffées d'un enfant qui fut.

──André Frénaud, "Gentil village" (1er novembre, 1961)

　이러한 현상도 1960년을 훨씬 넘어서자 민중의 가인으로부터 또다시 비교(秘敎)적 제의에 대한 기호(嗜好)가 부활되고 있다. 1940년대에는 동포애의 전형적 가인이었던 파트리스 드 라 투르 뒤 팽도 이제는 향수에 찬 음유시인이 되어 '시 속에 도사리는 생활(la vie recluse en poésie)'을 고창한다.

　그러나 '포에지 앙가제'는 나치즘과 파시즘이 패망했다 하여 영원히 사라진 것은 아니다. 이것들은 원래 인간이 지니고 있는 약점이요 양식이 현실을 지배할 수 없는 이상, 언제나 인간의 문제로 남아 있을 것이기 때문이다. 이러한 점에서 '포에지 앙가제'는 인간의 애정을 다시 한 번 각성시키고, 위기에 처한 인간이 무한의 가능성을 지니고 있음을 입증해 준 셈이다. 그것은 존재의 문제다. 즉 현실적 존재로서의 실존은 역사적 사회적 상황의 산물이기 때문이다. 현실을 초월함은 초현실 세계에의 도피가 아니라 오히려 가장 현실적인 실천을 겪음으로써 달성된다.

> 차가운 포석(鋪石)의 통로를 지나
> 이제 그 문까지 가야 하리.
> 햇볕 쏟아짐을 보고 또한 받기 위하여.
>
> ──외젠 기유비크, 「영광 11」

> Aller jusqu'à la porte maintenant
> Par le couloir de dalles froides.
> Voir la lumière et l'accepter.
>
> ── Eugene Guillevic, "Gloire 11"

즉물주의(卽物主義)의 시

순전히 세속적인 원근법에 의하여 사물을 표상하고 조립하는 데 만족하는 시가 있다. 프랑시스 퐁주(Francis Ponge, 1899~), 기유비크, 장 폴랭(Jean Follain, 1903~), 아르망 뤼뱅(Armand Lubin), 에디트 부아소나(Édith Boissonnas) 등이 그러한 시인이다. 마르셀 르콩트(Marcel Lecomte)에서 볼 수 있는 쉬르레알리슴이 에디트 부아소나에서는 형이상학적인 불안으로 변화되어 있고, 뤼뱅에서는 사물 속에 함입(陷入)한 자의 광학적 모습으로 바뀌어 있지마는 '레알리테'를 끈기 있게 환기하고 정교하게 표상하는 점에서는 일치한다. 퐁주에 있어서는 주관성의 침투를 완전히 배제해 버리고 대상물의 핵심에 접근하려는 의도가 보인다. 광물적인 시다.

……물결의 무수한 마차 중 어느 한 대의 마차에 조약돌이 실려 왔던 그 때부터 그 마차는 귀를 위해서만 그들의 헛된 화물을 풀고 있는 듯했다. 그렇게 실려 온 조약돌들은 저마다 옛날 상태대로의 형체와 그의 미래의 형체의 퇴적 위에 자리 잡는다.

—프랑시스 퐁주, 「단편」, 『조약돌』

……Apportè un jour par l'une des innombrables charrettes du flot, qui depuis lors, semble-t-il ne déchargent plus que pour les oreilles leur vaine cargaison, chaque galet repose sur l'amoncellement des formes de son antique état, et des formes de son futur.

—Francis Ponge, "fragment", *Le Galet*

이들은 주위의 신비적인 차원에서 모험하기를 거절하고 세계를 있는 그대로(tel qu'il est) 받아들인다. 따라서 사물을 물리학적인 윤곽과 화학적인 구조로 환원시키려 하기 때문에 종래의 꿈과 이마주로는 사물을 투시할 수 없음을 자각하는 상태에 이른다. 그러나 모든 시간과 장소에 있어서 의식적이든 또는 무의식적이든 비가시적인 곳까지 관통하기 위해서는 기지(旣知)의 경계선을 넘어서야 할 것인즉 상상(imagination)으로 통하는 문이 완전히 폐쇄된 것은 아니다. 요컨대 이들은 인간이 통제할 수 있는 정신적인 연관성과 가시적인 실체의 단편들 사이에 가로놓여 있는 거리를 최소한으로 단축시키려는 것이다. 그러므로 즉물주의 시인들(les poètes matérialistes)은 과학과 자연의 인식을 병행함으로써만이 순수한 시의 길을 터놓을 것이다. 인간화되기 이전의, 있는 그대로의 물체를 분말이 되도록 환원시킨 다음 다시 인간과 자연의 관계를 확립하려는 태도다. 사실상 우리는 물체를 너무도 인간화시켜 관찰했기 때문에 개성의 혼란을 빚어냈던 것이며 새로운 세계상을 만드는 데 방해가 되었다. 그러기에 즉물주의의 시는 새로운 인식을 통하여 보다 높은 형이상학적인 차원으로 비약할 수 있는 발판이 될 수도 있을 것이다. 이를테면 이브 본푸아(Yves Bonnefoy, 1923~) 같은 시인은 이곳에서 출발하여 이미 새로운 이마주의 세계를 정립하고 있다. 그것은 거꾸로 물체를 통하여 인간의 가치를 형이상학적으로 재건축하려는 태도로 해석할 수 있겠다.

그러면 앞으로 즉물주의 시(Poèsie matérialiste)는 어떻게 정의되어야 할 것인가? 이에 대한 해답은 자명하다. 즉 그것은 인식을 통해서만 가능하다. 시인은 오로지 자연의 인식에 충실해야 하며, 그 자연으로부터 초자연적인 실체의 각인이 비쳐 오도록 언어를 사물에 동화시키는 것이다. 앙드레 브르통도 이 점을 깨닫고 있었던 모양이다. "자연의 과학적인 인식은 시적 길을 — 대담하게 말하면 비유의 길을 — 통하여 자연과 연관될 때만이 가치를 가진다."

신(新)수사적인 경향과 철학 및 종교적 시

앞에서 말한 즉물주의와는 정반대의 태도를 취하는 시인들도 있다. 각자는 너무도 특이한 성격을 띠고 있기 때문에 같은 계보에 배열하기 어렵지마는 구조적(constructive) 또는 구성적(constitutive)인 의지를 가졌다는 점에서 이들에게 동일한 기준을 적용시킬 수 있다면 피에르 에마뉘엘, 파트리스 드 라 투르 뒤 팽, 클로드 비제(Claude Vigée, 1921~) 등이 이에 속할 것이다. 비평가들은 이들에게 수사적인 경향이 짙다고 지적한다. 그 말은 곧 이마주와 꿈과 센스 등 전통적인 서정시의 기법을 현실적인 자각하에서 이용하고 있다는 뜻이다. 그러므로 이들은 '의식의 발한(發汗)'이 아닌 '시의 이데아'를 가지고 있다. 정치의 불연속선에 대해서는 절제로써 대결하며, 방종 내지 아나키스트적인 정신의 움직임은 반성적인 리베랄리즘으로 대치시킨다. 이 반성된 리베랄리즘이 비합리적인 존재, 곧 언어의 힘을 유기적으로 재결합하는 것이다. 그들은 이 힘을 어디까지 밀고 나갈 것인가? 그것은 각자의 문제이겠지마는, 오디베르티(Jacques Audiberti)의 극히 규칙적이기는 하나 안으로 뒤틀거리는 명정(酩酊)적 리리슴(lyrisme)과 뒤팽의 신비적이고 감성적인 상징의 우의 사이에는 심연이 가로놓여 있음을 느낄 수 있고, 레몽 크노(Raymond Queneau)의 조소(嘲笑)적인 진실 토로와 에마뉘엘의 중후한 리리슴은 판이하게 다른 것임을 본다. 이들은 이마주가 충만된 리리슴을 쓴다. 그리고 자국어를 구사할 줄 아는 대가들이다.

이와는 또 다른 하나의 흐름으로, 시에 형이상학적인 문제와 종교를 끌어들이는 시인들을 들 수 있다. 일찍이 비니(Alfred de Vigny)가 『철학적 시』에서, 네르발(Gérard de Nerval)이 『쉬메르(Chimères)』에서, 위고가 『사탄의 종말』에서 이러한 문제를 다루었듯이 장 케롤(Jean Cayrol), 뤽 에스탕(Luc Estang), 장 그로장(Jean Grosjean) 등의 현대시인은 각기 형이상학적·종교적·신비적·우주적 문제를 다루고 있다. 그리고 독일의 마리 루이제 카슈니츠(Marie Luise Kaschnitz), 라인홀트 슈나이더(Reinhold Schneider), 폰 르포르(Gertrud von Le Fort), 알렉산더 슈뢰더(Rudolf Alexander Schröder), 엘리자베스 랑게서(Elisabeth Ranggasser) 등이 종교적인 '십자가의 시(Lyrik des

Kreuzes)'를 쓰고 있다. 이들은 현실로 향하는 시선을 단순화하여 세계를 인과적으로 파악하려 든다. 전통적인 언어와 구래의 체험을 통하여 인간의 연속성을 한 번 더 확인하려는 것이다.

끝으로 시에 절제와 브레이크를 가하려는 시인들도 있음을 밝혀 둔다. 랭보와 로트레아몽 뒤에 쉴리 프뤼돔이 있었듯이, 말라르메 이후에도 화조월석(花朝月夕)을 노래하는 시인은 많다. 필리프 뒤멘느, 노엘 루, 앙리 토마스, 장 토르텔이 그러하다. 이들은 유크리트적인 논리학에 체계적으로 결부되어 있으며 저마다 클라시시슴과 모더니즘 또는 뮈지시슴(musicisme)과 팡테지슴(fantaisisme)의 양지에서 시작(詩作)에 몰두한다.

이상으로 대충 프랑스와 독일을 주로 한 유럽 시 경향을 살펴보았다. 영국이나 미국의 경우에는, 주지하다시피 그 경험주의적 사고의 전통도 있고 하여 위에서와 같은 편의상의 분류마저 무척 어려운 형편이며, 1차 대전 이후 2차 대전에 이르는 약 20년간의 가령 뉴컨트리풍의 등장과 같은 현상에 비해 2차 대전 이후 20년간의 영시는 유파별 성격을 규정하기가 퍽 어려운 노릇이지만, 엘리엇 이래의 현대시의 전통의 계승과 반발이라는 관점에서 대별해 살펴보기로 한다.

엘리엇의 전통

최근에 수정판을 낸 조지 샘프슨의 『케임브리지 영문학소사(英文學小史, The Concise Cambridge History of English Literature)』(1961)에 현대 문학에 관한 챕터를 추가한 R. S. 처칠은 이 챕터의 항목을 '엘리엇의 시대'라고 붙이고 있다. 그리고 그는 T. S. 엘리엇이야말로 1920년부터 1960년까지의 영문학을 지배해 온 사람이라고 주장한다. 엘리엇이 대표하는 현대 영시의 전통은 ─ 이제 확연한 전통이 된 것이다. ─ 생볼리스트 형이상시의 전통이라 할 수 있다. 상징주의의 간접적이고 암시적인 수법은 엘리엇으로 하여금 문장의 논리를 무시하게도 하고 서로 극단적으로 대립되는 요소들을 아무 설명 없이 병치하게도 하였다. 그러나 일견 혼란스럽기 짝이 없는 비논리적 시 전개에 사실상의 뼈가 되는 것은 형이상시의 '강인한 논리성'이었다. 그는 한편으로 신화나 심벌을 사용하고 또 한편으로 넓은 학문적 배경과 날카로운 지성에 의하여 극도로 난해하지만, 위트와 아이러니와 소피스티케이션을 두루 맞춘 시를 썼던 것이다. 주제의 면에 있어서 그의 관심은 문화와 전통에 있었다. 현대 사회에 대한 관심 또한 이전의 어떤 시인보다도 강한 것이었으나 그것은 언제나 문화와 전통의 전 역사적 퍼스펙티브에서 다루어졌다. 이러한 엘리엇 시의 특징은 다른 소스에서 오는 영향과 개개 시인의 개성에 의하여 수정되면서도 그대로 20세기 전반의 영미 시의 주류가 되었다.

현대 영미 시에 큰 영향을 준 17세기 영시는 두 가닥으로 나누어서 이야기될 수 있다. 하나는 존 던에 의하여 대표되는 극히 복잡하고 밀도가 진한 시이며, 다른 하나는 벤 존슨(Ben Jonson)의 정제된 고전미에서 출발하여 앤드루 마블(Andrew Marvell)이나 로버트 헤릭(Robert Herrick)에 이르는 섬세하고 우아한 시이다. 엘리엇이나 앨런 테이트(Alan Tate)의 시는 존던의 형이상시에 힘입고 있는데, 이에 대해서 앤드루 마블이나 로버트 헤릭의 단정한 시풍도 존 던에 못지않게 20세기 영시에 영향을 끼치고 있다. 존 크로 랜섬(John Crowe Ransom)은 이러한 우아하면서 형이상시적인 시를 쓴 현대시인이다. 전후의 영미 시의 엘리엇적 전통에 수정이 가하여졌다면, 그것은 복잡한 쪽이 아니라 우아한 쪽의 영향에 의한 것이다. 그것은 젊은 시인들의 작품에서뿐만 아니라 랜섬의 단아하고 기지에 찬, 그러면서도 생에 대한 비극적인 감각을 잃지 않은 시에 대하여 새로운 평가가 행해졌다는 데서도 증거된다.

엘리엇의 시는 난해한 것이었다. 엘리엇 자신, 현대와 같은 복잡한 시대에서 시가 난해해지는 것은 불가피하다고 말한 바 있다. 그러나 1920년대의 현대시 혁명기에서 1930년대로 들어서면서 영미 시는 훨씬 독자에게 가까워진다. 오든(W. H. Auden)은 엘리엇의 아이러니나 언어의 가능성에 대한 예민한 감각을 물려받고 있지만, 암시적인 수법이나 문장 연속의 비논리성 등은 그의 시에서 사라졌다. 그리고 엘리엇 자신, '객관 대응물'이나 시인의 '비개성(impersonality)'을 강조하기는 했으나, 그의 시는 어떤 의미에서 극히 주관적인 것이었다. 그에 있어서 모든 것은 개인적인 '비전' 속에 파악되었던 것이다. 오든의 시는 진정한 의미에서, 보다 객관적이고 현실적이다. 또 엘리엇의 시가 그의 아이러니에 대한 감각에도 불구하고 대부분 심각한 것인 데 대하여 오든의 시는 훨씬 가벼운 톤을 가지고 있다. 전후의 영미 시는 오든의 객관성, 가벼운 톤, 논리와 형식에 대한 배려에서 많은 것을 배운 것 같다. 대체로 말하여 전후의 시는 커뮤니케이션을 무시하지 않는다.

오든의 객관성은 대개 현실을 설명하고자 하는 관념의 배려에 의하여 지배되었다. 그러나 새 세대의 시인들은 이러한 지배에서 벗어나려고 함과 동시에, 선입견이 없는 논리를 분명히 하려 한다. 전후 새삼스럽게 평가되고 존경을 받게 된 앞 세대의 시인으로서 가장 눈에 띄는 것은 윌리엄 칼로스 윌리엄스(William Carlos Williams)와 윌리엄 엠프슨(William Empson)이다. 그것은 이들 새 세대의 시인들이 영국에서는 엠프슨의 정확한 논리와 철학적인 명상을 시 형식 속에 담는 능력에서 배울 것을 발견했고, 미국에서는 윌리엄스의 허식을 싫어하는 사실 존중의 태도와 정직한 구어체의 리듬에서 배울 바를 발견한 때문이다. 이것은 엘리엇적 전통에 있어서의 다른 하나의 변화를 말해 주는 현상이라 하겠다. 그리고 여기에 관련하여 주목할 것은 새 시인들의 경험주의는 그들로 하여금 오든적 사회에 대한 관심은 물론 엘리엇적인 문명과 전통에 대한 문제를 기피하게 한다. 새 시인에게서 이러한 거창한 문제에 대한 관심이 보인다면 그것은 구체적인 대상을 매개로 하는 시넥더키(synecdoche)로서만 나타난다고 하겠다.

엘리엇적인 시 스타일을 이어받아 독자적인 경지에 이른 시인으로 가장 뛰어난 사람은 로웰(Robert Lowell)이다. 그는 1940년대의 초부터 작품을 써 왔지만 그의 진가는 전후에 인정되었다. 로웰의 시는 '진정된 50년대(Tranquilized Fifties)'의 다른 시인들과 같이 형식에 대한 감각을 드러내고 있으나, 이것은 공허한 우아(elegance)에 대한 감각은 아니다. 그에 있어서 형식은 긴장된 상상력을 억제하고 있는 것이다. 대체로 그의 감수성은 종교적인 것이라 할 수 있는데, 이것은 첫 시집의 제목과 에피그램에서 이미 감지할 수 있는 것이다. 『불사(不似)의 땅(The Land of Unlikeliness)』(1944)은 성 아우구스티누스의 『고백』에서 나온 것이고, "영혼은 신에 닮지 않은 한 스스로의 모습에도 닮지 않는다.(Inde anima dissimilis Deo inde dissimis est et sibi.)"라는 에피그램은 그의 주된 테마의 하나를 이야기해 준다. 제2시집 『위어리 경의 성(Lord Weary's Castle)』(1946)은 로웰을 제1급 시인의 위치에 올려놓았다. 그는 이를 초기 시집에서 종교적 입장에서 본 현대의 물질주의와 그로 인한 서양 문화의 몰락을 이야기한다. 그러나 이것은 많은 경우 구체적인 계기에서 출발하여 이를 사회와 역사에로 확대해 가는 형식으로 표현된다. 가령 『낸터키트의 퀘이커 묘지(The Quaker Grave yard in Nantucket)』는 로웰의 친척 워런 윈슬로의 죽음을 중심으로 한 이야기지만, 이 구체적인 사건은 신이라든가 구원이라든가, 하는 보다 광범위한 의미 속에 싸여져 들어간다. 바다의 묘사로 시작한 이 시는 신과 창조에 대하여 냉정하면서도 확고한 믿음을 상징적으로 이야기함으로써 끝난다.

대서양이여, 종소리의 부표가 어획물을 손질하는 곳

너는 여기 낸터키트에서 소금내 풍기는 바람을 베일 수 있고

천주(天主)께서 바다의 뻘에서 사람을 빚어

그의 얼굴에 삶의 숨결을 불어넣고

푸른 가슴의 파도는 죽음을 위하여 몰리던 시간을 밀어 올릴 수 있다.

천주는 당신의 뜻의 무지개를 넘어 남아 계신다.

Atlantic, where your bell-trap guts its spoil

You could cut the brackish winds with a knife

Here in Nantucket, and cast up the time

When the Lord God formed man from the sea's slime

And breathed into his face the breath of life,

And blue-lung'd combers lumbered to the kill,

The Lord survives the rainbow of His will.

초기의 시에 비하면 『전기초(傳記抄, Life Studies)』(1959)에 이르면 단아한 스타일을 가지게 되는데 단아하고 세련된 감수성을 대표적으로 나타내고 있는 사람은 리처드 윌버(Richard Wilbur, 1921 ~)이다. 대체로 엘리엇적 전통의 시인이 다 그러하듯이 윌버는 아카데믹한 배경을 가진 시인이다. 그의 시의 주제가 되는 것은 대개 시민 생활에서 익숙히 접하는 사건이나 물건, 교외의 정경, 아카데믹한 분위기에 사는 사람에 익숙함직한 재미있는 생각, 가령 버클리의 관념철학에 대한 반박으로 돌멩이를 걷어찬 존슨 박사의 이야기, 문화생활에 등장하는 물건들, 특히 그림, 어린 시절의 에피소드, 알레고리로서 또는 단순한 묘사의 대상으로서의 동물 등등이다. 이러한 예거(例擧)에서만도 우리는 그의 안정된 생활과 사상을 살필 수 있는데,

윌버의 근본적인 세계관은 낙관적이다. 그는 있는 그대로의 세계의 아름다움을 노래할 때가 많으며, 그로서 이것은 당연하다. 그는 능숙한 기술가로서 진부하지 않고 도를 넘지 않는 언어의 음악적 효과를 다스릴 줄 안다. 그리고 아마 그의 대표적인 특징은 정확하고 간결한 묘사와 추상적인 사유의 줄거리를 단정한 시형 속에 담을 수 있는 능력일 것이다.

윌버와 같이 엘리엇적 전통, (또는, 레슬리 피들러가 시사하는 대로 새로운 '젠틸 트래디션'의 시인으로) 우리는 리드 휘트모어(Reed Whittemore, 1919~2012)와 하워드 네머로프(Howard Nemerov, 1920~)를 들 수 있다. 휘트모어의 가벼운 시는 가끔 풍자가 되는데, 그것은 결코 격렬한 것은 아니다. 하워드 네머로프도 현대 미국인의 생활에 대한 가벼운 에피그램이나 풍자시를 쓴다. 그에게 심각한 시도 있다. 그러나 심각한 서정도 초연한 객관성을 완전히 버리지는 아니한다. 「덧문(Storm Windows)」 같은 시는 생활 주변의 소재에서 가볍게 출발하여 조용한 감동으로 이끌어 가는 그것대로 완전한 소품인데, 네머로프뿐만이 아니라 1950년대 감수성의 일단을 잘 보여 주고 있다.

윌버 이후 보다 젊은 시인으로 스노드그래스(W. D. Snodgrass, 1926~), 머윈(W. S. Merwin, 1927~) 등은 엘리엇, 오든의 테두리에서 독자적인 목소리를 이루고 있다. 스노드그래스는 아카데믹한 배경을 가진 시인이다. 그러나 퓰리처상을 탄 그의 첫 시집『심장의 바늘(The Heart's Needle)』(1959)은 그 감정의 대담한 장르에 있어서 참신한 느낌을 준다. 특히 실패한 결혼, 딸과의 이별, 새로운 사람들을 이야기하는 제목과 동명의 연작시는 억제된 형식 속에 깊은 서정을 담고 있다.

내 겨울의 아기여,
새로 쓰러진 병정이 아세아의

깊은 골짜기에 얼어, 눈을 더럽히던 때

잠재울 수 없는 사랑으로
내 마음을 찢기우고
내 마비된 마음을 두려움에 침묵하여
할 바를 모르고 내 의지 속에 평화를 찾지 못하던 ─
냉전에 휩쓸리는 괴로움의 계절에 태어난 아기여.

Child of my winter, born
When the new fallen soldiers froze
In Asia's steep ravines and fouled the snows,
When I was torn

By love I could not still,
By fear that silenced my cramped mind
To that cold war where, lost, I could not find
My peace in my will……

이러한 시행에 토로되는 감정은 상당히 분방한 것이지만, 말끔한 형식
과 밑바닥에 가로놓여 있는 형이상적인 비유는 이 시에 깨끗한 감을 준다.
여기에서 사랑은 한국 전쟁과 그 배경을 이루고 있는 동서 냉전과 비교되
어 있는데, 이러한 비유는 감정의 분류에 지성의 거리감을 부여한다.

　W. S. 머윈은 스노드그래스와 달리 개인적인 이야기를 피하려고 한다.
그의 이러한 노력은 그의 신화에 대한 관심에서도 나타난다. 그에게 있어
서 신화는 낭만주의자들에서처럼 개인적 감정을 강조하는 것이 아니라 오

히려 객관적인 거리감을 준다. 가령 에즈라 파운드를 연상하게 하는,

책이야 뭐라고 하든. 그럴듯한
사기(史記)가 뭐라고 하든. 내가 미쳤다고……

Whatever the books may say, or the plausible
Chroniclers intimate: that I was mad,

로 시작하는 「십이월, 비너스의(December: of Aphrodite)」는 그 예가 될 것이다. 또한 신화는 — 오르페우스나 프시케에 대한 — 머윈의 중요한 관심의 하나인 시 창작의 신비를 탐구하는 데 사용된다. 이러한 관심들은 대체로 그의 서정시에 철학적 경사를 주는 것 같다.

　전전으로부터 시를 쓰고 있다가 전후에야 명성을 얻은 시인들이 있는데, 그중 시어도어 레트키(Theodore Roethke, 1908~1963)는 대표적인 경우이다. 그는 50세를 넘어선 1950년대에 와서야 정당한 평가를 받았다. 그가 배경으로 하고 있는 것은 구태여 따져 말하자면, 상징주의 전통의 어두운 면이다. 그의 시는 짧은 시행의 확실하면서도 신경질적인 리듬과, 치밀하고 집중적인 관찰로서 인간 정신의 어두운 근원을 탐색한다. 죽음, 성(性), 어린 시절의 트라우마(trauma), 고독, 신 등 근본적인 문제들이 주제가 되지만, 이러한 커다란 주제는 가령 미시간에 있던 그의 아버지 소유의 식물원의 식물에 대한 미시적 묘사에서 구상화(具象化)되기도 한다.

반(反)아카데미즘의 시

지금까지 언급된 시인들이 대개 생볼리스트, 형이상시의 전통에 서 있는 사람들이라면, 1940년대의 낭만주의와 다른 각도에서, 이 전통의 지성과 품위에 의식적으로 반발한 일군의 시인들이 있다. 도널드 M. 앨런이 편찬한 이들 전위 시인들의 앤솔러지의 서문에 따르면 이들은 지리적 경향적으로 보아 다섯 그룹으로 나누인다. 이 중에도 가장 주목할 만한 것은 소위 비트(Beat) 시인들과 《블랙 마운틴 리뷰(*Black Mountain Review*)》에 관계되는 그룹이다.

비트 시인은 원래 앨런 긴즈버그(Allen Ginsberg, 1926~1997)와 잭 케루악(Jack Kerouac)을 중심으로 하는 뉴욕 시인을 말했지만 광범위하게 뉴욕과 샌프란시스코의 전위 운동의 예술가에 일반적으로 적용되는 수도 있다. '비트'라는 말은 한 비평가의 정의에 의하면, ① 사회의 인습적 제도에 '얻어맞아(beaten by)' 사회의 하층으로 밀려 내려간 패배자(the beaten), ② 시대의 진정한 맥박인 재즈 리듬(beat), ③ 케루악의 말대로 법열(法悅, beatitude)을 의미한다. 비트는 문학을 넘어서는 하나의 사회 현상으로서 문명에 도전하여, 원시주의와 에너지와 피를 숭상하는 반항 운동이다. 비트는 문학에 있어서 너무 세련되어 생경험과의 접촉을 잃고 아카데미로 은퇴해 버리려는 시를 거리의 소용돌이 속으로 끌어내리려고 한다. 이들의 이러한 노력은 평가되어야 할 것이나, 작품 면에서는 반드시 성공했다고 할 수 없다. 긴즈버그의 「부르짖음(Howl)」(1956)은 비트의 반항적인 태도를 가장 잘 드러내고 있는 작품이다.

나는 내 세대의 가장 뛰어난 마음들이 광증으로 파멸해 가는 것을 보았다. 굶주리며 미치며 벗은 몸으로,

새벽에 분노의 마약을 찾아 흑인의 거리로 다리를 끌어 가며,

밤의 기계 가운데 별빛 찬란한 발전기와의 접선을 위하여 몸을 태우는 천사 대가리 비트,

I saw the best minds of my generation destroyed by madness, starving hysterical naked,

dragging themselves through the negro streets at dawn looking for an angry fix,

angelheaded hipsters burning for the ancient heavenly connection to the starry dynamo in the machinery of night,

이렇게 시작한 넋두리는 13쪽을 계속해 내려간다. 처음에 우리가 느끼는 감정의 세(勢)는 시가 계속됨에 따라 외설과 속어를 망라한 다변 가운데 잃어지고 만다. 「부르짖음」은 형식 면에 있어서 휘트먼(Walt Whitman)의 영향하에 쓰인 것인데, 내용적으로는 건강이 아니라 정신분열을 노래한다.

같은 그룹의 그레고리 코르소(Gregory Corso, 1930~)나 로런스 펄렝게티(Lawrence Ferlinghetti, 1919~)는 훨씬 덜 격정적이고 앙제(仰制)된 시를 쓴다. 이들의 시의 재즈 리듬은, 역설적으로 그들의 시를 앙제된 것이 되게 하는 데 중요한 역할을 하는 것 같다. 그리고 이들의 시에 나오는 비트 어휘도 그렇게 지독한 것은 아니다. 앨런의 앤솔러지에 실린 시인 그룹 가운데 가장 주목할 만한 작품을 낸 것은 《블랙 마운틴 리뷰》에 관계된 그룹으로, 그중에도 로버트 덩컨(Robert Duncan, 1919~), 데니스 레버토프(Denise Levertov, 1923~), 로버트 크릴리(Robert Creeley, 1926~)는 가장 우수한 시인이라 할 수 있다. 이들의 시는 지나치게 과격하지 않으면서도 형식과

우아의 제약으로부터 비교적 자유롭다. 이들은 다 같이 찰스 올슨(Charles Olson, 1910~)을 그 사장(師匠)으로 받들고 있는데, 올슨은 「투사(投射)적인 시(Projective Verse)」라는 산문에서 에너지의 직접적인 전개와 객관주의라는 개념을 내세워 시를 이야기하고 있다. 아무튼 이들은 보다 자연 발생적이고 사물에 즉(卽)한 시를 쓰고자 하는 것 같다.

덩컨의 시「핀다로스의 시행으로 비롯하는 시(A Poem beginning with a Line by Pindar)」는, 예술 작품과 직접 경험과의 관계를 빠른 속도로 고찰해 나가는데, 덩컨 자신이 시에 대해서 한 말——"말의 우연과 불완전이 인간의 내밀한 속안을 일깨워 줄 수 있는 열린 시(open composition)"로서 설명될 수 있는 형식을 가졌다. 데니스 레버토프는 영국 출신의 여류 시인으로서 경험의 순수성을 투사하는 듯한 소박하고 객관적인 언어 속에 여성적인 감정을 담는다. 크릴리는 확대시킨 에피그램이라 할 수 있는 추상적인 명제를 내포하는 시를 쓰기도 하지만, 그의 언어는 언제나 직접적이고 소박한 회화체이다. 그리고 야유나 패러디의 충동은 그의 시의 톤을 가볍게 하는 것 같다.

딜런 토머스의 시대

현대 영시에 관한 『브리티시 카운슬 팸플릿』에서 제프리 무어는 1945년부터 1953년까지를 '딜런 토머스(Dylan Thomas)의 시대'라고 말하고 있다. 미국에서와는 달리 전후까지도 영국 시는 1930년대의 사회 참여의 시에 대한 낭만적인 반발을 계속하고 있었다. 1934년 『18시편(Eighteen Poems)』 이후 언어와 감정에 도취된 딜런 토머스의 목소리는 많은 작은 메아리들을 낳았다. 버논 왓킨스(Vernon Watkins, 1906~), 로저스(W. Rodgers,

1909~), 그레이엄(W. S. Graham, 1918~) 등은 이러한 메아리들 가운데 독자적인 목소리를 발전시켜 간 몇 사람의 우수한 시인이지만 대부분의 추종자들은 의미의 단련을 얻지 못하고 풍요의 혼란 속에 사라지고 말았다.

토머스 자신은 종전 후 『죽음과 입구(*Deaths and Entrances*)』(1946)를 낸 후 불과 몇 편의 시를 발표했을 뿐이다. 전후의 작품은 독특한 언어의 매력을 많이 잃고 있으나 그 대신 과장되지 아니한 감정과 언어의 투명함을 얻고 있다. 1953년에 토머스의 시 전집이 출판된 것은 그의 죽음과 함께 토머스를 전체적으로 평가 정리할 시기가 도래하였음을 신호하여 주었다. 그러나 그의 명성은 전후에 속하는 것은 아니다. 1945년 이후 토머스의 시대에 다른 시인이 없었다는 것은 물론 아니다. 1930년대의 시인인 로이 풀러(Roy Fuller, 1912~) 같은 시인은 정직한 관찰과 억제된 감정의 시를 쓰고 있었고, 캐슬린 레인(Kathleen Raine, 1908~)과 같이 비교적 이름이 없던 '조용한 시인'이 늦게야 주목을 끌게 되었다. 그러나 비낭만적인 시가 시단에 강력히 등장하게 된 것은 토머스의 죽음 이후였다. 토머스의 죽음은 반낭만적인 반발의 소리를 부각시켜 주는 한 계기가 되었다. 1954년에는 이미 《스펙테이터》의 한 필자가 새로운 시인들의 '활동(Movement)'에 독자의 주의를 끌게 하였고 1956년에는 새 시인들의 노력이 로버트 콩퀘스트(Robert Conquest)의 앤솔러지 『신시(*New Lines*)』에 종합되었다.

이 새로운 시인들은 경험의 사실을 존중한다고 하는데, 이것은 찰슨 올슨이 그의 프로그램에서 "시작(詩作) 과정의 어떠한 순간에 나타나는 객관물은 관념이나 선입견에 지배됨이 없이 처리되어야 한다.", "에고(ego)로서의 개인의 서정적인 간섭을 배제하여야 한다."라고 한 것과 마찬가지로 문학에 있어서의 래디컬 엠피리시즘(Radical Empiricism)을 주장하는 것 같다. 그러나 새 시인들의 시작(詩作)의 실제에 있어서는 논리적인, 또는 신택스상의 컨트롤이 현저하다. 그들의 태도가 토머스적 감정과 언어의 과

잉에 대한 반발에서 나온 것인 만큼 이해할 만한 일이다. 그리고 경험이라고 하지만, 그것의 내용과 범위는 여러 가지로 정의될 수 있는 것이다. 대체로 이들 새 시인의 경험은 매우 편협하고 한정된 것이라고 할 수 있다. 미국의 전위 시인의 입장으로 볼 때 영국의 젊은 시인들의 경험은 극히 소시민적이고 아카데믹한 것이라는 비난을 받을 수 있을 것이다. 도널드 데이비 같은 시인이자 비평가는 그의 『엘리엇론』에서 엘리엇의 시대는 이미 종말을 고하였음을 말했지만 무브먼트 시인들의 시는 아직도 엘리엇적 전통 위에 서 있다고 하겠다. 이들의 시가 미국의 리처드 윌버(Richard Wilbur)의 시와 다른 것이 있다면 그것은 이들의 시가 '감수성(sensibility)'에서 의미(sense)에로 한걸음 더 다가간 것이라는 것이다.

콩퀘스트의 앤솔러지에 실린 시인은 킹즐리 에이미스(Kingsley Amis, 1922~), 존 웨인(John Wain, 1925~), 도널드 데이비, 필립 라킨, 톰 건(Thom Gunn, 1929~), 엘리자베스 제닝스(Elizabeth Jennings, 1926~), D. J. 인라이트(Enright), 존 홀러웨이(John Holloway) 및 편집자 자신, 도합 아홉 사람이다. 킹즐리 에이미스와 존 웨인은 둘 다 옥스퍼드의 세인트 존 대학 출신이며, 스타일이나 비평적인 관점에 있어 많은 것을 공유하고 있기 때문에 보통 같이 논하여지는 수가 많다. 웨인은 8세기의 시처럼, 한 시행이 분명한 의미의 단위를 이루는 시행으로서, 명확하게 말하여진 명제를 정연한 논리로서 전개해 간다. 그러나 지나치게 명료하려는 노력은 그의 시의 리듬을 너무 딱딱하고 기계적이게 하는 것 같다. 에이미스는 웨인보다 한결 다양한 명제와 형식을 다룬다. 웨인과 마찬가지로 건전한 상식에 입각한 경구를 즐기지만, 그는 이것을 직선적으로 말해 버리지 않고 암시만 하는 때가 많다. 때로는 엄숙한 레토릭을 구사할 수도 있으나, 그는 유머에 대한 감각에 있어서 특히 뛰어나다.

처음엔, 솔직히 말하여, 으쓱했지만,

리라를 놀리는 이름 없는 흥행사

사기(史記)에도 오르지 않은 내가

이렇게 슬로건이 되고……

At first, I must admit, it flattered me

A humble entertainer at the lyre,

buried outside the recorded history,

thus to become a slogan……

　　1950년대의 시를 논하는 데 자주 인용되는 반로맨티시즘(Against Romanticism)은 보다 점잖은 에이미스를 보여 준다. 그는 새로운 시는 "맹수 없는 숲, 걷기에 상쾌한 길이 있는 온화한 지대(a temperate zone:/ woods devoid of beasts, roads that please the foot)"여야 한다고 말한다. 도널드 데이비(Donald Davie, 1922~)는 1950년대 시인의 이론가로 『영시에 있어서 시어의 순수성(Purity of Diction in English Verse)』(1952)과 『분명한 에너지(Articulate Energy: An Inquiry into the Syntax of English Poetry)』(1957)라는 중요한 비평서를 내고 있다. 데이비는 일견 존 웨인이나 마찬가지로 가장 두뇌적인 시인이다.

　　『뉴 라인즈』의 시인 가운데 가장 뛰어난 시인은 필립 라킨(Philip Larkin, 1922~)일 것이다. 라킨도 에이미스, 웨인과 함께 옥스퍼드의 세인트 존 대학의 출신으로 도서관원이라는 직업을 가지고 있다. 라킨의 주제는 소녀의 사진첩이라든가 이제는 늙어 버린 경마용 말이라든가, 그것 자체가 벌써 우리가 쉽게 감정을 가지고 대할 수 있는 것일 때가 많다. 그러나 감정은 극히 억제되어 있어 사물이 정해 주는 정직의 한계를 넘어서는 법이 없다. 이러한 조심스러움은 그의 시 전개법에도 나타나고 있다. 그의 시는 대개 구체적인 계기의 충실한 묘사에서 시작하여 서서히 과장되지 아니한 감정의 암시로 나아간다. 엘리자베스 제닝스는 깨끗한 언어로 내면의 세계를 탐색한다. 그녀의 시에는 다른 시인들에게서 발견되는 현대적인 가구가 없다. 에드윈 뮤어처럼 그녀의 시는 종종 알레고리의 단정한 질서를 갖지만 때로 상(想)의 명확함에는 언어의 생경함이 따르는 결점이 있다. 톰 건은 무브먼트 시인 가운데 가장 젊으면서도 라킨과 더불어 가장 높이 평가되는 시인이다. 그가 경험의 난폭함을 노래하는 것은 사실이지만, 딜런 토머스류의 낭만주의자는 물론 아니다. 그에게 중요한 것은 감정이 아니라 의지인 것이다.

1950년대의 영국 시를 무브먼트의 시인이 도맡고 있는 것은 아니다. 무브먼트에 의식적으로 반대하고 나선 시인들이 하나의 그룹을 형성했는데, 이들은 1956년에 『뉴 라인즈』에 대항하여 『매버릭스(*Mavericks*)』라는 앤솔러지를 냈다. 이들은 "시와 시인, 이름할 수 없으며 형체가 없는 디오니소스적 소재와 의식적이고 규칙을 지키며 분명한 언어를 소유하는 기술가 사이의 엄청난 투쟁"에서 시를 쓴다고 주장하며 시에 있어서 디오니소스적 요소를 강조한다. 『매버릭스』의 시인은 편집자 대니 앱스(Dannie Abse)를 포함하여 아홉 사람인데, 이들 가운데 존 실킨(Jon Silkin, 1930~)이 가장 많이 이야기된다. 실킨의 기술은 거친 감이 없지 않지만, 그의 이야기는 소박하면서도 직접적이어서 강한 호소력을 가지고 있다.

어떠한 그룹에도 소속되지 않는 시인이면서 주목할 만한 시인으로 우리는 찰스 톰린슨(Charles Tomlinson, 1927~), 토머스 킨셀라(Thomas Kinsella, 1928~), 테드 휴스(Ted Hughes, 1930~) 등을 이야기할 수 있다. 톰린슨은 월리스 스티븐스와 같이 미학적 문제에 관심을 가지고 있고, 아일랜드의 시인 킨셀라는 확실한 시구와 구성으로 강한 감정을 표현할 수 있는 시인이다. 「그녀의 얼굴을 덮어라(Over her face)」에서 보여 주듯이 자칫하면 아이러니한 포즈와 복잡한 감정의 뉘앙스 속에 사라져 버리기 쉬운 직접적인 감정을 무리 없는 절제 속에 표현할 수 있는 능력은 주목할 만하다. 테드 휴스는 엘리자베스의 시대에 있어서 힘과 근육을 보여 주는 시인으로서, 앨버리즈 같은 비평가가 높이 평가하는 시인이다. 앞으로의 발전이 주시된다.

(1965년)

참고 문헌

P. H. Simon, *Historie de la litérature française contemporaine*(Armand Colin, 1958).

Jean Rousselot, *Panorama critique des nouveaux poètes français*(Pierre Seghers, 1962).

Paul Eluard, Louis Aragon, Jules Supervielle, René Char, Robert Desnos, Pierre Reverdy, Saint-John Perse, André Frénaud, Guillevic, Jean Follain. poète d'aujourd'hui(Pierre Seghers).

Marcel Raymond, *De Baudelaire au Surréalisme*(José Corti, 1952).

Deutsche Literatur im zwanzigsten Jahrhundert(1957, 일역판).

Wilhelm Grenzmann, *Deutsche Dichtung der Gegenwart*(Hans F. Menck Verlag, 1955).

Paul Fechter, *Geschichte der deutschen Literatur*(G. Bertelsmann, 1957).

J. F. Angelloz, *La littérature allemande*(1948).

Herberta A. Frenzel, *Daten der deutschen Dichtung*(Kiepenheuer & Witsch).

Deutsche Gedichte(Fischer, 1957), 기타 Der Monat, 1964.

Oscar Williams, *A Pocket Book of Modern Verse*(New York, 1960).

Kenneth Allott, *The Penguin Book of Contemporary Verse*, revised and enlarged
ed.(Penguin, 1962).

A. Alvarez, *The New Poetry*(Penguin, 1962).

Donald Hall, *Contemporary American Poetry*(Penguin, 1962).

Hall, Pack & Simpson, *New Poets of England and America*(New York).

Robert Conquest, *New Lines*(London, 1956).

Howard Sergeant and Dannie Abse, *Mavericks*(London, 1956).

Donald M. Allen, *The New American Poetry 1945~1960*(1960).

Robert Lowell, *Lord Weary's Castle*(New York, 1946).

_____, *The Mills of Kavanaughs*(New York, 1951).

_____, *Life Studies*(New York, 1959).

_____, *Imitations*(New York, 1961).

Richard Wilbur, *Poems, 1943~1956*(London, 1957).

Philip Larkin, *The Less Deceived*(London, 1955).

전통과 방법

T. S. 엘리엇의 예[1]

　서구 문학의 경험이 어떻게 하여 한국의 경험 속에 통일 동화될 수 있는 가 하는 문제는 우리의 서구 문학론이 늘 부딪치게 되는 문제이다. 그리고 이에 대한 (적어도 직접적인 영향이란 관점에서의) 회의적인 답변은 그러한 문학론의 기본적인 오리엔테이션을 매우 불안정한 것이게 한다. 서구 문학에 대한 이야기가 우리에게 의미 있는 것이게 하기 위한 하나의 방법은 서구의 경우를 우리의 현실 문제의 해결에 암시를 던져 줄 수 있는 하나의 예로서 생각하는 것이다. 그러나 어떠한 문학이 단지 하나의 보기로서 취급될 때, 그 문학 자체에 대한 이해나 평가는 희생되기 쉬운 것이다. 본고에서도 관점의 불안정성이 불가피하리라는 것을 의식하면서, 이하에서 될 수 있는 대로 엘리엇이 우리에게 가질 수 있는 의미를 중심으로 하여 이야

1　한국영어영문학회 편, 『T. S. 엘리엇』(민음사, 1978)에 수록. 이 글은 「T. S. 엘리엇의 예」(《청맥》 제6호(1965년 3월호) 이하 '1965년판')를 재수록한 것이다. 두 글에 차이가 있는 경우 표기나 문장의 단순 수정일 때는 따로 표시하지 않았으나, 개념이나 문장에 수정이 가해졌을 때는 편집자의 판단에 따라 각주에 표시하였다.(편집자 주)

기를 전개시켜 보겠다.

두 나라 문학의 관계는 영향이란 관점에서 이야기되는 것이 보통인데, 이러한 영향은 두 문학의 배경이 상당히 유사한 것일 때 직접적으로 거래될 수 있는 것으로 추측된다. 그리고 한 문학이 다른 문학에서 영향을 받는다는 것은 그 문학의 내용과 방법을 풍부하게 한다는 의미에서 대개는 환영할 만한 일인 듯하다. 그런데 문학의 상호 영향 관계는 같은 언어의 문학에 있어서 과거와 현재 사이에도 성립할 수 있는 것이다. 그러나 같은 문학 전통 안의 ─ 특히 너무나 근사한 감성의 작가 사이의 근친결혼은, 앞의 경우보다 훨씬 비상한 흡수의 노력이 수반되지 않는 한, 좋지 못한 결과를 낳을 수가 있다. 강력한 표현 능력을 확립한 기성 시인은 젊은 시인에 대하여 너무 강한 영향을 작용하여 젊은 시인이 독자적인 목소리를 이루는 것을 방해하는 것은 우리가 자주 보는 일이다. 이럴 때 영향은 영향이 아니라 모방에 떨어져 버리기가 쉽기 때문일 것이다. 그러니까, 우리는 영향의 직접적인 미래를 말하였지만, 여기의 직접성은 너무 강조될 성질의 것은 아니다. 어떤 시기에 있어서는 언어의 장벽을 투과해야 하는 그 직접성이 어느 정도 무디어진 영향은 바람직한 것이고 또는 불가결한 것이다. 문학에 있어서의 건전한 영향은 분명히 규정할 수 없는 확산으로서 감수성 속에 삼투하는 형태를 취하기 때문이다. 그것은 어떤 특정한 말투, 기교, 문체상의 특징의 직접적인 수수가 아니라 중추적인 감수성을 매개로 한 전달이다. 이렇게 하여 우리는 서구와 한국의 문화적 배경이 아주 큰 것, 어쩌면 너무 큰 것이라고는 하지만, 바로 그 차이로 인하여 영향의 가능성을 이야기할 수 있다. 그리고 엘리엇의 예를 말하는 것은 곧 이 가능성을 확인하는 것이 된다.

엘리엇은 그 자신 막힌 길에 들어선 시의 앞길을 터 나가는 데, 외국 문학의 연구를 적절히 이용한 좋은 예를 보여 준다. 그는, 영시에 있어서 쓸 수 있는 전통의 결여에 당하여, 영시를 유럽 문학이라는 ── 영문학의 고유한 입장에서는 주로 외국 문학이 된다. ── 커다란 전통에 합류시킴으로써 새 문학의 전통을 수립한 것이다.

　대개 한 반항으로서 시작하는 시 운동은 처음에는 새로운 표현의 가능성과 영역을 해방시켜 주지만, 그것이 새로운 정통과 관습으로 고정될 때, 그것은 그것대로 다른 표현 가능성을 배제하고 생동하는 현실 경험과의 유리를 가져오게 된다. 엘리엇이 시를 쓰기 시작하였을 때, 영시는, 19세기 초에 시작하여 빅토리아조와 조지조를 거치는 사이 그 시적 추진력을 상실한 시 운동의 마지막 단계에서 목숨을 부지하고 있었다. 엘리엇은 그때의 상황에 관하여 "세기 초로부터 1914년까지 미국에 있어서 문학 활동이 어떤 것이었든지 간에 내 마음에 그것은 하나의 공백으로 생각되어 있다." 또는 "영국이나 미국에 있어서 1908년의 시의 초심자에게 유익한 모범이 될 수 있는 시인이 없었다."라고 회고하고 있다. 엘리엇의 위대함은 시 전통의 공백기에 있어서 ── 물론 에즈라 파운드 등 동시대의 다른 시인들과 같이 ── 새로운 이디엄과 소재를 발견하고 20세기 전반(前半)의 많은 시적 업적을 이루게 한 전통을 가용적인 것이 되게 한 것이다. 한국의 시에서 아날로지를 찾자면, 1930년대의 문학지상의, 근본적으로 낭만적인 시 이후 의지할 만한 시 전통의 공백에서 막힌 골목으로의 모색과 방황을 되풀이하는 사정이 금세기 초 엘리엇 등 젊은 영미 시인이 처했던 상황에 유사하다고 말할 수 있을 것이다.

　엘리엇의 경우, 죽어 가는 영시에 새로운 생명을 불어넣고 시의 언어와 기교상의 혁명을 이루게 하는 데 중요한 역할을 한 것은 외국 시 특히 프랑스 시의 영향이었다. 그러나 그것이 영시의 언어를 회생케 하는 데, 정확히 어떠한 역할을 했는가를 저울질하는 것은 어려운 일이다. 첫째로, 프랑스 시가 단지 외국 시라는 것만으로서 영시의 굳어 버린 틀을 파괴하는 데 도움이 되었다고 할 수는 있을 것이다. 엘리엇은 그의 에즈라 파운드에 관한 글에서 외국 시를 통하여 시작법을 익히는 것에 대한 파운드의 충고를 인용하고 그 대체적인 정당함을 인정하고 있다. 파운드는 말하기를,

> 시인 후보생으로 하여금, 그가 율동을 단어에서 분리해 낼 수 있는 한, 그가 발견할 수 있는 가장 좋은 율동감으로 그의 마음이 차 있게 하라. 즉 앵글로색슨의 주문시, 헤브리디스의 민요, 단테의 시, 셰익스피어의 시 등. 이러한 예는 될 수 있는 대로 외국어에서 취하는 것이 좋다. 그의 주의가 말의 의미에 대하여 시의 율동으로부터 떠나지 않게 하기가 보다 용이하기 때문이다. 그에게 냉정한 마음으로 괴테의 시를 분석하여 이것을 구성하는 음가(音價), 장단, (강약)의 음절 그리고 모음이나 자음으로 나누어 보게 하라.

이러한 시적 교육이 강조하고 있는 것은 리듬 감각인데, 이 리듬이 외국어의 것일 경우, 그것은 자국의 언어를 이질적인 율동감 속에 사용함으로써 새로운 리듬의 가능성을 해방시켜 주는 데 의의가 있을 것이다. 이러한 예는, 에드먼드 윌슨(Edmund Wilson)이 지적하고 있는 바와 같이, 미국인 프랜시스 빌레그리핀(Francis Ville-Griffin)이 전통적인 알렉산드린에 얽매인 프랑스 시의 리듬을 해방시킴에 있어서 영시의 율동을 사용한 데서도 볼 수 있는 일이다. 하여튼, 엘리엇은 '영시로 된 가장 우수한 프랑스 시'를 썼다고 하는 농담도 있지만, 그는 프랑스 시에서 배움으로써 관습적인 시의 언어를 해방시킨 것이다. 이러한 해방의 중요성을 보다 절실하게 이해하려면, 다시 한국의 경우에 비교해 보는 것이 좋다. 우리는 오늘날에 있어서 시조 리듬을 사용하는 시가, 그것을 현대적 경험에 적응케 하려는 많은 노력에도 불구하고, 그 관습적인 리듬의 불가피한 논리에 의하여 얼마나 표현과 정서에 제약을 받고 있는가를 상기하면 될 것이다.

한 가지 주목할 것은 엘리엇이 외국 문학에서 무언가 배울 것을 발견하였을 때, 이것은 자국 문학 안에서의 비교적 폐각(閉却)되었던 문학 전통과 관련되었다는 것이다. 이렇게 할 수 있었다는 것은 우리 시인들에 주어진 여건과 엘리엇의 여건과의 근본적인 차이를 말하여 준다. 엘리엇은 시의 스타일에서만 아니라, 보다 광범위한 면에서 외국 문학의 전통에 의지하였지만, 이 전통은 유럽 문학의 큰 테두리 안에서 파악되었고 그러한 전통은 당연히 유럽 대륙뿐만 아니라 영국도 포함하는 것이었다.

엘리엇이 영국 문학에서 가장 친근하게 접하였던 것은 제임스조(朝)의 극작가들이었다. 그가 이들 17세기 작가들에게서 배운 것은, 다른 것도 있지만, 이들의 극시에 사용된 다양한 구어체 스타일이었다. 대개의 시어의 혁명에 있어서 목표가 되는 것은 구어체에의 복귀인 것 같은데, 엘리엇이 프랑스 시와 17세기 영시의 적절한 이용으로 관습적인 시어를 해방하였다는 것은 바로 구어체를 되찾았다는 것이고, 시어가 구어체로 돌아온다는 것은 구어체에 담기는 현대 경험이 시에 들어오게 되었다는 것이다. 1919년의 『프루프록의 연가(The Love Song of J. Alfred Prufrock)』의 시나 1920년의 시집의 프랑스 시는 주로 라포르그풍의 아이러니한 스타일로 쓰여 있고, 같은 시집의 「게론티언(Gerontion)」과 「영원의 속삭임(Whispering of Immortality)」을 비롯한 사행 연시는 17세기 영문학의 영향을 강하게 나타내고 있는데, 둘 다 현대 구어로써 현대의 경험을 탐색하고 있다. 구태여 두 영향의 표현을 구별하자면, 하나는 보다 사적(私的)인 스타일로 직접적인 경험의 내용의 제시를, 그리고 다른 하나는 보다 형식적인 스타일로 이러한 경험에 대한 지적인 평가를 시도하는 것이라고 할 수 있다. 이렇게 효용을 약간 달리하는 요소를 포함한 엘리엇의 시적 스타일은 『황무지』에 이르러 가장 다양하게 또 성공적으로 사용되어 있다. 그러나 엘리엇의 위대한 점은, 본래 그에게 영향을 끼쳤던 시의 리듬과 소재상의 제약을 넘어서 완전히 자유로운 스타일을 발전시켰다는 것이다. 『황무지』에 있어서 그의 스타일은 라포르그나 형이상시나 제임스조 극작가의 것과는 상당히 거리가 먼 독자적이고 가능성에 찬 것이 되어 있지만, 더욱 놀라운 것은 근본적인 재출발이 아니라 점차적 발전이나 변주로써 『사중주』에서와 같은 장중한 문체에 이르렀다는 것이다. 초기 시로부터 「텅 빈 사람들(The Hollow Men)」을 거쳐 『사중주』에 이르기까지 엘리엇의 시적 스타일의 발전을 여기서 일일이 예시할 수는 없는 일이나, 이것은 헬렌 가드너(Helen Gardner)가 『T. S. 엘리엇의 예술』이라는 책에서 상세히 취급하고 있는 바이다.

기술적인 분석에 의존하지 않더라도, 엘리엇의 스타일의 자유와 융통성은 『노(老) 포섬 실용 묘기(Old Possum's Book of Practical Cats)』로부터 『네 개의 사중주』, 「스위니, 애고니스티즈(Sweeney Agonistes)」로부터 『대성당의 살인(Murder in the Cathedral)』에 이르기까지, 그의 스타일의 다양성과 폭으로도 짐작할 수 있는 것이다. 그의 시는 격식을 갖춘 엄숙한 것일 수도 있고, 허물없이 사사롭거나 해학적일 수 있으며, 심각하거나 아이러니할 수 있다. 이러한 다양성은 엘리엇의 기술가로서의, 나아가서 시인으로서의 능력을 나타내 주며, 비록 그 이후의 시인들이 이 다양함에서 직접적인 영향을 받은 흔적은 별로 보이지 않은 것 같지만, 시를 혁신하여 새로운 시를 가능하게 한 첫 시인으로서 이것은 바람직한 일이다. 특히 이것은, 하나의 톤, 하나의 스타일의 시인만을 보아 온 우리의 시단에 아쉬운 선례로 생각된다. 엘리엇의 혁신은 좁은 의미에서의 언어의 재생일 뿐만 아니라 넓은 의미에서, 즉 표현 매개체의 주체적인 기능에 있어서 시의 언어를 변하게 한 것이다. 이 점에 있어서도 프랑스 상징주의 시의 영향이 작용한 것으로 생각되는데, 그는 시 형식과 세부 테크닉에도 변혁을 가져왔다. 이 변혁을 한마디로 특징지으면 시를 논리적 형식에서 해방하여 보다 자유로운 음악적 형식을 갖게 한 것이라 할 수 있다. 구체적인 예를 들면, 그는 연에 의한 시의 구성을 부숴 버렸다. 그리고 그의 이미저리를 쓰는 방법도 매우 독특하고 암시에 찬 것으로 말하여져야 할 것이다.

엘리엇의 업적의 하나는 — 물론 엘리엇의 업적은 그것이 어떤 것이든 대부분의 경우 그와 동시대의 다른 시인들의 그것과 분명히 갈라서 논하여질 수 없는 것이라는 것은 인정하고 — 현대 도시 생활의 이미저리, 즉 대개 '비시적(非詩的)'인 것이라 할 수 있는 물건들을 시 속에 쓸 수 있게 했다는 것이다. 그러나 여기서 말하려고 하는 것은 내용의 관점에서가 아니라, 어쩌면 내용을 가능하게 하는 것인지도 모르는 구조의 관점에서 본 그의 이미저리다.

한 편의 시는 대개 메타포적인 통일성(metaphorical unity)를 갖는다고 말할 수 있다.[2] 시에 나오는 이미지는 어떤 것이든지 메타포의 성질을 띠게 되는데, 이것은, 분명히 언표된 것이든지 언표할 수 없는 것이든지, 그 시에 통일 원리가 되어 있는 시적 충동에 관련된다. 메타포의 구조에 대한 I. A. 리처즈의 분석에서 사용된 용어로 표현하면 시의 모든 이미지는 시를 통일하고 있는 하나의 '테너(tenor)'[3]에 — 이것은 대개 개념적으로 언표될 수 없는 것이다. — 대하여 '비클(비유에 있어서의 구상(具象))'이 된다. 따라서 하나의 시 속에 나타나는 이미지는 시 전체의 비유적 구조에 있어서 기능을 가질 수 있게끔 비틀리게 마련인 것이다. 윔서트(W. K. Wimsatt)는 「구상적(具象的) 보편」이라는 논문에서 보다 광범위한 테두리 속에서 이와 비슷한 이야기를 하고 몇 개의 시를 구체적인 예로 들고 있는데, 우리의 이야기를 보다 분명히 하기 위해서, 그중의 한 예를 빌려 오기로 한다. 그것은 우

---

2 1965년 판에는 이 문장의 앞에 "조금 돌연스러운 일이나 여기서 수사적 분석을 행하여야겠다." 삽입.(편집자 주)
3 1965년 판에는 "'테너(tenor, 취의(趣意))'라고 되어 있다.(편집자 주)

리나라에서도 비교적 잘 알려진 워즈워스(William Wordsworth)의 「홀로 거두는 처녀(The Solitary Reaper)」인데, 윔서트는 이 시에서의 메타포와 그 배경의 통일 원리를 다음과 같이 설명하고 있다.

같은 (앞에 든 예를 말한다.) 메타포상의 구조를 가지고 있어서, 홀로 추수하며 노래하는 처녀, 수 마리 새의 이미지, 즉 아라비아 사막의 꾀꼬리, 헤브리디스의 두견새, 이 세 이미지는, 처녀의 노래 속에 들어 있는바 추상적으로 이야기될 수 있는 고독, 원격(遠隔)함, 신비에 대한 대칭이 되며, 이러한 이미지들은 추상을 드러내기 위한 메타포의 기능을 갖는다. 그러나 한 새는 북해에 한 새는 남쪽의 사막에 있다는 사실 ― 새와 처녀를 비교하는 데 직접적인 관계를 갖지 않는 ― 에는 말하자면 제3차원의 의의가 있다. 메타포의 논리를 넘어서는 암시에 의하여, 처녀와 두 마리 새는 펼쳐 있는 공간, 보편, 만상의 교감 이러한 것들을 생각나게 한다. 그리고 이것은, 깊은 골짜기에 넘치는 노랫소리, 스코틀랜드어로 된 노래의 신비, 듣는 나그네가 가슴속에 노래를 지니고 떠나간다는 것, 처녀의 노래에 나올 수 있는 과거와 미래의 이야기 등 ― 시 속에 나오는 다른 세부에 의하여 보강되어 있다. 이렇게 해서 핵심적인 추상 ― 즉 교감, 고독한 가운데의 영교(靈交), 광막한 세계의 예언적 정신이 미래를 꿈꾸는 것 ― 이 성립하는 것이다.[4]

---

4 1965년 판에는 다음 시가 인용되어 있다.(편집자 주)

The Solitary Reaper

Behold her, single in the field,
You solitary Highland Lass!
Reaping and singing by herself;
Stop here, or gently pass!
Alone she cuts and binds the grain,
And sings a melancholy strain;

위의 분석에서 알 수 있는 바와 같이, 대개의 시에서 구상적(具象的)적인 디테일은 시의 핵심적인 추상, 즉 통일 원리 또는 테너에 의하여 정리되고 또는 뒤틀리는 것이다. 그러나 엘리엇의 전형적인 이미저리는 ── 이것은 특히 『성회 수요일』 이전까지의 초기 시에서 ── 핵심적인 통일 원리에 의하여 엄격히 규제되지 않고, 상당히 자유로운 부유 상태 속에 있는 것 같다. 가령 「프루프록의 연가」에서, 내면의 독백으로 계속되는 '수많은 불결

O listen! for the Vale profound
Is overflowing with the sound.

No Nightingale did ever chaunt
More welcome notes to weary bands
Of travellers in some shady haunt,
Among Arabian sands;
A voice so thrilling ne'er was heard
In spring-time from the Cuckoo-bird,
Breaking the silence of the seas
Among the farthest Hebrides.

Will no one tell me what she sings? ──
Perhaps the plaintive numbers flow
For old, unhappy, far-off things,
And battles long ago;
Or is it some more humble lay,
Familiar matter of to-day?
Some natural sorrow, loss, or pain,
That has been, and may be again?

Whate'er the theme, the Maiden sang
As if her song could have no ending;
I saw her singing at her work,
And o'er the sickle bending; ──
I listened, motionless and still;
And, as I mounted up the hill
The music in my heart I bore,
Long after it was heard no more.

단(不決斷)'의 문답 가운데 우리는 돌연 다음과 같이 시의 줄거리(argument) 와는 관계없는 구절에 부딪치게 된다.

> 땅거미의 좁은 거리를 지나
> 와이셔츠만의 외로운 사람들이
> 유리창에 기대어 거리를 내려보며
> 피우는 파이프의 연기를 보았다고 할까?……
>
> 말없는 바다 밑을 기는
> 엉성한 집게발이 될 것을.
>
> Shall I say, I have gone at dusk through narrow streets
> And watched the smoke that rises from the pipes
> Of lonely men in shirt-sleeves, leaning out of window?
>
> I should have been a pair of ragged claws
> Scuttling across the floors of silent seas.

지금 인용한 구절에 대하여 무엇인가 주석을 붙이지 않을 수 없을 때, 시의 줄거리의 관점에서 이것을 반드시 해석할 수 없는 것은 아니다. 어떤 주석자는 처음의 셔츠 바람의 독신자의 이미지는 사랑이라는 자기 포기의 행위에서 도피하고자 하는 프루프록의 심경을 나타내는 자족적인 상태의 이미지라 하고, 게의 이미지는 무의식에의 침잠을 말하는 이미지라고 말한다. 그러나 이것은 앞에 본 워즈워스의 경우와는 달리 이차적인 반성에서 나온 설명이라는 느낌을 준다. 오히려 여기 사용된 이미지의 효과는 시 전체의 비유적 구조에 의하여 무어라 규정할 수 없다는 사실에서 오는 것이 아닌가 한다. 우리는 이러한 이미지가 프루프록과 같은 사람이 봄직하고 생각함직한 것이라는 것을 즉각적으로 느끼게 된다. 그러나 이것이 시의 줄거리 속에서 어떤 역할을 하는지는 분명히 파악할 수 없다. 효과는 분명히 여기에 속하기는 하지만 그 관련을 알 수는 없는 애매성에서 오는 것 같다. 이러한 설명은 「서시」나 「바람 부는 밤의 광상곡」 등 「프루프록과 다른 관찰들」의 시에 그대로 해당되고 그 후 「게론티언」이나 『황무지』에도 약간 다르게 적용된다.[5] 다르다는 것은 『황무지』의 경우를 보면, 이러한 종류의 유리된 이미지가 하나의 계속되는 설화 속에 갑작스럽게 던져짐으로써 설화에 의하여 의외의 비틀림을 받게 된다는 것이다. 그러나 이 경우도 설화의 테두리에 관계하는 메타포가 되지는 못한다. 그것은 설화의 극적 전개 밖에 있다. 이러한 의미에서 최근의 한 연구가가 엘리엇의 많은 이미지들이 감정의 도수를 높이기 위한 멜로드라마의 소도구적 역할을 한다고 지적한 것은 매우 옳은 이야기이다.

지금까지 우리는 약간 까다롭고 미시적인 분석을 할 수밖에 없었는데, 위에서 말한 엘리엇의 테크닉은 그 자체로서도, 우리의 경험을 정착하는 데 있어서 하나의 수법상의 발전이라고 할 수 있겠지만, 그보다도 이것은 엘리엇의 시 형식, 또는 주제를 이해하는 데 열쇠가 된다는 점에서 중요하다고 하겠다. 우리는 위에서 엘리엇이 현대 도시 생활의 이미지를 그대로 시에 도입했다는 이야기를 했지만, 비시적(非詩的)인 도시 생활의 풍경은, 그것을 어떤 의미의 패턴에 종속시킬 필요가 없음으로써 보다 자유롭게 시 속에 들어올 수 있는 것이라고 할 수 있다. 『황무지』에서 받을 수 있

---

5   1965년 판에는 "이러한 설명은 「프렐뤼드」나 「바람 부는 밤의 광상곡」 등 「프루프록과 다른 관찰들」의 시에도 약간 다르게 적용된다."라고 기술되었다.(편집자 주)

는 강한 인상 중의 하나는 현대 생활의 이미지나 다른 이미지들이 잡다하게 아무런 맥락이 없이 얼크러져 있으면서도, 그것들이 미묘한 조화를 이루고 있다는 것일 것이다. 다시 말하여 이 시에서 전체적으로 설화의 방향을 규정하는 풍요 의식이나 성배 전설의 용기(容器) 속에 잡다한 이미지가 콜로이드상(狀)의 부유 상태를 이루고 있는데, 이런 전체적인 구조는 위에서 언급한 특수한 이미저리 사용에서 가능해지는 것이라 할 수 있다. 연에 의지하지 않고 시를 전개시키는 형식상의 특징도, 어떤 이미지를 상호 연관의 엄격한 논리에서 파악하지 않음으로써 용이해진다.

엘리엇이 이러한 수법의 특징을 가지게 된 것은 반드시 우발적인 것은 아니다. 휴 케너(Hugh Kenner)는 근년에 나온, 아마 가장 우수한 연구서 중의 하나가 될 저서 『보이지 않는 시인 T. S. 엘리엇(The Invisible Poet: T. S. Eliot)』에서 브래들리(F. H. Bradley)의 철학이 엘리엇에게 큰 영향을 끼쳤다는 점을 강조하고 있는데, 위에 말한 수법에 대해서도 뒷받침이 될 만한 구절을 브래들리에서 찾을 수가 있다. 다음은 케너의 저서로부터의 재인용이다.

어떤 순간에 있어서의 자아의 실제 경험도, (내용상 아무리 서로 관계되었다 하여도) 구극적으로는 무관계적(non-relational)인 것이다. 관계와 명사(terms)를 통한 어떠한 분석도 경험의 성질을 전부 포괄할 수는 없으며, 종국적으로 경험의 본질을 진정으로 파악할 수는 없는 것이다. 분석에서 제외되어 있는 것은 단순한 찌꺼기가 아니라, 분석 그 자체를 성립하게 하는 살아 있는 상황인 것이다.

또는,

어느 때에나, 우리가 능동적으로, 수동적으로 행동하고 행동의 대상이 되고, 우리가 그것인 바의 모든 것은 하나의 심적인 총체(psychic totality)를 이룬다. 그것은 하나의 공존하는 덩어리로서 경험되며, 어떠한 관계 — 공존의 관계까지도 포함하여 — 에 의하여 분리 또는 종합되지 않는다. 그것은 그 순간, 정신 속에 있는 모든 관계, 모든 구분, 모든 관념물을 포함한다.

이러한 철학적 전제로부터 분명한 관계 속에 규정되지 아니한 이미지, 나아가서 시련(詩聯)의 논리에 의하여 정리되지 아니한 시에로 옮아가는 것은 있을 수 있는 일이다. 그러나 엘리엇이 의식적으로 철학적인 성찰로부터 그의 시에로 나아갔다고 하는 것은 잘못이다. 그가 『황무지』의 노트에 브래들리를 인용하고 있는 것으로 보아, 그가 『황무지』를 썼을 때는 어떤 방식으로든지 브래들리의 도움을 받았다고 할 수 있지만, 케너도 지적하는 바와 같이 「프루프록의 연가」나 「여인의 초상」을 썼을 때에 엘리엇이 브래들리에 관심을 가지고 있었다는 증거가 없기 때문이다. 상징주의 시의 영향과 개인적 감수성에서 그는 처음부터 이미 브래들리 철학의 방향으로 움직여 가고 있었다고 하는 것이 좋은지 모른다. 철학의 연구는 시인의 감수성의 올을 빳빳하게 해 주지만, 감수성은 지나치게 빳빳해질 수도 있는 것이다.

우리는 지금까지 살펴본바 엘리엇의 수법상의 특징을 그의 시 전체를 관류하고 있는 주제와 관련해서 설명할 수 있다. 앞에서 우리는 엘리엇이 이미저리를 매우 특이하게 사용한다는 이야기를 하였는데, 그가 예를 든 의로운 독신자의 이미지가 우리에게 주는 효과를 좀 더 자세히 생각하여 보자. 시의 줄거리에 직접적인 관련이 없이 제시된 매우 선명한 이미지가 주는 효과의 대부분은 바로 그 콘텍스트를 벗어나 있는바 무어라 규정할 수 없는 성질에 기인하는 것 같다. 프루프록은 그의 독백 가운데서 홀연히 맥락에 관계없이 기억되는 어떤 선명한 이미지의 의미를 생각해 보는 것 같다. 이와 같이 선명함과 불가사의한 느낌을 아울러 가진 이미지는 우리의 기억 속에 수다(數多)히 퇴적되어 있다. 사물들은 늘 그 비밀한 의미를 우리에게 쏟아놓을 듯하지만, 그 의미는 결코 분명해지지 않는다. 그리고 우리는 한 사건 속에 충분히 오랫동안 머물러 있지 않기 때문에, 그 사건의 순간을 이해로서 소유할 수 없다. 그리하여 우리는 어떤 기억된 광경의 단편과 사물의 세계에서 차단된 고독과 무상의 느낌을 가지고 시간 속을 흘러간다. 이러한 경험은 프루스트나 토머스 울프의 작품에 등장하는 대표적인 경험이다. 되풀이하여 말하면 프루스트에 관한 한 논문이 들고 있는 예를 빌려서, 이것은 달리는 기차에서 밖을 내다보는 사람의 경험에서 가장 잘 설명될 수 있다. 그는 차창을 따라 스쳐 가는 사람들과 풍경을 본다. 그러나 이러한 것들은 단지 우리의 마음을 아쉽게 하는 그림자일 뿐, 그것은 의미의 계시와 은폐 사이에 명멸한다. 앞에 말한 엘리엇의 이미지의 성질은 이러한 경험의 성질에 유사하다. 그리고 이러한 성질은 이 경우만이 아니라 엘리엇이 그의 시에서 사용하고 있는 대부분의 이미지의 성질이기도 하다. 또 우리는, 엘리엇 시의 이미지가 이미지스트의 이미지와 달리 대개는 어떤 하나의 감수성을 통하여 보아지고 기록된 이미지라는 것에 주목하게 된다. 한 감수성이 어떤 분명히 그 의미를 포착할 수 없는 이미지를 싸고돈다. 그리하여 많은 풍경은 '나는(I)'이라는 주어와 과거 시제의 동사로써 된 자전적인 서술 방식을 가지고 있다. 가령, 위에서 든 프루프록의 이미지, 또는 「바람 부는 광상곡」에서

나는 그 아이의 눈 뒤에 아무것도 볼 수 없다.
나는 거리에서 불빛 새는 덧문을 넘어 보려는 눈들을 보았다.

그리고 어느 날 오후 못 속의 게,
따개비가 낀 늙은 게는
내가 내미는 막대의 끝을 잡았다.

I could see nothing behind that child's eye.
I have seen eyes in the street
Trying to peer through lighted shutters,
And a crab one afternoon in a pool.
An old crab with barnacles on his back,
Gripped the end of a stick which I held him.

『황무지』에는 이러한 예가 무수하지만, 하나만 들면,

쥐 한 마리 그 끈적끈적한 배를 제방 위로 끌며
풀숲을 소리없이 지나갔다.
그때 나는 탁한 운하에서 낚시를 하고 있었다.
겨울 저녁 주유소 뒤쪽에서…….

A rat crept softly through the vegetation
Dragging its belly on the bank
While I was fishing in the dull canal
On a winter evening behind the gashouse……

이와 같이 엘리엇은 『황무지』에 이르기까지 단편적인 이미지(a heap of broken images)를 시에 그대로 제시하여 그 의미에 대한 성찰을 계속한다.

이것은 달리 말하면 시간의 단편의 의미에 대한 성찰이며, 이러한 단편의 배후에 있는 진실재(眞實在)에 대한 탐구인데, 이것은 실로 엘리엇 시 전체에 흐르고 있는 가장 중심적인 관심사인 것이다. 어떤 단편적인 이미지 ── 이것은 기억에 있어서의 불수의적이며 선택된 순간에 대한 프루스트의 탐구에 유사하다. ── 에 대한 이러한 반성과 탐구는 그의 후기 시에 있어서 보다 적극적인 주제가 된다. 「머리너(Mariana)」는 과거의 경험이 어떻게 현재 속에 의미를 띠게 되는가 하는 중심 문제를 가지고 있다. 「성탄일」도 시간 속에 일어나는, 진실재에서 떠나 있기 때문에 단편적이고 무상할 수밖에 없는 경험의 성질에 대한 명상을 내용으로 한다. 특히 어떻게 현세적인 사랑이 마리아에 대한 사랑에 합일되는가를 암시한 부분, 제6부에서 정신적인 수련 속에 되돌아오는 감각적인 희열에 대한 부분은 시간 속에 단절되어 있는 경험의 의의에 약간 다가갔음을 보여 주는 것이라 하겠다. 레나드 엉거는 엘리엇의 시에 있어서 과거에 있었던 어떤 구체적인 사건으로 자꾸 되돌아가서 그 의미를 부단히 해석 회복하려는 노력이 현저함을 말하고, 특히 장미원(薔薇園)의 이미지가 반복되어 나타남을 지적한 바 있는데, 『네 개의 사중주』는 이 장미원의 경험을 출발로 하여 시간 속의 경험이 어떻게 영원에 관계되는가 하는 테마에 대한 명상이다. 『사중주』에 있어서, 그 일생의 중요 관심사였던 단편적 경험의 의미에 대한 탐구는 마지막으로 영원과의 관계 속에 발견되는 것이다. 그리하여

이 돌무더기에서 움켜쥐는 뿌리는 무엇이냐,
무슨 가지가 자라느냐? 인자여,
너는 알 수도 없고 추측할 수도 없느니라, 네가 아는 것은
깨어진 영상(影像)의 무더기일 뿐……

What are the roots that clutch, what branches grow

Out of this stony rubbish? Son of man,

You cannot say, or guess, for you know only

A heap of broken images……

이렇게 절망적인 분위기에서 시작한 '깨어진 영상(影像)'의 의의에 대한 회의는 종국에 있어서 시간의 단편은 영원 속에 들어간다는 대긍정으로 끝난다.

불꽃의 혀가 접어들어

불꽃의 화관이 되고

불꽃과 장미가 하나인 때에

모든 것은 좋으니라.

무릇 모든 것들은 좋으니라.

And all shall be well and

All manner of thing shall be well

When the tongues of flame are in-folded

Into the crowned knot of fire

And the fire and the rose are one.

엘리엇의 시 수법은 상징주의와 철학 수업과 개인적인 필요에서 발전된 것이다. 이러한 수법이나 거기에 밀접히 연관된 주제가 반드시 의식적인 연구에서 나왔다고 하는 것은 사실에 어긋날 뿐만 아니라 시의 본질을 전혀 오해하는 것이다. 그러나 우리는 엘리엇의 시를 포함한 20세기의 시들이 방법의 추구에 민감했다는 것을 부인할 수는 없다. 엘리엇 이전의 시에서 엘리엇으로 올 때, 우리에게 가장 강한 인상을 주는 것 가운데 하나는 새로운 시 기술인 것이다. 그리하여 우리는 그가 가장 혁명적인 시인임을 서슴지 않고 확언하게 된다. 그러나 다른 한편으로, 우리가 비평문과 후기 시를 통하여 알게 되는 엘리엇은 가장 강직한 전통의 옹호자로서의 엘리엇이다.[6] A. 앨버리즈는 『창조하는 정신(The Shaping Spirit)』이란 저서에서 대표적인 영미 시인들을 논하고 있는데, 그 주된 명제로서, 현대 시인 특히 미국 시인에 있어서 보이는바 방법(technique)에 대한 강한 관심은 시적 전통의 결여에 기인하는 현상일 것이라는 주장을 내세우고 있다. 이러한 관점에서 볼 때, 엘리엇이 기술의 혁신가인 동시에 전통주의자라는 것은 당연한 것이다. '살아 있는 전통'이 없는 시대에 있어서 방법에 의한 전통의 대치는 불가피한 것이다. 엘리엇이 전통의 옹호자라고 할 때, 시작(詩作)의 필요조건이라는 관점에서 그 전통은 방법으로서의 전통인 것이다. 그것은 전통이 갖는 의미의 극히 일부분에 불과하지만 전통이 그에게 있어서 극히 단순한 의미에서의 방법 또는 기술로 사용되었다는 것은 새삼스럽게 이야기할 필요도 없다. 가령 「직립 보행의 스위니(Sweeney Erect)」에서 첫 2연 반은 과장된 신화적 사건을 이야기하고 그다음 여기에 대조하여 신화의 장대함에 대한 패러디[7]라 할 수 있는 스위니의 이야기가 나오게 하는 수법은 전형적인 예이다. 이러한 수법은 다른 시들에서 많이 사용되고 있는데, 우리는 조이스에 있어서 신화가 갖는 방법적 가치에 관하여 엘리엇 자신이 한 말로써, 그 시작(詩作)상의 의의를 설명할 수 있을 것이다. 엘리엇은

---

6   1965년 판에서는 이 부분에 "혁명과 보수주의라는 것은 일견 모순된 것 같으면서도 충분히 양립할 수 있는 입장인 것이다. 이것은 비단 정치 사회에 있어서뿐만 아니라 문학의 실제라는 관점에서도 그러하다."가 삽입되어 있다.(편집자 주)

7   1965년 판에서는 "패러디(풍자적 개작)"라고 하였다.(편집자 주)

다음과 같이 쓰고 있다.

　　그것은[신화는] 현대 역사라는 무의미와 혼란의 막막한 파노라마에 어떤
　모양과 의의를 줄 수 있는, 또 그것에 질서를 주고 통제를 가할 수 있는 간
　단한 방법이다……. 나는, 그것이 예술에서 현대를 다루는 데 있어서 진보
　라는 것을 믿는다.

　엘리엇의 방법을 설명하기 위하여 우리는 신화 대신 전통 또는 문학적
유산이란 말을 쓰면 된다. 그러나 이미 위의 인용문에서도 시사되는 바이
지만, 물론 전통은 단순한 의미에 있어서의 방법 이상의 것이다. 전통이 방
법이라 할 때 이것은 가장 광범위한 의미의 방법인 것이다. 전통은 시인에
게 이디엄, 이미저리, 시 형식 등 시적 표현 수단을 제공하고 시인의 위치
에 관한 어떤 전제를 가지고 있음으로써 시인의 목소리의 높이를 정하여
주고, 시적 우수성의 척도를 보여 주는 것이다.

　엘리엇은 그의 비평과 시의 실제를 통하여 시의 방법을 고찰하고 ─ 그
의 비평은 시인의 실제적인 출제를 구명해 나가는 시 방법론(ars poetica)이
다. ─ 여기에서의 발견을 새로운 전통으로 수립하였다. 그러니까, 엘리엇
은 전통의 옹호자라고는 하지만, 전통적 시인은 아닌 것이다. 전통이란 보
통 과거의 것에서의 전승을 의미하는 것이지만, 엘리엇에 있어서 이것은
방법적인 관점에서 (물론 엘리엇이 방법적인 고려에서만 어떠한 전통을 받아들였
다는 것은 아니다. 시인이 단순히 시작(詩作)의 편의를 위해서 그의 전인적인 관심에
관계없이 아무런 전통이나 신화를 받아들일 수 없다는 것은 공리적인 명제이다.) 재
편성, 취사선택된 것이라 할 수 있다. 이것은 다시 말하여 이 전통은 주어
진 것이 아니라 얻어진 전통인 것이라는 것이다. 엘리엇은「전통과 개인의
재능」에서 "전통이란 전승될 수 없는 것이다. 그것은 굉장한 노력에 의하

여 얻어져야 하는 것이다. 첫째, 그것은 역사 감각을 포함한다. 이 역사 감각은 스물다섯 이후까지 시를 쓰고자 하는 사람에게는 필요불가결한 것이다."라고 말하고 있는데, 우리는 여기서 엘리엇의 전통관의 특이함을 느낄 수가 있다. 즉, 전통은 시를 쓰기 위한 조건으로 파악되어 있고, 또 한편으로 그것은 의식적인 노력으로 얻어지는 것으로 생각되어져 있다. 둘째 번의 주장은 보편적으로 성립될 수 있는 주장이 아니다. 전통은 의식적으로 얻어지는 것이 아니라 (엘리엇 자신이 15년 후에 한 말을 그대로 인용하여) "습관적인 행동, 관습, 풍속 등 가장 중요한 종교 의식으로부터 모르는 사람과 처음으로 인사하는 예의법에 이르기까지 같은 곳에 살고 있는 같은 사람들의 혈연관계를 표현하는 모든 것" 속에 저절로 이어지는 것이다. 따라서 엘리엇이 내세우는바 의식적으로 얻어진 전통이 인위적이며 너무나 두뇌적이라는 인상을 주는 것도 불가피한 것이다.

영미에 있어서 20세기 최대의 시인으로 우리는 흔히 엘리엇과 예이츠를 생각한다. 두 사람의 시를 한마디, 또는 한 가지 점에서 비교해 버린다는 것은 극히 어리석은 일이라는 것을 인정하면서, 우리의 이야기와 관련되는 점에서 두 시인을 비교하면, 예이츠는 엘리엇보다도 한결 전통적인 시인이라고 말할 수 있다. 여기서 전통적이라는 것은 영시의 전통에서 보다 더 시적인 것으로 인정되어 있는 소재와 형식을 사용하는 시인이라는 말이다. 형식에 있어서 예이츠의 아이앰빅 펜타미터(iambic pentameter)나 시련(詩聯), 또는 시적 수사는, 종래의 어떤 것보다 긴장된 것이긴 하나, 전통적인 것이다. 그리고 그의 소재의 감정 또한 폭과 강도에 있어서 전통적인 시와 마찬가지의 것이다. 이에 대하여, 엘리엇에 있어서 시적 강도가 무엇이든지 간에, 그것이 전통적으로 시에서 다루어질 수 있는 희로애락의 강도는 아니라는 것은 확실하다. 우리는 엘리엇의 시에 있어서 원초적 감정이 결여되어 있음에 주목하게 된다. 가령, 엘리엇에 있어서 사랑은 스위니가 말하는바 '탄생과 교미와 죽음'이라는 기계적이며 동시에 동물적인 테두리 안에서가 아니면, 엘리엇 자신이 「단테론」에서 동정과 이해를 가지고 이야기하고 있는 단테 — 베아트리체의 관계에서 보는 바와 같은 정신화되고 상징화되어 버린 플라톤적인 '사랑의 계단' 속에서만 파악된다. 이에 대하여, 우리는 육적(肉的)일 수 있으며 인간적일 수 있으며 신비적일 수 있고, 또한 이러한 것들이 서로 분리된 상태로서가 아니라 굉장한 갈등과 긴장 속에 있는, 그러한 사랑을 취사한 예이츠의 시집『탑(The Tower)』이나『어쩌면 음악을 위한 가사(Words for Music Perhaps)』를 생각하게 된다.

다시 말하면, 엘리엇은 그 시에 있어서 비전통적이고 산문적 관심에 있어서 전통적이며, 예이츠는 시에 있어서 전통적, 산문적 관심에 있어서는 오히려 —「비전」 등에 있어서 — 비전통적이라 할 수 있다. 그리고 엘리엇이 그 기술 면에 있어서 보다 대담하게 실험적인 데 대하여, 예이츠는 그 소재 면에서 훨씬 넓은 감정의 폭을 지니고 있다고 할 수 있다. 이 두 시인의 비교에서 우열을 어떻게 판단하든지 간에, 한 가지 우리가 추측할 수 있는 것은, 위에서 말한바 그들의 차이는, 시인의 감성을 형성하는 다른 요건들의 차이에 추가하여, 그들이 시를 써 나감에 있어서 처해야 했던 상황의 차이에서 올 수 있다는 것이다. 엘리엇이 살아 있는 전통의 공백을 통감하면서 시인으로서의 첫 수업을 시작하였다는 것은 위에서도 언급한 바이다. 이에 대하여, 우리는 예이츠는 별다른 단절감 없이 세기말의 심미주의 운동의 시인들과 같이 시를 쓰기 시작했으며, 몇몇 비평가가 지적하고 있듯이, 근본적으로 그는 심미 시인의 낭만적인 신조를 일생 지니고 있었다는 것에 주의하여야 한다. 예이츠가 만년에 '비전'이라는 유사 신화 체계를 써서 그의 시작(詩作)의 문제를 해결한 것은 전통이 없어져 버린 현대에 있어서 시인이 개인적인 천재로써 어떻게 궁경(窮境)을 극복하였는가 하는 예로서 잘 이야기되는 일이다. 그러나 예이츠에 있어서 전통의 단절은 엘리엇의 경우에서와 같이 절대적인 것은 아니었다. 그는 스펜서, 셸리, 블레이크로 이어지는 상상적 시의 전통을 받아들였고, 아일랜드의 귀족과 농민의 문화에 있어서 시인의 위치에 대해서 그 나름의 신념을 가지고 있었다. 시로서 나타난 결과가 아무리 다르다 해도, 예이츠가 '비전'으로 이루려고 하는 것은 세기말의 낭만주의에 세계관의 철학이 결여된 것을 시정하려는 것이었다. 여기의 문제는 엘리엇이 『프루프록』과 『황무지』를 쓸 때에 가졌던 문제라기보다는 『사중주』를 쓸 때에 가졌던 문제에 유사하다 할 수 있다. 체계적으로 사유된 것이 시에 줄 수 있는 엄격함과 압축감을 예이츠는 '비전'에서 찾았고, 그것을 엘리엇은 기독교 전통에서 찾았던 것이다. 지금까지 우리는 주로 예이츠의 경우를 이야기하였지만, 엘리엇의 경우 우리는 그가 배울 수 있는 전통이 영시에는 없었다는 말을 그대로 인정하지 않을 수 없다. 그는 낡은 전통의 시의 기능과 역할을 거부하고 시의 언어와 영역을 새로이 규정하려고 한 것이다.

여기서 두 시인을 비교하는 것은 그들의 태도의 현명함을 그것 자체로 저울질하려는 것이라기보다는 그들이 마주쳤던 문제를 밝힘으로써 우리의 상황에 대한 암시를 얻어 보려고 한 것이다. 같은 점보다는 다른 점이 많다는 것을 우선 인정하고 들면, 우리의 상황은 예이츠가 부딪쳐야 했던 문제보다는 엘리엇이 가졌던 문제들을 제시해 주는 것 같다. 예이츠에 유사하게, 해방 전까지의 대체로 낭만적인 전통에서 출발한 서정주 같은 분이 근본적으로 기분과 감정에만 의지하는 시가 갖는 위약성을 극복하기 위한 한 기도(企圖)로서 개인적인 신화를 발전시키고 있는 것을 보지만, 그것이 어느 정도 성공한 시를 낳을 수 있는가는 예측을 할 수 없는 것이고 또한 그러한 것이 누구에게나 가능한 해결 방법이 아닌 것을 생각할 때, 우리 시대의 경험을 시 속에 가능하게 하려는 많은 모색에도 불구하고 우리는 아직도 엘리엇이 발견한 것과 같은 근본적인 해결을 기다릴 수밖에 없다 하겠다.

엘리엇의 시가 영시의 전통에서 볼 때 언어에 있어서, 또 감정에 있어서 약간의 빈약함을 면치 못한다 하여도 그것은 불가피하게 지불하여야 하는 대가인지 모른다. 엘리엇의 시에 영국적인 연상 작용이 가능하게 하는 감정의 강도가 없는 것이라면, 거기에는 그 대신 보다 큰 보편성이 있는 것이다. 다른 많은 점에서도 엘리엇은 단테에 가장 가까운 시인이고 단테로부터 커다란 영향을 받은 시인이지만, 이 보편성에 있어서 엘리엇은 단테에 가까운 시인이라 할 수 있다. 엘리엇 자신 「단테론」에서 단테는 국민 언어로 쓰면서도 국민 언어의 편협성을 초월한 보편 시인, 유럽의 시인이라고 부르고 있는데, 우리는 이것을 그대로 엘리엇에 적용할 수 있을 것이다. 우리 한국 시에 있어서도 한국어의 토착적 뉘앙스를 최대로 살린 언어를 토대로 한 신시(新詩) 전통이 지금에 와서 현실적 경험을 높은 시 속에 구현하지 못하고 있다면 우리는 앞으로의 시에서, (거기 따르는 약점을 수반한 채로) 시 언어의 보편화를 예상해 볼 수 있을 것이다.

여기에는 새로운 전통을 얻기 위한 굉장한 노력이 필요하다는 것은 틀림없지만, 20세기 초의 영시의 상황에 비할 수 없을 만치 불리한 여건하에서 그것이 구체적으로 어떠한 것이어야 하는지는 말할 수 없다. 만일 우리가 엘리엇의 예에서 배우는 바가 있다면, 그것은 지적 노력과 반성을 포함하는 것일 것이다. 그리고 이 노력에 대한 하나의 시사로서 틀림없이 그 자신의 경험에서 나오는 것으로 들리는 작가의 교육에 대한 엘리엇의 제안을 인용해 보기로 하자.

그의 [즉 문필가]의 일은 언어를 통한 전달이다. 그가 문학가일 때, 그는 가장 어려운 형태의 전달에 종사하게 된다. 그것은 문학에 있어서 엄격은 가장 중요한 것이고 여기의 엄밀은 미리 예견되는 것이 아니라 새로운 구절마다에서 발견되어야 하는 것이기 때문이다. 문학가가 알아야 하는 만큼 언어를 이해하기 위해서는, 우리는 언어가 그를 위하여 사용되어 왔던바 여러 목적을 알아야 한다. 이것은, 과거에 있어서 그것의 전달을 위하여 언어를 사용하였던바 제재에 대한 지식을 요구한다. 특히, 과거의 문학을 이해하기 위하여는 그것이 쓰여졌던 때의 상황과 그것을 쓴 사람을 조금은 알아야할 것이기 때문에 역사의 지식이 필요하며, 그것이 언어 속에 든 사고의 구조를 연구하는 것이기 때문에 논리의 지식이 필요하며, 그것이 언어를 가장 추상적으로 사용하려는 것이기 때문에 철학의 지식이 필요하다.

이것만으로도 이미 어마어마한 것이나, 우리는 문필가 지망자로 하여금 이에 추가하여 모국어와 고전 문학과 동시대에 적어도 한 개의 외국어를 어느 단계에서 배우게 해야 한다. 한 외국어는 우리말과 평행한 언어 발전을 겪었고 융성하고 있는 현대 문학을 가지고 있는 중요한 언어이어야 한다. 이것은, 우리와 같은 세계에 살며 그에 관한 영상(影像)을 우리와 다른 위대한 언어로 표현하는 외국 작가의 작품을 감상할 수 있음으로써 우리 자신의 문학 감상력과 취미의 객관성을 보다 용이하게 발전시킬 수 있을 것임으로써이다. 물론 수개의 외국어를 알고 있는 것은 더 좋은 일이겠지만, 한 개이상의 외국의 언어, 문학 그리고 민족을 똑같이 능숙하게 안다는 것은 불가능한 일이다. 우리 시대에 있어서 문학가에게 가장 중요한 외국어는 불란서어이다. 영어의 경우도 그렇지만, 프랑스어를 위해서는 라틴어의 지식은 더욱 중요하고 그리스어의 지식도 그에 못지않게 중요하다는 것은 말할 필요도 없을 것이다. 이미 권장한 지식의 습득이 지나치게 과중한 부담이 아닌, 뛰어난 어학 능력의 소유자에게는 보다 먼 어떤 위대한 언어를 배우는 것도 좋을 것이다. 히브리말을 생각할 수도 있으나 극단적인 구조상의 차이와 지적인 위엄을 지닌 언어로 중국어가 매우 좋을 것이다. 그러나 이것은 가능성의 먼 지평을 바라보는 일이라 해야겠다.

위에 길게 인용한 교육안은 전혀 다른 문화적 배경을 가진 영국의 작가를 위한 것이니까, 우리의 계획안과는 다른 것일 터이지만 엘리엇이 필요로 했던, 따라서 그의 생각에 앞으로의 작가가 가져야 할 문학적 수련의 어려움의 정도를 잘 말해 주고 있다. 그리고 위의 계획안은 문학가(man of letters)를 위한 것이기 때문에 시인의 경우에는 해당시킬 수 없다고 할 수도 있으나, 가용적인 과거가 부재하고, 새로운 전통을 얻어야 하는 시기에 있어서 어쩌면 시인은 문학가를 겸하지 않을 수 없는 것일 것이다. 바로 엘리엇의 경우가 그러하였던 것이다.[8]

부기

위의 글은 1965년 엘리엇의 죽음을 계기로 어느 잡지사의 부탁으로 썼던 글이다. 지금 돌이켜볼 때, 결함이 많은 글이라는 것은 너무나 분명하다. 그중에도 엘리엇의 시를 보는 관점의 편협성은 문제의 토의 방향을 심히 제한하고 있다. 엘리엇에 있어서, 시 구조의 유연성, 시간의 단편성과 그 통일된 의미에 대한 탐구, 일상적 언어와 체험의 기록, 전통, 방법, 이런 것들이 문제가 될 만한 것이라면, 그것들이 논의되어야 할 공간은 단순히 시의 기술의 차원이 아니라, 19세기 말에서 20세기 초에 이르는 서구 자본

---

8 1965년 판에는 이에 추가하여 다음과 같은 내용이 포함되어 있다. "우리는 위대한 시인을 두 가지로 생각할 수 있다. 하나는 최초의 시인이요, 다른 하나는 최후의 시인이다. 최초의 시인은 언어의 새로운 가능성을 해방하여 뒤에 오는 시인의 시적 작업의 길을 트는 시인이고, 최후의 시인은 하나의 전통 속에 있는 언어의 가능성을 자신의 시 속에 현실화하고 완성하는 시인이다. 물론 가장 위대한 시인은 최초이며 동시에 최후의 시인이며, 엘리엇 또한 전혀 이 제삼의 범주에 들어갈 수 없다는 것은 아니지만, 엘리엇은 위대한 최초의 시인이었다. 그는 전통의 공백기에 있어서 새로운 전통을 수립하였다. 우리가 엘리엇에서 보는 예는 엄격한 비평적 훈련과 자신의 예술 매개체에 대한 헌신으로 새로운 시적 표현의 길을 튼 위대한 최초의 시인의 예인 것이다."(편집자 주)

주의 문명의 정신사의 차원일 것이다. 위 논문은 논의의 공간의 선택에 있어서 벌써 좁아져 들어가고 있는 것이다. 그러나 이것은 전체적인 시각의 문제로서 부분적인 수정으로 해결될 수 있는 문제가 아니다. 전재 요청에 굴하면서, 핵심적인 문제점을 지적하는 것으로써 글에 대한 책임을 만의 일이라도 면해 볼까 한다.

(1978년)

시에 있어서의 지성

오늘날 한국에 있어서 시는, 극소수의 전문가나 시인 지망가들을 제외한 대부분의 독서 대중의 관심 밖에 나 있다. 거기에는 여러 가지 원인이 있겠으나, 우수한 시인이 적다는 제1차적인 사실 외에 중심적 비평의 부재를 들 수 있을 것이다. 비평의 한 작업은 흩어지게 마련인 우리의 주의력을, 마땅히 향해야 할 곳으로 집중화시켜 주는 일이다. 중심적 비평이란 이러한 집중화를 위하여 노력하는 비평을 말한다. 집중화는 가치의 계층 질서를 수립함으로써 가능하여진다. 우리는 비평이 수립하는 질서에 의지하여 우리의 주의력을 적당히 할당할 수 있을 것이다. 비평의 집중화 작업이 문화 일반의 넓은 콘텍스트 안에서 이루어질 때, 시는 그 정당한 위치를 회복할 수 있을 것으로 생각된다. 그러나 그러한 폭넓은 작업을 손쉽게 얻을 수는 없는 것이므로, 적어도 시 비평이 할 수 있는 일은 시 안에서 집중화 작업을 게을리하지 않으며 당대에 이루어지고 있는 시적 업적 안에 납득할 수 있는 계층 질서를 세우는 일이다. 독자와의 관련에서 이러한 작업의 가장 직접적인 결과는 앤솔러지이다. 한국 현대시를 위하여 참으로 비평적인 앤솔러지의 출현은 가장 긴급한 일의 하나로 생각된다. 우리에게 앤솔러지가 없는 것은 아니나 지금까지의 것들은 극소수의 것을 제외하고 대부분 무책임한 시인이나 시의 나열로써 그 본래의 사명을 대신하는 것들이었다. 이러한 앤솔러지가 별 의미를 갖지 못하는 것은 고사하고 오히려 우리의 관심만을 산만히 하는 것이 된다는 것은 말할 것도 없다.『1966년 연간 한국 시집』은 바로 이런 무책임한 앤솔러지들에 또 하나의 무의미한 추가가 될 뿐이다.

　『연간 시집』은 도합 210명의 시인이 각각 한 편씩의 시를 360면의 책에 싣고 있다. 과연 눈부시고 잡다한 나열이다. 간행사는 말하고 있다. "지난날 봉건주의 시대의 영웅이 오늘날 퇴색(褪色)된 거와 마찬가지로 오늘날 한국의 시단을 어느 한 시인이 대표했다고 볼 수 없다. 시인은 모두 다 정신적으로 엄연하게 균등한 자세를 가지고 있는 것이다. 천재의 시대는 지나갔다. 영웅주의와 함께 쓰러져 버리고 말았다." 천재 영웅이 사라져 버린 것이 과연 문학을 위해서 경하할 만한 일인가 하는 문제는 접어 두더라도 간행사가 선언하고 있는 시적 민주주의가 과연 책임 있는 선언일까. 한마디로 우리는 시적 민주주의 선언은 시와 비평의 자기 포기라고 규정할 수밖에 없다. 말할 것도 없이 예술의 세계는 가치의 세계이며, 가치는 불평등한 선택의 원리를 전제로 하는 것이며, 흥미 있는 것은 정치적 평등이 바로 가치의 본래적 불평등을 보장하는 조건인 데 대하여, 정치적 불평등은 정신적 가치의 평등화 내지 평균화를 가져온다는 사실이다. 그러니까 한국 시단에 있어서도 가치의 평균화는 바로 다른 면에 있어서 비민주적 요소가 강력하게 작용하고 있음을 시사하여 주는 것이 아닐까. 민주주의의 이상은 정신적 가치가 그것 이외의 어떤 다른 것에 의하여서도 판단되지 않아야 된다는 것을 말해 준다.

　여기에 실린 210편의 시 가운데 읽을 만한 시가 전혀 없는 것은 아니지만, 이들은 열악한 시들에 의하여 완전히 압도되어 있다. 『연간 시집』은 지난해의 우수작, 우수 시인을 담고 있는 앤솔러지로서가 아니라 한국 시의 병리를 살펴볼 수 있는 자료로서 그 의의를 가질 수 있겠다. 이 『연간 시집』이 '한국 최고 지성의 총결산'이라고 주장하는 간행사에도 불구하고 우리는 한국 시의 병리에서 가장 큰 병인을 지성의 부재에서 찾을 수 있겠다. 『연간 시집』을 일독하고 우리는, 산문이 그 사고와 논리를 포기할 때, 그것이 곧 시가 되는 것이 아닌가 생각마저 갖는다. 시는 참으로 지성의 치외 법권 지역인가? 에즈라 파운드의 "시도 산문만큼 잘 쓰여야 한다."라는 말이 생각된다.

지성은 관계를 인지하는 작용이다. 지성은 통상 양화(量化)되고 추상화된 개념이나 논리로써 이 관계를 포착한다. 그러나 현실에 있어서 그것은 보다 직접적인 경험의 평면으로부터 고차적인 기호의 평면에까지 연속적으로 작용한다. 경험의 구체에 있어서, 지성은 움직이는 현실 가운데 구체적이고 질적인 상관관계를 인지하는 작용으로 정의될 수 있다. 추상적인 것이 주로 지성 특유의 속성으로 되어 있지만, 그것은 오히려 보다 직접적이고 직관적인 것으로부터 발전되어 나온 것이라 할 수 있다.

지성은 실제에 있어서 동적(動的)이며 일원적이다. 그러나 작품이라는 것은 이미 이루어진 물건이 갖는 정(靜)적인 성질을 가지고 있다. 따라서 작품을 이야기할 때 우리는 정적이고 이원적인 개념을 사용하지 않을 수 없다. 문학의 기술 면(技術面)에서 볼 때, 지성은 구체적인 사건이나 사물을 의미의 패턴 속에 배열하는 작용이다. 즉 그것은 작품 안에 있어서의 부분과 부분, 부분과 전체 사이에 성립하는 상관관계를 볼 수 있는 능력을 말한다. 다른 말로 바꾸어 그것은 건축술을 의미하는 것이다. 주의할 것은 작품의 부분과 부분의 관계는 곧 현실 경험에 있어서의 관계로 환원될 수 있어야 한다는 것이다. 그리하여 문학에 있어서 우리의 눈은 구체와 추상 사이를 동시에 가늠할 것을 요구받는다. 문학에 있어서 지성이 수립하는 관계는 추상적인 것이 아니라 구체적이다. 그러므로 작품의 실제에 있어서 지성은 구체적인 사물의 윤곽을 일반화하고 막연한 것이 되게 하는 것이 아니라 오히려 그것을 뚜렷이 하게 되는 것이다.

영국의 고전 문학자 키토(H. D. Kitto)가 『희랍인(*The Greeks*)』이란 책에서 언급하는 고전적인 예를 들어 문학에 있어 지성이 어떻게 작용하는가를 좀 더 알아보자. 키토는 『일리아스』의 서두를 이루고 있는 아킬레스와 아가멤논의 분쟁의 이야기를 길게 인용하고 그 구조를 분석하고 있다. 인용문은 재인용하기에 너무 길므로, 키토의 분석만을 요약해 보기로 한다. "호라티우스가 말한 것처럼 호메로스가 '사실의 한복판(in medias res)'에서 이야기를 시작한다는 것은 흔히 들어 온 비평이다. …… 이것은 호메로스가 10년을 끈 트로이 전쟁을 장황하게 이야기하지 않고 그 한 국면만을 한정해서 이야기한다는 중요한 점을 지적하고 있지만, 그것보다 더 중요한 것은 그의 강한 형식 감각이 그의 예술을 철저하게 규정해서 그로 하여금 트로이의 함락에 대해서는 언급조차 하지 않은 채 시를 끝내게 한다는 사실이다. …… 그가 쓰려고 하는 것은 전쟁이 아니라 또는 전쟁의 어떤 에피소드가 아니라 처음 다섯 줄에 선언하고 있는 주제에 관한 것이다. 시를 형성하고 있는 원리는 전쟁과 같은 외면적인 것이 아니라 두 사람의 분쟁이 고통과 죽음을 다른 많은 사람에게 가져올 수 있다는 비극적 표상이다."

이러한 주제로부터 서사시의 사건은 거의 필연적인 논리를 가지고 펼쳐 나간다. 주제와 사건의 결과가 서술되고 곧장 그 결과의 원인인, 아킬우레스와 아가멤논 사이에 일어난 불화의 전말이 정연하게 이야기된다. 아폴론의 신관(神官) 칼카스의 말에 따라 아킬레우스는 아가멤논에게 여자를 내놓을 것을 권고한다. 아가멤논은 아킬레우스의 여자를 대신 차지하겠다고 나선다. 두 사람 사이에 분노의 말이 오고 간다. 아킬레우스가 그의 칼을 빼려고 할 때 아테나 여신이 내려와 그의 손을 잡아 만류하고 후일에 아가멤논의 무례에 대한 엄청난 복수가 이루어질 것을 말한다. 이와 같이 호메로스의 시는 매우 엄격한 지적 구조를 가지고 있지만, 키토는 지적하기를, "그렇다고 해서 그의 시는 조금도 메마르고 추상적인 것이 되지 아니한다. 우리는 추상적인 개념이 아니라 가장 사실적인 두 장군이 싸우고 있는 모습을 본다. 호메로스는 그의 지적인 테두리를 밖에 내세우지는 않는 것이다. 그는 일반화하는 추상론에 의하여 그의 묘사의 선명한 윤곽을 흐리게 하지 않는다. 그의 일반론은 바닥에 깔려 있는 설계도에 들어 있는 것이다."

위에서 우리는 지성은 관계를 인지하는 작용이라고 했는데, 키토가 지적하는바 호메로스에 있어서의 관계의 구도는 매우 이성적인 것이다. 이 이성적인 점은 키토의 말과 같이 희랍 문학의 특징이 되는 것이지만, 문학에 있어서 지성의 관계가 모두 이성적인 것은 아니다. 대부분의 작품에 있어서, 특히 현대 작품에 있어서 이 관계는 훨씬 더 미묘한 양상을 띤다. 그러나 그것이 어디까지 전체성 속에서의 빈틈없는 관계라는 것과 언제나 구체적인 것 속에 성립하는 관계라는 데는 변함이 없다.

우리는 위에서 우리의 개념의 내용을 밝혀 보려 했다. 이러한 준비 작업을 가지고 『연간 시집』으로 다시 돌아가 보자. 한국 시에서 지성이 결여되어 있다고 할 때, 우선 그것은 한국 시인들이 충분히 동적인 관계에서 현실과 겨루지 않고 있다는 것을 의미한다. 이것을 가장 단적으로 말하여 주는 것은 상투적인 스테레오타입(Stereotype)이나 클리셰(cliché)의 범람이다. 상투형은 살아 움직이는 현실과의 직접적인 교섭이 정신에 가져오는 긴장과 고통을 면제케 해 주는 편리한 현실의 대용품이다. 『연간 시집』은 시인들이 현실 참여의 구호에 얼마나 크게 반영했는가를 잘 나타내 주고 있다. 정치 현실을 소재로 한 시는 여기에 절대다수로 나타나 있는 것이다. 그러나 이들의 현실은 대체로 인플레된 우국의 클리셰 이외의 별다른 것을 의미하지 않는다. 선전문과 같은 시는 수다히 있지만, 그 최악의 예로 「낙동강」을 보자.

> 삼십육 년
> 빼앗긴 조국의 상처를 지니고
> 굽이굽이 인고의 넋이 통곡한
> 수난의 강
> 칠백 리 낙동강이여!

이것이 보다 구체적인 생각을 표현하고 있는 시의 수사적인 서두라면 상관이 없을는지 모른다. 그러나 이와 꼭 같은 우국의 넋두리는 다섯 연을 더 계속하고 있다. 이러한 시가 어떤 종류의 청중에게 애국심이나 비분의 느낌을 일으킬는지는 알 수 없다. 그러나 그러한 청중이 참으로 시를 이해하는 것도 아니며 심각하게 현실과 대결하여 현실을 사색할 수 있는 청중도 아니라는 것은 분명하다.

더 예를 들 것도 없이 '조국', '삼천만', '비원(悲願)', '민족혼', '광장', '현대', '역사' 등의 단어가 『연간 시집』에서 가장 눈에 띄는 말들이 되어 있다는 사실만으로도 우국이나 현실의 클리셰가 유행하는 정도로 짐작할 수 있다. 시인이 "종족의 언어에 순화된 의미를 주는" 기능을 수행한다 할 때, '순화'란 말은 여러 가지 것을 의미할 수 있지만, 그중의 한 의미로서, 그것은 구호나 선전으로 타락한 언어에 본래의 싱싱함을 돌려주는 작용을 가리키는 것일 것이다. 유행어의 사고를 그대로 (아무 아이러니 없이) 받아들인다는 것은 가장 기본적인 시인의 기능을 포기하는 것이다. 바로 상투적인 문자로 표현되지는 않았다 하더라도 상투적인 사고는 도처에 잠복해 있다. 가령 다음과 같은 예를 보자.

> 너무나 장터같이 떠들성했다.
> 허욕으로 벌겋게, 충혈된 눈알,
> 눈알들,
> 지옥으로 떨어질
> 붉은 눈알, 핏발 선 동자(瞳子)여,
> 사욕으로 목쉰 소음이
> 거리거리
> 도떼기시장을 이루었다.
> 삼천리의 자태다.
>
> ── 박종화, 「동양으로」

"허욕으로 벌겋게, 충혈된 눈알"이라든가 "도떼기시장"의 소란이라든가 하는 이미지들은 거의 상투형이라 할 만치 진부한 것이다. 이것들이 현실에 대한 오리지널한 관찰에서 나온 것이 아님은 분명하다. 주목할 것은 여기의 묘사가 추상적이고 막연하여 선명한 구체성을 갖추지 않았다는 것이다. 스테레오타입의 큰 특징의 하나는 그것이 늘 추상적이고 일반적이란 것이다.

> 내일 만나면 한잔하세.
> 무슨 쌀 배급처럼
> 말이야 고맙지만,
> 어디 식객이 나뿐인가
> 날마다 밀려드는 주례 부탁에

세수할 틈이나 있어야지,

— 김종원, 「행차(行次)」

이 구절도 결코 모범적인 시구로 볼 수는 없지만, 그래도 그 얼른 보아 전후 맥락이 닿지 않는 일들의 구체적인 묘사에서 우리는 현실을 응시하는 냉철한 눈을 의식한다. 또는 석용원 씨의 「어느 공동변소 내의 회화」에서 어느 회사원이 자살한 동료 사원을 이야기하면서

헌데, 회람지 한 바퀴에
월급이 줄어드는 것 또 뭣 때문이지.
혹, 그놈의 쪽지가 요술이라도 부릴라치면
이건 빈 봉투, 아주 납작하이.
이래저래 못 살기 마련이지.

라고 조위금으로 줄어든 월급봉투를 한탄할 때, 우리는 현실의 불합리에 반응하는 감수성을 보는 것이다. 다시 「동양으로」의 결미로 돌아가 보자. 박종화 씨는 혼란된 사회에 대조되는 이상적인 이미지로 전통적인 동양 사회를 그리고 있다.

그리웁구나,
고요하던 그 마음,
정성스럽던 그 자세
부지런했던 내 마음
다, 어데로 갔느냐,

이러한 추상적인 동양적인 것의 설명에 우리는 다음과 같은 구절을 대비시켜 볼 수 있다.

어둑한 얼굴로
어른들은 일만 하고
시무룩한 얼굴로
어린 것들은 자라지만
종일 햇볕 바른 양지 쪽에
장독대만 환했다.

— 박목월, 「장(醬)맛」

다시 한 번 우리는 추상적인 진술보다, 구체적인 사상(事象)을 의미 있게 선택하는 솜씨에서 참다운 지성의 움직임을 본다. 그러나 이 구체가 반드시 구체적인 이미지일 필요는 없다. 시인이 그의 언어를 리얼리티의 정확한 커브에 맞춰 휘려고 할 때, 언어는 구체성을 띤다. 김구용 씨의 다음과 같은 구절은 정확하게 쓰인 언어의 예가 될 수 있을 것이다.

누구는 소용없는 일이라 하지만
그는 알 수 없는 일을 근심한다.

— 「선인장」

우리의 불안이나 허무감을 위와 같이 정확하고 간결하게 표현할 수 있는 것은 매우 뛰어난 솜씨라고 하겠다. 이런 구절에서 우리는 현실과 언어를 동시에 거머쥐는 긴장된 지성 작용을 본다. 이것은 다음의 장호(章湖) 씨의 시구의 경우에도 해당된다.

그렇다고 생각을 안 할 수가 있어야지
고요한 날씨에도 파도는 쉬임 없이 출렁대는데
그럴 수야 없지
죽을 수야 없지
때릴 수야 없지
이런 수가 천진데 그럴 수야 없지

—「살아남기 위하여」

산문에서나 마찬가지로 시에서도 현실을 독자적으로 탐색하고 착반하는 지성은 필요한 것이다. 그러한 지성이 스테레오타입을 싫어하는 것은 당연하다. 스테레오타입은 현실을 은폐한다. 아이러니한 것은 오늘날 한국 시에 있어서 정치 현실을 다룬 시들이 이러한 스테레오타입 사고에 가장 많이 의존하고 있다는 것이다. 우리가 음풍영월(吟風咏月)의 시에 구역을 느끼는 것은 단순히 그것이 정치 현실을 외면하였기 때문만이 아니다. 지금에 와서 그것은 한낱 공허한 제스처, 한낱 클리셰에 불과한 것이 되어 버렸기 때문이다. 그러나

나는 너를 버리고 떠날 순 없다
나를 낳아 준 슬픈 조국이여

(충분히 드라마타이즈된 배경에서 나오는 것도 아닌) 이런 종류의 애처로운 영탄(咏嘆)이 다른 종류의 영탄에 우위할 아무런 이유도 없는 것이다. 문학이 현실에 참여해야 한다는 것은 문학이 사회적인 효용을 가져야 한다는 말일 것이다. 이러한 영탄이 어떤 사회적 효용을 갖는 것일까?

지성의 빈곤은 시적 건축술의 빈곤에서 가장 잘 나타난다. 『연간 시집』

에서 — 나아가 오늘날의 한국 시에서 일반적으로 — 흠잡을 데 없이 완벽한 것이라고 말할 수 있는 시는 매우 찾아보기 힘들다. 좋은 구절이 그렇게 드물기만 한 것은 아니다. 몇 개의 좋은 구절에도 불구하고 부분과 부분의 연결이라든지 전체적인 설계도가 뒤죽박죽이 되어 있는 예는 상당히 있다. 한 예로서 박봉우 씨의 「황무사회(荒蕪社會)」를 들 수 있다. 여기에서

> 남아서 사랑하고 싶은 것은
> 몇만 년을 살아온 고목(枯木)

이라든지

> 경제학의 새로운 부활 속에
> 우리 집단은 다액(多額)의 의미에 산다.

라든가 쓸 만한 시구가 있으나 전체적으로 볼 때, 그것은 읽을 수조차 없는 혼란에 불과하다. 좋은 부분이 한 연 정도는 지탱되는 수도 있다.

> 귀 달린 벽에 말하는 버튼
> 뇌신경처럼 어지러히 거미줄 친 안테나
> 오리소리한 암호와 암호의 숲.
> 좌우 무지(拇指)에서 소지(小指)에까지
> 혈서 쓴 뒤 손도장 찍은 지문 필름이 영사기에 돌고 돌아 세월은 가고
> 은하작교(銀河鵲橋)가 흥! 은무지개 아니라 살기 뻗친 레이다아.
> 무수한 탐지기와 녹음 테이프에 휘말려
> 나의 늑골은 차라리 세워 타는 하아프.

기계화된 현대를 기술하는 것으로 위의 인용구는 꽤 재미있는 구절이라고 하겠다. 그러나 이것은 군사 혁명을 이야기하는 전체적인 시의 진전에 잘 맞아 들어가지 않는다. 시의 다른 부분에서는 이만 정도의 생각의 수준이 유지되어 있지도 않다.

하나만 예를 더 들어 보자. 위에서 우리는 김구용 씨의 시구를 인용하고 그것을 높이 평가한 바 있다. 그의 시에서 유감스럽게 우리는 완전한 건축적인 통제를 찾아보지 못한다.

그는 팔을 어제와 내일로 뻗고
간혹 방황한다.

한밤중에 눈 뜨고 있는 그림자이다.

자기 몸을 애무하듯
서로의 가지에 기대어 봐도
우리는 휴지 쪼각이며
기생충이었다.

누구는 소용없는 일이라고 하지만
그는 알 수 없는 일을 근심한다.

빼앗긴 그릇(器)과
전개하는 사장(沙場)

그의 말씀만 푸르렀다.

—「선인장」

첫째와 둘째 패러그래프 사이의 전이가 리듬이나 신택스(syntax)에 있어서 너무 급작스러운 느낌이 있다든가 하는 문제는 논외로 하고 셋째 패러그래프를 보자. 제목 「선인장」은 시 전체에 하나의 비유적 테두리를 정해 주고 있다. 이 테두리에 셋째 패러그래프의 휴지 조각이며 기생충이라는 비유는 어떻게 맞아 들어갈 수 있는가? (서양의 수사학은 비유 중의 비유를 피할 것을 권하고 있는데, 여기서 휴지나 기생충은 엄격히 말하여 비유 중의 비유로 보기조차 어렵겠다.) 또 테두리의 비유에 비추어 마지막 패러그라프는 무엇을 뜻하는가? 김구용 씨의 이 시는 엘리엇의 「텅 빈 사람들(The Hollow Men)」을 연상시킨다.

우리는 텅 빈 사람
쑤셔 박는 내장
머리에 짚을 채우고
서로 기대어 섰는. 아!
……
모양 없는 꼴, 물색없는 색깔
마비된 힘, 움직임 없는 동작.

기실 김구용 씨가 쓰고자 한 것은 「텅 빈 사람들」과 같은 시였을 것이다. 그리고 선인장이란 식물에서 그의 시상을 조직화할 수 있는 메타포를 발견했다고 생각한 것이리라. 그러나 그의 텅 빈 사람의 시상은 선인장의 메타포의 구조 속에 충분히 잘 흡수되지 아니한 것이다. 이러한 불충분한 단일화 작용은 마지막 패러그라프의 애매함에서 단적으로 나타나 있다. 빼앗긴 생활 공간(그릇)이나 사막이나 그것만이 푸르러 있는 말씀이나, 이러한 것들이 여기서는 전부 선인장에 관련되어 있지만 이것은 마땅히 전부 '텅 빈 사람'에만 소속될 것이지 선인장에 소속될 것이 아니다. 이러한 속성이 선인장에 적용된 것은 완전히 불필요한 억지인 것이다.

어느 나라의 시에 있어서도 그렇겠으나 특히 오늘날의 한국 시에서 건축술의 원리로서의 지성은 이중의 중요성을 갖는다. 다른 예술 작품의 경우와 같이 시는 형상(식(式))화된 경험이다. 형식화의 과정은 기계적이라기보다는 동적인 성장이며 지성은 이 성장의 원리이다. 그러나 시의 실제에 있어서 시인은 어쩌면 기계적이라고도 할 수 있는, 밖으로부터 얻어 오는 형식적 요소에 힘입게 되는 수가 많다. 손쉽게 빌려 올 수 있는 리듬이나 스탠자의 형식은 시인의 노고를 덜어 준다. 그 외에 여러 가지 좁은 의미에 있어서의 테크닉(기술)도 보조적인 역할을 한다. 그러므로 시인 수업은 기술적인 훈련도 포함하는 것이다. 한국 시에 있어서, 20세기에 겪은 급격한 사회적인 변혁은 모든 전통적인 시 형식을 거의 다 불가용적인 것이 되게 하였다. 굳어진 형식은 그것대로의 내용적 연상을 갖는 까닭에 경험의 극적 변화가 전통적 형식의 파괴를 불가피하게 한다. (『연간 시집』에도 시조의 형식을 취한 시들이 상당수 있지만, 그것들은 한결같이 현대적 경험을 수용하는 데 실패하고 있다. 시조 형식에 연결된 유교나 도교적 감정은 그렇게 집요한 것이다.) 기존 형식의 파괴 그리고 거기에 잇따라 일체의 형식의 폐지는 한국 시로 하여금 완전히 무형식의 시, 아무런 기율도 훈련도 없는, 완전한 자기 침닉의 시이게 하였다. 이러한 경향은 서구에서 들어온 자유시의 영향으로 한층 조장되었다. 형식은 본래 살아 움직이는 경험과는 적대적인 관계에 있는 것이기 때문에 그것의 속박이 너무 굳어질 때, 파괴될 필요가 있다. 그러나 형식에 대한 혁명은 모든 형식에 대한 무정부주의를 의미하는 것은 아니다. 그것은 새로운 형식을 위한 과도적인 파괴인 것이다. 이것은 19세기 말 이후의 구미의 자유시를 읽어 봐도 알 일이다. 한국 시가 지금의 혼란 상태에 있는 한 큰 원인은 그것이 자유시가 되면서부터 자기 절제를 버렸다는 데 있다. 이러한 상황을 더욱 악화시키는 것은 어떠한 좁은 의미에 있어서의 형식도 가용적인 것이 아니란 점이다. 여기에서 건축술의 원리로서의 지성은 혼돈으로부터의 구원을 약속해 주는 거의 유일한 요소라고 하지 않을 수 없다.

많은 동인지의 시인들 가운데, 《사계(四季)》의 시인들처럼 일정한, 그리고 그들의 미래를 기대하게 하는, 특징을 가진 시인 그룹은 드물다. 이들의 특징은 대개 ① 구체성(사물이나 설화의 구체성), ② 노래에 대한 강한 의식, ③ 개인적인 서정(많은 경우 이것은 철학적 성격을 띤다.) 등으로 나누어 생각할 수 있다. 그러나 실제에 있어서 이 세 가지 요소는 일체가 되어 있다. 시에 있어서 르포르타주나 설화는 그 자체로서는 별로 큰 의의를 갖지 못하는 것이며, 이것은 어떤 시적 의도에 의하여 규정됨으로써 비로소 그 빛을 내는 것이다. 이들의 시에서 설화는 거의 시사적인 효과만을 위해서 사용되어 있다. 지성은 대개의 경우 구체적인 물체를 선택 배열하는 숨은 원리로서 나타난다. 그것은 시의 표면에 떠올라와 보다 직접적으로 철학적 성찰이 되는 수도 있지만, 이러한 성찰은 결코 구체를 완전히 떠나 버리는 일은 없다.

죽음이었지만
허나 구원(救援)은 또 항상
가장 가볍게
순간 가장 빠르게 왔으므로

그때 시간의 매(每) 마디들은 번쩍이며

지나가는 게 보였네

보았네 대낮의 햇빛 속에서

웃고 있는 목장의 울타리

목간(木幹)의 타오르는 정다움을,

무의미하지 않은 달밤 달이 뜨는

우주의 참 부드러운 사건을

— 정현종, 「사물의 정다움」

위 시구를 효과 있는 것이게 하는 또 하나의 요소는 노래이다. 노래는 추상적인 진술에 구체성을 부여하는 데 하나의 중요한 역할을 한다. 노래는 초개인적인 철학적 명제를 개인적인 감정으로 만들 수 있다. 여기에 관련해서 우리는 《사계》의 동인들이 늘 개인적인 관점을 취하고 있는 것에 주의하게 된다. 실제 그들의 시가 문자 그대로의 자서전에서 나왔든지 아니든지, 그들의 시에는 강한 자서전적 체취가 풍겨 있다. 이것은 자신의 문제를 이야기할 때나 사회 문제를 이야기할 때나 그들의 시의 효과를 한층 높여 주게 된다.

모든 문제를 '나의' 체험으로 환원시켜 생각하는 것은 시인의 특권이다. 사회 문제의 경우도 마찬가지다. 레미 드 구르몽(Remy de Gurmont)의 말대로 "시인은 자기를 씀으로써 시대를 쓴다." 또는 이를 뒤집어서 시인이 시대를 쓰려면 자기를 쓰는 것처럼 시대를 써야 한다고 말할 수도 있다. 우리가 시에 있어서 스테레오타입이나 클리셰를 싫어하는 한 원인도 여기에 있는 것이다. 시인은 다른 사람의 사고를 그대로 빌려서 자기의 생각에 대신해서는 안 된다.

《사계》의 네 시인 가운데 가장 성숙한 약속을 보여 준 시인은 황동규 씨이다.《사계》에 실린 수편의 시는 「비가(悲歌)」의 시들에 비해서 한층의 진경(進境)을 보여 줌으로써 황동규 씨가 발전하는 시인임을 보여 주었다. 「비가」에 있어서 그의 감정은 ─ 그는 감정이 많은 시인이다. ─ 불명확하고 언어 또한 막연한 것이었다.《사계》에서 그의 넘치는 감정은 객관의 기율에 의해서 통제되어 있다. 그 가장 성공적인 예로 「기항지(寄港地)」를 들 수 있다.

> 걸어서 항구에 도착했다.
> 길게 부는 한지(寒地)의 바람
> 바다 앞의 집들을 흔들고
> 긴 눈 내릴 듯
> 낮게 낮게 비치는 불빛
> 지전(紙錢)에 그려진 유치한 그림을
> 주머니에 구겨 넣고
> 반쯤 탄 담배를 그림자처럼 꺼 버리고
> 조용한 마음으로
> 배 있는 데로 내려갔다.
> 정박 중의 어두운 용골(龍骨)들이
> 모두 고개를 들고
> 항구의 안을 들여다보고 있었다.
> 어두운 하늘에는 수삼 개(數三個)의 눈송이
> 하늘의 새들이 따르고 있었다.

이것은 거의 완전히 객관화된 풍경 묘사다. 그러면서도 풍경은 매우 효과적으로 화자의 심리 상태를 반영하고 있다. 「선인장」의 경우와는 달리 풍경과 심리의 용접은 완전하다.

"걸어서 항구에 도착했다." 첫 행은 무대를 설정하고 주인공을 등장시킨다. 주인공은 걸어서 도착한다. 그는 문명한 교통 기관을 이용할 수 없거나 이용하려고 하지 않는 사람이다. 교통 기관은 다수가 특정한 목적지로 최단시간에 갈려고 할 때 사용되는 이동 수단이다. 우리는 그가 고독하고 일정한 갈 곳이 없는 그리고 어쩌면 피로한 유랑자란 것을 안다. 항구는 또한 유랑의 뜻을 강화한다. 계절은 겨울, 그것은 끝날 날이 없을 듯 길다. "길게 부는 한지의 바람", "긴 눈 내릴 듯". 바람은 「전도서」의 바람처럼 인간적 경영을 헛되게 하는 자연력을 나타낼 수 있다. 과연 이러한 바람은, 인간의 집을 흔든다. 때는 어두운 밤. 인간의 집이 밝히는 불은 높게 비치지 못한다. "낮게 낮게 비치는 불빛". 주인공은 이러한 조건들에 주목한다. 그는 돈을 주머니에 구겨 넣고 (그는 돈도 인간과 시대의 불리한 조건 속에 유치하고 가소로운 것임을 안다.) 배 있는 데로 간다. 그의 마음이 새로운 방랑을 생각하고 있기 때문이다. 늘 떠돌게 마련인 배는 항구라는 안식처 ── 바람에 흔들리고 불빛도 밝지 못한 곳이지만 ── 에 대조된다. 주인공이 새로운 방랑을 생각하고 배를 향해 가는 데 대하여 배들은 오히려 항구 안쪽을 향해 있는 것이다. 마지막으로 눈이 내린다. 눈은 황동규 씨의 시에 빈번히 등장하는데 이것은 양의적인 심벌로 생각된다.

> 어두운 하늘에는 수삼 개의 눈송이
> 하늘의 새들이 따르고 있었다.

여기에 내리는 눈은 한지의 풍경을 완성시켜 준다. 눈은 한지의 한지임을 마지막으로 확인해 준다. 그러나 눈송이를 쫓는 새의 모습을 포함한 풍경이 쓸쓸하면서도 아름다운 것은 어찌 된 까닭인가? 황동규 씨는 「비가」

의 후기에서 비극적 인생관을 표명한 바 있었다. 이 시에서 주인공의 태도는 비극적 긍정의 태도인 것이다. 이러한 긍정은 밖으로부터 추가된 것이 아니라 이 시의 극적 전개로부터 당연히 추출되어 나온다. 주인공은 이미 처음부터 피로해 있었다. 그가 배 있는 데로 내려갈 때, 그것은 이미 "조용한 마음"을 가지고였다. 그가 새로운 방랑을 생각했을 때, 그는 배들이 항구 안을 들여다보고 있는 것을 보았다. 그것은 방랑의 부질없음을 시사해 주는 것이었다. 주인공은 마지막 행에서 인간의 조건을 비극적으로 긍정한다.

「기항지」의 수법은 한국 시에서는 매우 유니크한 것이다. 이것은 '교훈화된 풍경(paysage moralisé)'의 수법을 잘 사용하는 W. H. 오든을 연상케 한다. (특히 이 시에서는 릴케의 영향하에 쓰인 소네트 형식의 시들.) 두 시인의 기질이 전혀 다른 것이긴 하지만, 우연이든지 의식적이든지 황동규 씨가 오든의 객관적이고 이성적인 수법에 접근했다는 것은 주목할 만한 일이다. 그는 앞에서도 시사한 바와 같이 극히 개인적인 감정의 시인이었고 「기항지」에서도 그는 개인적인 감정의 시인으로 남아 있다. 단지 여기서 그의 감정은 완전히 구체적인 사상(事象)과 극적인 건축술에 통제되어 있다. 「비가」에 있어서도 개인적인 감정으로 하여금 어느 정도의 보편성을 얻게 하려고 시도한 것은 사실이다. 가령 그가 애용하는 '～더라'와 같은 어미도 경험과 경험자 간에 거리를 두려는 노력의 한 결과라고 할 수 있다. 그는 그의 슬픔을 에클레시아스테스(전도서)의 선지자적 목소리 속에 보편화하려고 했다. 그러나 이러한 노력은 성공한 경우보다는 실패한 경우가 많았다. 그의 슬픔은 여전히 구체적인 사상(事象) 가운데 체현되지 아니하고 감정의 구름으로 남아서 우리의 시야를 흐리게 했다. 그리고 그의 선지자적 제스처는 허세의 느낌을 주었던 것이다.

《사계》에 실린, 그리고 그가 요즘 발표하는 시가 반드시 같은 수준만을 유지하고 있는 것은 아니다. 「기항지」라든가 「태평가」와 같은 몇 편의 시는 어디까지나 약속이지 성취는 아니다. 보다 큰 자기 훈련이 요망되는 증거는 아직도 많이 보인다. 그의 경우도 아직 더 필요한 것은 구성의 명증성을 추구하는 노력이라 할 수 있다. 가령 「오십보시(五十步詩)」의 경우, 그것은 의미(시적인)에 접근하는 듯하면서도 끝내 거기에 이르지 못하고 만다.

> 말없이 트럭을 안고 누워
> 겨울이 온다고 웃으랴.

이건 뭔지 모르겠다. 건축적인 배려에 의하여 좀 더 손질될 여지가 있다고 하겠다. 이것은 「기항지」에서 지전의 "유치한 그림"에도 해당될 것이다. 이 구절은 조금 더 확대 부연되었어야 할 것이었다. 하여튼 최근의 황동규 씨가 감정과 구체 사이에 완전한, 또는 근사(近似)한 균형을 이르게 하고 이것을 한 통일된 경험으로 빚을 수 있는 능력을 보여 준 것은 반가운 일이다.

우리가 시에서 지성을 요구하고 또 구체를 요구할 때 그 지성이 반드시 논리적이고 사변적인 지성을 요구하는 것이 아닌 것과 같이, 그 구체도 반드시 상식적인 입장에서 인지할 수 있는 구체적인 오브제를 말하는 것은 아니다. 우리는 쉬르레알리슴의 시에서 초상식적인 구체를 얼마든지 본다. 가령 『연간 시집』의 고은 씨의 시 「내 풍금은」에서

> 저 들에서는 마른 풀밭 바람이 일고
> 나는 혼자만 남아 있고 손풍금을 벗어
> 키 큰 가문비나무 가지에 걸어 둔다.

이 구절의, 나무의 풍금을 걸어 두는 행위는 현실 속의 행위가 아니다. 그러나 이 행위는 시적으로 충분히 납득할 수 있는 행위이다. 시에 있어서의 구체는 반드시 현실적 관심에서 이해될 수 있는 것일 필요는 없는 것이다. 다른 예를 들어,

> 한 여자가 길고 검은 머리털을 팽팽히 당기고
> 그 줄들에 음악을 흐느적이게 했다.
> 보랏빛 속에 아이들의 얼굴을 한 박쥐가
> 휘파람 불며 날개를 퍼득이고
> 검은 벽을 거꾸로 기었다.

위의 구절은 엘리엇의 『황무지』의 한 부분을 번역한 것이다. 우리는 여기에 나오는 쉬르레알리스트 이미지의 의미를 알 수 없을는지도 모르지만, 그 개개의 이미지의 구체성을 느낄 수는 있다. 아기 얼굴의 박쥐는 있을 수 없는 동물이지만, 그것은 우리의 감각에 (또는 감각적 상상력에) 작용할 수 있는, 구체적, 물건이 갖는 바의, 틉틉한 표면을 가지고 있다. 적어도 이런 한도 안에서, 그것은 무엇인가를 전달해 준다. 시에 있어서의 구체는 적어도 우리 감각에 작용할 수 있는, 물건의 표면과 분명한 윤곽을 가져야 하는 것이다.

『오지행(奧地行)』의 성춘복 씨의 시들은 전체적으로 매우 난해한 것들이다. 그 난해성은 무엇보다도 그의 시가 구체의 표면과 윤곽을 가지고 있지 않음으로써다.

> 끝없는 거리의 빛깔에
> 한 점 구름이

크낙한 날개를 내려
엄청난 그림자로 와 안기면
홀로 저문 세상에 남는다.

아무도 보이지 않고
아무것도 없는
안 깊숙이,
조그만 깃이 바람에 날려
창천을 떠돌다가
탄성으로 떨어져
고통의 내 집을 사른다.

　이건 정말 구름 속이다. 우리의 감각은 아무런 선명한 이미지도 잡지 못한다. 그렇다고 추상의 윤곽이 분명한 것도 아니다. 그의 문장이나 시련은 시적 소재를 제어할 수 있는 상당한 능력을 암시해 주지만, 이러한 능력은 의미 있는 시적 구조물을 만드는 데 아무런 도움을 주지 못한다. 오히려 그것은 이미지를 추상화하고 공허한 것이게 할 뿐이다. 위에 인용한 「변화」는 시적 과정을 주제로 하고 있지마는 막연한 주제는 구체나 추상의 분명한 윤곽을 얻지 못하고 있다.

　『오지행』에 이해할 수 있는 시가 없는 것은 아니다. 「바다와 의상」, 「운동하는 나무들」의 부분은 알 수 있는 시를 가장 많이 가지고 있다. 그중에도 부인(夫人)에 관한 시들은 아마 가장 접근하기 쉬운 시들일 것이다. 「아내의 꿈속에」는 환상과 현실을 알맞은 이성적 구조에 조화시키고 있다. 약간 취향을 달리한 또 하나의 좋은 시로 「도강록(渡江錄)」을 들 수 있다. 이것은 어쩌면 춘복 씨의 시적 재능의 유형을 가장 잘 드러내 주는 시라 하겠다.

옛 대륙을 건너면
생생하게 흐르는 강 저쪽에
우리가 알고 있는 모든 것이
멈추어 서
가냘픈 손으로도 가리킬 수 있는
피안의 꽃이 되었다.

이 시의 중심적인 콘시트(conceit, 개념)는 영국 시인 에드윈 뮤어의 「길(The Road)」을 연상케 한다.

굽이돌며 '다시'의 나라를
차단하는 하나의 길이 있다.
사수(射手)들이 활을 들고 늘어선 그곳에서
길이 흐름에 '시간'의 사슴이 쓰러지고
사슴은 쓰러진 곳에 꼼짝 않는다.
……
그곳에서 시작은 시작이 있기 전에 시작을 찾아내고
위대한 단거리 선수는 떠나지 않는다.
처음과 끝에 서 있는 나무를
피어서 이우는 나무를.

뮤어는, 성춘복 씨나 마찬가지로 시간이 흐르면서 동시에 머물러 있는 동화의 세계를 이야기하고 있다. 그것은 『이상한 나라의 앨리스』의 세계처럼 초현실적이면서 그럴듯한 동화의 현실감을 가지고 있는 세계이다. 그러나 전체를 지배하고 있는 것은 매우 추상적인 지적 구성력이다. 결국 이러한 세계를 만들 수 있는 능력은 알레고리를 만드는 능력이라 하겠다. 성춘복 씨의 재능은 본질적으로 알레고리적 상상에 있다고 하겠다. 시가 추상적인 개념을 사용하지 않고 있으면서도 이상하게 추상적인 것은 이러한 상상력의 경향 때문일 것이다. 그러나 성춘복 씨의 재능이 알레고리에 있다고 한다면, 그것은 단지 성향을 지적하는 것이지 그 결과를 말하는 것이 아니다. 알레고리는 추상적인 개념을 선명한 사물이나 사건으로 구체화할 수 있고 이것을 일관성 있는 구조물로 건축할 수 있는 능력을 요구한다. 알레고리의 특징은 무엇보다 윤곽의 선명함이다. 위에서 우리는 성춘복 씨의 잠재적인 성향을 지적하였을 뿐이란 것을 다시 한 번 말하지 않을 수 없다.

제1회 월탄문학상 수상작 장시 「공원 파고다」도 다른 성춘복 씨의 시가 갖는 구름과 같은 성질을 가지고 있다. 시의 결(texture)이 시적 리얼리티의 박진성을 가져야 하고 그것이 하나의 구조 속에 통일되어야 하는 것은 시의 기본적인 조건이지만, 장시에 있어서 구조는 무엇보다도 중요하다. 우리가 시의 구체에 주력할 때, 구체는 대개 물건의 정적인 성질을 갖기 쉬우므로, 이것을 어떻게 움직이게 하느냐 하는 것은 커다란 문제가 된다. 또 잠깐의 혼란을 견딜 수 있는 정신도 몇 페이지에 걸친 혼란은 견디기 어려운 것이다. 장시의 구조를 결정하는 요소로서 설화나 사고의 운동을 생각할 수 있다. 또는 정적인 시적 순간과 장시의 진행을 조화시키는 현대적인 방법으로 상징적인 수법도 생각될 수 있다. 「공원 파고다」는 구체에 빈약할 뿐만 아니라 알아볼 수 있는 어떠한 구조도 가지고 있지 않는 것 같다. 이 시는 성춘복 씨의 다른 시나 마찬가지로 윤곽의 불분명, 진술의 부족을 노정하고 있다.

앞에서 지성은 주로 시적 경험에 작용하는 형상화의 원리로서 이해되었다. 주어진 경험의 질료(質料)에 작용하는 형상인(形相因)이라는 이원적인 관점이나 시간의 선후를 나누는 발생론적 관점을 취하는 것은 잘못이지만, 형상화의 원리로서의 지성은, 말하자면, 경험이 주어질 때 비로소 작용하기 시작하는 수동적인 것이라는 인상을 주었다. 그리고 그것은 보이지 않는 원리였다. 그러나 시의 언어에 부수하는 모든 언어적 요인 ── 리듬, 의미, 이미지의 환기력 ── 이 그러하듯이 지성 또한 자기 나름의 독자적인 생명력을 가지고 능동적인 움직임을 보여 줄 수 있다.

「화형둔주곡(火刑遁走曲)」의 성찬경 씨는 한국 시단에서 가장 지성적인 시인 가운데 하나이다. 그의 지성은 수동적이라기보다는 능동적인 것이다. 그것은 경험을 건축하는 원리라기보다는 보다 적극적으로 새로운 경험을 발견해 내는 방법이다. 위에서 지성은 심각한 것이었다. 환경의 복잡하고 무거운 속박에서 뛰쳐나간 것이 대개 그렇듯이, 그의 지성은 가볍고 유쾌하다.

앞에서도 말한 바와 같이 지성은 원래 건조해지기 쉬운 것이다. 성찬경 씨의 지성은 가장 유연한 질료적 상상력에 의하여 풍성해진다. 대체로 상상의 빈혈증을 앓고 있는 오늘날의 한국 시에서 「화형둔주곡」은 그 지성에 못지않게 그 고안력(invention)으로 하여 매우 특이한 존재가 된다. 그것은 다양한 출신지의, 풍부하고 발랄한 이미지들로써 넘치고 있다. 현미경 속의 생명 현상과 별, 레오나르도 다 빈치와 우주 비행사, 기독교 신화와 한국의 샤머니즘이 어깨를 부비며 병존한다. 그의 언어는 가장 비근(卑近)한 것에서 가장 현학적인 것에로 뜀박질한다.

이 혼란스러운 이미지군(群)과 단어들에게 질서를 부여하는 훈련 교관 노릇을 하는 것은 그의 지성적인 방법이다. 그의 방법은 모순과 반대의 방법이다. 성찬경 씨와 각별히 친밀한 관계에 있는 딜런 토머스는 자신의 시작법을 다음과 같이 밝힌 일이 있다. "나는 한 개의 이미지를 만든다. 그것이 다른 이미지를 낳게 하고 그로 하여금 첫째의 이미지에 맞서게 한다. 다른 두 개의 이미지로부터 자라난 셋째의 이미지로써 네 번째의 반대 이미지를 만든다. 그리고 이들 모두가 부과된 형식의 테두리 안에서 갈등하게 한다……" 성찬경 씨의 방법은 이와 비슷하다. 그는 서로 반대 또는 모순되는 이미지로 하여금 빠른 속도의 핵분열 작용으로 폭발하게 한다. 그리하여 그는 그의 시 속에서 관능과 형이상학, 생과 사, 다시 말하여 뇌수와 정액, 해골과 자궁을 팽팽한 긴장 관계 속에 움켜쥔다.

성찬경 씨는 현실을 다루는 일을 용이하게 해 주는 아르키메데스의 지점, 일정한 광학적 각도를 '기계'란 말로 표현한 바 있는데, 그의 방법은 바로 이 '기계'란 말로 불릴 수 있는 것이다. 이 기계는 때로 기계적이 되어 기성 표준 제품을 양산하는 수도 있다. 「태극」, 「프리즘」, 「현상과 추상」 등 순전히 모순의 원리에서 발상한 시들에는 이런 기계적인 부분이 상당히 발견된다.

성찬경 씨가 반대나 모순의 시인이라면 그것은 그가 긍정의 시인이라는 것을 의미한다. 그는 서로 조화될 수 없는 요소로 이루어진 세계를 그대로 받아들인다. 그러나 받아들이는 자세는 수동적인 것이 아니다. 반대와 모순을 한 손에 거머쥔다는 것은 긴장 속에 산다는 것이고, 반대 요소들의 충돌에서 일어나는 에네르기를 안다는 것이다. 그는 블레이크나 휘트먼이나 딜런 토머스처럼 무기물, 식물, 동물, 우주를 관류하고 있는 창조의 힘, 생식의 힘을 노래하는 시인이다. 반대 모순의 원리인 태극은 그의 시에서 창조 작용의 근본 형식이 된다. 이러한 창조의 힘은 성찬경 씨로 볼 때 성(性)의 황홀이나 시적 영감에서 증거된다.

    풀섶에서 골프하는 이슬 서너 방울과 담배 연기와,
    별똥 싸는 하늘가의 경치와 굴뚝과 이별 키스하는
    영아(嬰兒) 구름과, 이런 정도를 오르내리는 것만으로도 맑은 영혼의 새알심을 빚을 수가 있는 일이다.

만일에 그것들의 맥 뛰는 미분음(微分音)에 민감하기만 하다면.

우리는 성찬경 씨의 지성이 발견적인 것이라 했다. 그의 정신은 경험의 넓은 또 구석진 곳에서 발견의 대상을 찾아낸다. 모든 경험의 구석에 민감한 그의 정신은 하잘것없는 경험에서 훌륭한 시를 건져 낸다. 의치(義齒)를 해 박는다든지 엑스레이를 찍는다든지, 화상을 입는다든지 하는 데서도 그의 정신은 묘기를 보여 줄 수 있다.

불과의 친교에서 예의가 허물어져
불에 너무 접근한다.
'순간이란 이런 것' 하고 깨우치듯
불이 불의 본질을 나의 살에 낙인한다.

이러한 시구가 주는 기쁨은 어떤 종류의 것인가? 여기에는 하나의 도덕적인 관찰이 있으며, 그것은 경험의 한 부분을 밝혀 준다. 그러나 이 시구의 재미의 핵심에 있는 것은 이렇게 경험과 직접 관계되는 것이 아닌지도 모른다. 보다 중심적인 재미는 아마 화상과 도덕을 연결할 수 있는 정신의 발랄한 운동에 있다 할 것이다. 중요한 것은 '정신의 유희(jeu d'esprit)'이다. 이것은 성찬경 시의 특질이 되어 있다. 다음 같은 구절들 ─

형이상학 막걸리를 연거푸 마셔도 화장한
핵이 더욱 가려워서 긁는다. 영아가 무슨
꼬리 달린 괘(卦)를 뽑건 말건 긁는다.

또는

　의식의 세계와 그 너머의 세계가
　용접되어 들어가
　반쯤 양회(洋灰) 모양 굳어진 틈을 뚫고
　귀뚜리 소리가 스며든다.

　여기서 중요한 것은 새로운 관념, 이미지, 언어의 결합을 발견해 가는 정신의 운동이다. 형이상학에 결부된 막걸리는 형이상학을 싸구려가 되게 한다. "화장한 핵"에서 화장은 용변(用便)과 분식(粉飾)의 양의로 사용되어 있다. 운수에 따라 아기가 잉태될 수도 있다는 사실은 잉태 이전의 영아가 괘를 뽑는 것으로 이야기된다. 핵은 물론 클리토리스와 동시에 생명의 중추적인 충동의 발상지를 가리킨다. 또는 의식과 무의식의 한계가 모호해진다는 것은 전혀 이질적인 양회의 경화 작용에 비유된다. 여기서 재미는 거의 언어적인 위티시즘에 기초한 것이다.

　우리가 시에서 어떤 경험의 의미가 해명될 것만을 기대한다면, 성찬경 씨의 시의 진가를 알아보지 못할 것이다. 우리는 그의 언어적 실험을 한결같이 심각한 것으로 생각하여서는 안 된다. 앞에서도 말한 바 있지만, 유희는 그의 시의 중요한 면이다. 그의 시는 정신의 스케르초(scherzo) 곡이다. 발랄한 에네르기를 좌우로 베풀며 가는 정신의 쉬르레알리스트 휴일(休日) ── 이것이 그의 시이다. 그의 에스프리는 그로 하여금 경험에 대해서 언제나 일정한 거리를 지키게 한다. 이것은 그로 하여금 한국 시인 가운데는 보기 드물게 보는 유머리스트(humorist)이게 한다. 이 유머는 번번이 시인 자신을 향하기도 한다. 「레일 위에서」라든지 「곰과 뮤즈」라든지에서 보여 준바 아이러니와 유머는 유쾌한 것이다. 또 그에게는 마음 좋은 웃음이 있다. 그러나 이 웃음은 종종 칼을 가지고 있다. 「계곡을 굽어보며」는 등산과 깡패에 의한 봉변이라는 반 농담조의 비유 속에 구원의 문제를 말하고 있지만 역시 여기에도 도덕적 칼이 있는 것이다.

밝고 선명한 정신의 운동은 그것 자체 값있는 것이다. 어쩌면 모든 정신 활동의 정점은 그런 곳에 있는지는 모른다. 그러나 밝혀질 것을 기대하는 불투명한 현실은 생의 복판을 차지하고 있다. 우리는 성찬경 씨가 휴일의 연습에서 얻은 유연한 정신으로 경험의 불투명에 보다 정면으로 대결하여 줄 것을 바란다. 그러기 위해서 씨는 지나치게 기계에 의존하는 것을 피하고 그의 지성으로 하여금 경험의 구체에 의하여 한정되는 것이게 하여야 할 것이다. 그것은 시와 경험의 건축술에 보다 주의하는 것이 될 것이다. 예를 들어 「태극」과 같은 시는 무한히 계속될 수 있는 시이다. 거기엔 지적인 방법이 있지만, 건축술이 없다. 이 건축술은, 방법이 구체적인 경험의 통일성에 대한 배려에 의하여 한정될 때 비로소 얻어질 것이다.

우리는 위에서 지성과 구체라는 테마로써 얼마간의 근간시(近刊詩)들을 살펴보았다. 시가 그 떨어진 지위를 회복하려면 우선 시 속에 지성 — 구체적인 지성을 회복하는 것이 중요하다. 그렇게 함으로써 시는 현실을 탐구하는 수단이 될 수 있고 그 예술로서의 완벽을 얻을 수 있을 것이다. 또 한 가지, 시에서 주제의 중요성을 판단하고 주제의 중요성에 알맞은 스타일을 선택할 수 있는 최소한도의 비평적 지성도 필요하다. 앞에서 이 문제는 언급되지 않았지만, 우리는 『연간 시집』에서 너무나 시시한 주제가 너무나 심각한 스타일로 취급되는 것을 보는 것이다. 헨리 제임스(Henry James)의 말대로 작가는 자기의 소재를 선택할 권리를 갖는다. 그러나 시시한 이야기를 시시하게 하고 있는 시가 우리의 바쁜 주의를 요구할 권리가 인정될 수 있을까? 적어도 스타일의 적절한 조절에 의하여 그것의 중요함의 정도를 나타낼 수는 있어야 할 것이다. 여기서 이 문제를 길게 이야기하기에는 우리는 너무나 서평의 끝에 와 있다. 단지 여기서 지적하고 싶은 것은 지성의 세 가지 면, 현실을 사고하는 수단으로, 건축술로, 또 자기 비평의 눈으로서의 지성이 한국 시에서 절실히 요구되고 있다는 것이다. 물론이 세 가지 면은 결국 하나이므로 필요한 것은 지성이라 하겠다. 문학이 현실에 기여할 수 있는 것 가운데 가장 중요한 것은 사회 안에 지성의 영역을 넓히는 것이다.

(1967년)

현대에 있어서의 개인

솔 벨로의 세계[1]

　　오늘날의 세계에 있어서 개인은 극히 미미한 존재에 불과하다. 여러 가지 요소들이 힘을 합하여 낱낱의 사람들을 미미하고 무력한 존재로 만들어 버리고, 또 그렇게 느끼게 한다. 이해하기도 어렵고 다스리기도 어려운 세력들이 우리를 자기들의 계획 속에 편입시켜 우리 이외의 것에 봉사하게 한다. 이 세력은 사실상 사회적, 정치적 구조일 수도 있고, 또는 심리적으로는 개인의 무가치성을 설득하는 갖가지의 이데올로기나 프로파간다일 수 있다. 그 어느 쪽이든지 간에 대부분의 경우 이것들이 서로 야합하여 작용함으로써 개인의 삶은 좌절감으로 찬 것이 된다. 그러나 개인의 관점에서 삶의 근본적인 바탕은 개인 자신이며, 따라서 그의 꺾이지 않는 마음은 개인적인 삶의 중요성을 무의식적으로나마 완강하게 주장한다. 적어도 그는 밖으로부터 부과된 커다란 계획에 대하여 의문을 던지고 검토하며,

1　이 글은 김우창 해설, Saul Bellow, 『Seize the Day』(신아사, 1977)에 실린 해설로, 「현대에 있어서의 개인: 솔 벨로의 세계」, 『현대 세계 문학 전집 15: 솔 벨로, 비의 왕 헨더슨』(신구문화사, 1970)을 수정 보완한 것이다.(편집자 주)

참으로 개인이 작용할 여지는 없는 것인가 하고 물어볼 수 있는 것이다. 솔 벨로의 작품에 있어서 중심적인 상황은 바로 개인의 위치가 극히 움츠러든 현대의 상황이며 그의 작품은 여기에 대한, 더러는 진지하고 심각한, 더러는 가볍고 해학적인 검토 및 답변의 시도인 것이다.

벨로의 첫 작품 『엉거주춤한 사나이(*Dangling Man*)』(1944)는 첫 패러그래프에서부터 그의 전 작품에 일관하는 주제를 시사하고 있다. 주인공은 오늘날의 시대를 비정(非情)의 시대라고 규정한다.

> 지금은 비정의 시대다. 요즘에 와서는 운동가, 터프 보이의 행동 규범은 어느 때보다 강력하다. 감정이 있는가? 감정을 표현하는 데는, 가려야 하는 방법이 있는 것이다. 내면의 생활이 있는가? 그건 오로지 그대만의 문제인 것이다. 정서가 있는가? 그렇다면 그 목을 졸라 버리는 것이 마땅하다. 정도의 차는 있어도 모든 사람이 이러한 규범에 순응하고 있다. 이 규범은 어느 정도의 솔직함, 꼭 다문 입술의 직언을 허용한다. 그러나 진정한 솔직함은 억제한다. 비정의 규범을 지키는 자에게 대부분의 심각한 문제는 금지된 것이다. 그들은 자기반성에 서투르고 따라서 맹수를 상대로 하듯 총을 쏘거나 용맹을 발휘할 대상이 되지 않는 적수를 다루는 데는 거의 준비가 되어 있지 않다.

벨로의 출발점은 인간의 평가 절하(여기서 인간이란 가치의 구현자로서 파악되기 때문에) 및 가치의 상실이라는 현상에 대한, 1920년대의 한 답변 —— 비정의 허무주의와 운동가의 행동 규범이다. 비정의 허무주의는 인간의 평가 절하, 가치의 상실에 부딪혀서 그것을 세상의 원리로서 받아들이고 그것을 그 이상으로 논하지 않는 태도이다. 그러나 역설적으로 이 태도는 경탄할 만한 자제와 용기를 요구한다. 그리하여 인간의 자기 고집은 이 허무주의의 부정적인 덕성을, 현대의 혼란 속에 있을 수 있는 유일한 인간적인 가치로 발전시킨다. 다시 이것은 자제와 용기의 심미적인 형식인 운동의 행동 규범이 된다. 이것은 헤밍웨이로써 가장 잘 대표되는 1920년대의 답변인 것이다.

운동가의 태도는 한편으로 일체의 사회적 행동의 장을 무의미한 것으로 거부하고 다른 한편으로는 낚시라든가 투우라든가 권투라든가 또는 잘 쓰인 글이라든가 하는 것에로의 망명만을 의미 있는 것으로 인정한다. 그러나 그 당위성 여부는 논하지 않더라도 망명이란 누구에게나 가능한 것이 아니다. 『엉거주춤한 사나이』의 주인공은 사회 내에 있어서의 소외의 문제에 직면한다. 주인공 조셉은 사회의 비인간화의 압력을 거부하지만 그렇다고 망명 속에 개인적인 구제를 찾지도 않는다. 여기에서 일어나는 것은 소외 의식의 심화이며, 이것은 또 아이러니컬하게도 조셉에게 더욱더 강력하게, 세계 속으로의 얽힘이 불가피함을 깨닫게 하는 작용을 한다.

주인공 조셉은 실망한 이상주의자로 그려져 있다. 그는 인생에 어떠한 계획을 부과함으로써 의미 있는 삶을 살 수 있다고 생각했었다. 그는 공산주의자로서 집단의 정치적인 행위에 의해서 존재의 본질을 변경시킬 수 있다고 믿었다. 그러나 그는 이런 정치적인 이상주의에 실망한다. 그리고는 정신적 친화 관계를 가진 몇몇의 친구들로써 "악의와 잔학과 무참함"을 금하는 약조를 맺고 "정신의 조계"를 만들 생각을 가지게 되었다. 왜냐하면, 세상은 거칠고 위험한 곳이며, 우리가 적절한 조치를 취하지 않는다면, 인간 존재는 홉스의 말대로 "비열하고 동물적이고 단기적인 것"이 될 것이기 때문에. 그러나 그는 이 계획에서도 성공하지 못한다. 결국 "계획이 조소의 대상이 될 수는 있지만, 계획에 대한 욕구는 경시될 수 없다"는 것을 인정하면서도, 그는 세상의 비열함에 굴복해 버린다.

그 결과 그는 모든 인간사, 인간 감정의 유입을 차단한 완전한 소외와 침묵으로 빠져 들어간다. 그러나 그가 깨닫는 것은 소외가 세상의 저열로부터 그를 보호해 주는 것이 아니라 오히려 그를 세상에 못지않은 저열한 평면으로 끌어내린다는 사실이다. 그는 정신의 관대성을 상실하여 모든 것을 의심과 신경질로써 대하게 된다. 그에게는 가장 기초적인 감정의 교류까지도 불가능한 것이 되고 그의 삶은 끊임없는 사소한 싸움이 된다. 조셉 스스로 말한다. "나는 타락하고 있다. 마음속에 차오르는 배설되지 아니한 원한이 나의 관용과 선의를 산(酸)처럼 잠식해 들어간다." 결국 그는 소외의 불가능함을 인정하지 않을 수 없게 된다.

너는 세상의 학교에 갔고 세상의 영화를 보았고 그 라디오를 들었고 그 잡지를 읽었다. 설령 네가 소외되었노라고 선언하고, 헐리웃의 이상을, 대중의 멜로드라마를, 값싼 탐정물을 거부하더라도 별수 있느냐 말이다. 너의 거부 그것이 너를 세상의 얽힘에로 끌어들인다.

그는 계속해서 말한다.

세상은 너를 추적해 오고 너의 손에 총이나 기술자의 도구를 쥐어 주고 너에게 이런저런 역을 맡기고 너에게 커다란 재난과 승리의 뉴스를 가져오고 너의 미래를 말소시키고 세상은 서투르고 교활하고 폭군적이고 배반하고 죽이고 시커멓고 화냥년이고 부패하고 저도 모르게 순박하고 우스꽝스럽다. 무엇을 하든지 그놈을 쫓아내 버릴 수는 없다.

조셉은 다시 사회에로 돌아간다. 그는 "출퇴근 시간 만세! 영혼의 감시 만세! 조직화 만세!"를 부른다. 그러나 그가 사회의 저열한 이상을 그대로 받아들이기로 한 것은 아니다. 그는 아직도 "하나의 플랜, 하나의 미친 계획, 하나의 이상적 구성"으로 사회의 혼란을 극복할 수 있다는 마음을 버리지 않고, 사회에 "소속은 되지만 그 일부가 되지는 않겠다"는 결심을 가지고 있다. 그가 사회로 돌아가는 것은 아직도 엉거주춤한 자세로 있으면서 단지 소외의 불가능, 얽힘의 불가피, 인간 운명의 불가분성을 인정하는 소극적인 참여에 불과하다.

벨로의 다음 소설 『피해자(*The Victim*)』(1947)는, 『엉거주춤한 사나이』의 조셉이 사회로 돌아왔을 경우의 모습을 그리고 있다고 말할 수도 있다. 이 소설의 주인공은 조그마한 전문지의 편집부에서 일하고 있다는 점에서 어느 정도까지는 사회의 건실한 일원이 되어 있지만, 사회의 일부를 이룬다고 할 수는 없는 사람이다. 주인공 레븐소올은, 조셉이나 마찬가지로 "하나의 미친 계획, 하나의 이상적 구성"으로 삶을 변혁시키는 데 성공하지 못하지만, 그의 일상생활의 하찮은 사건들을 통해서, 사회와의 연계 관계가 불가피한 것임을 확인하게 된다. 단지 레븐소올의 경우에 있어서, 이 관계는 단순한 사변적인 평면에 머물지 않고 보다 적극적이고, 또 어떤 의미에서는 보다 보람 있는, 개입 관계가 된다.

『피해자』가 내세우고 있는 중심 문제는, 사회를 움직여 가고 있는 세력이 개인의 손이 미치지 않는 곳에 있을 때 사회의 부정의에 대한 개인의 책임은 어떤 것인가, 다시 말하여 행동의 수단이 우리에게 있지 않을 때, 우리는 어느 정도까지 우리의 형제 동포에 대한 책임을 질 수 있는가 하는 것이다. 여기에 대한 벨로의 답은, 행동의 원인이나 수단이 우리에게 있지 않을 때 우리가 그 행동에 대한 책임을 져야 한다는 것은 불합리하고 부당한 주장이지만, 그 불합리에도 불구하고 우리는 다른 인간에 대한 책임을 떠맡지 않을 수 없다는 것이다.

『피해자』는 그 에피그래프를 『아라비안나이트』의 이야기에서 취하고 있다. 어느 상인 하나가 먼 길을 가다가 지친 다리를 쉬느라고 나무 밑에 앉았다가 그 자루에서 대추야자를 꺼내 먹었다. 그는 대추야자를 먹은 다음 그 씨를 내던졌다. 그랬더니 한 악귀가 칼을 휘두르며 나타나서 "네놈이 내 아들을 죽였으니, 나는 네놈을 죽이겠다."라고 말하며 덤벼들었다. 그래서 이 상인은 "어찌해서 내가 당신의 아들을 죽였단 말이오?" 하고 물었다. 그 악귀가 이에 대답하여 "네가 대추야자를 먹고 그 씨를 던진 것이, 마침 지나가던 내 아들의 가슴에 맞아, 즉사하게 되었는데 어찌 모른다고 하느냐." 하였다는 것이다.

주인공 레븐소올은 이 아라비아의 상인처럼, 우연히 길에서 마주친 사람의, "내가 직업을 잃은 것은 당신 때문이다."라는 어처구니없는 비난에 직면하게 된다. 레븐소올은 이 얼토당토않은 비난에 격분하고 그것을 일축해 버리려 하지만, 비난자는 끈덕지게 그의 생활 주변을 맴돌며 그를 괴롭힌다. 그러나 그 비난이 사실이 아니라고 하더라도, 같은 사회인의 일원으로서, 또 같은 인간으로서, 레븐소올의 책임이 전혀 면제된다고만 할 수가 있을까? 가령, 이런 주장도 있을는지 모른다. 그러나 사회의 잘못을 어떤 무력한 개인이 책임지고 나설 수는 없는 것이 아닌가? 물질 분배의 과정에 잘못된 게 있다고 하더라도 길 가는 어떤 무직자가 나를 붙잡고 항의해 온다면 어떻게 하란 말인가? 그이나 나나 사회의 체제를 만들어 놓은 사람은 아닌 것이다. 따라서 레븐소올은 말한다. "왜 나를 붙잡고 따지는 거야? 당신이나 마찬가지로 나도 이런 일을 주물러 놓은 사람은 아닌데."

그러나 소설이 진전되어 감에 따라 독자는 레븐소올이 점점 실직자의 주장 속에 말려 들어가고, 표면적인 이유가 어떤 것이든지 간에, 사회의 부정에 대한 책임을 떠맡아 가는 것을 발견하게 된다. 레븐소올의, 또 확대하여 현대 사회 속의 무력한 시민의 곤경은, 바로 지은 일이 없는 죄를 떠맡으며 살아가지 않을 수 없다는 데에 있다. 그렇다고 해서 벨로는 레븐소올의 책임이나 죄를 경감하여 주지는 않는다. 그는 부당하게 무거운 죄의 중압감을 그대로 견디지 않으면 안 된다. 또 벨로가 암시하는 바에 의하면, 레븐소올의 죄가 전혀 가공적인 것만은 아니다. 아마 그는 피해자를 낳은 사회의 일원이라는 점에서 벌써 유죄일 것이다. 이렇게 말하는 것은 그가 물리적인 의미에서 사회의 일원이라는 사실만을 지칭하는 것은 아니다. 그는 정신적으로 도덕적으로 사회의 일원인 것이다. 그의 죄는 개인을 무능한 희생물로 간주하는 사회의 이데올로기를 암암리에 받아들이고 있는 것이다. 이것은 그의 비정주의로써 증거된다고 할 수 있다. 또 실제, 묘한 연관 관계를 설정하여 작가가 암시하듯이 레븐소올이 유태인이라는 사회적 사실은 이 실직자의 실직에 어떤 관계를 가지고 있는 것이다.

아마 레븐소올의 관련성을 설명하는 데는, 프랑시스 장송(Francis Jeanson)의 사르트르의 『거룩한 창부(La Putain respectueuse)』의 해설을 빌려오는 것이 편리할 것이다. 장송은 지배적인 사회 세력에 굴복하는 피지배 계급, 창부와 흑인의 심리를 설명하면서 다음과 같이 말한다.

흑인과 창부는 백인 상전들의 눈으로 자신을 보게 된다. 그들의 것이 아닌 관점에 의하여 분열되고 취하고 타락한 그들은, 그들 자신, 인종주의자와 바리새인들이 그렇게 만들어 버리고자 하는 경멸에 값하는 사람들이 되어 버리고 만다.

레븐소올은 그를 하나의 무의미하고 무력한 존재로밖에 보지 않는 지배적 사회 세력의 관점에서 자신을 보고 있는 것이다. 이렇게 말하는 것은 레븐소올의 소극주의에 대하여 인간에게 적극적인 운명이, 위대함이 가능하다는 것을 시사하는 말이 될 것이다. 『피해자』에는 레븐소올의 숙명론과 그 반대의 입장이 논쟁 속에 맞부딪히는 에피소드가 있다. 몇몇 유태인들이 배우를 논하고 인간의 가능성을 논한다. 그중 하나가 카이사르와 디즈레일리가 위대한 사람들이었다고 말한다. 레븐소올은 그들의 위대함이란 결국 악하기 때문에 생겨난 보상 행위에 지나지 않는다고 반박한다. 디즈레일리는 유대인, 카이사르는 간질병 환자였던 게 아닌가? 슐로스버그라는 노인은 이를 반박하여 말한다. "인간 이하가 되는 것도 인간 이상이되는 것도 나쁜 일이다." 카이사르가 간질병 환자였다면, 그것은 바로 그의 위대함이 인간적인 것이었음을 말해 주는 것이다. "신이 병을 앓을 수있는가?" 인간적이라는 것은 모든 부정적인 증거에도 불구하고 인간적 가치를 선택하는 것이다. 과학은 인간이 아무것도 아닌 존재라고 말한다. 아름다움도 위대함도 없는 것이라 말한다. 그러나 우리는 인간의 편에 서야한다. "어떤 인간이 위대하다면 위대한 것이다. 왜 이를 인정하는 데 인색해야 하는가? 그럴 필요가 있는가? 누가 그렇게 하라고 목이라도 내리누르고 있는가? 위엄을 가져야 한다……. 존엄성을 택하여야 한다."

레븐소올은 이러한 인간 옹호론을 잠자코 듣고만 있다. 소설의 결미에 갈수록 그의 인간적인 도량이 넓어지는 것은 사실이지만, 그는 끝까지 "하나의 이상적인 구성"에 의하여 인간의 삶이 위대하여질 수 있다는 것을 믿지 못한다. 실직자와의 사건이 끝난 후에도 그는 모든 것이 "방향 없는 움직임이며 우연"이라는 생각을 버리지 않는다.

위에 언급한 초기의 두 소설에서 벨로는 좁아진 환경 속에 갇힌 현대인의 상황을 검토하고 있다. 조셉은 사회의 무의미와 비속함에 흡인되어 들어가거나 아니면 소외에 따르는 우울한 부작용을 받아들이거나 둘 중의하나를 택하여야 할 딜레마에 빠져 있다. 어느 쪽에서나 기다리고 있는 것은 좁아진 삶이다. 레븐소올은 사회 속에 있으나 사회가 보여 주는 자신의영상을 무의식적인 체념 속에 받아들임으로써 우울하고 좁아든 삶을 살게된다. 그러한 삶에서 오는 의기소침은 막연한 죄의식이 되어 그의 생활을 더욱 우울한 것이 되게 한다.

세 번째의 소설『오기 마치의 모험(*The Adventures of Augie March*)』(1953)에서 벨로의 태도는 180도의 방향 전환을 한다고 할 수 있다. 그의 주제는 여전히 현대 사회에 있어서의 개인의 운명이지만, 주제에 대한 그의 태도는 전혀 다른 것이 된다. 초기 두 작품에 있어서 벨로는 부정적인 환경의 중압 아래 짜부러져 있는 삶을 그렸다. 그는 그 꼼꼼하고 신경질적이고 우울한 스타일로 어떻게 현대에 있어서 사람다운 사람의 삶이 불가능한가를 기록하였다. 이제 벨로는 부정적인 세력들이 만연해 있다 하더라도, 인간의 위대한 가능성에는 변함이 없음을 선언한다. 주인공 오기 마치는 그가 마주치는 한 인물 — 외관상으로는 팔다리 없는 병신에 시카고 뒷길의 별로 화려할 것도 없는 사업의 주인인 한 인물에 대하여 다음과 같이 이야기한다.

윌리엄 아인혼은 내가 알게 된 최초의 훌륭한 사람이었다. 그는 뛰어난 머리에 많은 사업체, 진짜 지도 능력, 또 철학적인 지성을 가진 사람이었다. 내가 중요한 결정을 내리기 전에 잠깐 멈추어 생각을 해 보는 타입이거나, 내가 나 같은 사람이 아니고 그의 진짜 제자였더라면, 나는 물을 것이었다. "이런 경우 카이사르는 어떤 식으로 고통을 이겨 낼까? 마키아벨리는 무어라고 할까? 율리시스는 어떻게 할까?" 내가 아인혼을 이런 위인들의 리스트에 끼어서 생각하는 것은 농담으로 그러는 것이 아니다. 나는 그를 알고 있었고 그를 통해서 앞서간 위인들을 이해했던 것이다. 우리가 모든 시대의 움츠러든 막바지에 처해 있으며, 위대함이란, 보다 훌륭하고 강한 시대에 살았던 별종의 인간의 행적에만 있으며, 우리가 그것을 알려면, 마치 어린 애가 동화 속의 왕이나 기사의 위대함에 참여하는 식으로 위대함에 참여하여 아는 도리밖에 없는 것이라고 한다면 모르거니와, 그러나 우리가 어른과 어른을 비교하고, 어른과 아이, 또는 어른과 반신(半神)을 비교하는 것이 아니라면 ── 우리들 민주주의자들 사이에 카이사르가 있다면, 그는 바로 이것을 원했을 것이다. ── 또는 과거에 뛰어났던 사람들의 금빛 나는 얼굴 앞에서 우리의 너무나 많은 결점이 부끄러워 인간으로서의 권리를 스스로 포기하고 어떤 좀 더 하급한 동물이 되어 버리겠다면 모르거니와, 그렇지 않다면 나는 아인혼을 찬양해서 마땅한 것이다. 그리고, 이제 인간은 이런 과거의 전설적인 인물이 가졌던 성질을 가지고 있지 않다고 생각하는 사람들의 비웃음이야 무시하여 마땅한 것이다. 어느 시대에 있어서나 처음으로 과거를 돌이켜 본 아이들이 느끼는 왜소감 때문에 나는 공연한 과장을 하고 싶지 않은 것이다.

이렇게 오기 마치는 현대에 있어서도 영웅적인 가능성이 없어지지 않았음을 주장한다. 사실 『오기 마치의 모험』은 차고 넘치는 삶의 다양성을 증거해 주는 영웅적인 인물로 가득 차 있다. ── 앞에 든 아인혼, 외로운 미망인으로서 오기의 어린 기억에 최초로 인물의 위대함을 각인해 준 로시 할머니, 멕시코의 산중에서 매사냥과 구식의 로맨스에 정열을 쏟는, 오기의 애인 시어, 심각하고 지모에 찬 사업가, 오기의 형 사이먼에서부터 오기가 대서양 복판의 외로운 보트에서 만난 미친 생물학 연구가 바스트쇼에 이르기까지.

그중에도 대표적인 영웅은 물론 오기 자신이다. 이 책에 이야기된 모든 놀라운 이야기와 인물들은 결국 오기의 경험의 일부가 되어 있다. 뿐만 아니라 오기 자신 상당히 능수능란한 지모가 없다면 해치우기 어려운 여러 사건의 주인공 내지 조역이 된다. 파업의 지휘자가 되고 멕시코 산중으로 매사냥을 가기도 하고 전쟁 동안에 상선의 선원이 되어 위험 지구를 항해하다가 파선을 당하기도 한다.

그러나 주인공 오기는 그의 생애를 가로질러 가는 다른 활력가들과는 분명하게 구별되는 하나의 대조적인 성격을 가지고 있다. 다른 인물들이 하나의 '미친 계획', 하나의 '이상적 구성'으로써 현실에 작용을 가하려 하는 데 대해, 오기의 특성은 어느 계획에 대해서나 수용적인 태도를 유지하면서 동시에 어느 계획에도 묶이지 않는 능력에 있다고 할 수 있다. 그는 자신이 말하듯이 많은 사람과 계획에 '입양(入養)을 당하는' 소질을 가지고 있으면서, 또 아인혼이 지적하듯이 '반골(叛骨)'을 가지고 있는 것이다.

『오기 마치의 모험』이 벨로의 첫 두 작품에 비해서 긍정적이라면, 그것은 오기의 세계가 갑자기 밝은 것이 되었기 때문이 아니다. 그것은 오기의 경험에 대한 수용성에서 온다고 할 수 있다. 이 작품에도 충분히 어두운 면이 있고 또 오기 자신도 그것을 잘 알고 있다. 단지 오기는 '이상적인 구성'의 관점에서 사물을 보고 있지 않는 것이다. 이 책에서 현대의 영웅의 표본으로 제시되어 있는 인물이 도덕적으로 고양된 인물이 아니라는 점에 우리는 주의할 필요가 있다. 오히려 이 책의 영웅들은 대개 부정한 일에 있어서 뛰어난 술수와 배짱을 보여 주는 사람들인 것이다. 오기의 긍정은 도덕적인 관점을 버리고 생을 있는 그대로의 다양성 속에서 파악하려는 수용적인 태도로 인하여 가능한 것이다.

그러니까 벨로가 여기에서 긍정하고 있는 것은 어떤 도덕적인 성품이나 추상적인 이상이 아니라, 끊임없이 새로운, 하나의 연속적인 과정으로 파악된 생이다. 이상적인 구성에 비추어 본 현실의 타락상에 고민하던 벨로의 주인공은 이제 이상적인 구성의 불합리성을 말하고 현실을 있는 그대로 받아들이게 되었다. 오기 마치의 입을 통해서 벨로는 말하고 있다.

누구나가 그 나름으로 살 만한 세계를 창조하려 한다. 그리고 그가 쓸모없다고 생각하는 것은 눈에 볼 수도 없다. 그러나 진짜 현실 세계는 이미 만들어져 있는 것이다. 그리고 설령 너의 구상이 거기에 맞지 않더라도 또는 네가 고상한 느낌을 가지고 흔히 현실이라고 불리는 것보다 더 나은 무엇인가가 있어야 할 것이라고 고집하더라도, 그보다 더 나은 것이 반드시 현실보다 나으리라는 보장도 없는 것이다. 결국 우리는 현실을 잘 알고 있지 않으며, 그것은 매우 놀라운 것을 간직하고 있을 수도 있는 것이 아닌가.

이렇게 하여 사회 현실의 면에서 좌절된 이상주의자로 출발한 벨로는 모든 이상주의적 개입을 부정하는 극단적 경험주의자(radical empiricist)가 된다. 이 경험주의적 입장은 모양을 달리하여 『오기 마치의 모험』 이후의 작품에서 주된 벨로의 철학이 된다.

『오기 마치의 모험』이 그 스타일과 이야기의 활력에 있어서, 그 재치 있는 아이러니와 유머에 있어 또 정확하게 포착된 미국 생활의 풍미와 세부에 있어서, 단연코 1950~1960년대 미국 문학의 걸작 중에 손꼽혀 마땅한 것은 사실이지만, 그 뛰어난 점이 근본적으로는 바로 능숙한 도피의 기술에 근거한 것임은 부인할 수 없다. 『오기 마치의 모험』이, 위에서도 말한 바와 같이, 미국 생활의 풍미와 세부의 포착에 뛰어난 것은 사실이면서도 이 책을 분계점으로 하여 벨로의 관심은 사회에서 개인으로 옮겨 간다. 사실 벨로는 1950~1960년대의 어느 작가보다도 개인의 사회적 콘텍스트를 강하게 의식하는 작가이고 또 그 콘텍스트를 결코 잊어버리는 법이 없지만, 어느 비평가가 아서 밀러(Arther Miller)를 두고 말한 바 있는 "사회적인 것의 개인적인 것에 의한 초월"은 『오기 마치의 모험』 이후의 벨로의 근본 태도를 규정하게 된다.

『비의 왕 헨더슨(Henderson the Rain King)』(1958)은 미국 사회의 배경을 아주 떠나서 완전히 개인적인 초월을 그 중심 문제로 하고 있는 소설이다. 이 소설에서 벨로가 도달하고 있는 결론도 생은 어떠한 구경적인 공식 속에도 담아질 수 없으며, 일관성이나 논리의 입장에서 보면, 모순되고 우스꽝스러운 것이 생이라는 경험주의이다.

『비의 왕 헨더슨』의 첫 장에서부터 분명하게 느낄 수 있는 스타일과 어조의 희극성이 없다면, 우리는 헨더슨은 인물로 보아 오기의 낙관형에서 상당히 후퇴한 인물이라고 할 수 있을는지 모른다. 그는 조셉이나 레븐소올처럼 낙관적인 융통성보다는 부정적인 어둠을 다분히 간직하고 있는 인물이다. 이하브 하산(Ihab Hassan)이 레븐소올을 묘사해서 한 말 —— "그는 뚝뚝하고 성 잘 내는 예민성, 어느 정도의 난폭성, 자기 연민, 사랑과 힘, 피학대 망상의 소질을 타고났으며, 세계의 업고(業苦)를 등에 멘 수난의 인간, 불리한 여건에서 쉽게 얼마간의 승리를 얻어 내는 사람이다." —— 이것은 헨더슨에게도 그대로 적용될 수 있다. 그러나 헨더슨이 불만에 가득 찬 성 잘 내는 사람이라고 해서 우리는 그와 오기와의 유사성을 간과해서는 안 된다. 오기나 마찬가지로 그가 앓고 있는 병은 '고귀병(nobility syndrome)'이며, 바로 이 병이 그로 하여금 울적한 불만객이게 하는 것이다. 이것은 벨로의 다른 주인공의 경우에도 물론 해당된다. 그러나 헨더슨은 다른 부정적인 주인공들과는 달리, 인간을 왜소화하려는 외부 세력의 압력에 짓눌려 있기에는 너무나 폭발적인 활력에 차 있는 사람이다. 그는 인간의 고귀함과 영웅적 가능성을 찾아 나서지 않고 미국의 일상생활의 좌절감 속에 가라앉아 버릴 수는 없다. 이런 의미에서 벨로 주인공의 이데올로기적 질서에서 헨더슨은 초기의 우울한 두 주인공과 오기와의 중간쯤에 위치한다고 할 수 있다.

『비의 왕 헨더슨』의 출발점은 초기 두 작품에 있어서처럼 생의 왜소화, 무의미화의 거부이다. 헨더슨은 이러한 부정적인 세력을 그대로 받아들일 수 없다. 이 거부는 작은 신경질들에서 징후적으로 나타난다. 그의 생애는 좌충우돌 주변의 모든 사람들, 나아가 사물들과의 시비의 연속이 된다.

이야기가 진전되는 중에 몇 번 반복되어 나타나는 에피소드로, 자기 집에 세 들었던 사람들의 고양이를 사살하려고 한 일은 작은 신경질들 가운데 가장 대표적인 것일 것이다. 이 사건은 신경질의 의미를 가장 잘 드러내 주고 있다. 즉, 그의 작은 신경질은 생의 부정으로 통한다는 것이다. 그러나 주의하여야 할 한 가지 사실은, 헨더슨에 나타나는 죽음의 충동은 바로 생의 충동과 표리의 관계에 있다는 것이다. ‘고귀함’의 이상에서 분리된 삶은 잔 신경질로 타락하게 되고 이것은 곧 죽음의 충동에로 이어진다는 것이 지금까지의 우리의 논지였으니까, 결국 보다 깊고 넓게 살려는 충동은 죽음에로 연결된다고 할 수 있겠는데, 그 외에도 벨로는 여기에서 죽음을 인식함으로써, 즉 생의 시간성을 인정함으로써만, 참다운 삶이 시작될 수 있다는 실존주의적 생각을 내세우고 있다고 할 수도 있겠다.

　헨더슨 자신 이러한 사정을 깨닫는다. 그리고 여기에서부터 그의 아프리카 여행, 또는 깊이 있는 삶에 대한 탐구가 시작된다. 헨더슨이 아프리카에서 겪는 경험의 우의적(寓意的)인 의미는 분명히 판독하기 쉽지 않다. 이것은 우의(寓意) 자체가 어렵다거나 불충분하게 설명되어 있거나 해서만 그런 것은 아니다. 이 판독의 어려움을 통해서, 벨로는, 『오기 마치의 모험』에서 한 말, 즉 생의 현실은 논리 정연한 언어의 규격 속에 담아질 수 없다는 주장을 반복하고 있다고 할 수도 있다. 그러나, 그건 그렇다 치더라도, 그의 알레고리가 전혀 난센스일 수는 없다. 그의 우의는 다시 한 번 이상적 구성의 삶이 진짜 삶이 아니라는 주장의 부연이다. 헨더슨은 알베르트 슈바이처나 윌프레드 그렌펠 경 같은 위대한 인간을 숭배한다는 말을 몇 군데서 하고 있는데, 세상에 큰일을 해 보겠다는 의도, 그 자신의 말로 ‘봉사의 이상’은 그의 생애의 중심적인 정열이 되어 있다. 그에게 아프리카행을 시키는 것도 근본적으로는 이 정열이라고 할 수 있다. 그리하여 그는 아누이족의 사이에 이르러서는 그들의 수원지(水源池)를 더럽히는 개구리를 퇴치한다는 계획을 하고, 와리리족의 사이에서는 우신(雨神)을 들어 올려 가뭄에 비가 내리게 한다는 계획에 참가한다. 그러나 그가 경험하는 것은 이러한 계획의 실패다. (두 번째의 경우 우선은 성공하는 듯하지만, 이것도 종국적으로는 실패로 끝난다.) 다른 한편으로 헨더슨은 보다 긍정적인 교훈을 배운다. 그것은 '계획'의 실패와 연결되는 것으로서, 헨더슨 자신의 말을 빌려, '되는 것'을 중지한, '있음'의 상태야말로 인간 본연의 상태라는 것이다. 보다 쉽게 말하여 인간의 자연 질서에로의 귀의를 말하는 교훈이다. 그러나 주의할 것은 자연에도 두 가지의 자연이 있다는 것이다. 한 가지는 과학주의 내지 자연주의적 세계관이 보여 주는 몰가치한 질서로서의 자연, 즉 그 속에 인간이 하나의 왜소한 톱니바퀴로서의 위치밖에 차지하지 못하고 있는 자연이며, 다른 하나는 그 자체로서 위엄과 고귀함을 가지고 있는 보다 인간적인 자연이다. 이 소설에서 전자는 돼지와 깨우침을 갖기 이전의 헨더슨으로써, 후자는 사자와 와리리의 왕 다푸로써 대표된다고 할 수 있다. 그러니까 헨더슨이 아프리카에서 배우는 교훈은 '계획'으로써가 아니라, 자연에 귀의함으로써 인간은 참된 고귀함을 달성할 수 있다는 것이다.

그러나, 보다 인간적인 자연까지도 고귀함만을 지닌 것이 아니라는 것을 배우는 것은 헨더슨이 아프리카에서 얻는 지혜의 일부이다. 자연의 고귀함은 매우 위태로운 근거 위에 서 있다. 그것은 죽음과 불가분의 관계에 있다. 우리는 와리리의 왕 다푸가 '있음'의 평화와 고귀함에 도달한 인물이면서 또 동시에 부단히 죽음의 협박하에 생활하는 사람임을 본다. 벨로가 의미하고 있는 것은 고귀함은 죽음이라는 것일 것이다. 고귀함이 생의 최고 표현이라고 할 때, 우리는 여기에서 다시 한 번 죽음이라는 모순된 등식에 이르게 된다.

여기에서 우리는 고귀함이라는 것도 다시 생각해 볼 필요가 있다. 우리는 죽어 가는 다푸가 하는 말에서, 헨더슨의 생각에 생의 구경적인 진실을 구현하고 있는 듯하던 다푸의 고귀하고 영웅적인 생애가 하나의 속임수에 기초를 두고 있다는 것을 보게 된다. 벨로가 시사하는 것은 아마, 생이 죽음으로 통하듯이 진실은 거짓으로 통한다는 것일 것이다. 이 책에서 가장 많이 사용되는 말의 하나는 '사실', 또는 '진실'과 같은 말이다. 그러나 이 책의 우의(寓意)는 값있는 삶을 위해서는 진실을 향한 용기를 필요로 하지만, 결국 생의 최종적인 진실이란 존재하지 않는다는 것이다. 그리고 어쩌면 진실에의 의지는 오히려 삶을 부정하는 죽음에의 의지라는 것이다. 우리가 거짓을 하나씩 버리고 진실에 가까이 가는 과정은 있을 수 있을망정, 마지막 진실이란 허무의 실현이기 때문에 결국 삶은 거짓을 필연적인 조건으로 하지 않을 수 없는 것이다. 그러니까, 다시 말하여 헨더슨의 마지막 지혜는 산다는 것은 거짓이고 따라서 니체가 말하듯이, '진실하려는 사람은 자신이 언제나 거짓말을 한다는 것을 깨닫는다'는 사실이다. 벨로가 늘 사용하는 아이러니의 수법 ── 즉 생의 구경적인 진실을 추구하는 헨더슨이 조금 모자란 사람으로 그려져 있다든가, 또는 그의 소설에서 대개 철학적인, 예지적인 발언은 조금 모자란 사람의 입을 통해서 이야기된다든가 하는 것 ── 은 인간이 이를 수 있는 진실의 성질을 그가 잘 깨달은 데서 나오는 것일 것이다.

그러나 말할 것도 없이 『비의 왕 헨더슨』은 부정적인 책이 아니다. 이 책의 다른 모든 요소에 우리가 둔감하다고 하더라도 우리가 놓칠 수 없는 것은 헨더슨의 살려는, 고귀하게 살려는 강한 의지이다. 생의 모순과 거짓 속에 최종적으로 긍정되는 것은 있는 그대로의 삶에 대한 의지이다.

『비의 왕 헨더슨』의 부분을 끝내기 전에 추가하여 둘 만한 것은 한 평론가에 의하면, 이것이 니체풍의 철학서로 읽어질 수 있다는 것이다. 벨로가 니체 정도의 사상가라고 말하는 것은 말도 안 되는 것이겠지만, 사실 이 책에 니체의 영향은 매우 강력한 것 같다. 우리가 니체의 철학을 이해하고 있다면, 이 책의 우의는 매우 쉽게 풀릴 것이다. 앞에서 말한 평론가는 특히 『차라투스트라는 이렇게 말했다』에서, 첫째 우화인, 『세 개의 변용』이 이 이야기와 관계있다는 사실을 지적하고 있다. 지면이 제한된 이 소론에서, 자세한 비교는 하지 않겠지만, '헨더슨'의 윤곽이 위의 니체의 우화에서 왔다는 것은 있을 법한 일이다.

『허조그(Herzog)』(1965)는 그것이 나왔을 때, 여러 가지로 주목을 끈 작품이지만, 지금까지의 그의 작품에서 한 이야기를 약간 맥 빠진 형태로 되풀이하고 있다는 인상을 준다. 사건의 관점에서 소설 『허조그』의 중심에 있는 상황은 주인공 허조그의 이혼이다. 사학 교수 허조그는 두 번째 결혼의 실패로 인하여 반정신착란의 상태에 빠지고 현재와 과거의 인물들에게 발송되지 않는 편지를 미친 듯 써 나간다. 이 편지를 통해서 그가 하려고 하는 것은 그의 개인적인 실패를 서구 문명과 미국 사회의 테두리 속에서 설명해 보려는 것이다. 앞에서 우리는 '사회적인 것의, 개인적인 것에 의한 초월'을 말했지만, 이 소설에서 이야기의 진전은, 허조그가 시도하는바, '개인적인 것의, 사회적인 것에 의한 초월'이 있을 수 없다는 주제의 전개가 된다.

다시 한 번 허조그의 문제는, 인간의 권위가 땅에 떨어진 세계에서, '르네상스 이후의, 휴머니즘 이후의, 데카르트 이후의, 허무에 근접해 있는 수렁'에서 사람다운 개인이라는 것이 존립할 수 있는가 하는 것이다. 마르크스, 프로이트, 과학, 이 모든 것이 인간을 '초라하고 궁상스러운 개체'로서 파악하는 마당에 인간은 위엄과 고귀함의 이상에 따라 살 수 있는 것일까? 허조그의 중심적인 질문도 그의 전 작품에 관류하고 있는 이런 문제인 것이다.

허조그는 현대인의 궁경에 대하여 몇 가지 해결책을 이야기하고 이것의 현실성을 시험해 본다. 그 하나는 급진주의 정치이다. 좌익의 정치주의는 외부적 사실에 의한 인간적인 가치의 지배를 뒤엎고 사실에 대한 가치의 우위를 현실 정치 속에 수립하겠다고 한다. 또 다른 해결책은 실존주의다. 허조그에 의하면 실존주의는 과거의 도덕적 성실성을 부활시킴으로써 현대의 경박성을 시정해 보려는 노력이다. 실존주의에 있어서 죽음은,

> 과거에 성직자들이 죽음을 잊지 않기 위해서 책상 위에 해골을 올려놓았던 것을 현대에 옮겨 온 것이다. 이것은 두려움이라는 것이 얼마나 좋은 것인가, 그것이 어떻게 하여 우리를 쓸데없는 정신적 낭비에서 구해 주고 우리에게 자유를 주고 또 본연의 상태를 돌이켜 주는가 ─ 독일 실존 철학자들은 이런 생각을 한다. 신은 있다. 그러나 죽음도 있다 ─

『허조그』에 있어서 또 하나의 중요한 대응책으로 시사되어 있는 것은, 『오기 마치의 모험』에서 본 바와 같은 개인 활력의 숭배다. 허조그는 처음부터 그의 어린 시절로부터의 이미지로서, 그의 아버지를 생각한다. "그의 자아는 그렇게 위엄을 가진 것이었다." 허조그는 이렇게 말한다. 그의 아버지는 러시아에서 살 때는, 이집트로부터의 양파 수입상, 상트페테르부르크 형무소의 죄수, 캐나다에서는 농부, 그다음 도시로 이주한 후로는 잡화상, 전쟁 때는 푸대 제조업자, 고물상, 결혼 중매업자, 밀주 제조업자 ─ 그의 아버지는, 비록 실패는 했지만, 인생을 언제나 멋과 위엄으로 살았던 사람이다. 허조그는 이러한 아버지를 노스텔지어를 가지고 회상한다. 그러나 『오기 마치의 모험』에서와는 달리 그것은 어디까지나 막연한 노스텔지어에 그칠 뿐 비현실적이고 시대착오적인 관념 이상의 것이 되지 못한다. 허조그가 그를 배반한 아내와 정부에 대한 복수를 계획하여 권총을 가지고 시카고로 달려가는 것은 사실이지만, 허조그 유일의 이 적극적

인 행동은 결국 희극적인 실패로 끝나고 만다. 『오기 마치의 모험』에서와는 달리 개인 활력의 숭배는 『허조그』에 있어서 개인적인 좌절감을 보상해 주는 관념에 지나지 않는 것이다.

도대체 허조그가 생각하고 있는 보다 만족할 만한, 정의의 사회 — 이것은 보다 위엄 있는 개인의 삶의 전제 조건이다. — 조차 이 소설은 하나의 개인적 보상을 위한 관념으로 해석하고 있다. 책의 마지막 부분에서, 시카고의 법정 경험을 통해 사회의 이면을 들여다본 허조그는 자신이 결국 어린 시절의 동요를 생활신조로 삼아 왔음을 깨닫는다.

나는 고양이를 사랑해요.
고양이 털은 따스하죠.
고양이를 해치지 않으면,
아기 고양이는 사랑스럽죠.
나는 난로 곁에 앉아서
고양이 맘마를 먹이죠.
나는 말 잘 듣는 착한 아이,
그래서 고양인 날 사랑해요.

즉, "실수를 잘하는 순진무구한 어린아이에 대해서는 세상이 관대하다는 것을 알고 거기에 따르는 거짓들을 받아들이며, 그는 감정의 까까들, 즉 진실이니, 우정이니, 아이들에 대한 사랑이니 하는 것을 내세운 것이다." 이러한 심리적인 자각에 추가하여, 이론적인 면에서 허조그는 실존주의라든지, 정치적 급진주의 같은 모든 극단적인 관념들을 거부한다. 삶이란 것은 모순과 불분명한 것들로 이루어진다. 이것을 흑백의 단순한 대조 속에 보려는 것은 유치한 일이다. 허조그의 정신과 의사가 말하는 것처럼 "불분명한 상황을 받아들일 수 있는가 없는가에 따라서 정신병의 깊이를 잴 수 있는 것이다." 악이란 것도 문명이 있는 한은 없앨 수 없는 것인 것이다.

여기에서 우리는 다시 삶은 근본적으로 흑백의 단순화 내지 추상적인 입언(立言) 속에 요약될 수 없다는 주장에 이르게 된다. 허조그는 모든 추상적인 입장을 거부하고 또 '남자의 본령은 의무와 효용과 예의와 정치'에 있다는 '봉사의 이상'을 버리고 사사로운 일상생활을 주어진 운명으로 받아들인다. 벨로는 여기에서도 다시 한 번 이상주의를 극복하고 극단적 경험주의를 받아들이지만, 이 『허조그』의 마지막 부분에 있어서의 벨로의 태도는 지난 어느 작품에서보다 평온하고 긍정적인 것이다. 허조그의 긍정은 체념이나 쾌유기의 그것이라기보다는 종교적인 평화의 분위기를 띠고 있다. 그는 '신의 비어 있음 가운데 나날이 여기에 밟는 광채'라는 말로써 그의 최후의 긍정을 표현하고 있는 것이다.

정치적인 관점에서 벨로의 소설이 궁극적으로 기성 가치와 사회 질서에 대하여 반드시 비판적인 것이냐 또는 오히려 거기에 영합하는 것이냐 하는 것은 논란의 여지가 있는 문제이고, 또 위에서 본 대로 따지고 보면 결국 별수 없는 수락이라는 공식에 들어가는 것으로 생각해야 되겠지만, 적어도 그가 현상의 질서를 그대로는 받아들일 수는 없다는 느낌을 가지고 고민해 온 것은 틀림이 없다. 이 고민에서 그가 이른 태도는 모든 가치에 대한 회의이고, 이 회의에서 발생하는 허무주의 속에서 한편으로는 최소한도로 인간의 가치에 대한 갈구를 인정하고 다른 한편으로는 경험과 경험에 적응하는 인간의 활력 속에 나타나는 삶의 근본적인 진실의 건전함을 확인하는 것이었다. 『새믈러 씨의 별(*Mr. Sammler's Planet*)』(1970)에 이르러 벨로의 입장은 그의 정신적 편력에 있어서 또 하나의 새로운 굴곡을 보여 준다. 이렇다는 것은 그는 여기에서 가치에 대한 회의를 거의 완전히 극복하고 있기 때문이다. 그에게 회의가 있다면 단지 그것은 이 가치에 대한 것이 아니라 이 가치에 도전하는 모든 부정적인 요소를 향한 것이다.

여기에서 긍정되는 가치는 대부분 구질서 속에 있었던 것이고, 회의와 부정은 새로운 사회의 혼란에서 오는 것이기 때문에, 벨로의 정치적 입장이 이 소설 이전에 어떤 것이었던지, 그는 여기에서 완전히 보수적인 작가의 모습을 띠게 된다. 그리하여 이 책이 나왔을 때, 많은 평자들은 벨로의 다른 어떤 먼저 작품에 대한 반응과는 달리, 벨로의 '배반'을 이야기하였었다.

이 책에서는 주인공의 배경이 벌써 상당히 보수적인 것으로 설정되어 있다. 주인공 새믈러 씨는 오기 마취와 같은 주인공과는 대조적으로 젊음이라든가 활력이라든가 이런 것들과는 아주 멀리 있는 70대의 노인이다. 그는 유럽 태생의 지식인으로, 그를 특징짓고 있는 것은, 많은 벨로 주인공의 경우와 같은 제어할 수 없는 충동과 활력이 아니라, 지적인 민감성이다. 그가 대표하고 있는 것은, 한편으로는 이성과 절제의 덕성이며 다른 편으로는 다른 사람에 대한 사려와 예의이다. 그러나 그가 반드시 어떤 기존 질서를 옹호하거나 지지하고 있다고는 할 수 없다. 이것은 이 소설이 그리고 있는바 오늘날의 세계에서의 새믈러의 철저한 고립으로 잘 나타나 있다. 경제적으로, 사회적으로, 인간적으로 그는 완전히 무력하고 고립해 있는 존재로서 그에게 남은 것이라고는 단지 혼자만의 신념일 뿐이다. 그러니까 새믈러 씨가 보수적이라고 한다면, 그것은 그가 구질서의 이상적인 덕성, 다시 말하여 이성과 노력과 사려를 믿고 실천하며 그것에 따라서 오늘날의 세계를 저울질하고자 한다는 점에서이다. 그러나 이러한 덕성이 구질서와 초기 부르주아의 이상을 나타내는 것이라면, 그것은 또한 넓게 잡아 서양 휴머니즘의 중요한 유산에서 오는 것이라고도 말하여야 한다. 벨로는 『새믈러 씨의 별』 이전에도 결코 휴머니즘의 입장을 떠난 일이 없다고 할 것이나, 이때의 그의 휴머니즘은 인간 체험의 개방성과 동일시되는,

말하자면 새로운 해석으로 받아들여지는 휴머니즘이었다. 『새플러 씨의 별』에서 벨로는 오히려 보다 전통적인 휴머니즘의 입장으로 돌아왔다고 할 수 있다.

새플러 씨가 그의 현실적인 무력과 고립에도 불구하고 그 나름의 굳은 신념을 가진 인물이라면, 새플러와 같은 사람을 무력화하고 고립화시키는 현대 미국 사회는 완전히 세기말적인 퇴폐와 혼란 속에 갈팡질팡하고 있는 것으로 이야기되어 있다. 새플러를 제외한 대부분의 인물, ──(또 엘리아 그루너(Elya Gruner) 같은 사업가이며 사기꾼이면서 새플러의 생계비를 대 주고 있는 인물과 같은 구세대를 제외하고) ── 특히 젊은 세대들은 무절제한 자기만족의 추구 밖에는 다른 아무런 가치도 가지고 있지 않는 것으로 그려져 있다. 그들은 인간에 대하여 아무런 높은 기대도 가지고 있지 않으며, 사회와 이웃과 가족에 대하여 사려나 사랑의 유대를 지니고 있지 않다. 그들을 움직이고 있는 것은 무한한 개인주의이며 ── 그들은 "개인 속으로 해방된 사람"들이다. ── 결국 이것은 그들 자신의 이성의 통제까지도 벗어나기 때문에 정신병과 파멸과 파괴의 충동하고도 일치한다.

젊은 세대들이 이렇게 부정적으로 그려져 있는 것은 사실이나, 결코 이들이 흑백의 대조 속에 단순화되어 제시되어 있는 것은 아니다. 이들의 문제는 비판적인 관점에서 이야기되어 있으면서도 그들 나름으로 이해를 호소하는 동기와 고민의 인간성 속에 이야기되어 있다. 이들은 벨로의 시대에 대한 또는 더 정확히 시대의 반역아들에 대한 비판을 선명하게 드러내 주면서 하나의 인물로서 그럴싸하고 또 작품의 이야기의 진전에 극적인 역할을 담당하고 있다. 이러한 부정적인 보조 인물의 대표로서, 가령, 독자는 낙타 오버와 크리스찬 디오르 제품들을 몸에 걸친 흑인 소매치기를 잊을 수 없을 것이다. 그는 도둑이면서 가장 말쑥한 신사 차림을 하고 또 육체적으로도 거구에 무적의 완력을 가진 사람이다. 그는 백주에 뉴욕 시를 횡행하며 마치 재미로 도박을 하듯 소매치기를 한다. 이 소매치기를 모든 사람이 못 본 체하는데, 유독 새믈러만이 그의 행각에 주의하고 경찰에 보고하려 하자 (경찰도 여기에 응하지 않는다.) 소매치기는 새믈러를 뒤밟아 그의 아파트로 따라왔다가 그를 붙잡고 바지의 앞자락을 열어 자신의 거대한 남근(男根)을 과시함으로써 새믈러를 압도해 버린다. 결국 이 도둑이 처치되는 것은 다른 의미에서의 폭력의 추구자인, 새믈러의 지인 예술가 아이센의 쇳덩어리에 얻어맞고 반죽음을 당함으로써이다. 그러나 새믈러의 이성과 법률적 양심은 이러한 해결에 쉽게 동조할 수는 없는 것이다. 흑인 소매치기의 삽화는, 만화처럼 과장되어 있기는 하나 작품 전개에 극적인 서스펜스를 제공하면서 또 그럴싸한 인물을 통하여 현대 도시의 폭력과 부조리를 상징하는 대표적인 인물을 창조할 수 있는 벨로의 소설가적 기량을 충분히 보여 준다. 이 삽화는 이 소설의 일부분에 불과하지만, 이 소설의 인물들이나 삽화들은, 앞에서도 말했듯이, 매우 그럴싸한 실감을 가지고 취급되어 있어서『허조그』의 추상성을 극복하고 있다고 할 수 있다.

　『새믈러 씨의 별』이 실감 나는 인물과 삽화로서 현대의 미국 도시 내지 미국 사회를 성공적으로 그려 내고 있는 것은 사실이지만, 이 소설도 중요한 의미에 있어서 추상적이라는 규정을 면하기 어려운 점을 가지고 있다. 우리는 주인공 새믈러 씨가 행동인이라기보다는 관찰자라는 점에 주의할 필요가 있다. 그가 유럽적인 행동 작법을 극복하지 못한, 미국 사회에 대하여서는 국외자이며 일흔 살이 넘은 노인이라는 점은 소설의 극적 전개라는 면에서 말할 때 이상할 것이 없는 것이지만, 그의 결론이 어디까지나 사회 과정에 말려들어 있는 사람이라기보다는 그것에 초연하게 서 있는, 따라서 사회적 체험이 아니라 밖으로부터의 관찰에 근거해서 이야기하는 사람의 결론이라는 것은 부인할 수 없다. 그의 비판이 아무리 당연한 것이라고 하더라도, 그것이 사회 현실의 역학 속에서 자라 나오지 않는 한, 그것은 추상적이고 설득력이 부족한 것이라는 혐의를 벗어날 수가 없다는 것이다. 소설의 문제는, 또 모든 삶의 문제는, 영원한 이데아의 관점에 비추어 볼 때, 인생과 사회가 어떻게 보이느냐보다는 어떻게 하여 있는 대로의 삶 그것이 이러한 이데아 또는 이데아에 유사한 것을 배태하느냐 하는 문제이다. 누구나 문제를 이렇게까지 설정할 필요는 없는 일이지만, 작가가 삶 그것을 일단 받아들이고 그 안에서 삶의 문제에 부딪치고자 하는 리얼리스트이기를 원할 때, 이러한 내재적인 문제의 설정은 불가피한 것이다. 그러나 솔 벨로가 이러한 의미에서의 리얼리스트인가 하는 것은 별도의 문제이다. 벨로는 무엇보다도 지식인 소설가이다. 지식인 소설가로서 벨로가 한쪽으로는 서구의 전통적인 휴머니즘의 가치를 받아들이고 다른 한쪽으로는 이 가치를 망각해 가는 오늘날의 혼란을 거부하는 것은 불가피한 것인지 모른다. 왜냐하면, 미국 사회에 있어서 지식인에게 허용된 선택은 대개 이러한 추상적인 선택에 불과한 것으로 보이기 때문이다.

이상에서 우리는 벨로의 주제적인 발전을 간단하게 추적해 보았다. 그는 현대라는 큰 혼란 속에서의 개인의 존재 방식을 묻는 것으로 그의 주제를 삼았다. 그리고 여기에 대한 그의 해답의 곡선은, 한마디로 요약하여, 비평가 마커스 클라인이 말하듯, '소외'에서 '적응'으로 향하는 것이었다. 『엉거주춤한 사나이』에서 그는 1920년대의 답 ── 입을 꼭 다문 터프 보이의 행동 규범을 거부하고 소외와 얽힘의 모순된 현실에 살아야 하는 개인의 운명을 이야기하였다. 『오기 마치의 모험』에 이르러 이 소외의 개입은 미묘한 균형을 이루어 하나의 커다란 긍정이 된다. 그러나 『비의 왕 헨더슨』에서 『허조그』에 이르는 사이 벨로는, 정신의 세계에서만이 아니라 사실의 세계에서까지도 크게 살아 보려는 모든 계획이 거짓된 것이라 하고, 직접 경험의 지속만이 진실의 근거라고 한다. 그 이외의 보다 큰 세계는 단지 받아들일 수밖에, 적응해 갈 수밖에 없는 어떤 것이다. 『피해자』의 레븐소올은 소설의 마지막에서 "일을 움직여 가고 있는 사람은 누구냐?" 하고 묻는다. 여기에 대한 허조그의 답은 "그것은 우리에게는 아무 상관도 없는 일이야." 하는 것이었을는지도 모른다.

『허조그』에 있어서 벨로가 도달하게 된 결론도 하나의 긍정임에 틀림없다. 또 그것은 중요한 긍정이다. 문학이 할 수 있는 일의 하나는 바로 이러한 긍정을 그럴듯한 것으로 만드는 것이니까. 추상적인 입언을 초월한, 부단히 유전하는 경험의 순수성을 긍정하는 것이야말로 중요한 일인 것이다. 그렇다고 하더라도『허조그』의 긍정은 묘하게 좁아진 긍정처럼 보인다. 특히, 헤밍웨이식의 운동가적 행동 규범까지도 인생에 너무 좁은 제약을 가한다고 말한 벨로의 첫 출발점을 상기할 때 그렇다. 그리고 묘한 것은 벨로가 경험의 구체화를 강조하면 할수록, 그 소설은 추상적이 되었다는 사실이다.『허조그』는『엉거주춤한 사나이』에 비하여 비교할 수 없을 만큼 추상적이 되었다. 이 사실은 벨로의 '소외'에서 '적응'에로의 역정이 반드시, 경험의 구체화에 의하여 복합적으로 규정된 것이 아니라는 것을 말해 주는 것인지도 모른다. 벨로가 초기 소설에서 보여 주었던 현실 감각을 넓은 사실의 구체화에로 확대시킬 수 있었더라면, 그의 업적은 한층 빛나는 것이 되었을 것이다.

이러한 것을 벨로 스스로 생각했는지 어쨌는지는 알 수 없지만, 그는 『새믈러 씨의 별』에서는 단순히 경험의 유동성에 몸을 내맡기는 것 이상의 가치를 긍정한다. 극단적인 경험주의가 한쪽으로는 개인주의에 이르고 다른 한편으로 종교적인 정적주의에 이르는 데 대하여 이 가치들은 기본적으로 사회적이고 문화적인 가치들이다. 그러나 그것들은 이미 지나간 문명에서 하나의 동력이 되었던 가치들이다. 따라서 그것들은 사회와 문명의 현실들을 은둔과 도피의 관점에서가 아니라 비판적인 관점에서 보게 하면서 또 동시에 오늘날의 현실에 대하여서는 방관자적인 태도를 인간의 운명으로 받아들임으로써 인간을 무력하고 무관계한 것이 되게한다. 이 관점에서 보면, 새믈러의 가치가 아무리 바른 것이라 하더라도, 현실은 비관적으로 관찰되는 것밖에 아무 달리 손을 쓸 수 없는 것으로 생각된다.

여러 가지 비판의 여지가 없는 것은 아니지만, 그가 단연코 전후 미국의 소설가 가운데 가장 중요한 사람인 것은 틀림이 없다. 그는 중요한 문제를 재미있고 변화 있는 방식으로 취급하였다. 위의 개설에서 알 수 있듯이, 벨로의 주제는 『허조그』에 이르러 이제 일단 거의 소진되어 버린 듯하였다. 그러나 『새믈러 씨의 별』에서 그는 다시 한 번 그가 이야기할 수 있는 것이 있음을 보여 주었다. 그리고 한 가지 벨로의 특장이 있다면, 그것은 그 기이하고 탁월한 고안력(考案力)이다. 금년에 나온 그의 최신작 『험볼트의 선물(*Humboldt's Gift*)』은 벌써 큰 화제가 되어 있음을 해외 소식을 통하여 들을 수 있거니와, 그의 작가로서의 능력은 아직도 오래 지속될 것으로 예상해도 좋을 것이다.

중편 소설 『때를 잡아라(*Seize the Day*)』(1956)는 작품 연대로 보아 『오기 마치의 모험』과 『비의 왕 헨더슨』의 중간에 놓여 있는 작품이다. 초기의 비관적인 작품에 이어 『오기 마치』에서 벨로는 가장 밝고 힘찬 인간 인식에 이르게 되지만, 『때를 잡아라』를 보면 『오기 마치』의 긍정이 최종적인 것이 아님을 알 수 있다.

사실 『때를 잡아라』는 벨로의 작품 중 가장 비관적인 작품이라고 할 수도 있다. 물론 벨로의 세계는 대부분의 경우 암담하다고는 할 수 없을지라도 걷잡을 수 없이 혼란스러운 것이다. 그가 염세주의자가 아니라고 한다면, 그것은 혼란한 세계에 맞설 수 있는 인간의 활력을 그가 믿지 않을 수 없기 때문이다. 다시 말하여, 벨로의 주인공들은 환경의 중압 속에 스스로의 삶을 문제로 삼으면서 사는 인물들이지만, 그들이 짓눌러 오는 상황에 대하여 완전히 무방비 상태에 떨어지고 그 속에서 끝내 찌부러져 버리고 마는 법은 없다. 이것은『엉거주춤한 사나이』에서도 어느 정도 그렇다고 하겠지만,『비의 왕 헨더슨』또『허조그』에서는 분명히 그렇고『오기 마치』에서는 두드러지게 그렇다. 그러나『때를 잡아라』의 주인공 토미 윌험만은 거의 완전히 패배하고 눌려 찌부러져 버리는 인간이다. 들고나는 차이가 없지 않지만, 그의 다른 소설들의 최종적인 교훈이 인생이 살 만한 것이라는 것이라면, 삶의 격랑 속에서 침몰하는 사람의 최후 순간을 그리는『때를 잡아라』만은, 막연한 형이상학적 위안 이외에는, 별다른 위안을 제공해 주지 않는다.『오기 마치』와『헨더슨』, 두 긍정의 막간에, 벨로는 오기가 난파에서 살아 나오듯이 늘 새로운 구원이 있는 것만은 아니며, 삶의 격랑 속에 헤엄쳐 나오지 못한 경우도 있는 것이라는 것을 이야기할 필요가 있었을는지 모른다. 아니면, 긍정에 이르는 것은 손쉬운 일이 아니며, 일종의 난파를 겪어서만 도달할 수 있는 신생(新生)과 같은 것이라고 말하려고 했는지도 모른다. 왜냐하면『때를 잡아라』의 주인공 토미 윌험은 하나의 죽음에 이르지만, 그 죽음은 새 출발을 위한 전신(轉身)의 계기로 생각될 수도 있는 것이기 때문이다.

주인공 토미 윌험의 몰락의 원인은 한편으로는 사회적 환경, 다른 한편으로는, 윌험 자신의 성격적 결함에서 찾아질 수 있다. 윌험의 몰락을 통하여 드러나는 사회적 환경은『때를 잡아라』로 하여금 극히 신랄한 사회 비판의 서(書)가 되게 하지만, 그렇다고 이것이 어떤 종류의 자연주의 또는 리얼리즘의 사회적 정치적 프로그램을 가진 소설이 되게 하지는 않는다. 이렇다는 것은 이 작품이 한 사회에 있어서의 삶의 가능성에 대한 전반적인 검토를 꾀하는 본격적 장편이 아니라는 말도 되고, 또 벨로가 사회에 있어서의 삶의 질을 시험하는 데에 현실적이면서도 영웅적인 인간을 주인공으로 택하지 않고 성격적으로 결함이 많은 토미 윌험과 같은 인물을 택했다는 데에도 관계된다. 그러나 다른 한편으로는, 이 소설이 노골적인 사회소설이 아닌 것은 벨로의 소설가로서의 솜씨가 뛰어나다는 데에도 기인한다. 즉 그의 사회 비판은 구체적인 인간관계의 탐구와 현실적인 장면과 사물의 재현 속에 완전히 배어들어 있는 것이다.

다시 말하여 『때를 잡아라』의 사회 비판은 주인공을 몰락으로 이끌어가는 구체적인 인간관계의 전개 속에 담겨 있다. 이 인간관계에서 대표적인 것은 말할 것도 없이 토미 윌험과 그의 아버지 아들러 박사의 관계이다. 이 작품의 심리적인 초점은 윌험의 가정적, 사회적, 경제적 파탄의 고통에 있는데, 아들러 박사는 끝끝내 아들의 고통스러운 사정을 외면하고 만다. 아들의 분노와 호소에도 불구하고 아들의 고통에 대하여 초연한 태도를 유지하는 아버지가 비정한 인간이라는 것은 말할 필요도 없는 일이나, 이러한 비정은 아버지 일개인의 인격으로써만 설명되지는 않는다. 소설의 복판에 있는 아버지와 아들의 갈등은 인간적인 갈등이면서 또 동시에 가치관의 갈등이고 세계와 사회에 대한 이해의 갈등이다. 아버지의 입장에서 볼 때, 세계는 매우 냉혹한 사실의 규칙에 의하여 지배되는 곳이다. 이 규칙은 사회 속의 개인에게 매우 엄격한 자기 훈련과 작업을 요구하고, 이 규칙에 순응하는 사람에게만 거기에 합당한 물질적 대가와 사회적 성공을 돌려준다. 아버지의 세계는 작업 윤리와 투쟁적 개인주의에 의하여 형성되고 지배되는 자본주의 세계이다. 이 세계에 엄격한 작업 요구를 충족시키지 못하고 생존 경쟁의 의지가 박약한 인간을 위한 자리는 없다. 윌험의 문제는 이러한 아들러 박사의 세계 또는 자본주의 사회의 질서에 적용하지 못하는 데에서 온다. 그는 사실의 냉엄성에 순종하기보다는 감정적인 충동에 움직이는 인간이다. 그의 해이하고 감정적인 성격은 그의 이력이나 몸가짐에 그대로 나타난다. 학업을 중단하고 배우가 되려 했다든가, 정신적 경제적 손해를 무릅쓰고 아내와 별거하기를 고집한다든가 하는 일로 점철된 그의 이력, 또는 벨로가 실감 나게 묘사했듯이, 그의 단정치 못한 몸단장, 어질러진 방, 때를 가리지 않고 사용하는 진정제 ─ 이런 것들은 그의 유약한 성격을 증명해 주는 일을 한다. 그러나 무엇보다 그의 결함은 그의 실패에 가장 단적으로 나타난다. 아들러 박사가 대표하는 냉엄한 세계에서, 실패는 실패 그것으로서 이미 실패하여 마땅하다는 이유가 되는 것이다.

월험의 성격적 결함은 아들러 박사로 하여금 아들을 못마땅하게 보게 하는 것이고, 또 그것은 독자의 관점에서도 그를 완전히 호감을 가지고 받아들일 수 없게 하는 것이기도 하다. 그러나 아들러 박사의 태도가 (비록 그의 비정의 철학이 주어진 세계에서 살아남을 수 있는 자기 보호 수단이 되지 않을 수 없다는 점을 인정하더라도) 어떤 긍정적인 인간 가치를 구현하고 있는 것이라고 말하기 어려운 데 대하여, 우리는 월험의 태도가 그런대로 어떤 인간적인 가능성을 가지고 있는 것이라는 점은 인정하지 않을 수 없다. 감정적인 요구의 충족을 바라는 월험이 그리는 세계는 가능성의 면에서 볼 때 아들러의 정연하고 냉혹한 이기의 세계보다는 넓고 고귀한 것이다. 월험은 적어도 냉엄한 세계의 사실적 질서 속으로 스스로를 소외시키고 소외의 대가로 이기적인 자기 보전과 번영을 거래하지 못한다. 이 소설에 위험이 위대함을 추구한다는 증거는 별로 없지만 ─ (가령 소설의 첫 부분에 월험이 가르시아, 에드워드 7세, 사이러스 대왕 등의 초상화에 겹쳐지는 자기의 모습을 보고 있는 장면이 있는데, 이러한 장면은 적어도 잠재의식 속에서 월험이 이러한 역사적 거인과 스스로를 비교해 보고 있다는 시사를 담고 있는 것으로 생각된다. 그러나 월험이 결코 고결하거나 영웅적인 인간이 아니라는 점은 이 소설이 좋든 나쁘든 스스로에게 과하고 있는 제약이라고 해야 할 것이다.) ─ 그가 믿음과 사랑의 세계를 갈구하고 있는 것은 분명하다. 그가 아버지에게서 이해를 구하고 탬킨 박사에게서 믿음과 지혜를 찾으며 뉴욕의 지하철에 쇄도하는 사람들에게 이유 없는 사랑을 느끼는 것은 그의 경제적 파탄에 대한 심리적 보상으로서만 그러는 것은 아닐 것이다. 그리고 그의 아버지, 아내, 탬킨과의 관계가 그에게 불리하게만 전개되는 것도, 그의 성격 탓 이외에 그의 사랑과 믿음에 대한 비합리적인 추구가 이기적 합리주의의 세계에서 반칙 행위가 되는 때문이기도 한 것이다.

그러면 윌헴의 성격적인 유약성을 빼놓고 볼 때, 사랑과 믿음은 환상에 불과한가? 이것은 이 소설의 철학적 구도에서 가장 중요한 문제라고 하겠는데, 벨로의 여기에 대한 대답은 극히 애매한 것이다. 이 문제는 구체적으로는 윌헴과 탬킨 박사와의 애매한 관계를 통해서 추구되어 있다. 아들러 박사는 처음부터 탬킨 박사를 믿지 않으며, 여러 가지 암시를 통하여 아들에게도 그가 믿을 수 없는 사람이라는 것을 말한다. 그러나 윌헴은 그와의 감정적, 경제적 관계를 거의 끝까지 지속시킨다. 사실 윌헴이 탬킨과 함께 투자한 증권이 성공할 것인가 안 할 것인가 하는 문제는 이 소설에서 하나의 사실적인 서스펜스의 요인으로 작용하지만, 이 두 사람의 공동 투자의 성공 여부는 믿음의 세계가 가능한가 하는 철학적 질문의 서스펜스에 연결되어 있는 것이다. 끝에 가서 드러나는 것처럼 윌헴이 탬킨을 믿었던 것은 잘못이었다. 윌헴은 탬킨의 사기에 걸려 아주 빈털터리가 되어 버리고 만다. 결국 사람이 다른 사람을 믿고 의지하며 살아가는 것은 불가능한 것이다. 어쩌면 스스로 도사리고 조심하는 아들러 박사의 태도만이 유일한 삶의 방식인지도 모른다. 그러나 탬킨이 사기꾼이라 해도 매우 특이한 사기꾼이라고는 해야 할 것이다. 그가 믿을 수 없는 것은 사실이지만, 그는 인생과 삶에 대한 그 나름의 이해를 가지고 있다. 그리고 그의 배신은 그의 등장과 마찬가지로, 탬킨의 인생 이해 내지 철학의 양의성에 기초해 있다 할 수 있다.

탬킨 철학의 핵심은, 벨로가 다른 소설에서도 늘 되돌아가는바, 극단적인 경험주의의 일종이다. 가짜 정신과 의사로서의 그의 임무는, 그 자신의 말에 따르면, "사람들을 지금과 여기에 돌아오게 하는 것이다." 왜냐하면 "이것이 참 세계이기 때문이다. 참다운 세계는 지금 이 순간인 것이다. 과거는 우리에게 아무 쓸모도 없다. 미래는 불안으로 차 있다. 현재만이 ── 지금 여기만이 실재하는 것이다. 때를 잡아야 한다."(66쪽) 탬킨의 경험주의는 개인적으로는 삶의 혼란과 고통 속에서도 삶을 즐길 수 있게 하고, 우리를 흔들리지 않는 믿음에 대한 갈구로부터 해방시켜 줄 수 있다. 또 자주 지적되다시피 자본주의 사회의 노동 규율과 금전 추구가 죄의식과 불안의 심리에서 나오는 것이라면, 현재만을 유일한 진실로 받아들이는 경험주의는 인간을 자본주의의 비정한 강박 작용으로부터도 해방시켜 줄 수 있을는지도 모른다. 이러한 긍정적인 면에도 불구하고 경험의 현재성만을 믿는 태도는 일종의 허무주의에 이웃되어 있다. 탬킨의 사기성은 이 경험적 허무주의에서 나온다. 현재 속으로 흘러 들어오는 경험을 존중한다는 것은 영원한 것, 항구적인 것에의 추구를 포기할 것을 요구하고, 또 인간관계에 있어서 책임의 의미를 말살해 버린다. 뿐만 아니라, 그것은 기존 사회 질서에의 순응을 조장한다. 현재의 경험에의 침잠은 이것을 초월하여 작용하고 있는 과거의 무게와 미래의 불안 자체를 잊게 할 뿐만 아니라 이러한 무게와 불안을 조성하는 근본 원인에 대해서 속수무책의 상태에 놓이게 한다. 탬킨이 윌험을 속이는 것은 자연스러운 일이며 또 고의적인 것도 아니다. 순수 경험의 세계에 있어서 항구적인 것은 없으며, 다만 거기에서 진실과 허위를 가려낼 수 없는 경험의 지속만이 있을 뿐이다.

탬킨의 양의성에도 불구하고 또는 바로 그로 인하여 그의 윌험을 위한 교훈은 완전한 것이 된다. 이 세상에는 항구적인 것은 하나도 없다. 아버지의 보호에 대한 그리움이나 마찬가지로, 탬킨의 신의에 대한 요구도 비현실적인 것이다. 그렇다고 탬킨은 철저한 비열한도 아니고 철저한 사기꾼도 아니다. 항구적인 진실이 아니라 일시적인 진실의 예감 —— 이것만이 인간에 주어진 유일한 진실이다. 윌험은 역설적으로 탬킨과의 관계에서 믿고 의지할 수 있는 것은 아무것도 없다는 것을 깨달음으로써 하나의 절망에 이르지만, 그와 동시에 새로운 출발의 터전을 얻는다. 그러나 이것이 매우 고통스러운 교훈임에는 틀림없다. 이 소설의 마지막은 윌험이 아무 관계도 없는 사람의 장례식에 가서 통곡을 하는 장면은 현대에 있어서 인간 조건의 부조리성을 잘 이야기하여 준다. 윌험은 그에게 주어진 부조리한 인생의 선택에 대하여 울음으로 답할 수밖에 없지만, 남의 장례식에서 우는 그의 울음 또한 우스꽝스러운 것일 수밖에 없는 것이다.

『때를 잡아라』는 중편에 불과하지만, 위에서 간단히 살펴본 대로 현대 미국 사회의 핵심에 놓여 있는 정신적 갈등을 다루고 있는데, 이것은 매우 면밀한 소설적인 구도를 통하여 형상화되어 있다. 우리가 이 소설의 주제의 얽힘은 직각적으로 가려내지 못하고 또 그 소설 미학적인 완벽함을 알아보지 못한다 하더라도, 이 소설이 그려 내는 현대 도시의 잡다함과 혼란의 느낌, 또 거기서 사는 개인의 고독과 낭패 —— 이런 것은 쉽게 공감할 수 있을 것이다. 『때를 잡아라』는 벨로의 다른 소설들에 비하여 기발한 이야기나 모험적 활력에 있어서는 떨어질지 모르나 그 주제와 형상화의 현실감에 있어서는 빈틈없는 작품이라고 해야 할 것이다.

(1977년)

월리스 스티븐스
시적 변용과 정치적 변화

무릇 모든 현상 가운데 가장 뚜렷한 사실의 하나는 거의 모든 것이 변한다는 것이다. 어떻게 보면 개인으로 또 사회로서 생존을 영위해 가는 일체가 변화에 적응하는 작업으로서 생각될 수도 있는 일이다. 우리는 변화를 좋게도 나쁘게도 받아들일 수 있다. 생명체의 기본적인 충동의 하나가 안정을 향한 것이라면, 이 관점에서 변화란 괴로운 것이다. 그러나 다른 한쪽으로 쾌적한 환경을 추구한다는 일 자체가 불편스러운 환경을 변형시킨다는 것을 전제하며, 또 생명체가 아무리 안정을 추구한다고 해도 절대적 안정이란 죽음과 별로 다를 것이 없을 것이므로 불가피하게 변화는 긍정될 수밖에 없는 것이다. 그러니까 변화는 어떤 생명 현상에서나 떼어 놓을 수 없는 것이겠지만, 문제는 그것이 하나의 생명체가 새로운 사태에 적응할 수 있을 만치 적당한 속도의 것이냐 아니면 적어도 어느 정도 이성적인 질서를 가진 것이냐, 또는 지극히 자의적인 것이냐 하는 데 있다.

사회적 존재로서의 인간은 종종 사회와 개인의 관계를 변화라는 현상으로서 경험해 왔다. 어떤 때 사회는 너무나 급격히 변화하여 거기에 적응하지 못하는 개인들을 변화의 희생물로 도태시키고, 또 어떤 때는 변화하지 않는 사회가 이미 기존 사회의 테두리에서 벗어나 버린 사람들의 요구에 대하여 하나의 질곡으로 작용하기도 한다. 이러한 변화의 관점에서 본 사회와 개인의 불균형은 어느 시대에나 있었다고 하겠으나 이 불균형이 유달리 심각한 문제로 생각된 것은 현대에 와서일 것이다. 현대인의 변화 의식이 결코 과장된 당대인 의식이 아니란 것은 레몽 아롱(Raymond Aron)의 다음과 같은 예에서 극적으로 실감할 수 있다. 그는 『산업 사회 18강(講)』에서 산업 사회란 것이 얼마나 새로운 것인가를 설명하면서 카이사르나 나폴레옹 두 영웅이 로마에서 파리까지 가는 데 걸린 시간은 별 차가 없었으리라는 사실을 지적하고 있다. 카이사르와 나폴레옹 사이에 1800년의 시간적 차이가 있다는 것을 생각할 때, 이것은 여러 가지 정치적 변천에도 불구하고 생활의 근본적인 근저에 있어서 그래도 변함없는 것이 있었음을 증거해 준다. 그러나 나폴레옹 시대와 20세기를 두고 로마와 파리 간의 여행 시간을 비교해 본다면 불과 100여 년에 얼마나 큰 변화가 있었는가를 짐작할 수 있다. 여행 수단의 변화가 절대적으로 중요한 것은 아니겠지만, 이것이 보다 큰 문명사적 변화에 대한 하나의 지수가 되기는 한다. 하여튼 19세기로부터 오늘날까지를 인간 역사에 있어서 가장 큰 변화가 있었던 시기로 규정하는 것도 있을 수 있는 관점인 것이다.

오늘날 우리 사회에서 경험하고 있는 변화도 서양에서 시작된 문명사적인 큰 변화의 여파라고 할 수 있다. 부정할 수 없는 것은 현대의 서양사나 세계사에 있어서 산업 사회의 대두와 발달로 인한 인간 생활의 변화는 가장 핵심적인 사실이라는 것이다. 현대 서양 문학도 — 또는 한국 문학까지도 — 이러한 커다란 역사적인 사실의 영향하에 일어난 현상으로 파악될 수 있다. 즉 서양의 낭만주의 이후의 문학은 산업 사회의 성장에 따르는 여러 정치적 문화적 문제에 대한 작가들 나름의 반응으로 간주될 수 있는 것이다. 그리고 이러한 반응은 단지 수동적인 반작용으로서가 아니라 변화에 대한 적극적인 참여 또는 반발로도 나타났다. 그리고 여기에 대한 의식적인 태도 결정은 문학의 중요한 내용이 되어 있다.

월리스 스티븐스(Wallace Stevens, 1879~1955)의 시도 이러한 전체적인 상황 속에 정리될 수 있다. 사실 그는 특히 변화하는 세계에 대하여 강한 의식을 가지고 있는 시작(詩作)을 했던 사람이다. 그가 서양사의 시대 구분에 있어서 위에서 말한바 산업 사회의 성장을 지수로 하는 구분을 좇았다고 할 수는 없지만, 그는 그가 살고 있는 시대가 한 문화 또는 문명의 말기에 해당한다고 생각했고 이러한 사실을 바르게 이해하고자 했다. 이것은 단순히 그러한 이해 그것 자체가 중요해서라기보다는 미래의 변화를 예측하고 통어하는 데 그러한 이해가 필요하다고 보았기 때문이었다. 그리하여 그는 문화와 사회의 변화에 관하여는, 현대 영미 시에 있어서는 가장 복잡하고 철저한 반성을 시도하였다. 여기에는 당연히 정치적인 또 사회적인 작업에 대한 고찰이 포함되었지만, 그의 생각에 가장 중요한 것은 시인의 작업이었다. 그의 생각으로는 시야말로 참다운 인간적인 행복을 약속해 주는 사회 변화의 원리에 관여하는 것이었던 것이다.

이 글의 성질상, 스티븐스가 생각했던바 문화의 변증법의 전모에 자세히 언급할 수는 없겠고, 한편의 시를 들어 그것이 드러내 주는 범위 안에서 사회와 시의 변화에 대한 그의 생각을 음미해 보겠다. 「물이 든 유리잔(The Glass of Water)」이 내가 예로 들고자 하는 시인데, 이것은 이미 10여 년 전에 김용권 씨가 우리말로 옮긴 바 있다. 마침 그 번역을 손에 가지고 있지 않으므로 여기에 필자가 별도로 역출(譯出)하기로 한다.

열에는 유리가 녹는다는 것,
추위에 물이 언다는 것, 이것은

이 물건이 하나의 상태라는 것,
두 극점(極點) 사이 여럿 중의
하나라는 것을 말한다.
형이상(形而上)에는 이러한 극점이 있다.

여기 가운데 유리잔이 있다.
빛은 물을 마시러 오는 사자이다.
거기에서, 그 상태에서 유리잔은
한 연못. 그의 눈은 붉고
그의 발톱은 붉다. 빛이
거품 묻은 아가리를 축이러 올 때.

그리고 물속에는 수초가 흐느낀다.
거기에서, 그 상태에서 ─ 굴절.
형이상, 시의 조형소(造形素)는
마음속에 깨어진다.
그러나 뚱뚱한 요쿤두스, 여기
가운데 있는 것이 무엇인가를 생각하며,
유리잔이 아니라 우리들의 삶의

한가운데, 이 시간, 이날
그것은 하나의 상태인 것이다.
화투놀이를 하는 정치가들 사이의 이 봄은.
토착인들의 마을에서 찾아내야 한다.
개들과 두엄 사이에서

우리는 우리의 생각과 싸워야 한다.

　이 시는 스티븐스의 대부분의 시가 그렇듯이 매우 까다롭고 애매하며, 여러 가지로 읽힐 수 있는 종류의 시이다. 그러나 가장 분명한 맥락을 세워 주는 해석은, 이것을 변화의 구조에 대한 하나의 철학시적(哲學詩的)인 고찰로 보는 것이 아닐까 한다. 변화 현상 중에도 이 시에서 가장 핵심적인 것이 되어 있는 것은 정치적 변화이다. 결론부터 말한다면 스티븐스는 이 시에서 흔히 말하듯이 정치란 가능성의 기술이며 이 가능성은 주어진 현실과 있을 수 있는 가변 범위로 한정될 수 있다고 말한다.

　그러나 그는 이러한 정치적인 변화의 구조를 설명하기 위하여 다른 종류의 변화도 언급하고 있다. 그래서 이 시의 첫째 연은 물질의 세계의 있어서의 변화 현상을 말함으로써 시작된다. 그것은 어떠한 대상은 요지부동하게 주어져 있는 물건이 아니라, 있을 수 있는 가변(可變)의 한계 속에 규정되는 하나의 일시적인 상태라고 말한다. 뿐만 아니라, 이 한계는 일정한 필연적인 조건으로서 밝혀질 수 있는 것이다. 형이상학이란 것을 사물의 필연적인 한계에 대한 연구라고 정의한다면 ── 비트겐슈타인은, 과학으로서의 언어학으로부터 자신의 언어철학을 구분하여 그것은 언어의 필연적인 한계를 밝히는 것을 목적으로 한다고 했다. 우리는 이와 비슷하게 경험 과학과 형이상학을 정의할 수 있을 것이다. ──사물의 가변 한계를 사물의 형이상이라 불러도 좋을 것이다. 그러면, 다시 말하여 첫 연은 사물의 가변성과 그 형이상학적 한정을 주제로 삼고 있다고 할 수 있겠다.

　둘째 연은 같은 분석을 상상 작용에 적용한다. 이 변화에 대한 두 번째의 범례는 앞에서 들었던 물질적 대상에 주목할 것을 요구함으로써 시작한다. 물질적 여건은 상징 작용의 한 출발점이 된다. 이 여건에 기초하여 두 가지 있을 수 있는 상상적 변용이 시도된다. 그중의 하나는 시 속에 완전히 이야기되어 있고, 다른 하나는 시작이 되려다 말아 버린 실패한 것으로서 이야기되어 있다. 이렇게 성공한 예가 있고 실패한 예가 있다는 것은 분명하지는 않은 채로 상상력의 경우에도 일정한 한계가 있음을 말해 준다고 하겠다. 이 한계는 어떤 것인가? 출발점이 되는 물질적인 기초가 하나의 한계를 나타낸다는 것은 쉽게 생각할 수 있는 일이다. 그러나 전체적으로 볼 때 이 한계는 어떤 구조적인 원리로서 파악될 수 있는 것이 아닌가 한다.

가령 광선과 사자의 관계를 일단 설명하고 나면, 이 기본적인 비유는 저절로 뒤따라 나오는 세부적인 비유의 테두리를 한정하게 된다. 스티븐스는 이미지의 구조적인 원리를 한 산문에서 설명하여 "모든 이미지는 그것의 주제의 특정 면을 정교히 하는 어떤 것"이라고 말한 바 있는데, 우리는 이에 추가하여, 한 이미지의 특정 면은 거기에 종속하는 이미지들의 성질을 제한한다고 말할 수 있다. 상상력의 또 다른 가변성을 실험한 두 번째의 경우는 어찌하여 실패하는가. 둘째 연에서 상상력의 작용을 빛에다 비유한 것은 중요한 것이다.

광선은 스티븐스가 상상력을 설명할 때, 즐겨 쓰는 비유인데, 그것은 이미 주어진 물건들에 하나의 시각적인 통일성을 부여하는 작용을 하지만, 거기에 하등 새로운 것을 부가하지는 않는다. 다시 말하여 상상력은 통각작용(統覺作用)에 유사하다. 두 번째의 변용은 빛과 사자의 비유에 의하여 통제되고 있는 제2차적인 비유에 불과한 수초에서 시작한다. 스티븐스는 그의 다른 시들에서 시적 변용과 사회적 변화에 언급하면서, 그것은 부분적인 개수(改修)의 문제가 아니라 전체와 근본의 재설정의 문제라고 반복하여 말하였다. 「물이 든 유리잔」에서 이러한 생각이 충분히 전개되어 있다고 할 수는 없지만 그렇다고 또 이것을 달리 읽어 볼 도리도 없는 것 같다. 하여튼 상상력에 어떤 형이상학적 한계가 있다는 것은 납득이 갈 만한 일이다. 이것은 대개 구조적인 일관성으로 특징지어지는 것일 것이다. 그러나 이것이 어떤 형식 이론적인 구조를 의미하는 것은 아닐 터이고, 차라리 그것은 물질의 논리에 가까운 것일 것이다. 둘째 연의 서두에 나오는 유리잔의 존재는 이것을 상기시킨다. 스티븐스는 그의 산문에서 "상상력은 사물의 가능성에 대하여 마음이 갖는 힘"이라고 말한 바 있는데, 따지고 보면 상상력은 자연 그 자체의 필연적인, 또 형이상학적인 연장(延長)인 것이다.

앞에서도 말한 바와 같이 이 시에서 가장 중요한 물음은, 정치적인 또는 사회적인 변화에도 어떤 형이상학적인 한계가 있을 수 있는가 하는 문제에 관한 것이다. 다시 말하여 정치나 사회가 변한다고 할 때, 거기에 어떤 필연성의 테두리를 짐작해 볼 수 있겠는가, 하는 문제가 그것이다. 앞에서 우리는 물질의 형이상과 상상의 형이상을 보았지만, 정치의 형이상이 있을 수 있는가? 이것은 누구나 알고 싶어 하는 것이겠고, 모든 사회 변화의 이론이 밝혀 보려고 하는 문제이지만, 여기에 쉬운 답변을 기대할 수는 없는 노릇이다. 그렇다고 정치 변화에 아무런 논리적 한계가 없을 수는 없다. 추상적으로 말하여, 적어도 두 가지 한계를 말할 수는 있다. (물론 별 도움이 되는 종류의 것은 아니지만) 즉 정치 변화도 하나의 주어진 지점과 가변의 범위 안에서 일어난다고 할 수는 있다는 것이다. 이러한 추상적 조건을 더 이상 구체적으로 밝히지 못하는 것이 곧 정치의 어려움을 말하여 준다.

그러나 이러한 조건이 전혀 무의미한 것이 아님은 다른 사회 변화의 이론에 대조해 볼 때 드러나게 된다. 이것은 한편으로 사회 변화란 아무렇게나 제멋대로 일어나는 것이라고 말하는 입장과는 다른 것이다. 이것은 인간이 현실적 여건을 확인하고 또 우발적 미래를 어느 정도까지는 통제할 수 있다는 것을 말하고 있는 것이다. 또 다른 한편으로 이것은 사회 변화가 주어진 현실의 필연적인 전개(그것이 근본적으로 절대 정신에서 오든 생산 관계에서 오든)에 의하여서만 설명된다는 결정론적 입장과는 다른 것이다. 스티브스의 조건은 사회 변화가 전혀 우발적인 것은 아니면서 또 우연적 요인의 개입을 배제하지 않는 것이라는 것을 말하고 있는 것이다.

주어진 현실은 어떤 것인가? 상상적 변용에 있어서 유리잔이 복판에 서 있듯이, 정치 변화의 복판에 서 있는 것은 무엇인가? 여기에서 우리는 주어진 것[與件]과 가운데 있는 것[核心]이 같은 것을 의미하는 것이 아니라는 점에 주의하여야겠다. 가운데란 주어진 것에 있어서의 역학적 중심이며, 이 중심을 알아내는 것은 정치 분석의 가장 중요한 문제이다. 정치가 성립하는 것은 바로, 현실이 일정한 역학적 구조를 가지고 있으며, 그럼으로써 선택된 부분에 대한 행동이 전체를 변하게 할 수 있기 때문인 것이다.

이 시에서 주어진 것은 시의 끝 부분에 열거된 모든 것을 포함한다. 즉 뚱뚱한 요쿤두스, 우리 삶의 가운데에 무엇이 있는가에 대한 그의 걱정, 역사에 있어서의 한 특정한 시점인, "이 시간, 이날", "화투 놀이하는 정치가들 사이의 이 봄" —— 이런 것들 모두가 주어진 현실을 이룬다. 이러한 현실은 확인되어야 한다. 그러나 그것은 반드시 긍정하기 위해서가 아니라 이러한 현실로부터 미래에로의 이행점을 찾기 위해서이다. 확인된 현실은 있을 수 있는 여러 상태 가운데서 그 하나에 불과하다. 주어진 현실을 알고 그 가변 가능성을 분석하는 정치는, 화투놀이하는 정치가들의, 도박으로서의 정치와는 다른 것이다. (물론 이러한 정치 도박은 새로 다가오는 시대의 신춘(新春)에 있어서, 현실의 주요한 일부를 이룬다.) 그러나 현실의 가변 가능성에 기초한 정치가보다 과학적이라고는 할망정, 그것이 순전히 형식적인 개념과 논리에 의지하여 마음대로 엮어 내질 수 없는 것임은 말할 것도 없다. 현실과 현실의 가변 가능성은 구체적인 상황 속에서 파악되어야 한다. 그러니까 상황으로부터의 탈출은 나라에 토착적으로 살고 있는 사람들 사이에서 발견되어야 하며, 주어진 것 가운데 가장 비천한 번사(煩事)와 추상적인 사고와의 투쟁에서 찾아져야 한다.

「물이 든 유리잔」은 짧고 난해한 대로 스티븐스의 정치와 문화 현상에 대한 중요한 견해를 집약하고 있다. 그것은 한편으로 정치적 현실주의를 표방하면서, 다른 한편으로는 현실을 분석 가능한 형이상학적 한계 속에서 파악함으로써, 있는 그대로의 현실 속에 잠복해 있는 변화의 가능성을 끌어내어 미래에의 도약을 꾀하려 한다. 이것은 마키아벨리로부터 현대의 사회 개조론자에 이르는 긴 전통을 가진 미래 지향적 정치 현실주의를 시로서 풀어 놓은 것이라고 할 수도 있다. 그런데 다른 한편으로는 「물이 든 유리잔」의 방법이 현상학의 한 방법에 유사한 것임에 유의할 필요가 있다. 즉 이 시의 방법은 후설이 '자유 변용(free variation)'이라고 부른 방법에 비슷하다는 것이다. '자유 변용'이란 말은 후설의 또 다른 특수 용어인 '동기 관계(motivation)'라는 말과 연결하여 성립될 수 있다. 이것은 여러 가지 형태로 결정될 수 있는 가변적인 현상 간의 관계를 지칭하는 말로, 인과율이 설정하는 일직선적인 필연성과는 달리, 현실이 내포하는 다원적이며 유동적인 관계를 설명하고자 한다.

인과율에 있어서 원인과 결과는 필연의 연쇄 속에 떼어 놓을 수 없게 연결된다. 그러나 동기 관계에 있어서 두 개 또는 여러 개의 사상(事象)은 인과의 선후가 아니라 의미의 확산에 의하여 연결된다. '자유 변용'은 현실 속에 있는 동기적 관계에서 하나의 '동기(motive)'를 취하여 이를 여러 가능한 동기 관계 속에 옮겨 놓음으로써 그 동기의 이상적인 비율을 확인하고자 하는 것이다. 조금 장황해지는 폐를 무릅쓰고 후설의 『데카르트적 성찰』에서 '자유 변용'의 예를 들어 보자. 후설은 책상이라는 예를 들어 그 방법을 설명하고 있다.

이 책상 지각(知覺)을 보기로 삼아 출발해 보면 우리는 완전히 선택을 자유로이 하며, 지각 대상인 책상을 변형시킬 수 있다. 단, 어디까지나 이 지각이 무엇에 대한 지각이란 것은 잊지 말아야 한다. 어쩌면, 지각에 나타나는 모습을 그대로 유지하면서 대상의 모양이나 색깔을 가공적으로 아무렇게나 변형시켜 볼 수도 있겠다. 달리 말하면, 우리는 그 실재성을 받아들이지 않고 유보 상태에 둔 채, 이 지각 사실을 순전한 가능성으로―"마음대로 선택한" 순수한 가능성, 그러면서도 역시 있을 수 있는 지각의 가능성인 순전한 가능성으로 바꾼다. 말하자면 현실 지각을 비현실성의 세계에로―이 특정한 사실, 또는 어떠한 사실에의 구속을 강요하는 어떤 것도 배제하고, '순수한' 가능성만을 제시해 주는 가설의 세계로 옮겨 놓는 것이다. 사실의 구속성이라는 점에 있어서, 우리는 이러한 가능성을 사실적 자아에도 구속되지 않게 하며 완전히 자유로운 상상의 '상상 가능성' 상태에 두어 두는 것이다. 따라서 처음부터 우리는 보기로서 사실적인 삶과 관계없이 상상에서 지각으로 옮겨 가는 것을 생각할 수도 있었을 것이다. 이렇게 하여 얻어진 보편적 유형으로서의 지각은 말하자면 허공에 떠, 순수한 상상 가능성의 허공에 떠 있는 것이 된다. 이렇게 모든 사실성에서 풀려난 결과 그것은 순수한 이념 지각(eidos perception)이 되고 그 이념의 한계는 순전히 상상적인 조작으로 얻어지는 이상적으로 가능한 모든 지각으로 이루어진다.

―「제4성찰」 34장, 도리언 케언스의 영역에서 중역

    여기에 인용한 부분에서 후설의 자유 변용의 목적은 감각 작용의 이념적인 구조를 규명하고 더 나아가서는 세계라는 현상의 동기적 구성을 파악하자는 데 있다. 그래서 우리는 후설이 책상이라는 구체적인 예로부터 금방 일반적인 감각 작용의 가능성이란 데로 옮겨 가는 것을 보게 된다. 그러나 이러한 자유 변용의 방법을 어떤 특정한 사상(事象)(가령 책상)의 이념적 구조를 규명하는 데도 적용할 수 있다. 이것이 바로 「물이 든 유리잔」에서 스티븐스가 시도하고 있는 것이다. 스티븐스의 구극적인 목적은 후설의 철학적인 의도와는 달리 구체적인 현실을 가능성의 지평 속에 확인하고 미래에의 지표를 얻자는 데 있는 것이다. 우리는 「물이 든 유리잔」이 예시하는 세 가지 변용을 보았다. 그러나 위에서도 말한 바와 같이, 이 시에서 역시 핵심이 되는 것은 정치적 변화이다.

이렇게 볼 때, 물질적 대상이나 상상적 구성에 관계되는 자유 변용은 마지막에 제시된 정치적 변화에 대하여 무슨 관계를 갖는가? 이것은 중요한 문제이다. 철학이나 시가 현실에 어떻게 관계되느냐 하는 문제가 곧 그것이기 때문이다. 이 시에서 이야기된 처음 두 변용은 모든 사상(事象)이 가변적 한계 속에 존재한다는 것을 예시한다. 그러나 이것보다 더 구체적인 관계가 이야기될 수 있을까? 이 시는 여기에 대한 답변을 분명히 하고 있는 것 같지 않다. 그러나 구태여 그것을 찾자면, 시의 전체적인 맥락에서 어떤 시사를 받을 수는 있다.

이 시의 3단계를 다시 살펴보면, 첫째, 물질적 변용은 물질의 이상적 한계 속에 투영될 수 있다. 둘째, 상상적 변용은 첫째 한계에 추가하여, 전체를 일관하는 구조적 원리의 한계에 지배된다. 셋째, 정치적 변화는 위 두 한계에 추가하여 심리적 동물적 또는 사회적 존재로의 인간이 갖는 제한 조건을 가지게 된다. 그러니까 정치 변화에 있어서 물질적, 상상적 변화는 충분하지는 않지만 역시 필요한 조건이라는 말이 된다. 그러나 이것이 우리들이 내어놓은 질문에 대한 만족할 만한 답변이라고 하기는 어렵다. 보다 좋은 답변은 이 시가 하고 있는 일 전체 속에 들어 있다고 해야겠다. 이 시는 물질과 상상과 정치가 모두 다 같이 현실의 가변의 범위 속에 존재하는 것임을 분석하고 있는데, 이러한 분석 행위야말로 상상적 변용의 소산인 시가 물질과 정치에 대하여 가질 수 있는 대표적인 관계를 가장 적절히 예시하여 주고 있는 것이다. 이것은 이 시의 의도일 뿐만 아니라 사실상 스티븐스가 추구한 시적 탐험의 가장 중요한 의도였다. 그에게 시란 우리로 하여금 한편으로 주어진 현실을 확인하게 하고 다른 한편으로 사물의 가변적 가능성을 해방하여 무겁게 고정되어 있는 것처럼 보이는 세계의 모든 것들이, 사실은 이상하게 수동적이면서 또 창조적인 가능의 지평 속에 흔들리고 있는 것이라는 것을 증거해 주는 정신 활동이었다. 이 사물의 창조적 가능성의 탐구에 있어서 사회적 정치적 가능성은 중요한 것이었다. 비록 사물의 가능성이 넓은 형이상학적 진폭을 가진 것이라 하더라도 그 실현은 역사적 선택으로만 이루어지며, 이것은 구극적으로 한 집단의 인간이 역사적으로 창조하는 문화에 규정되는 것이기 때문이다. 그리고 이 문화 창조에 있어서 정치는 가장 기본적인 행위의 하나인 것이다.

　시는 늘 주어진 문화, 주어진 정치의 현실을 구명하고 그 가능성의 지평을 열어 놓는 작업을 한다. 이것은 시인이 목전에 주어진 것 이상을 볼 수 있는 상상력의 인간이기 때문에 가능하다. 또 다른 한편으로 시인에 있어서 사물의 은밀한 구조를 짐작하는 능력은 그의 행복으로 향한 충동과 일치한다. 사물의 가능성이란 무엇인가? 그것은 사물이 세계의 전체에서 가질 수 있는 여러 가지 유동적인 관계이다. 그것은 하나의 객관적인 질서이다. 그러나 그것은 또한 인간의 생활과 행복에 대한 요구에 부응하여 세계가 인간에게 던져 주는 답변의 총체이기도 하다. 시인은 누구보다도 우리의 행복이 부르는 소리를 잘 알고 있다. 그러나 그의 깊은 행복에의 본능은 그를 자기 속에 가두어 놓는 결과를 낳은 것이 아니라, 세계의 열려 있는 가능성에 눈뜨게 한다. 물질과 정치는 시인이 여는 지평에 현실로서 맞서고 또 새로운 현실로서 부합한다. 시적 변용과 정치적 변화가 바른 관계에 있을 때, 사회는 미래로 움직이며 미래의 축복 아래 현재는 충실한 것이 된다. 스티븐스는 이러한 문제들을 그의 시에서 생각하였다.

(1974년)

월리스 스티븐스의 시적 배경

시인이여, 피아노에 앉아 있으라,
오늘을 연주하라, 그 웅성웅성,
그 수런수런, 그 터덜터덜,
그 시새움의 너털웃음.

그대가 아르페지오를 연습할 때,
사람들이 지붕에 돌멩이를 던짐은,
누더기 입은 송장을
계단으로 끌어 내리는 때문,
피아노에 앉아 있으라.

지난날의 맑은 추억의 노래,
흥겨운 놀이의 노래,
미래의 시원한 꿈,

흐림 없는 협주곡(協奏曲),

눈은 내리는데,

에이는 듯 화음(和音)을 울려라.

목소리가 돼라,

그대 자신이 아닌.

노여운 공포의 소리,

두고두고 앓는 이 고통의 소리.

겨울의 소리가 돼라,

큰 바람 불 듯, 그리하여

슬픔이 풀려나고

없어지고 별들의 화해 속에

용서될 때까지.

우리 다시 모차르트로 돌아갈지 누가 알리.

그는 젊고 우리는 늙었거니,

눈은 내리고

거리에는 아우성 소리,

앉아 있으라, 그대여.

—「모차르트, 1935년」

신(神)과 천사(天使)의 노래는 세상을 잠재운다.

달은 열기 속에 솟고 귀뚜라미

풀섶에 드높이 운다. 달은
잊혔던 추억들을 마음속에 태운다.

그는 드러눕는다. 밤바람이 분다.
종소리가 울린다. 이것은 잠이 아니라 그리움,

아! 그렇다. 그리움…… 잠자리에 기대며,
팔굽을 세워 잠자리에 기대며,

재난의 방에서, 한밤중에 검은
베갯니를 물끄러미 보며 절망도 지나,

보다 강한 어쩔 수 없는 본능,
그리움은 무엇인가?

그는 알 수 없다, 생각하는 사람은.

그러나 그것은 산다는 것, 그리움의 실현,
으깨는 일상 속에, 어둠 속에 물끄러미,

피와 땀 저린 수건보다 더한 베갯니에,
어둠 속의 머리, 육신도 없는

절대의 말씀 외이며, 반항과 반항의 울부짖음에
부풀은 입술, 그 머리, 쓰러지는 사람의,

머리, 베개 위에 놓아져 말하는,
티 없는 음절의 말들, 했던 일을

함으로써만 말할 수 있었던
그의 말들을 뇌이는,

신이여! 천사여! 이것이 그리움이었다.
이제 슬어지는 그의 머리, 이것이 그리움이었다.

그는 죽었다, 이 그리움을 위하여. 순교(殉敎)의 입술에 피!
오, 은급자(恩給者)여! 정치가여! 장사꾼이여!

죽음은 돌과 같은 것, 그러나 이 죽음은 믿음이었다.
그는 하늘이 아니라 땅을 사랑했기에,

그를 위해 죽었다. 삶의 넘치는 말소리 위에
몸을 숙인 꿈꾸는 사람 위로 바람은 분다.

―「쓰러지는 사람들」

묵은 갈빛의 암탉, 묵은 푸른 하늘,
둘 사이에 우리는 살고 죽는다―
언덕 위에 부서진 수레의 바퀴

바다가 수런대는 그런 곳에서

고깃그물을 말리며 돛을 꿰매며
끊임없는 것들을 말하며
끊임없는 의지의 폭풍,
하나의 의지, 여럿의 의지, 바람,
나뭇잎들 가운데의 많은 의미,

처마 밑에 내려온 의미를 말하며,
그 폭풍우의 농토에의 연결,
비취빛 암탉과 하늘의 사슬,

수레가 지나며 부서진 바퀴,
처마 밑에 듣는 것은 목소리,
말소리가 아니다, 이 대화에서

우리가 듣는 것은, 그것은 사물의 소리와
그것들의 움직임 ─ 다른 사람,
움직여 도는 비취빛 괴물.

─「말없는 사람과의 끊임없는 대화」

마지막 생각이 다한 저켠
마음의 가장자리에 종려나무
청동(靑銅)의 원경(遠景) 속에 솟고
금빛 새 한 마리
종려나무에 노래한다, 사람의 뜻

사람의 느낌 없는 낯선 노래를.

행복과 불행이 이성(理性)에 있지 않음을
우리는 그런 때 안다.
새는 노래한다, 깃털은 빛난다.

종려나무는 허허한 것의 가에 있다.
가지에 느린 바람 불어오고
불빛 튀는 새깃은 아래로 죽친다.

　　　　　　　　　　　　　　　　—「그저 있음에 대하여」

　윌리스 스티븐스는 난해한 시인으로 알려져 있다. 그리하여 그의 시는
여러 가지로 오해되기도 하고, 또 실제 그가 개척한 시적 영역의 중요성에
도 불구하고 제한된 영향력밖에 행사하지 못하였다. 그의 시가 전체적으
로 어렵다면 어렵지만, 쉬운 시가 없는 것도 아니다. 여기에 역출(譯出)한
시들을 보면, 그가 반드시 어려운 시인만은 아니라는 것을 알 수 있다. 스
티븐스 자신도 어떤 시인이 어렵다는 것은 그것 자체가 어려워서 그런 경
우보다 시인과 독자 사이에 나누어 가지고 있는 것이 너무나 적기 때문이
란 말을 한 일이 있다.
　사람들이 나누어 가지고 있으며 그로 인하여 서로 말을 쉽게 주고받을
수 있게 되는 것, 이것이 문화의 핵심이라고 스티븐스는 생각하였고, 그렇
다면 이러한 문화의 근본 조건은 무엇인가를 그는 밝히려 하였다. 여기에
번역한 몇 편의 시에도 그의 이러한 관심은 잘 나타나 있다.
　「모차르트, 1935년」은 1930년대의 공황기에 있어서 시인이 할 수 있는
바가 무엇인가 하는 문제를 생각하고 있는 시다. 시인은 시대의 고통을 전

달하는 '소리'가 되어야 하지만, 이것은 오로지 사회의 '협주(協奏)'를 가져올 목적으로 행해져야 한다고 말하고, 또 여기에는 과거에 있어서 조화를 이루었던 문화 양식에서 배우는 바가 있어야 한다고 한다. 이것이 1930년대에 있어서의 모차르트의 의미이다.

「쓰러지는 사람들」은 1930년대에 정치적 이상주의자의 큰 관심을 모았던 스페인 내란을 두고 쓴 시인데, 내란에 쓰러진 젊은이들이 참된 삶의 성숙을 그려 행동으로 나아간 사람들임을 이야기하고 있다. 스티븐스는, 「쓰러지는 사람들」에서 스페인 내란의 행동주의자들이 역사적 이성의 실천자라기보다는 행복한 삶의 추구자라고 말하고 있는데, 그는 대개 사회적인 조화의 근본을 이성보다는 존재에 있어서의 일치, 공동 문화, 죽음 앞에 선 인간의 공동체적 유대감 같은 데서 찾으려 하였다.

「말없는 사람과의 끊임없는 대화」는 인간의 생존이 근본적으로 대화 속에 있음을 말하고 있다. 이 대화는 인간과 인간의 대화일 뿐만 아니라 인간과 자연의 대화이기도 하다. 이점 하이데거가 휠덜린을 인용하여 "우리는 대화로서 있으니."라고 말한 것에 일치한다. 사람은 자연에 대하여 질문을 발하고 자연은 이에 화답한다. 이 대화에서 얻어지는 것이 인간의 삶을 가능하게 하는 도구이다. 이 도구는 수레나 그물과 같은 것 외에도 인간의 제도를 포함한다. 이것은 끊임없이 보수, 개조되어야 한다. 그리고 이러한 작업은 사람과 사람이 대화하는 공간에서 이루어진다. 이 대화는 일치될 수도 있고 서로 알력을 일으킬 수도 있지만, 중요한 것은 이 대화가 자연이라는 전체적인 테두리 속에서 벌어지는 공동체적인 삶을 위한 싸움이라는 것을 의식하는 것이다.

「그저 있음에 대하여」는, 사람의 있음이 논리나 필연에 의하여 정하여지는 것이 아니라 보다 밝히기 어려운 어떤 것에 의하여 정하여지는 것임을 말하고 있다. 사실 앞에서 말한 대화의 필요성 같은 것도 인간 존재가 근본적으로 필연적인 논리만으로는 밝혀질 수 없기 때문에 일어나는 것이다. 인간 생존과 자연과의 사이가 필연에 의하여 이어지지 않기 때문에 다원적인 현실관 또는 현실이 성립하고, 그렇기 때문에 대화의 필요가 일어나는 것이다.

(1975년)

키츠의 시 세계

    존 키츠(John Keats)는 1795년에 런던의 한 세마차(貰馬車) 집의 마부장과 그 마차집 주인의 딸을 부모로 하여 태어났다. 마차집을 물려받은 아버지는 그런대로 궁하지 않은 살림을 꾸려 갔던 모양이나 키츠가 여덟 살 되던 해에 말에서 떨어져 죽고, 이어 그가 열네 살이 되던 해에는 어머니마저 결핵으로 죽고 말았다.

    유산도 상당했으나 상속 문제가 복잡한 소송에 걸려 키츠 생전에는 해결되지 못했기 때문에 그는 그 혜택을 입지 못했고, 내내 돈에 궁한 생활을 하다가 죽을 수밖에 없었다. 학교 다닐 때의 키츠는 키는 작았지만(성년이 된 다음에도 그의 키는 다섯 자[尺]가 될까 말까 했다고 한다.) 당차고 암팡져서 싸움 잘하고 장난 좋아하는 소년이었다고 한다. 그런가 하면 다른 한편으로는 교장의 아들이었던 찰스 카우든 클라크(Charles Cowden Clarke)의 영향 아래 문학에 대한 정열을 배우기도 했다. 어머니를 여읜 다음 해 키츠가 열다섯이 되던 때, 키츠 가(家) 유자녀의 후견인인 리처드 애비(Richard Abbey)는 그로 하여금 학교를 그만두고 외과 의사 겸 약사인 토머스 해먼드(Thomas Hammond)의 도제가 되게 하였다. 1815년에는 가이스 병원(Guy's Hospital)으로 옮겨 의학 공부를 계속했고, 그다음 해에는 약사 자격을 얻을 수 있었으나 이내 의학을 포기하고 시에 정진할 결심을 하였다.

처음에는 클라크의 자극으로 시에 눈을 떴으나 당시에 이름난 문사였던 리 헌트(Leig Hunt)를 알게 되고 그를 중계로 하여 해즐릿(William Hazlitt), 램(Charles Lamb), 셸리(Percy Shelly) 등을 소개받음으로써 본격적으로 문학의 세계에 깊이 들어가게 되었다. 열여덟 살 때부터 시를 쓰기 시작한 키츠는 몇 년 동안 별로 뛰어날 것도 없는 시를 쓰다가 홀연 1816년에 이르러 수작(秀作)을 연달아 내놓게 되었다. 「채프먼 번역 호메로스를 처음 읽고(On First Looking into Chapman's Homer)」, 「잠과 시(Sleep and Poetry)」 등이 이해에 나온 시들이다. 1817년에는 4000행에 달하는 「엔디미온(Endymion)」을 쓰기 시작하였고 곧이어 서사시 「히페리온(Hyperion)」에 착수하였다.

1818년은 위기의 해였다. 이해에 출간된 『엔디미온』은 《블랙우즈 매거진(Blackwoods Magazine)》과 《쿼털리 리뷰(Quarterly Review)》에서 혹심한 공격의 대상이 되었는데 나중에 여기에서 받은 심한 상처가 키츠로 하여금 요절하게 하는 원인이 되었다는 일화를 낳았다. 또 이해에 미국 켄터키로 이민을 했던 동생 조지와 그의 아내가 사업에 실패하여 돈을 몽땅 잃어버렸고, 이해 12월에는 결핵에 걸린 동생 톰이 키츠의 극진한 간호에도 불구하고 죽었다. 봄과 여름에 걸쳐 호수 지방(Lake Country), 스코틀랜드, 아일랜드를 도보로 여행한 키츠는 목에 악성 종양을 얻고 심히 고단한 상태가 되어 런던으로 돌아왔다. 패니 브론(Fanny Brawne)과 사랑에 빠진 것도 이해 가을이었는데, 그들은 서로 사랑하고 약혼까지 했으나, 키츠의 시에 대한 정진, 가난, 병 등이 두 사람의 결합을 불가능한 것이 되게 하였다.

1819년은 그의 짧은 생애에서 경이의 해였다. 그는 이해 1월부터 9월

사이에 그의 대부분의 대작인 「성 애그니스의 밤(The Eve of St. Agnes)」, 「매정한 아가씨(La Dame sans Merci)」, 「그리스의 항아리에 부치는 노래(Ode on a Grecian Urn)」, 「나이팅게일에 부치는 노래(Ode to a Nightingale)」를 포함한 여섯 편의 오드(Ode), 「라미아(Lamia)」 및 대표적인 소네트를 썼다. 1819년에는 쓰다가 그만두었던 「히페리온」에 다시 손을 대고 거기에 '히페리온의 몰락(The Fall of Hyperion)'이라는 제목을 붙였다. 1820년 2월 3일 피를 토한 키츠는 다가오는 죽음을 예감하였다. 봄과 여름 계속하여 각혈을 한 키츠는 가을에는 사람들의 권고에 따라 온화한 기후를 찾아 로마로 갔다. 그러나 1821년 2월 23일 로마에서 그는 마침내 숨을 거두었다. 때로는 삶의 고통이 그로 하여금 절망과 분노에 빠지게도 했지만, 그는 언제나 밝은 정신을 유지하려고 애썼다. 친구 찰스 브라운(Charles Brown)에게 보낸 마지막 편지에서 그는 다음과 같이 썼다. "편지에서도 역시 작별 인사란 쉽지 않군. 인사는 늘 거북스럽게밖에 할 줄 몰랐던 나니까. 자네에게 신의 가호가 있기를 비네. 존 키츠."

위에서 살펴본 키츠의 생애에서 알 수 있듯이 그는 젊어서 죽은 시인이고, 더구나 시를 쓴 기간도 얼마 되지 않은 시인이기 때문에, 그의 시 내용이나 분량이 매우 간단할 것처럼 생각되지만, 그리고 그러한 면이 없지 않아 있다고 할 수도 있지만, 그 시를 하나의 기획 속에서 파악하는 것은 그렇게 용이하지 않다. 피천득(皮千得) 씨는 1950년대에 자신이 미국 하버드 대학에 들렀던 일에 대해 언급하는 수필에서 나이 스물여섯에 죽은 시인을 일흔 살이 되도록 연구하고 있던 키츠 연구가 롤린스(Rollins) 교수의 일을 경이감을 가지고 이야기한 일이 있지만, 키츠는 낭만시인의 전형적인 소박성을 잃지 않고 있으면서도 다른 한편으로는 쉽게 재단될 수 없는 복합성을 지닌 시인이다. 또 그런 만큼 키츠가 죽은 후 줄곧 유지되어 온 그에 대한 관심과 대시인(大詩人) 또는 거의 대시인으로서의 평판에도 불구하고 키츠 시의 참값과 그의 새능의 성질에 대한 이해는 매우 다양한 것이다.

그러나 그 이해가 어떠한 것이든 간에, 아무래도 시인으로서의 키츠의 핵심은 그의 젊음에서 찾을 수 있을 것으로 생각된다. 아마 중요한 것은 단순히 젊었다는 것보다 젊음에 충실한 시인이었다는 사실일 것이다.(월터 잭슨 베이트(Walter Jackson Bate)는 키츠에게서의 가장 두드러진 특징은 그의 정직성이라고 지적한 일이 있거니와, 키츠의 정직성은 젊음의 사실에 대한 정직성으로 생각될 수도 있다.) 우리가 젊은 시인에서 흔히 기대하는 것은 강한 서정성이나 정열의 표현인데, 그러나 잘 생각해 보면, 젊음 곧 단순화의 정열 —— 이러한 등식 자체가 단순화하는 사고의 한 표현이 아닐지 모른다. 보기에 따라서는 젊음이야말로 인생의 복합적인 가능성에 대하여 열려 있는 상태라 할 수 있다.

발레리는 「에우팔리노스(Eupalinos)」에서 사람은 여럿으로 태어나서 죽을 때에 이르러 비로소 하나의 개체로서 죽는 것이라는 요지의 말을 하고 있지만, 삶의 과정 자체가 여럿에서 하나에로 좁혀 가는 협소화 과정으로 보일 수도 있는 것이다. 젊음의 충동은 가장 강하게 여러 갈래로 터져 나가려는 삶의 충동이며, 많은 경우 늙어 감의 지혜는 이러한 충동의 외곬로 잠착해지는 것을 뜻한다. 동시대의 어떤 낭만시인보다도 키츠는 젊음의 강렬하고 복합적인 충동을 단일한 감정이나 철학이나 이념에 예속시키기를 거부한 시인이었다고 할 수 있고, 그의 시의 복합성은 바로 여기에서 온다고 할 것이다.

키츠에게 경험은 늘 여러 가지 얼굴을 가진 것이었다. 많은 젊은 사람에게 그렇듯이, 키츠에게 가장 큰 충동은 감각의 기쁨을 향한 것이었고, 그의 이러한 면이 상당수의 독자에게 그가 근본적으로 감각의 아름다움과 도취만을 추구하는 탐미주의의 작가라는 인상을 준 근거가 되었지만, 그에게 감각의 기쁨은 그것과 대조되는 냉랭한 사실의 세계를 떠나서는 생각할 수 없는 것이었다. 그리하여 우리는 그의 시에서 끊임없이 감각과 사색, 꿈과 현실, 탐미적 도취와 사회적 관심이 대조되고 있는 것을 본다. 이러한 대조와 알력의 주제는 그의 대부분의 시에 조금씩 양상을 달리하여 늘 나타난다.

위에서 말한 양극 사이의 대조는 단순히 키츠가 삶의 다른 두 면을 충실하게 표현하고자 하는 데에서 주어지는 것은 아니다. 이 양극의 대조는 하나의 충동의 역동적 자아실현 속에서 드러나는 것이라고 생각되어야 한다. 키츠에게 감각의 기쁨을 향한 강한 충동이 있다면, 그는 그 충족의 부분적이고 찰나적인 성격에 만족할 수 없음으로 하여 오히려 이것은 그를 현실적 경험을 갈구하게 한다. 그러나 그가 원하는 현실은 단순히 주어진 현실이 아니라 현실 속에서의 자기실현이다. 그런 만큼 이것은 곧 좌절에 부딪히게 마련이다. 그는 이렇게 하여 끊임없이 삶의 두 극 사이를 긴장 속에 헤매게 된다. 그러니까, 다시 말하여, 키츠에게 강하였던 것은 전인적인 충족을 향한 충동이며, 이것은 그로 하여금 단순한 감각적 행복에도 또 주어진 현실에도 만족할 수 없게 하고 끊임없이 현실을 초월하고자 하는 의지를 기르게 한 것이라 하겠다. 「레이놀즈에게 보내는 편지(Epistle to J. H. Reynolds)」에서 "우리 테두리의 저 너머를 보는 것은 행복 속의 흠이다."라고 말한 것은 이러한 그의 쉼 없는 초월 의지의 고달픔을 표현한 것이다.

이것은 우리로 하여금 그의 이른 죽음에도 불구하고, 앞에서 본 바와 같이 그가 어릴 때도 매우 당차고 똘똘한 소년이었으며, 대체로 활력에 찬 사람이었다는 사실을 생각하게 한다. 이러한 활력은 그의 시인으로서의 야심에서도 나타난다. 한쪽에서 보면 키츠에게 시는 감각적으로 기쁨과 불가분의 것이라고 생각되었지만, 다른 한편으로 과거의 대작가들의 모범은 그의 의식을 떠나지 아니하였고, 시의 정점은 "이 세상의 모든 사건"을 기술하는 데에 있다는 생각은 그가 일찍부터 가지고 있던 생각이었다. 그러니까 그의 시적 야심 그 자체만으로도 그로 하여금 삶의 여러 측면을 포괄할 수 있게 하는 자극을 주었다고 할 수 있다.(사람이 예술에 끌리는 것은 여러 가지 동기에 의한 것이겠으나, 예술적 정진이 그것 나름으로 우리에게 새로운 동기를 주고 새로운 방향과 넓이를 주는 예를 우리는 키츠에서도 보는 것이다.)

이 소시집에도 포함시킨 「엘진 경의 대리석 조각품을 보고(On Seeing the Elgin Marbles)」에서도 주제는 키츠 자신의 시인으로서의 야심인데, 주목할 것은 이 야심이 예술의 고전적 위대성에 견주어져 있을 뿐만 아니라 전체적인 비유가 넓은 공간의 (적어도 시적인) 정복에 관계된다는 점이다. 그리고 이렇게 높고 넓은 것으로 파악된 시적 야심이 동시에 좌절감과 절망감에 연결되어 있는 것도 재미있는 일이다. 다시 말하여 그의 야심은 그 스스로의 절망을 낳는다고 하겠다. 다른 많은 시에서도 같은 주제가 다루어져 있지만, 위대성에 대한 갈구는 그를 어느 하나에 만족하지 못하게 하고 자신의 무력감과 싸우면서 감각의 세계에 대하여 철학적 지혜의 세계에로, 도취에 대하여 각성으로, 개인적 탐욕에 대하여 인간의 일반적인 경험에로 나아가게 한다.

그러나 키츠에게서 삶의 가능성에 대한 이상적, 실천적 관심은 단지 야망의 단계에 머물러 있으며, 개인적인 행복의 충동으로 남아 있다는 점은 지적되어야 한다. 이것은, 위에서도 말한 바와 같이, 그가 젊음의 시인이었다는 데에 관계되어 있다. 그는 젊음에게 주어질 수 있는 삶의 가능성을 복합적으로 의식하고 있었고, 이것을 정직하게 표현하였다. 그러나 이 개인적인 가능성이 어떻게 보편적으로 실현되며 그러한 실현의 노력이 사회와 운명의 제약에 부딪치게 되는가 하는 문제까지는 생각하지 아니하였다. 물론 짧은 생애의 마지막 부분에서 그가 이러한 문제를 보다 진지하게 생각하기 시작하고 있었다는 증거는 찾아볼 수 있다. 많은 비평가들은 「히페리온의 몰락」 같은 작품을 그 증거로 든다. 그러나 키츠는 단지 그쪽을 향하여 발전해 가고 있었을 뿐이다. 사실 키츠의 시를 하나의 커다란 전체성 속에 파악하기 어렵게 만드는 것도 그가 삶의 전체적이고 구체적인 비전을 시로 형상화하지 못하고 요절한 때문이라고 할 수 있다. 그러나 그는 이러한 전체성에 발돋움하고 있었다. 삶의 전체성은 우리 자신의 전체성의 실현을 향하는 정열에 대응한다. 키츠의 젊음은 이러한 정열이 되었고, 그는 이 정열을 젊음의 도취와 괴로움을 통하여 뛰어난 시 속에 표현하였다.

(1976년)

『황무지』

T. S. 엘리엇(1882~1965)은 '문학의 독재자'란 칭호를 얻을 정도로 20세기 전반의 영미 문학에 군림해 왔다. 시에서 그는 노쇠기에 접어든 낭만주의의 전통에 대신하여 까다롭고 복잡한 지적인 시를 써서 이것을 새로 영시의 전통으로 수립하였다. 또 그는 비평에 새로운 지적 세련을 도입하고 과거의 영문학 내지 유럽 문학을 조직적으로 검토하여 하나의 새로운 문학 전통을 건져 내었다. 그러나 정신사적으로 볼 때, 그의 영향력은 그의 시의 어떤 특성이나 그가 개척한 비평과 전통의 새 분야에 한정시킬 수 없다. 그것은, 훨씬 더 광범위하고 규정하기 어려운, 현대적 감수성으로서 존재한다. 윌리엄 엠프슨의 비유를 빌려, 그는 "동풍(東風)처럼" 편재하며, 현대의 마음 그것을 만들어 낸 것이다.

물론 어떤 역사적 기술(記述)에 있어서나, 어떤 한 사람의 업적을 중심적으로 이야기하는 것은 하나의 속기술(速記術)에 불과하다. 엘리엇이 '현대'의 시인으로 영국에서 가장 위대한 시인인 것은 틀림이 없으나, 그를 20세기 영시의 혁명가로 이야기할 때, 우리는 T. E. 흄의 영향이라든지 에즈라 파운드의 공적을 무시할 수는 없겠다. 엘리엇 이전에 이들은 바로 낭만주의의 해이한 시적 테크닉에 대하여 고전적인 절제와 단단하고 깨끗한 이미지를 주장하였다. 20세기 영문학사 내지 정신사에서 『황무지(The Waste Land)』(1922; 이창배(李昌培) 옮김, 『엘리엇 선집』(을유문화사))가 중요하다면, 말할 것도 없이 그것은 엘리엇의 전 작품이, 또 그가 정통으로 수립한 감수성이 중요한 때문이고 또 이것은 엘리엇과 더불어 20세기 영문학에 신풍(新風)을 일으킨 다른 문학가들의 업적이 중요하기 때문이다.

『황무지』는 1922년 엘리엇 자신이 편집하는 《크라이티리온》에 처음으로 발표되었고, 곧 이어서 버지니아 울프 부처(夫妻)가 경영하는 호가스사(社)에서, 그 유명한 원저자 주(註)를 붙여 단행본으로 출판되었다. (엘리엇은 후에 이 주(註)가 붙게 된 사정을 설명하여, 시가 단행본으로 출판될 때 부피를 늘릴 양으로 주를 붙인 것이란 말은 했으나, 엘리엇의 성격으로 보아 이것이 진담인지 어떤지는 알 수 없는 일이다.) 『황무지』가 발표되기 7~8년 전부터 엘리엇은 시를 발표하고 있었고, 이 시들은 상당한 관심의 대상이 되고 있었으니까, 『황무지』 출간 자체가 그렇게 폭탄적인 사건이었다고 할 수는 없을는지 모른다. 차라리 『황무지』는 그 이전의 초기 시들에 대한 하나의 대단원이라 할 것이다.

하버드, 마르부르크, 소르본 그리고 옥스퍼드에서 철학 공부를 한 엘리엇이 런던에 정착한 다음, 최초로 발표한 — 시카고의 《포이트리》에 — 시는 「프루프록의 연가(戀歌)」였다. 이 시를 비롯한, 그의 초기 시에서 엘리엇은 행동과 생(生)에 대한 적극적인 의지를 상실한 현대인의 의식이라든가 너저분한 도시의 풍경이 의식에 미치는 우울한 효과를 아이러니컬하고 깡마른 스타일로 기록하였다. 『황무지』는 이러한 현대 생활의 울적을 보다 큰 테두리에서 표현한 것이었다.

아마 당대의 독자들에게 강한 인상을 준 것도 『황무지』의 이러한 현실

감이었을 것이다. 작년 겨울의《스와니 리뷰》엘리엇 특집호에서 당시 옥스퍼드의 학생이었던 스티븐 스펜더는, 엘리엇의 호소력이 어디에 있었던가를 설명하면서, "우리가『황무지』에 열을 올린 것은, 첫째 그것이 우리가 리얼하다고 느낀 삶을 다루고 있었기 때문이었다."라고 말하고 있다. 스펜더는 이 시의 리얼한 면을 이야기해 주는 예로 "스타킹과 슬리퍼와 속옷과 코르셋"이 널린 너저분한 아파트에서 벌어지는 타이피스트와 여드름쟁이 점원의 정사(情事)를 들고 있지만, 사실『황무지』는 점성술가 마담 소소스트리스(Sosostris)에서 소다수에 발을 씻는 거리의 여인들에까지 현대 도시의 면면들에 관한 스냅숏들의 앤솔러지라고 할 수도 있다.『황무지』의, 또는 엘리엇의 한 공적은 현대 도시의 경험을 시에 쓸 수 있는 것이 되게 한데 있다.

그러나『황무지』가 현대 생활의 묘사를 모아 놓은 잡동사니인 것은 아니다. 앞에 언급한 에세이에서 스펜더는,『황무지』를 프루스트의『소돔과 고모라』, 헤르만 브로흐(Herman Broch)의『몽유병자』, 슈펭글러(Oswald Spengler)의『서양의 몰락』과 같은 계열의 종말과 악에 대한 대저작들에 관련시켜서 생각하였다고 말하고 있는데,『황무지』는 서구 문명에 대한 하나의 진단서이다. 현대 도시의 묘사들은 이 진단서에서 병적인 징상(徵狀)들로서 제시되어 있는 것이다.

여기에서 서양 문명의 상황은 제목 그대로 황무지로서 파악되어 있다. 여기의 황무지의 이미지는 제임스 프레이저(James Frazer) 등의 인류학적인 연구에서 나온 것인데, 여기서 특히 출전이 되어 있는 것은 제시 웨스턴(Jessie Weston)의『의식(儀式)에서 로맨스에로』라는 책이다. 이 책에서 웨스턴 여사는 중세 이래 서양 문학의 소재로 곧잘 사용된 '성배 전설(聖杯傳說)'에 풍요 의식의 인류학적, 정신분석학적 연구의 결과를 적용하고 있다. 성배 전설에는 여러 이설(異說)이 있으나, 간단히 요약한 그 줄거리는 다음과 같다. 어부왕(魚夫王, Fisher King)이 다스리는 나라가 있었는데, 그가 입은 이상한 상처로 하여 나라 안의 모든 생물이 생산을 그치게 되고, 나라는 황무지가 된다. 이 국난을 구하는 데는 순결한 기사(騎士)가 있어야 한다. 그가 많은 시련을 통과하여 성배를 얻어 올 때 황무지의 저주는 풀리게 된다. 이 전설의 근원이 되는 풍요 의식은 묵은해와 새해, 겨울과 봄의 교체를 제사하는 원시 종교의 의식인데, 여기에서 해의 바뀜은 신의 죽음과 부활, 대지와 인간에 있어서의 생식력의 위축과 갱신에 관계되는 미신적 상징적 의미를 갖는다. 엘리엇은 이러한 신화들을 그의 시의 설화적 테두리로 삼고 있는 것이다. 그러나 다른 성배 문학 — 손쉬운 예로 바그너의 「파르지팔」 — 에서와는 달리 신화가 시의 내용 그 자체가 되지는 않는다. 내용 면에서 황무지의 전설은 막연한 비유적 상황으로 사용되고, 형식의 면에서 이것은 시의 조직 원리로서 사용된다. 말하자면, 황무지라는 '관념의 음악'에서 여러 테마를 연결시켜 주고 이것들에 일정한 질서를 부여해 주고 있는 것이 성배 전설이다.

신화적 구조의 이점은, 그것이 현대를 내다볼 수 있는 한 관점을 준다는 것인데, 이러한 관점은 어느 정도 비판적인 것으로 되지 않을 수 없다. 신화가 이 시에 사용되었다는 사실만으로도, 독자는 진정으로 현대를 설명해 주는 중심적 신화가 상실되었다는 사실을 상기하게 된다. 사실 이것은 엘리엇의 의도의 일부이기도 하다. 『황무지』의, 또 엘리엇 시의, 가장 유명한 특징은 그 인유적인(allusive) 방법이 될 터인데 — 343행의 이 시는 35명의 작가로부터의 차용 내지 개작을 담고 있다. — 이 시에 있어서의 인유(引喩)의 기능은 대개 신화의 그것과 비슷하다. 그것은 현대에 대치되는 어떤 비판적인 관점을 제공해 주는 것이다.

아름다운 여인이 실수를 하고

홀로 방 안을 서성일 때면,

기계적인 손으로 머리를 하고

축음기에 레코드판을 걸어 놓는다.

어느 피로한 타이피스트의, 정사(情事)가 끝난 다음의 모습을 묘사하는 이 구절의 첫 행은 골드스미스(Oliver Goldsmith)의 극에서 온다. 이 빌려 온 시행은 과거와 현재의 상호 비교를 유발하여 현재를 비판적으로 보게 한다. 그러나 이 시에 있어서의 인유의 작용을 우리는 조금 더 조심스럽게 검토해 볼 필요가 있다. 그러한 검토는 우리가 이 시의 주제를 똑바로 이해하는 데 중요하다.

우리는 인유가 과거를 높이고 현재를 낮추는 역할만을 하는 듯이 이야기하였다. 우리는 작용에 대해서 반작용 쪽에 유의하여야 하겠다. 앞에서 든 골드 스미스의 시구는 현재에 대한 비판으로도 작용하지만, 또 한편으로는 시구 그것에 대한 자체 비판으로도 작용한다. 이 시구는 이제 너저분한 정사의 기술(記述)에 배어드는 문학적인 회상 이상의 가치를 갖지 못하고 있는 것이다. 이러한 사정은 이 시에 인용된 다른 고전적인 작품, 베르길리우스나 셰익스피어, 심지어는 기독교나 불교의 유산의 경우도 마찬가지인 것이다. 그러니까, 인유가 이야기해 주고 있는 것은 서구 문화의 쇠퇴이다. 이 시의 주제는 현대의 혼란이라기보다는 차라리 서구 정신의 무력함이다.

『황무지』가 그 신화적 테두리나 과거의 비판적 관점에도 불구하고 아무런 적극적 해결에 나아가지 못하고 유희나 절망이 반반씩 섞인 인용구의 혼란으로 끝나는 것도 이해할 만한 일이다. 『황무지』가 "무너짐에서 이러한 조각들을 건졌노라.(These fragments I have shored against my ruins.)"라고 말할 수 있는 이상으로 현대의 상황을 추스릴 수 없는 무력한 의식을 다루고 있다면, 이러한 무력한 의식의 문제는 늘 엘리엇 시의 주제였다. 「프루프록」, 「부인의 초상」, 「게론티온」 등의 초기 시들에서 엘리엇이 문제 삼고 있는 것은 바로 생(生)의 현실에 맞부닥쳐서 낭패를 경험하는 과잉 의식의 경우였다. 『황무지』가 시인의 사사로운 감정을 직접적으로 노출시키지 않는 극히 객관적인 시라는 것은 비평가들이 지적해 온 바 그대로이지만, 이 시는 다른 면에서 볼 때 시인의 깊은 감정에 기초한 시이다.

엘리엇은 단테의 시가 극히 보편적이면서도 또 깊은 개인적인 고뇌에서 우러나온 시임을 이야기한 일이 있는데, 『황무지』는 바로 이러한 시인 것이다. 『황무지』를 분계점(分界點)으로 하여 엘리엇은 보다 확실한 믿음의 세계를 향하여 나아간다. 이 제2기의 대표작이라 할 수 있는 『네 개의 사중주』 같은 시에서, 엘리엇은 경험과 의식의 모든 혼란이 결국은 믿음의 평화 속에 지양됨을 노래한다. 어떤 비평가는 — 가령 클리언스 브룩스(Cleanth Brooks) — 『황무지』에도 이미 기독교적 관점이 스며들어 있음을 지적하였다. 또 거기에 신화와 전통의 관점이 있음은 우리가 앞에서 본 바와 같다. 그러나 이러한 관점은, 확실한 믿음에까지 이르지 못한 임시방편적인 — 블랙머(Richard Blackmur)의 말을 빌려 '변칙적인 형이상학'에 불과하다. 이 시는 현대의 상황에 대한 적극적인 심판이 아니라, 심판 이전의 정신적 혼미와 고뇌에 대한 기록이다.

이상과 같은 의미에서 『황무지』는 다른 어떤 엘리엇의 시보다 현대의 고민에 대한 가장 대표적인 증언의 하나가 된다. 영국의 비평가 프랭크 커모드(Frank Kermode)는 엘리엇에 관한 논문에서 1920년대에 시작된 현대 예술의 특징을 '데크레아숑(decreation)'이란 말로 설명하고 있다. '데크레아숑'은 시몬 베유(Simone Weil)로부터 빌려 온 말인데, 베유에 의하면 이것은 창조에서 무로 돌아가는 파괴와는 달리 창조에서 창조되지 아니한 것으로 돌아가는 조작(操作)을 의미한다. 다시 커모드가 인용하는 월리스 스티브스에 의하면 "현대의 현실은 데크레아숑의 현실이며, 여기에서 우리가 가질 수 있는 계시는 믿음의 계시이다."

『황무지』는 최초로 데크레아숑의 현실을 증언한 얼마 되지 않는 기념비적 작품의 하나다. 그것은 어떤 믿음의 계시도 아니며, 그렇다고 니힐리스틱한 파괴도 아니다. 이것은 믿음과 허무의 불확실한 지대에서 살 수 있는껏 살아 보는 현대의 현실과 형이상학을 이야기하는 시이다. 이런 의미에서 엘리엇은 현대의 마음을 만들어 낸 몇 안 되는 문학가의 한 사람이며, 『황무지』는 그 마음에 관한 그의 가장 뚜렷한 증언이다.

(1979년)

공동체에서 개인에로

19세기 미국 시에 대한 한 관견管見

 한 사회에서 개인이 어떤 방식으로 존재하느냐 하는 문제는 여러 테두리 속에서 논의될 수 있다. 이것을 어느 테두리에서 논하느냐 하는 것은 우리의 규범적인 입장에 달려 있다. 사회의 유기적 실체를 중요시하는 입장에서는 사회가 개인에게 어떠한 역할을 배정하고 또 봉사를 요구하였느냐 하는 관점에서 문제를 살펴볼 수도 있고 개인이 사람의 삶의 구극적인 뿌리임을 중요시하는 입장에서는 어떤 사회에서 개인의 행복과 자아실현이 얼마나 달성될 수 있느냐 하는 관점에서 문제를 살펴볼 수도 있다. 물론 위의 두 입장에서 어느 한쪽이 다른 한쪽을 배제하는 것은 아니다. 결국 개인이나 사회나 다른 한편 없이 존재할 수 있는 것은 아니기 때문이다. 다음에 있어서 우리가 이 문제를 논하면서 조금 지나치게 한편의 입장을 취하는 것처럼 보일 우려가 있기는 하지만, 우리가 중요한 열쇠의 하나로 삼는 것은 자유의 주제이다. 우리는 이하에 있어서 이 주제를 우선적으로 마음에 두면서, 미국 사회에 있어서 또는 미국 문학에 비친 미국 사회에 있어서 개인과 사회의 관계를 검토해 보기로 하겠다.

흔히 말해지듯이, 미국은 세계의 다른 어떤 나라보다도 자유를 표방하는 나라이다. 자유는 17세기에 영국인들이 신대륙으로 건너왔을 때 그들이 추구하는바 목표의 하나였고, 18세기 말에 신대륙의 식민지인들이 새로운 사회를 세우려고 하였을 때 가장 기본적인 정치 이념으로 열거되었고 그 이후에 있어서도 미국인의 자기 이해에 있어서나 또는 다른 사람들의 이해에 있어서도 미국 사회를 특징짓고 있는 성질 중의 하나이다. 그러나 이 자유는 그 내용에 있어서나 조건에 있어서 300년의 미국 역사 속에 한결같이 같은 실체를 이루고 있는 것은 아니다. 그것은 시대와 장소에 따라서 그 내용과 조건을 달리하면서 존속해 왔다. 그리고 이렇게 자유의 변용에 착안해 볼 때, 그것이 인간의 행복에 대하여 갖는 의미도 그 내용과 조건에 따라서 크게 달라질 수 있다는 사실을 우리는 알게 된다.

　자유는 자연 조건과 인간의 제한된 능력과의 함수 관계를 나타내는 것으로서 생각될 수 있지만, 그보다도 사람이 개인으로서 살면서 또 사회 속에서 산다는 사실에 관련되어 있다. 자유는 무엇보다도 사회가 개인에게 과하는 제약으로부터의 자유를 지칭하기 쉽다. 그러나 동시에 사람은 그의 물질적, 정신적 생활을 위하여 사회를 필요로 한다. 그리하여 자유는 대부분의 경우 사회와의 긴장 관계 속에서 사람의 삶에 도입되게 마련이다. 물론 다른 한편으로는 개인에 있어서 사회생활의 필요는 그것이 개인의 삶을 단순히 지탱해 줄 뿐만 아니라 그것을 신장해 준다는 사실에서 발생한다. 즉 혼자 할 수 없는 것을 사회가 실현해 주는 것이다. 이것은 자유의 경우에 있어서도 마찬가지이다. 자유 또한 사회에 의하여 신장될 수 있다. 그리고 따지고 보면 사회란 것이 이를 구성하고 있는 개개의 사회 성원을 떠나서 따로 존재하는 것은 아니다. 따라서 사회 속에서 개인의 자유가 총체적으로 신장되고 또 그것이 곧 모든 사람의 힘의 증대, 즉 사회의 힘의 증대가 되는 상황을 상정할 수 없는 것은 아니다. 이렇게 개인과 사회의 조화된 상태를 가능하게 해 주는 조건을 우리는 흔히 공동체라고 불러 왔다. 이 공동체의 조건은, 만약 참다운 조화의 상태로서의 공동체가 현실화될 수 있다고 한다면, 여러 가지 요인들의 미묘한 균형으로 성립한다. 또는 이러한 균형은 적극적인 의미에서 이루어진다기보다는 상호 모순, 대립되는 세력들이 엇갈리는 교차점에서 우연적으로만 성립하고, 대부분의 시대에 있어서 자유와 사회의 요구 또는 사회의 여러 세력들은 일반적으로, 긴장과 갈등 속에서만 서로 관계를 맺는 것으로 보인다. 뿐만 아니라, 자유의 균형은 실제에 있어서는 다른 모순적인 세력의 흐름의 표면에 형성되는 한순간의 환영에 불과한 것으로 생각되기도 한다.

　미국에 있어서의 자유의 역사 또는 개인의 자유의 역사는 다른 요인들과의 복잡한 얼크러짐 속에서만 이야기될 수 있다. 대체적으로 이야기하여, 미국에 있어서 자유는 식민지 정착의 당초부터 하나의 역사적 주제가 된다. 18세기에서 19세기 또 20세기로 옮겨 가는 사이에 역사는 개인의 자유가 더욱 분명하게 정립되는 방향으로 움직여 왔다고 말할 수 있다. 그러나 이것이 참으로 사람의 행복의 증대를 의미하느냐 또 그것이 진정한 의미에서의 자유를 의미하느냐 하는 것은 별개의 문제이다. 미국에 있어서 개인의 자유는 주로 공동체로부터의 개인의 유리 또는 공동체의 해소를 의미하는 것이었다. 그런데 그러한 조건에서의 자유는 크게 볼 때 오히려 개인의 축소를 말하고 또 개인이 공동체와는 다른 소외된 집단적 조직들에 의하여 소유된다는 것을 말할 수 있다. 그리하여 오히려 표면상의 자유가 진정한 자유의 반대 테제를 의미할 수 있다. 미국의 자유는 바로 이러한 역설을 보여 준다. 이 글에서 우리가 간단히 고찰해 보고자 하는 것은 19세기 미국 시가 엿보게 해 주는 자유의 문제 또 여기에 관련되는 개인과 공동체의 관계에 대한 몇 가지 문제점들이다.

이미 잘 알려진 바와 같이, 청교도들이 1620년 또는 1630년에 유럽과 영국에서 신대륙으로 건너왔을 때, 그들이 새로운 사회를 건설하고자 했던 것은 개인의 자유까지는 아니더라도 양심의 자유를 존중하려는 것과 관계되는 일이었다. 적어도 그들은 '믿는 사람의 동의' 없이 어떤 특정한 신앙의 형태가 강요될 수 없다는 것을 그들의 대서양 횡단의 이론적 전제로 가지고 있었다. 그러나 다른 한편으로, 이미 잘 알려진 사실로서 그들이 신대륙에서 실천에 옮기고자 했던 것은 모든 사람이 각자 나름의 믿음을 좇을 권리가 있다는 관용성이 아니었다. 그들은 그들이 집단적으로 수락하는 믿음의 형태를 정통적인 믿음으로 받아들이고 그 정통에 의하여 개인적인 믿음과 사상 또 행동이 철저하게 제약되어야 한다는 필요를 의심하지 아니하였다. 그리하여 신앙에 입각한 그들의 사회 형태는, 페리 밀러(Perry Miller)가 청교도 사회에 대한 그의 많은 연구의 도처에서 말하고 있듯이, 하나의 "독재 체제(dictatorship)"[1]이었다. 청교도 사회의 성원들은 일정한 종교적 교리, 그것에 밀접한 관계를 가지고 있는 사회 행동의 규범, 그리고 이러한 교리와 규범을 다른 사람들보다도 더 잘 대표하는 것으로 여겨지는 사람들의 엄격한 감독과 규제를 받아들였다.

그러나 말할 것도 없이, 이러한 독재 체제가 청교도 사회의 성격 전부를 나타내는 것은 아니었다. 이 독재 체제의 기초에는 역설적으로 그러한 체제의 성원들의 자유 행위가 있었다. 사실상 청교도 사회는 더 정확히 말하여 독재적 권위주의와 양심의 자유와의 미묘한 균형 위에 성립하는 사회였다. 사회 성원의 행동을 감독 규제하는 교회와 정치 체제의 성립은 본래 성원들의 동의에 입각한 것이었다. 토머스 후커(Thomas Hooker)가 말한 바와 같이, 원래 사람과 사람 사이에는 어떤 힘에 의한 예속 또는 복종의 관

---

1 Perry Miller, *Errand into the Wilderness* (New York: Harper Torchbooks, 1964), p. 147.

계가 있을 수 없다는 것은 당연한 전제였다. "자유로운 동의를 통하여 상호 간의 약정이 있음으로써만, 서로에 대하여 하느님의 법이 허용하는바 권리와 힘을 가지며 이 권리와 힘을 행사할 수 있는 것이다."[2] 후커는 이렇게 말했다. 이러한 사회 성원의 동의는 단순히 형식적인 것이 아니었다. 너새니얼 워드(Nathaniel Ward)가 주장한 것처럼 뉴잉글랜드의 특수한 종교와 사회 형태에 동의하지 않는 사람은 언제나 자유롭게 그러한 사회에서 이탈하는 것이 권고되었다.[3]

그리고 이러한 동의에 추가하여 정치는 다른 두 가지 요건에 의하여 더욱 제한되었다. (물론 이러한 제한, 특히 그중의 한 제한은 통치 권력의 대상자에 못지않게 담당자에게도 작용하는 제한이었다.) 즉 사회 협약에 이루어진 정치체는 어떠한 것이든지 마음대로 할 수 있는 것이라기보다는, (가령 루소의 '일반 의지'에 기초한 전체주의 체제가 그러하듯이) 일정한 법률적인 절차 아니면 적어도 이성적인 판단에 따라서 권력을 행사해야 한다고 생각되었다. 이것은 사회 협약의 전제에서 저절로 연역되어 나오는 것이기도 하지만, 다른 한편으로 영국의 관습법의 전통에서 유래되는 기대였다. 이러한 법적이고 이성적인 규약들보다도 중요한 것은 청교도 사회를 전체적으로 지배하고 있던 종교적 이념이었다. 청교도들은 메이플라워 협약(Mayflower Compact)이나 기타 그들이 주고받은 설교와 문서들을 통해서 토머스 홉스에서 루소에 이르는 유럽의 사회계약설을 현실 속에 옮긴 것이라고 할 수 있지만, 그들의 협약 행위와 근대 사회계약설의 전제 사이에는 중요한 차이가 있었다. 즉 그들의 협약은 자연 상태에 있어서의 이기적 추구가 가져오는 혼란으로부터 스스로를 방어하자는 소극적인 의도보다는 세속적인

2 Ibid. p. 148에서 재인용.
3 Ibid. p. 144.

부패와 타락을 떨쳐 버린 신의 도시를 건설하자는 적극적인 의도에 입각한 것이었다. 다시 말하여 그들의 협약은 서로의 이해관계의 상충을 피하고 사회 조화를 기하자는 의도에서 여러 가지 타협의 형식적 기구를 만들자는 것보다는 윤리적 목표의 실현을 추구하는 내용을 가진 것이었다. 이러한 적극적인 정신적 내용은 정치 체제의 작용에 커다란 제한을 가하지 아니할 수 없었다.

그런데 여기에서 주의할 것은 청교도들의 계약 사회가 단순히 법과 이성과 종교에 의하여 질서 지어지는 사회라는 사실보다도 이러한 요인들이 서로 하나로 혼합된 상태로 있었다는 것과 또 이것이 공동체에 단단하게 묶여 있었다는 사실이다. 이성과 종교는 각각 공동체를 성립하게 하는 원리가 될 수 있으면서 동시에 그것을 파괴하고 사회 성원으로 하여금 뿔뿔이 제 길을 가게 하는 원리이기도 하다. 알다시피 이성은 대부분의 혁명기에 있어서 다분히 유기적인 성격을 띠었다고 할 수 있는 기존 질서에 대한 비판의 무기로 작용한다. 이러한 비판에 있어서 개인의 합리적 사고의 예리함은 공동체적 지지나 동의에, 적어도 이론적으로는 의지할 필요가 없는 것이다. 특히 이것이 근본적으로 사람과 사람의 관계를 규정하는 도덕과 윤리의 제약으로부터 벗어났을 때 그렇다. 종교의 경우에도 그것은 쉽게 극단적 분리주의의 원리가 될 수 있다는 점에서는 순수한 이성주의와 비슷한 점을 가지고 있다. 말할 것도 없이 종교적 체험은 신비적 체험에 근사한 것으로서 이 신비의 차원에 있어서는 그것은 다른 사람들에게 전달될 수 없는 극히 개인적인 체험이다. 또 믿음과 구원, 그를 위한 노력이나 확신 ──이 모든 것도 결국은 개인의 영혼의 문제에 속하는 것으로서 어떠한 사회적인 개입도 허용하지 않는 일들이라고 할 수 있다. 그런데 이러한 관점에서 볼 때 우리는 매사추세츠의 청교도들이 신앙을 개인의 영혼의 문제로서 남겨 두면서도 다른 한편으로는 완전히 사회가 간여할 수 없는 토의와 의사소통의 가능성을 넘어가는 어떤 사사로운 것이 되지 않도록 모든 노력을 경주한 사실에 주목하게 된다. 즉 청교도들은 개인의 영혼의 구원이 해당 영혼과 신과의 사이에서만 결정되는 것이라고 하면서도 개인의 영혼이 신으로부터 어떤 직접적인 계시를 받을 수 있다는 가능성은 철저하게 배제하였다. 개인이 신과 접촉할 수 있는 것은 성경과 사회의 윗사람들과 이성적 성찰을 통해서였다. 또는 기껏해야 밖으로 나타나는 행동적 증표, 즉 세상의 관점에 의하여 저울질되게 마련인 외적인 증표로부터 거두어들일 수 있는 내적 확신만이 신과 사람의 가교였다. 결국 신앙은 언어적 해석 — 그것도 전통과 사회적 권위가 뒷받침해 주는 언어적 해석에 의하여, 매개되어야만 하였다. 그리고 이 언어적 해석은 저절로 이성적 논변의 형태를 취하였다. (매사추세츠 식민지 초기에 있어서 앤 허친슨(Anne Hutchinson)의 추방은 그녀가 이성적 언어의 중재를 넘어서서 신에 대한 개인적 체험의 권위를 내세우려고 한 때문이었다.)

물론 이 이성적 논변은 말할 것도 없이 완전히 자유로운 비판적 이성 — 가령 데카르트적인 합리주의의 언어는 아니었다. 그것은 어디까지나 칼뱅주의의 전통 속에서만 움직이는 것이었다. 그러나 이 점은 오히려 중요한 공동체적 의의를 갖는 것이었다. 이성은 종교와의 관련 속에서 개인적 비판의 도구가 아니라 공동 윤리의 확립에 기여하는 것으로 남아 있을 수 있었다고 할 수 있기 때문이다. 위에서도 말한 바와 같이, 청교도들의 이성은 종교에 — 특히 이성적 신학을 통하여 매개되는 종교에 이어져 있음으로 하여 (물론 교리 논쟁의 도구가 되기도 하지만) 존 윈스럽(John Winthrop)의 설교에서 중요시되는 덕목을 예로 들어 "정의와 사랑(justice and charity)"[4]과 같은 사회적 윤리를 유지하고 정교하게 하는 밑바탕이 될

---

4 "A Model of Christian Charity" in Perry Miller and Thomas H. Johnson, *The Puritans: A Source*

수 있었다. 그러니까 다시 말하여 청교도 사회의 근본적 원리는 대체로 이성이었다. 그러나 이 이성은 종교적·윤리적 전제에 봉사하는 만큼 이론적·형식적 원리일 수는 있어도 그 자체로는 어떠한 목적을 가질 수 없는 원리이다. — 도덕적·윤리적 원리이고 또 그것은 어느 한 사람의 의지나 사변 속에 거주한다기보다는 사회의 이성적 토의 속에 존재하는 토의의 원리였다.

물론 이러한 도덕적·사회적 이성이 반드시 사회의 모든 성원에게 고르게 정의와 사랑을 확보해 주지는 못하였다. 다시 페리 밀러가 지적하고 있듯이, '바른 이성(right reason)'과 성경에 입각한 논리를 좇으면서, 청교도 사회의 지도자들은 권위주의의 국가, 계급 사회의 이념에 이르렀다. 이 사회는 "논리에 통달한 상층 계급의 현자(賢者)와 지자(智者)가 시행하는 얼마간의 기본적인 법에 의하여 통치되고, 이 기본법으로부터의 이들의 추론은 법이나 마찬가지의 효력을 가졌으며, 하층 계급이 범할 수 있는 가장 엄청난 죄악은 이들이 끌어낸 결론을 거부하는 일이었다."[5] 그러나 이러한 것이 실상 또는 실상의 한 면이었다고 하더라도, 청교도들이 인간 공존의 한 중요한 방식을 발전시킨 것임에는 틀림이 없다. 적어도 이론적으로 (물론 그들의 이론에도 독단적 요소가 무수한 것이지만) 그들의 사회는 강한 공동체 의식에 의하여 묶여 있었다. 윈스럽의 말로, 신대륙의 새로운 사회는 "정의를 시행하며, 자애를 사랑하며, 신과 더불어 겸허하게 행동해야 하는 것이었다." 그리고 이 일을 위하여 모든 사람은 "한 사람으로 묶이고" "서로 형제처럼 사랑하고, 다른 사람의 필요를 위하여 내 스스로 쓸데없는 것의 소비를 줄이고" "서로를 즐기고 다른 사람의 일을 자기 일로 삼으며, 함께

Book of Their Writings(New York: Harper Torchbooks, 1963).

5 Perry Miller, *The New England Mind: The Seventeenth Century*(Boston: Beacon Press, 1961), p. 429.

기뻐하고 슬퍼하고, 함께 일하고 참으며 이 일에 있어서의 공동 사명과 공동체 의식을 가지며 같은 정치체의 구성원으로서의 공동체를 눈앞에 지켜 나가야"[6] 하는 것이었다. 이러한 공동체의 기반은, 윈스럽의 설교에서 보듯이 높은 윤리 의식이다. 그러나 이러한 의식은 강제 명령적으로 성립하는 것이 아니라 내면적 양심의 요청으로 성립한다. 그리고 그것은 또한 사회적 이성의 원리에 매개되어 사회의 보이지 않는 공공 광장을 형성하고 사회의 제도적 조직의 근본이 되었다. 이것이 청교도 사회의 현실은 아닐망정 가능성이었다.

우리가 이 글에서 토의하고자 하는 것은 이미 제목에 나와 있듯이 19세기의 미국 시이지 청교도 사회의 문제는 아니다. 그러나 위에서 길다면 길고 지나치게 소략하다면 소략하게 청교도 사회의 근본 원리에 대해 언급한 것은 청교도 이후의 미국 사회의 발전 또는 19세기에 있어서의 미국 문학의 어떤 양상들을 이해하는 데 이러한 청교도 사회의 원리가 하나의 도식적 배경으로 참고될 수 있기 때문이다. 그렇다는 것은 17세기 이후 또는 19세기의 미국 문학을 우리는, 위에서 적출해 본 몇 가지 요소, 사회의 윤리적 요청, 개인의 양심, 도덕적·사회적 이성, 이러한 요소들의 새로운 배합 또는 더욱 적절하게는 이러한 요소들의 상호 분리의 과정, 그리고 이에 따른 공동체의 해체 과정으로 볼 수도 있기 때문이다. 그렇게 봄으로써 비로소 우리는 에머슨(Ralph Waldo Emerson)이나 휘트먼의 낙관적 미국주의의 위에 서려 있는 어둠의 그림자를 볼 수 있고 또 이것이 어떻게 하여 한편으로는 에밀리 디킨슨(Emily Dickinson)의 고립과 다른 한편으로는 에드윈 알링턴 로빈슨(Edwin Arlington Robinson)과 같은 시인의 비관적 세계

---

6 Miller and Johnson, op. cit., p. 198.

관, 또 19세기 말에서 20세기까지의 미국 문학 일반의 대전제가 되는 자연주의적 세계관에 이어지는가를 짐작할 수 있게 된다. 그러나 말할 것도 없이 청교도 사회가 이상적인 사회였다고 말할 수 있다는 것은 아니다. 청교도 사회에서의 공동체의 우위는, 어쩌면 그것이 사람이 사는 방식으로서 좋든 나쁘든 유일한 방법일는지는 모르지만, 개인의 자유와 사람의 활력을 크게 제한하는 결과를 가져왔었다. 로저 윌리엄스(Roger Williams)와 앤 허친슨의 박해와 추방, 퀘이커 교도 박해, 마녀 처형 등은 청교도 사회에서의 관용의 정도에 대한 좋은 증거들이 된다. 호손(Nathaniel Hawthorne)이 그의 단편 또는 장편 소설에서 큰 관심을 가지고 묘사하고 있는 것도 청교도 사회의 억압성이다. 이런 관점에서 볼 때, 17세기 이후 미국의 역사는 청교도적 공동체의 소멸의 역사이면서 동시에 개인의 자유의 신장의 역사라고 할 수 있다. 다만 이러한 신장이 다시 개인의 위축을 가져오는 결과에 이르게 된다는 점이 역설적이라고 할 것이다.

하여튼 17세기 이후 아메리카에 있어서의 개인의 확인은 미국 독립전쟁을 거쳐 19세기 초반에 그 절정에 이르렀다고 할 수 있다. 이러한 과정에서 에머슨은 미국적 개인주의에 가장 긍정적인 표현을 부여한 사람이다. 윌리엄 제임스(William James)는 에머슨 100년제의 연설에서 에머슨의 철학을 살아 있는 개체의 절대성(the sovereignty of the individual)을 선언하며 "현재의 인간이 근원적인 현실이며, 제도는 부차적이고, 과거의 인간은 무의미하며 현재의 문제라는 관점에서는 없는 것과 같다.(The present man is the aboriginal reality, the institution is derivative, and the past man is irrelevant and obliterate for present issues.)"[7]라고 주장한 것으로 요약한 바 있다. 그러

---

7 "Address at the Centenary in Concord" in *Emerson: A Collection of Critical Essays*, eds. by Milton Konvitz and Stephen E. Whicher(Englewood Cliffs, N. J.: Prentice-Hall, 1962), p. 20.

나 우리가 생각하여야 할 것은, 에머슨이 모든 종류의 개인주의, 모든 형태의 개인의 생존 방식을 그대로 긍정 현양한 것이 아니란 점이다. 대체로 사람의 생각이란 어떤 사태에 대한 반대 정의로서 성립하기 쉽다는 것은 이 경우에도 해당된다. 그러면 에머슨이 선언한 개인은 어떤 것인가? 또 그것은 어떤 것에 대한 반대 정의, 반대 명제로서 선언된 것인가? 흔히들 그것은 신의 절대적 우위성, 공동체적 규범의 선행성과 더불어 개인의 타락과 무력을 강조한 청교도 신학에 대한 반대 선언으로 생각된다.[8] 그러나 아마 이것보다도 중요한 것은 에머슨의 철학과 에머슨 시대와의 상관관계일 것이다. 이런 점에서 페리 밀러가 에머슨을 청교도에서 조너선 에드워즈(Jonathan Edwards)를 거쳐서 이어지는 정신적 전통의 관점에서 평가하려 한 것은 오히려 타당성이 있는 것으로 여겨진다. 밀러는 에머슨의 초절주의의 의의에 대하여 다음과 같이 말한 바 있다.

> …… 에머슨은, 초절주의자였다고는 하지만, 그의 생각과 사회와의 사이에 어떤 연관을 볼 수 있었다. 그의 상상 속에서 초절주의는 신앙의 축제였지만, 그의 환상 속에서 그것은 유니테리아니즘에 대한 반작용이었고, 그의 오성 속에서 그것은 상업주의의 배격이었다.[9]

에머슨에게 당대의 사회는 개인의 독자성을 존중하지 않는, 획일주의적 사회로 비쳤다. 가령 그의 에세이 「자립(Self-Reliance)」에서 그가 강조하고 있는 것은 사회의 획일적 압력으로부터 자기를 지킬 줄 아는 개인이

---

8 Stephen Whicher's note to "Self-Reliance" in *Eight American Writers: An Anthology of American Literature*, eds. by Norman Foerster and Robert P. Falk (New York: W. W. Norton, 1963), p. 238 참조.

9 Miller, *Errand into the Wilderness*, p. 198.

다. 그는 "당당한 사람이고자 하는 사람은 비획일주의자여야 한다.(Whoso would be a man, must be a non-conformist.)"[10]라고 말한다. 이에 대하여,

대부분의 사람은 그들의 눈을 이런저런 수건으로 싸고 집단적 견해에 스스로를 종속시킨다. 그들의 집단적 획일주의는 몇몇 가지 안에서 거짓이 되고, 몇몇 가지의 거짓을 만들어 내게 하는 것이 아니라 모든 일에 거짓이 되게 하고 거짓의 창조자가 되게 한다. 그들의 진실은 반드시 진실이 아니다. 그들의 둘은 진짜 둘이 아니고 그들의 넷은 진짜 넷이 아니다. 그래서 그들이 말하는 모든 것은 우리 마음을 언짢게 한다. 우리는 어디로부터 시작하여 그들의 잘못을 바로잡을지를 모른다. 그러는 사이 자연은 우리를 우리가 속하는 파당의 죄수옷으로 바꿔 입혀 버리고 만다. 우리는 맞추어 주는 얼굴과 몸가짐을 가지게 되고 점점 순하기 짝이 없으며 가장 바보스러운 표정을 띠게 된다.[11]

또 에머슨은 말한다.

사회는 온갖 곳에서 그 성원의 사람됨(manhood)을 분쇄할 공작을 벌인다. 사회는 하나의 주식회사로서, 이 주식회사의 요구에 맞추어 사람들은 주주에 돌아오는 빵을 더 잘 확보하기 위하여 빵 먹는 사람으로서 자유와 교양을 헌정해 버린다. 가장 주요한 덕목은 순응(conformity)이다. 자립(Self-Reliance)은 가장 큰 강한 혐오의 대상이다. 사회는 있는 대로의 현실

---

10 Stephen E. Whicher ed. *Selections from Ralph Waldo Emerson*(Cambridge, Mass: Houghton Mifflin, 1957).

11 Ibid., pp. 151~152.

도 아니고 창조자도 아니라, 이름과 습관이다.[12]

이렇게, 에머슨의 개인적 자립의 예찬은 사회의 획일화 압력에 대한 것인데 우리는 에머슨의 반발을 좀 더 구체적으로 이해할 필요가 있다. 에머슨이 말하는 순응적 인간으로 이루어진 주식회사와 같은 사회는 사회 일반을 지적한 것이라기보다는——그것은 우선 청교도 사회 같은 데에 해당한다고 할 수는 없을 것이다.——상업과 합리성을 순응적 예절로 발전시켜 가던 보스턴 사회를 지적하고 있는 것으로 간주해야 할 것이다. 에머슨은 이러한 합리화하는 사회의 획일적 압력에 대하여 개인의 원초적 우위성을 주장한 것이다.

그런데 이렇게 에머슨을 당대의 합리주의적이고 상업적인 사회에 대립시키면서 우리가 주목해야 할 것은 사실에 있어서 획일적 압력이 집단적 결속이 강한, 다시 말하여 사회성이 강한 사회에서 발생하는 것이 아니라 바로 개인주의적 사회에서 발생하는 압력이라는 점이다. 이 점은 에머슨에 비하여 훨씬 예리한 사회적 감각을 지녔던 토크빌(Alexis de Tocqueville)에 의하여 지적된 바 있다. 토크빌은 계층적 사회 질서의 부재는 미국인으로 하여금 하나같이 모든 사람의 평등을 신봉하는 개인주의자이게 하나, 그것은 결과적으로는 개인의 개성을 북돋아 주는 것이 아니라 오히려 개인의 획일화를 촉구하는 사회를 가져온다고 지적하였던 것이다.

민주 사회의 주민이 자신을 주변의 다른 사람들과 비교할 때, 그는 그가 다른 어떤 사람에 대하여서도 대등한 존재임을 자랑스럽게 느낀다. 그러나 그는 동료 인간 전부를 바라볼 때, 그리고 그 많은 사람들과 자신을 대조해 볼 때, 그 자신의 미미함과 미약함에 압도된다. 하나하나 떼어서 볼 때는,

---

12 Ibid., p. 149.

다른 하나하나의 동료 시민으로부터 그를 독립할 수 있게 하는 동등성이 바로 그로 하여금 더 큰 숫자의 사람들의 영향에 대하여는 고립되고 무방비한 상태에 놓이게 한다. 따라서 민주 국민의 경우에 있어서 일반 대중은 귀족 국가에서는 생각할 수도 없는 힘을 가진다. 대중은 다른 사람들을 설득하여 그 자신의 견해를 갖게 하는 것이 아니라 이러한 견해를 억지로 부과하고, 전체의 마음의 압력을 개인의 지능에 작용하게 하는 것과 같은 방법으로 각자의 사고에 이 견해가 팽만하도록 한다.[13]

이러한 토크빌의 진단이 옳은 것이라고 하면, 에머슨의 개인주의는 당대의 획일적 개인주의에 대한 다른 또 하나의 개인주의를 주장한 것으로 생각되어야 한다. 사실 어떤 사회에서나 그것이 민주주의 사회이든, 전체주의적 사회이든, 개인이나 집단의 범주가 없을 수는 없는 일로 단지 이 불가피한 제약의 두 범주는 사회의 성격에 따라 다르게 정의되고 다르게 관계 지어질 뿐이다. 다만 19세기 미국 사회에 있어서, 사회는 에머슨이 본 바와는 달리, 분명하게 개인주의적 원칙에 의하여 조직화된 것이었다. 위에서 이미 비친 대로 이러한 면에서는 토크빌의 사회적 상상력은 에머슨의 초절적 철학보다 더 믿을 만한 것이라 하여야겠지만 토크빌의 관찰도 개인주의에 대한 관찰로서는 미흡한 점이 있다. 왜냐하면, 19세기 초, 중엽에서 후반으로 넘어가면서부터 미국의 개인주의는 단순히 수의 압력으로 생기는 것이라기보다는 보다 적극적으로 주장되는 자본주의 사회의 물질 경쟁의 개인주의이기 때문이다. 대니얼 에런(Daniel Aaron)은 에머슨을 논하는 글에서 19세기 미국에 존재하는 두 개의 개인주의가 있는데, 하나는 "사물이든 사람이든 장애물을 싫어하는 공격적이며 탐욕적인 국민성"에

---

13 Alexis de Tocqueville, *Democracy in America*, vol. 2(New York: Vintage Books, 1945), p. 11.

연결되어 있는 개인주의이고 다른 하나는 "개체적 자아실현과 확대, 자족적이고 수동적 성장"[14]을 강조하는 정신적 개인주의인데, 에머슨에는 이 양면의 개인주의가 다 있으면서도 더 근본적으로는 후자의 부드러운 개인주의를 옹호한 것이라고 말한 바 있다.

그런데 이러한 말에 동의하면서, 우리는 또 하나의 각도에서 에머슨의 개인주의를 검토해 볼 수 있다. 그는 단순히 거친 개인주의와 부드러운 개인주의와의 선택을 말한 것이 아니라, 거친 개인주의의 팽창과 그것에 의한 사회의 조직화에 따르는 미국적 인간의 내적 변화에 대한 하나의 증언을 제시하고 있다. 산업화 과정에서 사회는 그 사회를 구성하는 성원들의 삶을 밖으로부터 바꾸어 놓을 뿐만 아니라 그 성격을 안으로부터 바꾸어 버린다. 개인의 구성의 원리 자체가 바뀌는 것이다. 에머슨이 직감한 것은 미국 사회에 일어나고 있는 이 개인의 구성 원리의 변화였다고 할 수 있다. 이것은 사람이 대체로 고립하거나 또는 허술한 인간관계 속에서 자연과의 관계를 삶의 기본적인 관계로 하고 사는 상태에서, 밀집한 사회관계 속에서 자연과의 관계를 삶의 기본적인 관계로 하고 살게 되는 상태로 옮겨 갈 때 볼 수 있는 변화이다. 이러한 변화는 소위 자연 상태와 사회 상태의 대조에 민감했던 루소와 같은 정치 철학자가 깊이 생각했던 변화이다. 우리가 에머슨에서 이에 비슷한 대조를 발견하는 것은 초기 산업화 시기의 미국의 사회 사정으로 보아 당연한 것으로 여겨진다.

루소의 사회 사상의 기본에 흐르고 있는 대조는 이미 말한 바와 같이, 자연 상태와 사회 상태의 대조이다. 그런데 이러한 대조는 루소에게 단순히 역사적 발전 단계의 차이로서만 생각되지 않고 어느 시대에 있어서나 인간 성격의 근본적인 차이로 생각되었다. 즉 이것은 오늘날 또는 루소의

---

14 Daniel Aaron, *Men of Good Hope*(New York: Oxford University Press, 1951), pp. 13~14.

당대의 사회에 있어서도 해당되는 심리적 유형의 차이로서 이 차이의 어느 쪽이 지배적인 것이 되느냐에 따라서 개인의 삶이나 사회의 성격은 조화된 것으로 또는 갈등에 찬 것으로 결정되는 것으로 생각되었다.『인간 불평등 기원론』등에 있어서 루소는 이러한 자연적 성격과 사회적 성격의 차이를 진화론적으로 생각하고 있지만,『에밀』에서는 교육에 의하여 통제될 수 있는 어떤 것으로 생각한다. 그에게는 자아의식은 근본적으로 두 가지가 있을 수 있었는데 어느 경우에 있어서는 자아의식이 밑바탕을 이루고 있는 것은 자신에 대한 사랑이다. 그러나 이 사랑의 하나는 문자 그대로 '자애' 또는 '자아애(amour de soi)'라고 부를 수 있는 것이고 다른 하나는 '자존심 또는 이기심(amour propre)'인데, 어느 쪽이 지배적인 개인 원리가 되느냐 하는 것은 개인의 행복이나 사회 평화의 관점에서 중요한 의미를 갖는 것으로 생각된다. '자애'는 사람의 동물적인 자기 보존 본능에 이어져 있다. 이것은 사람으로 하여금 생물학적인 욕구 또는 그에 연결되어 있는 간단한 욕구들의 만족으로서 스스로의 행복을 찾게 한다. 그리하여 이 충동에 따르는 한, 사람은 많은 것을 필요로 하지 않으며 쉽게 행복해질 수 있다. 그것은 다른 사람과의 관계에 신경을 쓰는 충동이 아니기 때문에 다른 사람과의 투쟁적·경쟁적 관계를 유발하지 않는다. 그것은 오히려 사람이 갖는 근원적인 연민의 정에 이어져 있어서, 쉽게 이성적이고 평온한 자비(benevolence)의 정서에로 발전될 수 있는 가능성을 가지고 있다. 여기에 대하여 '자존심'은 개체의 생물학적이고 자연스러운 충동으로부터 생기는 것이 아니라, 다른 사람과의 관계에서 자기를 생각할 때 생기게 되며, 대개는 부정적인 감정들을 유발하는 원인이 된다.

'자애(L'amour de soi)'는 우리 자신만을 생각한다. 그것은 우리 자신의 진정한 욕구(또는 필요)가 충족되었을 때 만족한다. 그러나 '자존(l'amour-propre)'은 다른 사람과의 비교에 관계되어 있고 결코 만족하지 않고 만족할 줄을 모른다. 왜냐하면, 이것은 다른 사람에 대하여 우리를 앞세우면서 다른 사람까지도 그들 자신보다도 우리를 좋아할 것을 요구하기 때문이다. 이것은 불가능한 요구이다. 이렇기 때문에 온화하고 사랑스러운 감정은 자애에서 태어나고 미워하고 성내고 하는 감정은 자존에서 태어난다. 이렇게 하여 근본적으로 사람을 착하게 하는 것은 필요를 적게 갖는 것이고, 다른 사람과 스스로를 비교하지 않는 것이다. 사람을 근본적으로 나쁘게 하는 것은 필요나 욕구를 많이 가지고 다른 사람들의 견해에 매어 달리는 것이다.[15]

사회적 연관 속에 살 때, 사람은 온갖 자존의 폐단을 당연한 것으로 받아들이기 쉽다. 에밀에 있어서의 루소의 중요한 관심사의 하나는 어떻게 하여 에밀로 하여금 자존의 폐단을 피하면서 '자애'로부터 출발하여 이성적이며 자비로운 인간으로 성장할 수 있게 하겠는가 하는 문제이다. 어린 아이는 본래 '자애' 그리고 다른 사람의 고통에 대한 연민과 동정의 충동을 가지고 있다. 그러나 사춘기에 이르러 아이는 다른 사람과 스스로를 비교하는 일에 민감하게 되고 사회 환경에 따라서는 다른 사람만의 의견을 지나치게 중시하여 순응적이면서 경쟁적인 인간 ── 즉 자존에 의하여 움직이는 인간이 된다. 이러한 발전은 인간 성장의 한 과정이면서 이미 말한 바와 같이 사회 발전의 과정이기도 하다. 사회는 자연 상태로부터 벗어날수록 의타적이면서 동시에 자존적인 인간 유형을 낳게 된다. 즉 증오, 질투, 재산, 권력, 명성 ── 이러한 것들이 중요한 가치가 되는 사회에 있어서

---

15 Jean-Jacques Rousseau, *Emile*(Paris: Garnier-Flammarion, 1966), pp. 276~277. 자애와 자존의 구분이 갖는 정치적 의미를 논한 글로서 John Charvet, "Individual Identity and Social Consciousness in Rousseau's Philosophy" in *Hobbes and Rousseau: A Collection of Critical Essays*, eds. by Maurice Cranston and Richard S. Peters(New York: Doubleday Books, 1972)를 참조할 것.

는 "세상의 눈길을 중요시하고 자신의 확신보다는 다른 사람의 증언에 의하여서만 행복하고 자기만족을 얻는 사람들" 또 "언제나 자신의 밖에서 살며, 다른 사람의 의견 속에서 살 줄밖에 모르며, 말하자면, 이들의 의견에서만 자신의 삶의 느낌을 끌어내어야 하는 인간들"[16]의 출현을 보게 된다. 그러나 이러한 자애적인 그러면서 자비로운 인간에서 자존적인 그러면서 의타적 인간에의 변화가 불가피한 것은 아니다. 인간의 사회화는 적절한 교육과 사회 제도의 개혁으로써 다른 종류의 변화가 될 수도 있는 것이다. 교육의 요체는 본래의 자애를 토대로 하여, 이것이 부정적인 것으로 변화하지 않고 인간애와 덕성으로 발전하게 하는 것이다. 그것은 인간의 욕구를 사회적 허영에 의하여 자극되지 않게 하고 본래의 신체적인 요구에 한정하게 하며, 동료 인간에 대한 사랑을 개발하고 이성적 판단을 기르며 사회를 건전한 상태에 유지함으로써 이루어질 수 있는 것이다.

루소의 자애와 자존심의 구분은, 인간 개성의 구성의 원리, 성장의 과정 또 일반적인 사회 발전의 원리를 천명하는 것이지만, 우리는 이것이 동시에 구체적 역사 변화 속에서 감지되는 구분임에 주목하여야 한다. 즉 그것은 사회 조직의 긴장화를 요구하는 상업주의적 사회 또는 산업주의적 사회의 대두와 함께 일어나는 인간 유형의 역사적 추이를 그 대표적 개성의 내면 구조로부터 이해하고자 한 것이라고 말할 수 있다. 루소의 두 인간 개성의 원리를 에머슨에게, 19세기 중엽의 아메리카에게 적용한다면, 이것은 특히 그렇게 생각되어야 할 것이다. 즉 에머슨은 새로 등장한 자본주의적 사회에 있어서의 인간형에 대하여, 보다 자연스러운 인간 ──독립적이면서 이성적 인도적 인간의 유형을 생각한 것이다. 이렇게 볼 때, 에머슨의 개인주의의 복음을 가장 집약적으로 표현한, 이미 위에서도 언급한 바 있

---

16 J.-J. Rousseau, *Discours sur l'origine et les fondements de l'inégalité*(Paris: Gallimard, 1965), p. 126.

는 '자립(Self-Reliance)'은 흔히 생각하듯이 반청교도주의나 청소년 상대의 허황된 자조론(自助論) 이상의 의미를 갖는 것으로 읽힐 수 있다. 사실 자세히 검토해 보면 '자립'의 철학은 전적으로 '자존심'에 의하여 즉 사회의 경쟁적 획일주의에 의하여, 오염되지 않는 자아중심주의, '자애(amour de soi)'에 기초한 자아의 절대성을 선언하는 것임을 알 수가 있다.

에머슨의 자립에 대한 주장은 일단은 무조건 자신을 믿고 행동하라는 것이지만, 다른 한편으로 그것은 그렇게 자기를 믿고 행동할 때 사람이 진실 속에 있는 것이라는 주장으로 나아간다. 그는 "너 자신을 믿으라, 모든 마음은 그 소리의 울림에 공명한다."[17]라고 하고, 내면의 소리에 따라서 살라고 한다. "안으로부터 나와 마음속을 비치는 광명의 번득임을 알고 지켜야 한다."[18] "마음 가운데 절대적으로 신뢰할 수 있는 것이 있다."[19] "전적으로 안으로부터 산다면 전통의 성스러움이 나에 무슨 상관이랴."[20] —— 이런 가르침의 밑바닥에는 이미 말한 바와 같이 우리 본성에 무엇인가 범할 수 없는 지주가 있다는 생각이 있는 것이다. "내 본성을 제하고 성스러운 법칙은 아무것도 없다. …… 유일하게 옳은 것은 내 성격에 따르는 것이고 유일한 잘못은 이를 거스르는 것이다."[21] 이러한, 안에 있는 본성은 무엇인가? 이것은 말할 것도 없이 우주적인 진리에 통하는 어떤 것이다. '초아(the Over-soul)'에서 특히 이 점은 형이상학적으로 확대되어 있다. 그러나 여기에서 주목할 것은 이러한 자아 속의 초월적 원리가 다만 철학적으로 또는 형이상학적으로 파악된 것이 아니라 감각적으로 육체적으로 육체의 본능

---

17 Stephen Whicher, *Selections from Ralph Waldo Emerson*, p. 148.

18 Ibid., p. 147.

19 Ibid., p. 148.

20 Ibid., p. 149.

21 Ibid., p. 150.

이나 자발성으로 파악되어 있다는 점이다.

　　모든 고유한 행동이 우리에게 작용하는 매력은 자신(self-trust)의 이유를
살펴볼 때 설명된다. 믿음의 대상이 되는 것은 누구인가? 항구적 자립의 토
대가 되는 근원적인 자아는 무엇인가? …… 이러한 문제에 대한 탐구는 천
재, 덕성, 생명의 본질, 우리가 자발성(spontaneity)이라 또는 본능(instinct)
이라 부르는 것으로 나아간다. 우리는 이 원초적 지혜를 직관 또는 내관이
라 한다. 이에 대하여 모든 나중의 가르침은 단순한 개관, 외관이라고 부를
수 있다. 분석을 그 이상 밀어 나갈 수 없는 마지막 사실인, 그것의 깊은 힘
속에 모든 것은 그 근원을 발견한다. 조용한 시간에 이는 존재의 느낌은 그
경위를 분명히 알 수 없는 대로 사물과 공간과 광선과 시간과 사람이 따로
있는 것이 아니라는 것을 말하여 준다. 그것은 이런 것들과 하나이며, 이들
의 생명과 존재가 나오는 곳으로부터 나온다. 우리는 처음에 그에 의하여
사물이 존재하게 되는 생명을 나누어 가진다. 다만 우리는 이것들을 나중에
현상으로서 보며 우리가 그 근원을 같이한 것임을 잊어버린다. 여기에 우리
의 생각과 행동의 원천이 있다. …… 우리는 거대한 지혜의 무릎 속에 있으
며, 이 지혜가 우리로 하여금 그 진리의 수용자이며 그 활동의 대행자이게
한다. ……[22]

위와 같은 구절에서 에머슨은 자립적 행동의 근거로서 자발성이나 본
능을 말하면서 이것을 다시 초월적인 것에 연결하고 있다. 그러나 처음에
자발성과 본능에 대한 언급이 사실적이며, 육체적인 것을 지칭하고 있음
에는 틀림이 없는 것일 것이다. 그는 이와 관련하여 생각보다는 지각의 우

---

22 Ibid., p. 156.

위와 절대성을 말하고 ("지각은 자의적이 아니라 필연적이다.(Perception is not whimsical, but fatal.)")[23] 또 느끼며 일하며 현재 속에 있는 자아를 강조한다. 그에게 하나의 중심적인 이미지는 "풀잎이나 꽃피는 장미", 또는 사화집에 잘 등장하는 그의 시, 「로도라(Rhodora)」에서 말하는 대로, 아무 다른 보아 주는 것 없이 "스스로 존재할 만한 이유를 가지고" 자족적으로 있는 자연의 꽃과 같은 것이다.

그러니까 다시 요약하여 말하건대, 에머슨의 자아는 자신의 본능과 감각과 정신 가운데 굳게 자리해 있는 구심의 원리이면서, 우주의 모든 피조물 또 그것을 포괄하는 커다란 진리에 연결되는 초월적 원리이다. 다만 여기에서 우리가, 되풀이하건대, 주의할 것은 이 자아는 사회를 포함하지 않는다는 점이다. 그것은, 이미 말한 대로, 사회적 자아에 대한 반대 정의, 반대 명제로서 제시된 것이다.

그런데 여기에서 다시 한 번 생각해야 할 것은, 이와 같이 에머슨의 개인주의가 당대적 상황에 대한 저항으로서 당대적 개인주의와는 별개의 개인의 모습을 투사하는 것이고, 또 그러니만큼 사회와의 중요한 관련 속에서, 당대의 사회적 상황을 극복하고자 하는 의도에서 정립된 생각이라고 할 수 있지만, 그것이 결국은 당대의 사회, 또 미국 사회의 동력학을 제대로 부여잡지 못하는, 그리하여 그것에 대하여 별 큰 의의를 갖지 못하는 관념론에 불과한 것이라는 점이다. 이것은 에머슨의 개인주의 또는 초절주의를 아메리카의 사상사 — 사회적 차원을 참고하는 사상사의 원근법 속에 놓고 볼 때 비교적 이해할 만한 것이다.

여기에 우리는 위에서도 언급한, 청교도에서 에머슨에 이르는 아메리카의 정신사에서 많은 시사를 받을 수 있다. 페리 밀러는 종교적 신앙의 신

---

23 loc. cit.

비와 이성적 절제를 교묘하게 아울러 가지고 있던 청교도의 정통이 세속화 소멸되면서 한편으로 합리주의를 낳고 다른 한편으로는 여러 가지 형태의 정서적 열광주의를 낳았다고 말한다. 그리하여 합리주의는 유니테리아니슴과 자본주의의 발달로 연결되고 정서적 열광주의는 18세기의 복음주의 운동(The Great Awakening)과 조너선 에드워즈의 신학으로 이어지며, 에머슨이나 마거릿 풀러(Sarah Magaret Fuller)의 초절주의는 이 후자의 전통을 이어받는다.[24] 그런데 이와 같이 밀러가 지적하는바 미국 정신사에 있어서의 이성과 감정의 분리는 미국 문학 또 미국 사회의 발달에 중요한 의의를 갖는다. 에머슨의 미국 사회에 대한 비판적인 입장이 미국 사회의 주류 — 합리주의와 산업 발전을 주동력으로 한 미국 사회의 주류에 별 관련성을 갖지 못한 것도 그것이 정서적이고 감정적이었다는 점과 관련되어 있는 것으로 보이는 것이다. 또 이것은 대체로 19세기 이후의 미국 문학과 미국 사회와의 관계에도 일반적으로 해당시킬 수 있는 것이다.

어느 때에 있어서나, 그것이 어떤 형태의 것이든지 간에, 사회 제도의 원리는 이성적일 수밖에 없다. 이성은 그 밑바탕의 원리야 어떤 것이든지 간에, 사회의 목적과 수단으로서의 제도의 정합성을 저울질하는 원리이다. 그리하여 실제적 이성의 소유자는 곧 사회 제도의 소유자가 될 수 있고, 제도의 소유자, 창조자가 사회의 실질적 발달을 좌우한다. 이것은 과학과 기술과 산업에 의하여 특징지어지는 18세기 이후, 특히 남북 전쟁 이후의 미국에 있어서 그럴 수밖에 없는 일이었다. 이러한 사정 속에서 에머슨이나 다른 초절주의자들의 정서적 저항은 단순히 역사의 작용에 대한 반작용, 현상에 대한 부현상의 성격을 띨 수밖에 없었다. 뿐만 아니라 흥미로운 것은 이러한 반작용은 사실에 있어서 역사적 작용에 대한 보완 작용을

---

24 Perry Miller, *Errand into the Wilderness*, p. 198 et passim.

하고 또는 변호론을 제시하는 역할을 할 수도 있다는 사실이다. 결국은 어떠한 역사의 반작용도 그것이 역사의 현실적 동력학을 전체적으로 거머쥘 수 없는 한 그것 또한 역사의 흐름의 소산으로서 쉽게 그에 반대되는 작용 속에 흡수될 수 있는 것이다.

에머슨의 개인주의에 있어서의 개인적 에너지의 숭상은 바로 자본주의적 산업화에 있어서 기본적인 신념이 된다. 그리하여 대니얼 에런의 말로는 에머슨은 다른 의도가 없지 않은 채로 그 자립의 철학, 자족의 철학으로써 미국 사회의 사회적 붕괴의 경향들과 잘 어울리는 민주적 개인주의의 가장 분명한 대변자가 되고[25] 또 "사업가 계급의 행위와 활동에 대한 이상적 설명을 부여하고 그것을 정당화하거나 비판할 수 있는 필연적 기준을 제공하였다."[26] 또는 그는 "산업 시대의 사업가들에게 합리화의 기본 구도"[27]를 마련하였다고 할 수도 있다. 다시 말하여 에머슨의 개인주의는 그 성격을 근본적으로 달리하면서도 물질문명의 다른 개인주의에 흡수 합류할 수밖에 없었던 것이다.

휘트먼의 시에 있어서의 개인과 사회의 역학 관계도 에머슨에서 보는 것과 같은 개인의 과장된 긍정 또 이와 더불어 그 개인을 부정하려는 세력과의 합류라는 모순의 변증법을 드러내 준다. 물론 휘트먼과 에머슨에는 동질성과 함께 큰 차이가 있다. 휘트먼도 에머슨과 같이 "살아 있는 개인의 절대성"을 노래하였다. 그러나 그는 이 개인을 기본적으로 구심적 응집 속에서보다는 동료 인간과 자연에의 확산 속에서 확인하고자 하였다. 그는 개인의 고립보다는 개인들의 결합(merging)을 원하였다. 에머슨이 "동

---

25 Daniel Aaron, *Men of Good Hope*, p. 7.

26 Ibid., p. 8.

27 loc. cit.

정이란 (후회나 불만과 마찬가지로) 천한 것이다."[28]라고 생각한 데 대하여 "사랑(amativeness)", "부착력(adhesiveness)", "동료애(comradeship)"는 휘트먼의 핵심적인 가치였다. 에머슨에게 개아의 거주지는 자기 자신이며 자기 고향이었다. ("영혼은 여행자가 아니다. 현자는 집에 머문다……."[29]) 이에 대하여 휘트먼은 여행의 인간이었다. 그는 미국의 동서남북을 그의 시에 화려하고 잡다하게 포용하였고, "길이 앞에 있으니, 가자."[30]라고 외치며, 그의 자아가 모든 사물과 도시와 사람과 합치고 헤어지며 나아가는 움직임을 노래하였다. 이러한 두 사람의 대조는 새삼스럽게 말할 것도 없이 그들의 시의 구석구석, 그 전형적인 기교에도 그대로 나타난다. 에머슨에게 중요한 이미지가 홀로 피는 철쭉이고 숲이고 그 고요함(Waldeinsamkeit)이라면, 휘트먼의 이미지들은 도시와 도시의 잡담과 사물들, 도처에 흐드러져 피는 풀과 밀밭에 가득한 밀들이었다. 에머슨에게 한정된 구역의 조화 속에 있는 자연의 대상물이 시의 초점이 되었고, 휘트먼에게는 잡다한 것들의 현란한 나열이 그의 확산적 에너지에 적합한 것이었다.

그러나 에머슨과 휘트먼이 그 정신적인 뿌리를 같이하고 있음은 휘트먼 자신 또 에머슨 자신이 인정한 바와 같다. 그 뿌리는, 이미 말한 바와 같이, 그들이 개인의 존엄성과 정신성을 그들의 철학의 핵심적 신조로 삼은 데 있다. 그리고 이미 에머슨의 경우에 본 바와 같이, 휘트먼에게 있어서도 그가 받쳐 드는 개인은 에머슨적인 개인, 스스로의 내면으로부터, 주어진 감각과 충동과 감정, 거기에서 자라 나오는 자연스러운 이성으로부터 행동하는 개인이었다. 그런데 에머슨의 '자립적인' 개인들이 어떻게 하나로

---

28 Stephen Whicher, *Selections from Emerson*, p. 162.

29 Ibid., p. 164.

30 "Song of the Open Road", *Leaves of Grass*, ed. by Sculley Bradley and Harold W. Blodgett(New York: Norton Critical Edition), p. 158. 휘트먼의 시는 이 판에 따랐다.

합쳐서 사회적 유대를 형성하고 사회를 구성할 수 있을 것인가?

자연인의 사회인으로의 변화는 루소 또는 푸리에와 같은 개인의 자유와 도덕성을 존중하는 사회철학의 가장 큰 난제 중의 하나였다. 모든 덕성이 자연스러운 개인에게 있다고 할 때, 이 두 요구를 어떻게 통합할 수 있는가? 이것이 어려운 것은 후자의 사회적 결속의 요구는 필연적으로 자연 속에 자립하는 인간의 내적 구성 자체에 변화를 가져오게 되는 것으로 보이기 때문이다. 위에서 잠깐 언급한, 두 가지 자기에 대한 사랑에 관한 루소의 개념을 빌리건대 사람은 자연 상태에서 자신의 내적 요구, 신체적 정신적 요구에 의하여서만 자기를 생각하지만, 그가 사회 속으로 들어가려고 한다면, 그는 자신을 다른 사람과의 관계 속에서 생각하는 방법을 배워야 한다. 그런데 이렇게 자기를 타자와의 관계에서 생각하면서, '자존심'의 악덕 — 경쟁과, 시의와 허영과 획일의 악덕들에 물들지 않을 수 있는가? 루소가 『에밀』에서 고민한 문제의 하나는 이미 언급한 바 있듯이, 여기에 관한 것이지만, 최소한도 우리가 말할 수 있는 것은 자연인에서 사회인으로의 변화가 교육과 제도의 복잡하고 미묘한 작용에 의하여서만 바르게 매개될 것이라는 사실이다.

휘트먼의 문제는 에머슨의 경우에서나 마찬가지로, 이러한 변화의 매개의 문제를 생각하지 아니하였다는 점에 있다. 이 문제를 생각한다는 것은 사회 제도와 그것에 대한 이성적 검토를 시도한다는 것을 의미하는 것이었다. 그런데 사회는 루소의 진단을 빌려 미국에 있어서 이미 자존심에 기초한 경쟁적 투쟁적 사회로 이행하고 있었다. 휘트먼이 긍정한 개인은 적어도 그 근본 정신에 있어서는 이 상업주의 사회 속에 형성되어 가는 개인은 아니었다. 그러나 그는 이것과 자신의 생각 속에 있는 개인을 혼동하였다. 또 미국의 산업주의의 관점에서 볼 때 그것은 당연히 같은 것이었다. 개인이 모여서 이루어지는 사회는 산업주의에 의하여 조직되는 것이거나 아니면 적어도 투쟁과 이해에 의하여 조정되는 이익 사회였다. 다시 말하여 휘트먼은 『풀잎』의 헌사에서 "단순히 따로 자아를 노래하고 또 민주적이란 말 다수라는 말을 나는 말한다.(I sing, a simple separate person/ yet utter the word Democratic,/ the word En-Masse.)"라고 했지만, 그는 여기의 "단순히 따로 있는 자아"와 민주와 다수 사이에 있을 수 있는 제도적 매개를 생각지 않았다. 그런데 매개의 성질에 따라서는 자아도 민주적 다수도 전혀 다른 것으로 바뀔 수 있는 것이었다.

휘트먼이 생각한 개인이 에머슨에서와 마찬가지로 자연스러운 인간, 그 감각과 본능과 신을 사회적 수정이 없이 간직하고 있는 인간이란 것은 새삼스럽게 말할 필요도 없다. 이것은 『풀잎』 전편에 되풀이하여 강조되고 있는 주제이다. 다만 에머슨의 경우에서보다 휘트먼에 있어서 자연스러운 상태의 인간에 대한 전면적인 긍정이 더 두드러질 뿐이다. 휘트먼에서는 감각 ― 냄새나 촉각에 대한 강조, 육체, 특히 성 충동의 긍정, 남녀의 동등과 동등한 존엄에 대한 느낌 ― 이런 것들이 에머슨의 추상성에 더욱 대담한 구체적 내용을 부여한다. 에머슨에 있어서보다 그에게 있어서 사람의 생명은, 한편으로는 우주의 진실에 열려 있지만, 다른 한편으로는, 식물적 동물적 생명 과정에 이어져 있는 것으로 파악된다. 휘트먼의 상징이 '풀잎'인 것은 말할 것도 없지만, 그에게 동물 또한 자립적, 자족적 삶의 증표가 된다.

나는 되돌아가 짐승과 살 수 있으리라 생각한다. 그들은 그렇게 천연스럽고 제 안에 있으니;

나는 멈추어서 그들을 오래오래 본다;

그들은 그들의 조건을 두고 땀 흘려 괴로워하고 신음하지 않는다;

그들은 어둠 속에 잠 못 이루며 그들의 죄를 두고 울지 않는다;

그들은 하느님에 대한 의무를 길게 말함으로써 나를 지겹게 하지 않는다;

어느 짐승도 불만을 갖지 않는다 ─ 아무도 물건을 소유하는 광증으로 미치지 않았다;

아무도 다른 짐승에게 또는 수천 년 전에 살았던 다른 짐승들에 무릎 꿇지 않는다;

온 지구를 둘러보아야 아무도 점잖음을 빼고 부지런히 일하지 않는다.

I think I could turn and live with animals, they are so placid and self-contain'd;

I stand and look at them long and long;

They do not sweat and whine about their condition;

They do not lie awake in the dark and weep for their sins;

They do not make me sick discussing their duty to God;

Not one is dissatisfied, not one is demented with the mania of owning things;

Not one kneels to another, nor to his kind that lived thousands of years ago;

Not one is respectable or industrious over the whole earth.[31]

이렇게 자족적으로, 자립적으로 있는 자아가 사회적인 ─ 더욱 구체적으로는 당대의 사회가 정의하고 구성하는 자아와 다르다는 것을 휘트먼이 모른 것은 아니다. 위에서 이야기하는 동물의 특징들 ─ 스스로의 상태에 자족하여 도덕률에 의하여, 사회적인 계층 질서에 의하여, 소유욕의 광

---

31 "Song of Myself 32".

증에 의하여, 부질없는 체면이나 노동의 필요에 의하여 구속되지 아니하는 동물의 조건은 바로 당대의 사회에서 휘트먼이 보는 사회적 인간 조건의 반대 이미지이다. 그의 자족적 존재에 대한 긍정은 비판을 담고 있는 것으로 보아 좋은 것이다. 뿐만 아니라 더 적극적으로 휘트먼이 그의 주변에서 보는 모든 인간성의 왜곡에 대하여 그 나름의 뚜렷한 항의를 계속한 것은 말할 것도 없다. 그는 노예와 노동자와 창부의 사람다움을 끊임없이 이야기하였다. 가령 그는 노예와 스스로를 다음과 같이 일치시켰다.

나는 쫓기는 노예다. 나는 물어뜯는 개에 사지를 떤다.
아수라와 절망이 나를 덮친다. 사수가 탕, 탕, 하고 총을 쏜다.
나는 울타리 가로목을 움켜쥔다. 피가 떨어진다. 피부의 진물에 섞여……

I am the hounded slave, I wince at the bite of the dogs,

Hell and despair are upon me, crack and again crack the marksmen,

I clutch the rails of the fence, my gore dribs, thinn'd with the ooze of

my skin[32]

또 휘트먼은 노예와 노동자와 창부의 참혹상에 동정할 뿐만 아니라 미국 사회가 물질주의의 "산처럼 높은 도둑질과 무력감과 파렴치와 술수에 질식"[33]되어 감을 알았다. 그러나 말할 것도 없이 그는 이러한 상태를 미국 사회의 산업 발달과 그에 따른 사회의 제도적 조직화의 관점에서 보지 아니하였다. 그리고 대체로 말하여 산업 사회의 사회인에 대해서 크게 비판

---

32 "Song of Myself 33".

33 "Respondez!".

적이지 아니하였고 그를 적대적인 세력의 대표자로 보지도 아니하였다. 가령 「내 자신의 노래」에서의 다음과 같은 부분은 휘트먼의 태도를 전형적으로 나타내고 있다.

여기에 저기에 눈에 동전을 꽂고 길을 가며,
배때기의 욕심을 채우기 위하여, 머릿골을 헤프게 퍼내며,
표는 사고 취하고 팔지만, 잔치에는 한 번도 안 가며,
다수는 땀 흘리고, 땅 갈고, 타작하고 품삯으로 겨 껍질을 받으며,
소수가 하는 일 없이 소유하고, 계속하여 요구하며.

이것이 도시요, 나는 시민의 한 사람
다른 사람의 관심거리가 나의 관심거리 ── 정치며, 전쟁이며, 시장이며,
신문이며, 학교며,
시장이며, 시의회며, 은행이며 관세며, 기선이며 공장이며, 증권이며, 상
품이며, 부동산이며 동산이며,

높은 칼라에 제비꼬리 웃옷에 뜀뛰며 도는 흔한 작은 인형들.
나는 그들이 누구인지 안다.(그들이 벌레나 벼룩은 아닐 테지.)
나는 나의 복제판을 인정한다. 가장 약한 자, 가장 천박한 자도 나에게는
영원하다.
내가 행하고 말하는 것은 똑같이 그들을 기다린다.
내 마음속에 뒤척이는 생각은 모두 그들의 마음속에 뒤척인다.

Here and there with dimes on the eyes walking,
To feed the greed of the belly, the brains liberally spooning,

Tickets buying, taking, selling, but into the feast never once going,

Many sweating, ploughing, thrashing, and then the chaff for payment receiving,

A few idly owning, and they the wheat continually claiming.

This is the city and I am one of the citizens,

Whatever interests the rest interests me, politics, wars, markets, newspapers, schools,

The mayor and councils, banks, tariffs, steamships, factories, stocks, stores, real estate and personal estate.

The little plentiful manikins skipping around in collars and tail'd coats,

I am aware who they are, (they are positively not worms or fleas,)

I acknowledge the duplicates of myself, the weakest and shallowest is deathless with me,

What I do and say the same waits for them,

Every thought that flounders in me same flounders in them.[34]

이러한 구절에서 휘트먼은 단순히 사회의 모순을 관찰하고 기록할 뿐이며, 그것에 대하여 어떤 인과관계의 연관을 생각하지 않는다. (휘트먼이 흔히 사용하는 분사의 나열은 그로부터 단정적 발언의 압력을 덜어 준다.) 뿐만 아니라 그는 모순되고 왜곡된 인간을 풍자적으로 관찰하지만 다음 순간 그는 곧 그들과 자신을 일치시켜 버리고, 말하자면, 그들을 용서해 버리고 만다.

휘트먼의 이러한 태도는 그가 사회 내부의 심층적 갈등을 충분히 의식할 수 없는 입장에 있었다는 점에도 연유하지만, 다른 한편으로는 그가 많

---

34 "Song of Myself 42".

은 것을 정당화할 수 있는 이론 —— 개인이나 집단 또는 인간 전체에 대한 진화론을 가지고 있었다는 것에 연유한다. 휘트먼은 개인을 기본적으로 끊임없는 진화 발전의 과정에 있는 것으로 본다. 그러한 까닭에 어떤 개인이 발전 변화해 가는 과정에 있어서 마주치는 어떠한 것도 그에게 참으로 지속적인 집착과 계박의 근거가 될 수 없다. 그에게는 어떤 모순, 갈등, 고통의 사건이나 인물도 지속적인 관심이나 투쟁의 대상이 되지 않고 교육적인 의미를 가질 뿐이다. 교육적 자료로서의 세계는 어떤 것이나 멀리할 이유가 없는 관심의 대상이 될 수 있으면서 또 집착할 정착점이 될 수는 없다. 이러한 관심 또는 개방성과 초연의 혼합은 「내 자신의 노래」에서 그가 다음과 같이 표현한 바 있는 것이다.

> 당기고 밀치는 일에서 따로 나의 중심은 서 있다.
> 흥미를 가지고, 느긋하게, 자비롭게, 할 일 없이, 일체적으로 나는 서 있다.
> 내려보고, 똑바로 서고 보이지 않으나 틀림없는 팔거리에 팔을 굽혀 기대고,
> 다음은 무엇이냐 호기심을 가지고, 비스듬히 깎인 머리로 바라보며,
> 놀이 속에 끼어 있으며, 벗어져 나와 있으며, 구경하며, 놀라워하며.

> Apart from the pulling and hauling stands what I am,
> Stands amused, complacent, compassionating, idle, unitary,
> Looks down, is erect, or bends an arm on an impalpable certain rest,
> Looking with side-curved head curious what will come next,
> Both in and out of the game and watching and wondering at it.[35]

---

35 "Song of Myself 4".

이러한 관심과 초연의 양면적 태도는 휘트먼의 시의 도처에 나타나는데, 그의 시의 수법 전체의 밑바닥에 들어 있는 문체의 철학도 여기에 있다. 위에서 말한바, 분사의 사용, 유명한 '카탈로그 수법'이 모두 이에 관계되는 것이다. 휘트먼의 시에 민주적 포괄성을 나타나게 하면서 동시에 천박한 인상을 주는 것도 이러한 수법과 철학의 결합이다. 모든 것은 관찰되면서 파헤쳐지지 아니한다. 이것은 단순히 미국이라는 사회의 변화와 활력을 말할 때는 그런 대로 효과적이지만, 어떤 때 그것은 무책임한 것이 되기도 한다. 가령 다음과 같은 구절을 보자.

　아기가 요람에서 잔다.
　나는 망사를 들치고 오래 내려다본다. 그리고 말없이 손으로 파리를 쫓는다.

　젊은이와 붉은 얼굴의 소녀가 숲이 있는 언덕길에서 옆으로 비켜선다.
　나는 이들을 꼭대기에서 지켜본다.

　자살자가 침실의 피 젖은 바닥에 엎어져 있다.
　나는 짓이겨진 시체의 머리칼을 보고, 권총이 떨어진 자리를 눈여겨본다.

　길거리의 소요, 수레의 바퀴 소리, 구두 밑창의 사뿐거림, 길가는 사람의 발소리……

　The little one sleeps in its cradle,
　I lift the gauze and look a long time, and silently brush away flies with my hand.

The youngster and the red-faced girl turn aside up the bushy hill,

I peeringly view them from the top.

The suicide sprawls on the bloody floor of the bedroom,

I witness the corpse with its dabbled hair, I note where the pistol has

fallen.

The blab of the pave, tires of carts, sluff of boot-soles, talk of the

promenaders,[36]

　여기에서 보는 바와 같이 휘트먼의 시는 긍정적으로 볼 수 있는 일들과 부정적으로 생각될 수밖에 없으며 더 따져 보아야 할 일들을 연속적으로 빠른 속도의 파노라마 속에 흡수한다. 이것은 다시 말하여 휘트먼이 끊임없이 관찰하며 소화하며 아무것도 소유하지 않고 집착하지 않음으로써 가능하다. 그러나 한편으로 이러한 구심적 정신 작용에 의하여 지탱되면서, 사물과 접하며 사물에 오염되지 않는 인간은 '소유적 개인주의'의 사회에서 항례라기보다는 예외에 속한다. 아마 휘트먼의 잘못은 이러한 점을 간과하는 데 있는 것일 것이다.

　휘트먼은 개인적으로 모든 사람을 사회적 소유의 광증에 좌우되지 않은 것으로 보았을 뿐만 아니라, 사회 자체도 한 상태에 머물기보다는 앞으로 끊임없이 변화 발전하는 것으로 보았다. 말할 것도 없이 이러한 발전 사관은 그 나름의 이치를 가지고 있는 것이다. 그러나 그것은 다른 한편으로는 한 시대의 모순을 다음 시대에 극복되는 단계로서 보게 하고 그리하여 그것에 체념하거나 그것을 긍정하게 하는 태도를 가능하게 할 수 있다. 휘

---

36 "Song of Myself 8".

트먼의 진화의 철학은 근본적으로 자연의 과정에 적용된다. 그리하여 그는 말한다.

풀잎 하나는 별들의 도제 시설의 작업 그것임을 나는 믿는다.

개미도 똑같이 완전하다. 모래알도. 굴뚝새의 알도,

나무 두꺼비는 가장 높은 이의 걸작이다.

덩굴 뻗는 검은 딸기는 천국의 객실을 장식할 만하다.

내 손의 가장 작은 경첩도 모든 기계를 우습게 한다.

머리를 굽히고 풀을 씹는 소는 모든 조각을 능가한다.

한 마리의 쥐는 백만의 여섯제곱의 불신자를 비틀거리게 하기에 족한 기적이다.

I believe a leaf of grass is no less than the journey-work of the stars,

And the pismire is equally perfect, and a grain of sand, and the egg of the wren,

And the tree-toad is a chef-d'oeuvre for the highest,

And the running blackberry would adorn the parlors of heaven,

And the narrowest hinge in my hand puts to scorn all machinery,

And the cow crunching with depress'd head surpasses any statue,

And a mouse is miracle enough to stagger sextillions of infidels.[37]

이와 같이 휘트먼의 진화론은 자연물의 상관관계와 또 각 단계에 있어서의 아름다움을 긍정하는 관용의 철학이다. 사람도 이 진화의 과정 속에서 가장 첨단의 꽃으로서, 자연의 모든 것에 이어져 있으며, 이를 포

---

37 "Song of Myself 31".

괄하고 또 초월한다. 그런데 문제는 휘트먼이 이러한 진화를 사람의 생물학적 측면에서 유추적으로 확대하여 사회 과정에 적용시키는 데에서 일어난다. 그리하여 그는 슬그머니 방금 인용한 「내 자신의 노래, 31번」에서 보듯이, 자연의 진화론적 묘사에 사회를 혼합시킨다. 전쟁이 포함이 되고,

순교자의 도도함과 태연함.

마녀의 낙인을 받고 아이들이 보는 데에서 마른 나무 장작에 타 죽는 옛날의 어머니,

달리다 힘을 잃고 울타리에 기대어 선, 숨을 몰아쉬며 땀 흘리는 노예

The disdain and calmness of martyrs,

The mother of old, condemn'd for a witch, burnt with dry wood, her children gazing on,

The hounded slave that flags in the race, leans by the fence, blowing, cover'd with sweat……

가 여기에 포함된다. 물론 휘트먼이 강조하는 것은 고양감을 주는 일과 함께 고통스러운 느낌에 대한 일체감이다. 그리고 휘트먼이 인간 사회의 발전을 이야기하더라도 그는 제도의 발전이 아니라 제도 속에서 또는 그것에도 불구하고 이루어지는 구체적 인간의 드라마에 대해서 이야기한다. 그럼에도 불구하고 그의 파노라마적 수법이 보여 주는 것은, 진화 자체에 대한 경이 또 구극적으로는 그것에 대한 긍정이지 사회나 역사의 과정에 대한 의식이 아니다.

인간사와 진화론을 혼동함으로써 발생하는 이해의 혼란을 가장 잘 드

러내 주는 시는 「인도 항로(Passage to India)」와 같은 시일 것이다. 이것은 휘트먼 자신, "어떤 다른 시에서보다도 본질적이고 구극적인 나의 모습이 있는"[38] 시라고 말한 바 있고, 많은 평자들이 높이 평가하고 있는 시이다. 그러나 우리가 이 시의 시적인 기쁨이나 단일한 세계에 대한 윤리적인 희구를 어떻게 생각하든지 간에 미국 사회의 실상의 면으로 볼 때 그것에는 이 시가 매우 우원한 관계밖에 갖지 않은 것임을 지적하지 아니할 수 없다. 휘트먼은 대륙 횡단 철도가 완성된 것을 기념하는 이 시에서 철도의 완성이 인간의 정신적 진화의 한 단계임을 말하고 "새로운 종교"의 탄생을 노래한다고 말한다.

> 새로운 종교를 나는 노래한다.
> 그대들 대장들, 항해자들, 탐험가들, 그대들의 것,
> 그대들 기사들, 그대들 건축가들, 기계공들, 그대들의 것,
> 무역이나 교통만을 위해서가 아니라, 그대들이여,
> 신의 이름으로, 영혼이여, 그대의 이름으로, 새로운 종교를.

> A worship new I sing,
> You captains, voyagers, explorers, yours,
> You engineers, you architects, machinists, yours,
> You not for trade or transportation only,
> But in God's name, and for thy sake o soul.

그리고 철도의 완성이, (수에즈 운하의 완성과 더불어) 인간의 정신의 근원

---

[38] Bradley and Blodgett eds., *Leaves of Grass*, p. 410n.

에의 복귀, 또 그 근원에서의 새 출발을 의미한다고 다음과 같이 말한다.

오 영혼이여, 원초의 생각에로의 항해,

육지와 바다만이 아닌, 그대의 맑은 싱싱함,

종족의 새로운 성숙 그리고 꽃,

싹트는 경전의 왕국에로의 항해.

오 영혼이여, 누를 길 없는, 나는 그대와 그대는 나와,

세계 일주의 항해를 시작하라,

사람의 일주, 사람의 마음이 되돌아가는 여로,

이치의 이른 낙원,

돌아가라, 돌아가라, 지혜의 태어남, 떼없는 직감에로,

다시 아름다운 창조와 더불어 있게.

Passage indeed o soul to primal thought,

Not lands and seas alone, thy own clear freshness,

The young maturity of brood and bloom,

To realms of budding bibles.

O soul, repressless, I with thee and thou with me,

The circumnavigation of the world begin,

Of man, the voyage of his mind's return,

To reason's early paradise,

Back, back to wisdom's birth, to innocent intuitions,

Again with fair creation.

광막한 대륙을 횡단하는 철도가 놓이고 수에즈 운하가 열리고 하여 교통이 편리해지고 이에 따라 인간의 생각 자체가 넓어지고 원숙해진다는 것은 생각할 수 있는 일이다. 그리하여 이러한 넓어지고 원숙해지는 과정의 한 이정표로서 철도의 완성은 충분히 시적인 영감의 근원이 될 수도 있다. 그러나 동시에 이러한 가능성을 충분히 인정하면서도, 우리는 시가 반드시 사실적일 필요는 없으나 어떤 점으로든지, 현실에 관계되고 또 현실의 현실성과 현실의 가능성의 인식에 기여하는 것이라고 한다면, 휘트먼의 철도 송가가 현실과는 너무나 동떨어진 그러니까 철도 부설의 현실과는 큰 관계가 없는 랩소디라는 것을 알 필요가 있다. 철도 부설의 현실과 의의는 그것의 정신적 의미에 의하여 요약되기에는 너무나 착잡한 것이다. 휘트먼이 찬양하는 철도 부설이 한창이던 남북 전쟁 직후는 미국 역사에서도 가장 정치와 경제의 부패가 심했던 때였는데, 철도에 관계된 부패타락은 유명한 것이었고 그중에도 「인도 항로」의 계기가 되었던 유니언 퍼시픽 회사의 부패 문제는 이 시대의 상징처럼 되었었다. 유니언 퍼시픽의 철도공사는 정부와의 결탁, 자금 조작, 부실 공사 등으로 의회에서까지 크게 말썽이 되었다. 한마디로 비교적 근자의 평자가 요약한 말로, "유니언 퍼시픽은, 누구나 알다시피, 정부로부터 방대한 부를 얻어 방탕한 생활에 이를 낭비한 철도 회사였다."[39] 이뿐만 아니라 어떠한 부정부패에도 그 궁극적인 의미는 그것이 지불을 강요하는 인간의 고통에 있지만 철도공사에 있어서의 인간적 고통은 직접적인 바 있었다. 지나치게 일반화된 묘사이지만, 오스카 핸들린(Oscar Handlin)의 고전적인, 이민의 내면사 『뿌리 뽑힌 사람들(The Uprooted)』에 나오는 철도 노동자들의 괴로움에 대한 한 구절

---

39 Wallace D. Farnham, "The Weakened Spring of Government: A Study in Nineteenth Century American History", *New Perspectives on the American Past*, eds. by Stanley N. Katz and Stanley I. Kutler(Boston: Little, Brown & Co, 1969) 참조.

을 여기에 인용해 보자.

…… 다른 방도가 없는 이민들은 처자를 뒤에 두고 건설 현장의 고통스러운 생활을 감수하여야 하였다. 해와 눈과 먼지를 몰아오는 바람에 그대로 노출된 채 그들은 긴 시간을 일하고, 낮은 임금을 받았다. 모든 것으로부터 떨어져 있는 외진 곳에서 갑작스럽게 마음대로 임금을 낮추는 청부 업자하고 다툴 도리는 없었다. 못 쓰게 된 화물차나 험한 판자집에 군거하면서도 그들은 비인간적인 숙소에 대하여 불평을 말할 수 없었다. 회사의 속임수 가게에서 음식과 기타 일용품을 사도록 강요되어도 할 말이 없었다. 누구에게 호소할 것인가. 그들을 고용하고 있는 것은 철도 회사도 운하 회사도 아니었다. 누구에게도 책임을 지지 않는 중간 업자가 그들의 고통을 먹고 살찌는 것이었다.

어쨌든 노동자들은 그들을 실어 오는 데 든 비용을 갚고, 돌아갈 수 있는 임금이 모아질 때까지는 두목의 가차 없는 착취에 순응할 도리밖에 없었다. ……[40]

물론 대륙 횡단 철도와 같은 대역사(大役事)를 당대의 인간적 경위만으로 평가할 수 없는 일이라고 할 수 있을는지도 모른다. 과연 그것은 미국의 역사 발전에 있어서 획기적인 사건이었다. '교통 혁명'이라고 불리는 운하와 철도의 건설이 미국의 산업 발전에 결정적인 역할을 했다는 것은 경제사가들이 널리 이야기하는 바이다. 그렇다고 하더라도 그 의의는 주로 경제적인 것이며, 이 경제적 의의가 휘트먼이 생각한 정신적 의의로 옮겨 가는 것은 ── 가령 그것의 구극적인 정신적 의의가 드러날 것이라고 가정하는 경우 ── 많은 시간과 사회 제도의 매개를 통하여서일 것이다. 어쨌든

40 Oscar Handlin, *The Uprooted*(New York: Grosset and Dunlap, 1981), pp. 66~67.

여기에서 지적할 수 있는 것은 사실적 근거에서 떠난 시적 도약이 단순히 시적 도약에 끝나지 않고, 사실의 왜곡과 은폐를 가져올 수 있다는 점이다. 어쨌든 휘트먼의 시가 유니언 퍼시픽의 철도 건설자들에게 복잡한 사실들의 괴로운 연관을 잊게 하고 그 정당화의 근거를 제공해 주었을 것이라는 것은 우리가 쉽게 상상할 수 있는 일이다. 이것은 대체로 휘트먼의 시 전체에 해당시킬 수 있을 것이다. 그가 강조한 민주주의, 자유와 평등, 인간의 전면적 긍정, 이러한 것들은 분명코 미국민 또 인간의 일반적인 소망을 표현한 것임에 틀림이 없지만 그러한 소망과 현실의 관련을 등한히 한 결과는 그의 시로 하여금 의도하지 않은 현상 변호의 성격을 가지게 하였다. 일반적으로 우리는 캔비(H. S. Canby)가 말하듯이 휘트먼이 표현한 것은 "팽창주의 사회에서의 팽창주의적 젊은 심성(a young expansionist mind in an expansionist country)"[41]이라고 말할 수 있다. 대부분의 사람이 그럴 수밖에 없듯이 작가는 시대를 비판적 거리를 가지고 보면서도 동시에 시대의 아들일 수밖에 없다.

휘트먼이 생각한 자연스러운 개인의 이상 그리고 이들이 연합하여 이루는 연합체로서의 사회에 대한 이상은 미국 사회의 발전과 더불어 패배하게 마련이었든지 아니면 당초부터 휘트먼적 개인과 사회의 이상은 미국 사회의 자본주의적 발전이 일시적으로 노정한 가상이었던 것으로 보인다. 하여튼 남북 전쟁 이후 미국 사회에서 자연스러운 개인이 살 만한 여지는 점점 사라져 갔다. 미국은 "관료적이며, 능률적이며, 이윤 추구적이며, 과두 지배적인 시대의 대기업이 지배하는 사회"[42]가 되어 갔다. 그렇다고, 이

---

41 Henry Seidel Canby, *Walt Whitman*(New York: Literary Classics, 1943), p. 48.

42 Stanley Coben and Forest G. Hill eds., *American Economic History: Essays in Interpretation* (Philadelphia: Lippincott, 1966), p. 307.

미 위에서 말한 바와 같이 이때의 미국 사회가 개인주의적 사회이기를 그쳤다는 것은 아니다. 그것은 오히려 개인주의적 사회의 한 귀결로서 성립한 사회였다. 다만 이 개인주의는 에머슨이나 휘트먼이 생각한 그러한 개인주의가 아니고 '공격적이고 탐욕적인' 개인주의였다. 그리고 여기에서 주의할 것은 이러한 개인주의는 사회 속의 어떤 부류들에 의하여 선택되는 것이기보다는, 예외가 없는 것은 아니겠지만, 사회 속에 살고 있는 사람들의 마음을 안으로부터 사로잡아 버린다는 점이다. 사회에서의 개인의 구성 원리가 아무도 모르게 사회 조직의 영향으로 다시 루소의 구분을 빌려 말하건대, '자애'로부터 이기적 '자존'에로 옮겨 가는 것이다. 우리가 에드윈 알링턴 로빈슨의 시에서 보는 것은 이러한 변화의 결과이다.

대체적으로 말하여 로빈슨은 거대화한 산업 사회의 최초의 시인이라 할 수 있다. 그는 뉴욕 지하철 공사장의 현장 감독으로 일하기도 하고 또는 맨해튼의 빈민가에 오래 거주하면서 대기업이 지배하는 사회의 고통을 직접적으로 겪고 또 목격하였다. 그러나 그에게 더 중요한 것은 보이지 않는 산업 세력 속에 살며 자기도 모르게 삶의 변화를 겪게 되는 사람들의 이야기였다. 그는 거대한 산업 조직에 관련되어 있는 것은 아니면서 그 영향 아래 자기도 모르는 사이에 몰락 파멸하는 소시민들의 경우를 보았다. 즉 중산 계급의 사업가 아버지의 몰락, 하나는 의사이고 하나는 변호사였던 형들의 몰락 자살 등이 그에게 직접적인 사례를 제공해 주었다. 또 그는 고향 메인 주 가디너 읍의 비슷한 운명들을 지켜보았다. 그의 틸버리 타운(Tilbury Town)의 이야기는 이러한 개인적 체험에서 나온 것이었다. 로빈슨의 작품의 주제는 사회적으로 정의하여, 산업화와 더불어 그 주변에 일어나는 변화이다.

산업화가 가져오는 삶의 전체화의 압력은 어떤 곳도 하나의 독립된 고장으로 존재하지 못하게 한다. 그것은 모든 고장으로 하여금 산업화의 중심부에 대하여 중심과 주변의 관계로 재정의되는 위치에서 명맥을 유지하게 한다. 그리하여 중심에서 벗어나 있는 곳은 삶의 중심이기를 그치며 그 활력을 상실하게 된다. 이러한 쇠퇴와 상실은 단순히 정치 경제 사회의 면에서만이 아니라 인간의 심리의 기저에도 일어나는 현상이다. 우리는 20세기 초에 미국 문학에서 소도시나 농촌의 퇴행에 반발하는 젊은이들의 이야기들 ─ 에드거 리 매스터스(Edgar Lee Masters)의 『스푼 리버 사화집』의 사람들, 싱클레어 루이스(Sinclair Lewis)의 『메인 스트리트』, 셔우드 앤더슨(Sherwood Anderson)의 『와인즈버그, 오하이오』 또는 연극에서 유진 오닐(Eugene O'Neill)의 『지평선 너머』와 같은 작품들을 생각할 수 있다. 이러한 이야기들은 전체화하는 사회에서의 주변 지대의 내적 붕괴를 기록하는 작품들로 읽을 수 있는 것이다. (소외나 무력화로 특징지어지는 퇴락은 지리적인 변두리에만 한정되지 아니한다. 그것은 상류 사회에도 만연될 수 있다. 가령 T. S. 엘리엇이나 에즈라 파운드의 초기 시의 마비 상태도 산업 사회의 전체화 작용에 관련시켜 볼 수 있다.) 내면적으로 볼 때 주변 지대의 퇴락은 당자들도 알지 못하는 주변 지대인의 내적인 병을 통하여 일어난다. 이것은 흔히 낭만적인 그리움의 형태에서 가장 잘 나타나는 욕망의 피소유(被所有)에 의하여 발생하는 병이다. 즉 이것은 우리가 우리 자신의 욕망이라고 생각하는 것이 사실은 밖으로부터 오는 암시에 의하여 자극된 욕망이 될 때 일어나는 현상이다. 이것을 우리는 르네 지라르(René Girard)의 소설론 『낭만적 거짓과 소설의 진실(Mensonge romantique et vérité romanesque)』에 있어서의 비슷한 관찰에 따라 욕망의 간접화 또는 형이상학화라고 부를 수 있다.

지라르는 소설의 대표적인 욕망의 표현은 삼각을 이룬다고 말한다. 즉 소설의 주인공은 통상적으로 사람들이 그러하듯이, 그의 욕망에 의하여 움직여지며, 이 욕망의 달성을 향하여 움직여 가지만, 이 욕망은 밖으로부터 암시된 모범에 의하여 자극된 것, 즉, 이상화된 다른 사람, 다른 대상에 의하여 자극된 것이다. 많은 소설은 이렇게 밖으로부터 암시된 욕망에 자극된 주인공이 암시된 대상을 추구하다가 결국 그것이 헛된 것임을 깨닫게 되는 과정을 그린다. 그런데 우리의 논의와의 관련에서 욕망의 간접화 또는 형이상학화의 중요성은 그것이 우리의 욕망의 대상을 다른 암시되고 이상화된 대상의 그림자, 대체물로서만 존재하게 한다는 데 있다. 그리하여 우리의 욕망의 대상은 그 구체적인 존재로서의 가치를 상실하게 된다. 우리는 어떤 것인가를 욕망한다. 그러나 이것은 원래 우리에게 암시를 주었던 이상화된 대상물의 대체물에 불과하다. 그리하여 우리는 우리의 욕망의 대상을 얻는다고 하더라도 그것에 만족할 수 없다. 우리는 다른 것을 원했던 것이다. 그리고 따지고 보면 욕망 그 자체도 우리의 욕망이라기보다는 우리에게 암시되어 주입된 우리를 소유하는 다른 사람의 욕망이다.

지라르의 생각으로는 당초의 비현실적인 욕망은 사람이 다른 사람을 예민하게 의식하며 산다는 대인 관계의 현실에서 나오지만, (루소가 '자존'의 조건으로 말한 바 있는 것이다.) 이것은 보다 직접적으로는 낭만주의적 문학과 상상력에 의하여 자극되어 나타난다. 그런데 우리가 주목할 것은 이러한 본래적인 욕망의 변용은 강력한 대인 관계의 세계에서 일어나는 것이라고 할 수 있지만, 다른 한편으로 이러한 대인 관계의 강력화는 전체화하는 사회 ── 특히 개인주의적 경쟁의 결과로 성립하는 사회에서 항진된다는 점이다. 개인주의적으로 전체화하는 사회는 사회 전체에서의 욕망의 형이상학화를 가져오는 것이다. 대인 관계의 얼크러짐이 없이는 소설을 생각하기 어렵거니와 우리는 소설이 산업화의 시작과 더불어 발생한 문학 형식이란 사실을 상기할 수 있다. 자본주의적 산업의 발달은 사회를 어느 때보다도 하나의 틀 속으로 조직화하고, 모든 사람의 생존을 독자적인 근거에서 떼어 내어 금전적 가치의 세계에 편입한다. 시장의 확대는 교통수단과 대중 매체의 발달과 그 걸음을 같이한다. 그리하여 사람들은 상호 암시의 관계 속에 들어간다. 그러한 결과로 우리의 자연스러운 욕망은 대상과의 직접적인 관계 대신, 사회적인 암시에 의하여 간접화되는 것이다.

로빈슨의 세계는 실패와 좌절의 소우주를 이룬다. 실패와 좌절의 원인은, 가령 틸버리 타운의 시들에서, 「방앗간(The Mill)」의 자살하는 방앗간 부부나 「보카르도(Bokardo)」의 빚 때문에 자살하려는 친구의 경우처럼 직접적으로 산업화에 있어서의 사회 변화가 가져오는 경쟁적 압력에서 찾을 수도 있지만, 대부분의 다른 시에 있어서 그것은 훨씬 더 간접적인 경로를 통해서 발견된다. 그것은, 위에서 일반적으로 비쳤듯이, 전체화 속에서 에너지를 상실하게 되는 주변적 삶 또는 더 내면적으로는 욕망의 형이상학화에 의하여 주변화한 주변 지대의 사물, 인물, 인생의 왜소화에서 찾아질 수 있다.

대체로 우리는 로빈슨의 틸버리 타운의 시들에서 빈집의 묘사가 많은 것에 주목할 수 있는데, 이것은 19세기 후반에서 20세기 초에 이르는 미국에서 메인 주 가디너와 같은 소도시의 삶을 상징적으로 잘 나타내고 있다. 「단편(Fragment)」은 경제적 부의 세계로부터 은퇴한 사람의 집이 폐허화되는 것을 기술하고 있다. 또 「추억(Souvenir)」은 일찍이 젊어서 알았던 집이 이제 "지나간 세월의 그림자만이 흐릿하게 서성이는"—— 그런 반 빈집이 되었음을 기술한다. 「주막(The Tavern)」도 한때 은성했던 주막이 잡초 속에 폐허화했음을 추억하는 시이다. 이외에도 「스태퍼드의 오막살이(Stafford's Cabin)」, 「언덕 위의 집(The House on the Hill)」, 또는 꼭 집 자체만을 이야기한 것은 아니지만, 「그녀의 눈(Her Eyes)」, 「어두운 집(The Dark House)」 등이 다 이러한 계통의 빈집들을 이야기한 시이다.

그런데 이러한 빈집들의 이야기는 단순히 폐허화나 몰락의 과정만을 서술하고 있는 것이 아니다. 이러한 시들의 효과는 그러한 빈집 또는 빈집처럼 공허한 집들이 느끼게 해 주는 비극적 신비의 암시에서 온다. 가령,「단편」에서 숲과 자택과 유산이 있는 브라이오니 가의 후예가 어찌하여, "아직도 섬겨야 할 신들이 있고/ 집은 손으로만 짓는 것이 아니라네(There are still some gods to please,/ And houses are built without hands, we're told)"라고 말하며 집의 폐허화를 방치하였는가, 또 어떻게 하여 해시계를 보고 "이것은 시간을 언젠가는 치게 마련(Sooner or later they strike)"이라고 수수께끼 같은 말을 하면서 죽음의 불가피성을 깨달은 경험을 가지게 됐는가 — 이러한 것들을 우리는 알지 못한다. 브라이오니 가의 일을 이야기하는 시인 또는 화자는 "타작하는 자 시간이 볏단을 풀 때면/ 그가 거둔 수확의 내용을 좀 더 알게 되리라(There's more to be known of his harvesting/ When Time the thresher unbinds the sheaves)"라고 막연히 사연의 설명을 미루어 버릴 뿐이다.「추억」에서의 집도, 위에서 언급한 것처럼, 지나간 세월들의 그림자에 싸인, 숨은 사연의 집으로 이야기되어 있다.「주막」에 대하여 화자는 말한다. "사연이 있지만/ 지금 아무도 그것이 무엇인지 알 수 없는 것이다.(The tavern has a story, but no man/ Can tell now what it is……)" 불에 타 없어진「스태퍼드의 오막살이」에는 미움과 방화의 사연이 있는 것 같다. 그러나 정확한 것은 아무도 모른다. "아직도 살아 있는 그곳의 사과나무가 그때 일어난 일/ 무엇인가를 보았으련만, 무엇이 있었는지는 아무도 모른다.(An apple tree that's yet alive saw something, I suppose,/ of what it was that happened there, and what no mortal knows.)"

이러한 집과 사람들의 신비와 침묵은 무엇을 의미하는가? 그것은 곧 사람들의 생활 그 자체의 신비와 침묵을 말한다. 달리 말하여, 이것은 사람들이 서로 의사소통을 할 수 없게 되었으며, 또 설령 그렇게 할 수 있다고 하더라도 무엇이 사람들의 마음을 움직이는지 그 동기적 원인에 대하여 서로 알 수 없게 되었다는 것을 말한다. 가령「그녀의 눈」에서 어느 예술가는 자기가 그린 여인상과 사랑에 빠지고 그림의 여인과의 삶 속으로 완전히 가라앉아 가지만 우리는 그 동기의 신비스러운 움직임을 알지 못한다. 「어두운 집」에서 주인공 시인은 고독한 시적 영감 속에 칩거하지만 그것은 갑작스러운 내적인 강박에 의한 것으로밖에 달리 이해할 수 없는 사건으로 묘사된다. 「루크 하버갈(Luke Havergal)」은 비극을 이야기하고 있는 것이 분명하지만, 그 자세한 전말과 동기는 신비로 남아 있다. 빈집의 주제를 가장 간단히 요약하는 「언덕 위의 집」에서 화자는 말하고 있다.

> 그들은 모두 가고
> 집은 닫히고 조용하고
> 이 이상 말할 것이 없다.

> They are all gone away,
> The House is shut and still,
> There is nothing to say.

틸버리 타운의 사람들은 모두 자신 속에 고립되어 있다. 뿐만 아니라 그들은 서로의 고립된 삶 속으로 침입해 들어가는 것을 두려워한다. 이 고립 또는 고독과 상호 경계는 같은 현상의 다른 두 면이면서 또 서로 다른 차원을 가지고 있다. 틸버리의 주민들은 대부분이 비밀을 가지고 있다. 그들은 이 비밀이 드러나고 호기심과 조사의 대상이 되는 것을 원치 않는다. 이들의 비밀은 틸버리라는 고장과 외부의 세계 — 결국 따지고 보면 돈 버는 세계와의 관계에서 일어난다. 이들은 틸버리에서 살지만 그들의 참다운 삶은 다른 곳 — 금전적 성공을 위한 투쟁의 장소인 보다 넓은 세계에 있거나 있었거나 한다. 틸버리의 사람들에게 이러한 참 삶은 감추어질 수밖에 없다. 그것은 대부분 실패의 이야기이기 때문이고 성공이 유일한 가치의 세계에서 실패는 가장 기피되어야 할 낙인이기 때문이다. 플라먼드(Flammonde), 미니버 치비(Miniver Cheevy), 클리프 클링겐하겐(Cliff Klingenhagen), 플레밍 헬펜스타인(Fleming Helphenstine), 보카르도(Bokardo), 베위크 핀저(Bewick Finzer), 리처드 코리(Richard Cory) 등은 모두 로빈슨의 시에 나오는 실패한 인물들인데, 이러한 시들의 시적 효과는 실패와 실패의 주인공들의 실패를 드러내지 않으려는 갈등에서 생겨난다. 실패를 드러내지 않으려는 이들의 노력은 프라이드에 관계되어 있다. 따라서 이 노력은 우리에게 인간적 위엄을 지키려는 이들의 의지를 비극적으로 느끼게 함으로써 시의 효과를 높이는 것이다. 그러나 동시에 우리는 이들의 프라이드, 이들의 자존심이 금전적이며 사회적인 성공에 의하여 정의된다는 점에 주목할 필요가 있다. 여기에서 이들은 성공한 사람들이었더라도 아마 비밀의 인간들이었을 것이다. 레이먼드 윌리엄스(Raymond Williams)는, 영국의 시골이 문학사로 따져서, 제인 오스틴, 조지 엘리엇에서 헨리 제임스에 이르는 사이에 농업 생산지에서 자본 소비의 장소로 바뀌었음에 주목하면서, 시골의 대저택들이 어떻게 실질적 내용이 없는 표면만의 치장으로 변했는가를 다음과 같이 말한다.

[시골 저택의 생활의] 결정적 차원은 이제 토지가 아니고 집이다. 집과 정원과 가구는 이제 분명하게 소비와 교환의 대상이다. 사람들은 거래하고, 서로 이용하고 착취한다. 이 집들은 그들의 야망과 음모의 껍질이 된다. 다른 데에서 번 돈은, 분명하고 지배적인 주체이다. 사교 생활은 제인 오스틴에서는 일반적인 지위 향상 과정과 관계되어 있었으나 이제 보다 넓은 사회에서 흘러 들어오는 복잡한 과정이 된다. 따로 도는 자본, 따로 도는 수입, 따로 도는 소비, 따로 도는 사교가, 시골의 잔존하고 있는 용도가 변경된 집들에 살고 이를 비우고, 방문하고 떠나고 한다. 안으로 일어난 자본 투자,

소비, 이웃에 대한 무관심이 밖으로 나타나고 동적이 되면서 그 내적인 폐단들을 드러낸다. 시골의 집들은 다른 곳에서 준비되고 다른 곳에서 계속되는 사건들이 일시적으로 기묘한 얼크러짐으로써 일어나는 곳이다.[43]

이렇게 바뀌는 시골집들은 시대와 더불어 더욱, 공허한 곳이 된다. 그리하여 범죄 소설의 무대로나 적당한 곳이 되어 버린 영국 시골집의 최종적인 변용에서 시골집은 범죄를 감춘 "표면만의 생활"이 영위되는 곳이 된다. 그리고 그 내실은 완전히 장막에 가려지고 만다. 이러한 영국의 시골집의 변용은 로빈슨의 틸버리 타운의 모습에 지극히 유사하다. 다만 영국의 시골집은 성공한 사람들의 외면을 장식한다. 그러나 그 성공은 범죄를 포함한 여러 가지 비인간적 조작을 필요로 하기 때문에 그것도 실패처럼 감추어질 수밖에 없는 것이다. 성공의 경우나 실패의 경우나 교환 가치의 산업 사회에 있어서, 사람의 개인적 또 협동적인 노동의 물리적 과정은 돈을 버는 추상적 과정으로 대체되고 또 사람들의 삶의 의미는 이런 과정보다는 그 마지막 단계인, 과시와 소비에서만 찾아지기 때문에 실질적으로 사람의 삶의 중요 부분을 이루는 노동은 개인 생활의 어둠 속에 감추어져 버린다. 그리하여 뿔뿔이가 된 개인의 삶은 과시의 공간 —— 사회의 획일주의와 부드러운 교양을 대표하는 것 같으면서 극히 억압적인 사회 규범에 의하여서만 어느 정도의 사회적 맥락 속에 편입되게 된다. 이러한 획일적 사회 규범의 압력은 제인 오스틴, 헨리 제임스 또는 이디스 워튼의 소설 등에도 잘 나와 있지만, 그 가장 대표적인 표현들은 T. S. 엘리엇의 초기 시들, 가령 「프루프록」이나 「숙녀의 초상」 등에서 대표적으로 찾을 수 있다.

로빈슨에 있어서 개인적 고독과 사회적 표면, 체면의 유지 사이에 끼어

---

43 Raymond Williams, *The Country and the City* (New York: Oxford University Press, 1973), p. 249.

서 영락하는 삶의 모습들은 위에 든 실패자들, 특히, 리처드 코리를 이야기한 시에서 잘 나오지만, 사실 실패와 실패의 비밀은 이러한 특정한 사람들뿐만 아니라 틸버리 타운의 모든 사람의 삶을 특징짓는 것이다. 전체화하는 사회에서 주변의 거주자는 그들의 의사에 관계없이 이미 실패한 사람들이다. 그들이 주변 지대에 거주한다는 것 자체가 그들이 중심의 세계로 가지 못한다는 것을 말하는 것이다. 물론 이것은 외적인 사건이라기보다는 내적인 사건이다. 주변 지대의 주민 자신의 욕망이 그들로 하여금 실패감을 마음속에 은밀히 간직하며 인생을 살아가게 한다. 그들의 마음은 자신의 고장, 눈앞에 있는 자신의 욕망에 있지 않다. 그리하여 오늘 이 순간의 삶은 중심부에 있는 것이 아니기 때문에 실패가 된다.

『'로레인'의 철들기(The Growth of 'Lorraine')』는 부화한 부르주아 문화의 팽창과 더불어 많이 보게 되는바 시골을 탈출하여 도시로 가는 처녀의 이야기이다. 이러한 시골을 탈출하고자 하는 욕망은 중심 주변의 대두와 함께 생기는 가장 대표적인 욕망이라고 할 수 있다. 이 시에서 흥미로운 것은 이러한 욕망이 넓은 세계에 대한 강박적인 갈망으로 거의 운명적으로 작용하는 세력으로 묘사된다는 점이다. 큰 세계의 부름의 불가항력적임을 이 시의 '로레인'은 시골의 애인에게 이렇게 말한다.

"그래요" 그녀는 말했다. "나도 알아요. 그러나,
어떤 사람들은 운이 좋지만, 또 다른 사람들은
점이 찍히고 결국 압도되기 마련이죠.
다른 사람이 자유롭도록 노예가 될 운명으로 태어나죠.
내가 그런 사람이라면 (그럴 거예요)
나는 잊어버리고 집으로 돌아가세요."

"당신은 이런 말을 말라고 하겠지만, 나는 알아요,

그러나 나는 만족하려고 노력해 보아야 부질없어요;

나는 이제 돌아설 수 없어요. 인생이 너무 지겨울 거예요.

그럴 수 있는 사람도 있겠지요. 어떤 여자는 그런 소질이 있어요.

그러나 나는 그럴 수 없어요. 나는 그럴 자신이 없어요.

나는 될 대로 되는 거예요."……

"I know", she said, "I know it, but you see

Some creatures are born fortunate, and some

Are born to be slaves, to let the rest go free;

And if I'm one of them (and I must be)

You may as well forget me and go home.

"You tell me not to say these things, I know,

But I should never try to be content;

I've gone too far; the life would be too slow.

Some could have done it …… some girls have the stuff;

But I can't do it; I don't know enough.

I'm going to the devil."……

이렇게 절망감에 가까운 넓은 세상을 향한 욕망을 가지고 고향을 떠나가는 로레인이 결국 자살로써 그 생애를 끝내게 되는 것은 당연한 이야기의 전개가 된다. 그러나 이미 비쳤듯이 로레인처럼 다른 곳으로 도망가고자 하지 않는 사람도 마음에 있어서는 이미 털버리 타운을 떠났다고 말할 수 있다. 위에서 언급한 「그녀의 눈」의 예술가, 「어두운 집」의 시인 등은 제

고장에 있으면서 그곳을 넘어간 사람들이다. (로빈슨 자신, 자신의 고장으로부터의 내적인 유민(流民)으로서 예술가의 수련을 시작하였다. 자본주의 시대의 예술가의 출발에서 우리는 대개 이러한 유형을 본다.)

　그러나 이러한 먼 곳에의 형이상학적 그리움으로 하여 고장을 떠난 사람들보다 더 비극적인 예는 형언할 수 없는 불만족, 현재와 다른 것에의 그리움에 의하여 현재의 행복을 잃어버리는 사람들이다. 틸버리 타운의 시에는 남녀 ── 특히 결혼 관계에 있는 남녀의 애정을 다룬 시가 많지만 이 애정은 으레 다른 사랑, 사랑의 가능성에 대한 상념으로 손상되어 있는 것으로 그려진다. 「짝(The Companion)」이나 「매어달리는 덩굴(The Clinging Vine)」은 의심과 부정(不貞)에 의해서 벙글어지는 부부관계를 그린다. 「용서받지 못한 자(The Unforgiven)」는 일찍이 피치 못할 아름다움의 환영으로 보였던 아내의 비인간성을 발견하고 괴로워하면서 거기로부터 벗어져 나가지 못하는 남편의 고뇌를 주제로 한다. 「루엘린과 나무(Llewellyn and the Tree)」는 남편의 작은 꿈에 만족하지 못하는 아내 그리고 이 아내에 시달리는 남편이 방탕녀와 함께 가정을 도망쳐 나가는 이야기이다. 「벤 토로바토(Ben Torovato)」는 "아내가 입고 있는 털옷에서 다른 여자를 느낀" 사람의 애정 행로를 말한다. 거죽으로는 평온해 뵈는 부부관계 속에도 다른 욕망의 그림자는 깃들어 있다. 이러한 경우에 시골 생활의 속병은 더 잘 드러난다. 「불빛(Firelight)」과 같은 시는 시골병의 전형을 잘 보여 준다.

　　구름 한 점 없이 지낸 십 년
　　그들은 벽로의 불빛과 네 벽이
　　사랑으로 무리들을 지워 버림을
　　고맙게 여기며 때때로 서로의 눈을 찾아 바라본다.
　　평온히 영원토록 세상에 달리없이

혜택받은 그리고 아늑히 자리한 그들의 기쁨은
뱀도 칼도 상기시키지 않는다. 그들 위에는
말로는 입 밖에 내지 않는 것의 축복이 내린다.
말없음이 현명한지고, 어딘가에 외로이 있는
여윈 얼굴의 주름살의 이야기를 그녀가 읽었더라면
그들은 그렇게 행복하지 않았으리니.
조금 전에 따로 있어 빛나며 그가 알아만 주었던들
그녀의 것이었을 어느 사람에 대하여 가졌던 생각을
그가 알았더라면 그도 만족만은 하지 못했으리니.

이와 같이 두 사람의 행복은 숨은 욕망의 비밀을 갖춤으로써 얻어지는 가상(假象)이다. 「불빛」에서처럼 현재를 병들게 하는 먼 것에 대한 욕망이 반드시 감추어질 필요가 있는 것이 아니더라도, 상황은 비슷한 것이 된다. 조금 더 평정된 인간관계를 이야기하는 시들에서 우리는 주인공들이 현재의 행복을 「불빛」에서보다는 조금 더 적극적으로 받아들이는 것을 보지만, 이때도 먼 것을 향하는 욕망은 체념으로 남아서 현재의 행복이 차선의 선택이 되게 한다. 즉 틸버리 타운의 세계에 행복이 있다면, 그것은 최선의 행복을 체념한 데서 숙명처럼 받아들여지는 서글픈 행복인 것이다. 「폭군의 사랑(Eros Turannos)」는 이러한 행복을 이야기하는 대표적인 시이다. 이 시의 여주인공은 남편의 불만족한 점을 잘 알고 있다. 그러나 그녀는 늙어가는 세월의 고독한 생활보다는 이 남편과의 생활에 순응할 것을 택한다.

그녀는 그를 두려워한다. 그리고 늘 자문할 것이다.
무슨 숙명이 그를 택하게 했는가고
그의 호감 주는 얼굴을 보면

그를 마다했어야 할 온갖 이유가 보인다.
그러나 그녀가 보고 두려워한 것은
아래로의 내리막길, 천천히 물거품도 없는
나이의 방죽에로의 길, 그를 잃고 갈지도 모를 길보다는
조금 덜 험한 것이었다.

She fears him, and will always ask

What fated her to choose him;

She meets in his engaging mask

All reasons to refuse him;

But what she meets and what she fears

Are less than are the downward years,

Drawn slowly to the foamless weirs

Of age, were she to lose him.

그런데 그녀가 택하는 행복의 비극은 사랑의 관계에 대한 그녀의 우려가 완전히 그녀만의 고독한 비밀이란 점으로 하여 더 강렬한 것이 된다. 왜냐하면 남편은 모든 것이 지극히 안정된 것으로 자신하고 있기 때문이다. 로빈슨은 두 사람의 이해의 차이를 같은 사물에 대한 인식의 차이로서 매우 섬세하게 예시하여 준다.

바다의 오랜 나무의 느낌이
그를 에워싸고 유혹한다.
눈에 띄는 모든 것에 스민 전통은 그를 미혹하고 평안케 한다.
그의 말에 대한 그녀의 의혹은

그녀의 세월의 예감으로 몽롱하여지고 ──
비뚤린 생각도 느려지고
사라져 그녀는 그를 확보한다.

지는 잎은 그녀의 어지러움의
지배를 개시하고
때리는 파도는 그녀의 환상의
만가를 울리어 퍼뜨린다;
사랑이 살고 죽어 간 집은
그녀가 숨을 수 있는 곳이 되고
마을과 항구ㅅ가는
그녀의 고립을 메아리한다.

A sense of ocean and old trees
Envelops and allures him;
Tradition, touching all he sees,
Beguiles and reassures him;
And all her doubts of what he says
Are dimmed with what she knows of days
Till even prejudice delays
And fades, and she secures him.

The falling leaf inaugurates
The reign of her confusion;
The pounding wave reverberates

The dirge of her illusion;

And home, where passion lived and died,

Becomes a place where she can hide,

While all the town and harbor side

Vibrate with her seclusion.

첫 연에서 바다와 나무는 남편에게는 변함없이 계속되는 질서와 안정의 증표이다. 그러나 같은 것을 더 자세히 살펴보는 아내 편으로는, 나무도 떨어지는 잎으로 하여 그녀의 늙어 감을 상기시켜 감정의 윤리의 날카로움을 무디게 하고 바다는 기슭을 무너뜨리는 파도로 하여 그녀의 사랑의 환상이 끝날 수 있음을 이야기하여 준다. 남편에게 전통적인 것들은 또 하나의 안정의 밑바탕이 되지만 아내에게는 가정이라는 전통은 사랑의 죽음 후에 숨은 가냘픈 피난처로 생각된다.

그런데 이러한 비극, 남편에게도 드러나지 않는 아내의 마음속에서만 비밀로서 경험되는 비극은 물론 공동체 내에서는 괴이한 고고의 풍문으로나 전달될 뿐이다. 그러나 이 시의 마지막 두 연에서 갑자기 관점을 바꾸어 시인이 이야기하고 있듯이 누가 내면의 비극을 사실대로 그 체험을 공유하며, 느끼고 알 수 있는가. 단지 일반적으로 비극적 체험도 고독 속에서 견디어야 하는 것이라는 것, "신과/ 씨름한 사람들은/ 우리가 무어라든 상관없이 신이 점지한 것을 취할 뿐"이라는 것을 동네의 코러스는 알 수 있을 뿐이다. (「폭군의 사랑」에서 코러스는 6연의 시에서 2연이나 차지하고 있어서 그 중요성의 인정을 요구하고 있다. 다른 시들에도 코러스는 이 시에서와 같이 눈에 띄지는 않지만, 대체로 그 존재를 느낄 수 있게 등장하거나 암시되어 있다. 이와 아울러 우리는 로빈슨의 시가 대체로 이야기풍 또는 발라드풍으로 쓰인 것에 주목할 수 있는데, 이것은 그의 시를 인간의 내면의 표현이 아니라 외면적 관찰의 기록이 되게 한다. 이러한 형식의 의미는 인간의 내면이 궁극적으로 전달될 수 없으며, 모든 사람은 자신의 비극을 비밀로 지닐 수밖에 없다는 것을 암시하는 데 있을 것이다. 그러나 로빈슨의 세계는 완전히 단편화된 인간만이 거주하는 현대 도시는 아니다. 그곳은 소문으로일망정 이야기가 있고 서로서로의 고독과 비극을 멀리서나마 의식하고 있는, 아직도 동네가 있기는 있는 세계이다. 이것이 로빈슨의 시에 있는 코러스의 의미일 것이다.)

「폭군의 사랑」이 서글픈 차선의 행복에 관한 시라면, 얼핏 보기에 체념의 계산이 작용하는 것 같지 않은 경우에도 틸버리 타운 사람들에게 주어진 것은 언제나 차선의 선택일 수밖에 없다. 「이모진 아주머니(Aunt Imogen)」는 조카들에 대한 사랑을 애틋한 행복의 원천으로 생각하면서도 그것이 자기 자식을 갖지 못하여 갖게 되는 차선의 사랑이라는 것을 깨닫는 노처녀 아주머니의 자기 발견을 극히 섬세한 솜씨로 다루고 있다. 「클리프 클링겐하겐」은 바로 인생의 고통에 익숙해질 수 있는 용기가 있기 때문에 악조건 속에서도 유쾌해질 수 있는 사람을 이야기한다. 「헥토 케인(Hector Kane)」은 고독한 노년에도 불구하고 쾌활하고 낙천적일 수 있는 노인의 이야기이다. 여든 노인 헥토 케인은 젊은이들에게 말한다. "사람은 먹는 것, 마시는 것이 잘못되어 죽기도 하지만/ 생각하는 것 때문에 죽기도 한다." 따라서 오래 살려면 생각을 끊어야 한다고 그는 말한다. 「올드 킹 콜(Old King Cole)」은 망나니 아들들을 둔 노인이 속상하는 일들에도 불구하고 낙천적 인생관을 가지고 살아가는 것을 이야기한다. 용기와 페이소스의 혼합은 「아이작과 아치볼드(Isaac and Archibold)」와 같은 노년에 관한 시에서도 볼 수 있다.

물론 로빈슨에게 긍정과 밝음이 없는 것은 아니다. 방금 이야기한 사례들은 그런대로 삶에 대한 비극적인 긍정을 시도하는 사람들의 모습을 보여 주는 것이다. 그러나 그보다도 로빈슨은 만년에 이르러 조금 더 적극적으로 사람 이외적인 환경에 있어서나 또는 내적인 마음가짐에 있어서 사람이 수동적인 희생물이 될 필요가 없다는 것을 되풀이하여 강조했다. 가령 「밤의 아이들(The Children of the Night)」과 같은 시에서 그는, 사람이 그타고난 값을 버리고 광명과 휴식과 믿음은 존재하지 않는다고 하며 오로지 존재하는 것은 암흑과 혼란뿐이라고 말하는 것은 잘못이라고 강력히 선언한다. 그리하여 상식적 믿음에 따라 신의 영광을 찬양하고, 그의 의지의 실현을 존중하며, 비록 황혼 속에서일망정 황혼의 잿빛이 아니라 황혼의 붉은빛의 아름다움을 보고 밤하늘의 아름다움은 그것이 새벽을 기약하는 것이라는 것을 아는 것이 중요하다고 말한다. 그는 계속 말한다.

> 우리가 저주하는 삶에 우리를 묶어 두는 것은,
> 두려움 가운데 있는 믿음이다.
> 따라서 우리는 우리 가운데 있는 우주 그것인 자아를 존중하도록 하자!

> 우리들 밤의 아이들은
> 상처를 감추는 의상을 벗어 버리자,
> 우리는 광명의 아이들이 되어
> 앞으로의 세월에 우리의 참모습을 보이자!

> It is the faith with the fear
> That holds us to the life we curse;
> So let us in ourselves reverse
> The Self which is the Universe!

> Let us, the Children of the Night,
> Put off the cloak that hides the scar!

Let us be Children of the Light,

And tell the ages what we are!

　그러나 이러한 강한 신념의 선언은 로빈슨의 만년의 일이며, 대체로 말하여 그의 세계는 슬픔과 실패와 고독의 세계이다. 여기에서 사람들은 출발 이전에 이미 말할 수 없는 병에 걸려 있다. 그리하여 이들은 실패와 좌절을 그들의 운명으로 받아들인다. 이러한 실패의 원인은 적어도 어떤 경우에 있어서는 「카산드라(Cassandra)」에서 이야기되듯이, 돈에 있다. 그러나 실제에 있어서 틸버리 타운에는 빈곤이나 힘겨운 노동, 또는 파산의 실례가 많은 것은 아니다. 이곳의 주민의 병은 여전히 심리적인 운명에서 연유하는 것으로 보인다. 심리의 병이 바깥세상의 폐단을 매개하는 것이다. 그들의 병은 돈 때문에 또는 돈의 세계에서 일어나는 병이다. 「비커리의 산(Vickery's Mountain)」에서 주인공 비커리는 서부의 어느 산에 묻힌 금광의 비밀을 간직하고 언젠가 그곳을 향하여 떠날 것을 꿈꾸며 살지만, 종내 서쪽을 향하여 떠나지는 못하고 만다. 틸버리 타운의 주민들은 멀리 있는 금광의 꿈으로 하여 병을 얻게 되고 그 삶은 실패하고 위축되어 버린다.

　이것은 그들의 마음이 사회의 가치에 의하여 구성되는 것이기 때문이다. 에머슨이나 휘트먼은 개인이 그들의 육체와 본능과 직관을 통하여 스스로의 주인이 되고 사회 속에 참여할 수 있다고 생각하였다. 이들이 이야기한 것은 개인주의의 복음이었다. 미국 사회는 개인적 부와 힘과 영광을 추구함에 있어서 에머슨이나 휘트먼의 복음을 좇고 있다고 생각하였다. 그러나 실제에 있어서 이들이 생각한 개인과 미국의 자본주의적 추구의 개인과는 하나이면서 다른 것이었다. 에머슨과 휘트먼은 사회적으로 옹호되는 이윤 추구의 합리성에 기초한 인간의 이상을 배척하고 자연스럽고 자발적인 개인의 위엄을 확인하려 하였다. 그러나 그렇게 하면서 그들은 합리적 이성이 만들어 내는 개인 또 그 개인이 만드는 사회 조직에 대하여 현실적인 주의를 기울이지 아니하였다. 그리하여 그들은 자연스럽고 자발적인 개인이 사회 조직 속에 흡수되고 —— 밖으로부터만이 아니라 안으로부터도 흡수되고 만다는 것을 그때까지는 알지 못하였다. 이것을 보여 준 것은, 좁은 대로, 에드윈 알링턴 로빈슨이었다. 그러나 로빈슨의 부정 또는 긍정을 통해서도 이성과 감정 또 그 윤리적인 통합이 뒷받침하는 공동체는 회복될 수 없는 것이었다. 물론 로빈슨의 긍정의 강력함에서 볼 수 있듯이 사람이 어떠한 경우에나 본연의 자아, "우주 그것인 자아"를 되찾을 수도 있을는지 모른다. 그러나 로빈슨의 경우에 보는 것처럼, 다른 방향으로 밀려 가는 사회의 조류 속에서 사람은 그러한 자아 회복에 이르기 위하여 얼마나 오랜 실패와 좌절의 과정을 겪어야 하는 것인가? 공동체적인 질서가 없는 곳에서 이 과정은 한없이 길고 먼 것이 될 뿐이다.

(1982년)

엘리자베스 비숍의 시

사물에서 사건으로

아리스토텔레스는 시를 정의하여 인간의 행동을 모방하는 것이라고 하고, 그 대상, 방법, 수단 등의 관점에서 몇 가지 구성 요소를 가려내었다. 그리고 사람의 행동이 가장 중요한 것인 한, 행동의 주체가 되는 인물이나 그 의미를 드러내 주는 생각 또는 행동이 표현되는 사건의 연계 관계를 보여 주는 이야기의 줄거리와 같은 요소를 시의 가장 중요한 요소라고 생각하였다. 말할 것도 없이, 아리스토텔레스가 분석의 대상으로 삼았던 것은 시라는 용어의 사용에도 불구하고 과연 인간의 행동을 빼놓고 생각하기 어려운 연극, 그중에도 비극이었다. 아리스토텔레스의 분석이 그 이외의 문학 장르, 특히 서정시에 얼마나 해당될 수 있느냐 하는 것은 의문이다. 이것은 서정시가 표현하는 것이 주로 인간의 감정 또는 생각이지 행동이 아니라고 생각되기 때문이다. 그러나 서정시가 감정이나 생각을 표현한다고 하더라도 다시 한 번 그것이 어떠한 감정과 생각이고 누구의 감정이고 생각이냐를 물어볼 때, 그것이 역시 일정한 인간 행동의 과정 중에서 나오는 것이기 때문에 서정시의 감정과 생각도 어떤 극적인 행동의 과정에서 나오는 감정과 생각으로 해석될 수 있는 면이 있다고 말할 수 있다. 실제에 있어서 서정시의 언어도 매우 막연히나마 어떤 인물, 상황 등을 암시할 수 있는 언어의 성격을 띨 때 효과적인 언어가 된다는 것은 우리가 흔히 체험하는 사실의 하나이다. 이렇게 복잡하게 말하지 않더라도 서정시가 삶의 상황 속에 움직이고 있는 인간의 감정이나 생각을 표현한다는 것은 누구나 쉽게 받아들일 수 있는 주장일 것이다. 물론 연극이나 소설의 경우, 이것은 새삼스럽게 말할 필요도 없는 일이다.

그러나 다른 한편으로 우리들은 문학이 인간 행동의 모방이라는 정의에서 의도적으로 벗어나고자 하는 문학 운동들이 있음을 알고 있다. '부조리의 연극'이 알아볼 수 있는 인간 행동의 전개를 배제하려 하고, '앙티로망(anti-roman)'이 이야기의 줄거리나 인물이나 일상적인 생각을 배제하려는 것이 그러한 예이다. 앙티로망의 경우, 우리는 쉽게 프랑스의 소설가 로브그리예(Alain Robbe-Grillet)와 같은 사람을 연상할 수 있는데, 그는 관습의 소산에 불과한 것으로 생각될 수 있는 현실, 줄거리나 인물이 짜내는 소설적 현실을 그리려 하지 않고 '사물의 즉자적인 의미'를 그의 소설에서 탐구해 보려고 한다. 전통적인 의미의 행동 또는 사건이 아니라 사물의 사물됨을 더 중시하는 그의 태도에 착안하여 그는 '사물주의자(Chosiste)'라고 명명될 수 있다.

그런데 로브그리예와 같은 전위적인 작가가 아니더라도 서양 소설의 발달은 사물주의적 입장에 접근해 온 것이라 할 수 있다. 가령 필딩에 대하여 조이스 또는 버지니아 울프 또는 그러한 실험적인 작가가 아니더라도 헤밍웨이, 포크너 또는 로런스와 같은 현대의 작가들을 간단히 비교해 보아도 인간 행동이 만들어 내는 사건의 맥락 또는 인물이나 사상이 현대 서양 소설에서 얼마나 후퇴하였나를 짐작할 수 있다. 이들에게 중요한 것은 인간 행동이나 사건보다도 작품의 표면상에 있어서는 감각적 경험의 구체적인 형상화이다.

　이러한 사정은 시에서도 비슷하다. 그 경위는 현대시에 올수록 어떠한 생각이나 사건의 줄거리보다도 이미저리와 언어의 조직이 중요해진 데에서도 추측할 수 있다. 현대의 영미시 비평의 주류를 이루었던 신비평에서 언어의 결 또 그것이 만들어 내는 조직이 다른 어떤 것보다도 중요한 것으로 생각된 것은 비단 비평만의 입장을 표현한 것이 아니었다.

　여기서 이러한 일반론을 이야기하는 것은 말할 것도 없이 역사적 개관을 시도하자는 것이 아니다. 그것은 다만 오늘 이야기하고자 하는 미국의 시인 엘리자베스 비숍(Elizabeth Bishop, 1911~1979)의 시를 바라보는 일정한 원근법을 얻어 보자는 것이다. 비록 로브그리예나 또는 다른 행동시(Action Poetry)와 같은 즉물적인 시를 쓰는 사람들에 비할 수는 없지만, 비숍도 일종의 사물주의자라고 볼 수 있기 때문이다. 물론 이렇게 말하는 것은 그녀가 전위적이고 실험적인 시인이라는 말도 아니고, 그녀의 오랜 시력(詩歷)을 내내 사물주의자로 일관했다는 말도 아니다. 그러나 전통적인 언어 구사법을 크게 벗어나지 않는 대로 그녀의 시에서 사물의 정확한 묘사 ── 미리 준비된 인간적 의미의 틀이 없이 사물을 있는 그대로의 모습으로 기록하고자 하는 노력이 두드러져 보이는 것은 사실이다. 그녀의 첫 시집 『북과 남(North & South)』의 첫머리의 시 「지도(The Map)」를 보자.

　　물은 물 가운데 있다. 그것은 초록빛으로 그늘져 있다.

　　가장자리의 그늘은 ── 아니면 물이 옅은 곳일까 ──

　　해초가 초록에서 푸른빛에 매어달려 있는

　　해초가 얽힌 벼랑의 선을 길게 표시한다.

　　아니면 육지가 몸을 굽혀 바다를 아래에서 태연스럽게 들어 올리려는 것

　　일까?

고운 황갈색 모래턱에서 육지는

바다를 아래로부터 잡아당기는 것일까?

이것은 지도의 색깔에 대한 거의 비시적인 묘사이다. 환상의 요소가 없는 것은 아니지만, 그것은 단순히 묘사에 필요한 보조 수단에 불과하다. 또 독자는 이러한 묘사가 시의 결미에 가면 어떤 시적 계시에 흡수되는 것이 아닐까 하는 기대를 가져 볼 수도 있지만, 그러한 계시는 「지도」의 끝에서도 일어나지 않는다.(적어도 첫 인상으로는 그렇다.) 다른 묘사의 경우 시적 의미는 독자의 손에 조금 더 쉽게 잡힐 듯하다. 가령 「사랑은 잠들고(Love Lies Sleeping)」에서 그녀가 아침 광경을 선명하게 묘사하는 경우가 그렇다.

저 아래 길거리로

물차가 온다.

쏴 하는 눈빛의 부챗살을

버려진 껍질과 신문 위에 뿌린다.

물은 엷게 마르게 진하게 젖어 마른다.

서늘한 수박 무늬로.

이러한 묘사는 정확한 기술(記述)이면서 그 선명함으로 하여 독자에게 사물에 대한 고양된 인지의 기쁨을 준다. 이런 느낌은 위 구절에 이어 나오는 시련(詩聯)에서 더 강화된다.

나는 듣는다. 아침의 터오름이

돌벽과 방과 침상들에서 분출하는 것을

따로따로의 또 떼 지은 폭포처럼,

으레껏 있는 일에 대한 경종으로

　여기의 묘사는 아침과 더불어 갑자기 일과가 물 쏟아지듯 바삐 움직이는 모습을 그린 것이지만, 이것은 그 폭포에 대한 비유를 통하여, 또 모세가 돌에서 물을 분출해 나오게 한 성서의 고사에 대한 연상을 통하여 일상성에도 불구하고 경이로운 것일 수밖에 없는 아침의 모습을 이야기해 준다. 이러한 묘사는 전통적인 시의 묘사 방법이다.(시적 대상의 순전한 묘사에 주력했던 이미지스트의 경우에 있어서도 이러한 기쁨의 인지 작용은 중요한 요소였다.) 그러나 엘리자베스 비숍의 묘사는 대체로 우리가 앞에서 든「지도」에서처럼 기쁨의 감정을 자극하지 않는 거의 사물적인 묘사에 그녀의 시적 기술을 한정하는 경우가 많다. 그녀는 단순히 지도의 모양과 색깔에 주목했듯이, 플로리다의 악어의 소리가 '친숙감, 사랑, 교미, 전쟁, 경고'를 나타내는 울음소리를 가졌음을 기록하고(「플로리다(Florida)」) 또는 어부의 옷과 손에 고기비늘이 묻고 그의 고기 칼이 낡아 거의 닳아져 없어진 것임에 주목한다.(「어부의 집에서(At the Fishhouses)」)

　여기에서 우리가 덧붙여 말해야 할 것은 비숍의 사실성이 그녀가 사실의 세계에 대하여 남다른 관심을 가지고 있는 데에서만 오는 것은 아니란 점이다. 처음에 든「지도」에서도 우리는 환상적 요소가 있음을 말하였지만, 비숍의 시는 적어도 소재의 면에서 볼 때 단순히 외면적 세계만을 기술하는 것이 아니다. 그녀는 사람의 내면의 세계도 곧잘 그 소재로 한다. 그러나 이 경우에도 그녀는 감정 상태의 시적 환기에 관심이 있는 것이 아니라 내면의 심상을 있는 그대로 그리는 데 그친다. 그리하여 그러한 심상은 정서적인 의미 속에 편입되거나 그러한 의미로 번역되는 일이 없음으로써 사물의 객관성을 띠게 된다. 가령「상상 속의 빙산」의 빙산은 현실의 빙산이 아니라 마음의 어떤 상징이지만, 그것도 현실 세계의 빙산처럼 객관적으로 묘사되었을 뿐이다.

> 비록 그리하여 여행은 끝날망정, 우리는 배보다는 빙산을 원한다.
> 비록 구름 낀 바위처럼 꿈쩍하지 않고
> 바다는 온통 움직이는 대리석일망정 우리는 배보다 빙산을 원한다.
> 마치 눈이 녹지 않고 물 위에 떠 있듯
> 비록 배의 돛들은 바다에 깔릴망정 우리는 배보다 빙산을 원한다.
> 아, 엄숙하게 떠 있는 들판이여,
> 그대는 아는가 빙산이 그대와 함께 쉬고
> 깨어나면 그대의 눈 위에 풀을 뜯는 것을.

이러한 묘사가 시적인 의미를 갖지 않은 것은 아니다. 시인 자신이 시 안에서 해명하듯이, 이 시의 빙산은 정신의 상징이다. 그러나 그 이상의 의미는 쉽게 드러나지 않으며, 오히려 독자의 주의의 초점에 놓이는 것은 어떤 종류의 초현실적인 즉물성을 띤 상상의 풍경화이다. 비숍의 사물에 대한 묘사도 종종 초현실적 성격을 띤다. 객관적인 묘사는 한편으로 과학적인 산문에 가까이 가지만, 다른 한편으로 일상적인 쓰임새의 세계에서 벗어나는 만큼은, 초현실주의적 환상에 가까이 간다. 비숍의 시가 과학적인 또는 초현실주의적인 객관성을 보여 준다고 할 때, 그러한 객관성은 무엇을 의미하는가? 그러한 객관성에 입각한 묘사의 시는 어떤 점에서 우리가 시에서 기대하게 마련인 정서적인 의미, 인간적인 의미를 갖는다고 할 수 있을까? 역설이나 부정을 통하여서라도 우리가 시에서 시적 의미를 추구하는 것은 불가피한 것이라 할 수 있다.

모든 다른 지적 활동에 있어서나 마찬가지로 시에 있어서도 중요한 기능의 하나는 사물과 세계의 모습을 있는 그대로 드러내어 보이는 일이다.

이것은 가장 엄격한 절제와 기술을 필요로 한다. 그러니까 정확한 기술은 그것대로 의의를 갖는다. 그러나 어떤 시대에 그러한 묘사의 필요는 더 커진다. 정확한 기술이 필요한 것은 지각 작용 또는 인식 작용이 주관적인 왜곡을 받기 때문이기도 하지만, 또한 당대의 선입견이나 고정 관념들이 사실의 바른 인식을 저해하기 때문인 것이다.

어떻게 보면 모든 언어적 표현, 특히 그것이 높은 일반화의 차원에 있는 것일 때, 그것은 가장 중요한 인식과 사회적 조화의 기능을 갖는 것이면서도 사실이나 감각과의 끊임없는 교환 작용이 원활하지 못할 때 가장 쉽게 무의미한 고정 관념으로 떨어져 버린다. 이러한 언어의 경직화는 사회의 현실적 활기와 조화가 깨어지는 경우에 일어난다. 여기서 그 요인들을 살펴볼 수 없지만, 서양의 현대인들은 계속적으로 자신들의 사회와 언어에 대하여 이런 느낌을 가져온 것으로 보인다. 『무기여 잘 있거라』의 헤밍웨이의 유명한 말은 그 한 예에 불과하다. 그는 주인공의 입을 통해서 '성스럽다, 영광, 희생'과 같은 말을 들으면 어찌할 바를 몰랐다고 말한다. 그에게는 연설이나 포고문 등에서 너무나 자주 보아 온 이러한 말들은 내용 없는 공허한 말로 생각되었다. 그리하여 "참고 들을 수 없는 말들이 생기게 되고 고장의 이름만이 떳떳함을 가지고 있었다. …… 영광, 명예, 용기, 신성, 이러한 말들은 마을의 구체적인 이름, 도로의 번호, 강의 이름, 연대의 번호, 날짜, 이런 것들에 비하면 더러운 말들이 되었다." 또는 신즉물주의(Die Neue Sachlichkeit), 현상학자들의 구호 '사물 자체에로(Zur Sachen Selbst)', 엘리엇의 '객관적 상관물(Objective Correlative)' 또는 기타 여러 형태의 실증주의들도 비슷한 흐름을 나타내는 징후들이다. 엘리자베스 비숍의 사물주의의 의미도 이런 연관에서 이해될 수 있는 것이다.

『무기여 잘 있거라』를 쓰던 때의 헤밍웨이의 태도는 말할 것도 없이 근본적으로 허무주의적인 것이었다. 헤밍웨이가 싫어했던 추상 명사가 허사

(虛辭)가 된 것은 사실이었겠지만, 그래도 이러한 추상 명사들은 개인적으로는 통합의 이상들을 나타내는 것이다. 그러한 이상을 통하여 사람은 그의 삶의 여러 순간을 하나로 통일하고 그의 정신과 의지로 하나의 주체적 표현이 되게 하며 보다 큰 집단의 이상 속으로 자신을 순화시킨다. 헤밍웨이의 추상 명사에 대한 불신은 곧 이러한 통합 작용이 없어졌다는 것을 뜻하고, 세계가 지리멸렬한 사실의 조각으로 흩어졌다는 것을 말한다.

그러나 역설적으로 이러한 사실적 단편화에 대한 인식이야말로 조화된 삶에 대한 강한 의지를 표현하는 것이라고 말할 수 있다. 헤밍웨이의 주인공들이 허무주의적 인생관을 가지고 있으면서도 무책임한 퇴폐주의자가 아닌 것은 우리가 다 알고 있는 일이다. 어떻게 보면 가장 철저한 절제와 기율을 가진 사람들이다. 그 기율이란 최악의 상태에서도 잃지 않는 사실 존중의 기율이다. 그들은 기율의 미적 승화를 삶의 스타일로 수립하려는 자기 수련을 그치지 않는다. 이러한 사실주의의 변증법은 엘리자베스 비숍에서도 발견할 수 있다. 또다시 다른 사람과의 비교를 통하여 말하는 것이 되지만, 비숍에 가장 가까운 시인으로 자타가 공인하는 메리앤 무어(Marianne Moore)의 태도를 랜들 자렐(Randall Jarrell)이 설명한 말은 비숍에도 그대로 해당된다. 자렐은 말한다.

무어에게 사회란 루시안에 이야기되어 있는 고래처럼 당신이 서식하고 있는 괴물이다. 당신이 태어나기도 전에 옛날에 이미 그것은 어떻게 할 수 없는 상태가 되었다. 커다란 재난의 그늘에서 살아가면서 당신은 최선을 다하고 누군가 축복을 해 주든 말든 당신 나름으로 축복을 느낀다. 홀로 예의를 지키면서 후기 개인주의의 불가피하고 본질적인 고립 속에서 위태로운 안전과 아름다움을 유지하는 당신은 숲을 갈아엎은 폭풍우 속에서도 생명을 건지는 갈대와 같다. 또는 옛날의 세계에 그러한 환란이 일 때마다 구원의 전형이 되었던, 미천한 자나 아이들이나 참새처럼 당신은 산다.

　자렐의 말에 의하면, 깐깐한 사실주의자 메리앤 무어의 사실적 분별의 태도는 이러한 자세의 표현이라는 것이다. 이것은 위에서 말했듯이 비숍의 경우에도 해당시킬 수 있다. 다만 비숍에 있어서 사실주의는 좀 더 겸허한 것이어서 그녀는 무어처럼 예의 바른 분별의 오만을 가지고 있지 않다고 말할 수는 있다. 또 그러니만큼, 그녀의 시가 무어의 시보다는 스케일이 작으면서 새로운 세계에 대한 희망을 좀 더 크게 가진 것이라 말할 수도 있을 것이다.

　그러나 비숍의 사실적 기술이 드러내 주는 세계는 매우 삭막하고 초라한 세계이다.(위에 설명하려고 한 원근법에 비추어 볼 때, 우리는 그녀의 시가 단순히 산만한 사실적 기술을 담고 있는 것이 아니라 하나의 정신적 자세, 하나의 세계를 그리고 있음을 알게 된다.) 그녀의 세계는 우선 지저분하고 움츠러든 세계이다.「철길(Chemin de fer)」에서 그녀 자신이 이야기하듯, "풍경은 초라하여/ 다복솔과 참나무가 있을 뿐"이다. 그녀가 방문하는 어부의 집에 가는 언덕에서 보는 것은, "두 빛바랜 손잡이와/ 쇠붙이들이 녹슨 자리에/ 마른 피 같은 우울한 자국이 난/ 깨어진 태곳적의 캡스턴(……an ancient wood capstan,/ cracked, with two long bleached handles/ and some melancholy stains, like dried blood,/ where the ironwork has rusted)"이다. 그녀의 바닷가의 풍경 묘사를 보자.

　　지저분한 해면의 배가
　　물건을 집어 오는 개처럼
　　꺼칠한 지푸라기 갈구리와 낚싯바늘을 싣고
　　해면 뭉치들을 늘어붙이고 온다.
　　독크 근처에는 철망 울타리가 쳐 있고

쟁깃날처럼 번쩍이며, 청회빛의 상어 꼬리들이 널리웠다가

중국 요리집으로 팔려 간다.

흰 작은 보트들이 차곡차곡 쌓여 있고

또는 구멍이 뚫린 채 누워 있어서 지난 폭풍우 이후

아직 수선되지 아니한 채 방치되어

찢어 열어 놓은 채 답장하지 아니한 편지와 같다.

The frowzy sponge boats keep coming in with the obliging air of
retrievers, bristling with jackstraw gaffs and hooks decorated with bobbles
of sponges.

There is a fence of chicken wire along the dock where, glinting like
little plowshares, the blue-gray shark tails are hung up to dry for the
Chinese-restaurant trade.

Some of the little white boats are still piled up against each other, or lie
on their sides, stove in, and not yet salvaged, if they ever will be, from the
last bad storm, like torn-open, unanswered letters.

—"The Bight"

비숍의 퇴락하고 지저분한 풍경에 대한 눈은 플로리다와 같은 화려한
곳의 묘사에도 나타난다. 그녀는 「플로리다」에서 매우 정확하고 사실적인
수법으로 그 무성한 아열대 풍경을 말하면서도(이런 묘사에서 풍경의 화려함
은 초현실주의의 기이감을 자아낸다.) 해변에 밀려드는 많은 부유물들이 "죽어
묻힌 인디안 왕녀의/ 썩어 문드러진 잿빛 누더기 치마 위에 늘어놓은 듯하
다.(Arranged as on a gray rag of rotted calico,/ the buried Indian princess's skirt.)"
라고 한다. 비숍의 풍경은 기껏해야 「케이프 브리튼(Cape Breton)」에서 말

하고 있듯이 '의미를 잃어버린 땅'의 풍경이다.

> 길은 버려진 채 방치된 듯하다.
> 풍경이 가졌던 어떤 의미도 상실되어 버린 듯하다.
> 길이 그것을 숨겨 두고 있다면 모르거니와
> 우리가 보지 못하는
> 깊은 호수가 있다고 하는 오지(奧地)에
> 그리고는 버려진 길, 바위, 산,
> 잿빛으로 누럭누럭 불탄 숲,
> 돌에 돌로 새긴 듯한 거룩한 말씀 같은—
> 그리고 이 지대는 스스로 할 말이 없다.
> 다만 수천의 참새들이 날아오르며
> 자유롭게, 초연하게, 안개 속에서,
> 갈색으로 젖은 찢어진 고깃그물에
> 재재거리는 소리 이외에는.

The road appears to have been abandoned. Whatever the landscape had of meaning appears to have been abandoned, unless the road is holding it back, in the interior, where we cannot see, where deep lakes are reputed to be, and disused trails and mountains of rock and miles of burnt forests standing in gray scratches like the admirable scriptures made on stones by stones and these regions now have little to say for themselves except in thousands of light song-sparrow songs floating upward freely, dispassionately, the mist, and meshing in brown-wet, fine, torn fish-nets.

이러한 풍경 속의 인생이 그 정도의 것밖에 안 되는 것은 당연하다. 「철길」의 초라한 풍경에는 아무데나 대고 총을 쏘면서 "사랑은 실천에 옮겨야지(Love should be put into action)" 하고 외치는, 미친 노인이 살고 있다. 「사람 나방(The Man-moth)」에서 사람은 하늘로 기어오르려고 애를 쓰면서도 시멘트의 지하도로 내려갈 수밖에 없는 거대한 나방으로서 이야기되어 있다.

「사랑은 잠들고」, 「아침의 기적(A Miracle for Breakfast)」, 「서서 잠자기(Sleeping Standing Up)」, 「수탉(Roosters)」, 「되풀이(Anaphora)」에서 사람의 찬란한 아침에 대한 꿈은 지겨운 일상생활에 깨어지고 어지러운 밤의 꿈 속에서만, 보상을 찾는다. 「포스티나 또는 바위의 장미(Faustina, or Rock Roses)」와 「세인트 엘리자베스 병원 방문(Visits to Elizabeth)」은 무자비한 환경 속에 갇혀 있는 정신병자들의 모습을 이야기한다. 「노바스코시어의 첫 죽음(First Death in Nova Scotia)」은 비숍 자신의 어린 시절에 본 사건으로 그녀의 아저씨가 그 아들을 총살한 일을 조용하고 차갑게 이야기하고 있다.

그러나 이러한 풍경과 인간과 사건에도 불구하고 비숍의 목표는 허무와 비관을 이야기하려는 것이 아니다. 그녀가 관심을 가지고 있는 것은 모든 지저분한 것들에도 불구하고 가능해지는 삶의 기쁨과 행복이다. 앞에서 인용했던 「만(The Bight)」의 끝에 그녀는

모든 지저분한 일이 계속된다.
지겹게 그러나 유쾌하게

All the untidy activity continues, awful but cheerful

라고 말하고 있지만 이것은 그녀의 태도를 잘 요약해 주고 있다. 「아침의

「기적」의 뒤쪽에서 그녀가 이야기하는 것도 초라한 아침의 시작에도 불구하고 빵조각 하나 속에 있을 수 있는 축복이며, 그녀의 가장 효과적인 시의 하나인 「수탉」에서도 사람을 일상의 기율에 억압하고 정신의 참다운 사명을 배반하게 하는 수탉의 울음도 용서와 행복의 울음일 수 있다는 것을 말한다.

비숍이 가지고 있는 강한 긍정에의 충동에도 불구하고 그녀가 꺼리는 것은 쉬운 감상성(感傷性)이다. 그녀의 사실주의도 너무나 안이한 감상적 긍정을 피하려는 데에서 나온다고 할 수 있다. 그녀의 긍정은 우울한 사실의 규율 속에서 행해지는 투쟁적인 긍정이다. 여기에 관련하여 우리는 그녀가 사람의 정신을 노래할 때도 투쟁적인 정신을 노래함에 주의할 수 있다. 가령 위에서도 언급한 상상 속의 빙산은 스스로의 죽음을 무릅쓰면서 스스로를 세우는 정신의 비극적 승리의 상징이다. 「웰플릿에서 물을 건너며(Wading at Wellfleet)」와 같은 시에서 햇볕에 반짝이는 물결을 이야기하면서도 비숍이 연상하는 것은 성경에 나오는 불칼이 붙은 전차(戰車)이며 '칼들의 상자(all a case of knives)'이다. 감상을 피하며 사실의 무자비성 가운데에서 투쟁적으로 자비에 이르는 과정은 「고기(The Fish)」에 잘 나와 있다. 이 시는 가장 정확하고 무자비하게 낚싯바늘에 걸려 올라온 고기를 기술한다. 끌려 올라온 고기를 보며 시인은 말한다.

그의 아가미가 무서운 산소를
들이쉬는 동안
—싱싱하게 피맺힌,
무섭게 손을 벨 수 있는 아가미가
숨을 들이쉬는 동안,
그 거친 흰 살이

깃털처럼 차곡차곡 박혀 있는 것,
크고 작은 뼈들,
그 번쩍이는 창자들의
요란한 붉은색과 검은색,
커다란 작약 꽃 같은
분홍빛 부레를 나는 생각했다.

While his gills were breathing in the terrible oxygen ——the frightening gills, fresh and crisp with blood, that can cut so badly ——I thought of the coarse white flesh packed in like feathers, the big bones and the little bones, the dramatic reds and blacks of his shiny entrails, and the pink swim-bladder like a big peony.

이러한 묘사는 잔인하리만치 해부적인 묘사이면서 동시에 시인이 고기의 육체와 함께 느끼고 있음을 알 수 있게 하는 묘사이다. 그리하여 이러한 묘사의 계속 후에, 이 시의 이중적인 결론을 독자는 자연스럽게 받아들인다. 즉 이 시의 주인공은 고기와의 투쟁과 포획에서 커다란 승리감을 느끼고 그 승리감이 지저분한 배까지도 아름다운 것으로 변형시키는 것을 경험한다. 그러고는 갑자기 승리감이 아니라 자비심으로써 고기를 놓아준다.

나는 보고 또 보았다.
승리가 조그마한 전세 배를
가득 채웠다.
녹슨 기관 둘레에
기름이 무지개를 펼친

더럽게 괸 물웅덩이로부터

오렌지 빛으로 녹슨 파레박

햇빛에 쪼개진 배의 가로장

끈이 달린 노받이 고리

뱃전까지 ── 모든 것은 무지개

무지개, 무지개가 되었다.

그리고 나는 고기를 놔주었다.

「고기」와 같은 시에서 비숍의 긍정은 묘사와 감각의 복잡한 과정에서 간접적으로 나오는 것이지만 그녀의 일반적인 삶의 태도를 직접적으로 표현하고 있는 시도 없지 않다. 그중에도 나폴레옹 전쟁 중에 가라앉아 가는 배에서 아버지 곁을 떠나지 않겠다는 아들과 함께 죽어 간 프랑스의 장군 루이 카사비앙카를 이야기한 「카사비앙카(Casabianca)」는 가장 간결하게 또 심각성과 아이러니를 적당히 배치한 비숍 특유의 수법으로 그녀의 투쟁적 긍정을 표현하고 있다.

사랑은 불타는 갑판 위에 서서

"소년은 불타는 갑판 위에 서 있다."라고

읊으려고 하는 소년, 사랑은

배가 불꽃으로 타며 가라앉는 동안

분명한 말을 읊조리려 더듬거리며 서 있는 소년.

사랑은 고집 센 소년, 배,

헤엄치는 수부들도, 이들도

학예회의 무대를 원하고 또

갑판 위에 머무를 핑계를 원한다.
그리고 사랑은 불타는 소년.

Love's the boy stood on the burning deck trying to recite "The boy stood on the burning deck." Love's the son stood stammering elocution while the poor ship in flames went down.

Love's the obstinate boy, the ship, even the swimming sailors, who would like a schoolroom platform, too, or an excuse to stay on deck. And love's the burning boy.

메리앤 무어는 「세월은 무엇인가?(What are Years?)」라는 시에서 금욕적인 용기를 말하면서 "마치 바다가 좁은 바위틈에서/ 자유롭고자 하면서도 자유롭지 못할 때/ 문명에 따르면서도 지탱해 나가듯이/ 깊이 보고 기뻐하자는 죽음에 승복하고/ 스스로의 갇힘 속에서 스스로를 딛고 올라서는 자이다"라고 자기 초월의 철학을 말한 바 있다. 「카사비앙카」와 같은 시에서 비숍이 말하고 있는 것도 이에 비슷한 자기 초월의 투쟁적 철학이다.
　이것은 그 나름으로 훌륭한 철학이나 동시에 그것은 극히 개인적인 자기 수련의 철학으로서 넓고 포괄적인 삶의 근본이 될 수 없는 철학임에는 틀림없다. 위에서도 인용한 구절에서 랜들 자렐이 무어 여사를 후기 개인주의의 소산이라고 말하고, 또 같은 글의 다른 자리에서 그녀의 행동 규범에는 종교와 경제가 없다고 그 한계점을 지적한 것도 이러한 점을 두고 한 말이다. 어느 정도까지는 엘리자베스 비숍에게도 이러한 제약이 있다고 할 수는 있다. 그러나 그것이 사회 전체의 구조적 분석에서 나오는 것이라고 할 수는 없을는지 모르지만 그녀의 시에 경제가 전적으로 없는 것은 아니다. 그녀의 시에서 우리는 한결같이, 그러나 특히 1955년의 시집 『시집: 북과 남 — 찬 봄』 이후 가난하고 어려운 사람들의 생활에 대한 관심이 두드러지게 나타남을 보게 된다. 그녀의 관심은 어떤 이데올로기적인 것도 아니고 적어도 처음에는 정치적 개혁에 대한 정열을 보여 주는 것도 아니다. 그녀의 관심은 지저분하고 퇴락한 환경 가운데에서도 있을 수 있는 삶의 가능성을 확인하는 그녀의 일관된 주제의 한 표현이라고 하여야 한다. 다만 이 주제는 이러한 시들에서 난잡하고 메마른 철학성을 버리고 자연스러운 인간적인 깊이를 얻는다.

가령, 그 전형적인 예로서 「주유소(Filling Station)」를 들어 볼 수 있다. 이 시는 첫 구절을 "그래, 그러나 더럽기도 하지!(Oh, but it is dirty!)"하고 시작한다. 기름에 배고 기름에 찌든 주유소에는 기름 전 옷을 입은 아버지와 기름투성이의 아들들이 일을 한다. 시멘트 포치 위에는 기름에 전 등나무 가구가 있고 더러운 개가 있다. 그러나 주유소의 사람들에게는 이것은 일터일 뿐만 아니라 가정이다. 그러니만큼 이런 곳에도 테이블 센터라든가, 수틀이라든가 생활을 아름답게 가꾸어 보려는 노력이 보인다. 시인은 결론으로 말한다.

누군가 테이블 센터를 수놓고
누군가 화분에 물을 준다.
아니면 기름을 주는 걸까. 누군가
깡통을 줄맞추어 놓아서
깡통들은 나지막하게
ESSO — SO — SO — SO
하고 말한다. 자동차 소리에 맞추어.
누군가 우리 모두를 사랑한다.

Somebody embroidered the doily. Somebody waters the plant, or oils it, maybe. Somebody arranges the rows of cans so that they softly say: ESSO — SO — SO — SO to high-strung automobiles. Somebody loves us all.

비숍은 수놓은 책상보나 화분뿐만 아니라 깡통이라도 글씨를 맞추어 늘어놓는 정성에서 삶의 아름다움을 본다. 이것은 환경의 우울함에 대항하는 인간 정신의 최소한의 표현이다. 그러나 「헤로니모의 집(Jeronimo's House)」 같은 시에서는 환경의 빈한함은 그 자체로서 하나의 소박한 인생, 가난하지만 삶의 시적인 경쾌함을 나타내는 상징이 된다. 이 시는 거죽으로는 매우 간결하고 빠른 사실적인 묘사로만 이루어져 있다. 헤로니모는 말한다.

나의 집, 나의 동화책의
궁전은
삭아 없어질
판자 조각,
방은 모두 셋,
씹은 종이를
침으로 풀 이겨 만든
내 회색의 벌집.

My house, my fairy
    place is
of perishable

        clapboards with

    three rooms in all,

        my gray wasps nest

    of chewed-up paper

        glued with spit.

이러한 집도 헤로니모에게는 「사랑의 보금자리(My love-nest)」이며, 베
란다도 있고 화분도 있고 쓰다 남은 크리스마스카드의 줄도 늘어져 있다.
그리고 새로 은색 칠을 해서 걸어 놓은 프렌치 혼, 이것은 쿠바의 시인, 혁
명가 호세 마르티(Jose Marti)를 위한 행진 때에 쓰는 것이다. 폭풍이라도
있을 때면 간단히 자기가 아끼는 것을 들고 나가면 그뿐.

비숍이 단순히 묘사만으로서 찬양하고 있는 시적 빈곤의 주인공이 쿠
바 사람 또는 더 일반적으로 말하여 라틴 아메리카 사람이라는 것은 중요
하다. 왜냐하면, 그녀 자신 브라질로 옮아가 16년을 그곳에서 살았거니와
브라질을 소재로 한 시에 이르러 그녀는 비로소 헤로니모의 집에서 볼 수
있는 바와 같은 단순함과 밝음을 얻기 때문이다. 브라질은 그 물리적 환경
에 있어서나 인간에 있어서 비숍에게는 훨씬 활기가 있는 곳으로 보였던
것 같다. 물론 브라질에도 지저분하고 맥 빠진 풍경이 있고 가난이 있고 인
간에 대한 인간의 잔인함이 있다. 그러나 비숍의 눈에는 그러한 가난과 초
라함은 미국에 있어서보다도 인간적인 것으로 비추었음에 틀림이 없다.
가령 「우기(雨期)를 위한 노래(Song for the Rainy Season)」에서의 브라질의
풍경의 묘사를 보자.

    집, 열려 있는 집,
    흰 이슬에 대하여,

눈에 친절한 우윳빛 해뜨기.
은빛 고기와 생쥐와
책벌레와
커다란 나방의 회원권에 대하여
곰팡이의 무식한 지도를
걸 수 있는 벽이 있는.

따스한 숨결의
따스한 촉감에
검어지고 얼룩지고,
반점이 생기고 아껴진 벽들.
기뻐하라! 나중의 세월은
이와 다를 것이니
(우리의 작고 하잘것없는 삶을
대부분 죽이고
겁주려는 그렇게 다른!) 물이 없는

커다란 바위가 노려볼 뿐,
자력(磁力)도 없이, 벗은 채,
무지개, 비도 입지 않고
용서하는 바람.
높다란 안개도 없이.
부엉이도 옮겨 가고
몇몇의 폭포는
변함없는 해 속에

움츠러들어 버리고.

House, open house

to the white dew

and the milk-white sunrise

kind to the eyes,

to membership

of silver fish, mouse,

bookworms,

big moths; with a wall

for the mildew's

ignorant map;

darkened and tarnished

by the warm touch

of the warm breath,

maculate, cherished,

rejoice! For a later

era will differ.

(O difference that kills,

or intimidates, much

of all our small shadowy

life!) without water

the great rock will stare

unmagnetized, bare.

no longer wearing

rainbows or rain,

the forgiving air

and the high fog gone;

the owls will move on

and the several waterfalls shrivel

in the steady sun.

 이러한 묘사에도 보이듯이, 브라질도 더럽고 지저분한 면이 있으나 이것은 자연과 인간 모든 것에 열려 있다는 장점을 가지고 있다. 마지막 두 연이 말해 주고 있는 것처럼 이러한 자연 상태의 지저분함은 삶을 위축시키고 아름다움을 허용하지 않고 용서의 온화함을 모르는 삶의 황폐화와는 다른 것이다.

 브라질에도 결코 낭만적으로 대할 수 없이 황폐한 곳은 있다. 무엇보다도, 비숍 자신이 「브라질, 1502년 1월 1일(Brazil, January 1, 1502)」에서 통렬하게 지적하듯이 브라질은 "무쇠처럼 단단한" 유럽인들의 탐욕과 음욕에서 태어난 곳이다. 그리고 현재에도 그러한 곳은 도처에 산재한다. 비숍이 「열두 번째의 아침 또는 생각하시는 대로(Twelfth Morning or What You Will)」에서 그리는 풍경이다. 여기에는 모래사장에, (돈 벌기에 혈안이 되어 있는 '사회'에서 이것을 '잔디'라고 부른다고 비숍은 주석을 붙이고 있다.) 시멘트와 대들보들, '파선된 집(a house wreck)'이라 부를 수 있는 집이 있고, 녹슨 철조망이 점철되어 있다. 그러나 이런 따분하고 답답한 풍경에도 불구하고 풍경을 변형시키고 있는 것은 여기에 살고 있는 짐승과 사람이다. 비숍은 풍경 속에 있는 흰 말 한 마리가 초라한 집보다도 크다고 한다. 그것은 "강한 성격 때문인가? 원근법이 졸고 있는 때문인가?(The force of/ Personality, or is perspective dozing?)" 그런데 말보다도 뚜렷한 것은 흑인 소년 발사잘이다.

하지만 발사잘의 머리 위
네 갈론들이 물통은 가까이 오며
세상은 진주라고, 나는, 나는야,

그 밝은 빛이라고 신호한다. 이제
안에서 철렁이는 물소리가 들리고
발사잘은 노래한다. 오늘은
나의 생일 "임금님의 날"

But the four-gallon[1] can
approaching on the head of Balthazár
keeps flashing that the world's
a pearl, and I,
I am

its highlight! you can hear the
water now,
inside, slap-slapping. Balthazár is
singing.
Today's my Anniversary, he sings,

---

1 원문에는 "But a gallon"으로 되어 있음.

"the Day of Kings."

　비숍의 시를 통해 볼 때 브라질에서 중요한 것은 그곳의 사람들이다. 그
녀의 브라질 시들은 재미있는 현지인의 초상을 담고 있다. 이들은 모두가
가난한 사람들이면서 근본적으로는 착한 사람들이라고 할 수 있으나 피
상적인 의미에서 도덕적인 인간은 아닌 축복과 유머와 기지 ─ 삶을 삶답
게 하는 작은 활기들로 특징지어져 있는 사람들이다. 이러한 사람들의 묘
사에 있어서도 비숍은 결코 감정적이 되거나 지나치게 시적으로 되는 법
이 없이 객관적·사실적 서술의 자세를 지키고 있다. 그러면서도 그녀가 이
사람들에 대하여 깊은 친근감을 가지고 있다는 것은 분명하다. 비숍의 인
물들은 산꼭대기 판자집촌에서 살고 있는 흑발의 소년, 소녀들 ─「판자
촌의 아이들(Sanatter's children)」(그녀는 이들이 무허가 건물에 살지만 보다 큰 유
허가 비바람 속의 가족이라고 말한다.), 주인을 맨날 속이면서도 큰 사심은 없는
소작인, 물속의 혼령을 만나서 무당이 되겠다는 아마존의 마을 사람, 필자
의 집 앞에서 구걸하는 술 취한 흑인, 90년의 언도를 받고 차라리 90일의
자유로운 삶을 선택하여 탈주한 부랑배(가장 위험한 인물로 지목되면서도 가장
외롭고 순진한 이 젊은이의 죽음은 비숍의 여러 작품 중 가장 투명하고 인정 있는 담시
가 되어 있다.) ─ 이러한 사람들을 포함한다.

(1983년)

사물의 미학과 구체적 보편의 공동체

　자기 시대의 비시적인 성격을 개탄하면서, 19세기 초에 이미 휠덜린(Friedrich Hölderlin)은, "궁핍한 시대에 시인은 무슨 소용이 있는가?" 하고 물은 바 있다. 이 휠덜린의 물음의 괴로운 의미는 그 후의 시대에도 감소되지 않고 오히려 증대될 뿐인 것으로 보인다. 창조적 상상력의 원형을 대표하는 인간으로서의 시인은 휠덜린 이후 유럽과 아메리카, 또 이제 비서양 세계에서 다 같이 후퇴를 계속하는 것으로 생각된다. 시인은 선 땅을 상실하고 이제 구미 사회의 경제와 정신 기율 속에서 자신이 어디에서 있는지를 잘 알지 못하는 듯하다.

　다른 예술가들과 더불어 시인의 불안과 회의는 아메리카에서 특히 예리한 것으로 보인다. 그 이유는 이제 상투적인 것이 되었다. 유럽인이 아메리카에 이주한 초기에는 거대한 자연 속에서 생활의 터를 닦고 사회를 건설하는 필요에 온갖 것을 희생할 수밖에 없었다. 청교도주의는 본래부터 예술을 경망스러운 오락으로 생각하였다. 그리고 후대에 와서는 사회 전체가 현실 생활 즉 산업의 발전에 온 정신을 빼앗겨 예술 따위를 돌아볼 여유가 없었다. 그리하여 20세기에 와서는 예술가가 된다는 것은 곧 소외 인간이 된다는 것과 같은 말이 되었다. 실용적 세계에 있어서 예술가 노릇을 하는 것은 큰 일에서나 작은 일에서나 어려움을 경험하는 일이다.

가령 아메리카의 사회가 예술가에게 부여하기를 거부하는 쾌적한 환경을 이야기하면서, W. H. 오든은 유머러스하게 미국에는, "마호가니 책상이 있는 대가의 서재, 저 위대한 유럽인, 단테, 괴테, 셰익스피어의 흉상, 화려한 사교 살롱, 싸구려 카페에 모이는 열렬한 혁명 집단, 화려하고 비싼 넥타이"[1] 이런 어떤 것도 없음을 지적한 바 있다. 물론 이것은 반농담으로 한 말이지만, 미국에 예술가를 떠받쳐 주는 환경이 성립해 있지 않음을 일부 지적하고 있다는 점에서 틀린 말은 아니다. 이 비슷한 불만은 이미 너새니얼 호손이나 헨리 제임스(Henry James)가 토로한 바 있다. 그러나 좀 더 민주적인 성향을 가진 독자가 동정적으로 느낄 수 있는 것은 심각하게 쓴 글에 심각하게 읽는 독자가 없다는 사실일 것이다.

오늘날의 세계에서, 미국 작가는 '소수의 행복한 자'만을 상대로 글을 쓴다는 금욕주의의 훈련에 익숙해 온 사람이라고는 하지만, 때로는 조금 더 많은 독자의 주의를 받는 것이 마땅하지 않을까 하는 느낌을 이겨 내기 어려운 경우가 없는 것은 아니다. 랜들 자렐은 이 섭섭한 느낌을 「악마와의 대화(A Conversation with the Devil)」에서 다음과 같이 표현하고 있다.

> 너그럽고, 솔직하고 특수한 독자라면,
> 몇 사람이 있긴 하지: 아내, 수녀 한 사람, 한두 망령.
> 내가 누굴 위해 썼다면, 당신들을 위해서 썼지.
> 그러므로, 나 죽으면, 속삭이라, "우리는 너무 소수였다."라고

---

1 "Henry James and the Artist in America", *Harper's Magazine*(July 1948).

내 비명에 쓰라. (잘은 모르지만, 글씨 쓸 줄 안다면)

나는, 나는 ― 아무러나 상관없지 ―

나는 만족한다고. 허나 ―

　　　　　허나 당신들은 너무나 소수였어.

어쩌면 당신들의 형제들을 위하여 썼어야 할까?

저 영리하고 까다로운 일반 독자를 위하여.

Indulgent, or candid, or uncommon reader

I've some: a wife, a nun, a ghost or two ―

If I write for anyone, I wrote for you;

So whisper, when I die, We was too few:

Write over me (if you can write; I hardly knew)

That I ― that I ― but anything will do,

I'm satisfied…… And yet ―

　　　　　　　　and yet, you were too few:

Should I perhaps have written for your brothers,

Those artful, common, unindulgent others?

　때로는 받드는 사회 환경의 부재는 마음의 내적 과정 속에 좀 더 간접적으로 나타난다. 『앤 브래드스트리트 마님에게 드리는 헌시(獻詩)(*Homage to Mistress Anne Bradstreet*)』에서 존 베리먼(John Berryman)은, 실제로 남성들이 지배하는 세계에서 가장 내밀한 인생 분야에서까지 일어나는 시인의 소외를 이야기하고 있다. 뉴잉글랜드의 매서운 겨울에 사업차 집을 떠난 남편을 기다리는 앤 브래드스트리트의 모습을 그리고 있는 두 번째의 시에서, 베리먼은 시인의 소외를 실감 나게 묘사한다.

밖은 거대한 어둠 속의 뉴잉글랜드의 겨울,

흰 바람은 처녀집 꼭대기로 회초리치고,

여우들 여우 굴속에 한숨 쉬는데,

정녕코 영국인의 가슴은 얼얼하게 맞아 움츠리리.

그의 딱딱함 가운데 싸이몬의, 시를 허용할 여유

그것은 이 매선 바람, 이 바다에 덜 할까.

우리는 서로 의지할밖에 시를 아끼는 우리끼리.

그대의 세상이나 나의 세상이나 우리를 버렸음에. 우리는 벌거벗고 강인

하게.

Outside the New World winters in grand dark

white air lashing high thro' the virgin stands

foxes down foxholes sigh,

surely the English heart quails, stunned.

I doubt if Simon than this blast, that sea,

spares from his rigour for your poetry

more. We are on each other's hands

who care. Both of our worlds unhanded us. Lie stark,

이 시는 뉴잉글랜드의 최초의 중요한 시인인 브래드스트리트를 말하고 있지만, 시에 이야기되어 있듯이, 베리먼은 브래드스트리트의 고립이 오늘날까지도 계속되고 있다고 말한다.

그러나 청교주의 정신 경제나 산업 사회의 작업 경제가 허용하는 작가의 위치가 매우 불안한 것이었음에도 불구하고 전체적으로 볼 때 미국의 시인들은 세계 문학사상 뚜렷한 위치를 차지하는 시를 산출해 냈다. 뿐만

아니라, 미국의 시인들은 그들의 사회적 위치가 주변적이었음에도 불구하고 사회의 정신생활의 중심에 이르려고 노력하였다. 그랬다는 것은 그들이 늘 사회 전체의 현실을 그들의 주제로 삼고자 했다는 말이다. 이것은, 가령 다른 서구 사회의 경우와 다르게, 유독 미국에 있어서만, 서사적 충동이 오래 살아남았었다는 사실에도 나타난다. 유럽인들이 아메리카에 이주해 온 단초부터 아메리카는 단순한 지리나 역사 이상의 것을 의미하였다. 그것은 정신적 의미를 구현하여 마땅한 것이었다. 시인들은 아메리카라는 약속의 땅, 그 물리적·정신적 약속에 총체적인 시적 실체를 부여하는 것이 그들의 사명이라고 느꼈다. 물론 그 사명감의 소산이 대단한 것은 아니었다. 조엘 발로(Joel Barlow)의 「콜럼버스의 꿈(The Vision of Columbus)」(1787), 그 나중의 개작인 「콜럼비아드(The Columbiad)」(1807)와 같은 작품이 문학사에 흔히 이야기되는 그러한 노력의 한 소산이었다. 물론 그의 전 작품으로써 미국의 서사시를 쓴 최초의 중요한 시인은 휘트먼이었다.

그러나 또 하나의 중요한 사실은 휘트먼이 최초이면서 또 최후의 서사시인이라는 점이다. 휘트먼의 죽음을 말하며 에드윈 알링턴 로빈슨은 "대시(大詩)는 끝났다/ 대시를 읊었던 사람은 이제 이름이 되었다.(The master-songs are ended, and the man/ That sang them is a name.)"[2]라고 말하였다. 또 그는 휘트먼을 이해하거나 신이나 죽음, 또는 삶에 대한 격조 높은 생각들을 이해하기에는 시대가 너무나 어두웠다고 말하였다. 휘트먼의 시대는 이미 가치가 쇠퇴하는 시대로서 삶을 높고 크게 보는 시대도 아니고 도덕적 에너지가 풍부한 비전에 의하여 다스려질 수 있는 시대도 아니었다. 또는 헨리 애덤스(Henry Adams)의 말을 빌려 그것은 통합의 시대가 아니라 분산의

---

2 Roy Harvey Pearce, *The Continuity of American Poetry* (Princeton, N. J., 1965, 3rd Printing), p. 257에서 재인용. 이 시는 로빈슨의 *Collected Poems*에 들어 있지 않다.

시대였다. 청교도의 세계에서도 시는 삶과 사회의 중심적 위치를 차지하지 못하였다. 그러나 그 세계는 구조가 있고 중심이 있고 일관성 있는 의미의 원리가 작용하는 세계였다. 시인은 중심부에 앉아 있는 것이 아니면서도, 그가 사는 세계를 전체적인 질서로서 생각할 수 있었다. 다음의 이성과 혁명의 시대에 있어서도 시인은 사회의 중심부에 다가가지 못했다. 그러나 그는 이해 가능한 우주와 질서 있는 시민 사회의 일원이었다. 미국 혁명기의 시인 필립 프리노(Philip Freneau)는 집도 없이 길거리를 헤매다가 폭설에 휩쓸려 동사하였다고 전해진다. 그러나 그는 19세기 중엽부터 나타나기 시작한 소외 예술인은 아니었다. 포(Poe)와 보들레르(Baudelaire)는 대서양의 양안에서 시인의 세계가 불안정한 것이 되었음을 가장 잘 대표하는 시인들이었다. 호손과 멜빌(Melville)의 어두운 명상들은 다의적 모호성의 늪으로 빠져 들어가는 세계의 모습을 드러내 준다. 그러나 그들의 작품이 보여 주는 구조의 확실성과 철학적 사변의 규모는 그들의 세계가 에머슨이나 다른 초월주의자(Transcendentalists)의 자신감에 이어져 있음을 생각게 한다. 휘트먼도 초월주의자의 자신감은 가지고 있었지만, 그 자신감은 퇴락의 시대라는 전체 상황 속에서 보아져야 한다. 그러나 세상이 분명하게 중심을 잃고 불안정한 것으로 보이기 시작한 것은 19세기 말엽과 금세기에 이르러서이다.

이와 같이 시대적 상황은 계속적으로 시인에게 불리한 것이 되어 가고 있다. 그러나 휘트먼 이전과 휘트먼 이후의 상황 사이에는 중요한 차이점이 있었다. 이 상황의 차이는 그들의 작품의 여러 국면에 나타난다. 그것은 휘트먼과 휘트먼 이후의 시인의 시관(詩觀)에도 나타난다. 휘트먼의 시관은 매우 포괄적인 것이었다. 그는 시가 정치·경제·과학·종교의 기본적 진실을 노래하며 국민 전체의 정신적 고양을 위한 민주적 계몽안의 일부가 되어야 한다고 생각하였다. 그것은 "어느 한 계급만이 아니라 또는 응접실이나 강의실을 위한 문화 방안이 아니라, 현실 생활, 서부, 노동자, 농촌과 목공과 기술자에 관계되는 사실, 또 각층의 여성·중산층·노동 계층을 유념하며, 여자의 완전한 평등과 위대하고 강력한 모성을 생각하는 문화의 기획안"[3]이라야 한다고 생각했던 것이다. 그런데 이러한 휘트먼적인 시관에 대하여 완전히 대차적인 입장에 있는 것이 현대 시인들의 시관이다. 이 시관은 휘트먼의 민주적 포괄성에 대하여 응접실과 강의실과 전문가를 대상으로 하여서만 시가 씌어져야 한다고 말하는 것으로 보인다. 현대시는 휘트먼의 거창한 긍정에 대하여 긍정의 조심스러운 유보를 주장한다. 그것은 휘트먼의 거시적 개방성에 대하여 바탕에 깔려 있는 섬세한 무늬에 대한 미시적 주의를 요구한다.

이러한 일반적인 태도 이외에 시의 이론에 있어서도 역점이 달라졌다. 가령 미국 현대시의 창시자들과 더불어 받아들여진 시의 미적 특성에 관한 이론은 특수자, 개별자, 구체적인 것, 낱낱의 사물에 대한 강조였다. 이것들이 주로 미적 형상화에 값하는 것으로 생각되어진 것이다. 이것은 19세기의 시인들이 거창한 도덕적 철학적 발언이 시적 표현의 주요 부분이라고 생각한 것과는 크게 대조되는 것이었다. 개별자를 강조하는 현대 시학의 배경에 들어 있는 철학적 정조(情調)는 강경체 스타일과 사실적 태도에 대한 헤밍웨이의 설명에서 가장 잘 느껴질 수 있다. 그는 자신의 세대의 환멸을 표현하며 『무기여 잘 있거라』의 주인공의 입을 통하여 다음과 같이 말하고 있다. "나는 늘 '거룩하다', '영광스럽다', '희생'과 같은 말, '속절없이'와 같은 표현을 멋쩍게 생각하였다." 그는 이러한 말들에서 아무런 실체를 발견할 수 없었다고 한다. "나는 거룩한 것을 본 일이 없다. [헤밍웨이의 주인공은 이어서 말한다.] 영광스럽다는 일들에 영광이 없었고 희

---

3 Walt Whitman, "Democratic Vistas".

생이란 것은, 비록 고깃덩어리를 묻어 버리는 것이기는 하였지만, 시카고의 도살장과 같은 것이었다." 따라서 그는 이러한 말들을 마냥 듣고 앉아 있을 수가 없었고, 급기야는 "지명만이 품격이 있는 것이었고", "추상적인 말, 영광·명예·용기·거룩함과 같은 말은 마을의 구체적인 이름, 도로의 번호, 강의 이름, 부대의 번호, 날짜 등에 비해 볼 때, 음담패설과 같은 것이었다."[4]

이렇게 하여 구체적이고 경험적인 사실만을 유일한 실재의 근거로 생각하며 사실의 기율만을 타당성 있는 도덕의 기초로 받아들이는 근본적 경험주의가 시작되었다. 이것은 소설가의 경우이지만, 비슷한 경험주의의 태도는 많은 현대 시인의 시론에도 나타난다. 현대시의 신앙 개조의 하나로써 플린트(F. S. Flint)는 일찍이 "주관적이든 객관적이든 '사물'을 직접적으로 다루는 것"[5]이 이미지즘의 핵심이라고 말하였다. 타이프라이터의 소리와 계란이 요리되는 냄새와 사랑과 스피노자가 섞여서 이루는 현실의 묘사를 강조하고 '객관 상관물(objective correlative)'의 창조만이 시의 언어라고 주장한 T. S. 엘리엇의 태도는 현대시의 구체 취향, 사실 취향을 대표적으로 드러내 준다. 이에 더하여 시는 "사물에 대한 아이디어가 아니라 사물 자체"[6]에 관계된다고 한 월리스 스티븐스의 말, "감각에 한 직접적인 검증이 가능한, 코밑에 있는 사물들"[7]을 시의 소재로 삼아야 한다고 한, 윌리엄 칼로스 윌리엄스, 또는 독자적인 사물로 존재할 수 있는 시를 참다운 시로서 존중한 신비평가들의 생각들도 여기에 거론해 볼 수 있다.

---

4 Ernest Hemingway, *A Farewell to Arms*(Penguin Books, 1935), pp. 143~144.

5 "Imagism", *Poetry*, I, 6(March 1913), p. 199. Stanley K. Coffman, *Imagism: A Chapter for the History of Modern Poetry*(Norman, Oklahoma, 1951), p. 9에서 재인용.

6 In the poem of the same title.

7 M. L. Rosenthal ed., *The William Carlos Williams Reader*(New York, 1966), p. xix.

이 구체적 사물에 대한 강조는 순수하게 미학적인 관점에서 이해될 수도 있는 것이다. 그러나 그 참다운 의미는 다른 가능성과의 관련 속에서 생각될 때 비로소 드러난다. 존 크로 랜섬은 현대시의 상황을 설명하면서 이를 두 가지, 즉 '순수시(pure poetry)'와 '모호시(obscure poetry)'로 구분한 바 있다. "순수시는 실제적이거나 또는 일반적인 얽힘을 기피하고 순수한 내적 형태만을 이룩해 내려고 의도한다. 이에 대하여 모호시는 시인의 인간적 상황에 극히 가까이 있는 소재를 취한다. 그러면서도 일체의 도덕적 이론적 결론을 내리기 전에 말을 그치고 적극적인 결론의 시사를 피하도록 시의 세부를 흐트러 놓는다."[8] 어느 경우에나 현대시의 특징을 이루고 있는 것은 가치 판단이나 확연한 도덕적 입장을 기피한다는 점이다. 이것은 서사시나 대시 형식들이 의도하던 것들과는 전혀 판이한 것이다. 서사시인은 근본적으로 도덕적 가치의 교사이며 종족의 교육자이고 공동체의 교양 — 고대 그리스인들이 파이데이아(paideia)라고 불렀던 교양의 초석이었다. 휘트먼에게 시와 시인은 이러한 서사적 의미를 갖는 것이었다. 이에 대하여, 현대시인들의 즉물적이고 객관주의적 시학은 삶에 대한 전체적인 투시의 회피와 공적 가치의 세계로부터의 후퇴를 주장한다. 여기에서 우리는 현대 시인의 사회로부터의 소외가 시 이론에 반영되고 있음을 본다. 어쨌든 시인은 그가 쓰는 시가 공동체 전체에 대하여는 아무런 관계가 없는 것이라는 것을 선언하고, 그것이 삶에 관련된다면 그것은 개인적 교양이나 수양 아니면 오락이라는 뜻에서 관계된다고 말했다. 그러나 참으로 이러한 판단만이 옳을까? 도덕적 가치가 아니라 사물을 강조하는 현대시에는 공동체적 의의가 없는 것일까? 이 글에서 고찰해 보려는 것

---

8 "Poets without Laurels", *Literary Criticism in America*, ed. by Albert D. Van Nostrand(New York, 1957), p. 277.

은 이러한 질문이다.

　최소한도 현대시인들이 서사시적 기능, 공동체의 파이데이아를 위한 기능을 의식하지 않고 있었던 것은 아니었다. 휘트먼 이후의 상당수의 시인들은 휘트먼을 어떤 이정표적인 존재로 생각하고 휘트먼과의 관계에서 자신들의 위치를 정의하고 있다. 그리하여 어떤 경우 시인들은 휘트먼의 높은 시적 위치까지 나아가지 못함을 개탄했고 또 어떤 시인들은 휘트먼을 거부해야 할 이유들을 발견하였다. 어떤 경우에나 휘트먼은 미국의 현실과 그 현실에 있어서의 시인의 위치를 크게 서사시적으로 생각한 근원적 시인으로 간주되었다. 우리는 이미 휘트먼의 죽음 후에 에드윈 알링턴 로빈슨이 느꼈던 쇠퇴의 의식에 언급하였다. 에즈라 파운드는 그의 시력 가운데 몇 차례 휘트먼에 대하여 말하였다. 윌리스 스티븐스는 현대시의 상황의 왜소화를 말하면서, 휘트먼의 건강한 낙관주의와 현대의 퇴폐상을 대조하였다.

　　먼 남부에는 가을의 해가 진다.
　　붉은 기슭을 걷는 월트 휘트먼처럼.

　　In the far South the sun of autumn in passing
　　Like Walt Whitman walking along a ruddy shore.[9]

　휘트먼은 태양의 원초적 활력과 더불어 거닐었다. 그러나 이제 시대에 뒤떨어진 남부에서조차 마지막 해는 져 가고 있다. 스티븐스는 이렇게 느꼈다. 엘리엇의 초기 시에 휘트먼의 영향이 있음은 더러 지적되어 온 사실

---

9 "Like Decoration In a Nigger Cemetry".

이다. 그러나 세부적인 유사성, 잔존하는 기억 외에, 엘리엇의 초기 시의 서구 문명 전체에 대한 부정적인 비전은 휘트먼과의 대차적인, 따라서 은밀한 관계를 가지고 있는 것으로 생각될 수 있다. 물론 이들 시인들의 휘트먼과의 관계의 성격이 문제다. 파운드의 경우는 하나의 대표적인 예다. 휘트먼에 대한 파운드의 몇 차례에 걸친 언급은 잘 알려진 것이다. 1909년에 그는 휘트먼에 대하여 다음과 같이 말하였다.

그는 아메리카다. 그의 조잡성은 지독한 악취를 풍긴다. 그러나 그는 아메리카다. 그는 시대의 메아리를 울려 내는 바위 속의 공동(空洞)이다. 그가 "결정적 단계를 노래하고" 그가 "의기양양한 목소리"라는 사실은 틀림없다. 그는 혐오감을 준다. 그는 지독하게 구역질 나게 하는 알약이다. 그러나 그는 그의 임무를 수행한다.[10]

파운드가 휘트먼을 혐오한 까닭은 무엇인가? 시대가 부과하는 제약을 참작하여야겠지만, 그는 조잡하다. 파운드는 이렇게 말한다. 이어서 파운드는 휘트먼이 "르네상스 휴머니즘의 전인(the complete man)"의 반대명제이며 "문화적 입맛을 가진 사람이 그 약을 먹으려고 할 때" 상쾌한 느낌을 줄 수 없는 사람이라고 말한다. 달리 말하여 휘트먼은 전통문화의 인간이 아꼈던 오랜 "아름다움을" 알지 못하였다. 파운드는 몇 년 후에 다시 자신과 휘트먼의 관계를 정의하려 하였다. 이때도 그의 생각은 비슷했다. 휘트먼과 자신 사이에 있는 연속성과 단절에 언급하여, 파운드는 말했다.

똥고집 아버지를 둔 아이가

---

10 Ezra Pound, *Selected Prose 1909~1965*, ed. by William Cookson(London, 1973), p. 115.

자라서 돌아오듯, 나는 당신께 온다.

이제 화해할 수 있는 그런 나이가 되었음에.

나무 숲을 새로 연 것은 당신,

이제는 나무를 새겨야 할 그러한 때다.

I come to you as a grown child

Who has had a pig-headed father;

I am old enough now to make friends.

It was you that broke the wood,

Now is a time for carving.[11]

이와 같이 그는 화해의 의사를 선언하지만 동시에 휘트먼과 그 자신 사이에 있는 차이점을 잊지 않는다. 휘트먼은 숲을 개간하여 새 터전을 잡은 사람이다. 그러나 그 자신은 나무에 조각을 할 섬세한 분별의 시인이다. 휘트먼의 전체적 폭에 대하여 그의 눈은 더 면밀한 세공에 집중되어야 한다는 것이다.

여기서 파운드가 선언하고 있는 것은 단순한 미학적 문제에 관한 것이라고 할 수도 있다. 그러나 어떠한 미학적 의도도 순진무구하게 미학적일 수만은 없다. 그것은 작가의 상황의 직접적 반영이 아닐는지는 모르지만 적어도 그 상황으로부터 나오는 것이다. 파운드의 조각의 미학 또는 더 일반적으로 개별적이고 세부적인 지각 현상의 완성에 역점을 두는 현대시의 시학은 사물의 개별성의 지각을 어렵게 만드는 사회 세력에 대한 반작용으로 볼 수 있다. 백 년을 앞선 워즈워스의 말을 빌려, "수많은 원인들이

---

11 "A Pact".

힘을 모아 심성의 분별력을 둔화시키고, 우리 심성으로 하여금 주체적 활동에 부적당한 것이 되게 하며, 이를 거의 야만적 혼탁의 상태에 빠지게 하는"[12] 현대적 상황에 대한 반작용인 것이다. 워즈워스의 세계보다도 한 걸음 더 나아간 오늘의 세계의 소비 문화는 모든 사물을 소비의 대상으로 전화시킴으로써 이를 획일적인 소비욕의 대상이 되게 하여 그 개별적 가치를 잃어버리게 한다. 결과는 단순히 사물의 격하에 그치지 아니하고, 사람의 분별력의 격하, 더 나아가 인간의 격하이다. 사물을 제대로 지각하려면, 지각 주체의 태도 자체가 그에 알맞게 조절되어야 한다. 분별은 양면으로 작용한다. 그리하여 분별 작용은 사물의 개별적 특성을 예리하게 하는 작용일 뿐만 아니라 이러한 분별을 하는 지각 주체의 능력을 고양하고 또 그 자기 인식을 섬세하게 하는 작용이다. 말하자면 구체적이며 특수하고 개별적인 것으로 인지되는 사물은 인지 작용을 통하여 같은 성질을 지각 주체에게 돌려주는 것이다. 현대시의 객관주의 미학이 개별적인 것에로의 복귀를 부르짖었다면, 그 부르짖음은 현대인의, 세계와의 지각 관계의 왜곡을 직관적으로 파악한 데에서 나온 것이다.

휘트먼의 미학은 현대시인이 처한 문제적 상황에는 직접적으로 도움이 될 수가 없었다. 뿐만 아니라, 그는 사물과 인간을 평준화하고 일반화하는 세력의 일부를 이루었다고 말할 수도 있는 것이다. 새삼스럽게 말하여 그는 민주주의의 시인이었고, 이것은 사물이나 인간에게 다 같이 해당되는 것이었다. 그는 '단일하고 따로 있는 인간(a simple separate person)'을 옹호하고 동시에 '집단 속에 있는(en masse)' 인간을 옹호하였다. 그는 아메리카에 대한 포괄적 비전을 제시하기 위하여 사물과 사람들의 끝없는 목록을 작성하여 대서양에서 태평양에 걸치는 아메리카 대륙과 다양한 사람들이

---

12 Preface to *Lyrical Ballads*(1800).

하나로 묶이는 민주적 정치 체제의 내용이 되게 하려 하였다. 그러나 그가 수용하는 대상물들은 개별화된 사물과 인간이 아니었다. 그의 역점은 사물들을 송두리째 싸잡아 넣는 시각의 팽창에 있었다. 이것은 미국 민족주의의 팽창세에 맞아 들어가는 것이었다. 그는 개인을 이야기하였지만 그의 개인은 다른 여러 사람들과 사물들에 스스로를 투사하는 팽창적 자아였고 다른 개체들에 대한 상이하면서 공존적인 인지 속에 자신의 개별적 가능성과 제약을 현실화해 가는 개인이 아니었다. D. H. 로런스(Lawrence)는 휘트먼의 "융합·집단·일체·자아광증(merging, en masse, One Identity, Myself monomania)"[13]을 비판한 바 있는데, 이것은 위에 말한 그의 자아관에 이어져 있는 특징들이다. 만물과 자기 자신이 하나라고 말하는 휘트먼의 태도에 언급하여 로런스는 묻는다. "당신 자신은 어떻게 했는가? 당신의 개별적 자아는 그것은 마치 완전히 새어나가 버린 것 —— 우주 속으로 새어나간 것 같으니 말이다."[14] 휘트먼이 스스로를 거기에 일치시키는 사람이나 사물의 경우에도 우리는 똑같은 개별성·특수성의 상실을 본다. 로런스는 말한다.

휘트먼은 그가 어떤 것을 '안다'고 하는 순간 곧 그것과의 '일체성'을 상정했다. 에스키모가 그의 배에 타고 있다고 알면, 휘트먼은 조그맣게, 누렇게 기름기 흘리며 카약[사냥용 가죽배] 가운데 웅크리고 앉아 있는 것이었다.[15]

---

13 Roy Harvey Pearce ed., *Whitman: A Collection of Critical Essays*(Englewood Cliffs, N. J., 1962), p. 20.

14 Ibid., p. 13.

15 loc. cit.

휘트먼이 스스로가 말하고 있는 사물을 참으로 알았다고 할 수 있을까, 로런스는 이 점을 의심한다.

> 그런데 당신은 카약이 어떻게 생겼는가를 정확히 말해 주겠는가?
> 자질구레한 정의 따위를 요구하는 자는 도대체 어떤 사람인가? [로런스는 휘트먼으로 하여금 이렇게 반문하게 한다.] 내가 카약에 앉아 있는 이걸 보라 그 말이다.
> 내 눈에는 그런 것이 안 보인다. [로런스는 이렇게 답한다.] 내 눈에 보이는 것은 스스로를 의식하는 늙어 가는 관능으로 가득 찬, 조금 비대한 늙은이일 뿐.
> 민주주의, 집단, 일체성.[16]

로런스의 휘트먼 비판은 그의 묘사술에 한정된 것이 아니다. 그는 휘트먼의 자기중심적 스타일에서 출발하여 그의 자기중심적이며 팽창주의적 민주주의관을 비판하고 있는 것이다. 이와 마찬가지로 파운드나 다른 현대시인의 객관주의 시학은 휘트먼적인 민주주의관에 반대되는 것으로 읽힐 수 있다. 결국 시의 가능성은 사회의 가능성과 일체인 것이다.

객관주의 시학을 어떠한 의미로 취하든지 간에, 그러한 전제만을 가지고 시가 써질 수 있을까? 다른 것으로부터 유리되어 있는 개별적 지각의 대상, 절단된 지체들만으로 시의 충분한 소재가 될 수 있을까? 시의 소재라는 관점에서만도 그것은 쉬울 수가 없는 노릇이다. 현대 시인이 개별자에 주의를 집중했다면, 반드시 이러한 것들은 그 자체로서 찬양하려 했기 때문은 아니었다. 현대 시인들은 사물이 뿔뿔이 떨어져 나가고 중심이 버

---

16 loc. cit.

티지 못하는 세계의 괴로움을 절실하게 느끼면서, 따로 있는 사물들에 대하여 이야기하였다. 현대 세계의 단편적 사물들은 현실의 기율을 받아들이면서 일시적인 초월을 얻게 하는 계기가 되었다. T. S. 엘리엇이 조각난 물건들 ── "바위, 이끼, 비름, 쇠붙이, 똥(rocks, moss, stonecrop, iron, merd)"[17] 또는 "깨어진 영상의 단편들(a broken heap of images)"[18]로 가득한 시를 썼다면, 그것들은 현대 사회의 혼란을 나타내는 증표였다. 스티븐스는 현대 사회의 "흉측한 잡동사니(hideous miscellanea)"[19]와 "엄청난 잡다함(dreadful sundry)"[20]에 대한 낭패감을 표현하였다. 윌리엄스는 미국에 대한 자기 나름의 서사시를 쓰면서, "물건들, 입에 담지 못할 물건들,/ 쓰다 버린 밀가루 반죽이 있는 개수물통/ 또 그 안에 썩은 내 나는 고깃덩어리, 우유병 마개(Things, things unmentionable,/ the sink with the waste farina in it/ and lumps of rancid meat, milk-bottle-tops)"[21] ── 이러한 것들을 그 안에 담아 보고자 했다. 그러나 그것은 참고 견뎌야 하는 필연적인 제약일 경우가 많았다.

> 사람은 그의 기분의 꼭대기를
> 깨뜨려야 할 막무가내의 필연에 매어 있다,
> 두려움 없이 깨뜨려야 할 ──
> 밑바닥까지 밑바닥! 아수라의 찌꺼기까지.
> 그 밑창에서 부끄럼 없이
> 맑은 공기를 아는 것, 그리하여

---

17 "Gerontion".

18 "The Waste Land, I".

19 Holly Stevens ed., *Letters of Wallace Stevens*(New York, 1966), p. 83.

20 "O Florida, Veneral Soil".

21 William Carlos Williams, *Paterson*(New York, 1963), p. 39.

태양이 입 맞추는 사랑의 꼭대기를 되찾는 것!

A man is under the crassest necessity

to break down the pinnacles of his moods

fearlessly —

to the bases; base! to the screaming dregs,

to have known the clean air

from that base, unabashed, to regain

the sun-kissed summits of love![22]

  사물 자체에로 되돌아간다는 것은 삶의 흉측한 잡동사니를 직시한다는 것이다. 물론 그것은 잡동사니 가운데 감추어져 있는 아름다움을 본다는 것을 의미할 수도 있기는 하다. 그러나 시적 충동이 자연스럽게 향하는 것은 조각난 것, 우울한 것이 아니다. 윌리엄스가 말하고 있는 것처럼, 밑바닥으로 내려가는 것은 "태양이 입 맞추는 사랑의 꼭대기를 되찾기 위한 것"이다. 또는 『패터슨(Paterson)』의 서두에서 그가 선언하고 있는 것처럼, 그의 의도는

시작하는 것,

개별적인 것들로부터 시작하여

그것들을 일반적인 것이 되게 하고,

총계를 밀어내는 것, 엉성한 수단으로……

---

22 loc. cit.

To make a start,

out of particulars

and make them general, rolling

up the sum, by defective means……[23]

이러한 것이다.

  시적 소망이 일체적이란 뜻에서 이렇다는 것만은 아니다. 문제는 시적 대상이, 설령 부정적인 것이 아니라 긍정적인 것이라 하더라도, 하나의 독립된 완성품으로 성립할 수 있느냐 하는 것이다. 하나의 사물은 다른 사물들과의 관계의 그물 속에 이어져 있는 복합체이다. 시인들은 사물의 이러한 측면에 누구보다도 민감한 사람들이다. 미학 이론가들은 헤겔의 말을 좇아, 미적 대상물은 구체적 보편자, 또는 보편적 구체물 ── 즉 감각적 파악의 대상이면서 동시에 이성으로만 알 수 있는 보편성의 토대 위에 서 있는 어떤 것이라고 말한다. "사물의 정확한 곡선"[24]을 잡아내는 것이 시인의 임무라고 말한 흄(T. E. Hulme)은 소여(所與)로서의 경험을 "집약적 복합체(intensive manifold)"라고 했다. 조각난 것들의 시인인 엘리엇은 브래들리(F. H. Bradley)의 사물을 설명하여, "사물이란 직접 체험을 위하여 절단된, 여러 영혼의 (마치 영혼 자체가 그러한 것처럼) 공통된 의도"[25]라고 했다. 이것은 엘리엇 자신의 생각과 같은 것이었을 것이다. 파운드는 누구보다도 이미지의 개별성, 특수성을 중시한 사람이지만, 그가 중시한 이미지는 서로 얼크러진 에너지의 결집점을 나타내는 것이었다. "한순간에 지적이며 정

---

23 Ibid., p. 3.

24 T. E. Hulme, *Speculations*(London, 1936), p. 137.

25 "Bradley", *T. S. Eliot: A Collection of Critical Essays*, ed. by Hugh Kenner(Englewood Cliffs, N. J., 1962), pp. 51~52.

서적인 복합체를 제시하는 것"[26]이 이미지라고 한, 그의 유명한 정의는 바로 이러한 뜻을 함축한 정의이다. 다른 자리에서 그는 다시, 이미지는 "작열하는 마디 또는 덩어리, 생각들이 돌출하고 또 돌입해 들어가는 '소용돌이' — 이렇게 부를 수 있고 부를 수밖에 없는 것"[27]이라고 말하였다. 그것은 일군의 아이디어들과 사실들을 환히 밝혀 주는 "빛을 내는 구체물"[28]이었다.

파운드의 이미지는 그것의 모체가 되는 에너지의 장과 불가분의 관계에 있다. 그리고 이 장은 궁극적으로는 한 문학 전통 전체 또는 문명 전체를 의미하였다. 시적 개체는 그가 '파이데우마(paideuma)'라고 부른 교육인자, "한 시대의 역동적 요소, 어떤 시대에 있어서 터져 나오는 씨앗처럼 작용하며 다음 시대에까지 뻗치는, 그러면서 당대의 생각과 행동을 지배하는 아이디어의 복합체"[29]의 한 부분을 이루는 것이었다. 시의 기능은 이 '파이데우마'를 확립하는 것이었고, 이를 확립하는 방법은 "빛을 내는 구체물"을 찾는 것이었다. 그의 서사시『캔토스(The Cantos)』에서 그가 시도한 것은 이것이었다. 그러나『캔토스』의 난해성은 이러한 작업이 얼마나 어려운 것이었던가를 말하여 준다. 이 어려움은 단순히 지적 또는 시적 난점이 아니었다. '파이데우마'는 문명의 정신적·지적·문화적 유형을 짜내는 실올로 존재하는 데 그치지 않고 정치와 경제에 있어서 사람의 현실 행위의 유형을 짜내는 것이기도 하였다. 파운드가 그의 교육 계획의 일부로서 고리대금의 문제를 생각하고 또 정치의 영역에까지 진출한 것도 이런

---

26 *The Literary Essays of Ezra Pound*(New York, 1954), p. 4.

27 *Gaudier-Brzeska: A Memoir*, p. 92. Hugh Kenner, *The Pound Era*(Berkely and Los Angeles, 1971), p. 146에서 재인용.

28 "I Gather the Limbs of Osiris", *Selected Prose*, p. 21 참조.

29 *Selected Prose*, p. 154.

맥락에서이다.

에즈라 파운드의 시적 편력은 현대에 있어서의 미학의 문제를 잘 예시해 준다. 구체물과 개별체에 대한 조소(彫塑)적인 관심은 표면상 사회의 도덕적 정치적 관심으로부터 유리되어 있는 순전한 미적 문제로 보인다. 그러나 그것은 사회의 보다 큰 움직임의 반영이며 이 움직임의 내부 운동에 대한 통찰을 담고 있는 것이다. 이미 말한 바와 같이 그중에도 중요한 통찰은 어떠한 사물이나 인간도 다른 사물의 전체성과의 관련 속에서 또는 구체물들의 공동체 속에서 존재한다는 사실이다.

T. S. 엘리엇의 시적 이력도 에즈라 파운드의 시력에 비슷한 사례가 된다. 그의 초기 시는 주위 환경으로부터 소외된 감수성을 드러내 준다. 소외의 상태 속에서 할 수 있는 일이란 단편화된 사물들을 기억에 남을 만한 형태 속에 고정함으로써 소외에 표현을 주는 일이었다. 이것을 보상하는 노력으로 그는 호메로스 이후의 유럽의 문화 전통에서 하나의 지원 전통을 찾으려고 있다. 그러나 이 지원 전통은 추상적이고 뿌리 없는 것이었다. 그러나 나중에 탐색의 결과 찾아낸 것은 국제적 문학 전통이 아니라 좀 더 구체적인 유기적 공동체의 개념이었다. 이것은 주로 『기독교 사회의 이념 (*The Idea of a Christian Society*)』에 자세히 전개되어 있거니와 여기에서 엘리엇이 그리고 있는 것은 위계적 사회 기능과 의무를 규정하고 있는 일종의 기독교적 봉건 사회이다. 그가 자기 나라로 삼은 영국은 이러한 봉건적 사회의 이념을 완전히 구현하고 있는 것은 아니지만 거기에 가까이 가는 것이었다. 영국은 역사적으로 특정한 기독교적 증인과 순교자로 인하여 기독교를 살아 있는 전통으로 유지할 수 있었다. 엘리엇의 후기 시, 특히 『네 개의 사중주(*Four Quartets*)』는 삶의 오늘을 살며 또 이를 영원한 것에 관련시킴에 있어 구체적인 양식을 제공하는 유기적 전통으로서 영국 사회를 이해해 보려고 한 시라고 해석될 수 있다. 「리틀 기딩(*Little Gidding*)」의 가

장 긍정적인 구절에서 엘리엇은 영국을 이야기하여 그것은 "훌륭하다고 만 할 수 없는,/ 가까운 혈족이라고 할 수 없는 사람들"의 나라, 그러나 "특이한 정신을 지닌" 사람들로 하여 "모든 사람이 하나의 정신에 젖어 있으며,/ 그들을 분열케 했던 싸움으로 하여 하나로 묶여 있는" 사람들의 나라라고 했다. 영국이 하나의 지원적인 전통이 되게 하는 것은 이러한 점들이었다.

스티븐스의 시적 이력의 전체적인 궤적을 추출해 내는 데는 흔히 하는 것보다는 조금 더 자세한 검토가 필요하다. 이 이력은 따지고 보면 현대 세계로부터의 깊은 소외로부터 인간 공동체의 이념에 대한 확연한 소신으로 움직여 가는 것이었다. 그는 구체적인 사물을 그 직접성 속에 소유하고자 했다. 가령 이런 구절 ──"삼중으로 집중된 자아가/ 사물을 움켜쥐고 가차 없이 훑어본다.(The thrice concentrated self, having, possessed/ The object, grips it in savage scrutiny……)"[30] 그러나 다른 한편으로 그는 "하나의 사물은 눈에 보이며/ 보이지 않는 얼크러짐의 총화(An object [is] the sum of its complications, seen/ And unseen)"[31]라고 알고 있었다. 그는 한 시에서 파인애플의 실체를 탐구하여 다음과 같이 말하고 있다. 그것은

우리가 아는바 타원형들 속에서

정류되어 나오는 것,

우리의 눈에 계시를 몰아오는

평면들, 그에 드러나는 기하학적 광채,

단면들이 모두어 가장 푸른 원추형으로 몰아가고

<hr>

30 "Credences of Summer, VII".

31 "Someone Puts a Pineapple Together".

여기에서 추출되는 어떤 것

that which is distilled
In the prolific ellipse that we know,
In the planes that tilt hard revelations on
The eyes, a geometric glitter, tiltings
As of sections collecting toward the greenest cone.[32]

이다. 그런데 하나의 사물로서 결정되는 얼크러짐의 총화, 타원과 평면들의 전체는 궁극적으로는 하나의 균형 잡힌 문화, 공동체적 질서의 소산이다. 사물의 전체적인 모습은, 스티븐스의 표현으로는, "사람의 주거에 비슷한, 우주적 원소들의 우연한 집합(the chance concourse of planetary originals,/ Yet, as it seems, of human residence)"[33]이다. 다시 말하여 현실의 여러 독립된 요소들이 결집하여 잠정적 인간 공동체를 형성하고 거기에서 개별적인 사물들이 생성되는 것이다. 다만 스티븐스에게 이러한 사물의 바탕으로서의 공동체는 엘리엇의 영국 국교의 공동체 또는 파운드의 고전시대의 그리스 또는 르네상스 이탈리아보다는 단순한 사회였다. 그는 "비오는 나라의 토착인"은 "비의 사람"(「문자 C가 된 희극배우(The Comedian as the Letter C)」), 결혼이 행복한 것은 결혼 당사자들이 "결혼 장소를 사랑했기 때문"이라든가(「궁극적 허구를 위한 노트(Notes Toward a Supreme Fiction)」), "덴마크에는 덴마크 사람이 있다"든가(「가을의 오로라(The Auroras of Autumn)」), "레몬 나무의 사람들은 언제나 레몬 나무 나라에 있다"든가(「뉴 헤이븐의 여느 저녁

---

32 loc. cit.

33 loc. cit.

(An ordinary Evening in New Haven, XXIX)」 하는 말들로써 인간과 공동체의 조화를 표현하였다. 스티븐스는 자신의 족보를 추적하는 데 상당한 노력과 금전을 소비하였는데, 이것은 괴상한 취미처럼 보이지만, 이것도 그의 공동체에 대한 관심 ── 펜실베이니아에 정착한 그의 화란인 조상들이 이루었던 유기적 공동체에 대한 관심에 이어져 있던 것으로 보인다.

지금까지 말한 것은 공동체에 대한 추구가 현대 미국 시에 있어서 가장 중요한 주제 중의 하나라는 것이었다. 이 주제는 현대시의 또 하나의 주제, 즉 객관적 사물에 대한 강조와 깊이 연결되어 있다. 또는 이것을 하나로 말할 때, 많은 시인들은 객관적 사물에 대한 존중이 공동체가 없이는 실현될 수 없는 것이라는 것을 깨달았다고 말할 수도 있다. 다만 우리가 주목할 것은 이들의 공동체에 대한 이념이 보수적이거나 반동적 성향을 가진 것이었다는 점이다. 파운드가 이탈리아의 파시즘에 깊이 관여하게 된 것은 그 현실적 표현의 하나이다. 엘리엇이 생각한 기독교 사회는 권위주의적 봉건 신분 사회이다. 스티븐스가 선호한 것은 소박한 농촌 공동체였다. 그러나 현대 정치의 환경에 옮겨 놓고 볼 때, 이것은 경쟁적 개인주의에 입각한 보수주의를 의미할 것으로 생각할 수 있는 것이다. 윌리엄스는 가장 민주적인 시인이었다. 그는 좀 더 고양되고 자비로운 아메리카를 원했으나, 단순히 시적 비전의 변용만으로 현대 아메리카가 그렇게 될 수 있다고 생각하였다. 그러나 그도 아메리카에 "궁전도, 은밀한 뜨락도/ 돌 사이에 재잘대는 물도 없음"[34]을 유감스럽게 생각하는 순간들이 있었다.

산업화와 민주주의라는 두 쌍둥이 혁명이 빚어 놓은 현대의 모순에 압도된 작가들이 봉건 질서 속에서 유기적 공동체의 모습을 발견하고 그 이념에 끌린 것은 처음 있는 일이 아니었다. 현대 시인들은 일찍이 낭만주의

---

34 *Paterson*, p. 107.

자들이 말한 것을 되풀이한 것에 불과했다. 다만 그들이 사용하는 용어들이 좀 더 냉엄한 기술 세계의 실증적 풍토에 맞추어 다른 것이 되었을 뿐이었다. 그러나 그들의 비전은 삶의 권위주의적 질서에 대한 어리석은 그리움만을 표현한 것이었다고 말할 수는 없다. 그것은 적어도 현대적 삶의 체험에서 나온 괴로운 탐색의 자취를 나타내는 것이었다. 그것은 현대 아메리카에 대한 비판을 담고 있었다. 그리고 이 비판은 궁극적으로 좀 더 만족스러운 민주 사회의 실현에 기여할 수도 있는 것이었다. 휘트먼의 민주주의는 단일하고 개별적인 인간과 이들의 집단적 공존을 아울러 포용하려는 것이었다. 그러나 여기의 두 가닥은 서로 적대적인 반대명제를 이루는 것으로서 추상적 이데올로기나 심리적 일체성으로 쉽게 해소될 수 있는 성질의 것이 아니었다. 그것들은 기껏해야 다층적인 사회관계 속에서 조심스럽게 병존·화해·긴장을 유지할 수밖에 없는 것일 것이다. 휘트먼에게 중요한 것은 예로부터의 인간관계의 구속을 완전히 벗어 버린 자아였다. 루이스(R. W. B. Lewis)는 휘트먼을 논하면서 그에게 "개인적인 체험에서 바탕이 되는 것은 인간적·민족적·가족적 관계의 복합체가 아니고 텅 비어 있는 광대한 지평에 서 있는 자아였다."[35]라고 말한 바 있다. 그런데 이러한 다층적 관계야말로 사람과 세계를 매개하는 수단이 되는 것이다. 그리고 사물도 이러한 관계들의 복합적 그물 속에서 그 참모습을 드러낸다.

오늘날의 세계에서 사람은 점점 더 지역적 테두리에서 유리되고 사물들은 고립된 단편들이 되어 간다. 그리하여 사람이나 사물은 다 같이 추상적이 되고 그 결과 전인적이며 총체적인 체험의 대상이 되지 못하게 된다. 현대 시인들이 깊이 느낀 것은 이러한 상황의 문제성이었다. 이러한 상황을 넘어가는 사물과 인간의 질서를 탐구함에 있어서 그들은 우선 미적 대

---

35 R. W. B. Lewis, *The American Adam* (Chicago, 1955), p. 50.

상물의 고유한 존재 방식, 구체적 보편으로서의 존재 방식을 확인하고 이를 사람의 사회적 존재 방식에 확대하였다. 그리하여 사람 또한 구체적 전체성으로, 즉 가장 뚜렷한 개체로서 또 유기적 공동체의 일원으로 존재함을 ── 이 두 면은 서로 상쇄하는 것이 아니라 서로 상승하는 것으로 존재함을 확인하였다. 오늘날의 세계의 뚜렷한 경향은 정치·경제·문화 모든 면에서의 중앙 집권화와 획일화이다. 이러한 세계에서 구체와 보편의 역설적 공존의 필요에 대한 시적 통찰이 어떻게 적용될 수 있는지, 이것을 따져 보기는 지극히 어려운 일이다. 그러나 행복한 인간 생존의 방식이 무엇인가를 상기시켜 주는 이러한 시적 통찰은 그것 자체만으로도 중요한 의의를 가지고 있다고 하여야 할 것이다.

(1984년)

수평적 초월

미국적 경험 양식에 대한 한 고찰

1

비평가들은 마크 트웨인의 『허클베리 핀의 모험』(1885)이 미국 문학 최대 걸작 중의 하나라는 데 동의한다. 그리고 이러한 판단은 이 작품이 단순히 문학적인 관점에서 우수한 작품이라는 것 이외에 그것이 가장 미국적인 작품이라는 관찰을 포함하는 것이다. 따라서 이것은 '미국적인 것'이 무엇이냐 하는 것을 밝혀 보려고 할 때도 하나의 기본적인 텍스트가 될 수 있는 것이다.

『허클베리 핀』[1]을 통해서 우리는 19세기 말 미국 중서부 사회의 여러 면모들을 규지할 수 있다. 그러나 이야기의 중심은 말할 것도 없이 사회 현실의 묘사가 아니라, 그것을 배경으로 하여 펼쳐지는 한 어린 주인공의 모험이다. 배경적 현실보다도 그 속의 개인을 부각시키는 관점 자체가 미국적

---

1 『허클베리 핀의 모험』을 『허클베리 핀』이라 약칭하였음.

이라면 미국적이지만, 이것은 다른 많은 성공한 사회 소설에서도 볼 수 있는 것이다.(가령 필딩의 「톰 존스」나 「잃어버린 환상」이나 「고리오 영감」 등의 발자크의 작품들에서도, 작품들의 지속적인 매력을 구성하는 것은 사회의 파노라마에 못지않게 그 속에서 움직이는 주인공의 풍부한 감성의 복합성과 끈질김이다.) 그러나 『허클베리 핀』에서 이러한 일반적인 개인 존중보다도 더 특별하게 미국적인 특성을 이루는 것은 주인공의 감수성의 종류와 체험 양식이다.

　『허클베리 핀』이 미국적인 이야기라고 하지만, 그것이 반드시 미국 사회를 긍정하고 있는 것은 아니다. 오히려 그것은 부정적인 눈을 미국에 돌리고 있다. 그러나 이 부정이야말로 미국적이라고 할 수도 있다. 새삼스럽게 되풀이할 필요도 없이 『허클베리 핀』의 이야기는 헉이라는 소년이 자기의 고장을 떠나 미시시피 강을 따라 하류로 내려가며 겪는 여러 사건들을 엮어 놓은 것이다. 그런데 여기의 사건들은 한결같이 부정적으로 볼 수밖에 없는 것들이다. 헉은 이 사건들을 통해서, 미국 사회의 폭력, 부패, 탐욕, 위선, 특히 노예 제도의 모순들을 직시하게 된다. 그러나 헉의 눈은 이러한 모순에 대하여 의식적인 또는 의도적인 관점에서 비판의 눈을 돌리는 것이 아니다. 헉은 그가 보는 사회의 타락과 모순에 대하여 가장 순정한 관점에서 그것도 전혀 직관적이며 직접적인 선의 충동에서 반응한다.

　이데올로기적이고 체계적인 관점보다는 극단적 경험주의에 대한 신뢰도 미국적이라고 하겠지만, 그것보다도 여기에서 더 두드러진 것은 헉의 행동 방식, 즉 그가 여러 가지 사건으로부터 계속적으로 도망하고 있다는 사실이다. 물론 한 사건으로부터 다른 사건으로의 빠른 속도의 이동은 모든 악한 소설(picaresque novel)의 특징적 장치이다. 그러나 다른 악한 소설에서의 이러한 장치는 궁극적으로 도피를 나타내는 것이 아니다. 그것이 도피의 충동에 관계되어 있는 것은 사실이지만 대부분 주인공의 이동은 이야기 끝에 가서 주인공이 다시 사회로 돌아옴으로써, 삽화의 연속 속에 그려지는 주인공의 움직임은 단순히 사회의 여러 면을 그리는 방법에 불과하게 된다. 그러나 『허클베리 핀』에서, 주인공은 사회의 여러 부정적 측면으로부터 참으로 도망하고 있는 것으로 이야기할 수 있다. 소설의 마지막에 있어서의 헉의 유명한 선언, "저 앞의 곳으로 도망하여야 할까 보다."라는 말은 소설의 여러 에피소드에서의 헉의 도피를 최종적으로 요약한 것이다.

2

이러한 도망이야말로 미국적 선택의 한 대표적 유형이라고 말할 수 있다. 도대체가 1620년과 1630년의 매사추세츠 식민지의 시작 자체가 그러한 것이라고 할 수 있다. 보스턴에 자리 잡은 영국인들이 코네티컷이나 오늘날의 서부 매사추세츠로 확대되어 간 것도 자체 내의 문제를 해결하는 한 방법으로서 이루어진 것이라 할 수 있다. 가령 매사추세츠 해안 식민지의 갈등을 해결하는 한 방법으로 로저 윌리엄스(Roger Williams)가 로드아일랜드로 옮겨 가고 그곳에 새로운 식민지를 창설한 것은 그 전형적인 예가 될 것이다. 물론 이러한 예를 가지고 한 사회의 집단적 행동 방식과 역사적 흐름을 전체적으로 규정하려고 하는 것은 단순화의 모험을 무릅쓰는 것이다. 그러나 이러한 단순화된 모형도 발견의 지침으로는 불가피하다고 할 수 있다. 그리고 이러한 모형에 대하여 우리는 그만한 이유나 변형의 예들을 발견할 수 있다.

말할 것도 없이, 문제의 해결 방식으로서의 도망 또는 이동은 미국의 광대한 공간이 없이는 불가능한 것이다. 이것은 미국 역사의 전 기간에서 근본 요인이 된다. 이것은 미국 사회의 발전을 설명하는 데 있어서 '개척지 이론(Frontier Thesis)'의 여러 변종으로 많은 이론가들에 의하여 지적된 바 있다. 이와 함께, 우리가 미국 사회에 대한 도식적 이해를 시도하면서, 또 『허클베리 핀』과 관련하여, 생각할 수 있는 것은 이동 공간의 사회적 역사적 변모이다. 미국적 경험 양식은 단순히 한 상황에서 다른 상황으로의 이동으로 특징지어지는 것이 아니라 구성된 사회 공간으로부터의 탈출이라는 움직임에 의하여 특징지어진다. 탈출의 목적지가 되는 것은 대부분 구성되지 않은 사회 또는 자연 상태이다.

이것은 역사적으로 발전되어 나온 경험 양식이라 할 수 있다. 청교도들이 처음에 미국에 왔을 때, 그들은 어떤 사회로부터 자연으로 온 것이 아니라, 한 사회에서 다른 사회로 건너온 것이었다. 그들이 유럽의 구질서로부터 도망해 나올 때, 그들이 원했던 것은 자연 속에서의 자유로운 삶이 아니라 새로운 사회의 구성이었다. 청교도들은 신학과 함께, '사회 건설을 위한 구도'를 가지고 있었다. 그들은 "세간적으로나 교화로나, 법과 성경의 규제하에 적절한 형태의 정부를 세울"[2] 심산이었다. 그러나 페리 밀러(Perry Miller)가 17세기에서 19세기까지의 미국의 사회적·정신적 변화를 요약하는 글에서 말하고 있듯이, 청교도주의 이후의 미국의 역사는 미국의 물질적 발달, 합리주의의 대두, 초월주의의 흥기와 더불어 점점 사회적 규율보다는 개인적 이성과 감정을 존중하게 되어 가는 과정으로 볼 수 있다.[3] 이러한 변화 과정에서 아마 가장 중요한 것은 밀러가 강조하고 있는 많은 요소 중 이미 언급한 바 있는 광대한 공간의 요소일 것이다. 움직여 갈 수 있는 공간이 빤히 보이는 조건하에서 사회적 규율을 받아들이게 하는 것은 매우 어려운 일이었을 것이다.

---

2   Perry Miller, "From Edwards to Emerson", *Errand into the Wilderness*(New York: Harper Torchbooks, 1964), p. 191.

3   Perry Miller, "From Edward to Emerson" 참조.

그러나 사람이 사회적 구성을 떠나서 산다는 것은 어떤 경우에나 불가능한 것이고, 이것은 미국의 경우에도 해당되는 것일 것이다. 다만 미국에 있어서 사회는 교묘하게 사회와 사회의 거부의 모순을 아울러 포함하는 것으로 볼 수 있다. 간단히 말하건대, 미국 사회의 원리는 자유이다. 이렇게 말하면서, 우리는 자유는 원초적인 의미에서 부정적인 계기에 성립하는 어떤 인간 상태라는 것을 상기할 필요가 있다. 그것은 구속과 제약에 대한 반발로 생겨난다. 그러나 구속이나 제약이 없는 사회가 있을 수 있는가. 사회 속으로 들어간다는 것은 자신의 자연스러운 충동에 어떤 한계를 수락한다는 것을 말한다. 이러한 관점에서, 자유를 원리로 하는 사회는 하나의 모순이라고 할 수 있다. 그러니까 자유로운 사회는 자유와 사회의 모순을 끊임없이 확인하는 가운데에서만 존재할 수 있다. 17세기의 엄격한 청교도주의 이후 줄곧 이완되어 가는 사회를 새로운 기초 위에 정립하고자 한 토머스 제퍼슨(Thomas Jefferson)이 민주주의는 18년 만에 한 번씩 혁명을 거쳐야 한다고 말한 것도 이런 맥락에서 이해될 수 있을는지 모른다.

이러한 자기모순의 과정에서일망정, 사회는 존립할 수밖에 없다. 그러나 보다 자유로운 상상력의 영역에 있어서 개인적 자유의 유혹은 더욱 극단적인 형태로 표현된다. 19세기 미국 문학의 주된 모티프의 하나는 바로 자연 속의 인간이다. 철학적인 면에서는 에머슨이나 휘트먼 등이 모두 자연과의 직접적인 교감 속에 있는 개인의 자기 충족을 말하고 노래했다고 할 수 있으나, 이것을 구체적인 사실로 —— 적어도 이야기 속의 사실로 보여 준 것은 제임스 페니모어 쿠퍼(James Fenimore Cooper)였다. 그의 소설들에서 주인공은 외로운 숲속의 거친 사나이이면서 모든 금욕적 기독교적 덕성을 가지고 있는 '가죽 각반(Leatherstocking)'의 인물이다. 쿠퍼의 소설의 연대기적 전개에 있어서, 이 주인공은 뉴욕 주의 신개척지로부터 로키 산록의 초원 지대에로 문명의 진전을 앞질러 계속 움직여 간다. 더러 지적되어 온 바와 같이 이러한 고독한 자연인의 모습은 미국적 상상력에 있어서 하나의 중요한 전형이 되었다. 이것은 많은 서부 활극의 주인공에서 나타나고, 구제 불능의 전쟁 속에 내맡겨져 있는 사회와 문명에 대하여 '단독 강화'를 선언하고 개인적 로망스에로 또 숲과 냇물과 바다에로 들어가는 헤밍웨이의 주인공에서도 나타난다. 『허클베리 핀』도 같은 계열에 서 있는 작품이다.

3

그러나 미국적 체험 방식의 이해를 위하여, 특히 19세기 말의 미국 사회의 내적 변화의 이해를 위하여 우리는 『허클베리 핀』이 보여 주고 있는 원형에 대한 변조를 자세히 살펴볼 필요가 있다. 가령 그것은 제임스 페니모어 쿠퍼의 이야기와는 중요한 차이를 보여 준다. 쿠퍼에게 고독한 자연인이 반드시 극단적 선택을 나타내는 것은 아니다. 그가 그의 주인공 '가죽 각반'이나 자연 세계의 인디언 인간을 긍정적으로 본다고 해서 문명의 세계를 완전히 버리는 것은 아니다. 그에게 이러한 자연인들은 인간의 하나의 고귀한 유형을 나타내지만 보다 의식적인 판단에 따라서 생각할 때, 쿠퍼에게는 자연인을 물러가게 하는, 사회와 문명의 진보야말로 당연히 가야 할 역사의 흐름을 나타내는 것이었다.

쿠퍼는 그의 소설에 있어서 조직화된 사회의 세련된 문명을 옹호하는 귀족주의자이며 보수주의자였다. 그러나 쿠퍼의 진심은 자연과 사회 또는 문명 사이에 어느 쪽도 선택할 수 없는 갈등을 그대로 지니고 있었다. 이것은 D. H. 로런스도[4] 지적한 바 있지만, 헨리 내시 스미스(Henry Nash Smith)가

---

4   D. H. Lawrence, *Studies in Classic American Literature* (London: Heinemann, 1921) 참조.

「초원(*The Prairie*)」의 구성을 논하면서 말하는 바에 따르면, "그는 그 어느 쪽도 버릴 생각이 없는, 화해 불가능한 두 가치의 충동을 느낀다."[5] 그러니까 마지막 해결은 비극적일 수밖에 없다. 어쨌든, 여기에서 우리에게 중요한 것은 쿠퍼에 있어서 '가죽 각반'이나 인디언으로 대표되는, "아폴로처럼 아름답고, 고귀하고, 위엄 있고, 용기 있고, 자연의 본성대로 흠잡을 데 없이 선한 …… 완전한 자연의 아들"이 "귀족적이며 세련된 남녀 주인공"과 병존한다는 사실이다.[6] 그러니까 쿠퍼가 자연의 자유를 선택한다면 그에 못지않게 값있는 사회적 가치에 대하여 다른 하나의 가치를 선택하는 것이다.

그러나 마크 트웨인에 있어서 자연의 선택은 철저하게 사회와 문명을 부정하는 마당에서 이루어진다. 위에서 비추어 본 도식적인 미국사의 이해를 되풀이하건대, 청교도들은 한 사회에서 다른 사회에로 또는 적어도 다른 '사회의 구도'를 가지고 아메리카로 이동하였다. 미국의 자연 조건과 이념적 변화 속에서 이 이동은 사회에서 자연에로 또 개인의 자유에로의 성격을 띠고 있다. 그러나 여기에서 사회는 반드시 부정되는 것은 아니다. 하나의 가능성인 사회에 대하여 다른 하나의 사회가 선택될 뿐이다. 19세기 말에 이르러 자연과 자유의 선택은 완전히 사회에 대한 부정, 완전히 반사회적인 것이 된다. 이렇게 하여 미국적 체험의 양식은 특히 극명하여지는 것으로 보인다. 그렇다는 것은 개인, 자유, 사회, 문명에 대한 미국적 입장의 하나가 분명하게 드러난다는 것이다.

이 점의 해명을 위하여 『허클베리 핀』을 다시 한 번 살펴보기로 하자. 이 소설에서 당초에 헉 소년이 집을 떠나는 것은 두 가지 동기에서이다. 하나는 자기 아버지가 대표하고 있는 도덕적 타락과 횡포를 벗어나자는 것

---

5 Henry Nash Smith, "Introduction to James Fenimore Coper", *The Prairie*(New York: Rinehart Edition, 1958), p. 16.

6 Ibid., p. xv.

이고 다른 하나는 그를 감싸 주는 부인네들 ── 샐리 아주머니를 비롯한 여성들의 구속으로부터, 흔히 이야기되듯이, 그들의 문명적 또는 개화적 노력의 제약으로부터 벗어나자는 것이다. 어떻게 보면 헉의 선택은 아버지와 아주머니 사이에 놓여 있는 것으로 생각할 수도 있다. 즉 아버지의 폭력과 타락은 바로 아주머니의 사회적 또는 문명적 규율에 의하여 극복될 수 있는 것으로 볼 수도 있다는 말이다. 그러나 헉은 이러한 대립적 선택의 가능성을 인정하지 않는다. 그는 두 가지에서 동시에 도망하고 두 가지를 동시에 부정한다. 마크 트웨인의 판단으로는, 한편으로 도덕적 타락과 폭력 그리고 다른 한편으로 그것을 순치할 수도 있는 문명 ── 이 둘은 다 같은 연원에서 나오는 것이다. 헉 소년이 자기 아버지에서 그리고 미시시피 강 기슭의 마을에서 보는 타락상은 어떤 특정한 원인의 특정한 결과가 아니라 문명과 사회의 필연적 결과이다. 따라서 여기에 대한 유일한 대응책은 타락과 순치의 양면을 가진 사회 또는 문명을 송두리째 거부하고 그것으로부터 자연 속으로 도망하는 것이다.

그러니까 되풀이하건대, 헉의 도망은 기성 사회에 대한 강한 비판적 태도와 연결되어 있다. 에머슨이나 쿠퍼에 있어서 자연으로의 도망은 새로운 가능성의 도전에 답하는 것이기도 하고 개인적인 선호를 나타내는 것이기도 했다. 여기에 대하여, 사회에 전적으로 부정적인 눈을 돌리는 헉 소년 또는 마크 트웨인의 선택은 훨씬 급박한 것이다. 마크 트웨인의 비판적 인생관은 유명한 것이지만, 이것이 그로 하여금 반사회적 자연에로의 선택을 생각하게 하는 것이다. 물론 마크 트웨인의 비판은 개인의 성벽이라기보다는 그가 "믿을 수 없게 썩어 빠진 시대(the present era of incredible rottenness)"[7]라고 부른 당대의 상황에서 나온 것이다.

---

7 Justin Kaplan, *Mr. Clements and Mark Twain* (New York: Pocket Books, 1968), p. 178.

그러나 다시 한 번 마크 트웨인으로 하여금 전형적인 미국 작가이게 하는 것은 그의 비관주의가 철저하지 않다는 점이다. 『허클베리 핀』에서 헉의 인물 됨됨이가 낙관적인 순진무구함으로 특징지어져 있으며, 이 책이 다른 마크 트웨인의 저서들과 함께 유머로 차 있는 책이라는 사실 자체가 『허클베리 핀』을 비관적 책이라고 부를 수 없게 하지만, 이야기의 맥락으로 보아, 사회가 아무리 타락해도 거기로부터 도망갈 구멍은 있다는 사실이 이야기의 흐름에서 핵심이 되는 것이다. 그리하여 이야기의 끝에서 헉 소년은 "도망가야 할까 보다." 하는 선언을 하게 되는 것이다.

4

그러나 1880년대의 미국에 있어서 도망간다는 것은 가능한 것인가. 물론 미국보다 더 높은 인구 밀도를 가진 전통 사회의 관점에서 볼 때, 새로운 개척 지대는 아직도 얼마든지 있었다고 해야 할 것이다. 그러나 미국인들의 관점에서 19세기 말에는 소유주가 없는 공짜 땅이 없어졌다는 의미에서 개척 지대는 사라져 버리고 없었다. 1880년대에는 이 사실이 미국인의 의식에 배어듦으로써 일종의 폐쇄 공포증이 대중적으로 확산되기도 하였다. 사실 마크 트웨인의 도망의 꿈 — 커져 가는 사회의 확산에도 불구하고 이 확산의 물결을 넘어 서쪽으로 도망갈 수 있다는 꿈은 그 매력의 상당 부분을 사라져 버린 가능성에 대한 향수에서 얻는다고 할 것이다.

물론 여기에 문제되는 것은 단지 서부 개척지의 폐쇄만이 아니다. 그것은 미국적 사고와 제도의 위기의 일부를 이룬다. 『허클베리 핀』의 꿈은 이 위기의 한 표현으로 나타난 것이다. 그러나 대체적으로 이동 공간의 존재가 미국 역사에서 매우 중요하며 또 그것이 미국적 사고와 제도에 긴밀하게 연결되어 있는 것은 사실이다. 이동 공간으로서의 서부 개척지와 미국적 가치를 연결하여 하나의 신화로 만든 것은 프레더릭 잭슨 터너 (Frederick Jackson Turner)였다. "주인 없는 경작지의 존재, 그것의 후퇴, 서부에로의 미국인의 이주 ── 이것이 미국의 발전을 설명한다."[8]라고 그는 말했다. 이 발전은 물론 지리적 경제적 발전만이 아니라 보통 사람의 자유와 위엄과 번영을 보장하는 민주 제도의 발전을 의미했다.

그러나 이러한 모든 민주적 인간의 토대가 되는 광활한 토지는, 위에서 이미 보인 대로 사라져 가고 있었다. 그것은 인간의 자유와 사회적 조건에 대한 미국인의 사고를 바꾸어 놓을 것인가? 터너는 "미국 역사에 있어서의 개척지의 중요성"을 이야기하면서 이미 개척지가 사라져 간다는 것을 알고 있었다. 그는 사라져 간다는 자유로운 공간에 있어서 자연스러운 인간의 높은 품성이 아니라 어쩌면 다른 기초 위에 그가 생각하는 새로운 사회 ── 새로운 민주 사회가 있어야 하지 않을까 하는 점을 생각하기 시작하였다. 그리고 그는 조금 심약한 주장으로 보이지만, 문화와 교육에서 당대의 문제에 대한 해결 방법을 찾으려 했다. 그는 한 연설에서 말했다.

나는 인간을 위협하는 위험보다도 인간이 더 위대하다고 믿고 싶다. 교육과 과학은 이러한 위험한 경향을 바꾸는 데, 이 좁아지는 지구에서 삶의 문제를 이성적으로 풀어나가는 데 강력한 힘이 될 것이라고 믿고 싶다. 나는 표류와 습관을 통해서가 아니라 지적인 노작을 통해서 문제의 해결을 구하는 사람, 대담하게 새 적응의 길을 찾고 세상의 민중 사이에 새 생각을 퍼뜨리는 데 지도력을 강력하게 발휘하는 사람에게 내 믿음을 두고 싶다.[9]

---

8 Henry Nash Smith, "The Significance of the Frontier in American History", *The Virgin Land* (New York: Vintage Books, n. d), p. 291.

9 Ibid., p. 303.

신개지(新開地)의 소멸뿐만 아니라 많은 요인들이 19세기 말에 미국 사회에 위기 의식을 낳게 하였다. 정작 흔히 생각하되 미국이 금전만능의 물질주의 사회가 된 것은 이때라고 할 수 있다. 처음으로 대규모의 산업 체제가 성립하고 산업 활동의 과열은 정치, 종교, 사회 모든 것을 상업 활동, 소위 비즈니스의 일부가 되게 하였다. 이러한 사회 변화가 미국 사회의 성격을 근본적으로 바꾸어 놓게 되었다. 한 평자는 이러한 변화를 다음과 같이 요약하고 있다.

전통적으로, 미국은 스스로를 유럽에 반대되는 것으로서 파악하였다. 공화 정부, 기본적으로 농업에 기초한 경제, 유연한 사회 구조 — 이러한 것에서 연유한 가치의 보루로서 스스로를 생각하였던 것이다. 그러나 1880년대에 이르러 신세계는, 거부했던 선조에 불길한 유사성을 나타내기 시작하였다. 제퍼슨이 유럽에서 보고 우려했던, 바로 똑같은 프롤레타리아, 금력 정치, 도시, 폭발적 사회 긴장을 미국은 가지게 된 것이다.[10]

이러한 변화와 위기에 처하여 발생한 것이 여러 가지 진보주의 운동이고, 여기에서 핵심적으로 생각된 것이 지식인의 기능 또는 지성의 기능이었다. 이것은, 이미 암시된 바와 같이 미국의 전통 — 특히 19세기 자유주의 전통의 관점에서는 새로운 것이었다. (흔히 이야기되듯이 미국에는 '반지성주의(anti-intellectual)'가 있지만, 이것은 반드시 지식인이나 지성에 대한 무조건적인 저항감을 나타내는 것이라기보다는 지적인 영역의 과도한 확대에 대한 경계심을 표현하는 것이라 할 수 있다. 그것은 오히려 삶과 사회의 문제를 해결하는 데에 있어서의

---

10 Arthur Mann, "British Social Thought and American Reformers of the Progressive Age", *Historical Vistas: Readings in United States History*, vol. 2, eds. by Robert Wiebe and Grady McWhiney(Boston: Allyn and Bacon, 1964), p. 221.

지적 수단에 대한 과대한 신뢰를 경계하는 태도로서, 그 자체가 지식인의 지적 태도일 수도 있는 것이다. 이 점에 있어서 모턴 화이트(Morton White)의 구분을 빌려 anti-intellectual이라기보다는 anti-intellectualist라는 말이 미국 지적 전통의 주류를 설명하는 데 적절한 말일 것이다.)[11] 하여튼 미국 사상사에서 19세기 말은 모든 지적 분야에서 "지적 노력의 효력에 대한 광범위한 믿음"[12]이 두드러지게 나타난 시기였다.

19세기 말의 지적 부흥이 미국적 유형을 완전히 벗어나는 것은 아니었다. 역사의 많은 일들이 그러한 바와 같이 그것은 같으면서 또 다른 것이었다. 현실과의 밀접한 관계를 유지하면서 일어난 진보주의 운동이나 순수한 지적 활동 등, 19세기 말의 지식인의 활발한 활동은 미국에 있어서 몇 번째의 지식인 운동에 해당하는 것이었다. 독립 이전의 청교도 시대의 성직자들, 독립 당시의 사상가, 정치가들, 남북 전쟁 직전의 노예 해방 운동가들, 그리고 진보주의 지식인들 — 이렇게 19세기 말에서 20세기 초까지의 미국 역사에서의 지식인의 사회 참여의 시기를 몇 고비로 생각해 볼 수 있는 것이다. 그러나 진보주의 지식인들의 위치는 앞 시대의 지식인들의 위치와는 상당히 다른 것이었다. 노예해방론자들을 제외하고는 앞 시대의 지식인들은 정치적 움직임의 복판에 있었다. 그러나 진보주의 지식인들은 정치적 주류의 밖에서, 즉 야당적 입장에서, 그것을 교정해 보려 한 것이었다. 이런 의미에서 이들은, 종교적 권위나 정치적 권위 없이, 또 어느 정도까지는 현실적 상황에서 저절로 생겨나는 이념들이 아니라 현실에 대립하

---

11 Morton White, "Anti-Intellectualism in America", *Pragmatism and the American Mind*(New York: Oxford University Press, 1973), p. 78. 여기에서 화이트 교수는 지식인에 적대적인 사람을 anti-intellectual, 지성에 대한 비판적 견해를 유지하는 지식인의 태도를 anti-intellectualist라고 부르고 있다.

12 Warner Berthoff, *The Ferment of Realism: American Literature 1884~1919*(Cambridge University Press, 1981), p. 39.

는 추상적 사고로써 현실을 교정하고자 하였다. 그러나 사고가 처음으로 현실에 대한 반대명제로서 그러니만큼 그 나름으로 독자적인 현실이 없는, 하나의 현실로서 대두된 것이다.

그러나 이것은 정도의 문제이다. 우리는 이것이 바로 미국적인 것을 규정하는 것이라고 생각해 볼 수 있다. 정치적으로 볼 때, 미국의 진보주의 운동은 기존 질서에 대한 비판 운동이면서, 오히려 기존 질서의 존속을 가능케 하는 것이었다. 루이스 하츠(Louis Hartz)가 이야기하듯이 그것은 "자유주의적 개혁에 대한 사회주의의 도전을 저지하고, 이 개혁을 민주적 자본주의의 개인주의적 부의 추구에 종속시켰다."[13] 이것은 사상적, 지적인 측면에서도 마찬가지였다. 그러니까 미국의 대표적인 지적 사고의 유형은 현실 비판적이면서 동시에 현실 순응적이라는 말이다.

이러한 유형은 19세기 말에 기원을 둔 프래그머티즘에서도 그 전형적인 형태를 드러내고 있다. 프래그머티즘을 진보주의 운동의 일부라고만 볼 수는 없다. 그러나 그것이 19세기 말에서 20세기 초까지의 미국 사회의 위기와 위기에 대한 진보적 응전의 한 면을 이루는 것은 사실일 것이다. 프래그머티즘의 역사가 세이어(H. S. Thayer)에 의하면, 그것은 "미국 민주주의의 사회적·정치적 체험의 실상과 그 전통적 이상 사이의 증대되는 괴리"[14]에 대한 지식인들의 비판적 반응이라고 볼 수 있는 면을 가지고 있는 것이다.

프래그머티스트라고 불리는 철학자들 가운데 듀이는 그의 개혁적 정열로 하여 가장 비판적인 사회철학적 발언을 많이 한 사람이다.(우리가 주로 문제 삼고 있는 시대로 볼 때, 한 세대 이후의 인물이기는 하지만.) 듀이의 사회철학

---

13 Louis Hartz, *The Liberal Tradition in America*(New York: Harcourt, Brace & World, 1955), p. 228.

14 H. S. Thayer, *Meaning & Action: A Critical History of Pragmatism*(New York: Bobbs-Merrill, 1968), p. 445.

은 프래그머티즘의 양면적 성격을 잘 나타내 준다. 듀이에게 철학의 임무
는 "철학자들의 문제를 다루는 방안이기를 그치고, 철학자들에 의하여 강
구되는, 인간의 문제를 다루는 방법이 된다는 데"[15]에서 찾아진다. 여기에
서 인간의 문제란 정치, 사회, 교육, 경제 제도들을 포함한다. 그중에도 사
회철학자로서의 듀이에게 중요했던 것은 거대화한 자본주의 경제가 요구
하는 인간적 민주적 가치의 회생이었다. 말할 것도 없이 여러 사회경제 제
도의 문제는 현실의 문제로서, 현실 세력의 움직임을 떼어 놓은 지적인 문
제만으로 접근될 수 있는 것은 아니었다. 그러나 듀이는 미국 사회의 혼란
과 모순의 개혁에 장애가 되는 요인의 하나는 보수적 제도 속에 얽매여 있
는 보수적 사고라고 생각했다. 사고를 죽은 제도와 상투적 관념에서 해방
시켜, "창조적 지성(creative intelligence)"을 되살리는 것이 사회 개혁의 한
방법이다.

여기에서의 지성은 말할 것도 없이 현실로부터 떨어져서 현학적인 사
변에 사로잡혀 있는 지성을 말하는 것이 아니다. 이것은 현실 속에 살아
움직이는 원리이다. 그리하여 듀이의 생각으로는 그것은 현실 그것으로
부터 거의 구분되는 것이 아니다. 그에게 인간의 가장 기본적인 현실은
경험이다. 이것은 "생물체와 그 물리적 사회적 환경과의 상호 작용"의 과
정을 말하고, 여기에는 객관적 세계가 한편으로는 개입해 들어가며, 다른
한편으로는 생물체의 "주어진 것을 바꾸려는 노력", 그것의 "투기와 미
지에의 진출"[16]이 짜여 들어간다. 그러니까 경험의 상호 작용 속에는 이미
일정한 선택과 방향성이 들어 있다. 이러한 선택과 방향의 의식적 예각화
의 결과가 지능(intelligence)이다. "…… 주어진 것, 끝난 것을 사용하여 경

---

15 John Dewey, "The Need for a Recovery of Philosophy", *On Experience, Nature and Free-dom*(Indianapolis: Bobbs-Merrill, 1960), pp. 66~67.

16 Ibid, p. 23.

험의 과정의 결과를 예견하려는 것이 바로 개념(ideas)과 지능(intelligence)
의 뜻인 것이다."[17] 이러한 생물체 또는 인간의 본래적인 기능을 인간사에
널리 적용하자는 것이 프래그머티즘에 있어서의 지능 또는 지성의 기능
이다.

　　마음의 기능은 새롭고 보다 복합적인 목적을 투사하고 경험을 정해진 틀
　　과 멋대로의 놀이로부터 해방하는 데 있다고 하는 것이 지능의 실용적 이론
　　이다. 생물체나 기존 사회 속에 이미 주어져 있는 목표의 달성을 위해서 사
　　고를 활용하는 것이 아니라, 행동을 가능하게 하고 자유롭게 하기 위하여
　　지성을 활용하는 것이 프래그머티즘의 교훈이다.[18]

　"사사로운 자본주의적 집단주의"[19]의 폐단과 민주주의의 위기에 대한
듀이의 계속적이고 강력한 발언은 사회 문제에 있어서의 지성의 활용의
중요성에 대한 그의 신념에서 나온 것이다. 그러나 흥미로운 것은 듀이의,
비판적 현실 인식의 메커니즘이 바로 루이스 멈퍼드가 "실용주의적 순응
(The Pragmatic Acquiescence)"[20]이라고 부른 태도에 일치할 수 있다는 점이
다. 듀이의 경험주의는 무엇보다도 사고의 경직된 보수주의를 겨냥한 것이
다. 그는 고정된 것을 와해시키고 경험의 유연성을 회복하고자 한다. 그
의 역점은 현실의 과정적 성격(processive character)에 놓인다. 그렇게 함으
로써 비로소 현실 개조의 가능성이 이야기될 수 있기 때문이다. 그러나 현

17 Ibid., p. 34.

18 Ibid., p. 65.

19 John Dewey, "What I Believe, Revised" in *Pragmatism and American Culture*, ed. by Gail
　　Kennedy(Boston: Heath, 1966), p. 32.

20 Lewis Mumford, "The Pragmatic Acquiescence" in Gail Kennedy, op. cit.

실 개조의 원리로서의 지성이 현실에 밀착되어 있는 것으로 파악된다는 것은 한편으로 그것의 현실에 있어서의 효율적 작용을 인정한다는 것을 뜻하지만, 다른 한편으로는 지성과 현실의 긴장 관계가 오랫동안 지속될 수 없다는 것을 의미하기도 한다. 지성은 주어진 현실을 형성하지만, 주어진 현실은 지성을 견제한다. 이것들이 서로 밀착되어 있는 한, 장기적이라 기보다는 단기적인 정합 비교에 의하여 서로가 통제될 수밖에 없는 것이다. 그리하여 실용주의적 지성은 이미 움직이고 있는 사회 과정에 대한 교정적 지성이 되는 수밖에 없는 것이다.

이것은 관념이나 사고의 '프래그머틱 테스트'를 중시하는 실용주의 일반에 다 해당시킬 수 있는 관찰이다. 현실과 사고는 듀이뿐만 아니라 퍼스나 제임스에 있어서도 매우 밀착되어 있는 것이기 때문에, 사고의 의미는 그것의 현실적 효과에 의해서만 검증될 수 있다. 물론 이것은 어떤 인간 사고의 작용에 있어서도 마찬가지라 할 수 있다. 그러나 문제는 사고의 효력이 테스트되는 범위이다. 한 명제의 효력이라는 것은 주어진 상황에 따라 검증될 수도 있고 검증되지 아니할 수도 있다. 어떤 경우 그것은 아직 주어지지 아니한 상황, 또는 앞으로 조성될 상황 속에서만 검증된다고 할 수도 있는 것이다. 예를 들건대, 사회에 대한 혁명적 사고는 오늘의 상황에 의하여 검증될 수 없다. 그것은 상당히 오랫동안 하나의 대담한 가설, 순전한 이론의 성격을 띠어, 사실상 프래그머틱 테스트의 적용을 불가능하게 하지만, 그렇다고 반드시 허위라고만도 할 수 없는 것인 것이다.

듀이는 사고의 현실적 효력을 되찾기 위하여, 그 경험적 성격을 강조하였다. 그에게 사고와 경험을 분리하는 이원론은 보수주의의 근본 지주로 생각되었다. 그리하여 사고와 경험의 일원적 과정을 주장하였다. 그 결과는 현실의 교정 작용만을 허용받는 지성이었다. 마르쿠제는 현상 세계로부터 초연한, '존재'에 대비되는 '본질'의 개념의 비판적 기능을 말한 바 있다.[21] 사고의 세계를 현실의 세계에로 끌어내리려고 한 듀이에서 우리는 마르쿠제의 말대로, 사고의 일원화가 그 현실 비판의 힘을 약화하는 것을 보는 것이다.

5

듀이의 사회철학의 움직임에 대한 이러한 분석은 그의 개량주의 또는 순응주의를 비판하자는 것이 아니다. 우리의 관심은 단지, 이 글의 서두에서 말한 대로, 어떤 미국적 경험 양식 내지 사유 양식의 특징을 암시해 보자는 것이다. 듀이의 개량주의는 사실상 그의 철학의 논리보다는 미국 특유의 사회 사정으로 설명하는 것이 옳을 것이다. 그것은 미국 사회가 급진적 변혁을 요구할 만큼 긴급한 상태에 있지 않았다는 것을 말하기도 하고, 또 어떻게 보면 긴급하지 않았던 시대의 지적 전통으로 인하여, 웬만한 긴급성은 쉽게 인정되지 않았다는 것을 말하기도 한다.

보토모어(T. B. Bottomore)가 19세기 말에서 20세기 초까지의 미국의 비판적 사회 사상을 말하면서, 그 비교적 온건한 성격을 설명하는 바대로, 미국에 있어서의 사회 비판의 전통은, 유럽에 비하여 처음부터 번창한 대신 다른 한편으로는 사회에서 비판할 만한 것을 별로 찾지 못했다. 그리고 평등과 자유가 비교적 분명한 형태로 존재했던 농경적 사회로 미국이 바뀔 때에도 사회 비판가들은 초기 사유 재산 민주주의(the early property-owning democracy)를 복고적으로 뒤돌아보았다. 19세기 중엽에서 1880년대에 이

---

21 Herbert Marcuse, "The Concept of Essence", *Negations*(Boston: Beacon Press, 1968). 마르쿠제는 듀이의 일원적 이성 개념을 *One-Dimensional Man*(Boston: Beacon Press, 1964)에서 비판한 바 있다. Ibid., p.167.

르는 미국 사회 사상은 이 초기 민주주의에서 그 비판적 이념들을 끌어내었다. 그 후에도 비슷한 사정은 계속되었다. "오로지 19세기 말에 가서야 산업화와 도시화가 불가역적인 것이 됨에 따라, 새로운 사회사상가 ── 프래그머티스트들이 등장하여 유럽의 사회 사상에 비견될 만한 규모와 논리를 가진 생각을 발전시켰다. 그러다 그 생각들도 당대의 다른 사회 고발 작가들의 경우나 마찬가지로, 미국 사상의 주류에 흡수되고 그 가운데 희석화된 것으로 보인다."[22] 되풀이하건대, 듀이를 포함한 프래그머티스트들의 사회 사상은 비교적 여유가 있는 사회 ── 아직도 물리적, 사회적, 정신적 공간을 여유 있게 가진 사회의 소산이었던 것이다.

6

여기에서 공간의 비유는 조금 더 확대해 볼 필요가 있다. 그 확대는 미국적 경험과 사유의 방식에 대한 이해에 하나의 중요한 통찰을 제공하는 것으로 보인다. 물론 여기에서 공간이라는 것은, 일단은 실제의 물리적 공간을 말하지만, 그것은 사실적이라기보다는 하나의 정신의 공간으로 보는 것이 좋을 것이다. 그런데 이 공간과 사상 사이에는 어떤 상관관계가 있는 것으로 보인다.

위에서 본 바와 같이, 터너는 미국 사회의 발전을 신개지 확대와의 관계에서 보고, 어떤 의미에서는 사회에 일어날 수 있는 문제가 신개지의 쟁화 작용을 통하여 자동적으로 해결되는 것으로 보았다가, 신개지의 소멸과

---

22 T. B. Bottomore, *Critics of Society: Radical Thought in North America*(London: Allen & Unwin, 1967), p. 32.

더불어 지적 능력이 중요해짐을 인정하였다. 민중주의자, 진보주의자, 프래그머티스트의 경우, 그들의 비판적 대안들에 영감을 준 것은 사실적인 의미에서의 공간의 폐쇄라고 할 수 없을는지도 모르지만, 심리적으로 또는 비유적으로, 미국의 기존 제도가 '막혀 있다는' 인식이 그들의 비판에 작용한 것은 사실일 것이다. 적어도 우리는 듀이 자신이 사고 작용의 현실적 연관을 말하면서 지적한 바와 같이 인간의 사유가 문제적 상황에 맞닥뜨림으로써 비로소 움직이기 시작한다는 것은 인정할 수 있다. 그러나 이 문제적 상황은 대체로 충분히 문제적인 것으로 보이지는 않았던 것이다. 달리 말하여 어느 때에 있어서나, 미국 사회에 있어서 사실적 비유적 공간은 충분히 폐쇄된 것으로 느껴지지 아니하였던 것이다. 이것이 미국 지성의 움직임으로 하여금 충분히 깊이 있고 충분히 철저한 것이 아니라는 인상을 주게 하며, 언제나 약간은 반지식인적, 또 반지성적 성격을 띠게 하는 소이(所以)라 할 수 있지 않을까 한다.

　듀이의 순응주의는 단지 정치적인 관점에서 비판되기보다 미국적 사고의 반지성주의 또는 반문화주의의 테두리에서도 이야기될 수 있는 것이다. 듀이가 '지성(intelligence)'을 인간 행동의 가장 중요한 원리로 파악한 것은 사실이다. 그러나 우리는 이것이 "생물체와 그 물리적 사회적 환경과의 상호 작용" 속에 생기는 것으로, 즉 생물학적 관점에서 파악된 기능으로 생각된 것에 주목할 수 있다. 여기에 연결되어 있는 것은 그것이 계발되고 세련화되고 심화될 수 있는 인간 특유의 심성으로 존재하며, 또는 이러한 계발과 세련과 심화가 단순히 개인의 감수성으로만이 아니라, 하나의 지속적인 문화 전통으로 수립된다는 인식이다. 그리하여, 위에서 이미 말한 바와 같이 듀이의 개량주의는 지성의 비판 작용이 혁명적 또는 근본 주의적 비약을 이룩하는 것을 허용하지 않을 뿐만 아니라 보수적인 의미에서의 지적 세련과 그 전통적 전수의 수단이 되는 가능성도 배제한다. 이 양면의 배제는 매우 미국적이다. 루이 하츠의 「미국에 있어서의 자유주의」의 근본 주장의 하나는 미국의 자유주의가 한편으로는 급진주의, 다른 한편으로는 봉건적 보수주의의 압력을 받지 않고 지속되어 온 순수한 로크주의(Lockeanism)라는 것인데, 듀이와 같은 개혁론자에서도 우리는 이러한 로크주의를 보는 것이다. 이러한 관찰을 우리는 다시 공간의 비유로 옮겨 볼 수 있다. 말하자면 외면적 공간의 폐쇄는 내면 공간을 만들어 낸다. 이 공간에서 인간 의식의 세련화가 일어난다. 이것은 뉘앙스의 철학과 예술을 만들어 낸다. 또 다른 한편으로 그것은 기존 체제의 전면적 검토와 부정에 입각한 급진주의를 만들어 내기도 한다. 이런 의미에서 문화적 보수주의와 정치적 급진주의는 폐쇄된 외면 공간과 스스로 이에 맞서는 것으로 등장한 내면 공간의 쌍둥이 자식이라고 할는지 모른다.

이러한 관련에서 흥미로운 것은 미국 사회에 있어서의 예술의 위치이다. 전통적 사회에 있어서, 인간 의식의 가장 섬세하고 심화된 표현은 예술에서 찾아진다. 그러나 미국의 실용주의 문화에서 예술이 정당성을 부여받기 어려웠던 것은 널리 지적되어 온 사실이다. 청교도 시대에 있어서, 19세기에 있어서, 또 오늘날에도 미국의 주요한 예술가들은 당대의 주류를 이루는 움직임으로부터 소외되어 왔다. 그리하여 이들은 오히려 이 소외를 통하여 자신을 정의하였다. 레이저 지프(Lazer Ziff)가 미국의 작가를 두고 말하는 바와 같이, 그들은 "그들을 둘러싸고 있는 문화가 회피하거나 무시한 가치 체계의 주창자"[23]가 되었다. 이러한 예술가의 소외는 일반적으로 정신 가치를 허용하지 않는 미국 사회의 실용주의에 의하여 설명되지만, 실용주의는 미국 사회의 여러 조건에 비추어 당연한 것이었다. 이 실

---

23 Lazer Ziff, "Pragmatism and American Literature", p. 4. 이것은 대우재단 주최의 세미나에서 발표된 논문 「미국인의 생활과 실용주의」이다.

용주의는 미국의 여유 있는 외면 공간에 관계되어 있으며, 이 공간은 내면 공간을 필요로 하지 않았고 따라서 특이한 주관적 의식의 장을 제공하지 않았던 것이다.

헨리 제임스는, 그의 앞 세대의 작가 호손을 논하면서, 미국의 작가가 부딪히는 어려운 점으로 고성(古城)이나 고찰(古刹)의 부재, 또 귀족이나 중산 계급 등의 사회적 지위에 있어서의 섬세한 구분의 결여 같은 것을 얘기한 바 있다. 또 그는 다른 곳에서 "소설가에게 필수 불가결한 예의, 풍습, 습관, 형식을 비롯한 완숙하고 확실한 것들"의 부재를 말하기도 하였다.(하우얼스에게 보낸 편지) 이러한 제임스의 불평은 그의 부르주아적 속물 기호나 보수주의의 탓으로 돌릴 수도 있으나, 거기에는 그 나름으로의 통찰이 들어 있음을 인정하여야 한다. 그것은, "오랜 역사가 있어 조그만 전통이 되며, 많은 전통이 있어, 조그만 세련이 생기며, 많은 세련이 있어 조그만 예술이 된다."[24]라는 그의 생각에 연결되어 있는 것이다.

예술 감각이란, 적어도 한 면에 있어서는, 한 사물의 지각에 있어서, 그 지각에 관계되는 많은 역사적 지각의 집중화가 일어날 때 발생한다. 제임스의 생각은 예술에 있어서의 지각 작용의 근본에 관계되는 말이다. 즉 예술은 개인적인 또는 사회적인 지각의 고밀도화에 이어져 있고, 이것은 분명치 않은 채로, 공간의 내면화와 외면적 공간의 제한에 연결되어 있다. 헨리 제임스가 미국을 버리고 영국으로 건너간 것은 보다 밀도 높은 그러면서 제한될 수밖에 없는 문화 공간에 대한 탐색의 결과라고 할 수 있다.

미국 사회의 비봉건성 또는 비문화성에 대한 제임스의 관찰은, 이미 말한 바와 같이 호손의 작가로서의 상황을 두고 한 말이다. 호손은 그의 동시

---

24 Edith Wharton, "The Man of Letters" in *Henry James: A Collection of Critical Essays*, ed. by Leon Edel(Englewood Cliffs, N. J.: Prentice-Hall, 1963), p. 33. *The American Scene*에서 나온 여기의 인용구와 하우얼스(W. D. Howells)에 보낸 편지에 나오는 말은 이 워튼의 글에서 재인용되었다.

대의 팽창주의적 분위기에서 매우 특이한 협소성과 내면성을 보여 주는 작가이다. 그가 "뉴잉글랜드가 내 마음이 받아들일 수 있는 땅덩어리의 최대 한계"라고 한 것은 유명한 말이지만, 호손은 적어도 심리적으로 외면적 공간을 좁힘으로써 심미적 밀도를 창조해 내었다고 할 수 있다. 이것은 멜빌, 에밀리 디킨스, 또 20세기에 와서의 외국 거주의 작가, 가령 파운드나 엘리엇에 대체로 해당시킬 수 있는 관찰이다.

내적 공간의 미발달, 그에 따른 문화적, 심미적 밀도의 저미(低迷)는 미국 사회에 없는 것을 말하는 일이다. 그렇다고 미국에 반드시 심미적 문화가 없다는 것은 아니다. 다만, 우리는 미국 문화와 예술에서 반문화주의 반예술주의를 발견하는 것이다. 헨리 제임스를 비롯한 도구(渡歐) 예술가의 경우 가장 단적으로 볼 수 있는 일이지만, 미국의 예술가들은 사회로부터의 소외를 통하여 미국의 예술을 창조하였다. 그리고 다른 한편으로 더 전형적인 미국 예술가는 마크 트웨인의 『허클베리 핀』에서처럼 미국을 비판하면서 미국적 경험 방식을 확인하는 예술 작품을 창조하였다. 그리고 물론 미국적 경험의 내적 형식을 보여 주는 것은 후자의 경우이다. 마크 트웨인의 작품이 미국적인 것은 이런 의미에서이다.

『허클베리 핀』의 미국 사회에 대한 비판과 긍정의 역설적 구성은 앞에서 이미 언급하였다. 그러나 그 특이성을 여기에서 다시 고려해 볼 필요가 있다. 『허클베리 핀』은, 다른 많은 작품의 경우나 마찬가지로 여러 가지의 해석 가능성을 가진 작품이다. 그중에 하나의 중요한 해석 방식은 이것을 한 미국 소년의 인생 입문(initiation)으로 보는 것이다.[25] 이렇게 볼 때, 이것

---

25 이것은 콕스(James M. Cox) 같은 평자로부터 시작된 것이지만, 여기에 대한 반박도 많다. Winfried Fluck, *Aesthetische Theorie und literaturwissenschaftliche Methode: Eine Untersuchung ihres Zusammenhangs am Beispiel der amerikanischen Huck-Finn-Kritik* (Stuttgart: Metzler, 1975), p. 34, p.

은 소설로서만이 아니라 미국적 경험의 원형을 드러내고 있는 것으로 말할 수 있다. 이런 관점에서 이것은 다른 사회에서의 인생 입문의 방식에 쉽게 비교될 수 있다.

위에서 여러 차례 말한 바와 같이, 『허클베리 핀』은 미국 사회의 어떤 면을 거부하면서 이것을 도피라는 형식을 통하여 미국의 새로운 공간 또는 가능성으로 나아간다. 즉 그의 사회 입문은 사회를 벗어나는 데 있는 것이다. 그것은 반사회적이다. 그러나 대부분의 사회에 있어서 이것이 규범적인 사회 입문, 인생 입문이 될 수는 없는 일이다.(물론 『허클베리 핀』도 궁극적으로 사회 긍정적이다. 이 소설의 비평에서 자주 문제되는, 마지막 부분에서 헉의 순응적 태도는 이것을 보강하여 준다. 또 보다 보수적인 사회에 있어서도, 사회 입문은 사회에 대한 반발을 포함한다. 여기에서 문제 삼고자 하는 것은 대체적인 윤곽일 뿐이다.) 보다 전통적인 사회가 성장하는 젊은이에게 요구하는 것은 사회의 가치의 수락이며, 무엇보다도 규율과 이성과 사회에 대한 책임의 내면화이다. 아니면 이러한 것들의 불가피성에 대한 체념이다. 성장의 문제를 가장 집요하게 다루어 온 독일의 성장 소설 또는 교양 소설이 보여 주는 것도 이러한 사회화의 과정이다.

독일의 교양 소설에 있어서도, 사회는 성장하는 젊은이에게 문제적인 것으로 비친다. 이것은 개인의 자유에 대한 갈망이 강하여진 18세기 말 낭만주의적 분위기에 형성의 단초가 있었던 사실에 연유한다. 프랑스 혁명에 의하여 특징지어지는 시대에 있어서, 사회는 저절로 제약과 구속으로 비친다. 그러나 이야기의 우여곡절을 통하여 교양 소설이 끌어내는 결론은 그러한 제약과 구속의 거부가 아니라 수락이며, 자유가 아니라 책임의 긍정이다. 물론 앞에서와 같이 이 수락과 긍정은 기꺼이 이루어지는 것이

212ff 참조.

라기보다는 체념을 통한 받아들임이다. 교양 소설의 효시라고 일컬어지는 괴테의 『빌헬름 마이스터』에서 마지막 지혜는 체념의 지혜이다. 또는 그 20세기 후계자인 토마스 만의 『마의 산』에 있어서도 주인공 한스 카스트르프가 체험을 통하여 깨닫는 것은 "성숙하기 위해서는 체념해야 한다."[26] 라는 지혜이다.

그러나 이것이 사회에로의 입문인 한, 『허클베리 핀』에서와 마찬가지로, 모든 것이 포기되어야 한다는 것을 뜻하는 것은 아니다. 빌헬름 마이스터나 한스 카스트르프를 통하여 긍정되는 것은 문화 또는 교양의 이념이다. 문화는 사회가 교양이라는 과정을 통하여 사회 성원의 내면에 작용하여 사회 질서에의 동의를 받아내는 한 가지 방식으로 생각될 수 있다. 다시 말하여 그것은 내면화된 사회이다. 사회는 스스로를 내면화함으로써 개인을 사회에 화해시킨다. 이때 화해는 인간의 삶과 성장에 좋든 싫든 사회가 필요하다는 인식에 한정되는 것일 수도 있다. 그러나 그 필요는 단순히 사회가 개인에게 내놓는 요구에서만 일어나는 것이 아니고 개인의 내적인 요구에서도 일어나는 것이다. 개인은 사회 없이 완전한 행복에 도달하는 것으로 생각되지 않기 때문이다.

어쨌든, 그 종착역이 긍정이든 부정이든 사회로부터의 전적인 이탈의 가능성은 생각되지 아니한다. 빌헬름 마이스터에게 사회는 단순하고 원초적인 자유에 대한 명제에 의하여 대결될 수 있는 어떤 것으로 생각되지 아니한다. 그것은 보다 넓고 풍부한 내면적 발전의 기회를 제공해 주지 않는 것으로 생각될 뿐이다. 다시 말하여 빌헬름 마이스터에 의하여 추구되는 것이 자유이기는 하지만, 무규정적인 자연 상태 속의 자유라기보다는 자유로운 개성의 발전이다. 이러한 발전은 자력에 의해서가 아니라 문화 공

---

26 Roy Pascal, *The German Novel*(Toronto: Univ. of Toronto Press, 1956), p. 97.

동체 속에서의 상호 작용을 통해서 가능한 것으로 이해된다. 개성의 발달은 다른 개성적 인간과의 교류 그리고 무엇보다도 사회 속의 활동을 필요로 하는 것이다. 그렇기 때문에 빌헬름 마이스터는 그의 사회가 자유로운 사회도 아니고 이상적 사회도 아닌 것을 알지만, 그의 주관적 이상주의를 포기하고 객관적 질서를 체념으로 받아들이게 되는 것이다.

물론 이미 말한 바와 같이, 체념은 포기도 절망도 아니다. 그것은 내면적 의식에 차이를 가져온다. 그리고 주관적 요구가 객관적 현실 속에 수용될 수 없다는 사실에 대한 각성은 새로운 시작 — 조금 더 객관적 여건에 맞는 새로운 시작을 뜻할 수도 있다. 개인적으로, 그것은 주관과 객관이 서로 얽혀 들어가는 변증법적 자기 전개의 시작이 될 수 있고, 사회에 대하여서는, 주관적 요구에 대응할 수 있는 객관적 여건의 조성을 위한 보다 적극적인 노력의 시작이 될 수 있는 것이다. 이러한 시작의 가능성이 아마 괴테의 현실적 타협이 독일 정신사에서 갖는 의의일 것이다.

그러나 이것은 대체로, 조금 지나치게 단순화된다는 혐의가 있는 대로, 위대한 소설들의 — 또는 소설들이 말하고자 하는 성숙한 인간 경험의 교훈인 것으로도 생각된다. 르네 지라르는 서양 소설의 대표적인 예들을 검토하면서 『돈키호테』나 『적과 흑』이나 도스토옙스키의 소설들의 근본적인 교훈은 모든 세간적인 욕구의 헛됨을 가르치고 사람으로 하여금 "수직적 초월"[27]의 길을 받아들이게 하는 데 있다고 말한다. 독일의 교양 소설도 이 "수직적 초월"의 한 변조라고 볼 수 있다.(물론 위에서 이미 비친 바와 같이 교양 소설의 "수직적 초월"은 한편으로 체념과 다른 한편으로 정신적 가치의 세계, 내면의 세계를 뜻하지만 동시에 이러한 내적 조정과 함께 객관 여건에 대한 이해의 길을 가리킴으로써, "역사적 참여"를 제시해 줄 수도 있다.)

---

27 René Girard, *Deceit, Desire and the Novel* (Baltimore: Johns Hopkins Univ. Press, 1965) 참조.

이렇게 독일의 교양 소설 또는 유럽의 소설 일반에서 볼 수 있는 경험의 방식을 생각해 보면, 다시 한 번 우리는『허클베리 핀』의 경험의 방식이 두드러지게 다른 것임을 깨닫게 된다. 허클베리 핀은 유럽 소설들의 주인공들처럼 주어진 세계를 거부한다. 그러나 그는 유럽의 소설에서와는 달리, 어떤 방식으로든지, 사회로 복귀할 것을 거부한다. 그는 사회를 필요로 하지 않는 것이다. 사회를 초월하면서 동시에 내면에로의 길을 택하는 것이 아닌, 허클베리 핀의 사회 입문을 우리는 "수평적 초월"이라고 부를 수 있을는지 모른다. 그는 기성 사회를 떠남으로써 사회를 초월한다. 그러나 이 초월은 단순히 사회로부터 개인의 자유에로 옮겨 가는 것을 말할 수도 있다. 그리고『허클베리 핀』에서와 같이 실제적 이동이 불가능할 때(이것이 점점 더『허클베리 핀』이후의 미국의 사정이 되었다.) 사회로부터 개인으로의 도피는, 어쩌면 더 전형적인 "수평적 초월"의 양식이 된다고 하여야 할는지 모른다.

다시 말하여『허클베리 핀의 모험』이 나왔을 때, 미국에 있어서 신개지는 이미 없어져 가고 있었다. 그리하여 그것은 지성과 상상력의 움직임에 한 동기가 되었다.『허클베리 핀』의 탁월한 예술적 성과도 그 근본적인 반지성주의, 반문화성에도 불구하고, 이러한 내면적 움직임의 한 표현이었다고 할 수 있다.

위에서도 말한 바이지만, 19세기 말에서 20세기 초까지는 미국에 새로운 지적 활력이 생겨난 시기였다. 이때 처음으로 헨리 제임스와 같이 미국을 버리고 유럽으로 건너간 주요 작가가 생겨났다. 말할 것도 없이, 제임스는 19세기 말 이후의 구미 작가 가운데 문화적인 뉘앙스에 가장 민감한 작가였다. 이 뉘앙스의 감각은 밀도 있는 문화 공간을 필요로 하였다. 이것은 현실적 선택의 불가능을 깨닫는 체념을 바탕으로 하여 얻어질 수 있었다. 소설『보스턴인(*The Bostonians*)』에서 올리브 챈슬러는 정치와 문화의 갈등을 경험하면서, 문화가 괴테의 말 "체념하라!(Entsagen sollst du, sollst du entsagen!)"에 관계되어 있음을 느낀다. 이 체념에 기초하여 제임스는 많은 인간 드라마를 보편적인 관점에서 초연하게 볼 수 있었다. 제임스는 어느 작가에 못지않게 강력한 도덕적 관심을 가지고 있었지만, 사물을 손쉽게 흑백으로 갈라 보며, 그 갈등의 문제를 극복될 수 있는 것으로 보지 아니하였다. 에드먼드 윌슨이 제임스를 라신이나 몰리에르에 비교하면서 말한 바와 같이, 이들은 "도덕적 성격의 갈등을 단지 제시할 뿐, 이것을 완화시키거나 회피하지 않으며 …… 이러한 것으로 하여 사회를 고발하지도 않는다. 그들은 이러한 상황을 보편적이며 불가피한 것으로 보는 것이다."[28] 이러한 (체념을 내포하는) 초연성이 제임스로 하여금 "삶의 깊은 리듬과의 화음"[29]을 감지하고 그 뉘앙스를 기록할 수 있게 하는 것이다. 헨리 제임스의 문화적 감각은 그 이후의 미국 작가에게서, 가령 파운드나 엘리엇에서, 다시 중요한 특징이 된다.

이것은 철학 사상에서도 볼 수 있다. 헨리 제임스와 거의 동시대의 조사이어 로이스(Josiah Royce)나 조지 산타야나(George Santayana)에서도 우리는 문화적 세계 또는 이상주의적 가치에 대한 관심을 보지만, 가장 대표적으로 미국 사상의 내면적 성숙을 드러내 준 것은 헨리 제임스의 형인 윌리엄 제임스였다. 시대에 대한 지적 반응을 직접적으로 보여 준다는 관점에서 본다면, 윌리엄 제임스는 프래그머티스트 가운데에서 가장 덜 중요한 철학자라고 할는지 모른다. 그러나 더 일반적인 의미에서 제임스야말로 가장 완숙한 철학자며, "핵심적 사상가(seminal thinker)"[30]라고 말할 수 있다.

우리는 누구에게서보다 제임스에서 세계에 대한 섬세한 감각을 발견하

---

28 Edmund Wilson, "The Pilgrimage" in *Henry James*, ed. by Leon Edel, p. 66.

29 F. R. Leavis, *The Great Tradition* (London: Chatto & Windus, 1955), p. 149.

30 John J. McDermott, *The Writings of William James* (New York: Modern Library, 1968), p. xi.

다. 그리하여 그는 오늘도 생생한 경험주의자이고 현상학자이다. 멈퍼드는 그를 듀이에 비교하면서 듀이는 스타일이 없고, 제임스는 스타일이 있다고 말한 바 있다.[31] 이것은 매우 중요한 지적이다. 왜냐하면 스타일이야말로 외부 세계를 내면으로 끌어들이는 삶의 리듬이기 때문이다. 많은 사람들이 지적하는 것처럼, 20세기 초까지에 미국의 지적 생활이 성숙기에 들어섰다면, 그것은 단순한 양적 팽창을 말한다기보다 내면화된 의식의 유연한 움직임의 획득을 말하는 것이다.[32] 우리가 제임스에게서 발견하는 것은 이 움직임이 만들어 내는 세계의 풍요로움이다.

그럼에도 불구하고 우리는 물론 미국의 지적 성숙은 유럽 또는 다른 전통 사회의 그것과는 다른 것이었다고 결론을 맺을 수밖에 없다. 위에서 말한바, 『허클베리 핀』이 나타내는 "수평적 초월"의 움직임은 어디까지나 지성의 완전한 내면화, 급진화, 보수화를 억제하였다.

7

문화와 역사 그리고 국민적 성격을 하나의 물질적 원인으로 설명하는 것은 어리석은 일이다. 즉 미국의 광대한 공간을 모든 미국적 사회 현상의 밑바닥에 있는 하나의 근본 원인, 즉 공간으로 설명하는 것은 지나치게 단

---

31 Gail Kennedy, *Pragamatism and American Culture*, p. 44.

32 Berthoff, *The Ferment of Realism*, p. 47. "1919년에 이르러서는 미국 문학과 학문의 영국과 유럽에 대한 전통적인 종속 관계는 상호적인 것 이상이 되려는 지점에 있었다. 우수한 미국 작가들의 업적은 미국의 지방성에 대한 증후로서만 관심의 대상이 되는 것이 아니게 된 것이다. 엘리엇, 파운드, 오닐, 더스패서스, 포크너, 피츠제럴드, 헤밍웨이의 작품들을 통하여, 이들 '사실주의'의 후계자들의 작품을 통하여, 미국 문학은, 말하자면, 막대한 외채를 정기적으로 갚기 시작한 것이었다."

순한 일이다. 그러나 이것을 전적으로 부정할 수도 없는 일이며, 미국의 넓은 공간을 지나치게 사실적으로 취하기보다 비유적으로 취할 때, 그것은 미국의 많은 것을 하나로 연결시켜 주는 도식이 될 수 있는 것으로 보인다. 그것은 미국의 자유, 인간, 사회에 근본 바탕이 된다.

미국 사회에서는 모든 인간적 삶의 근본은 개인과 그 자유라고 생각된다.(W. H. 오든은 미국과 유럽의 차이를 '로마니타스(romanitas)'의 현재와 부재에서 발견하고, 미국에는 이것이 없다고 한다. '로마니타스'는 도덕을 자유보다 높은 것으로 보는 것이다. 미국인은 자유를 도덕보다도 더 높은 것으로 본다.)[33] 개인의 자유를 무엇보다도 높이 친다고 해서, 사회가 포기되는 것은 아니다. 다만 사회는 주로 개인의 자유를 보장해 주는 테두리로 생각된다. 개인이 무한히 자유로우면서 사회 속에서 살 수 있으려면 두 가지가 전제되어야 한다. 하나는 삶의 공간과 자원의 무한성에 대한 전제이고 다른 하나는 인간성의 착함에 대한 신뢰이다.

『허클베리 핀』에서 모든 덕성은 자연스러운 인간의 본성에서 나온다. 이것은 쿠퍼나 에머슨이나 휘트먼에서도 전제되는 것이다. 건국 시기에 있어서 미국 독립의 기본 사상이 되었던 계몽주의는 인간의 완성 가능성에 대한 믿음을 하나의 중요한 신조로 삼았다. 그중에도 사회를 떠난 자연인, '고결한 야만인'의 이상, 루소주의의 요소는 미국 사상에 있어서 가장 중요한 인간관의 기초가 되었다. 이에 따르면 자연인은 본래 선의에 차 있는 존재이다. 따라서 그러한 선의에 의지하여 사회의 화합적 질서는 유지될 수 있다. 휘트먼이 '소박한 개체'를 말하면서 '다중'을 말하고 둘 사이에 아무런 갈등을 보지 않았던 것은 자연인의 선의를 믿었기 때문이었다. 다

---

33 W. H. Auden, "The American Scene", *The Dyer's Hand and Other Essays*(New York: Vintage Books, 1968), p. 318.

만 이러한 자연인은 제도적 오염으로부터 지켜질 필요가 있다. 여기에 근본적으로 미국인의 제도에 대한 불신과 제도의 이데올로기로서의 문화에 대한 의심이 연유하게 된다.

미국인의 문화에 대한 편견은 특히 주목할 만하다. 전통적 사회에 있어서 문화는 사람을 제도에 익숙하게 하는 수단이다. 그러나 문화는 단순한 체제 옹호적 전략으로만 성립하는 것이 아니다. 그것은 인간성에 대한 일정한 이해를 가지고 있다. 즉 문화적 인간관은 사람을 조잡하고 불완전한 것으로 보고 문화와 교양을 통하여서만 이러한 것이 극복될 수 있다고 생각한다. 이에 대하여 미국의 루소주의는 인간의 온전함은 원초적인 상태에 있다고 보고 사람이 그 완성을 찾는 일은 이 원초적인 상태를 유지하고 되찾는 데서 가능하다고 본다. 문화는 장식이거나 거짓이며, 또 심한 경우는 계급적 억압의 도구에 불과한 것이다.

사실 미국 사회는 자연인의 온전함을 전제로 한 사회로서 놀라운 지속성과 안정성을 보여 온 사회이다. 또 일상적 차원에서도 미국 사회를 관찰한 사람들은 미국인들의 친절과 개방성에서 받는 감명을 인상적으로 기록한다. 이것은 미국이 자연스러운 인간의 선의에 의지하여 얼마나 조화롭게 유지되는가를 일상의 차원에서 증명해 주는 것이다. 국가적 차원이나 국제적 차원에서도 미국이 예외적인 선의와 순진성을 보여 주는 면이 있는 것은 부정할 수 없는 일이다. 그야말로 윌리엄 제임스의 말대로 '믿음에의 의지'가 현실을 만들어 내는 실례를 우리는 여기에서 보는 듯하다.

이 모든 것은 궁극적으로 공간을 포함한 자원의 풍부함에 기초해 있다. 전통적 사회에 있어서, 사회적 선의와 조화는 개인적 욕망의 억제와 양보 또는 희생에 기초한다고 생각된다. 그러나 미국의 경우 그것은 개인적 욕망의 충족 위에 기초해 있다. 충족된 개인들의 집단이 만들어 내는 질서가 적어도 이상적으로는 미국의 질서이다. 개인의 욕망은 부정되지 아니한다. 그것은 모든 것의 기초이다. 그러나 이 욕망이 심하게 좌절되지 않고 정도를 달리기는 하겠지만, 적당히 충족될 때 거기에 상호성이 생긴다. 즉 나의 욕망의 절실함을 통하여 다른 사람의 욕망의 절실함을 알게 되는 것이다. 여기에서 협동적 질서가 생겨난다. 희생에 입각한 질서에 비하여 충족의 질서에는 담담함과 너그러움과 주고받음의 자유로움이 있다. 그러나 여기에 전제되어 있는 것은 이미 비친 바와 같이, 공간의 무한성과 자원의 풍요이다. 이것은 '명증한 천명(天命)(Manifest Destiny)'이라고 불리는 확장주의의 씨앗을 가지고 있다. 그리하여 이것은 미국의 제국주의에 연결된다. 또 개인적인 차원에서 무자비한 부의 추구에 아무런 도덕적 가책을 느끼지 않는 미국적 태도도 이러한 테두리 속에서 설명될 수 있다. 이렇게 하여 우리는 미국 사회에 물질주의와 이상주의, 개인주의와 이타주의, 고립주의와 팽창주의가 기묘하게 얽혀 있는 것을 보는 것이다.

　미국 사회가 보여 주는 개인과 사회의 조화는 하나의 이상 사회의 모형을 제공해 주는 듯하다. 그러나 그것이 전제하고 있는 것이 바뀔 때, 충족적 욕망의 선의와 조화는 그대로 미국 사회의 약점으로 작용할 수도 있다. 곧 자원과 공간의 풍요에 제한이 온다면 어떻게 할 것인가? 세계에서 가장 풍요한 사회이면서, 빈곤과 차별의 문제를 해결하지 못하며, 국제적으로 민주와 평화와 선의를 표방하면서 공격적 태도를 버리지 못하는 미국은 어쩌면 미국적 질서가 제한된 공간과 자원의 세계에서 부딪치는 딜레마를 그대로 현실 속에 나타내고 있는 것으로 말할 수 있다.

　여기에서 우리는 미국이 팽창 또는 수평적 이동에 의하여서가 아니라 내적 조정에 의하여 새로운 상황에 적응할 가능성을 생각해 볼 수 있다. 그것이 어떤 형태의 것이 될는지는 예측할 수 없는 것이지만 우리는 적어도 인간과 사회의 제약을 받아들이는 가운데 성립하는 개인적 집단적 생활의 방법의 하나인 문화의 밀도가 높아질 것을 예상할 수 있다. 그리고 위에서 암시해 보려고 한 바와 같이 이것은 19세기 말 이후 계속 진행되어 온 현상이기도 하다. 밀도가 높아지고 활발해지는 가운데 이념과 미적 체험은 점점 중요성을 띨 것이다. 이런 관점에서, 미국에 있어서의 급진주의적 이데올로기의 성쇠는 매우 흥미로운 증후가 된다.

알다시피, 선진 산업국 중에서, 마르크스주의를 비롯한 급진주의가 발을 붙이지 못한 곳이 미국이다. 여기에 대해서는 여러 가지 설명이 있지만, 위에서 말한바, 사회 문제에 대한 수평적 초월의 태도는 사회의 근본적 개조를 계획하는 모든 이념들을 미국인들에게 환영받지 못하는 것이 되게 하였다. 1930년대의 마르크스주의, 1960년대의 신좌파주의 등이 모두 다 진정으로 미국 사회에 침투하는 데 실패하였다. 미국인들에 있어서 사회 문제의 해결은 아직도 개인적인 수평적 초월 방식이 지배적인 것이라 할 수 있다. 선불교와 같은 동양 사상에 대한 관심도 이러한 관점에서 이해될 수 있다. 그러나 다른 한편으로 우리는 근래에 와서 급진적 사고를 비롯한 유럽의 이념들이 서서히 미국에 정착해 가는 것을 볼 수 있다.(근래의 보수주의의 대두도 여기에 관련시켜 볼 수 있다. 그리하여 이제 일원적인 '로크주의' 대신에 삼중 구조의 사회 사상이 정립되는 것을 우리는 관찰하게 된다. 그러나 미국에 유럽류의 보수주의가 성립할 근거가 진정으로 존재할 것 같지는 않다.) 이러한 사정들의 의의가 무엇이든지 간에, 그것은 이제 미국도 사회와 역사로부터의 도피에 의하여 그 사회적 운명을 조정해 나갈 수 없게 되었다는 것을 말한다. 좁아 드는 공간에서 사람은 사회에 묶일 수밖에 없고, 그 묶임은 외적으로 강요되는 필연이나 필연의 내면적 수락인 문화적 매개의 형태를 취할 것이다. 이것은 유한한 체계로서의 인간 사회의 공동 운명으로 보인다. 그러나 이 운명의 수락은 좌절과 절망만을 가져오는 것은 아니다. 문화와 교양, 역사와 전통은 그것이 비록 외적 한계에 대한 보상으로 얻어지는 것이라고 하여도 인간이 이룩하는 값진 업적의 하나이다. 이제 미국도 바야흐로 문화와 역사의 시대에로 옮겨 가는 것이 아닌가 모르겠다.

(1985년)

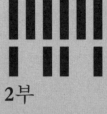

2부

문학예술과
사회의식

1장

단평 모음

비사실적 소설

요즈음 월간지의 소설들에서 현저하게 눈에 띄는 것 가운데 하나는 그 비사실적(非寫實的) 경향이다. 부분적으로 환상이나 꿈을 도입하는 소설까지를 끼어 생각한다면 이것은 한층 뚜렷한 경향처럼 보인다.

비사실적 환상은 분명 한국 소설 기법상의 발전을 의미한다. 환상의 자유는 효과의 강렬화와 새로움을 가능하게 한다. 기법상으로도 소설의 문제는 강렬한 윤곽으로 대두된다. 소설에 있어서 가장 중요한 문제의 하나는 어떻게 구상(具象)과 의미를 긴장과 조화의 적당한 지점에 타협시키느냐 하는 문제이다. 현실의 박진감을 가지고 있으나, 그것이 아무런 의미에로도 나아가지 않는 소설, 소설의 의미가 그 구상을 완전히 지배하고 있어서 구상의 살아 있는 탄력성이 전혀 느껴지지 않는 소설 ── 어느 쪽도 소설로서 만족할 만한 것이 되기 어렵다. 그러나 작품의 실제에 있어서 구상과 의미, 어느 한쪽으로 역점이 치우치게 되는 것은 불가피한 일이다. 이 역점의 차이에 따라, 우리는 환상적 소재를 다루는 두 가지 방법을 생각할 수 있다. 하나는 추상적 의미를 위하여 비사실적 허구를 구성해 가는 것이고, 다른 하나는 소재의 환상적인 질감에 충실하여 그 의미를 이차적인 위치로 밀어 버리는 것이다. 전자의 경우는 알레고리에 가까운 작품이 될 것인데, 여기서 중요한 것은 의미의 깊이와 그 정치한 전개이다. 후자의 경우에 있어서의 단적인 예는 초현실주의적 작품이다. 여기서 중요한 것은 꿈의 경험에서 보는 바와 같은 몽환적 경험의 직접성이다. 일견 이러한 작품의 의미는 분명치 않다. 그러나 여기에 어떠한 종류의 의미도 결여되어 있다는 말은 아니다. 그러한 작품도 해석의 가능성은 가진 것으로 보아야 한다. 문제는 해석의 평면과 해석을 위한 언어의 종류에 있다.

우리는 비사실의 두 가지 방법을 말하였다. 그러나 구상과 의미의 긴장된 조화야말로 소설 기법의 요체가 된다는 명제를 상기하여야 한다. 그 가운데서도 조화의 근본이 되는 것은 구상이다. 궁극적으로 소설은 감각적 상상력을 통하여 작용하는 것이다. 또 다른 한편으로, 전혀 무의미한 감각적 디테일이 박진감을 가지고 우리의 상상력에 호소해 올 수는 없다. 예술 작품에 있어서 ─ 현실 경험에서도 마찬가지겠으나 ─ 의미를 배태한 구체만이 현실감을 가진다.

지난달과 이번 달에 발표된 몇 편의 비사실적 소설들을 읽고, 그 대부분에 실망했다고 하면, 그것은 우선 이 작품들이 구체의 직접성을 결여하고 있기 때문이라고 말할 수 있다.(필자가 여기 대상으로 하고 있는 것은《신동아》8월호와《현대문학》9월호이다.) 그 대신 의미는 분명하게, 너무나 분명하게 전면에 나타난다.

이러한 작품의 대표적인 예로 이청준(李淸俊) 씨의 「마기의 죽음」(《현대문학》)을 들어 보자. 이것은 역(逆)유토피아 계열의 작품인데, 이 작품이 묘사하는 역유토피아의 경고는 매우 간단한 추상적 입언(立言)으로 요약될 수 있다. 즉, 물질적 복지를 추구하는 대가로서의 정신적 자유의 포기는, 관능만이 비대한 백치의 낙원을 재래(齎來)케 한다는 것이다. 이러한 추상적 명제 이외의, 일체의 소설적 소도구들은 이 작품에 불필요한 것이다. 머리는 작고 생식기만 큰 인간, 또는 일체의 사유 대상이 제거된, 에덴이라는 이름의 비어 있는 광장 ── 이러한 소설의 구체는 미리 설명된 의미로부터 금방 연역되어 나온다. 우리는 이 소설에서 우리가 사는 세계의 리얼리티도, 꿈의 리얼리티도 발견하지 못한다. 그렇다고, 가령 올더스 헉슬리(Aldous Huxley)의 역유토피아 소설에서와 같은 의미의 깊이나 다양한 전개를 발견하지도 못한다. 한마디로, 이 소설의 추상적 의미는 소설적 전개로 하여 아무것도 얻는 바가 없는 것이다.

홍성원(洪盛原) 씨의 「어둡고 아늑한 곳」(《현대문학》)은 분명하게 비사실적인 소설이라 할 수는 없겠으나, 의미 속에 구상이 죽어 버린 한 예가 될 수 있다. 물론 이 작품이 내거는 명제의 흥미나 고안력이 이청준 씨의 작품의 그것에 비견될 만한 것이라는 말은 아니다.

선우휘(鮮于煇) 씨의 「황야의 소역(小驛)에서」(《신동아》)는 얼른 보아 의미를 내면에 감추어 가진 작품처럼 보이지만, 실상은 흔해 빠진 상투형의 상황 ── 인생은 (또는 한국 사회를 여기에 넣어 생각해도 된다.) 목적지를 알 수 없는 나그넷길이라는 ── 에 전적으로 의존하고 있는 작품이다. 노인의 행위를 불가해한 상태로 놓아둠으로써, 상투적 상황에 약간의 변조를 시도하고 있지만, 그러한 시도가 성공했다고 할 수는 없다. 설명을 늘어놓지 않는 간결한 수법을 살 만하나, 그것만으로 근본적인 상황의 진부함을 넘어설 수는 없다.

의미가 없는 구상도 그것 자체로서는 아무런 박진감을 갖지 못한다. 손소희(孫素熙) 씨의 「고독의 기원(紀元)」(《신동아》)을 보자. 작품의 머리와 끝에 철학조의 사설이 있으나, 이것은 무슨 말인지 팍팍하기 짝이 없다. 가운데 부분에 이르러 우리는 숨을 내쉴 수 있는 구멍을 얻는다. 이 부분에서 무엇이 이해된다는 것은 아니다. 다만, 감촉할 수 있는 무엇인가는 있다는 것이다. 그러나 쥐가 산 사람을 파먹는 이야기는 약간의 괴기 취미 — 사실 그렇게 괴이할 것도 없지만 — 만을 자극할 뿐 그 이상의 어떤 의미의 깊이도 가지고 있는 것으로 느껴지지 않는다.

위의 소설들에 대한 고찰을 의미의 관점에서 재정리해 본다면, 먼저 세 소설은 — 기량과 상상력의 차이를 인정하고 — 의미의 지나친 자명함으로 하여, 손소희 씨 작품의 중심적인 삽화는 의미의 완전한 부재로 하여 작품으로서 치명적인 손해를 보고 있다. 사실, 환상물의 실감을 확보하려면, 의미는 너무 자명한 것이어도 안 되며, 전혀 부재하여도 안 될 것이다. 그 것은, 압도해 오는 구상의 저쪽 다의(多義)의 애매함 속에 모색되고 있는 것이어야 한다. 이것은 기술(技術)에만 관계되는 독단적인 발언이 아니다. 환상의 참다운 존립 이유는, 그 기(奇)에 있다기보다는 그 현실성에 있다. 현실 자체가 환상적인 요소 내지 불합리한 요소를 가지고 있음으로써 환상이 참된 가치를 가지게 된다는 말이다. 여기서 불합리란 도덕적 판단을 내포하는 말이기도 하나, 그러한 가치 판단을 떠나서 단순히 상식적인 이치를 초월하는 불가해성을 가리키는 말로 생각되어도 좋다. 현실이 불합리하고 불가해적인 한, 소설이 불가해적인 성질을 띠게 되는 것은 당연하다. 사실 모든 현실은 그것이 궁극적으로 언어의 기술(記述)을 초월한다는 의미에서 불합리한 것이며, 어떠한 예술 작품이나 그것이 성공적이라면, 다소간에 불가해한 요소를 가지고 있기 마련이다. 소설 일반의 이러한 면은 환상적인 소설에서 크게 부각되어 나타난다. 기실, 불합리나 불가해를 암시할 수 있는 힘이야말로 환상 소설의 주된 매력의 하나라 하겠다. 앞에 든 작품들에 대해서 우리가 불만을 표명했다면, 그것은 그것들이 지나치게 자명하거나 무의미한 것이어서, 하등 깊이 있는 불가해의 음영을 가지고 있지 않기 때문이다.

서기원 씨의 「이유」(《신동아》)는 이러한 관점에서 어느 정도 성공한 작품이라고 말할 수 있다. 이 작품은 꼭 환상적이라고 할 수는 없으면서 그러한 분위기를 띠고 있다. 여기서 우리는 사실과 비사실이 구별할 수 없이 섞이게 될 때 환상적 음기(陰氣)가 일어난다고 한 프로이트의 말을 상기해도 좋다. 이 작품이 말하고자 하는 것은 침묵 속의 거부도 하나의 무시할 수 없는 항변이 될 수 있다는 것으로 보인다. 그러나 이 소설의 화자가 어떤 사람인지 분명치 않으며, 이 화자가 소극적 반항아인 주인공에 대하여 내리는 평가도 종잡기 어려운 것으로 되어 있어서, 작품의 주장도 꼭 잡아내기는 어렵다. 이러한 애매성이야말로 이 작품의 매력이라 할 수 있겠다. 단지 주인공의 어설픈 철학이나 화자의 보고서는 조금 더 간결해질 수 있는 여지가 있는 것으로 생각된다.

환상은 사실을 무시할 수 있는 것이라 해서 아무렇게나 사용될 수 있는 것이 아니다. 그것은 작품의 성격에서 우러나오는 것이라야 한다. 한 가지 예로서 황순원(黃順元) 씨의 「차라리 내 목을」(《신동아》)을 보자. 김유신을 하나의 성공주의자로 본다는 것은 재미있는 생각이다. 이것은 역사의 위인에 대한 상쾌한 우상 파괴 행위로 보아질 수 있다. 재미있는 착상에도 불구하고 이 작품이 별로 호감을 주지 못하는 것은 관점의 선택의 경박성 때문이다. 말의 입을 빌려 이야기를 전개시킨 것은 이 소설에 하등의 플러스가 되지 못하고 오히려 이야기의 깊이를 현저하게 감소시킨다.

환상적인 수법은 일단 현실을 응시해야 하는 괴로움을 덜어 준다.(요즘의 작가들이 환상적인 것에 끌리는 이유의 일부는 의식적으로, 무의식적으로 여기에 있다고 할 수 있다.) 그러나 환상이 성공하려면 그것은 현실과 작품에 대한 깊은 고려에 입각한 것이 아니면 안 된다. 환상은 그것이 제공하는 관점의 기발함이나, 생경하고 진부한 관념의 위장술로서가 아니라, 현실의 불가해성을 묻는 의문의 방식으로서 가치를 가진다.

(1967년)

작가의 자기 훈련과 사회의식

소설 부문에서 이번 달은, 적어도 필자가 읽은 범위 안에서는 —《현대문학》,《신동아》,《동서춘추》10월호 — 몇 달 내의 흉작인 것 같다. 진부, 유치 — 이것이 이번 달의 작품들의 대부분에서 우리가 느끼게 되는 감상을 표현하는 말이라 해서 과언이 아니다. 주목할 만한 작품이 있다든가 없다든가를 문제 삼는 것이 아니다. 최소한도의 기준이 문제인 것이다.

우리가 독자로서 소설에서 기대하는 것이 무엇인가? 한 가지만을 내세워 이것이다 할 수는 없겠으나, 하나 확실한 것은, 독자는 소설에서 적어도 시중인(市中人)의 감정이나 사고보다는 세련된 감정이나 사고에 접하게 될 것을 기대한다는 것이다. 실로 우수한 감성과 지성에 접한다는 것이야말로 문학 작품을 읽는 가장 큰 보상인 것이다. 도대체 소설의 열악하고 치졸한 감정과 사고는 선의의 독자의 귀중한 시간과 여유를 낭비케 할 뿐만 아니라 그것은 문학 그 자체의 위신을 손상시킨다.

「회색이 흐르는 포도(鋪道)」(《동서춘추》)와 「징그럽던 날의 고목」(《현대문학》)은 각각 감정과 사고의 면에서 이달의 작품들이 보여 주는 통폐의 대표적인 예로 들어질 수 있다. 「회색이 흐르는 포도」는 죽음과 과거를 가진 사람과 막연한 사춘기의 우수(벨트슈메르스)의 칵테일이다. 이러한 우수(憂愁)가 작품의 소재가 될 수 없다는 것이 아니다. 작가의 냉정해야 할 눈이, 이 우수에 젖어서 흐리멍덩해졌다는 것이 문제다. 「징그럽던 날의 고목」은, 일종의 철학 소설이다. 제목에 포함되어 있는 '징그러움'은 다음과 같이 정의되어 있다.

> 처음 낚시에 걸린 물속의 고기는 묵직한 무게를 느끼게 했다. 그것은 무엇이었을까. 그것은 붙잡힘이었다. 붙잡힘을 느꼈을 때 석에게는 희열이 있었다. 그래서 그는 불쑥 낚싯대를 치켜올린 것이다. 그리고 낚시에 매달려 공중에서 파닥거린 것은 무엇일까. 그것은 떨어져 감이었다. 그 떨어져 감은 곧 석에게 공포를 느끼게 한 것이다. 그래서 석은 또한 그 잉어를 손으로 불쑥 잡았다. 그러나 손으로 잡았을 때의 느낌은 또 무엇이라고 표현해야 좋을까. 그것은 다만 붙잡힘이라고 할 수 없고 또한 다만 떨어져 감이라고도 할 수 없었다. 어쩌면 그것은 붙잡힘과 떨어져 감이 동시에 있는 느낌이라야 옳았다. 그렇다. 그것은 징그러움이었다. 모순되는 느낌이 동시에 느껴질 때의 그 꿈틀거림, 그것이 석으로 하여금 고기를 놓아 버리게 한 것이었다. 그 징그러움은 희열도 아니요, 공포도 아니었다. 아니 그 징그러움은 희열과 공포가 동시에 느껴지는 순간의 느낌이었으리라.

이것이, 스스로 사르트르의 「구토」와의 비교를 시사하고 있는 소설의 중심적 개념을 정의하고 있는 부분인 것이다. 대표적인 예로서, 두 소설에 언급했지만 이 두 소설의 치기는 이번 달의 대부분의 소설에서, 정도를 달리하여 대개 그대로 느껴지는 것이다. 새삼스러운 말로, 소설이라 해서 일반적으로 모든 정신 활동에서 요구되는 감정과 사고의 소피스티케이션 내지 세련이 없어도 좋은 것이 아니다.

여기서 세련이란, 고상한 감정이나 생각의 전시를 말하는 것도 아니며, 고상한 주인공을 말하는 것도 아니다. 그것은 주어진 사상(事象)과 우리의 감정 내지 사고 사이에 지켜지는 적절한 예의(데코럼)를 말한다. 즉 그것은 사상(事象)에 감정과 사고의 곡선을 정확히 굽혀 맞출 수 있는 능력을 의미한다. 여기에 요구되는 것은 감정이나 사고의 자의적인 횡포가 아니라, 그것들의 정확한 조정이며 억제이다. 이것은 객관적이고 보편적인 것에는 부단한 자기희생으로서만 이루어진다. 이런 의미에서 작품을 쓴다는 것은 작가의 자기 훈련이 되기도 하는 것이다.

작가가 사회 문제를 다룰 때, 그것의 당위성 여부는 도외시하더라도 위에 말한 자기 훈련의 노고는 어느 정도 덜어진다고 할 수 있다. 작가의 눈이 첫 출발부터 자기 외의 것에 향해 있음으로써다.

이번 달의 작품에서, 유치하다고 해 버릴 수 없는 몇 편의 소설 가운데 박경수(朴敬洙) 씨의 「포장된 농로(農路)」를 들 수 있다. 그리고 이 작품은 우선 우리 사회의 중요한 문제를 다루었다는 점에서 우리의 주의를 확보할 수 있다. 그러나 문제의 심각성을 인정하는 것과 이 문제를 다룬 소설의 깊이를 인정하는 것과는 별개의 일이다. 이 소설이, 소설로서 극히 불만족스러운 것이라는 것은 너무나 분명한 것이지만, 이 작품에 관해서 생각해 보는 것은 무의미한 일이 아니다. 그것은 이 소설이, 사회의식의 소설이 갖게 되는 한 중요한 문제를 생각하게 해 주기 때문이다.

오늘날의 작가는 경제 5개년 계획을 알아야 한다, 통일에 대한 어떤 견해를 가져야 한다. — 이런 종류의 주장을 우리는 종종 듣는다. 그러나 이런 문제에 대한 작가의 지식은 어느 정도의 것이어야 하는가? 그는 작가로서의 수업(修業)을 중단하고 경제학이나 정치학 공부를 시작하여야 하는

가? 또 그의, 이 방면에 대한 지식은 작품의 실제에 어떻게 나타나야 하는가? 미국의 평론가 어빙 하우는 2차 대전 후의 미국 소설을 논하면서 전후 미국 작가의 곤경은, 일반적으로 받아들여지고 있는 사회적 철학적 이론의 부재에 있다고 말하고 있다. 그리고 그는 계속해서 쓰고 있다.

그러나 이것은 소설가가 꼭 사회 이론이나 철학 이론을 그 자체로서 필요로 한다는 말은 아니다. 그렇긴 하나 역시 작가는 자기가 살고 있는 환경에 관해서, 궁극적으로는 철학에 연결되는 경제적 가설을 가질 수 있어야 한다. C. 라이트 밀스(C. Wright Mills)는 '무엇인가 잘못된 느낌(troubles)'과 '특정한 문제(issues)'를 구분하고 있다. '잘못된 느낌'은 초점이 분명치 아니한, 그러나 역시 강하게 느껴지는 혼란감과 통증을 말하고, 특정한 문제는 일반 명제로 분명하게 정립된 '잘못된 느낌'을 말한다. 작가는 대개 문제가 아니라 잘못된 느낌에 관하여 쓴다. 단지 작가가 이 잘못된 느낌을 자신 있게 그리고 경제적으로 표현할 수 있기 위해서는 '문제'에 대한 어느 정도의 의식을 제공해 주는 사회 환경이 있어야 한다.

하우의 말은 작가의 사회의식의 한계와 성질을 시사해 준다. 첫째, 작가는 분명한 추상적 이론에 담아질 수 없는 통증에 관해서 쓴다. 둘째, 이 통증을 표현하기 위하여 작가는 사회의 흐름에 대한 일단의 이해를 가지고 있어야 한다. 주의할 점은, 여기의 이해가 "궁극적으로 철학에 연결되는" 커다란 흐름에 대한 이해라는 것이다.

이렇게 볼 때, 「포장된 농로」에서 박경수 씨는 '문제'에 관하여 쓰고 있다고 할 수 있다. 그리고 이 문제는 하우가 말하는 문제와는 달리 매우 국부적인, 작가라는 아마추어에 의해서가 아니라, 전문가에 의해서 다루어질, 또는 이미 다루어진 문제이다. 정책적인 문제는 배경으로 미루고 인간적 고통의 형상화에 역점을 두었더라면, 「포장된 농로」는 괜찮은 작품이 되었을는지도 모른다. 다른 한편으로, 작가가 여기에서 보리 값의 문제를 우리 사회가 향하여 가고 있는 보다 큰 흐름에 관계하여 고찰하여 보았더라면 이 소설은 정부의 농업 정책에 대한 평판적(平板的)이고 상식적인 비판에 그치지 아니하였을지도 모른다. 결국 「포장된 농로」가 실패작이 된 원인은 적어도 부분적으로는, 그것이 지금까지 형상화되지 못했던 '잘못된 느낌'에 관해서 쓰인 것도 아니며, 커다란 사회적 추이에 대한 문제의식의 뒷받침을 가지고 쓰인 것도 아니라는 데 있다고 하겠다. 이러한 고찰은 결국 우리를 다시 한 번 소설의 공리, 즉 문학 작품에 있어서는 형상화가 일체(一切)라는 공리에로 돌아가게 한다.

(1967년)

신동집 씨의 「근업시초^{近業詩抄}」

지난달 본란에서 김종길(金宗吉) 씨가 김현승(金顯承) 씨의 시 「파도」를 분석 비평하면서 「파도」에 있어서의 시적 사고의 혼란을 지적한 바 있지만, 이러한 혼란은 비단 이 한 시에만 국한된 현상이 아니라 오늘날의 한국 시 전반에 걸쳐, 나아가 문화 일반에 걸쳐 발견되는 현상이라고 하겠다.

이러한 상황 속에서 드물게 고무적인 작가들이 그래도 존재한다는 것은 반가운 일이다. 이것은 시인의 경우에 더욱 그렇다. 사건이라든지 인물이라든지 하는 분명히 알아볼 수 있는 문학적 사고의 보조 수단이 없는 까닭에 시에 있어서의 사고는 소설의 경우에서보다 한결 뚜렷하게 그 파탄(破綻)을 드러낸다. 이것이 그 근본적인 원인은 아니지만 요즘의 한국 시의 빈곤상은 참으로 참담한 바 있다.

신동집(申瞳集) 씨는 몇 안 되는 고무적인 시인의 한 사람이다. 그는 우리 시단의 어느 시인에도 못지않는 지적 강인성을 가지고 있다. 이것은 그의 지금까지의 작품에서나 마찬가지로 이번 달의 《현대문학》에 실린 작품에서도 쉽게 인지할 수 있다.

「근업시초(近業詩抄)」는 전체적으로 씨의 과거의 업적에 뒤지지 않는다고 말할 수 있다. 나아가 우리는 「근업시초」를 통하여 이 시인에 있어서 시적 소재를 주무르는 작업이 보다 쉬워지고 확실해져 가고 있다는 것을 느껴 볼 수도 있다. 그러나 여기의 시들이 — 사실 이전의 작품들이 — 무슨 완벽한 것들이라는 것은 아니다. 이제 사막의 초목에 대한 우리의 감사를 기록한 다음 불만을 살펴보자.

씨의 시가 확실해졌다는 것은 다시 말하면 그 문장이나 리듬이나 구조가 간결 명료해졌다는 것이지만, 아직도 바람직한 것은 남아 있다. 이렇게 말하는 것은 어떤 초인간적인 완벽의 이상을 이야기하는 것이 아니라 시적 문법의 기본을 이야기하는 것이다. 놀라운 것은 이것이 신동집 씨 급의 시인에게서 아직도 문제가 된다는 것이다. 「한 사람의 밤」은 진부하달 수 없는 이야기를 깡마른 스타일로 설득력 있게 시작한다. 그러나 이러한 설득력은 제1연에서 제2연에까지 이어지지 못한다.

들려오는 부엉이의 울음을 죽여라.
두견이의 울음을 죽여라.
하룻밤의 영원을 얻기 위해선
하룻밤의 지옥을 얻기 위해선
수많은 새의
목을 졸라 붙이어야 한다.

이 연은 첫 연에 대하여 엉거주춤한 관계밖에 갖지 못한다. 여기의 부엉이, 두견이, 수많은 새는 전혀 어떠한 맥락 속에서도 예비되지 못했던 이미지들이다. 영원이나 지옥이라는 개념도 앞에서부터 충실히 발전되어 온 것들이라 하기 어렵다. 이러한 돌연함은 급작스럽게 달라진 문장의 패턴이나 리듬에도 반영된다.

결련(結聯)의 이러한 약점은 사실 이 시에서만이 아니라 신동집 씨의 다른 시에서도 자주 발견되는 것이다. 가령 『들끓는 모음(母音)』에서 한 가지 예만 들어 보자. 「짐승들은 한 번은」은 우리의 내면 깊숙이 들어 있는 동물적인 요소에 관한 알레고리인데 첫 세 연은 이것을 대체로 정연하게 발전시켜 나간다. 그러나 최종 연은 이 발전의 마지막에 자연스럽게 오는 것이 아니다.

> 불시에 된서리가 내리고
> 뒤미처 날이 돋은 바람의 수염이
> 나의 살을 헤쳐 놓을 때
> 짐승들은 나의 먼 기억의 수풀 속에서
> 한 번은 죽지 않으면 안 된다.

다른 것은 고려하지 않더라도 이 시의 가장 중요한 결론이 되어 있는 마지막 진술 ── 내면의 짐승의 죽음에 관한 ── 은 이 시의 어떤 맥락 속에서도 준비되지 않고 불쑥 내밀어지는 것이다. 이러한 돌연함은, 어떠한 시적 테마를 끌어들인 다음 이것을 끝까지 감당해 가지 못하고 의미 있는 결어를 찾으려는 조급함에 쫓기게 되는 결과 범해지는 것인 것 같다. 결어는 시의 시적 상황으로부터 저절로 우러나오는 것이 아니면 안 된다.

신동집 씨의 시의 주제는 시이다. 근년에 와서 시를 주제로 하는 시인들이 많아졌지만, 신동집 씨만치 지속적으로 시에 대해서 써 온 시인은 드물다. 보다 정확히 말하여, 그가 관심을 가지고 있는 것은 시적 영감의 근원, 시적 순간의 본질이다. 이것은 '광원(光源)'이라거나 '무(無)'라거나 여러 가지 이름으로 불리는 존재의 본래적인 상태에 대한 예감으로, 또는 질서의 원리로 해석된다.

「물상(物象)」은 사물에 의미와 질서를 부여하는 행위로서의 예술 창작 행위를 취급하고 있다. 이 시는 그대로 균형 잡힌 짜임새를 가지고 있지만, 별로 새로운 것을 이야기하고 있지는 않다. 이것은 이미 씨가 수없이 이야기한, 또 다른 시인도 이미 이야기한 것의 한 변주에 불과하다.(이 시의 시상(詩想)은 미국 시인 월리스 스티븐스의 「항아리 삽화(Anecdote of the Jar)」에 흡사하다. 사실 신동집 씨의 시들은 영미(英美)의 특정한 시들을 생각게 하는 때가 많다. 신동집 씨가 정말로 그의 시적 영감을 이런 외국 시에서 얻었는지 어쨌는지는 알 수 없지만, 설령 그랬다고 하더라도 그것이 씨의 시의 빛을 잃게 하는 것은 물론 아니다.)

「여름의 아이」는 얼른 보아 평면적인 삽화로서 이것이 시로 거둬들여지게 된 이유를 짐작할 수 없을 듯하다. (사실 시적 발광원(發光源)의 지나친 은폐는 이 시의 흠집이다.) 그러나 이 시를 이 시인의 다른 시에 연결시켜 보면, 우리는 곧 신동집 씨의 오퍼스(opus)에서 그것이 차지하는 위치를 알 수가 있다. 이것은 「키 작은 상록수」, 「어느 하오(下午)」, 「크리스마스 지난 뒤 어느 대학촌에서」, 「눈사람」, 「춘일근교(春日近郊)」 등의 시들과 마찬가지로 잃어진 경험과 경험의 복원에 관한 시이다. 「춘일근교」의 마지막 두 줄,

부서진 한 개의 거울 조각은
어느 기억의 전경(全景)으로 복원이 되나

는 「여름의 아이」에 있어서의 기다림을 설명하는 말이 된다. 이 시의 시인은 "물주개를 줏어들어/ ……잘 보이게 걸어 놓"고 지나간 경험이 되살아오기를 기다리는 것이다. 결국 이런 이야기는 모두 시적 경험에 관계된 이야기이다. 이러한 시는 어떤 특정한 이미지를 계기로 하여 영감적인 경험이 어떻게 일어나는가 하는 문제에 대한 탐구를 계속하고 있는 것이다.

다시 말하여 신동집 씨의 주제는 시적 경험의 인식론적 탐구이다. 그는 시를 통하여 시와 사실(事實)의 세계와의 관계를 부단히 캐어 물어 간다. 이때 시적 경험은 위에서도 비친 바와 같이 존재의 본래적인 상태나 의미나 질서에 대한 아날로지의 역할을 한다. 그러나 신동집 씨의 탐구에서 우리가 불만스럽게 생각하는 것은 이 아날로지의 연관 범위가 충분히 넓은 것으로 퍼져 나가지 못한다는 것이다. 그의 시를 읽는 것은 인식론에 관한 저서의 첫 장(章)만을 되풀이하여 읽을 때와 같은 지루함을 준다. 그리하여 우리는 시적 인식이 어떻게 보다 넓은 생(生)에 관련되는가를 밝혀 가는 다음 장을 기다리게 된다. 무엇보다도 시적 직관에서 얻는 진리가, 우리가 그것 없이는 사람답게 살 수 없는, 그러나 오늘날 아무것에서도 찾을 수 없는, 가치와 의미의 총체에 어떻게 연결되는가, 이러한 물음을 철저하게 캐어 가는 일이야말로 뜻깊은 일이다.

사실 시에 있어서의 인식론적 탐구는 그 자체로서보다 그것의 유추적인 확대를 통해서 의미 있는 것이 된다. 시적 경험의 단순한 '붕괴'와 '재조직'만을 반복적으로 기술하는 것은 일종의 자기 탐닉이라 할 수 있다. 우리는 씨가 약속한 일이 있는 '존재의 찬가'를 넓은 의미에서 실현시켜 주기를 기대한다. 그러나 이것은 신동집 씨에게 (「서정의 유형(流刑)」이라는 제목에도 불구하고) 초기의 생에 대한 센티멘털한 관심으로 되돌아갈 것을 권하는 것이 아니다. 「근업시초」에는, 풍부한 시적 가능성을 약속하는 한 방향이 이미 암시되어 있다. 「어떤 사람」은 시원적인 경험에 대한 탐구이면서 동시에 낯모르는 사람들 사이에 존재하는 유대에 대한 증언이다. 이 시에서 시적인, 그리하여 시원적인 경험에 대한 탐구는 그대로 사랑과 믿음에 대한 탐구가 되어 있는 것이다.

(1967년)

100주기를 맞는 보들레르의 시

　시인은 아름다움과 추함을 ── 권태와 영광을 동시에 볼 수 있어야 한다. T. S. 엘리엇은 이렇게 말한 바 있다. 보들레르는 어느 누구보다도 아름다움과 추함을 아울러 보았던 시인이었다. 위대한 시인은 어느 시대에 있어서나 미추(美醜)를 포함하는 생의 전면적 진실을 본다고 할 수 있겠으나 미와 추의 모순된 양면의 불가분한 공존은 유독 현대에 와서 하나의 시대적인 발견으로서 분명하게 인식되었다. 현대적 감수성의 특징은 아름다움과 추함, 어둠과 영광을 동시에 볼 수 있는 능력에 있다고 해서 지나친 말이 아니다. 이러한 의미에서 보들레르는 현대적 감수성을 정의한 최초의 중요한 시인이었다. 그는 관능의 우울 속에서 푸르른 하늘로 뻗는 이상을 보았고 또 그것들의 복판에 뚫린 심연의 현기증을 알았다. 그리고 이들의 밀고 당기는 착잡한 관계에 관한 예리한 통찰에서 19세기 시에 새로운 심리학과 새로운 형식을 주었다.

　그러나 보들레르의 참 목소리를 듣기 위해서는 멜로드라마적인 무대 장치에 너무 신경을 쓰지 않아야 한다. 그는 그의 심연 의식을 표현하는 데 시대의 과장된 언어를, 데카당스의 언어를 빌려 쓸 수밖에 없었다.

로맨틱 데카당스의 소도구들은 마리오 프라스가 『낭만적 고뇌』란 저서에서 그 목록을 작성한 바 있지만, 그 기본적인 메커니즘은 반대되는 것의 결합과 관습적인 것의 도착(倒錯)이다. 죽음을 가져오는 미인, 영웅이 된 악마, 학대성 또는 피학대성, 성도착, 이런 것들은 상투적인 효과적 소도구였다. 보들레르는 이 모든 것을 그대로 채택하였다. "아름다움은 주검 위를 걸으며 아름다움의 보석 가운데 징그러운 두려움이야말로 귀한 것이다."라고 그는 말한다.

"구더기들이 시체를 향해 가듯 나는 그녀에게로 간다……." "그 꿈이 지옥을 비추고 …… 밀쳐낼 수 없는 혐오감의 포옹을 맛보지 아니한" 여인은 그에게 진정한 애인이 될 수 없다. 물론 보들레르가 『낭만적 고뇌』의 어휘들만을 반복했다는 것은 아니다. "보들레르의 예술가로서의 진가는 그가 외면적인 형식을 발견했다는 것이 아니라 생의 형식을 추구하였다는 점에 있다." 엘리엇은 그의 보들레르론에서 이렇게 말하고 있거니와, 보들레르는 이 경우에 있어서도 시대의 형식을 넘어 생 자체에 이른다고 할 수 있다.

그러나 그의 미숙은 다른 각도에서 또 말해질 수 있다. 그에게 생은 자학적인 것이었다. "사랑의 유니크한 높은 쾌락은 악을 행한다는 확실성 속에 있다." 그러나 그의 자학은 우리로 하여금 그것이 극히 의식적이며 고의적인 것이라는 혐의를 품게 한다. 그가 자신은 동시에 "상처이며 칼", "손찌검이며 뺨", "사지(四肢)이며 고문틀", "사형수이며 사형 집행인"이라고 말할 때 우리는 분명 여기에서 자기 침닉의 냄새를 맡는다. 그의 시가 "돛과 노와 불꽃과 돛대"의 꿈으로 가득 차 있으면서 그 꿈이 어디로든지 떠나가는 여행으로 나아가지 않듯이 그는 가해와 고통의 순환에서 벗어날 생각을 하지 않는다. 사르트르가 보들레르를 진단하여 부모의 권위와 자신의 거짓 자유를 확인하려고 짐짓 악의 고통을 자초하는 영원한 미성년이라고 한 것은 "달콤한 고통"의 악순환에서 보들레르의 생애의 기본 리듬을 보았기 때문이다.

사르트르의 비난이 옳다 하더라도 보들레르의 의의는 그의 개인적 상황이 시대에 대한 비유가 된다는 데서 찾을 수 있다. 정신적 가치가 축출된 1848년 이후의 부르주아 사회에서 시인은 스스로를 국외자로서 "저주된" 자로서 느끼지 않을 수 없었다. 시인의 도착은 이러한 사회에 대한 일종의 반항이었고 부르주아 도덕으로부터의 예술의 독립 선언이었다. 이러한 시인의 위치와 예술의 자족성에 대한 확신은 보들레르 이후의 시의 제일의 신조가 된다. 그러나 보들레르의 시에 있어서 그의 반항이 새로운 창조에의 디딤돌이 되는 것은 반항의 허세가 조금 가라앉은 시들에서이다. 가령 그의 시 가운데 가장 아름다운 것들인 「저녁 무렵의 해조(諧調)」라든가 「발코니」라든가 「명상」에서 고딕 무대 장치의 센세이셔널리즘은 거의 눈에 띄지 않는다. 미란 "무엇인가 열정적이고 슬픈 것, 약간 막연하며 암시적인 것이며 …… 신비와 뉘우침 또한 미의 특성이다." 보들레르가 이렇게 정의한 상징시의 아름다움은 위에 든 시들에서보다 착실하게 구현되어 있다.

에로스와 사신(死神)의 멜로드라마틱한 결합을 광고하는 시들에서보다 그 유명한 앙뉘(권태, ennui)에 관한 시들, 우울한 파리 풍경을 다루는 시들에서 보들레르는 보다 보편적인 타당성을 가진, 시대의 심연에 가까이 간다고 할 수 있다. 웅성거리는 도시, 꿈에 찬 도시 대낮의 거리에서 허깨비가 사람을 부른다. 시체가 버려져 있는 도시 안개 속으로 추하기 짝이 없는 일곱 사람의 노인이 음침한 상징처럼 지나가는 도시 —— 이러한 도시를 무대로 한 「우울(Spleen)」, 「일곱 노인」, 「넝마주이의 술」, 또는 「주검(Lachavogne)」 등의 시는 현대의 인페르노에 대한 최초의 증언이었다. 비록 그 고뇌의 날카로움이 가짜인 것은 아니나 우리는 성(性)을 주제로 한 시들에 있어서의 멜로드라마적 저속성을 발견한다는 내용의 말을 했다. 우리는 또 한 가지 여기에서 그의 고뇌가 포용하고 있는 세계가 극히 협소한 것이었음을 지적할 수 있다.

보들레르는 자신의 내면의 뒤틀림이 보여 주는 모습에 취한 그리고 그 모습을 은근히 자랑스럽게 여기는 나르시스트라는 느낌을 준다. 그러나 파리를 배경으로 한 몇 편의 시에서 그의 눈은 밖으로 향하고 그의 관심은 보다 객관적이고 보편적인 넓이를 갖는다. 「백조」, 「노파」 등은 그 예가 될 것이다. 어린 시절의 하녀에 관한 시는 드물게 부드러운 감정을 보여 준다. 「백조」의 끝에서 그는 말한다.

　　나는 생각한다. 병들고 수척한 흑인 여자를
　　퀭하게 꺼진 눈, 진창에 발 구르며 안개가 만드는 끝없는 벽 너머로 굽힘 없이 어엿한 먼 아프리카의 부재의 야자수를 그리는 수척한 흑인 여자를 나는 생각한다. 되찾을 그 없는 것을
　　잃어버린 사람을, 눈물로 날을 지새며
　　이리의 젖을 빨 듯 슬픔을 빠는 자를,
　　그리고 꽃처럼 시들어 가는 마른 고아들.
　　이리하여 내 정신의 유배의 숲에서 길게 부는 피리가 오랜 추억을 울린다.
　　나는 생각한다. 고도(孤島)에 버려진 선원을, 잡혀 있는 자, 패배한 자, 그리고 또 다른 사람들.

사르트르는 보들레르가 궁극적으로 자신의 자유를 기피함으로써 새로운 가치의 창조로 나아갈 수 없었다고 말한다. 그러나 우리는 이번 시에

서 보들레르가 적어도 새로운 관심의 지평에 서 있다고 말할 수는 있겠다. 그리고 이런 관심의 새 방향에서 보들레르는 다시 한 번 최초의 현대 시인이었다.

(1967년)

시민으로서의 시

시월(十月)에 발표된 시 가운데, 아마 가장 뛰어난 메타포를 찾는다면, 김현승(金顯承) 씨의 「파도」(《현대문학》) 첫 연에서 찾을 수 있을 것이다.

아 여기 누가
술 위에 술을 부었나
이빨로 깨무는
흰 거품 부글부글 넘치는
춤추는 땅 바다의 글라스여.

첫 두 줄은 의미 연관은 다르나 발레리의 「잃어버린 술」을 연상케 한다. 그것보다도 오히려 바다를 술잔에 비교한 정신의 유연성은 놀라울 만하다. 그러나 이 의미에 찬 첫 연의 비유는 시의 나머지 부분에서 그에 값하는 발전을 얻지 못한다. 필자는 다른 곳에서 한국 시의 일반적인 약점으로 건축술의 빈약을 지적한 일이 있지만 여기서 다시 한 번 시적 건축술의 부재를 탄(嘆)하지 않을 수 없다.

《신동아》에 실린 김화영(金華榮)의 「별부(別賦)」는 별로 과부족을 탓할 수 없는 시적 진술의 완전함을 가지고 있다. 이별과 계절의 끝과 죽음을 포개어 놓은 시상(詩想)이 반드시 진부하거나 평면적인 것이라 할 수는 없으나, 시의 소재 자체가 정연한 전개를 비교적 쉽게 허용하는 것이긴 하다. 주목할 것은 이 시의 음악이다. 요즘 시들의 억색(臆塞)하게 팍팍한 시행들이 결코 바람직한 것이 아닐 것은 말할 필요도 없다. 그러나 이 음악의 부재는, 지나치게 부드러운 흐름을 가진 시행이 자칫하면 안이함과 센티멘털리즘에 떨어지는 까닭에 우리 시가 겪어야 하는 불가피한 반작용의 소산이었다고 할 수도 있다. 「별부」의 음악은 거의 유행 가요에 가깝다.

그러나 그것은 소박한 유행가가 아니라, 어떤 종류의 프랑스 샹송에서 느낄 수 있는 바와 같은 보다 까다로운 지적 세련을 거친 유행가이다. 그 특징은 의식적인 센티멘털리즘과 지적 경쾌함의 기묘한 결합에 있다. 의식적이라는 말을 했지만 시인의 의식적인 조작을 이야기하는 것은 적절한 이야기가 아닐 것 같다. 이것은 의식의 문제라기보다는 전감수성의 문제이다. 그리고 여기에 관계되어 있는 것은 비단 「별부」의 시인의 감수성이 아니라 상당수의 새로운 젊은 시인들의 감수성이라고 말할 수 있다. 여기서 필자가 「별부」를 문제 삼는 것은 그 자체로서보다 이러한 새로운 감수성의 한 표현으로서이다.

그러면 이 새 감수성은 어떠한 것인가? 언어적 표현은 화자와 청자 두 사람을 포함하는 일정한 컨텍스트를 전제하고 이루어진다. 문학 작품에서 이 화자 청자의 관계는 현실 속의 관계가 아니라 극적 허구 안에서의 관계이다. 이 관계는 늘 표면화되지는 않는다. 장르에 따라서 이것은 분명하게 규정되고 발전된 것일 수도 있고 단지 암시되어 있을 뿐일 수도 있다. 후자의 경우가 시의 경우다. 극이나 소설과 같은 보다 객관적인 장르에 있어서

이 화자와 청자의 존재는 당연한 것으로 받아들여지지만 시의 경우 이것은 간과되기 쉽다.

정도의 차는 있겠으나 구극적으로는 시도 언어의 기본 상황을 벗어날 수 없다는 것을 우리는 새삼스럽게 상기할 필요가 있다. 시도 일정한 화자와 청자를 의식적으로 무의식적으로 전제하는 극적 발언이라는 말이다. 그리고 시 가운데 암시된 화자나 청자의 극적 성격의 완숙성은 시의 효과에 크게 간여한다. 이 시의 화자는 시인 자신일 수도 있고 의식적으로 극화된 인물일 수도 있다. 시인 자신인 경우 그것은 다분히 어떤 문화에 있어서 받아들여져 있는 시인의 이미지에 의해서 규정된다. 가령 시조에서 전형적인 유자(儒者)나 도사의 이미지를 떼어 버릴 수 없는 것 같은 것이 단적인 예가 될 것이다.

시의 화자를 의식적으로 극화할 때, 시가 보다 훌륭한 것이 되느냐 하는 것은 별개의 문제이지만 ── 시의 효과가 보다 직접적이 된다. 우리는 여기에서 두 경우를 생각할 수 있다. 하나는 극의 화자를 직접적으로 설정하는, 브라우닝의 드라마틱 모놀로그와 같은 경우이다. 다른 경우는, 시인 자신이 극중 인물이 되어 시에 나타나는 것인데 그 예로서는 엘리엇의 초기 시에 보이는 등장인물이라든가 라포르그의 시에서 주인공으로서의 시인을 생각할 수 있다. 시인이 시의 등장인물이 된다는 것은 시인이 직접 주관적인 감정을 토로하는 경우와 어떻게 다른가? 시인 자신이 드라마타이즈되지 않았을 때 시의 화자는 객관적으로는 미규정의 상태에 있게 된다. 이에 대하여, 극화된다는 것은 독자=시인이 객관적인 콘텍스트에 의하여 규정된다는 것을 말한다.

이것은 문학의 형식을 초월하여 사회학적인 의의를 갖는다. 즉 이런 종류의 시적 화자는 시인이 유아론(唯我論)적 개인주의를 벗어나서, 자신을 사회적인 연관 속에서 파악한다는 것을 말해 준다. 시인은 '나는 왕이로소이다' 하는 입장을 넘어서서, 무리 속의 한 사람으로서임을 상기하게 된다. 이야기가 조금 우원(迂遠)한 것이 되었으나 다시 앞의 화제로 돌아가자. 「별부」의 시인에서 우리는 위에서 정의하려고 한 바와 같은 극화된 등장 인물로서의 시인을 느낀다. 그리고 「별부」의 샹송적인 음악은 ── 샹송 또한 도시의 노래이다. ── 도시인의 감수성에서 나온 것이다.

김화영의 시에 자의식이나 아이러니의 감각이 있는 것은 아니지만, 보다 깊은 점에서 분명 그는 라포르그풍의 감수성을 보여 주고 있다. 이것은 물론 이 시인의 다른 작품, 또 다른 젊은 시인들이나 최근에 시집을 낸 박의상(朴義詳), 이탄(李炭) 씨 등의 시와의 관련에서 하는 말이다. 이들 시인이 분명한 시민적 자각이나 이에 기초한 프로그램을 가진 것은 아니다. (이것은 시에 플러스를 의미할 수도 있고 마이너스를 의미할 수도 있다.) 단지 우리의 어렴풋한 짐작으로, 이들 일부의 젊은 시인들에서 한국의 시인은 비로소 시민적 감수성을 몸에 지니게 되었다고 말하는 것이다.

(1967년)

외국 이론 수용의 반성

 한 영문학 교수가 승진을 위한 부대 자료로서 논문을 제출하였는데 그 내용이 영문학보다는 한국 문학에 관한 것이었다. 마땅한 일이겠느냐, 이러한 논의를 들은 일이 있다. 학문에 대한 일반적인 기여를 논하기 전에 『대전회통(大典會通)』에 맞느냐 안 맞느냐를 가리려는 태도는 뭔가 잘못되어 있는 우리 현실의 한 징후적인 예로서 들어질 수 있는 일인 것 같다. 사실 영문학이라는 것이 무슨 자연법칙처럼 원래부터 존재했던 것은 아니다. 영국이나 미국에서도 영문과가 정식 전공 코스로 인정된 것은 대학의 긴 역사에서 최근의 일에 속한다. 만약 그것이 독립된 분야로 성립하려는 무렵 대학의 고전 문학과 같은 곳에서 전공 외의 연구나 논문을 제한하였더라면 영문학은 하나의 독립된 분야로 성립하지 못하고 말았을 것이다.
 이러한 사정은 비교적 새로운 학문인 사회학이나 문화인류학 같은 것에도 해당할 것이고, 오늘날의 전공 분야를 금과옥조로 안다면 새로운 학문의 발단은 기대할 수 없는 것이 될 것이다. 개인적인 연구가 있은 다음 이 연구가 쌓여 사회적인 의미를 띠게 될 때 그것이 비로소 제도로서 고정되는 것이라는 평범한 사실도 때로는 재확인할 필요가 있다. 어떠한 인간 행위가 두 사람의 테두리를 벗어나 세 사람 이상으로 번져 갈 때 그 행위는 저절로 제도라는 물건으로 고정화된다. 무릇 제도가 그렇다는 것은 아니고, 또 제도 없는 인생 경제를 생각하기도 어렵지만, 굳어진 제도는 사람에게서 출발한 것이면서 사람을 억압하는 수단으로 전환된다. 소위 '물건'으로 굳어지는 현상이 일어나는 것이다.

오늘날 우리의 생활이 답답한 원인의 하나는 우리의 주변이 이 굳어진 물건으로 차서 너무나도 비좁아진 데 있다 할 수 있다. 관료주의, 사이비의 근대화 이론, 사이비 도덕률 등등. 이 굳어진 물건 가운데 우리는 충분한 반성 없이 도입되고 열심히 존경되는 외국의 문물도 들 수 있다고 하겠다. '물화(物化) 현상'의 극복은 궁극적으로 사회적인 행동으로 가능한 것이나 의식 면에 있어서의 끊임없는 반성도 불가결의 예비 조작이 될 것이다. 이 조작에서 중요한 것은 어떠한 단편적인 사상(事象)도 그것을 그대로 받아들일 것이 아니라 전체적인 관련 속에서 파악하는 것이다. 이것은 한편으로 공간적인 조감이 필요하다는 말도 되지만 다른 한편으로는 역사적인 전체와 개별적인 일의 변증법적 관계를 살펴보아야 한다는 말도 된다.

문화 현상에 대한 역사적인 접근은 얼른 보아 서로 모순되는 두 가지 사실을 깨닫게 한다. 첫째, 그것은 어떠한 한 가지 물건이나 제도의 전체적인 특권을 약화시킨다. 그러나 다른 한편으로 역사를 이해한다는 것은 그것을 그 필연성 속에서 본다는 뜻이다. 그러니까 다른 말로 말하여 그러한 이해에서 확인되는 것은 역사에 있어서의 이성의 움직임이다. 그렇다고 역사의 이성이 어떠한 절대적인 법칙으로 존재한다는 것은 아니다. 우리는 우발적인 사건들의 복합체인 듯한 역사 속에서 어렴풋이나마 "우리의 세계와 삶 가운데 흩어져 있으면서 또한 현실의 구조에 박혀 있는 로고스"(메를로퐁티)를 짚어 볼 뿐이다. 많은 경우 이러한 이성은 객관적인 맥락이며 명제이기보다는 오히려 인간의 창조적인 행위의 가능성에 던져진 과제로서 생각될 수 있다.

그러니까 역사적인 상황의 재구성이 바른 이해에 불가결한 일이라 하더라도 이것이 반드시 실증적인 역사 연구만을 지칭하는 것은 아니다. 그것은 오히려 이성의 가능성을 공동의 문제로 하고 전개되는 역사와의 대화이다. 한스게오르크 가다머(Hans-Georg Gadamer)는 그의 해석학에 관한 저서『진리와 방법』에서 어떤 텍스트의 해석은 그것이 일정한 '문제의 지평' 안에 존재한다는 사실에서부터 출발해야 한다고 말하고 있는데, 이것은 비단 문학화된 텍스트에만 해당되는 말이 아니다. 한 역사의 시기는 당대의 인간에게 하나의 커다란 문제로서 느껴진다. 그리고 현실화되었든 안 되었든 여기에는 여러 가지 답변이 고안될 수 있으며 나아가 문제 자체도 다르게 설정될 수 있다. '문제의 지평'은 이 가능한 답변과 설문을 포함하는 이성의 진폭을 말한다. 따라서 이것은 과거의 일이면서도 새로운 대화를 통하여 돌이켜질 수 있는 것이다. 이러한 대화의 역사, 돌이킴의 역사가 서양에 있어서 또는 서양의 문화과학에 있어서의 본질적인 사상의 역사이다.

우리가 "물건으로 굳어지는" 개개의 사상(事象)을 역사적인 총체 속에 용해시켜 파악한다는 것은 궁극적으로 이 사유의 역사에 접하고 배운다는 것이다. 이러한 이성의 사유는 서양의 역사적인 발전에 있어서, 그들의 고민과 투쟁의 소산이면서 동시에 모든 인간에게 주어진 선물이라 할 수 있지만, 우리가 이것을 물건을 들여오듯 모방으로써 배울 수 있는 것은 아니다. 우리가 이미 서양의 것을 배우고 또 공감한다면, 그것은 우리에게 벌써 서양적인 물질적 조건이 형성되어 가고 있기 때문일 것이다. 말하자면, 우리가 의식적으로 거기에 반성을 가하기 전에 우리의 선 자리가 바뀌어 버린 것인지도 모른다.

서양의 학문에 배움으로써, 우리가 할 수 있는 일의 하나는 반성 이전의 상황을 이성적인 반성의 면에까지 끌어올리는 일이다. 그러나 이것이 직접적이고 연속적인 작업일 수는 없다. 이성적 사유가 안으로부터 작용하는 통일 원리를 돌이키는 일이라고 한다면, 다르게 발전해 온 역사적인 전통 위에 밖으로부터 접목된 또 다른 전통은 오히려 이러한 주체적 작용을 방해하는 것이 될 수도 있다. 그러면 그러한 이성의 작업이 어떤 것이어야 하는가?

여기서 우리는 다시 한 번 서양적 이성의 역사성을 상기할 필요가 있다. 그리고 이러한 상기를 통해서 이에 관련하여 몇 가지 중요한 사실을 깨달을 수 있다. 첫째, 이성은 어떤 신성하고 절대적인 선험적 진리가 아니라, 사람이 함께 사는 데서 생기는 생존의 원리라는 사실이다. (현상학은 이를 보다 중성적인 명제로 표현하여, 선험적 주관은 곧 Intersubjectivity라고 말한다.) 따라서 이것은 어떤 특정한 문화나 '원전'에 의하여 독점되는 것이 아니라, (비록 서양 역사의 특수한 사정으로 하여 그것이 서양에 있어서 하나의 테제적인 위치에 올려졌다고는 하지만) 어떤 인간 공동체에도 잠재적인 원리로서 작용하고 있다고 보아야 할 것이다. 즉 그것은 나이지리아의 이보족(族) 사이에도 있을 수 있으며, 또는 우리 역사의 과거에도 있을 수 있는 것이다. (단지 문화와 역사의 평면에서는 정신분석학에서와는 달리 잠재적인 것, 무의식적인 것은 의식에 의해서 끌려나는 경향이 있기 때문에 잠재적인 것은 잃어지기 쉽다고 말할 수 있을는지는 모르겠다.)

또 다른 한 가지, 이성은 곧 '공존의 원리'라는 명제에서 깨닫게 되는 것은 '계산적' 합리주의가 결코 본질적인 의미에 있어서 이성을 구현하고 있는 것이 아니라는 사실이다. 합리화란 이름의 비인화(非人化), 비공동체화가 횡행하는 오늘날의 실정에 비추어서 이 점은 특히 강조되어야 할 것이다. 결국 우리가 필요로 하는 이성이 결코 이미 완성되어 있는 문법이 아니라 오히려 말하는 순간에 재현되는 의미에의 의지, 공동 사회에로의 의지라는 것을 깨닫는 것이다. 그리고 이러한 이성은 단편적으로 모방되어 오는 것이 아니라 역사의 전장(全長)에 걸친 대화로써 회복되는 것이다.

다시 한 번 말하여 이성은 어느 시대나 하나의 커다란 문제 또는 과제로 생각될 수 있다. 이것은 어려운 시대일수록 더욱 그럴 것이다. 그러나 문제적인 시대가 반드시 불행한 시대라고 할 수는 없다. 어떤 것이 문제가 되었다고 할 때 그것이 현 상태로는 만족할 만한 것이 못 된다는 것을 뜻하기도 하지만, 또 다른 한편으로는 지금껏 그것을 얽어매고 있던 일의적(一義的)인 운명이 이제 양의적(兩義的)인 또는 다의적(多義的)인 자유에로 변화될 가능성을 지니게 되었다는 것을 뜻하기도 한다. 제일 큰 불행은 문제를 문제로 보지 못하거나 보지 못하게끔 되는 데 있다.

우리가 서양의 인문적 사유에 접하여 찬탄하는 것은 그들이 또는 그들 가운데 참으로 생각하고 느끼는 자들이, 그들과 더불어 늘 역사가 발전하지는 않았다고 하더라도, 시대를 하나의 문제 내지 과제로 받아들이고 사람이 함께 살며 또 사람답게 사는 방법으로서의 이성의 가능성을 탐구해 왔다는 점이다. 우리가 서양의 사유를 배우며 우리 스스로를 위하여 할 수 있는 일은 우리의 역사, 우리의 현실에 대하여 같은 질문, 같은 탐구의 눈을 돌리는 것이다.

(1972년)

언어와 현실

인간적인 것

'인간'은 어디에 있는가?

법이나 규정이 차고 넘치는 오늘날의 세상에 있어서, 법의 단속에 걸려드는 것은 쉬운 일이다. 행여 운수 사납게 규정에 걸린 사람이 규정의 추상 같은 위엄에 쥐 앞에 고양이가 되었다가 궁여지책으로 "이거 우리 인간적으로 해결합시다." 하고 나서는 것을 본다. 이 말은 우리 시대의 인간이 어디에 있는가를 생각해 보는 데에 한 출발점이 될 수 있을는지 모르겠다. 궁지에 몰려서 쩔쩔매고 안타까워하면서 궁리하는 것은 어떻게 나와 대치해서 있는 사람과 공통점을 발견하느냐 하는 것이다. (물론 걸려든 사람이 힘께나 쓰는 경우라면, 오히려 반대의 경우가 되겠지만.) 과연 어떠한 경우에 있어서나 사람과 사람을 연결하는 가장 보편적인 공통분모는 '인간'이라고 할 수 있을 것이다.

그러나 이때의 '인간'이라는 것은 가장 보편적이면서도 가장 추상적인, 말하자면 '인간'이란 개념에서 하한적인 것을 말한다. "우리 인간적으로 해결합시다."는 당신이나 나나 다 같이 별수 없는 존재가 아니냐, 따라서 마땅히 연민의 감정으로써 묶여질 수 있는 것이 아니냐 하는 말일 것이기 때문이다. 천재지변과 질병과 죽음과 제도적인 억압과 이런 초개인적인 힘에 부대끼는 미미한 존재라는 것은 불행한 범법자의 호소 속에 들어 있는 인간관이다.

사람과 사람은 불행한 운명 속에서 만난다. 결국 인도주의와 같은 것이 성립하는 근거도 비슷한 것일 것이다. 그러니까 전쟁에 있어서나 수재와 같은 천재를 당했을 때에 인도주의가 가장 크게 부각된다. 사람이 어떤 종류의 것이든지 간에 불가항력의 필연에 묶여 사는 한 하한적인 의미에 있어서 '인간적'일 수밖에 없는 노릇일 것이다. 그러나 이러할 수밖에 없다는 것은 서글픈 일이다. 이것도 우리가 인간적으로 행동할 수 있는 입장에 있을 때면 모르거니와 인간적이기를 호소하는 입장에 있을 때 더욱 그렇다. 그러니까 모든 사람은 '인간'에 호소할 필요가 없는 위치를 추구하여 마지않는다.

그러나 사람이 인간적이면서 또 동시에 그렇게 불쌍한 천민적 존재로서가 아닌 입장에서 만날 노리는 없을까? 우리의 불행한 친구가 "인간적으로 해결합시다." 하고 말할 때에 이 말 자체에 벌써 그러한 새로운 가능성이 들어 있는 것이라고 말할 수 있을는지도 모른다. 왜냐하면 적어도 그 개인의 사정으로 볼 때 그는 그의 호소를 통해서 그를 단속하는 행위가 인간의 진실에서 떠난 것이라는 사실을 말하고 있다고 할 수 있기 때문이다.

이런 경우 그는 보다 높은 진실의 입장에서 심판을 내리고 있는 것이 된다. 그의 호소는 약한 존재로서의 인간이라는 실존적 사실을 향하는 것이 아니라 인간의 본질적인 진실을 향하는 것이 된다. 그러나 이때 두 사람은 이제는 인간적으로 만나는 것이 아니라 정의 속에서 대결하게 된다. 또 이 대결을 통해서 서로 만나게 된다. 왜냐하면 정의란 반드시 어떤 선험적인 근거를 갖지 않더라도 적어도 공동체의 필연 속에 그 정당성의 근거를 가져야 하기 때문이다. 그러니까 우리의 불행한 친구가 정의를 권리의 문제로서 내세웠을 때, 그는 그의 운명까지도 정의의 심판에 맡긴 것이다. 그리하여 이때의 정의의 근거는 두 사람을 다 포함한 것이 된다. 다시 말하여 사람은 불행한 운명 속에서 만난다. 이때의 불행의 자각이 하나의 공동체적인 요구로 변할 때, 그것은 정의가 된다. 아마 「인권 선언」 같은 역사적인 선언도 이러한 과정을 거쳐서 생겨나는 것이라 할 수 있는 것인지 모른다.

그러나 이렇게 인간적인 것이 권리로서 요구될 때 문제되는 것은 옳으냐 그르냐 하는 것이므로 인간적이냐 아니냐 하는 것은 문제로서 소멸되어 버리는 것이라고 할 수 있다. 우리가 인간적인 것에 호소할 필요를 느끼는 것은 그것이 권리로서 실현되지 않는 때이다. 전쟁이 많은 곳에 인도주의는 번창할 수밖에 없고, 공동체의 이성이 불투명할 때 인간적인 처리가 번창할 수밖에 없다. 그런 때에 그것은 지하의 음습한 곳에 거처하며 불법적으로 얼굴을 보인다. 그렇게나마 볼 수 있다는 것도 반가운 일인지는 모르지만 대개 그런 응달에 사는 존재가 그렇듯이 그것은 여러 가지로 썩음썩음하고 질척한 면을 가지게 된다.

(1973년)

문물, 세태, 사상

송욱의 『문물의 타작』 서평

송욱(宋稶) 교수는 평론집 『문물의 타작』의 기발한 제목을 설명하여, 이것은 "문화가 아니라 …… 문물을 문제로 삼고자" 하는 때문에 붙인 이름이라고 말하고 있지만, 이 책은 문(文)과 물(物)을 아울러 이야기하고 있음은 물론 신상적(身上的)인 것 또는 생활 주변의 관찰에서 우주론에 이르기까지 여러 가지 대상을 취급하고 있다. 그리하여 독자는 이 책에서 흔히 수필에서 볼 수 있는 사고와 사물, 자연스럽고 인격적인 교환을 볼 수도 있고 우주와 생명의 근원에 대한 선철(先哲)의 사상에 대한 원전 비평적 추론에 접할 수도 있다. 그러면서도 이 책에 일정한 기획이 없는 것이 아니다. 이것은 송욱 교수 자신 「외래 문학 수용상의 제 문제점」에서 밝히고 있는 자신의 정신적 역정에 따라 즉 "시-사회사상(철학)으로 관심의 범위가 확대된 것"이라는 궤적에 따라 생각해 볼 수 있다.

송욱 교수의 시관(詩觀)은 『시학 평전』과 같은 기간(旣刊)의 저서에서 살펴볼 수 있고 또 그의 시에서 그 실제적인 표현을 얻어 볼 수 있지만, 이번의 평론집에서도 시는 여전히 중요한 관심사가 되어 있다. 시에서 무엇을 기대할 것인가에 대한 송욱 교수의 견해는 그의 「서정주론」에서 살펴볼 수 있다. 그는 말한다. "시에는 인간성의 모든 면이 드러나 있어야 한다. 지성·정서·육체 이런 것은 개인으로 보아도 빼놓지 못할 요소이거니와 우리는 사회와 역사와 세계성을 노래하여야 하고, 마지막에 종교를 노래해야 한다." 서정주가 뛰어난 시인이면서도 더욱 뛰어난 시인이 못 되는 것은 이러한 요구 조건을 만족시키지 못하기 때문이며, 특히 "역사와 사회에서 가지고 나온 우리 경험"을 충분히 표현하지 못하고 있기 때문이라고.

주로 삶의 서정적 표현을 특징으로 했던 송욱 교수의 초기 시를 알고 있는 독자는 이러한 초기 발언에서 「하여지향(何如之鄕)」에 표현된 것과 같은 현실 풍자의 의도가 이미 초기에 준비되어 있었던 것을 볼 수 있다. 그러면 그의 사회관은 어떤 것인가? 그것은 어떤 일관된 이론으로보다는 이 책의 여러 글들에 산견되는 세태에 대한 언급에서 엿볼 수 있다. 여기에서 그가 살아온 세계가 학교이니만큼 자연 교육의 불합리한 면모들에 대한 언급이 많은 것은 불가피하다. 대학의 경우 관학(官學)은 권위와 직위를 자랑하는 권력 기구가 되고 "학생을 전주(錢主)로 하는 사립 대학은 유사 기업체"가 되었음을 그는 지적한다. 또한 계엄군이 진주하는 학교의 처참한 상황을 지적한다. 중등학교 교육의 경우 과외 수업의 번창은 "교육의 각매매(閣賣買) 시대"를 가져왔고 고교의 평준화는 "전체 바보화"를 가져왔다고 한다.

사회는 전반적으로 근대적이고 자유로운 사회가 아니라 "지연(地緣), 인연(人緣)을 거의 신성시하지 않고서는 살아나갈 길이 막연한" 퇴행 상태에 머물러 있다. 송욱 교수는 이러한 현상들의 근본 원인은 문화의 공백에 있으며, 더 구체적으로는 문화를 담당할 계층, 중산층의 몰락에 있다고 말한다. 창경원의 호랑이가 국비로 난방 된 축사에서 겨울을 따듯이 지내는데 대학교수가 연구실의 자비 난방으로 겨우 동사를 면하는 실정이 아닌가.

이러한 세태에 대한 언급들은 그때그때의 사회상을 두고 나온 것들이므로 공시적으로 그 타당성 여부를 평가하는 것은 온당치 못한 것일 것이다. 어쩌면 이것은 다만 한 시대의 추이에 대한 한 지식인의 체험적 기록으로 보는 것이 옳을지 모른다. 그러나 이러한 체험이 송욱 교수로 하여금 엘리엇이나 오든의 문화 감각에 공감케 하고 우리 시대의 암흑의 근본적 원인을 "무서운 사상의 공백"에서 찾게 한 것일 것이다.

　문화란 무엇인가? 오늘 우리는 문화를 생각할 때, 높게는 정치 체계나 경제 체제를 생각하고 낮게는 오락이나 스포츠를 생각하고 '사상으로서의 문화'를 잊어버린다. 그러나 사실상 '이상적 유형에 대한 애착심'이 모든 인간 문화를 꿰뚫고 있는 하나의 근본적 조건임을 소중히 생각할 필요가 있다. 송욱 교수는 이렇게 말한다. "그러면 우리가 필요로 하는 사상은 무엇이며 그것은 우리 현실에 어떤 관계를 갖는 것일까?" 여기에 대한 직접적인 해명은 이 책에서 찾기 어렵다. 어쩌면 송욱 교수에게 사상은 이러한 물음과 관계없이 그것 자체로서 고귀한 것일 것이다.

　그의 관점에서 볼 때 그것은 인간의 본질에 관계된다. "인간은 사상이다." 또는 "사람은 '생각하려는 의지'이다."라고 그는 말한다. 알랭의 말을 빌려 말하면 "사상이야말로 척도"이고 "각성 상태이며…… 곧 의식"이다. 또는 그의 율곡론에 의하면 그것은 진리를 구하는 것이고 "산꼭대기를 디디고 서서 묘하게 훌륭한 경치를 자기 것으로 만들고자 하는" 노력이다. 구태여 그 효용을 찾고자 한다면 그것은 알랭에 있어서의 '인간성의 완성'에서 찾아질 수 있고, 송욱 교수 자신이 「동서연물관(東西年物觀)의 비교」의 결론적인 부분에서 피력한 바로는 오늘날에 있어 '기계학'의 번창을 보충하여 사상의 효용은, 특히 전통적인 유학에서 물려받을 수 있는 사상은 "내면성과 도덕과 생명을 존중하는 방향"을 보여 줄 수 있다는 데에 있을 것이라고 한다.

그러면 이러한 도덕과 생명 존중의 사상은 경험적 현실에서 어떻게 우러나오며, 거기에 어떻게 관련되어야 하는가? 그러나 송욱 교수는 사상을 이러한 현실과의 직접적인 관련에서보다 어떤 원형적인 것으로 보고 더 나아가 대사상가의 사상 속에서 초월적으로 존재하는 것으로 보는 것일 것이다. 그러므로 조금 기이해 보이는 초역사적 공존일는지 모르지만, 메를로퐁티, 베르그송, 노자, 주자, 율곡, 퇴계 등 동서고금의 사상을 섭렵하는 것은 그의 학문 연구의 방법론이 된다.

이러한 사상관은 어느 정도는 동양적인 것으로 생각된다. 이것이 그가 서학을 연구하는 교수임에도 불구하고 결국 동양의 사상을 강조하는 한 이유일 것이다. 가령, 위에서 든 사상가들 가운데에서도 노자에서 퇴계에 이르는 동양의 사상가에는 서양 철학자의 경우보다도 사상을 하나의 초월적인 체계로 보는 면이 있다고 할 수 있기 때문이다. 이에 대하여 베르그송에 있어서 사상은 어디까지나 생물학적인 삶의 현상을 넘어설 수 없는 것이고, 메를로퐁티에 있어서, 그가 무엇보다도 싫어했던 것은 육체와 사회와 역사의 위를 날아가는 '고공비행하는 철학'이었다. 메를로퐁티의 경우 사상이 현실을 넘어 '보이지 않는 곳'에 이른 경우가 있다면, 그것은 우리가 삶에 대한 자기반성을 통하여 주어진 삶 그 자체에 이르려는 때문이고, 다른 한편으로는 우리의 육체와 사회와 역사가 지닌 새로운 가능성을 포착하려는 때문이다.

송욱 교수는 우리의 시대를 "우리 사상사에서 전례를 찾아볼 수 없을 만큼 처참한 공백기"라고 규정하고 있다. 사실 한 걸음 더 나아가 우리의 현대사를 하나의 역사적 암흑기로 말할 수도 있을 것이다. 어떤 시인은 현실의 폭력에 대하여 대항하는 것은 정신의 폭력밖에 없다고 말한 일이 있다. 『문물의 타작』은 어두운 시대에 있어서 이를 하나의 정신적 자세로서 대결하고자 한 지적 노력의 기록이다. 다만 그것이 시대의 어둠에 맞설 수 있는, 또는 그것과 겨루고 트는 보다 큰 힘일 수 없는 것임을 유감으로 생각할 사람도 있을 것이다.

(1978년)

문학의 발달을 위한 몇 가지 생각

　문학이 역사와 더불어 발달하느냐 안 하느냐에 대해서는 여러 가지 의론이 있을 수 있다. 문학의 가치는 시대를 초월해서 영원하다는 면을 가지고 있다. 그러나 그렇지 않은 면이 있는 것도 부인할 수 없다. 문학은 일종의 조화의 체계이다. 그것은 삶의 부분 상호간의 조화를 표현한다. 이 조화는 어느 시대에나 성립할 수 있다. 그러나 조화가 범위에 있어서 좁다거나 넓다거나 그 질에 있어서 대강대강의 것이라거나 정치한 것이라거나 하는 차이는 있을 것이다. 그렇다면 특별한 재난에 의하여 중단되지 않는 한 인간 의식의 확장이 누적적이며 불가역적이라고 할 때, 조화의 범위는 확대되고 질은 심화되는 것이 자연스러운 경과일 것이다. 물론 이 조화의 발달 또는 문학의 발달은 일직선적이기보다는 나선형으로 제자리를 돌면서 상승해 가는 궤적을 그린다거나 또는 정반합(正反合)의 변증법적 위기의 과정을 통해서 나아가는 것이라고 해야 할는지 모른다.

　문학, 문화 일반으로 확대하여 말하여도 조화의 발달은 무엇을 뜻하는가? 그것은 사람 하나하나의 인간됨, 인격적인 존재로서의 낱낱의 인간에 대한 높은 의식을 가져온다. 또 그것은 모든 사람의 인간됨, 나아가 모든 사람이 어울리는 데에서만 이루어지는 독특한 인간의 가능성에 대한 높은 의식을 가져온다. 또 그것은 일반적으로 자연의 아름다움과 삶의 풍부함에 대한 높은 의식을 가져오는 것이다. 다시 말하여 문학의 발달은 사회에 안으로 밖으로 사람의 사람됨의 의식을 높이고 삶과 자연의 아름다움을 알 수 있게 해 주는 역할을 하는 것이다. 그렇게 하여 그것은 사람이 살 만한 사회를 세우고 유지하는 데 이바지한다.

문학의 발달을 위하여 우리는 무엇을 할 수 있는가? 사람의 영혼을 생각하는 데 있어서 가장 적절한 비유는 식물이나 동물 유기체이다. 나무를 자라게 하고 꽃피게 하고 열매 맺게 하기 위하여 사람이 할 수 있는 일은 무엇인가? 성급하게 나무를 잡아 늘이고 꽃을 까뒤집고 열매에 물을 뿌릴 수는 없는 일이다. 유기체를 자라게 하는 방법은 직접적으로보다는 간접적으로 작용하는 것이라야 한다. 그 방법은 주변 환경의 조성이다. 사람의 영혼을 키우는 것도 이와 같다. (이것은 매우 간단한 생각이지만, 우리 교육의 현황을 보면 반드시 그렇다고만 할 수도 없다.)

문학은 영혼 또는 의식의 영역에 속하는 일이다. 문학의 발달을 위하여 우리가 할 수 있는 일도 직접적인 작용보다는 여건의 조성이다. 여건 조성을 이야기하면 구체적으로 우리는 문예진흥원에서 하는 원고료 지원 또는 출판 지원 같은 것을 생각할 수 있다. 지원을 받은 원고가 지원을 받지 않는 원고 내지 문학을 구축하는 경우를 충분히 고려하지 않는다면 이것은 오히려 역효과를 낼 수 있는 정책이 될 수도 있다. 그러나 원칙에 있어서 이것은 의미 있는 작업이라고 하여야 할 것이다. 그러나 다른 구성 여건들도 생각되어야 한다. 또는 다른 구성 여건들이 더 중요할는지도 모른다. 문학이 아무리 산출되더라도 독자가 읽고 독자가 찾는 문학이 되지 않는다면, 무슨 소용이 있겠는가? 이 독자가 별 식견이 없는 독자냐 높은 식견을

가진 독자냐 하는 데에 문제가 있기는 하지만 문학의 건강은 궁극적으로
독자의 수요에 의하여 검증된다. 궁극적인 의미에 있어서의 수요가 없는
문학의 지원은 별로 큰 사회적 또는 문학사적 의미를 가질 수 없다. 그러므
로 작가 지원 외에 필요한 것은 독자 지원이다. 이것은 가장 직접적으로는
책값의 저렴에서부터 이야기될 수 있다. 이것은 사회적인 차원에서 여러
면으로 출판 활동을 지원함으로써 어느 정도 해결될 수 있는 문제이다.

그러나 보다 원칙적인 독자 지원책은 훨씬 더 복잡하다. 어떤 것은 전혀
무관계한 듯한 사회 정책에 연결되어 있어서 문학 분야에서 도저히 독자
적으로 해결할 수 없는 것으로 보인다. 가령 문학 또는 예술의 향수도 시간
과 정력, 여러 가지 정신적 물질적 자원을 필요로 한다. 이것은 정신적이든
물리적이든 모든 인간 활동의 철칙이다. 제1차적 생존의 필요도 제대로 충
족하지 못하는 사람이 문학이나 예술의 향수를 위하여 얼마나 많은 것을
내놓을 수 있겠는가? 소수의 소득 향상뿐만 아니라 다수 대중의 소득 향상
도 문학과 예술의 운영에 연결되어 있는 것이다. 조금 더 구체적으로는 8
시간제 노동과 같은 것도 문학의 운명에 연결되어 있다.

미래의 잠재적인 문학 독자는 그만두고 오늘날에 있을 수 있는 독자만
을 생각할 때, 책을 읽을 수 있는 사람은 고등학교나 대학 교육을 받은 사
람들이다. 그러나 학교를 졸업하고 여러 가지 직장에 취직해 있는 사람으
로서 일을 마치고 난 후 책 읽을 시간의 여유를 갖는 사람은 얼마나 될까?
책을 안 읽는다는 개탄은 많이 듣지만 우리나라 직장의 근무 시간만 보아
도 그것이 개탄으로 해결될 수 없는 것이라는 사실은 자명하다.

문학이나 문교 또는 문공 분야에 조금 더 직접 관계되어 있는 독자 지원
책의 하나는 도서관 건립이다. 우리나라에 도서관이나 도서실이 4000여
개 있다고 하지만, 그 수도 문제려니와 그 질은 더욱 문제이다. 도서관의
확충이야말로 작가도 지원하고 출판업도 지원하고 독자도 지원하는 가장

중요한 사업이요, 사회 발달을 위한 가장 중요한 기초 공사이다. 도서관은 사실 단순히 교양과 휴식만을 위하여 존재하는 가외의 시설이 아니다. 우리 사회가 발전한다는 것은 우리의 사적 공적 생활이 갈수록 도리와 이성에 기초하여 영위되게 된다는 것을 의미한다. 바른 도리를 생활화하는 것은 오랜 수련을 필요로 하는 것이지만, 이성적 판단에 직접적인 기초가 되는 것은 정확한 사실적 정보이다.

깨어 있는 시민은 정확한 사실적 정보를 쉽게 접할 수 있어야 한다. 그때그때의 시사적인 정보는 신문과 잡지로 제공될 수 있어야겠지만 조금 더 광범위하고 깊이 있는 자료는 도서관에 집적될 수밖에 없다. 도서관은 깨어 있는 시민의 생활의 정신적인 중심이 되어 마땅하다. 도서관이 있어도 이용하는 사람이 없다면, 그것도 문제일 것이다. 도서관이 있어야 깨어 있는 시민 생활이 확보될 수 있는 양 말했지만 거꾸로 깨어 있는 시민이 있어야 도서관의 의미가 살아난다. 이러한 시민은 우리 사회가 바른 판단과 바른 정보를 중시할 때 저절로 생겨날 것이다.

그러나 이것은 교육의 문제이기도 하다. 학교가 주입식 교육을 버리고 판단력 수련과 사실 탐구의 버릇을 길러 주는 것을 목표로 하고, 그 교수법으로서 교과서 해설이 아니라 과제를 주어 학생으로 하여금 스스로 연구 조사케 하는 방법이 사용된다면 도서관은 저절로 살아나게 될 것이다. 문학에 한정해서 말한다면 각급 학교의 국어 교육도 교과서 위주가 아니라 문학 작품의 독서와 토의 위주가 되어야 할 것이다. 이런 경우 도서관은 학교 교육과 불가분의 관계에 놓일 것이다. 사실 청소년의 생활과 시간에 대한 보장이 사회적으로 이루어지고, 동네에 쉽게 이용할 수 있는 편안한 도서관이 서 있다면 학교 교육은 반쯤은 필요 없는 것이 될 수도 있을 것이다.

작가 지원, 도서관 설립, 이러한 일 이외에도 문학의 여건 조성에 관계되는 일은 많을 것이다. 그러나 구극적으로는 부분적인 지원보다 총체적인 요건이 문제이다. 최근 경제 각 부처에서는 물가 통제를 제거함으로써 물가를 안정하겠다고 한다. 물가 구조나 경제 구조 자체의 움직임으로 물가가 저절로 상승되지 않게 하겠다는 이론이다. 이것이 얼마나 효과적인 물가 안정책이 될는지는 알 수 없는 일이고, 오묘한 경제의 이치를 알 수 없는 국민의 눈으로는 심히 불안한 느낌만 든다. 그러나 이러한 구조적 자율 기능에 의존하는 물가 정책이 맞든 안 맞든 그것이 일리는 있는 생각이라고는 할 수 있다. 많은 일에서 전체적인 풍토가 문제다. 문학에 있어서도 문제는 총체적인 풍토, 구극적인 여건이지 부분적인 지원 여부가 아니다.

그러면 문학이 저절로 무성하게 자랄 수 있는 풍토는 어떤 것인가? 경제 원칙을 빌려서 좋은 풍토는 문학에 대한 수요가 있는 풍토라고 말할 수 있다. 사람들이 교양과 휴식을 위하여 문학을 찾게 될 때 문학 발달의 기본 여건이 성립한다. 그러나 더 중요한 것은 사회생활의 실제에 문학의 도움이 필요하다는 느낌이 생기는 것일 것이다. 사회에 있어서의 중요한 문제가 크고 작은 토의의 광장에서 결제된다면 언어 활동은 매우 중요한 사회 과정의 일부가 될 것이다. 이 공적 토의의 광장은 어떻게 성립하는가? 이의 구성을 위한 여러 가지 제도적 안도 있을 수 있겠으나 결국 따지고 보면, 그 구성의 기본 조건은 진리를 말할 수 있는 자유이고, 이 진리로 하여금 공권력의 밑바탕이 되게 할 수 있는 제도이다. 이러한 조건이 만족될 때 공적 토의의 광장은 끊임없이 스스로 성립되고 또 해체될 것이다. 여기에서 언어 활동은 가장 활기를 띠게 되고, 문학은 언어 활동의 하나로서 또는 그 모체로서 저절로 발달하지 않을 수 없을 것이다.

물론 문학이 공적 토의의 수단으로 직접적인 역할을 안 할는지도 모른다. 그러나 이러한 공적 토의가 참으로 사회의 현재와 미래에 대한 넓은 구상을 포용하는 것이 되려면, 그것은 문학이 제공할 수 있는 인간의 가능성에 대한 높은 의식과 과학이 제공할 수 있는 사실적 지식의 뒷받침을 받지 않을 수 없을 것이다. 보다 높은 자유와 이성을 향하여 나아가는 인간 역사의 발전은 이러한 높은 언어와 의식의 공적 광장을 실현하고야 말 것이다.

(1979년)

2장

평론

거역의 기쁨과 외로움

　오늘날의 현실에서 시를 이야기한다는 것은 점점 어려워지는 것 같다. 한국의 근대사를 돌아볼 때, 늘 그러한 상태였다고 할 수도 있고, 또 인간 역사의 상당 기간이(당대인의 관점에서 볼 때는) 그러한 것이었다고 할 수도 있지만, 현실의 압력은 모든 우원한 그리고 우원할 수밖에 없는 지적 작업을 어렵게 만든다. 소포클레스의 「안티고네」는, 정치권력에 의하여 역적으로 규정되고 그로 인하여 죽음에 이르게 된 사람을 두고 한편으로는 장례를 막으려는 정치권력과 다른 한편으로는 장례를 기필코 거행하려고 하는, 외로운 그러나 스스로 본래적인 인간의 윤리를 대표하고 있다고 믿는 육친과의 갈등을 주제로 하고 있다. 우리의 주변에서 소포클레스가 그렸던 바와 같은 사건이 연극으로서가 아니라 현실로서 벌어지고 있는 것을 너무도 자주 보고 있는 이 마당에, 현실의 안티고네를 제쳐 놓고 연극의 안티고네를 논한다는 것은 기이한 느낌을 줄 수밖에 없다.

　이러한 기이한 느낌은 우리가 김지하 씨와 같은 시인을 이야기하는 경우에도 피할 수가 없다. 그가 오늘날의 상황에 대하여 갖는 의미는 단순히 그의 시 속에 있는 것도 아니며, 그의 생애와 업적은 이미 끝나 버린 예술에 속하는 것도 아니다. 그러므로 우리가 《신동아》 4월호와 《창작과 비평》 봄호에 발표된 그의 시들이 시로서 뛰어난 것들이라고 말하는 것은 오히려 우리 반응의 비정상적인 부분성을 인정하는 행위라는 생각이 든다.

김지하 씨는 예술과 정치가 하나란 말을 한 일이 있는데, 아마 이것은 둘 다 인간다운 삶의 구현을 목표로 하며 또 사람이 의식과 사물이 어울려 만들어 내는 실천적인 세계에 살고 있는 한, 예술과 정치가 불가분의 것일 수밖에 없다는 ─ 그런 뜻으로 취할 수 있는 말이 아닌가 하고 추측되지만, 이런 뜻과는 조금 다르게 김지하 씨의 시는 정치적 행동과 시의 일치를 보여 주고 있다고 말할 수 있다. 어떤 종류의 정치 시에서 우리는 급하게 채택된 정치적인 목적의식이 생경한 슬로건으로 정착하는 것을 보지만, 김지하 씨의 시는 그의 정치적인 자세가 그의 삶의 바탕으로부터 어떻게 자라 나오며 또 그것이 그의 삶에 어떻게 얽혀지는가를 보여 준다. 달리 말하여 김지하 씨의 시는 정치적인 행동의 내면을 보여 준다. 물론 김지하 씨의 내면성은 행동인으로의 그에게 하나의 취약점일 수도 있고 또 좋은 시가 반드시 내면적이어야 한다는 것도 아니다.

그러나 김지하 씨의 시에 있어서의 정치적 행동과 시적 내면성의 결합은 오늘의 시점에 있어서 우리에게 깊은 시적인 경험을 제공해 주며, 또 오늘에 있을 수 있는 어떤 범례적(範例的)인 삶에 대한 이해를 가능하게 해 준다. 《신동아》에 실린 시들은 보다 직접적으로 정치적인 시들이다. 「타는 목마름으로」는 그중 대표적인 정치 시이다. 그는 민주주의를 다음과 같이 노래한다.

신새벽 뒷골목에
네 이름을 쓴다 민주주의여

내 머리로 너를 잊은 지 오래

내 발길은 너를 잊은 지 너무도 너무도 오래

오직 한 가닥 있어

타는 가슴속 목마름의 기억이

네 이름을 남몰래 쓴다 민주주의여

「성장(成長)」은 그의 치열한 저항의 의지를 확인하는 시이다. 그 의지를 불에다 비교하면서 그는 거칠고 실감 나는 언어로서 다음과 같이 말한다.

너희가 내 어미를 주리 틀고

내 집을 짓밟고 내 책을 빼앗아 가고

낟가리에 숨은 내 다리에 모진 곤욕과

총창을 박아 대던 밤마다

그 불은 자라고……

「허기」에서는 저항의 의지는 "살찐 놈으로만 콱콱콱/ 사람고기도 씹어 보자구"에서와 같은 절치부심의 증오로 표현된다.

의지는 단순화한다. 그러나 그러한 의지가 탄생하는 과정은 단순한 것이 아니다. 김지하 씨의 시가 보여 주는 것은 그의 의지가 성립하는 데 따르는 내적인 투쟁과 그러한 의지를 행동으로 옮기는 데 요구되는 고통의 과정이다. 이것은 이미, 위에서 인용한 「타는 목마름으로」에서도 표현되어 있다. 그가 외치는 민주주의에의 신념은 망각의 저쪽으로부터 노력을 통하여 비로소 구출되는 것이다. 또 이완되려는 의지는 망각에 대하여서만 아니라, 피로, 도피, 고독, 궁극적으로는 죽음에 대한 투쟁을 통하여 끊임없이 새롭게 굳혀져야 한다. 이 과정은 《창작과 비평》의 어쩌면 김지하 씨의 시들 가운데 가장 서정적인 시들이 될 열두 편의 시들에 잘 기록되어 있다.《창작과 비평》에 수록된 맨 처음의 시「빈 산」은 모든 것이 황폐로 돌아간 상황이 어떻게 새로운 신념의 바탕이 되는가 그 역설을 이야기하고 있다.

빈 산
아무도 더는
오르지 않는 저 빈 산

——이렇게 그는, 사회의 상황을 빈 산일 뿐만 아니라 아무도 오르지 않는, 버림받은 산에 비유하고 "너무 길어라/ 대낮 몸부림이 너무 고달퍼라"라고 기다림의 피로를 표현한 다음, 빈 산이 "숨어 타는 숯", "불꽃", "……새푸른/ 솔"일 수도 있지 않을까 하고 말한다.「모래내」는 피로감과 의지 사이의 긴장을 가장 효과적으로 읊고 있는 시이다.

목숨
이리 긴 것을
가도가도 끝없는 것을 내 몰라
흘러흘러서
예까지 왔나 에헤라
철길에 누워
철길에 누워

——이렇게 삶은 하나의 흐름으로 파악되어 있는데, 흐름으로서의 삶은 우리의 의지로 제어할 수 없는 어떤 세상으로서 생각됨으로써, 개체적인

삶의 허망함과 삶의 불가해한 중압감에 관계된다.

> 한없이 머릿속을 얼굴들이 흐르네
> 막막한 귓속으로 애 울음소리 가득 차 흘러 내 애기
> 핏속으로 넋 속으로 눈물 속으로 퍼지다가……

삶의 흐름이라는 이미지는 여기에서 보다 구체화되어 한 세대와 다른 세대의 연속으로 생각되는데, 이것은 한편으로는 개체적 삶의 허무감을 강조하고, 다른 한편으로는 세대의 연속으로서의 삶에 대한 유대감을 긍정하는 바탕이 된다. 그러나 시의 다음 구절에서 일단은 허무감이 깊어진다.

> 문득 가위 소리에 놀라
> 몸을 떠는 모래내
> 철길 위에 누워
> 한 번은 끊어 버리랴
> 이리 긴 목숨 끊어 에헤라 기어이 끊어

하고 시인의 피로감은 자살의 충동에까지 이르렀다가 곧 역전하여 "어허 내 못한다 모래내/ 차디찬 하늘"이라고 시인은 다시 의지의 다짐을 꾀한다. 이러한 진술은 「가위 소리」의 매개로서 이루어지는데, 이것은 김지하 씨가 급박한 사정하에서도 시의 기술을 능란하게 구사할 수 있는 시인이라는 것을 보여 준다.

냇물이면서도 말라 버린 냇물인 모래내, 모래내와 같은 변두리에 황량한 느낌을 더해 주는 풍경의 요소이면서, 거기에 누워 있다는 것만으로도

이미 피로와 죽음을 불길하게 연상시켜 주는 철길, 이러한 이미지들과 더불어 가위 소리는 모래내와 같은 곳에 실제로 있을 수 있는 떠돌이 장사꾼의 신호이면서 절단기로서의 가위의 본래의 기능을 통하여 생명의 줄을 끊을 수도 있다는 가능성을 시인의 마음에 환기한다.

「모래내」는 삶의 불가역성을 확인함으로써, 좋든 싫든 흐름을 받아들일 수밖에 없다는 비극적 긍정으로 끝난다. 시인의 삶이 살 만한 것이 아니면서도 거기에 대한 책임은 인정할 수밖에 없다는 생각은 조금 다른 형태로서 「길」에 표현되어 있다. 시인은 여기에서, 오늘날의 그의 삶이 살 만한 것이 아니라면, 그러한 삶에 반역하는 행동도 완전히 성숙한 조건에서 이루어지는 것이 아닌 비극적 불가피성이라고 말하고 있는 것 같다.

> 걷기가 불편하다
> 가야 하고 또 걸어야 하는 이곳
> 미루어 주고 싶다
> 다하지 못한 그리움과
> 끝내지 못한 슬픈 노래를
> 허나
> 길은 걸어야 하고 생각은
> 가야 하나 보다

김지하 씨의 시에서 그의 삶에 또 하나의 비극적인 조건이 되어 있는 것은 사무치는 고독감이다. 이것은 「길」에서 보는 바와 같은 상황의 불성숙에 대한 의식에 관계된다. 김지하 씨의 근본적인 정치적인 발상이 만인의 평등과 행복에 대한 민주적 신념에서 온다고 할 때 그의 시에 끊임없이 드러나는 고독감은 그의 지적 정직성을 말하여 주고 또 그의 삶의 근본적인 방향과 우리 현실에 있어서의 정치적 행동의 조건에 관하여 많은 것을 암시해 준다. 「어름」에서 김지하 씨는 그의 삶의 길을 광대가 줄타기에 비교하여 줄 타는 인생의 괴로움을 "칼날에 더한 가파로움/ 잠보다 더한 이 홀로 가는 허공의 아픔"이라고 말한다.

물론 이 '홀로 가는 아픔'은 동지에 대한 신뢰, 인간에 대한 믿음과 끌고 당기는 긴장된 관계 속에 이야기된다. 그의 고독은 "언젠가는 돌아올 봄날의 하늬 꽃샘을 뚫고/ 나올 꽃들의 잎새들의/ 언젠가는 터져 나올 그 함성을/ 못 믿는 이 마음"의 회의에 연결되고 "어두운 시대의 예리한 비수를/ 등에 꽂은 초라한 한 사내……"(「일구칠사년 일월(一九七四年一月)」)로서 도망자가 되었을 때 그가 외쳤던 "혼자다/ 마지막 가장자리/ 삔으로도 못 메꿀 여미 사이의 거리/ 아아 벗들/ 나는 혼자다"(「바다에서」)라는 절규에도 나타난다. 그러나 "언젠가는 터져 나올 그 함성을/ 못 믿는 이 마음"은, 그것을 죽음의 한 모습이라고 규정하는 시인의 결의에 의하여 부정되고 벗들에 대하여서까지 외치는 고독의 선언은 다시 인간적인 유대에로의 복귀를 선언하는 말로 바뀐다.

> 흘러가지 않겠다
> 눈보라치는 저 바다로는
> 떠나지 않겠다
>
> 한 치뿐인 땅
> 한 치도 못될 이 가난한 여미에 묶여
> 돌아가겠다 벗들
> 굵은 손목 저 아픈 노동으로 패인 주름살
> 사슬이 아닌 사슬이 아닌

너희들의 얼굴로 아픔 속으로

돌아가겠다 벗들

그러나 이 돌아감은 인간 유대에로의 이상 속에서의 복귀일 뿐이요, 현실적으로 그것은 부정의의 사회에 대한 항거로서만 확인되는 것이고, 또 그 항거는 죽음과의 고독한 대결을 의미한다. 「어름」에서 줄을 타는 광대의 외로운 길은 "죽음은 좋은 것/ 단 한 번뿐일 테니까" 하는 죽음의 결의로서 굳혀지고, 「서울」에서는

남은 것은 지는 것

남은 마지막 단 한 번은 칼날 위에

아아 칼날 위에

꽃처럼 붉게 붉게 떨어지는 것

이기기 위해

죽어 너를 끝끝내 이기기 위해

죽어 피로써 네 칼날을 녹슬도록

만들기 위해

라고 안개(은폐)와 칼(폭력)의 도시 서울에 대하여 선언하는 것이다.

타인의 생존의 질서에 책임 있게 또는, 무책임하게 개입할 것을 기도(企圖)하는 정치의 장(場)은 무서운 곳이다. 그러한 개입은 종종 죽음의 결의를 요구한다. 또 그것으로 끝나지도 않는다. 정치의 문제는 한 사람의 죽음의 각오의 문제가 아니라 다수의 생존의 문제이다. 따라서 궁극적으로 삶에 나아가지 않는 죽음은 현실적 패배 이외의 아무런 보상도 받지 아니한다. 우리는 행동인 김지하 씨의 죽음의 결의가 '이기'는 정치에의 한 기여

가 될 것인지 어쩐지 알지 못한다. 그러나 시인으로서의 김지하 씨에게 그것은 별로 중요한 것이 아닌지 모른다.《신동아》의 시「밤나라」에서 그는 "미친 듯 홀로 외치다 죽을 운명"을 이야기하고 있거니와「황토(黃土)」의 시들에서도 이미 죽음과 난파(難破)에의 결의는 거의 하나의 황홀한 아픔으로서 이야기되어 있다. 그는 "반역의 미친 저 짐승의 기쁨"(「사월」)과 "거역의 예리한 기쁨"(「땅끝」)을 말하고 또 이러한 기쁨이 파멸에 이름을 말하였던 것이다.

「매장」에서는 이러한 기쁨과 고통과 파멸이 격렬하게 용해된 생애를 그리면서 그는 다음과 같이 썼다.

> 뜬눈의 주검
> 더없이 억센 뜬눈의 주검
> 염도 새끼줄도 관조차도 없다
> 네겐 한 권의 함석헌과 한송이의 박꽃뿐
>
> 너는 그것을 원했다……

이렇게 김지하 씨의 시적 감성은 다분히 묵시록의 격렬함을 가지고 있다. 그러나 이것이 결코 부정적인 것만은 아니다. 그는「황토」의「후기」에서 말하고 있다. "찬란한 빛 속에 살기를 원하지 않는 사람이 있는가? 없다. 미친 듯이 미친 듯이 나도 빛을 원한다." 그의 격렬하게 어두운 의지는 이 빛을 향한 갈구에서 나온다. 그러나 "삶은 수치였다 모멸이었다 죽을 수도 없었다"(「결별」)라고 말할 수밖에 없는 상황, "한 번 태어나/ 열 번을 죽어"(「바다아기네」)야 하는 현실에서 빛을 향한 미친 듯한 갈구는 좌초하게 되는 것이다.

시작하는 행동은 외롭다. 그것은 미지의 세계에로의 한 거름이기 때문이다. 현실적인 여건을 벗어난 본래적인 인간의 절규로서의 시적 행동은 더욱 외롭다. 그것은 현실의 세계에서 절멸(絶滅)의 위험을 무릅쓰는 것이기 때문이다. 그러나 시적인 행동은 그것 나름의 '본래적인(eigentlich)' 차원 속에 살 수도 있다. 우리는 김지하 씨의 시와 행동을 지켜보며 시적이고 본래적인 행동을 죽음의 위험 속에서만 허용하는 상황에 전율을 느낀다.

(1975년)

제3세계 소설의 가능성

세계의 소설의 흐름이라는 관점에서 볼 때, 라틴 아메리카의 작가의 대두는 근래에 있어서 가장 중요한 현상의 하나이다. 이것은 서양에 있어서 한동안 많이 이야기되던 '소설의 죽음'과 흥미 있는 대조를 이룬다. 그러면서 이 대조는 소설이라는 문학 형식에 대하여 하나의 중요한 관찰을 가능하게 한다.

말할 것도 없이, 소설은 다른 문학 장르에 비하여, 인간사의 자자분한 정황과 기복을 정밀하게 기록하는 데 뛰어난 표현 양식이다. 그러나 다른 한편으로, 그것은 어떤 구조적 일체성을 지향한다. 이것은 일단은 작품의 형식적 요건에서 불가피하게 일어나는 요청이다. 일상의 번설사를 충실하게 기록한다고 해도 모든 것을 다 그릴 수 없는 것이 아닌가. 전체의 구조의 관점에서의 선택은 불가피하다. 그런데 이러한 형식적인 요구는 소설의 보다 근본적인 추구, 즉 자자분한 것들로 이루어지는 삶의 통일된 의미에 이르고자 하는 추구에 연결되어 있다. 이 통일적 의미는 작품이 그리는 구체적인 일들의 모둠에서 그때그때 주어진다고 하여야 하겠지만, 그러한 모둠은 궁극적으로 역사적 변화 속에 있는 사회가 허용하는 행동의 구조에 이어지는 것일 것이다.

20세기 후반에 와서 서양 소설이 종말에 이르렀다고 할 때, 그것은 소설이 없어졌다는 말은 아니다. 여러 가지 시청각 매체의 번성에도 불구하고 소설은 여전히 중요한 대중오락의 수단이 되어 있다. 1970년대의 영국에서만 보아도 소설은 1년에 2000여 종이 출판된다. 미국의 통계는 이것보다 더 클 것이고 프랑스나 독일의 경우에도 이에 못지아니할 것이다. 뿐만 아니라 이러한 대중 소비의 오락들 외에 보다 심각한 소설들이나 소설가가 아직도 왕성한 상태에 있음을 새삼스럽게 말할 필요가 없는 일이다. 그러나 소설이 죽었다는 느낌도 일리가 있는 느낌임에는 틀림이 없다. 그리고 그것은 소설의 서로 상충되는 듯한 두 지향으로 따져서 설명할 수 있다. 즉 서양의 소설은 인생의 세말사를 그리는 데에는 여전히 능하지만, 그것의 전체적인 구조를 제시하는 데는 실패하고 있는 것이 아닐까. 요즘의 소설들은 그 능숙한 솜씨와 세련미에도 불구하고 자자분한 관심과 테두리를 벗어나지 못하고 있다는 느낌을 주는 것이다. 한때 작가는 지식인의 대표처럼 생각되었다. 그들은 교육받은 상식인의 의식 안에 파악되는 사회의 총체적인 모습을 가장 실감 있게 제시할 수 있는 사람들이었던 것이다.

20세기 중반 이후에 와서 생활 세계의 전반적인 모습은 작가보다는 사회학자에 의하여 제시되는 것이 되었다. 그보다는 세분화되고 전문화된 세계에서 전체를 이야기할 수 있는 사람은 없어졌다고 말하는 것이 옳을는지 모른다. 그런데 삶의 전반적인 모습을 이야기한다는 것은 반드시 모든 구체적인 세말사들을 다 망라한다는 것은 아니다. 그것은 다분히 구조적인 또는 역학적인 중심에 놓인다는 것에 관계되는 일이다. 19세기의 사실주의적 작가가 어느 정도 사회의 전반적인 모습을 제시할 수 있었다면 그것은 그들이 사회의 구조적 역학적 중심에 자리할 수 있었기 때문이다.

이것은 그들의 사회적 신분이 높았다는, 즉 권력의 중심에 가까웠다는 것을 말하는 것은 아니다. 그러한 면이 있었던 것도 사실이다. 적어도 사회의 지적인 위계질서에서 그들의 위치는 꼭대기라고는 할 수 없을는지 몰라도 중심에 있었다고 할 수는 있을 것이다. 그러나 이보다도 19세기에 있어서, 대체로 사람들은 그들이 중심에 있든 가장자리에 있든, 아니면 가장자리에 있으면 있을수록 사회 변화의 억센 움직임을 느낄 수 있었던 것으로 상정할 수 있다. 작가는 사회의 일상적인 구조와 곁에 준동하는 사회의 동력을 파악하고 이를 그들의 소설에 그려 낸 것이다.

오늘의 서양 사회를 특징지어 우리는 그것을 '관리된 사회'란 말로 요약할 수 있다. 사회의 중요한 결정은 사회적 정치적 세력의 갈등이나 타협을 통하여 이루어지기보다도 마찰 없이 움직이는 행정 조치에 의하여 이루어진다. 대부분의 사람들은 행정적 관리가 유지해 주는 사회 구조의 틈새기에 삶의 터전을 얻어 지낸다. 각자가 차지하고 있는 틈새기들은 그것대로 기본적인 복지를 마련해 주기 때문에 그것을 넘어서서 큰 테두리를 살펴볼 필요도 없고 더 나아가 느끼지도 아니한다. 이러한 관리된 사회가 오늘날의 서양 소설의 배경을 이루는 것이다.

그러면 지배 계층의 관리 체제는 정말로, 삶의 현장으로부터 갈등과 마찰을 없애 버린 것일까. 관리된 사회에 문제가 없는 것은 아니다. 그러나 그것은 소수의 반사회적인 사람들의 개인적인 불만으로 처리된다. 현대의 서양 소설들이 개인적인 불만 또는 이것을 일반화하여 '현대인의 소외' 또는 인간 조건을 그 주된 소재로 삼는 것은 이러한 연관에서 생각될 수 있다. 다른 한편으로 서양 사회의 복지화로 인하여 제거된 갈등은 제3세계로 옮겨졌다. 이렇게 옮겨짐으로써 관리된 복지 사회가 가능해진 것이라고 해야 할 것이다. 다시 말하여 보편적인 정신보다는 권력과 이익의 냉엄한 논리에 의하여 이루어지는 모든 결정이 그렇듯이 서양 사회를 지탱하는 구조적 결정들도 갈등을 불가피하게 하는 것이지만, 이 갈등이 그대로 노출되는 것은 제3세계에 있어서이다. 이러한 사정이 제3세계의 작가로 하여금 오늘날의 삶의 질서를 만들어 내는 힘들의 착잡한 모습을 가까이서 살필 수 있게 한 것이다.

제국주의는 아마 소설의 소재로서 아직 어떤 것이 될는지는 미지수로 남아 있는 것으로 보인다. 제3세계의 소설이 그리는 것은 근본적으로 제국주의적 환경에 의하여 조건 지어지면서(그러한 조건도 국내적인 매개가 없이는 직접적인 영향을 미치지 못하는 까닭에) 한 사회 내에 있어서의 사회 세력의 작용 —— 일상적 세말사와 사회와 역사를 동시에 빚어내는 세력들의 모습이다. 그러면서 그것은 삶의 전체적인 느낌을 알 수 있게 하며 또 동시에(정의에 대한 궁극적 관심이 없이는 정확하면서 의미 있는 묘사는 있을 수 없는 까닭에) 비판적 의식의 형성에 기여하게 된다. 이런 의미에서 오늘날의 제3세계의 소설이 19세기 서양 소설의 사실주의를 그대로 물려받았다고 할 수는 없지만(가령 라틴 아메리카의 작가들은 즐겨 환상적인 수법으로 오히려 박진감 있는 삶의 느낌을 창조해 낸다.) 그 정치적·사회적 관심, 삶의 전체적 비전, 비판 의식을 계승하였다고 말할 수는 있다.

그런데 서구 소설이든 제3세계 소설이든 소설의 이러한 특징들은 다시 한 번 그것이 특정한 사회 형태에 관계되어 뚜렷한 모습을 갖추는 문학 장르라는 것을 말하여 준다. 즉 소설은 경제적으로 또는 정치적으로 전체화하는 사회에서 제 기능을 갖는 문학 형태라는 말이다. 소설은 이 전체화 과정을 구체적인 사물과 사건을 통하여 포착하려고 한다. 그런데 이러한 과정을 의식과 언어 속에 포착하는 것은 왜 필요한가? 어떻게 보면 전체성은 상실되었기 때문에 포착될 필요가 있는 것이다. 자연스러운 삶에서 우리의 삶은 언제나 삶의 전체성 속에 있다.

서양 문학의 관심은 아리스토텔레스의 시학에서 이미 드러나듯이 부분을 쌓아 구조를 만들어 내는 데 있었던 것 같다. 대체로 말하여, 서양 예술의 강점은 그 짜임새 있는 얼개에 있다. 그런데 구조적 관심은 서양의 이성이나 마찬가지로, 상실된 전체성을 향한 불행한 그리움을 나타내는 것이었을까? 하여튼 우리는 아리스토텔레스적 짜임새를 지향하는 소설, 시, 연극 또는 다른 표현을 유일한 문학적 표현으로 받아들일 필요는 없다. 또는 문자로 기록되는 것만이 또는 일정한 매체에 고정될 수 있는 것만이 예술이 존재할 수 있는 방식이라고 생각할 필요도 없다. 문자 또는 매체와의 씨름은 주체 속으로의 은둔을 요구로 한다. 그렇게 은둔한 주체에서 이미 소외는 시작된다.

이렇게 말하는 것은 앞으로의 문학 또는 예술이 하필이면, 19세기와 20세기의 불행의 의식으로서의 문학에 스스로를 한정할 필요가 없다는 것을 시사해 보고자 한 것이다. 물론 비판적 사실주의 소설의 역할이 곧 사라지지는 아니할 것이다. 오늘의 현실은 산업화 자본주의, 제국주의, 이러한 것들에 의하여 규정된다. 그리고 보다 밝고 순진한 예술이 온다고 하더라도 그것은 자연 세계의 순진을 가지고 있다기보다는 불행한 경험을 지양하여 포용한 예술일 것이다. 역사에서 한번 지나쳐 온 경험은 결코 그대로 버려지지는 아니한다.

(1982년)

자연 소재와 독특한 정서

이기철의 시는, 요즘 나오는 수많은 시집들 가운데, 단연코 무리에서 빼어나는 뚜렷한 시적 업적을 나타낸다. 말이 많은 것이 사람 세상이고, 요즘은 특히 그러하지만, 대부분의 말들을 우리는 듣고 잊어버린다. 시들도 마찬가지다. 시쳇말의 홍수 속에서, 이기철의 시는 흩어져 가는 다른 말들과 우리의 귀를 바짝 트이게 한다.

이기철은 자연을 말하는 시인이다. 그동안의 시에서 그는 우직할 정도로 자연과 농촌적인 삶에 집착하고, 거기에서 삶과 시의 가치를 얻어 내려고 하였다. 농촌이 사라지려 하고, 또 농촌과 자연에 기초한 삶의 정서와 가치가 사라져 가는 시대에 이것은 칭찬할 만한 일이었다. 또 자연을 벗어난 삶이, 특히 환경 파괴라는 형태로 위협적인 상황으로 되돌아오는 오늘에 있어서, 그것은 더욱 필요한 일이 되었다. 자연과 자연 속의 삶에 대한 노래는 상투적인 것이 될 수도 있지만, 이기철의 시는 그러한 상투성을 밀어내고 시를 생기 있게 하는 힘이 있고 노력이 있다. 그의 시에는 그런 고집스러움이 있다. 나는 그것이 이기철 개인의 깨달음과 성실성에 이어져 있는 것이라는 것을 느낀다. 그의 시들을 읽어 보면, 그의 자연을 노래하는 시들이 단순한 귀거래사나 상투적 풍류 혹은 은사(隱士)풍의 흉내가 아님이 분명해진다.

이기철은 자연과 풍물을 그린다. 많은 자연 시인의 경우에 풍물보다는 자연의 교훈이 더 강한 것이 되지만, 이기철의 경우도 자연의 의미는 풍물의 구체적인 시적 포착보다는, 그것이 암시하는 삶의 방식, 그것의 도덕적 교훈에 비중을 둔 것이 많은 듯 보인다. 많은 경우, 자연의 교훈은 비교적 간단하다. 도시의 턱없이 부풀어 오른 욕망을 줄이거나 없애고, 자연의 은혜와 한계 속에 안분지족하라는 것이다. 이기철 시의 교훈도 크게는 그러한 범주에 든다 하겠지만, 그리고 그것은 오늘날 같은 과장된 욕망의 시대, 물질만이 아니라 정신적 야심에 있어서, 정치와 역사에 대한 기대에 있어서, 부풀기만 한 욕망의 시대에 필요한 반대 명제이지만, 이기철의 시적 업적은 더 많이는, 이러한 교훈의 필요를 충당해 주는 외에, 그것을 자신의 관찰로서 새로운 체험이 되게 한다는 데 있다.

얼마를 더 살면 여름을 떼어다가 가을에 붙여도
아프지 않을 흰 구름 같은 무심을 배우랴
내 잠시 눈빛 주면 웃는 꽃들과
잠 깨어 이마 빛내는 돌들 곁에서
지금은 햇빛이 댕기보다 곱던 꽃들을 데리고 어둠 속으로 돌아가는 시간
절연(絶緣)의 아름다움을 나는 여기서 본다

짐을 내려놓아라, 이제 물의 몸이 잠시 쉬어야 한다
나를 따라오느라 발이여 너 고생했다
내일 나는 너에게 새 구두를 사 주지 않으리

너는 내 육신의 명령을 거역한 일 없으므로

그러나 나는 가야 한다. 한 번의 가을도 거짓으로 꽃피운 일 없는 들을
지나
작은 물줄기가 흐름을 시작하는 산을 지나
아직도 정신의 열대인 내 가혹한 시간 속으로
나는 가야 한다.

내 발 닿는 길 지상의 한 뼘밖에 안 돼
배추벌레 기어간 엽맥(葉脈)에 불과해도
내 불러야 할 즈믄 개의 이름들과 목숨들을 위해
약(藥) 든 가슴으로 가야 한다

얼마를 더 가면 제 잎을 잘라 가슴에 꽂아도
소리하지 않는 풀들의 무심을 배우랴

— 「지상(地上)의 길」 전문

이것은 가을의 애수와 무상, 그리고 이러한 인간의 정감에 무관한 자연
의 초연함을 말한 것으로, 크게 보면 전통적인 자연의 정서를 읊은 것이지
만 시에 담긴 정서는 남이 쉬이 흉내 낼 수 없는, 이기철 고유의 것이다. 그
러니만큼 그것은 얻어 온 것이 아니라 스스로 발견한 느낌과 깨우침이다.
시적인 소재로서 자연의 정서 문제는 그것이 너무 일반적인 것이 되기
쉽다는 데 있다. 그러나 위의 구절에서 보듯이, 전통적 정서도 이기철의 개
인적인 지각의 예리함 속에 함입되면 새로운 구체성을 얻는 것이다. 그의
시에는 보다 구체적이고 날카로운 관찰들이 들어 있다.

나는 불행을 감금시킬 빗장이 없다
불행은 오래 산 내 몸을 만나면
여름 벌떼처럼 날개 치며 잉잉댄다

배춧잎과 쌀의 혼숙인 나의 살
이불을 덮어 주어도 추위 타는 정신의 임자몸인
내 육신 속으로
가끔은 발을 구르며 지나가는 불행이 보인다

윤기 나는 저녁의 나무들을 거쳐
검은 밤 속으로 흰 살을 빛내며 걸어가는
아직 처녀인 추억이여

이제 다 왔다. 그곳에 너의 닳은 신발을 묻어라
떠도는 빗방울에도 생애의 반쪽이 젖어
이 추위 다 가릴 수 있는 이불이 없다

노동과 치욕을 비벼 먹은 밥들이
살이 되는 나날을 뒤로 하고
내가 걸어가야 하는 뭍은 어디인가

한 볏단도 땀 없이는 거둘 수 없음을
가을은 물든 잎을 보내 나에게 가르친다
누가 경전에서 깨우치겠는가
쟁반에 담기는 밥상 위의 김치가

삶을 가르치는 책장인 것을

——「불행도 더러 이웃이 되어」 전문

이기철의 자연 예찬에 개성적 뼈대를 주고 있는 것은 이러한 감각적이면서 동시에 지적인 인식을 버리지 않은 관찰이다. 그리고 이것은 어디까지나 주어진 삶의 현실에 즉해 있는 관찰이다. 그에게 인간 현실에 대한, 또 오늘의 현실에 대한 보다 넓고 깊은 감각이 있었으면 좋겠다는 바람을 가진 독자가 있겠지만, 이기철의 자연송이 일반적인 정서 환기를 넘어 예리한 구체성을 가지고 있는 것은 그것만으로도 그의 현실 감각의 독특함을 보여 주는 것이다. 최근의 시들 가운데서 이기철의 시만큼 자연과 삶에 대하여 구체적이고 신선한 느낌과 관찰을 많이 거두어들이고 있는 시를 달리 찾기는 쉽지 않은 일일 것이다.

경박한 재치를 시적 언어로 착각하는 실험적 언어가 이기철의 기질에 맞는 것은 아닐 것이다. 그러나 시의 언어는 단순히 요지를 전달하는 매체에 그치는 것은 아니다. 우리는 시의 언어에서 삶의 긴장, 그리고 긴장 속에서 이루어지는 지각과 감정과 인식과 도덕의 선택을 느끼기를 원한다. 그리하여 우리는 선택의 좁은 필요성을 알면서도, 삶은 넓은 가능성들을 좁은 선택 속에 보존하게 되기를 바라는 것이다. 이것은 다시 말하여 시적 언어의 긴장으로 암시된다.

우리는 이기철이 조금 더 그러한 긴장을 전달할 수 있는 형식적 실험을 필요로 하는 것이 아닌가 생각해 본다. 그의 주제가 적극적 에너지의 삶보다는 에너지의 소극적 보존을 축으로 하는 삶인 만큼 이러한 형식적 탐색은 더욱 중요한 것이 아닌가 한다. 이기철이 이제 중요한 시를 우리에게 남겨 주게 될 시인으로 등장한 것임에는 틀림이 없다.

(1982년)

새벽 두 시의 고요

신석진 씨의 시에 부쳐서

예로부터 시인이 즐겨 주제로 삼는 것 중의 하나는 고요함이다. 어쩌면 고요함의 주제는 다른 주제들 가운데의 하나가 아니라 가장 핵심적인 주제라고 하여야 할는지도 모른다. 시론적 발언 가운데 가장 인구에 회자되는 구절의 하나는 워즈워스의, '시란 강력한 감정의 자연스러운 넘침'이란 말이지만, 또 다른 한편으로 유명한 것은 이러한 '넘침'이 '고요 가운데 회상된 감정'으로 시작된다는 지적이다. 우리가 아는 바로도, 시는 보통보다는 감정적으로 격앙된 상태를 표현하는 수가 많지만, 다른 한편으로 이런 때의 격앙된 감정이 생사실로서의 그러한 상태와 다른 것은 뭐라고 쉽게 포착하기는 어려운 대로, 시적 표현은 기묘한 수용적인 고요의 중심이 있다는 점이다. 즉 시적인 감정에는 무엇인가 시적인 정합과 조화를 가능케 하는 고요가 서려 있는 것처럼 보이는 것이다. 시는 삶의 통합 작용, 정신의 집중 작업이며, 이 통합과 집중은 고요를 필요로 한다.

신석진 씨의 주제는, 오늘날같이 안으로 밖으로 어지러운 상황 속에서는 매우 드문 일로, 한결같이 또 골똘하게 고요함이다. 그런데 이 고요함에 이르는 일은, 우리의 삶이 소요와 번사에 싸여 있는 만큼 간단한 것이 아니다. 또 우리가 살고 있는 삶이 오늘날만큼 복잡하고 시끄러운 것이 아니라고 하더라도, 도대체가 사람들의 세계는 깊은 의미에서의 고요함과는 먼 것이기 쉽다. 사람은, 어떤 다른 생물보다 스스로가 만든 세계 속에서 살고 이것은 의미로 만들어진 세계이며, 이 의미는 결국 말, 또 소리와 불가분의 관계를 가지고 있기 때문이다. 그러니까 우리가 고요하다고 생각하는 세계도 사실은 우리의 의미와 소리에 의하여 오염된 것이기 쉽고, 참으로의 깊은 고요의 세계란 접근하기가 어려운 것이다. 신석진 씨가 생각하고자 하는 것은 이러한 원초적인 세계의 고요함이다.

그에게 이러한 고요함의 세계는, 우선 가장 손쉽게 사람이 없는 세계의 사물들의 모습을 통해서 암시된다. 그의 시에서 사람이 잠들어 있는 시간에서의 사물의 모습은 가장 많은 주의를 받는다. 그중에 대표적인 것이 「안경(眼鏡)」과 같은 시이다.

주인이 잠든 사이
안경(眼鏡)은 버언 눈을 굴리며
빈방을 지키고 있다.
벽시계는 생각날 때마다
몇 점씩 쳐 주고
주인이 읽다 만 책갈피의 활자들이
졸다 깬 듯 까만 눈을 반짝인다.
창밖으로는 흐린 눈송이 서너 개
바람에 실려 흩날리고
문득 빈 수도꼭지에서
물 떨어지는 주인의 부주의함.

벌써 시간들은
새벽 네 시의 마루턱까지 올라가 보이지 않고,
주인이 벗어 논 안경은
잠든 주인의 옆에서
아직 버언 눈을 굴리며
빈방을 지키고 있다.

　그러나 이러한 고요가 완전한 의미에서의 고요가 아니란 것을 신석진
씨는 알고 있다. 사람이 없는 상태에서의 사물들의 고요 ── 이것은 사람의
부재로 하여 가능하여지는 것이지만, 부재도 역설적으로 사람이 존재하는
한 방식인 것이다. 신석진 씨는 「밤이 되면」에서 말한다.

밤이 되면
모든 사물은 자유로울 수 없다.
말없이 타오르는 불빛으로 하여
빈방을 넘쳐흐르는 고요로 하여
자유로울 수 없다.

　그리하여 궁극적인 고요는, 고요를 넘어서는 고요이다. 그것은 빈방 안
의 고요, 침묵, '시간이 벗어 놓은 눈부신 고요', '스스로 눈을 떠 본질로 빛
나는 정신'을 모두 넘어가는 것이다. 그것은 언어나 정신 또는 지각의 밝음
을 넘어서 있는 알 수 없는 어떤 것이다. 시가 고요를 밝힌다는 것은 사물
의 있는 대로의 진상을 밝히는 일이라고 하겠지만, 그것은 더 본질적으로
는 고요의 어두운 신비를 그대로 놓아두는 것을 말한다. 시는

어둠에 가리워진 빛을 조금씩 드러내는 것이라고

아니, 빛에 가리워진 어둠을 드러내는 것이라고

신석진 씨는 말한다.

그러나 사람이 사물의 고요를 말하고 또 사물의 있는 그대로를 말하는 것은 잘못된 것인가? 사물의 고요, 사물의 말은 결국 사람의 의미를 향한 충동에 의한 제 마음대로의 허구에 불과한가? 신석진 씨의 경우 사람이 사물의 모습, 사물의 고요에 이르려는 것은 사물 자체의 부름에 따른 것이다. 사물들은 고요 속에서 스스로의 참모습을 찾는다. 밤의 고요 속에서 "사물들은 하나의 말을 꿈꾸는 정물(靜物)이 되는"(「한밤이 사물」) 것이다. 다만 이 사물의 언어는 "한 개의 말하여지지 아니한 언어"일 따름이다. 그렇기는 하면서도 사물들은 스스로 말을 지향하고 있다. 「나뭇잎이 잠이 오지 않고」는 사물이 말을 기다리는 모습을 다음과 같이 말한다.

잠이 오지 않는 밤
내가 잠이 오지 않는 것이 아니라
달빛 속에 드러난 나뭇잎이 잠이 오지 않고
나뭇잎의 벌거벗은 살이 잠이 오지 않고
나뭇잎의 작은 신경들이 잠이 오지 않고
땀에 젖어 빛나는 나뭇잎의 말들이 잠이 오지 않는다.

여기에서 잠들지 못하는 나무들의 모습은 단순히 사람의 잠들지 못하는 모습을 인위적으로 무감각한 생물에 투사한 것에 불과하다고 할 것인가? 그것도 생각할 수 있는 일이다. 그러나 사람이 잠을 못 이룬다면 그것은 어떤 원인으로 인한 것인가? 사람도 나무와 마찬가지로 사람을 넘어서는 근원적인 것으로부터 나온다. 그렇다면 잠 못 드는 사람의 일을 꼭 사람의 일이라고만 할 수 있겠는가? 신석진 씨의 잠 못 드는 나무에 대한 사색에는 이러한 생각이 들어 있는 것으로 보인다. 또는 사람이나 사물이나 모두 다 같이 어떤 혼융의 상태 속에 합쳐 있고, 이 혼융의 공간으로부터 사람과 사물에 대한 별개의 인식이 펼쳐져 나오고 또 그것을 통하여 사람과 사물은 서로 한 테두리 속에서 교감할 수 있다고 할 수도 있는 것이다.

「벽(壁)」에서 신석진 씨는 벽이 우리 마음에 불러일으키는 느낌을 다음과 같이 말한다.

> 너를 대하면
> 나는 기다리는 사람이 된다.
> 빈 벌판이 깨어나는 소리를 기다리며
> 세상이 적막으로 몸을 떠는 소리를 기다린다.

이런 때에 기다리는 사람의 느낌은 어디에서 오는가? 그것은 벽에 의하여 유발된다. 물론 유발되는 감정은 관찰자의 것이 아니다. 그러나 벽이 없었더라면 그러한 감정은 잠재적인 상태에 있었을 것이다. 그렇다면, 그 감정은 벽이 간직하고 있었던 것이라고 할 수는 없을까? 또는 정확히는 그것은 사람과 벽의 맞부딪침에서 일어나고 이 일어남의 가능성은 세계의 어떤 원초적인 감정적 원소로서 발생 존재하는 것이라고 할 수는 없을까? 이러한 인간과 사물의 해후의 존재론적 근거가 무엇이든지 간에 시적인 인식은, 사물과 인간이 다 같이 이 감정적 원소들의 일어남 속에 참여하고 있다는 것을 일깨워 주는 역할을 한다.

신석진 씨의 시적 지각에서 사물도 사람의 고통의 무게를 원초적으로 함께 견디는 것처럼 보인다.

이 깊은 밤 내가 잠들고 내 말들이 잠들어도, 잠들지 못하는 것들 반듯이 앉아 있는 하나의 책상. 생각에 잠긴 채 턱을 괴고 있는 몇 권의 책, 찻잔에서 고요히 흔들리고 있는 물들. 고개를 내밀어 방 안을 내다보고 있는 벽거울……

—「말 1」

이렇게 사물들은 사람과 별개로 있으면서도 사람의 기다리고 견디는 모습을 그대로 닮은 모습을 보여 준다.

그러나 사물과 인간을 묶는 중요한 유대는 단순히 고통과 기다림만이 아니라 희망과 새로운 가능성이기도 하다. 신석진 씨의 시들이 그리고 있는 것은 주로 사물들의 참고 견디는 모습이지만 이것들의 참음과 견딤은 무엇 때문인가? 그것은 사물이 무엇인가 새로운 전성(轉成)을 기다리고 있기 때문이다. 다시 말하여, 이미 비친 바와 같이, 사물 자신 '하나의 말을 꿈꾸는 정물'인 것이다. 또 이 말은 궁극적으로 하나의 말이면서 또 무수한 가능성의 무수한 말 가운데 있는 것이기도 하다. 그것은 우연인 듯하면서도 원초적인 사람과의 해후를 통하여 끊임없이 일어나는 사건이다. (그리하여 사물들은 사람과 더불어 어떤 커다란 말, 로고스를 지향하고 있는 것일까?)「일 분간」은 이러한 가능성들을 말하고 있는 시로 생각된다.

단 일 분간
이 세상에는
수천 개의 말이 꽃잎처럼 피어났다간 스러진다.

단 일 분간
이 세상에는

수천 개의 정신이 별빛처럼 살아났다간 스러진다.

　신석진 씨의 고요에 대한 탐구, 또 고요를 넘어가는 고요, 사물의 원초
적인 모습, 또 사물과 인간이 혼융되어 있는 근본에 대한 탐구는 무슨 의의
를 갖는 것일까? 어떤 서양의 시인은 말하여 철학은 진리를 지향하고 시는
삶을 지향한다고 하였다. 고요에 대한 탐구가 우리의 삶을 위하여 갖는 의
의는 무엇인가? 신석진 씨의 시는 어떤 골똘함과 단정함과 또 타당성을 가
지고 있지만, 다른 한편으로 좁고 반복적이며 무엇보다도 빈혈 상태에 있
다는 느낌을 주기도 한다. 이러한 인상은 부정할 수 없는 것이다. 그러나
우리는 그의 시적 탐구가 단순한 철학적 의의 이상의 의의를 가질 수 있다
는 것도 인정하여야 한다.

　예로부터 사람은 다른 어떤 생물에 비하여서도 사물과 세계에 대하여
객관적인 지식을 가질 수 있는 존재임을 자부하여 왔다. 그러나 어쩌면 바
로 이러한 능력을 소지하고 또 그것에 자부심을 가져 온 까닭으로 사람은
세계와 사물에 대하여 가장 자기중심적인 생각을 하게 되고 이 생각으로
참으로 객관적인 세계 또는 원초적인 세계를 대체하게 되었다고 할 수 있
다. 이러한 인간 중심의 태도는 특히 현대에 이르러 극단에 치닫고 있다는
느낌을 준다. 이제 온 세상은 인간 이외, 그것도 오만하고 탐욕적인 인간
이외의 것은 들어설 자리도 없는 것이 되고 세계와 사물은 이제 오로지 인
간의 이용과 소비를 위하여서만 존재하는 것으로 보인다. 이러한 태도의
극단화는 사물과 세계의 황폐화를 가져왔을 뿐만 아니라, 결국 자연의 아
들일 수밖에 없는 인간 자신의 황폐화를 가져왔다. 이것은 단순히 사람의
삶의 조건인 환경의 파괴만을 지칭해서 하는 말이 아니라 그의 정신적 방
향 감각, 또 그의 다른 인간에 대한 관계 등을 두고 하는 말이다. 오늘날 우
리는 세계를 오로지 소비의 대상으로 보는 데 이어 다른 인간들도 마찬가

지로 소비의 대상으로 보게 되었다. 그 결과 우리는 소비욕 이외에는 방위를 정해 줄 모든 객관적인 준거점도 잃어버린 것처럼 보인다. 신석진 씨의 고요 —— 사람이 부재한 곳에 사물들이 느끼게 해 주는 고요에 대한 탐구는 이러한 현대인의 상황과 관련해서 생각해 볼 수 있을 것이다.

그가 끊임없이 전하려고 하는 것은 사람이 없는 곳에서만 사물들이 살아난다는 느낌이다. 그는

> 이제 그대들 모두가 잠들면
> 모든 사물은 시간의 옷을 벗고 일어나
> 가장 자유로운 꽃의 형상(形相)이 되어
> 스스로의 모든 아픔을 밝힐 때까지
> 명징(明澄)의 새벽 벌판을 거닐고 있다

고 한다.

그러나 사람이 사물을 인간으로부터 완전히 해방시킬 수 있는가? 이것은 사람 또는 사물 어느 쪽으로도 가능한 것도 아니고 또 바람직한 것도 아닐는지 모른다. 신석진 씨는 사람과 사물, 사람과 사람 사이의 긴장을 지적할 뿐이다. 이 긴장은 주로 그에게 사물의 경험, 언어의 경험 또 사물을 언어화하려는 시인의 긴장으로 대표화된다.

> 하나의 단정한 문장 속에서
> 내가 하나의 말을 괄호 속에 넣어 버렸을 때
> 그 문장은 잠시 몸을 떨며, 나를 비껴 보다가는
> 다시 스스로의 무심한 의미(意味)로 빛난다.

내가 하나의 찻잔을 건드렸을 때

찻잔의 흔들림은 뜨락을 잠시 흔들고

내 고막의 어디쯤을 잠시 울리다가는

다시 스스로의 차디찬 모습으로 빛난다.

이 밤, 아무런 바람도 불지 않는 밤

시간은 고요 속에 묻혀 있고

고요 속에서

완강하게 눈을 뜨고 있는 사물(事物)들.

　　　　　　　　　　　　　　　──「문장(文章) 속에서」

　이러한 시에서 신석진 씨는 언어를 만지거나 사물을 만지거나, 이것은 모두 자연스러운 질서에 대한 침해가 되기 때문에 조심스럽게 행할 수밖에 없다는 것을 말한다. 또 인간의 조작에도 불구하고 사물은 완강히 그 본래의 모습으로 있다는 것을 이야기한다. 「말의 숲에 내리는 눈」은 언어와 사물이 서로 따로 있으면서, 조심스레 따로 있음으로 하여 새로운 개화가 일어날 수 있다는 것을 말한다.

　한 행(行) 건너

　한 연(聯) 건너 희미한 등불 아래로

　조심스레 눈이 내린다.

　행(行) 사이의 말을 건드리지 않으려

　행(行) 사이의 말을 조금 비껴서

　꽃잎처럼 눈이 내린다.

꽃잎처럼 내려앉아

말의 숲을 흔들면

말의 숲에서 무수히 떠오르는 별빛들.

신석진 씨가 사물에 대한 조심성 있는 접근을 중시하는 것은 사물 하나하나의 있음을 존중하자는 뜻이겠지만, 궁극적으로 그것은 있는 그대로의 자연의 질서 전부를 삶의 테두리로써 긍정하자는 것으로 보인다. 「새벽 두 시의 고요 2」에서 그는 말한다.

고요 속에는

깊은 밤 맨살로 깨어 있는 바람이 보이고

바람 따라 눈을 부비는 드넓은 뜨락이 보이고

또 '흰 새 떼들', '서늘한 별밭', '눈부신 산(山)', 또 '세상의 새벽'이 보인다고 그는 말하는 것이다. 「새벽 두 시의 고요 2」에서도 그는 사람이 잠든 한밤에는 "산(山)에서 산(山)이 내려와/ 어두운 골목마다에 서늘한 별빛을 뿌려 주고", "하늘에서 달빛이 내려와/ 빈 뜨락의 풀잎마다에 이슬을 맺혀" 줌에 주목한다. 「이 한밤 저렇게」는 한 걸음 더 나아가 고요 속에서 자연이 스스로의 모습을 드러낼 뿐만 아니라 그 드러냄이 사물과 인간의 삶의 공간을 떠받쳐 주기 위한 것이라고 말한다.

이 한밤 저렇게 강(江)물이 깨어 있음은

스스로의 외로움을 위해서가 아니라

잠들지 못하는 것들이 풀어내는 깊고 깊은 적막을 밝히기 위해서다.

이 한밤 산(山)이 저렇게 높은 이마를 드러내고 있음은
스스로의 빛남을 위해서가 아니라
잠들지 못하는 것들이 지새우는 곱고 고운 뜨락을 지켜보기 위해서다.

이와 같이 자연의 질서는 사람으로부터 해방됨으로써 다시 사람의 존재를 또는 세상의 사물과 인간을 떠받쳐 주는 공간으로서 그 모습을 드러내는 것이다.

위에서 이미 말하였지만, 신석진 씨가 말하는 자연의 고요는 세상의 소요로 하여 필요하여지고 절실한 것이다. 그러나 다른 한편으로 우리는 사람의 삶이 고요와 정지가 아니라 움직임이라는 것을 잊을 수 없다. 고요는 사람과 세계의 근본이다. 이 근본을 의식함으로써 사람은 세계와 사람의 참모습을 향하여 열려 있을 수 있다. 스스로 속에 닫혀 있는 것으로 그치는 삶이 있다면, 그것은 극히 빈약한 삶일 수밖에 없을 것이다. 또한 사람이 삶에 대하여 열려 있다는 것은 사물과 사람에 대하여 적극적으로 작용한다는 것을 말하고, 이것은 단순한 정지로서의 고요를 넘어간다. 사실 고요와 소리, 정지와 움직임은 대치되면서 하나를 이루는 삶의 두 면을 나타낼 뿐이다.

신석진 씨가 고요에 귀를 기울인다면, 이미 우리가 본 바와 같이, 그가 삶의 본래적인 움직임을 중단한다는 것을 말하고, 또 그것은 기다림의 상태에 있는 그의 욕망, 또는 사물의 욕망을 고통으로서 의식한다는 것을 말한다. 이러한 좌절된 욕망의 느낌은 밤의 고요를 말하는 그의 시에 다 나와 있지만, 「밤 1」은 이를 단적으로 표현하고 있다.

누군가가 부르는 듯싶어
일어나 앉으면

빈 나뭇가지를 흔드는 적막(寂寞)일 뿐

왠지 이 밤의 눈부심이 놀라웁고
길들인 마음도 낯설어
산다는 건 이런 것일까?

문득 떠나간 벗이 그립고
발밑으로 떨어지는 별빛도 예사롭지 않아
자리에 들면

이 고요함으로 하여
오히려 내 육신(肉身)은 어지럽기만 하고,
나는 지금 무엇을 잃고 있는 것일까?

고요함은 이와 같이 육체의 번민에 이어져 있다. 또 「벽(壁)」에서 말하고 있듯이 시인은 정적과 정지에 직면하여 "스스로의 육신(肉身)을 불태워 버린 자(者)의/ 눈부신 자유(自由)와 절망"을 느낀다.

현실적 관점에서 볼 때, 신석진 씨의 고요에 대한 탐구는 이러한 자유와 절망에서 우러나오는 것으로 보인다. 이것은 그의 고요의 탐구에 다른 하나의 뉘앙스를 부여한다. 이미 말한 바와 같이 우리가 고요를 필요로 한다면 그것은 한편으로 고요가 상실되었기 때문이고, 다른 한편으로는 보다 적극적으로 그것이 삶의 핵심을 이루고 있기 때문이다. 핵심이란 것은 그것이 삶에 원근법을 제공해 준다는 뜻에서이다. 그러나 이렇게 말하면서 중요한 것은 그것이 삶과의 관련에서 중요하다는 것이다. 삶의 원근법은 삶의 현실적 조감을 가능케 해 주는 하나의 지도를 말하지만, 이 지도는 우리의 자리로 퇴행하라는 지시이기보다는 가능성의 개관으로서 의의를 갖는다고 할 수 있다. 신석진 씨의 고요의 밑바닥에 있는 자유와 절망도 이러한 사실을 말하여 준다.

그런데 대체로 우리는, 앞에서도 비쳤지만 신석진 씨의 시가 삶의 활력에 있어서 크게 부족하다는 느낌을 갖는다. 아마 필요한 것은 자유와 절망의 원인에 대한, 또는 오늘날의 삶에서의 고요의 결여와 단순히 결여가 아니라 그것이 지금의 삶의 왜곡과 위축에 어떻게 관계되는가에 대한 보다 적극적인 탐구일 것이다. 시는 '고요 가운데 회상된' 것을 다룬다는 면을 가지고 있지만 또 동시에 '강력한 감정의 자연스러운 넘침'에 보다 깊이 관계되어 있는 것이고 또 이 강력한 감정은 강력한 삶 — 삶의 모든 주어진 현실과 가능성 속에서의 삶을 전제로 하는 것일 것이다.

(1983년)

가난과 행복의 권리

하일의 시

1

억압받는 사람에게 가장 중요한 과제는 억압에 대항하여 싸워서 그의 인간으로서의 자유를 쟁취하는 일이다. 그때까지 그는 그의 외부적인 조건에 있어서는 물론이고 그의 생각과 느낌에 있어서도 제 자신의 주인일 수 없다. 그의 외면적 내면적 삶의 조건은 근본적으로 타자에 의하여 규정된다. 그가 스스로의 주인공으로서 스스로의 삶을 산다고 생각한다면, 그것은 착각이요 허위의식에 불과하다. 그러한 생각은 그가 그만큼 그를 억압하는 체제에 의하여 철저하게 예속화되고 노예화되었다는 증거가 될 뿐이다.

그러나 이러한 관점에 부딪혀서, 우리가 다른 한편으로 생각하게 되는 것은, 제국주의, 인종주의, 계급적 착취, 성차별 등의 왜곡을 넘어서서 참다운 사람다움을 되찾는 길을 모색함에 있어서 이러한 관점이 절실하게 요구되는 것임에 틀림이 없으나, 그것은 또 그것 나름으로서의 문제점을 가질 수 있다는 사실이다. 노예 상태 가운데도 행복한 노예의 상태는 가장 절망적인 것이라고 하여야 할 것이다. 그가 노예의 상태를 벗어나는 것은 그의 행복이 엄청난 불행의 가면에 불과하다는 것을 깨닫는 것이다. 그러나 나의 존재가 전적으로 밖으로부터 부과된 불행에 의하여, 제국주의, 인종, 계급, 성 등에 의하여 규정된다는 것은 ── 그리하여 나의 주체성이 이러한 외적 조건을 부정하는 치열한 의지와 의식의 그림자로써만 성립된다는 것은, 나의 위엄을, 나의 인간됨을 부인하는 결과를 가져올 수도 있다. 물론 이러한 주장이 우리에게 설득하려고 하는 진실이 바로 이것이다. 즉 억압된 사람은 참다운 사람으로 존재하지 않으며, 그의 사람됨은 부정의 의지가 던지는 실루엣으로만 성립되며, 그의 인간성은 앞으로 쟁취되고 건설되어야 할 어떤 것으로만 있다는 것이다.

그렇다고 해도 여전히 철저하게 짓눌린 사람도, 그의 마음 가운데 그의 존재가 외적 조건에 의하여 밖으로부터 주어진 불행에 의하여 규정된다는 것을 거부하는 무엇인가가 있음을 느낀다. 어떤 상황에 있어서도 사람은 단순히 부정적 측면을 통하여서가 아니라 인간이 가질 수 있는 모든 긍정적인 특징을 통하여 인간으로서 존재하는 것이다. 미국의 흑인 시인인 니키 조반니(Nikki Giovanni)가 그 자신의 어린 시절에 관하여 다음과 같이 말한 것은 이러한 관련을 마음에 두고 한 것일 것이다.

……나는 백인이 나에 관하여 쓸 이유가 없기를 바란다.
왜냐하면 그들은 흑인의 사랑은 흑인의 재산이란 것을 알 도리가 없고,
내 어려웠던 어린 시절을 이야기하고,
내가 내내 행복했었다는 것을 알 도리가 없을 테니까.

──「니키 로사」

인종주의의 억압 속에서 흑인은 억압자와의 관계 속에서만 그의 전 존재가 규정된다. 이것의 인식이 해방의 전제이다. 그러나 흑인을 억압과 불행으로만 보는 것은 그의 삶의 내적인 진실을 빼앗아 가는 것이다. 조반니가 표현하려는 것은 이러한 역설적 진실이다. 우리가 어떠한 상태에 있든지 간에, 불행과 마찬가지로 행복도 우리의 생존의 일부를 또는 가장 중요한 부분을 이루는 것임에 틀림없다.

> ……가난하기는 하지만, 마음에 있는 것은 가난이 아니고,
> 서로 싸움도 많았지만,
> 아버지가 술을 많이 마신다고 해서 크게 걱정되는 것도 아니고
> 모두가 함께 있으며, 화목하며,
> 나와 동생이 행복한 생일날을 맞으며 행복한 크리스마스를 갖는 것
> 그것이 중요하다. ……

조반니는 이렇게 말한다. 그러나 아마 가족이 함께 있지 못하고, 생일을 쉬지 못하며, 즐거운 크리스마스를 갖지 못하는 경우도 있을 것이다. 그것도 개인적인 또는 인간적인 희망과 노력이 부족해서가 아니라, 그것을 불가능하게 하는 파괴적 사회의 힘으로 하여 그렇게 되는 경우가 있는 것이다. 그렇다고 하더라도 인간의 행복은 욕망과 충족의 상대성 속에 있고, 욕망의 조정에 따라서 충족은 크거나 작아질 수 있다. 그 물질적, 사회적 전제 조건이 무엇이든지 간에, 어떤 경우에 있어서나 행복은 전혀 불가능한 것이 아니며, 또 무엇보다도 그것은 인간의 주체적 위엄을 이룬다. 그리하여 행복의 문제는 가난하고 억압된 처지에서 매우 특별한 형태의 문제가 된다.

2

하일 씨의 시가 이야기하고 있는 근본적 상황은 가난이다. 그의 시에 언급된 사실들에 의하면, 그의 사는 곳은 평 반의 단칸방이다. 그는 그 단칸방의 방세를 걱정하고 쌀값을 걱정하고 약값을 걱정하면서, 두 딸과 아내와 함께 산다. 그러면서도 그의 가난한 살림은 짓눌리기만 한, 그리하여 그 상태에 대하여 노여움에 가득 차 있는 그러한 살림은 아니다. 그의 시가 우리에게 느끼게 하는 것은 그의 가난에 못지않게 그러한 살림에 서려 있는 사랑과 희망 — 또는 행복에 대한 간절한 소망이다. 사실 하일 씨에게 가난은 현재에 있어서의 그의 행복을 크게 손상하는 조건이 되지 못한다. 「유능할 뿐」에서 그가 말하듯이,

다섯 명 가족 다 뉘어도 평 반이면 된다. 가구같이 하나님 서 계시리라 믿으며, 부엌 안에 하나님 들어오시리라 믿으며(밥과 반찬 주시니 항상 감사합니다.) 아내도 나를 믿는다. 내일은 방세를 낼 것이라 믿으며, 내일은 쌀을 사 올 것이라 믿으며……

— 그는 이렇게 산다. 사람의 행복이 욕망이나 필요에 상대적으로만 성립하는 것이라고 한다면, 축소되는 바람은 사람의 능력을 크게 하고 또 행복을 크게 한다. 그리하여 하일 씨는 '아내의 믿음', '아이들의 기도'가 그를 '유능'하게 만든다고 말한다. 「주민등록」에서는 그와 그의 가족은 "월세 방 한 칸 얻어서 서로 하늘같이 믿으며 살았"다고 말한다. 「어린이대공원」에 그려진 삶도 역시 가난하다. 가난 속에서 두드러진 것은 가족 상호간의 사랑이며 배려이다. 그리하여 "아내는 자주 미안하다고 약값도 못 보태고 몇만 원씩 나한테 얻어 가는 것을 미안해서 그러지만, 다섯 살

큰딸은 '아빠가 아파서 죽어 버리면 안 되는데 그것이 문제로다.' 하고 말"
하는 사정을 우리는 듣게 된다.

　위의 예들에서도 보는 바와 같이, 하일 씨의 행복의 중심은 가족에게 있
는데, 여기에서의 행복에 두드러져 보이는 것은 가족 전체의 사랑과 신뢰
에 못지않게 가장으로서, 아버지로서의 하일 씨 자신의 자상스러운 마음
이다.「어린이 대공원」에서 하일 씨는 아이들과 함께 어린이 대공원에 가
서 "다람쥐 쓰레기통 옆에서 사진도 찍고, 아이들에게 구름사탕도 두 개
사 주"고 한다.「무지개」에서, 그는 아이들이 무지개를 보고 논의하는 것을
기특하게 듣는다.「팔씨름을 해 볼 때까지」에서 그는 그의 아이가 세 살이
고 13.05킬로그램밖에 안 되며 "아까시아 꽃니피 바라메 날니니"를 부르
는 것에 면밀히 주의한다.

　이러한 자상한 마음은 타고난 것이라고 할 수도 있지만, 다른 한편으로
는 가난이 주는 교훈을 익힌 데서 온다고 할 수도 있는 것이다. 가난이 행
복의 저해 원인이 되지 않는다고 하더라도 그것을 매우 불안하게 하는 것
임은 틀림이 없다. 바로 그럼으로 하여, 행복은 귀중한 것이 될 수밖에 없
는 것이다.「유능할 뿐」에서의 가족의 행복은 내일의 방세나 쌀값으로 하
여 곧 부서져 버릴 수 있는 것이다. 그리하여 이 불안은 믿음에 의하여서
만 다시 오늘의 행복의 밑거름으로 변형될 수 있다.「주민등록」은, "뿌리만
남았다가, 봄이면 다시 피는 들꽃"의 이미지로 끝나는데, 이것은 생존의
긍정에 대한 상징이며, 그에 따른 부활되어야 할 삶에 대한 이미지이지만,
동시에 들꽃처럼 쉽게 져 버릴 수 있는 삶의 심상이기도 하다.「천상병」에
그려져 있는, "하루에 600원짜리 막걸리 병 반을 마시고 밤 11시쯤 부인
이 돌아오면 같이 밥도 먹는다"는 가난한 천상병식 인생의 행복은 다분히
"다음 수요일까지는 다음 수요일까지는 돈이 엄써서 집에 있"어야 하는
사정이, 돋보이게 하는 삶의 불확실성에 이어져 있는 것이다.

하일 씨에 있어서, 행복의 부서지기 쉬운 무상함에 대한 느낌은, 그를 아는 사람이면 그의 삶에서 가장 핵심적인 사실이라고 할, 극히 위태로운 그의 건강 상태에도 관계되는 일이다. 우리는 그의 시에서도 그가 줄곧 죽음의 가능성을 생각하고 있음을 알 수 있다. 이것은, 가난과 함께, 그의 행복의 인식에 애절한 예리함을 더해 준다. 「어린이 대공원」에서의 "아빠가 아파서 죽어 버리면 안 되는데 그것이 문제로다"라는 아이의 표현은 바로 가족들의 짧은 행복의 밑에 서려 있는 죽음의 인식을 드러낸 것이다. 「팔씨름을 해 볼 때까지」에서도 하일 씨는 세 살짜리 아이를 두고 "네가 자라는 먼 훗날 열여덟이나 그래 그만큼 크기도 전에 정말 아빠와 팔씨름도 해 볼 때까지, 아빠는 네 옆에 있을 것이다. 있을 것이다" 하는, 결의랄까 소망이랄까를 표명하고 있는데, 이것도 비슷한 연관을 드러내 주는 것이다.

다시 말하여, 삶의 덧없음, 삶의 행복의 부서지기 쉬움에 대한 하일 씨의 남다른 느낌은 그의 건강 상태에 관계되는 것이지만, 이러한 덧없음, 부서지기 쉬움은 다시 한 번 가난한 삶의 대체적인 속성이라고 할 수 있다. 가난과 덧없는 삶과 행복의 착잡한 관계는 「아버지의 일기」에 잘 나와 있다. 여기에 이야기되어 있는 아버지는 "1950년대를 넘기고 바람처럼 시(詩)처럼 혼자 떠돌았다."

1970년대 말에 아버지는 여인숙에서 죽었고 관할 경찰서에서 보관한 유품은 노트 한 권과 천 원짜리 몇 장이었습니다. 노트는 10년도 넘게 아버지를 따라다닌 것 같았는데 글자 하나가 없었고 어느 곳에도 서명은 보이지 않았습니다.

이렇게 아버지는 돈에 있어서, 언어에 있어서 극히 가난한 사람이었는데, 이것은 물론 불확실의 삶일 수밖에 없는 방랑 생활과 또 그의 이름 없는 죽음과 관계되는 일이다. 그런데 이러한 허망한 삶이야말로 시인에게 삶의 어떤 것도 버릴 수 없을 만큼 귀한 것이라는 것을 깨우쳐 주게 하는 것이다. 그리하여 시인은 말한다.

소중한 것이 무엇인지도 모르면서 결국 소중한 것을 하나씩 잃어버리고 우리는 자라서 아버지가 되지만 그러나 잃어버린 것들을 하나도 잊어버릴 수 없을 때 비로소 아버지를 알 것 같았읍니다.

아버지는 그의 인생이 허망한 것이었던 바와 같이 아들에게는 허망한 존재인지 모른다. 그리하여 다른, 중요치 않게 또 허망하게 생각하는 것이나 마찬가지로(가령 아버지가 남긴 천 원짜리 몇 장과 아무것도 씌어 있지 않은 노트처럼) 아들은 아버지를 잃어버린다. 그러나 그런 다음에야 아버지는 물론(그것이 어떤 종류의 아버지이든지), 인생의 하찮은 것도 잃어서는 안 되는 것으로 기억하고 또 깨닫는 것이다.

3

하일 씨의 가난은, 말할 것도 없이, 그의 개인적 사정이다. 그러나 그의 시가 개인적 사정에 한정되어 있는 것은 물론 아니다. 그것은 그의 개인 사정의 실화이면서 동시에 인간의 생존과 시대에 대한 중요한 우화가 된다. 이미 본 바와 같이 그는 가난이 인간 행복에 반드시 장애가 되는 것이 아니라는 것, 더 나아가 어쩌면 그것이 오히려 그것을 더 통렬하게 하는 것이라는 것을 말한다. 이것은 어쩌면 진부한 이야기이며 또 부정의의 사회가 그 희생자에게 던져 주는 가짜의 위로일 수도 있다. 다만 하일 씨에 있어서 생활의 구체적인 실감이 그러한 가능성을 덜어 주고 있을 뿐이다.

그런데 가난과 행복에 대하여 우리는 더 잘 생각해 볼 필요가 있다. 사실 하일 씨의 시의 교훈은 가난의 행복에 대한 것이라기보다는 행복에 대한 것이다. 다만 가난을 통하여, 행복의 권리가, 그것이 본래적 충동의 범위를 넘어가지 않는 한, 인간 생존의 빼놓을 수 없는 차원임을 알 수 있게 되는 것이다. 하일 씨는 사람이 행복과 사랑과 희망의 존재라고 말한다. 이것은 추상적으로, 단지 듣기 좋은 이야기로써 주장되는 것이 아니라, 인간 실존의 근본적 요구로서 확인된다. 그렇다는 것은 최소한도의 생존 속에서, 그러한 생존이 지속되기 위한 필연적 요구로써 행복이 확인되기 때문이다. 가난과 고난의 의미도 바로 여기에 있다. 위에 우리가 언급했던 시들이 말하고 있는 것도 다른 각도에서 생각해 보면 바로 이러한 것이다. 어떤 사람이 평 반의 공간과 오늘의 양식을 욕할 때 이것이 부당함을 말할 사람이 어디 있겠는가? 그러나 하일 씨가 우리를 설득하는 것은 이것이 목숨을 부지하기 위한 조건이기 때문에 옳은 요구라고만 말하는 것이 아니다. 그는 그러한 최소한도의 요구가 행복과 사랑을 위한 터전이기 때문에 옳은 것이라고 말하는 것이다. 그의 설득의 힘은 여기에 있다.

우리는 시적인 의미에 있어서 모든 존재의 정당성이 그것 자체의 내적 행복 속에 있다고 본능적으로 믿는다. 시인들이 꽃을 사랑하고 나무를 사랑하고 자연을 사랑하는 것은 그것들의 스스로 있는 행복을 긍정하기 때문이다. 그러니까 사람의 일용할 양식과 보금자리에 대한 요구는 생존의 처절한 조건으로서만 아니라 이러한 행복의 관점에서도 정당화되는 것이다. 천상병이 그의 생존을 위하여서가 아니라 행복을 위하여 600원짜리 막걸리를 필요로 한다면 그것은 정당한 것이다. 세 살짜리 아이의 아버지가 아이의 성장을 지키기 위하여 오래 살아야겠다고 한다면, 그것도 납득할 만한 것이다. 또 시인이 평화의 상징 "비둘기를 생각하며 나도 문득 공원에서 살고 싶었습니다"라고 말할 때, 또는 흥보의 입을 빌려, "우선 전세 아파트나 여남은 평 집어넣어서, 뽕뽕 원피스라도 몇 벌 더 집어넣어서, 정부미라도 두어 말 더 집어넣어서……" 박 속의 선물이 터져 나오기를 기대한다고 할 때, 독자는 그것이 무리한 것이 아니며 동의할 수 있는 요청임을 수긍한다.

사실 하일 씨는 사물이나 인간이 단순히 존재하는 것이 아니라 아름다움 속에서 행복 속에서 존재하여야 한다고 생각한다. 그리하여 아이들을 두고 그는 말한다.

꽃 한 송이보다는 소중하고 싶어요. 아이들이 자랄 단칸방이나 마련케 해 주시고 조금만 제 목숨을 보태어 주세요. 저보다 값져야 할 아이들입니다.

이런 일반적인 요청을 하일 씨는 그 특유의 진솔함을 가지고 조금 더 세속적인 것과 시적인 것으로 세목화하여 말한다.

몸 가릴 지폐를 낡은 양말 속에 넣어 주세요. 이미 용서받은 배신을 서로 용서하셔서 지금은 서로 헤어지지 말게 하세요. 땅에 가득한 들풀과 새벽이슬을 기쁘게 해 주세요.

「무지개」는 좀 더 직접적으로 사람의 삶 그 자체가 아름다움 속에 있어야 하고 또 그 속에 있는 것이라고 말한다.

다섯 살 큰딸은 어린이 놀이터에서 무지개를 만났다고 말했습니다. 네 살 둘째 딸은 집 앞에 넘어져서 울다가 만났다고 말했습니다.

이렇게 서로 다른 무지개를 본 두 딸은 어느 것이 진짜 무지개인가에 대하여 논쟁을 시작한다. 그러다가 딸들은 함께 눈물을 흘리게 되는데, 그 눈물에서 시인은 "내 유년의 부서진 꿈"을 발견하고 그것이 "수십 수백 개 광채가 되어 다시 솟아나는 꿈"이 되는 것을 본다. 그러고는 그는 "무지개는 보라야 네 속눈썹 같은 것이고 무지개는 나야 네 머리카락 같은 것이지" 하고 말한다. 즉 아름다움을 보고 꿈꿀 줄 아는 사람 자신이 곧 아름다운 것이라고 주장하는 것이다.

4

이렇게 볼 때, 사람의 모든 모습, 사람이 사는 세계의 모든 것은 존재할 값이 있고 또 아름다운 것이라고 말해야 할 것이다. 또는 하일 씨에게 있어서, 모든 것이 그대로 아름다운 것이라기보다는 그것이 사람의 행복과 사랑 또는 아름다움을 향한 소망 속에 있을 때 아름다운 것이라고 하여야 할는지도 모른다. 물론 오늘의 사람이나 세계가 그대로 긍정될 수 있는 것은 아니다. 그럼에도 불구하고 그것이 사람의 소박한 희망 속에 있는 한, 설령 왜곡이 있다고 하더라도 그 왜곡이 스스로의 의지에 의하여 일어나는 것이 아니라면, 그것은 긍정되고 이해되어야 할 대상이 된다. 오늘의 사회 부조리의 희생자에 보내는 하일 씨의 동정은 이런 각도에서의 인간 긍정의 표현이다.

그리하여 그는 "'이태원/ 모 쌀롱에/ 호스티스로 있"는 여성에서 눈먼 아버지를 위하여 자신을 희생한 심청을 본다.(「심청이 누나 1」) 여기서 주의할 것은 이러한 심청이가 도덕적 의지에 의하여 정당화되는 것이 아니고 그 본뜻이 어떻든지 간에 그대로 관용 속에 긍정된다는 점이다. 「심청이 누나 2」는 '이태원 호스테스'의 일기를 그대로 적고 있거니와, 여기에 보이는 것은 아무런 도덕적 의지가 들어 있지 않은 순진한 윤락 여성의 모습이다. 그녀는 아무런 저항 없이 "밤에 호텔에 열네 번, 낮에 열일곱 번 갔고" 고통스러운 낙태 수술을 하고, 그러한 대가로 돈을 받고 그 돈으로 "옷(캐쥬얼) 하나 사고, 명동서 구두 두 개 사고, 딱분이랑 립스틱도 하나씩" 사고 집에 송금도 한다. 또 그녀가 사귄 송 박사의 도움으로 아버지의 백내장 수술을 무료로 할 수 있게 하기도 한다. 그리하여 그녀는 동네에서 효녀 났다는 칭찬을 듣는다.

시골에선 모두 내가 출세했다고, 효녀 하나 났다고 야단이라는데 막내 동생은 한복 입은 내 사진 뒤에 '누나=왕비마마'라고 적어 뒀다고 편지를 해 왔어. 아이참.

이태원 심청이의 일기는 이렇게 끝난다. 이미 말한 바와 같이 이 일기의 특징은 거기에 아무런 도덕의식이 들어 있지 않다는 것이다. 이것은 시인 하일 씨의 놀라운 수용 태도에서 나온 묘사 방법이면서, 동시에 사실적으로 주인공의 밝고 슬픈 순진성을 드러내 주는 것이다. 이러한 관대한 수용과 사실적 순진성이야말로 도덕적 공격보다도 오히려 효과적으로 우리 시대의 도덕적 상황을 절실하게 이야기해 준다.

오늘의 시대 속에서 그 왜곡을 참고 그날그날을 살아가는 사람은 행복에 대한 작은 소망이라는 관점에서 볼 때, 하일 씨에 의하면, 가장 전형적인 인간 ─ 가장 폭넓게 긍정되어야 할 사람이다. 신이 있다면, 그 신은 이러한 사람들을 위하여 존재하는 신이다. 「우리가 그를 아버지라고 부를 때」에서 그는 팔 하나뿐인 사람, 보이지 않는 사람, 듣지 못하는 사람, 병든 사람, 스스로 죄인임을 아는 사람, 집이 없는 사람, 문둥이, 사기꾼, 미친 사람, 창녀를 위하여 하나님은 그들의 아버지로 존재한다고 말한다. 그것은 그들이 그들의 불안하고 부족하고 궁핍한 삶으로 하여 "더 많이 행복하"기 때문이다. 「크리스마스」는 고통하는 사람이야말로 곧 하나님이라고 말한다.

　날마다 하나님 만나, 어제 구두를 닦던 하나님 육교 위에 지금 있어. 하나님 아들도 함께 있어. 그 앞에 소쿠리 가득 바람이 담겨 공해도 담겨. TV 화면이 하나 담겨. 날마다 하나님 만나, 지하도 옆에 동전 두어 개 들고.

여기의 하나님은 가난할 뿐만 아니라 공해와 거짓 행복의 심상을 선전하는 TV의 희생자이다. 그러한 것들의 희생인 채, 오늘의 고통하는 인간은 하나님의 모습이다. ── 시인은 이렇게 말한다. 평범한 인간의 신성에 대한 긍정은 「동행」에 보다 효과적으로 표현되어 있다. 「동행」은 육교 위의 거지처럼 특별한 고생에 의하여 특징지어지지도 않는 보통 사람의 모습을 간단히 그린다.

　신문 방송에서 믿을 건 광고뿐이다, 아니다, 하고 때로는 다투었지. 때로는 다투며 새벽까지 소주를 나누어 마시다가, 교회의 잠긴 문(門) 밖에서 유행가를 불렀지. 요즈음 잘 팔리는 게 예수냐? 아니면 그리스도냐? 서로 묻기도 했었지. 그는 한 번도 손바닥을 펴서 내게 보이지 않았고, 헤어질 때 그냥 웃기만 했었지. 목이 쉬어 그냥 웃기만 했었지.

진리의 말이 아니라 광고를 이야기하며, 교회의 안이 아니라 교회의 밖에 있으며, 그리스도의 상업화를 이야기하며, 십자가 위에서의 스스로의 수난에 대하여는 내색도 아니 하는 평범한 술친구 ── 이 사람이 바로 우리와 더불어 가는 부활한 그리스도인 것이다. 「동행」에서 하일 씨가 그 정체를 말하지 않는 사람, 그 사람이 그리스도인 것이다.

5

하일 씨가 모든 것, 모든 사람을 그대로 받아들인다고 하여 그에게 오늘의 시대에 대하여 비판 의식이 없는 것은 아니다. 심청으로 하여금 호스티스가 되게 하고, 그것의 도덕적 의미를 모르게 하는 세계 ── 그것이 바른 세계일 수는 없다. 오늘의 아이들의 오락에 맞추어 어린이 대공원을 방문하였을 때, "어린이 대공원 후문 다람쥐 쓰레기 통 옆에서" 사진을 찍는다고 한다면, 이 다람쥐처럼 꾸며 놓은 쓰레기통은 어린이 대공원과 같은 오락 시설의 참 의미를 표현하고 있는 것이 아닐까. 「가족사진」에서, "비둘기들은 모두 공원에 살고 있더라고 TV 화면 가득히 날아오르는 비둘기를 쳐다보며 딸애가 말했읍니다"라고 하일 씨가 단순하게 말할 때, 그것은 TV 화면으로 선전되는 평화의 삶의 영상이 인간의 순수한 갈망의 표현임을 받아들이면서, 또 그러한 갈망이 선전 속에만 존재하고 있음을 암시하는 것이다. 말할 것도 없이 오늘의 거처와 내일의 양식을 걱정하는 일 ── 원초적인 인간의 권리로서의 작은 행복이 부정되는 사회가 바른 사회일 수 없다.

하일 씨의 시에는 보다 적극적인 의미에서, 작은 삶과 행복을 허용하지 않는 오늘의 상황에 대하여, 또 일반적으로 억압적인 제도들에 대하여 비판을 가하고 있는 것들도 적지 않다. 「흥보씨 매품들러 가는데」를 비롯한 흥부와 놀부를 주제로 한 시들은 빈부의 차이에 관한 풍자이다. 「벙어리 예수」는 오늘의 눌려 있는 침묵을 말하고 있다. 「목을 풀기 위해서 부르는 장가」,「광주에 사는 친구가 보내온 엽서(全文)」,「노예로다 오버」,「두보 선생님」,「1984년 그리고 가을」 등은 모두 사회와 정치 현황에 대한 직접적인 언급을 담고 있는 시들이다.

그러나 이러한 시들 이외의 많은 개인적인 사정을 이야기하고 있는 시들에도 시대 상황에 대한 의식은 그대로 배어들어 있다. 그리고 그러한 시들이 정치적인 의미에서 오히려 효과적이랄 수 있다. 가령「다윗 시대(時代)」에서, 하일 씨가,

그때에도 한 여인(女人)을 사랑하여 양도 소도 다 버리고 다시 천막을 치다가, 하나님이 사람들 사이에 목소리로 돌아와 계신 것을 믿으며, 믿으며 사함받은 왕(王)이 있었거니. 이름없는 두 딸의 공민권과 한 여인(女人)을 사랑하여 나는 어디에 천막을 칠까? 나의 왕국(王國)은 이미 땅의 것이 아니라고 무능한 왕(王)이여. 왕(王)이여.

── 이렇게 말할 때, 독자는 여기에 말해진 개인적 상황의 절망을 더 절실하게 느끼며, 그것의 확대된 의미를 동시에 생각한다. 다윗은 개인적인 삶 속에서 하나님의 축복을 깨달았거니와 오늘에 가족과 더불어 작은 행복을 가능케 하는 땅을 어디에 찾을 것인가, 이 세상이 아니라 천국에서만 정의와 행복이 이루어질 수 있다고 해야 할 것인가 ── 하일 씨는 이렇게 외치는 것이다.「그해는」,「그때 아무도 보이지 않을 때」는 매우 억제된 풍경을 통하여 전체적 상황을 효과적으로 시사한다.

그해는 자꾸 눈이 나렸읍니다. 꽃들이 무서워서 가지 속으로 숨고 있었읍니다. 달은 해와 함께 뜨다가 지고 있었읍니다. 꿈도 너무 길고 어두웠읍니다. 우리는 종일 얼어붙은 골목길만 쳐다보았읍니다.

어떻게 보면 흔히 볼 수 있는 수법을 사용하는 이런 비유적 상황 묘사에 있어서도 하일 씨는 직접적인 언급을 최대한으로 억제함으로써 모든 부분을 하나의 개인적인 시각의 직접성 속에 용해한다. 이것이 이 시의 성공적인 점으로 지적될 수 있는 것이다. 개인적 체험으로의 변용은 「다시 4월은 가고」와 같은 보다 직접적 정치 시에서도 볼 수 있다.

뭐 허고 있냐.

복숭아꽃
살구꽃
흐드러지게 다 피었는디

어디서
잠긴 목청으로
휘파람 불고 섰냐.

하일 씨가 여기서 말하고 있는 것은, 다 알 수 있듯이, 4월 혁명의 단절이지만, 이 흔한 언급은, "뭐 허고 있냐" 하는 사투리조의 당돌한 질문에서 벌써 분노와 무력감과 해학을 풍기는 인격적 목소리를 얻는다. 그리하여 그것은 우리에게 새로우면서, 동시에 일단의 정신적 조작의 여유를 포함하는 복합적인 깨달음을 주게 된다.

6

하일 씨는 단순히 개인적인 체험이나 공적인 의식을 직설적으로 표현하는 데 그치지 않고, 표현의 미묘한 기미에 주목하는 시인이다. 이미 살펴본 바와 같이,「다시 4월은 가고」에 있어서의 사투리조와 당돌한 시작,「그 해는」의 경제적 풍경화와,「동행」에서의, 주제의 삭제로 가능하여지는 주제의 심화 ── 이러한 것들이 그의 시인으로서의 언어와 표현에 대한 의식을 잘 드러내 보여 준다. 이 이외에도 이러한 점은 그의 시의 여러 부분에서 자주 볼 수 있는 것이다. 가령,「그리고 별이」에서, "쉬고 있던 세월들은 어느 틈에 밀려와서 서른이 되다가 마흔이 되다가 남편도 되고 아버지도 되었읍니다"와 같은 구절은 얼마나 간결하게 세월의 흐름과 그 흐름 속에서 세월의 허깨비로서 나이 들어 가는 인생의 느낌을 표현하는가.

또는 우리의 하일 씨의 근래의 시에 많은 경어 표현을 보고도 그것이 적절함을 실감할 수 있다. "비둘기들은 모두 공원에 살고 있더라고 TV 화면 가득히 날아오르는 비둘기를 쳐다보며 딸애가 말했읍니다." 이러한 구절은 경어를 씀으로써 사람들이 가지고 있는 평화나 행복에의 소망의 순진성을 두드러지게 한다. 여기에서의 아이들의 어조 또는 동화적인 어조는 사람의 최소한도의 희망의 타당성을 벌써 설득하려 하고 있는 것이다. 그러면서도 이러한 동화적 표면을 깨뜨리고 본다면, 이러한 구절이 말하고 있는 것은, 오늘에 있어서 평화와 행복은 개인 생활의 현실이 아니라, 공적 광장과 그 선전에 있어서의 상징으로서만 존재한다는 중요한 사실이다.(시의 뒷부분에서 비둘기는 공원에도 없고, TV에만 존재하는 것으로 이야기된다.)

하일 씨의 시에는 모더니즘 또는 쉬르레알리슴적인 시들이 있지만, 그의 시적 수법에 대한 배려는 이러한 실험적 시풍에 대한 그의 개방성에도 관계되는 것으로 보인다. 그러나 이러한 계열의 시가 하일 씨의 지금까지의 작품 중에서 뛰어난 것들이라고 할 수는 없다.

> 그 남자(男子)는 반쯤 처량한 노래를
> 불렀다. 가늘은 해면의
> 손바닥 안에
> 별은 노랗게 곤두박질했다.
>
> —「인형, 랩소디」

이러한 시행들은 어떤 일관된 시적 의미로 결정되는 데 실패한 예가 될 것이다. 「숲을 보는 법」, 「연가」, 「모래, 사과와 바람」, 「옷을 벗으며」 등은 모두 이 계열에 드는 시들이다. 「처용을 위하여」, 「사도행전」 등은 좀 더 현실적 사정에 가까이 가지만, 역시 분명한 시적 진술을 이루지는 못하는 것으로 보인다. 그러나 「연가」의 마지막 부분,

> 그 집엔 빨간 리본을 단 병아리와 수염이 긴 새끼 고양이가 외발통의 꽃수레 가득히 장미와 백합이며 온갖 상식의 꽃들이 피어 있어요. 화분에서 이름 알려지지 않은 새가 푸드득푸드득 울고요 장난감, 비행기를 날리노라면 정원 나뭇잎들은 줄기보다 넓고 커져요. 그 밑에 강아지 두 마리가 뛰어다니고 있어요.

이와 같은 부분은 상투적 행복의 심상이기는 하지만, 역시 하나의 통일된 심상을 제공하여 주고, 또 이러한 자유로운 연상으로 하여, 하일 씨의 가난의 상황의 묘사에서도 경쾌함을 부여하는 데 도움을 주는 것으로 생각된다.

「오백 나한의 달」과 같은 시는 반드시 모더니스트적이라거나 초현실

주의적이라기보다는 낭만주의적 작품이지만, 아름다운 우화(寓話)를 그려 내고 있는 작품이다. 이것은 원숭이 나라의 백성들이 절벽 밑의 호수에 잠긴 달을 건지려다 호수에 빠져 죽었는데, 이들이 오백의 나한이 되었다는 이야기인데, 여기의 우화는 하일 씨의 시 속에 관류하고 있는 하나의 태도 ── 삶은, 비록 현실적 난관에 부딪치더라도 아름다워야 마땅하고, 그 아름다움의 긍정이야말로 가장 성스러운 것이라는 태도를 나타내고 있는 것으로 생각된다. 하일 씨가 가난의 시인이면서 행복의 시인이며, 그것으로 하여 독특한 것은 이와 같은 낭만주의 또는 더 일반적으로 비현실주의에의 개방성에 관계되어 있는 것이다.

또 이러한 개방성이 반드시 현실로부터의 도피를 의미하는 것만은 아니다. 그것은 현실이 만들어 내는 불가피한 압력에 대한 반작용이다. 그리고 주목할 것은 그것이 다시 반전할 때, 그것은 우리로 하여금 다시 현실을 거머쥘 수 있게 하는 역할을 한다는 사실이다. 하일 씨의 비사실적 수법과 사실주의와의 중간쯤에 있는 시로서 「사설조」와 같은 것을 예로 들어 보자.

1

밝힐 수 있는 내용은 신문 방송으로 다 발표하고 버선 속 뒤집듯 했으니 할 말이 남았겠소만, 어느 시대든 마감하고 나면 한쪽에 제껴 둔 교정지같이 고쳐질 오자들이 다시 은밀히 넘겨지는 걸 보아라. 과부 속곳 벗기는 꼴 같고 눈 뜨고 아웅하는 하여튼 뭐 그런 느낌이외다.

여기의 입담 좋은 사설은 현실 풍자의 서두처럼 들린다. 그러나 이 시의 2부는 엉뚱하게 변조된다.

2

산토끼토끼야엄마소는얼룩소어디를가느냐깡충깡충뛰면서엄마닮았네산
고개고개넘어아리랑고개는열두고개정든님이넘든고개……

여기의 너무 심한 연상의 도약들은 결국 「사설조」가 뜻있는 시가 되지
못하게 하고 말지만, 이러한 돌연한 무의미의 심리적 원인을 우리가 전혀
이해할 수 없는 것은 아니다. 이런 데에서 우리는 감당할 수 없는 현실의
압력하에서 일관된 의미의 작업을 포기하는 마음을 느끼는 것이다. 그러
면서 마음은 동시에 어떤 해방감을 느낀다. 초현실적 상상력은 현실의 압
력에 대한 굴복이면서 그것으로부터의 해방이다. 또 그리하여 이 해방을
통해서 다시 현실을 부여잡을 수 있는 여유를 얻는 것이다.

7

하일 씨는 그의 시의 증거로 보나 개인적인 사정으로 보나 극히 어려
운 처지에 있는 시인이다. 그러나 그의 시는 결코 어려운 상황에 굴복하
고 있는 것은 아니다. 그는 언어가 허용하는 많은 뉘앙스와 여유를 통하
여 개인적 사정을 넘어선 복합적인 경험의 세계의 의미를 우리에게 펼쳐
보여 준다. 물론 이것은 정도의 문제이기도 하다. 그의 시의 효과는 아무
래도 개인적 체험의 절실함에서 온다. 그것이 그의 시에게 간절한 호소력
을 갖게 하는 것이다. 그러나 동시에 그것은 그의 시로 하여금 자칫하면 연
약한 감상성에 떨어지게 할 수도 있다. 물론 동시에 그의 시는 우리의 공동
체험에 근접해 있다. 그러나 그의 공동 체험의 파악은 아직 공적 위엄을 이
루는 데까지는 나가지 아니하였다.

공적 위엄이 공허한 수사로 이어지는 것은 물론 아니다. 그것은 개인적 체험으로부터 우러나와서 어렵게 이루어지는 것이라야 한다. 또 그것은 개인적이든 공적이든 체험의 다양성을 포괄하는 것이라야 한다. 위에서 본 바와 같이, 하일 씨의 경험의 복합성에 대한 의식, 또 무엇보다도 그의 시적 변조의 능력은 그에게 조금 더 넓은 세계와 언어로 나아가게 하는 데 매우 중요한 도움을 줄 것이다. 하일 씨는 이미 중년을 넘어선 시인이면서 이제 출발하는 시인이다. 우리는 그가 건강을 회복하여 심신이 아울러 강건한 시인으로 성장하기를 기원한다.

(1984년)

대중문화 속의 예술 교육

1

근자에 와서 대중문화는 여러 가지 논의의 대상이 된 바 있다. 어느 때보다도 양산되는 문화 ─ 상업적인 방법을 통하여 양산 공급되는 문화를 대체로 대중문화라고 할 수 있겠는데 ─ 이 문화는, 순전히 그 양으로만 하여도 우리의 의식에 심대한 영향을 주고, 결국은 삶의 질에 커다란 변화를 가져올 수밖에 없을 것이다. 이에 대한 우려와 기대가 빈번하게 표현되는 것은 당연한 일이다. 대중문화는, 삶의 다른 일에서와 마찬가지로 학교 교육이나 생활에, 또 대중문화가 오락적 성격의 예술 형태를 취하고 있기 때문에, 예술 교육에도 중요한 영향을 끼치고 있을 것으로 생각할 수 있다. 그러나 대중문화가 학교에 미치는 영향은 어떻게 보면 이미 우리 교육이 가지고 있는 문제들을 증폭하여 보여 주는 데 불과하다. 이미 우리 학교들에 있어서 문화 예술 교육의 상황은 많은 문제를 안고 있다고 볼 수 있다.

방금 '문제'란 말을 썼거니와, 이것은 대중문화에 대한 부정적인 판단을 상당히 함축하고 있다. 이것은 오늘날 대중문화 논의의 주조를 그대로 받아들이고 있는 것인데, 나로서도 그러한 부정적 문제의식에 일리가 있음을 인정하는 데에서 이렇게 말하는 것이다. 대중문화가 소득이 없는 것은 아니다.

　말할 것도 없이 대중 매체의 확산과 더불어, 방방곡곡에 어떤 형태의 것이든지 간에, 문화 기회가 확장될 수 있게 된 것은 큰 발전이라고 하겠다. 물론 그것이 어떤 형태의 것이며, 또는 어떤 질의 것인가 하는 것이 문제이겠지만, 아무래도 전국이 하나의 보편적 문화에 의하여 묶이게 되는 것은, 보이게 보이지 않게 보편 의식의 확대를 가져온다고 할 수 있을 것이다. 문화는 얼른 보아 서로 모순되는 두 가지 과정을 지칭한다. 그 하나는 보편적 의식의 진보이며, 다른 하나는 개체적 또는 지역적 고유성의 심화이다.

　그런데 어떤 형태이든지 다양한 출처의 문화 형식과 예술 표현에 접할 수 있게 된다는 것은 전자의 진보가 이루어진다는 것을 뜻하는 것이다. 문제는 그것의 질이며 또 그것의 종류이다. 바람직한 것은 보편성과 고유성이 서로 상보적 관계에 있으면서 향상되는 것인데, 오늘날의 대중문화의 일반적 확장을 통하여 이것이 이루어진다고 말하기는 어려운 일이다. 대체로 오늘날 존재하는 바와 같은 대중문화의 확산은 이 점보다는 문제점을 더 많이 지니고 있다고 말할 수밖에 없다. 아마 그 문제의 근본은 그것이 주로 상업적인 동기 또는 일방적, 정치적 동기에 의하여 움직여진다는 말일 것이다. 상업적 또는 정치적 동기가 그 자체로서 반드시 나쁜 것이 아닐 수도 있기는 하지만, 이러한 문화 외의 동기는 문화 그 자체를 손상하는 것이 된다. 문화는 문화로 성립하여야 한다.

　문화는, 인간의 선의와 즐거움의 표현이기 때문에, 그것이 다른 동기에 의하여 '조작된다'는 것 자체가 삶의 온전성, 우리의 삶에 대한 신뢰를 손상하게 하는 결과를 가져올 수 있다. 물론 상업적, 정치적 또는 다른 동기가 늘 표면에 나와 있는 것은 아니다. 아마 능숙한 상업적, 정치적 '조작가'들은 이러한 동기의 노출을 최대한으로 억제하려 할 것이다. 그러나 인생만사가 그렇듯이, 어떤 행동의 근본 동기와 의도는 아무리 억제하고 숨기려 해도 배어 나오게 마련이다. 근본의 잘못은 부분적 노력에 의하여서는 어찌할 도리가 없는 것이다.

그런데 대중문화의 불순한 동기는 그 내용에 비쳐 나오게 된다고 하겠는데, 대중 매체를 통한 대중문화의 전파 양식 그것이 벌써 본래적 문화 발전에 중대한 왜곡을 가져올 수 있다는 점에 우리는 유의하여야 한다. 대중문화의 전국적인 확산 또는 대중문화의 상당한 요소가 외국에서 오는 것이기 때문에, 다시 말하건대, 국제 대중문화의 전국적 확산은 전국의 문화를 획일화하는 결과를 가져오게 된다. 이것은, 위에서 말한 바와 같이, 전국을 단일 문화로 묶고 또 보편적 의식을 높인다는 면을 가지지만, 다양성이 인생을 흥미롭게 하고 풍부하게 한다는 점을 고려할 때, 이러한 것을 제거함으로써 문화의 평면화, 무미화 또는 빈약화를 가져온다고 할 수 있다.

다양화에 대한 요구가 다분히 관광객의 신기함에 대한 욕구와 일치하는 면이 있기는 하다. 그러나 획일화는 그 자체로보다도 지역 문화 또는 그 외의 개성적 문화의 고유성, 궁극적으로 주체적 창조성을 빼앗아 간다는 데에서 더 큰 폐해를 가져오게 된다. 달리 말하여 문화에서 능동적 에너지를 빼앗고 문화를 단순히 수동적 흡수의 과정으로 바꾸어 놓은 것이다. 문화는 이러한 점에서도 서로 모순되는 듯한 양면성을 가지는 것이다. 그것은 보기에 좋은 또는 듣기에 좋은 것이면서 하기에 좋은 것이다. 그러나 대중문화 현상에 있어서, 문화는 만드는 사람이 따로 있고, 이를 받아들이는 사람이 따로 있게 된다. 즉 창조와 수용이 완전히 분리되는 것이다. 문화의 참 의의는 그것이 살 만한 삶의 궁극적 표현이라는 데 있다. 수동적으로 받아들이기만 하는 삶이 좋은 삶일 수는 없다. 이러한 관점에서 대중문화는 반문화적 성격을 가지고 있다.

이에 대하여, 수용의 면을 무시할 수 없는 일이지만, 자발성, 창조성이야말로 삶의 활력의 표현이며, 또 그러니만큼 문화의 근본 특성을 이루는 것이다. 다시 말하여, 중앙에서 확산되는 상업적 대중문화에 의하여 위협받는 것은 이러한 자발성, 창조성이며, 이 위협은 문화뿐만 아니라 일체의 삶의 도전과 대응 능력에 대한 위협이 되는 것이다. 이렇게 볼 때, 대중문화에 의하여 지배되는, 또는 직접적인 지배는 아닐망정 그것이 자아내는 분위기 속에서 행하여지는 학교의 문화 교육 또는 예술 교육이 부딪치게 되는 문제도 뚜렷해진다. 여기에서도 주의해야 할 것은 획일성과 수동성이며, 달리 말하면 자발성과 창의성의 마멸이다. 이것은 대중문화의 영향이 없었다고 하더라도 이미 학교 교육에 있어서 두드러져 나오는 폐단일 수 있는 것이다.

학교는 획일적이고 수동적인 태도를 강요하기 쉬운 곳이다. 특히 교육이 잠재력의 개발이 아니라, 어떤 행동 유형의 주조와 지식의 주입을 주안으로 할 때, 그러한 경향은 강해질 수밖에 없다. 또 이러한 교육 방식은 어떤 의도에 의해서보다 외적 환경에 의해서 그럴 수도 있다. 학교 전체로나 학급으로나, 과다하게 다수 학생을 포용하고 있는 교육 현장에서, 교육은 주고받음의 상호 작용을 통한 계발보다 일률적이고 일방통행적인 전수의 형태를 취하게 된다. 이것은 오늘날 예술 교육에 있어서 특히 중요한 문제를 제기한다. 일반화되고 추상화된 지식은 물건과 같은 고정된 형태를 취할 수 있고, 또 그러니만큼 일방적으로라도 주고받을 수 있다. 그러나 예술에 있어서 중요한 것은 뉘앙스에 대한 감각이다. 이것은 구체적인 사물이나 상황이 암시하는 조화와 가능성의 직관에서 일어난다. 따라서 일정한 규칙에 의하여 포괄되고 또 그러한 규칙으로서 전달될 수 없는 것이다. 이것은 예술이 지식의 체계라기보다도 기술이며 기예라는 사실과도 맞아 들어가는 점이다. 그것은 머리로보다는 손으로 익혀지고 짐작과 느낌으로 얻어지는 것이다.

예술의 이론이 없는 것은 아니지만, 모든 가르침이 그에 맞는, 단계에 맞는 것이 아니면 그렇듯이, 초보 단계에서 이론은 예술적 감각을 오히려 죽여 놓는 역할을 한다. 학교의 미술 시간에 어떤 색깔은 어떤 느낌과 의미를 갖는다고 가르쳐질 때, 그것은 색깔이 자료와 결과, 주위와의 무한한 상호 관계에 의하여 무한히 다른 뉘앙스를 띨 수 있다는 사실로부터 우리의 주의를 떼어 가 버릴 수가 있는 것이다. 도식화야말로 살아 있는 구체성의 느낌에 그 본질을 가진 예술 감각의 금기인 것이다.

대중문화가 강화하는 것은 학교 교육에 이미 존재하고 있는 이러한 획일화, 수동화, 경직화의 경향이다. 아이들의 놀이와 기호를 규정하려고 한 대중적 오락과 예술 수단이 없었을 때, 아이들의 놀이는 얼마나 창의적이었던가. 오늘날의 어른들은 대부분 산과 개천, 골목의 한 귀퉁이, 건물의 으슥한 뒤꼍, 풀포기, 조각난 기계의 부속품들이 어린 시절의 무한한 환상과 고안과 창의의 핵심을 이루었던 것을 기억하고 있다. 이것이 전부는 아니지만, 이런 것이야말로 도식화된 교육, 대중 매체의 획일화된 문화 공급보다도 예술 교육의 첫걸음이 되는 것이라고 할 수 있다. 자발적 탐색이야말로 예술적 감각의 기초인 것이다. 여기에서 창의가 나오고 자아에 대한 각성이 나오고, 이 깨어난 자아와 세계와의 조화된 교섭이 나오는 것이다.

2

방금 아이들의 놀이에 있어서의 자발적인 탐색의 중요성을 말하면서, 동시에, 우리는 이것만이 예술 교육의 전부일 수 없다는 것을 암시하였다. 과연 어떤 경우에 있어서나 교육의 필요는 바로 자발성에 모든 것을 맡길 수만은 없다는 데에서 일어난다. 자발적으로 움직이는 사람의 충동 ─ 그것은 아름다움이나 예술에 관계될 수도 있고, 그렇지 않을 수도 있지만, 문화와 예술은 다른 무엇보다도 사람 마음의 자연스러운 충동에 깊이 관계되는 것으로 생각된다. ─ 이 충동을 일정한 방향으로 이끌어 가고, 이것으로 하여금 어떤 지속적 성향 및 구조로 나아갈 수 있게 하는, 형성적 노력이야말로 교육, 또는 더 직접적으로는 심미 교육의 핵심을 이루는 것이다.

이렇게 말하고 보면, 여기에 필요한 것은 단호한 방향 제시 또는 수립인 것처럼 보인다. 그러나 밖으로부터 부과 또는 제시되는 방향이 얼마나 효과적일지는 의문이다. 심미 교육에서뿐만 아니라 모든 교육에 있어서 일정한 방향의 부과, 달리 말하여 기율의 수락은 교육의 중요한 결과이다. 또는 이 기율의 수락이야말로 교육에서 가장 중요한 부분이라고 할 수 있다. 왜냐하면 모든 부분에서의 기율의 총합이 바로 도덕적 품성을 다지는 것이고, 도덕적 품성의 도야는 교육의 가장 중요한 목표의 하나이다.

그러나 도덕적 품성의 도야가 외면적 기율이나 교훈의 부가로서 쉽게 이루어질 수 있는 것은 아니다. 도덕적 품성이란 바로 내면화된 기율을 얻는 것을 말한다. 그런데 밖으로부터 부과된 기율이 이것을 만들어 낼 수는 없다. 이때, 다만 면종복배식의 사이비 도덕이 있을 뿐이다. 그리고 또 하나 고려해야 할 것은, 어떤 교훈적 자료가 주어진다고 하여도, 배우는 사람이 그 교훈을 받아들일지는 쉽게 예견할 수 없는 일이다.

배우는 자는 그의 상황의 구체적 조건에 따라 모든 것을 제 나름대로 취하게 마련이다. 기대할 것은 마지막의 결과가 원숙한 품성이 되는 것이다.

부분과 과정이 다 주어진 것에 맞을 수는 없으며, 그러한 것을 확보하려는 강압적 시도는 오히려 역효과를 낳을 뿐이다. 도덕적 수련에 대하여 지금까지 우리가 한 말은 예술적 감성의 훈련에 그대로 해당이 된다. 그것은 안으로부터 자라 나와야 하며, 또 각자가 가진 그때그때의 상황과 관심에 따라서 이루어지는 선택적 내면화 과정을 통하여 어떤 총체적 수련에 나갈 수 있을 뿐이다. 이와 같은 점에서, 방금 말한 바와 같이, 예술적 감성, 심미적 감각의 수련은 도덕적 수련과 비슷하며, 사실상, 여기서 길게 말할 수는 없으나, 도덕적 감성의 훈련에 밀접히 관련되어 있는 것이다.

그렇기는 하나 이미 말한 바와 같이, 방향성의 부여가 모든 다른 교육에서나 마찬가지로 심미적 훈련에서도 중요한 것임에는 변함이 없다. 다만 우리가 지적하고자 했던 것은 그것이 매우 조심스러운 접근을 필요로 한다는 사실이었다. 그 이유는 이미 비친 바와 같이, 그것이 내면성 또는 적어도 참다운 의미에서의 내면적 동의를 요구하며 또 매우 구체적인 것 속에서 작용하는 것이라는 데 있다. 그리하여 그것은 외면으로부터 부과된다거나, 추상적 법칙으로 일반화되기를 혐오하는 것이다.

그러나 방향성을 부여하는 데는 어떤 일반적 지침이 없을 수가 없다. 다만 이것은 극히 일반적이고 개괄적인 것이라야 한다. 역설적으로 가장 구체적인 것의 포용은 가장 일반적인 테두리에 의하여서만 가능한 것이다. (가장 포괄적이고 일반적인 법률만이 질서의 테두리를 지키면서 자유로운 행동의 변조를 가장 넓게 수용할 수 있는 원리와 이것은 같은 것이다.) 이 테두리는 예술의 효용과의 관련에서 생각해 볼 수 있다. 그런데 예술은, 그 본질적 기능에 있어서, 삶의 풍요를 표현하는 것이라는 외에, 두 가지 이차적인 관점, 협동성과 개성이라는 관점에서 이야기될 수 있지 않나 한다. 우리는 예술을 통하여 사회적 조화 속에 용해되어 들어간다. 예술은 우리로 하여금 다른 사람에 대한, 내면으로부터의 이해를 가질 수 있게 하며, 또 다른 한편으로는 예술이 해방하는 정서적 에너지는 다른 사람들과의 보다 직접적이고 사회적 교감에 들어갈 수 있게 한다.

또 흔히 이야기되듯이, 예술은 개성의 계발과 표현에 깊이 관계되어 있다. 예술이야말로 심화된 개성의 획득의 단적인 증거이고 또 그 획득의 수단이 아니고 무엇이겠는가? 그러나 여기의 협동성과 개성 또는 개체성은 서로 다른 것이면서 또 다른 것이 아니다. 또 그것은 일정한 지향이 있는 노력과 수련의 결과로 얻어지는 것이면서, 반드시 외부로부터 가해지는 경직된 기율은 아닌 것이다. 예술은 모순의 균형이라고 할 수 있는 면이 있지만, 사실 예술의 의의는 바로 삶의 여러 원심적인 요인과 필요를 조화시키는 데 있는 것이다. 그러니까 심미적 수련에서의 방향성은 반드시 우리의 자발적이고 창의적인 충동과 같은 것은 아니면서, 그것으로부터 나오는 것이다. 자발성은 우리 안으로부터 나온다. 그것은 적어도 그 근원에 있어서 또는 그 단서에 있어서 자아의 원리이고 내면의 원리이다.

그러나 일정한 내면의 공간과 지속이 없이 자아가 있을 수 있는가? 자아는 자발성으로 스스로를 표현하면서 이것을 다시 자아 속에 수용하여, 다음의 자발성의 토대가 되게 한다. 또 자발성이란 사물과의 작용 속에서 현실적 의미를 얻는다. 그러므로 자발성의 자아 회귀는 세계의 내면적 수용을 뜻한다. 달리 말하건대, 자아는 자아로부터 세계로 나아갔다가 다시 그 세계와 더불어 자아로 돌아온다.

이렇게 하여 타아와 자아, 자아와 세계는 하나의 변증법적 과정 속에 들어간다. 그런데, 이 과정에서 자아의 자아에의 회귀 과정은 개체성의 심화를 말하고, 자아와 세계와의 교섭은 세계 내에 존재하는 자아의 세계에의 순화를 말한다. 그런데 이때 세계는 물론 다른 사람을 포함한다. 또는 여기의 관계가 주고받음의 상호적 작용이니만큼, 무엇보다도 다른 사람을 뜻한다. 여기에서 협동성의 계기가 생기게 된다. 쉽게 말하건대, 이미

공자의 가르침에서도 역지사지(易地思之)야말로 모든 도덕의 근본이라고 한 바 있지만, 이것은 내 사정을 깊이 생각하는 것과 다른 사람의 사정 또는 더 나아가서 우리 모두의 사정을 생각하는 것이 일치할 수 있음을 말한 것이다.

흔히들 집단에 대한 맹목적 종속만이 집단생활의 기초처럼 이야기하는 수가 있으나, 참다운 집단적 결속은 이러한 상호성에서만 나올 수 있는 것이다. 그리고 방금 말한 바와 같이, 이것은, 적어도 궁극적인 의미에서는, 개체성의 희생을 요구하는 것이 아니다. 다만 그러한 희생이 필요하다면, 그것은 보다 넓은 것으로 나아감으로 하여, 보편성에로의 지양을 통하여 개체성이 완성될 수 있기 때문이다.

물론 지금 말한 것은 심미적 수련보다는 도덕적 품성의 도야를 말한 것이다. 그러나 위에서 말한 바와 같이, 두 가지의 수련은 서로 그렇게 다른 것이 아니다. 가장 절실한 의미에서의 자아의 느낌은 감각에서 온다. 현재의 순간의 나야말로 가장 절실한 느낌으로 파악되는 내가 아닌가? 그런데 이 현재를 구성하는 것은 다른 모든 것들을 압도하는 내면적 외면적 감각의 현존성이 아니고 무엇이겠는가? 심미 감각은 이러한 감각 세계의 현존을 떠나서 성립할 수 없다. 그러나 그것은 또한 조화와 전체성의 느낌이다. 감각은 어느 경우에나 감각의 대상으로 구성된다고 할 수도 있고, 또는 그 대상에 따르는 우리 스스로의 느낌이라고 할 수도 있다.

따라서 조화와 전체성의 느낌은 우리 자신의 내면의 조화 ── 공간적 시간적 확산과 지속에 대한 느낌이면서 그 느낌 속에 드러나는 세계에 대한 느낌이다. 그러니까 그것은 자아의 지속과 심화에서 오는 기쁨이면서 또 그것을 통하여 우리와 공존하는 것으로 드러나는 세계에 대한 기쁨이다. 이렇게 볼 때, 이것은 협동적이며 개체적인 도덕성의 변증법적 과정과 일치하는 것이다. 다만 도덕적 감성이 보다 더 엄격하게 세계와 인간과 사물에 대한 당위적 관계에 중점을 두는 데 대하여 심미적 감성은 단순한 존재와 향유에 중점을 둔다고 말할 수는 있을 것이다. 또 한 가지 덧붙일 수 있는 구분은 도덕적 품성은 보다 넓은 심미적 감수성으로부터 나온다는 점이다. 그러니까 이상적 조건에서, 심미적 감수성은 도덕적 품성에 선행하고 그것보다 포괄적인 것이다.

이러한 논의에서, 우리는 예술 교육의 초점이 한편으로는 협동심의 함양과 다른 한편으로는 개체성의 심화에 관계되어 있다고 말할 수 있다. 다만 이것은 일단은 도덕적이라 할 수 있는 목표를 표면으로 내세워서 이루어지는 것이 아니라 감각적 대상과 사람과의 교섭을 통하여 이루어지는 것이다. 우리는 감각적 자료, 특히 미적 자료에 접하면서 자발적으로 여기에 참여하고, 또 그것을 자발적으로 창조함으로써, 내면과 외면의 변증법적 운동을 체험하게 되는 것이다.

3

이러한 체험이 가능하기 위해서는 그를 위한 조건이 성립하여야 한다.

맨 먼저 생각할 수 있는 것은, 말할 것도 없이, 예술 교육이 무엇보다도 실제 감각 자료에 대해 보고 이를 재창조해 보고 하는 데에서만 이루어질 수 있다는 것이다. 이미 말한 바와 같이 예술은 실제이다. 물론 그것은 또한 의식이기도 하다. 예술에 대한 이론적 이해는 의식으로서의 예술 체험의 최종 단계이다. 그러나 이것이 구체적 체험에 기초해 있지 않다면 그것이 위선적이고 공허한 것이 될 것임은 지적할 필요도 없다.

두 번째로 우리가 생각할 수 있는 것은 학생에게 주어지는 감각 자료가 학생으로의 능동적 반응과 재창조와 창조를 허용할 수 있는 종류의 것이라야 한다는 것이다. 이렇게 볼 때, 아마 자료는 너무 많은 것일 수 없을 것이다. 그러나 그것보다 중요한 것은 자발적이고 창의적 반응이 일어날 수 있는 시간적 여유를 주는 일이다. 정신은 서두름이나 강압보다는 서서히 이루어지는 성장을 통하여 피어난다. 상상력을 말하는 사람들이 유기체의 비유를 늘 써 온 것은 우연한 일이 아니다. 정신은 식물에 비슷하다.

또 생각해야 할 것은 능동적 정신 작용이 있을 수 있는 환경의 조성이다. 예술 교육에 적합한 공간은 우선 소규모의 것이어야 할 것이다. 사람의 자연스러운 환경은 거대한 공간이 아니다. 사람이 감각적 자극을 수용할 수 있는 능력은 동시적으로 일곱 가지에서 아홉 가지 정도에 한정된다고 심리학자들은 말한다. 너무나 복잡하고 급한 환경에서 우리의 감각 기관은 여러 가지 자극을 능동적으로 조화 있게 받아들일 수가 없다. 또 소규모 환경의 필요는 고독의 필요에도 연결된다. 사람의 정신 작용은 말할 것도 없이 환경에 의하여 삼투되어 있다.

예술의 체험이 내면적 심화를 가져오는 것이라면, 그것은 환경의 관점에서는 고독 속으로 들어간다는 것을 의미한다. 예술은 고독을 필요로 한다. 아마 고독은 개체적 필요를 이해할 수 있는 소규모 환경에서만 얻어질 수 있는 것일 것이다. 어떤 때는 대도시의 익명성이 필요한 예술적 고독을 보장해 주기도 하지만, 이것이 바람직한 것은 아니다. 왜냐하면 사람은 고독과 함께, 또는 그것보다도 더 다른 사람과의 상호 작용을 필요로 하기 때문이다.

사람의 개인적 체험은 극히 한정되어 있고 빈약하다. 이것은 감각의 경우에도 그렇고 그것의 세련과 조화를 위한 훈련에 있어서는 더욱 그렇다. 다른 사람과의 상호 작용이 우리 감각을 풍부하게 하고 무엇보다도 그 훈련을 촉진한다. 내 감각은 다른 사람의 감각과의 차이로 하여 넓은 공간 속에 놓이게 된다. 이 공간의 획득은 나의 심화를 뜻하면서 나의 보편성으로의 고양을 뜻한다. 문화 전통에서 나오는 예술 작품의 중대한 의의도 이러한 과정을 도와준다는 데 있다. 또 다른 사람과의 상호 작용은 다른 각도에서 심미 교육에 필수적이다. 자신의 감각을 우선적으로 훈련시키는 것은 다른 사람과의 교섭이다. 이것이 다른 사물과의 교섭까지도 조건 짓는다. 또 예술적 기쁨의 큰 원천은 집단적 열광이다. 나의 자기 확인은 집단 속에 분출되는 에너지로서 참으로 우렁찬 것이 된다.

그러나 또 다른 의미에서 우리는 예술 체험에 다른 사람이 필요함을 말할 수 있다. 되풀이하여 강조한 바와 같이, 예술은 자발적이고 창조적인 자기표현으로 출발한다. 이것은 우리가 그것에 참여하는 데에서 예술의 의의가 생긴다는 말이다. 이러한 의미에서의 참여 예술은 우리가 보고 듣고 하는 바 관조 예술에 대립된다.

그러나 이 두 가지가 서로 완전히 다른 것은 아니다. 참여 예술이 참으로 일관성 있는 형식과 구조를 얻는 것은 관조를 통하여서이다. 신이 나서하는 예술적 동작과 창조가 제대로 되어 있는가 하는 것을 판단하는 것은 이것에 대하여 일정한 거리를 둠으로써 가능하여진다. 이것은 남의 눈으로 보듯 자신의 활동을 본다는 것을 뜻한다. 그러나 어떤 경우에나 우리는 완전히 남의 눈으로 우리 자신을 볼 수 없다. 그러는 한 우리 자신의 행동은 완전한 객관성에 이를 수 없다. 그것이 가능해지는 것은 진정한 남의 눈을 통하여서이다. 예술은 남의 눈을 통하여 완성된다. 사실 아름다움이란 자기와 타인과의 종합에서 성립한다. 자기만의 눈으로 볼 때 아름다움도 추함도 존재하지 않는다.

그러나 다른 한편으로 남의 눈에 의하여서만 사물을 보고 자신의 행동을 형성할 때, 거기에 남는 것은 객체화된 소외 인간뿐이다. 아름다움의 의식이란 자아와 타인이 저절로 조화되게 하는 사회의식인 것이다. 그러나 아마 우리가 더 강조하여야 할 것은, 적어도 여기의 관련에 있어서는, 자신의 자발성이며, 그러한 자발성의 표현으로서의 예술일 것이다. 이것은 이미 우리 사회에 있어서, 예술이 지나치게 다른 사람의 관점에서 파악되고 있음으로써이다. 일반 행동거지에서, 자연스러운 자아 표현보다 규격에 맞는 표정과 행동을 요구하며, 유치원에서 일반 예술에 이르기까지, 하는 사람의 재미보다 보고 저울질하며 사는 사람의 척도를 중시하는 것이 오늘의 우리 사회의 현상인 것이다.

그리하여 어린아이는 그 예술 표현과 교육에 있어서 어른이나 교사의 꼭두각시가 되고, 개인과 지역의 이니시에이티브는 무시되고, 모든 것이 소위 일류라는 기이한 획일 기준에 의하여 재단되게 된다. 그러니까 우리에게 회복되어야 할 것은, 처음에 비친 바와 같이, 자아의 자발성이며, (남의 눈으로 볼 때는) 불완전주의의 수락이며, 지역적 이니시에이티브의 인정이며, 중앙 집권과 일류병의 배격이다. 그러나 바른 상태에서 예술적 감각이 나와 남의 조화 위에 성립하는 것임은 위에 이미 말한 바와 같다.

이 문제는 별도로 다루어야 하겠으나, 여기에 관련하여 좀 더 실제적인 것 몇 가지를 생각해 보자. 이미 말한 바와 같이 예술 교육의 기준은 반드시 교사나 부모나 또는 일류라고 말하여지는 외부로부터 부과되는 것이어서는 안 된다. 우선은 학생 자신의 자아와 자유와 창조의 표현이어야 한다. 이것은 교사가 학생 하나하나의 예술 그 자신의 기준으로 주의한다는 것을 뜻한다. 또 이러한 것은 재능의 계발에 있어서도 참고하여야 할 사항이다. 교사는 예술적 재능을 발견하고 계발할 책임을 지고 있다. 이것도 외적기준이나 집단의 관점에서만의 이야기가 아니다. 여기에서 하나하나의 인간의 자기 계발에 도움을 준다는 것이 우선은 중요한 것이다.

이러한 것은 시설과 그 운영에 있어서도 고려되어야 할 일이다. 가령 학교는 모든 학생에게 미술 도구와 악기를 대여해 주고 공간을 마련해 줄 수 있어야 한다. 이것은 반드시 집단적 의무이기 때문이 아니다. 한 사람 한 사람의 자아실현이 어떤 개인이나 가족의 시설과 자산에 의하여 제약되지 않도록 하기 위함이다.

대체로 우리 사회에 있어서는 집단과 개인은 서로 따로 돌아가는 경향이 있다. 우리는 집단의 기율에 봉사할 것을 요구받고 또 개인적인 욕망을 추구한다. 이에 대하여, 집단은 개인의 필요와 소원을 충족시켜 주는 자애로운 부모일 수 있어야 한다. (개인이 집단에 봉사하는 것이 자기희생이 아니라 자기완성이 될 수 있어야 하듯이.) 그런 의미에서 학교나 공공기관은 개인의 예술적 자질을 펼쳐 나가는 데 집단의 지원을 그 성과에 관계없이, 즉 그것이 집단의 위신 선양에 도움이 되느냐 아니 되느냐에 관계없이 지원을 줄 수 있어야 한다. 사실 이러한 것은 극히 실제적인 문제인데, 예술 교육의 참뜻은 이러한 극히 세부적인 문제에까지 개인과 사회, 사물과 인간, 어제와 오늘과 내일의 자기를 조화 속에 통일할 수 있는 인간을 형성하는 데에서 발견하는 것이다. 이것은 사람의 자발적이고 자유롭고 창의적인 충동을 부드럽고 조심스럽게 도와, 제 스스로에게 돌아가게 하는 것이다.

이러한 교육적 이상이 대중 매체에 어떻게 수용될 수 있는가? 구체적인 방안이 우리 사회에 참다운 예술적 수준이 올라가면서, 관심을 가진 여러 사람들에 의하여 고안되어야 할 것이다. 다만 여기에서 이야기할 수 있는 것은 위에 밝히고자 했던 원칙들이 구체적인 프로그램 속에 수용되어야 한다는 것이다. 오늘날 대중 매체가 가장 강력한 문화 전파의 수단인 것은 틀림이 없다. 이것은 모든 사람에게 높은 자아실현과 사회적 조화를 가능하게 할 수 있는 수단이 될 수 있다. 이것은 상업과 정치의 수단이 아니라 우리 사회를 인간적 보람의 사회가 되게 하는 데 봉사하여야 한다. 그 때 학교 교육은 이러한 매체의 봉사에 힘입으면서 한결 수월하게 그 맡은 바 일을 해낼 수 있을 것이다.

(1984년)

미국의 시적 심상

김수영을 중심으로

    그것이 무엇을 뜻하든지 간에, 미국과 한국은 지난 40년간 매우 긴밀한 관계를 유지해 왔다. 이것은 주로 정치 군사 경제의 측면에서의 이야기이지만, 문화의 경우에도 마찬가지라고 하여야 할 것이다. 그러나 우리의 고급문화 또는 의식적인 문화에 있어서의 외적 표현을 검토해 볼 때, 놀랍게도 미국에 대한 또는 한미 관계에 대한 대자적 자세의 가늠이 부족한 것을 발견하게 된다. 이것은 그것의 시적(詩的) 표현에 한정하여 볼 때 특히 그렇다. 물론 최근에 와서, 말하자면 미국문화원 진입 사건과 비슷하게 폭발적으로 표출되는 시적 발언들이 없는 것은 아니다. 그러나 대체적으로 우리의 시인들이 이러한 문제에 별 관심을 갖지 아니하였던 것으로 보인다. 그럼에도 불구하고 미국이라는 존재가 정치, 군사, 경제, 사회뿐만 아니라 우리 문화에 또 우리의 의식 생활에 막중한 비중의 요소로서 작용하여 온 것도 틀림없는 사실인 것이다. 다만 그것은 우리의 의식 속에 잠행적(潛行的)으로 존재하여 왔을 뿐이다. 또 그러니만큼, 어떻게 보면, 더욱 그 의미는 막중하고 착잡한 것이었다.

도식적으로 말하여, 미국과 한국의 관계는, 피상적 인상에도 불구하고, 본질적인 것이 아니라고, 다시 말하여 두 사회의 핵심적 동력이 서로 얼크러져 들어가 있는 관계가 아니라고 할 수도 있고, 또는 그 반대로 매우 깊은 관계를 가지고 있는 것이라고 할 수도 있다. 또 깊은 관계 또는 어떤 종류의 관계라도 있을 때, 그것은 서로 도움이 되는 것일 수도 있고, 아니면 서로 또는 어느 한쪽에 해가 되는 것일 수도 있다. 그리고 상호 관계에 대한 이해 판단의 차이에 따라, 우리의 미국에 대한, 또는 미국인의 우리에 대한 태도는 우호적일 수도 있고 적대적일 수도 있다. 어떤 사상(事象)을 두고도 사람의 생각이란 결국 모든 가능한 생각에 이르고야 말게 마련이거니와, 한미 간의 관계에 대하여서도, 위에서 간단히 도식화해 본 모든 관계와 태도의 방식의 우리의 역사의 어떤 시기엔가 어떤 사람들에 의하여 표출되게 되는 것도 쉽게 짐작할 수 있는 일이다. 그리하여 시인에게 미국과 미국인은 해방자로, 선진 문명의 구현자로, 민주주의의 대변자며 보증으로 생각되기도 하고, 다른 한편으로는, 제국주의, 국제 자본주의 횡포, 종속적 후진성의 원인, 퇴폐한 물질주의, 민족 분단의 원흉 —— 이러한 테두리에 의하여 판단되어야 하는 것으로 생각되기도 한다.

　다시 말하건대, 여기에는, 시의 경우나 또는 일반적 태도의 경우나 두 가지의 판단 가능성이다. 미국은 우리에게 시혜자 우방 또는 적어도 상호 의존적 관계에 있는 나라일 수도 있고, 또는 억압적 세력, 아니면 적어도 그 방조자일 수도 있다. 이러한 두 판단의 어느 쪽이 옳으냐 하는 것은 시대와 입장을 달리하여 달라질 수 있을 것이다. 여기에 대한 우리의 판단이 중요한 것이라고 할 때, 판단을 위하여 필요한 것은 엄정한 사실적 연구일 것이다. 그런 연후에야 이쪽이냐 저쪽이냐의 판단이 가능할 것이다. 그러면서 그러한 사실적 연구에 근거하여 또 하나의 가능성이 생각될 수도 있을 것이다. 그것은 미국 또는 어느 한 나라가 우호적으로나 적대적으로나 간단히 하나의 관점에서 파악될 수 있는 것이 아니라는 가능성이다. 이 가능성의 관점에서 볼 때, 한 나라 또는 어떠한 대상도 우리의 관념의 추상화에 있어서만 일체적인 것으로 보이는 것이다.

그러나 시인이 이러한 문제에 대하여 발언하는 경우 우리는 그가 완전히 사실적이기를 기대할 수는 없다. 흔히 이야기되듯이 시인의 발언의 정당성은 그것의 극적 타당성에서 온다. 쉽게 말하여, 시의 모든 형식적 요건이 여기에 관계되는 것이다. 그렇다고 사실적 진리가 여기에 전혀 무관한 것은 아니다. 사실적 진리는 사실과의 직접적 대응보다(그것을 포함하기도 하지만), 있을 수 있는 가능성의 테두리 안에서 그 근거를 얻고 무엇보다도 주어진 상황의 동기 연관 속에서 그럴싸한 것으로 생각될 수 있어야 한다. 상황의 동기적 연관 관계란 단순히 형식적 짜임새만을 지칭하는 것이 아니다. 그것은 결국은 생존의 구조에 관한 우리의 느낌과 이 느낌의 필연적 논리에 이어져 있다. 이 느낌은 시인 자신의 개인적 체험과 시대적 체험을 통하여 만들어지는 한 원형이다. 이것을 통하여, 시적 표현은 사실적으로 볼 때 반드시 논란의 여지가 없는 것은 아니면서, 그 나름으로서의 설득력을 갖는다. 되풀이하건대, 이 설득력은 사실들의 밑바닥에 있는 인간적 시대적, 개인적 체험의 원형에서 나온다.

한미 관계에 대하여, 또는 일반적으로 시대의 문제에 대하여, 그것의 각성과 해결에 시가 기여하는 것은, 명백히 주제화된 사실적 지적을 통해서라기보다는 그것에 대한 깊은 체험을 표현하는 일을 통해서이다. 그러한 체험이란 개체적 체험의 전면적 과정의 일부로서 존재하기 때문에 분명하게 대상화되고 주제화되기가 쉽지 않다. 위에서 이미 우리는 우리의 현대시에 미국에 대한 발언이 많지 않음을 지적하였고, 또 동시에 그럼에도 불구하고 그것의 잠재적인 형태의 영향이 큰 것임에 틀림없으리라는 것을 말한 바 있다. 이런 여러 이유로 하여, 이 잠재적인 영향에 대한 탐색은 광범위한 범위에서 이루어져야 마땅하다.

    미국적인 것의 영향이 잠재적으로 컸던 시인으로, 가령 우리는 김수영
(金洙暎)을 생각할 수 있다. 이미 많이 이야기된 바와 같이 김수영은 해방
후의 시인 가운데 가장 분명하게 민주주의의 진전에 관심을 표명했던 시
인이다. 민주주의 핵심의 하나는 민족과 사회와 개인의 자주적 결정을 존
중하는 데 있고, 이 논리에서 미국의 불균형한 영향은 당연히 배제되어야
옳다고 생각될 수밖에 없다. 따라서 김수영이 의도적으로 그러한 단계까
지에 이르렀는지는 분명치 않지만, 그가 민주주의의 시인임과 동시에 민
족적 민중적 시인이었다고 하는 판단도 틀린 판단은 아니다.
    1960년 8월에 김수영은

    나가다오 너희들 다 나가다오
    너희들 미국인(美國人)과 소련인(蘇聯人)은 하루바삐 나가다오

라고 썼다. 이것은 해방 이후 계속되어 온, 그리고 4·19를 계기로 하여 다
시 한 번 표면으로 부상한 민족적인 심정을 표현한 것이지만, 이러한 발언
에서 흥미로운 것은 감정의 소박성이 강조되고 있다는 점이다. 그리하여
김수영은 미국인과 소련인이 나가야 할 거창한 이유를 제시하기를 거부한
다. 그는 말한다. "이유는 없다."라고. 그 이유는, 구태여 따지자면 사건과
사건 사이의 '적막(寂寞)'에 비슷한 것이다.

    말갛게 행주질한 비어홀의 카운터에
    돈을 거둬들인 카운터 위에
    적막(寂寞)이 오듯이

혁명(革命)이 끝나고 또 시작되고

혁명이 끝나고 또 시작되는 것은

돈을 내면 또 거둬들이고

돈을 내면 또 거둬들이고 돈을 내면

또 거둬들이는

석양(夕陽)에 비쳐 눈부신 카운터 같기도 한 것이니

그는 이렇게 말한다. 또 김수영은 외세가 물러가기를 바라는 심정을 농사에 있어서의 휴식에 대한 갈구에 비유하기도 한다.

이유는 없다—

가다오 너희들의 고장으로 소박하게 가다오

너희들 미국인(美國人)과 소련인(蘇聯人)은 하루바삐 가다오

미국인과 소련인은 '나가다오'와 '가다오'의 차이가 있을 뿐

말갛게 개인 글을 모르는 백성들의 마음에는

'미국인'과 '소련인'도 똑같은 놈들

가다오 가다오

'사월혁명(四月革命)'이 끝나고 또 시작되고

끝나고 또 시작되고 끝나고 또 시작되는 것은

잿님이 할아버지가 상추씨, 아욱씨, 근대씨를 뿌린 다음에

호박씨, 배추씨, 무씨를 또 뿌리고

호박씨, 배추씨를 뿌린 다음에

시금치씨, 파씨를 또 뿌리는

석양(夕陽)에 비쳐 눈부신

일 년 열두 달 쉬는 법이 없는

걸쩍한 강변밭 같기도 할 것이니.

끊임없는 경작과 추수 사이의 잠깐의 분노와 고요에 비슷한 것이 민중
의 외세에 대한 근원적 자세이다 —— 김수영은 이와 같이 설명한다.

> 지금 참외와 수박을
> 지나치게 풍년이 들어
> 오이, 호박의 손자며느리값도 안 되게
> 헐값으로 넘겨 버려 울화가 치받쳐서
> 고요해진 명수 할버이의
> 잿물거리는 눈이
> 비둘기 울음소리를 듣고 있을 동안에
> 나쁜 말은 안 하니
> 가다오 가다오.

「가다오 나가다오」에 표현되어 있는 자주적 질서에 대한 갈망은 절실
한 것이면서도 패배주의에 물들어 있는 것이라고 할는지 모른다. 여기에
새로운 판에 대한 희망, 또 허망한 노력으로부터의 휴식에 대한 희망은 부
질없는 것이라는 인상을 준다. 카운터 위의 도박은 계속될 것이고, 농사일
도 계속될 것이고, 농산물 가격의 문제도 계속될 것이고, 위에 인용한 부분
의 다음에서 이야기하듯이, 이러한 일은 "너희들이 피지도(島)를 침략했을
당시"부터 일어난 일인 것이다. 그러나 이러한, 어떻게 보면 패배주의적
인식에 들어 있는 것은 강한 경험주의적 현실 인식이라고 하겠는데, 이러
한 현실 인식은 '피지도(島) 침략'으로부터 계속되는 소박한 근원적 자주
성에 대한 소망에도 그대로 해당되는 것이다. 그것도 이유와 사정의 여하

에 관계없이 확인되는 민족적, 인간적 진실의 일부인 것이다. 이러한 확인은 사실 어떤 이념적 주장에서 나오는 것보다도 확실한 것이다. 그것은 미국과 한국, 또는 소련과 한국, 또는 일본과 한국의 관계가 사실적인 의미에서 어떤 것이든지 간에 ── 가령 그것이 가장 좋은 관계라고 하더라도 진리일 수밖에 없는 것이다.

한국과 강대국 간의 관계에 대한 이러한 김수영의 인식은 그의 개인적인 체험에 깊이 뿌리내리고 있는 것으로 보인다. 한국과 강대국의 관계가 가장 좋은 상태에 있더라도, 필연적으로 종속적일 수밖에 없는 그 관계는, 이유 여하를 막론하고 근원적 균형에 대한 우리의 충동에 배치되는 것이다 ── 이러한 명제는 개인적인 문화적, 지적 체험에도 그대로 해당되는 것이다.

주지하다시피 김수영은 모더니스트였다. 모더니즘은 영미를 비롯한 해외로부터의 영향 없이는 생각하기 어려운 것이다. 그런데 해방 이후의 모더니스트들 가운데 김수영만큼 외국어에 밝고 외국어와 문학의 유혹을 많이 느낀 사람도 달리 찾기 어려운 것일는지 모른다. 그에게는 영문으로부터의 번역이 상당히 있고(네 권의 단행본 역서 이외에, 소설 평론의 번역이 30편에 달한다.) 뿐만 아니라 그의 산문이나 시를 보면, 그가 외국어 ── 주로 영문과 일문의 글들을 계속 읽고 있었음을 알 수 있다. 「거짓말의 여운 속에서」에서 그는 자신을 다음과 같이 말하고 있다.

> 일본(日本)말보다도 빨리 영어(英語)를 읽을 수 있게 된,
> 몇 차례의 언어(言語)의 이민(移民)을 한 내가
> 우리말을 너무 잘해서 곤란하게 된 내가
>
> 지금 불란서 소설을 읽으면서……

「라디오계(界)」에서는 그가 한때, 일어 방송을 즐겨 들었던 체험을 말하여,

> 지금같이 HIFI가 나오지 않았을 때
> 비참한 일들이 라디오 소리보다도 더 발광(發狂)을 쳤을 때
> 그때는 인국방송이 들리지 않아서
> 그들의 달콤한 억양이 금덩어리 같았다.

이러한 김수영의 외국어 독서나 라디오 청취는 단순히 필요 때문만은 아니었고, 그것의 '달콤한' 유혹에 다분히 항복한 때문이었던 것으로 생각된다. 그러나 동시에 그는 이러한 유혹으로부터 벗어난다. 그리하여 그는 유혹과 그 극복의 과정을 전면적으로 보여 준다. 그러니만큼 그의 증언은 값진 것이다. 사실 외국의 문화가 우리에게 유발하는 태도는 어느 경우에나 이 양면을 가지고 있고, 또 그렇다는 것은 좋고 나쁘고의 흑백 양단으로 쪼개어 볼 수 없는 면을 가지고 있는 까닭에, 이 두 면을 아울러 고려한 관점만이 참으로 설득력을 가질 수 있기 때문이다.

외국 또는 외국 문화에 대한 관심이 흔히 그렇듯이, 김수영에게도 그러한 관심은 그의 현실 소외의 다른 면을 이루었을 것으로 생각된다. 즉 그것은 그의 소외의 원인이 되기도 하고, 소외를 설명해 주고, 더 나아가 소외를 불가피하게 하는 현실에 대한 비판의 거점을 마련해 주기도 한다.(나아가 대체로 현실 비판은 현실을 넘어가는 관점에 의지하여 가능해지는 것인데, 이때 현실 초월의 관점은 외부에서 오는 것이기 쉽다. 오늘날 우리 사회에서 가장 투쟁적인 민족주의가 제3세계적 관점을 포함하는 국제주의에 의하여 강화되는 것을 우리는 본다. 이것도 그 한 예이다.) 초기 시 「헬리콥터」에서 헬리콥터는 일반적으로 김수영에 외국의 문물이 가졌던 의미를 상징하는 것으로 말할 수 있다.

사람이란 사람이 모두 고민(苦悶)하고 있는

어두운 대지(大地)를 차고 이륙(離陸)하는 것이

이다지도 힘이 들지 않는다는 것을 처음 깨달은 것은

우매(愚昧)한 나라의 어린 시인(詩人)들이었다

헬리콥터가 풍선(風船)보다도 가벼웁게 상승(上昇)하는 것을 보고

놀랄 수 있는 사람은 설움을 아는 사람이지만

또한 이것을 보고 놀라지 않는 것도 설움을 아는 사람일 것이다.

그러나 김수영에게 외국의 문물이 현실을 넘어가는 어떤 것을 나타내는 것이었으면서도, 그것이 결코 현실과의 관계를 벗어난, 별개의 적극적 내용을 가진 것은 아니었다. 「헬리콥터」의 경우에도 흥미 있는 것은 그것이 단순히 현실을 벗어나는 비상(飛翔)의 상징이 아니라 그러한 비상의 의지를 현실 속에 나타내는 지적(知的) 정직성의 상징으로도 생각되어 있다는 점이다. 이 시의 뒷부분에서 김수영은 다음과 같이 헬리콥터를 규정하고 있는 것이다.

더 넓은 전망(展望)이 필요(必要) 없는 이 무제한(無制限)의 시간(時間) 위에서

산(山)도 없고 바다도 없고 진흙도 없고 진창도 없고 미련(未練)도 없이

앙상한 육체(肉體)의 투명(透明)한 골격(骨格)과 세포(細胞)와 신경(神經)과 안구(眼球)까지

모조리 노출낙하(露出落下)시켜 가면서

안개처럼 가벼웁게 날아가는 너의 의사(意思) 속에는

남을 보기 전에 네 자신을 먼저 보이는

긍지(矜持)와 선의(善意)가 있다

여기에서 그는 자신의 도피주의를 감추는 위선을 탓하고 도피 충동도 현실의 일부임을 말하고 있다. 외국 문물의 의미를 생각하면서, 그것을 현실과 관련시키는 집요함은 「헬리콥터」보다 앞선 「가까이할 수 없는 서적(書籍)」에서도 볼 수 있다.

> 가까이할 수 없는 서적(書籍)이 있다
> 이것은 먼 바다를 건너온
> 용이(容易)하게 찾아갈 수 없는 나라에서 온 것이다.
> 주변없는 사람이 만져서는 아니 될 책(冊)
> 만지면은 죽어 버릴 듯 말 듯 되는 책(冊)
> 가리포르니아라는 곳에서 온 것만은
> 확실(確實)하지만 누가 지은 것인 줄도 모르는
> 제이차대전(第二次大戰) 이후(以後)의
> 긴긴 역사(歷史)를 갖춘 것 같은
> 이 엄연(嚴然)한 책(冊)이
> 지금 바람 속에 휘날리고 있다.

　여기의 책의 특징은 가까이할 수 없다는 데 있는 것으로 이야기되어 있는데, 왜 이 책은 가까이할 수 없는 것인가? 확실치는 않지만 추측건대, 미국에서 온 책이 김수영에게 이야기해 주는 것은 그 자신의 능력 영역 또는 그의 현실에 한계가 있다는 사실일 것이다. 책을 가까이할 수 없는 것은 그가 이 한계를 넘어갈 수 없기 때문이다.
　후기의 다른 시들에 비추어 보면, 이 현실적 한계의 뜻은 조금 더 분명해진다. 후기 시에서도 김수영의 외국 문물에 대한 관심은 여전하지만, 그것은 주로 그가 극복하여야 할 오늘의 현실의 한계를 지칭하는 역할을 한다. 이미 위에서 인용한 바 있는 「거짓말의 여운 속에서」에서 그는 그의 외국어 독해력에 언급하고 있지만, 그것은 우리 사회의 언론의 부자유를 지적하기 위한 것이다. 그의 외국어 독해력이(또는 그의 독서 내용도 작용하여) 우리말로 "아직도 말하지 못한 한 가지 말 — 정치 의견"을 상기시키는 것이다. 「라디오계」에서도 시인이 일본어 방송을 듣는 이유는 (그렇게 단적으로 말하여지지 않은 채로) 우리말 방송이 '시시한' 때문이고, 또 일본말 방송이(이북 방송이 그러하듯이) 분명히 들리지 않기 때문이다. 어느 쪽으로나 일본어 방송은 김수영에게 그의 현실의 한계를 생각게 하고, 그것을 극복되어야 할 과제로 비추게 하는 것이다.

이와 같이 김수영이 외국 문물에 적극적인 의미를 부여하지 않은 것은 그가 이것을 정면으로 다루는 경우에도 볼 수 있다. 김수영만큼 외래적인 것을 자유자재로 시에 도입한 시인도 드물다고 하겠는데, 우리는 그가 언급하는 외래의 것이 대개 대중문화적 아메리카니즘으로 특징지을 수 있는 것들임에 주목할 수 있다. 즉 《타임》, 《애틀랜틱》, 《하퍼스》, 《보그》 등의 잡지, 클라크 게이블이나 리처드 위드마크, 제임스 딘 같은 영화배우, 애리조나 카우보이 같은 대중가요의 상투적 주인공 등이 그의 시에 등장한 미국의 문물이다. 이것은 김수영의 기자적(記者的) 감수성을 나타내 주기도 하고, 또 그의 미국의 대중문화 또는 중급 문화에 대한 그의 조소적인 태도를 나타내 주기도 한다.

김수영은 이러한 저급 또는 중급의 상징들을 끌어냄으로써 그것들을 가지고 우리의 현실을 비추면서 동시에 그것들 자체의 저속성을 타매할 수 있는 것이다. 그가 시적 사고를 전개하는 데 이러한 외래적인 것은 중요한 것이면서 또 심각하게 취급될 수 없는 어떤 것이다. 「바뀌어진 지평선(地平線)」에서 그는 외래 문물과 외래어가 "뮤우즈"의 거짓된 심각성을 깨뜨리기 위하여, "생활을 하여 나가기 위하여는/ 요만한 경박성(輕薄性)이 필요(必要)하"다고 말한다.

　　골맨, 게이블, 레이트, 디보오스,
　　매리지,
　　하우스펠 에어리아

— 이러한 것들의 파괴적 경박성의, — 양쪽으로 작용하는 파괴적 경박성의 수단으로 간주되는 것이다. 대체로 김수영의 미국 문화 또는 외래문화에 대한 태도는 「Vogue야」에 단적으로 표현되어 있다.

　　Vogue야 넌 잡지가 아냐
　　섹스도 아냐 유물론(唯物論)도 아냐 선망(羨望)조차도
　　아냐 — 선망(羨望)이란 어지간히 따라갈 가망성이 있는
　　상대자에 대한 시기심이 아니냐, 그러니까 너는
　　선망(羨望)도 아냐.

이와 같이 미국의 패션 잡지《보그》는 김수영에게 섹스, 유물론을 능가하는 하나의 세계, 그의 가난에 대조되는 하나의 세계를 보여 주고, 그에게 "신성을 지키는 시인의 자리 위에 또 하나/ 넓은 자리가 있었던 것을" 일깨워 주는 교훈까지 주는 강한 견인력(牽引力)을 가진 존재이다. 그러나 그것은 이미 신성의 세계와 관계가 없다는 표현에서 드러나듯이, 천박하고 속된 세계를 나타내는 것이다.

김수영은, 되풀이하건대 현실에 대한 짜증을 외래의 것을 가지고 표현하였지만, 동시에 외래의 것 그 자체를 파괴적 야유의 대상으로 삼았다. 이것은 그가 거의 의도적으로 통속 문화의 문물을 끌어들임으로써 쉽게 가

능했던 것으로 보인다. 그러나 그에게 미국의 고급문화에 대한 언급이 없는 것은 아니다. 다만 그러한 것도 통속화된 맥락 속에서만 취급되는 것에 우리는 주목할 수 있다. 가령 「미스터 리에게」는 휘트먼에서 따온 에피그램을 가지고 있다.

> 그는 재판관(裁判官)처럼 판단을 내리는 게
> 아니라 구제(救濟)의 길이 없는 사물(事物)의
> 주위에 떨어지는 태양(太陽)처럼 판단을 내린다.

그러나 이러한 휘트먼으로부터의 인용은 벌써 「미스터 리에게」라는 제목의 호칭에서 나타나 있듯이, 속된 생활 전선에서의 무차별한 생존 경쟁을 야유하는 데 쓰이고 있다. 또는 「전화(電話) 이야기」는 미국 극작가 에드워드 올비(Edward Albee)의 극을 언급하고 있지만, 이 시에서 우리는 올비의 작품의 내용이 아니라 그 번역의 상업적 가치가 주로 잡담식으로 이야기되어 있음에 주의할 수 있다.

김수영의, 미국 문화 또는 외래문화에 대한 태도는 단순화되고 왜곡된 것이라고 할 수도 있는 것이지만, 그것은 그의 관점에서는 가장 진실된 것이었다. 김수영에게 가장 견딜 수 없는 것은 허위와 허세였다. 외래의 것에 대한 선망이야말로 이러한 허위와 허세를 경배하는 허위의식의 가장 두드러진 표현이기 쉬운 것이다. 거짓에 반대한다는 것은, 달리 말하여 자기의 주어진 현실에, 있는 그대로의 현실에 충실하다는 것이다.

현실에 충실하려면 현실을 있는 그대로 볼 수 있어야 한다. 그러기 위해서는 현실에 대조시킬 수 있는 다른 관점이 있어야 한다. 어떤 시인들은 자신의 구체적인 현실에 관계없이 그들의 작업의 신성함을 염불처럼 되풀이한다. 거기에 대하여서는 《보그》의 세계를 보여 줄 필요가 있다. 그것은 그의 허세에 대한 반대명제가 될 것이다. 그러나《보그》의 세계를 그리워하고 그것으로의 도피를 꾀하는 것은 또 다른 방향에서 자신의 처지를 도외시하고 자신의 깊은 내면의 직관이 받아들이는 '시의 신성함'을 배반하는 것일 것이다. 그리하여 이러한 모순은 김수영에 있어서 끊임없는 움직임의 변증법을 낳는다.

우리가 여기에서 부딪치게 되는 것은 단순히 그의 미국 문화에 대한 태도가 아니라 시적인 동기의 근본 역학이다. 그에게 현실은 절대적 가치이면서 동시에 받아들일 수 없는 어떤 것이었다. 그러나 이 모순은 하나였다. 왜냐하면 현실은 그것을 받아들일 수 없다는 관점을 통해서 드러나기 때문이다. 이것은 인식의 관점에서도 그랬고, 행동적 관점에서도 그러했다. 후자의 관점에서 현실은 개조될 어떤 것으로서만 의미를 갖는 것이었다. 이것이 김수영으로 하여금 혁명의 시인이게 하는 것이다.

여기 드러나는 것은 그의 현실 이해의 방식이지만, 그의 기질이 또한 여기에 깊이 관계되어 있음에 우리는 주목하여야 한다. 아마 그에게 가장 중요한 지적 덕성은 정직과 자유였을 것이다. 그러나 이것은 그것 자체로 중요한 것이 아니라 그의 자아의식에 깊이 연결되어 있어서 중요한 것이었을 것이다. 정직이란 자기 자신을 그대로 받아들이고 이를 외적인 재산이나 명예로 장식하지 않는 일을 말한다. 또 그것은 정신적으로는 외적, 사회적 규범에 의하여 규제되기를 거부하는 것을 의미하기도 한다.(그리하여 「엔카운터지(誌)」나 「잔인의 초」 등에서 관용이라는 덕성에 매어지기를 거부하는 김수영을 보게 되는 것이다.)

이러한 거부에 문제가 되는 것은 자아의 자유이다. 그에게 자아는 어떤 외적인 부가물이나 규범에 의하여서도 매일 수 없는 자유의 영역에 있는 것으로 생각된다. 여기의 심리적 동기는, 보다 세속적인 차원에서는 오기라든가 심술이라든가 또는 다른 데에서 이미 필자가 이 점에 언급한 바 있지만, '도착(倒錯)의 도깨비'라고 부를 수도 있는 것이다. 사실 우리가 김수영의 시에서 느끼는 강한 인상의 하나는 그의 심술, 자기주장이다. 모든 외적인 것의 배격은 가장 소박한 차원에서는 다른 사람과 다르고자 하는 단순한 아집에서 나오는 것으로 보인다. 그러나 이것은 모더니즘의 자기 성찰과 연결되어 인간 존재에 대한 하나의 근본적인 성찰에까지 나아간다. 다만 우리는 그것이 병적인 측면을 가지고 있는 점에도 주목할 필요가 있다.

어떤 경우에나 자신의 삶이야말로 모든 것의 기초라는 것은 가장 단순한 것이면서도 어렵게만 깨달아지는 진리의 하나이다. 그러나 그것이 끊임없는 심술의 움직임, 부정으로만 확인되는 것이라면 그러한 과정의 연속으로서의 삶은 개인적으로나 사회적으로나 얼마나 삭막할 것인가? 김수영의 부정의 과정에서 삶에 대한 겸허한 긍정은, 혁명의 시인에게는 하나의 역설적 현상으로서 5·16 후 4·19 혁명의 실패가 분명하여진 때 나타난다. 이것이 그의 피로한 부정의 의미를, 그것이 비록 병적인 면을 가졌다고 하더라도, 되살려 주고 돋보이게 한다.

여기서 내가 생각하고 있는 것은 「신귀거래(新歸去來)」를 중심으로 한 1961년 이후의 몇 년 동안 쓰인 시들이다. 이들의 시편들에서 김수영은 주로 정치적 기대와 희망이 사라진 다음의 줄어진 삶을 이야기한다. 특이한 것은 그전의 시에 비하여 이미 이 연작시편의 이름 「신귀거래」가 나타내고 있듯이, 줄어진 일상의 삶을 긍정적으로 표현하고 있다는 사실이다. 「신귀거래」의 첫째 시인 「여편네의 방에 와서」에서, 김수영은 지금껏의 반(反)여성적 발언과는 달리,

여편네의 방에 와서 기거(起居)를 같이 해도
나는 점점 어린애

너를 더 사랑하고

오히려 너를 더 사랑하고

너는 내 눈을 알고

어린놈도 내 눈을 안다

라고 말한다. 「신귀거래」의 두 번째 「격문(檄文)」에서의 격(檄)의 내용은 한
편으로는 몸부림, 양복, 신경질, 다방, 어깨, 허세, 모조품, 모방, 증오, 치기,
잡념을 깨끗이 버리라는 것이고, 다른 한편으로는 자연과 자연 속에서의
서민적 삶이 편하고 시원하다는 것이다. 그는 긍정의 대상을 다음과 같이
열거한다.

농부(農夫)의 몸차림으로 갈아입고

석경을 보니 땅이 편편하고

집이 편편하고

하늘이 편편하고

물이 편편하고

앉아도 편편하고

서도 편편하고

누워도 편편하고

도회(都會)와 시골이 편편하고

시골과 도회가 편편하고

신문(新聞)이 편편하고

시원하고

뼈쓰가 편편하고

시원하고

하수도가 편편하고

시원하고

뽐프의 물이 시원하게 쏟아져 나온다고

어머니가 감탄하니 과연 시원하고

무엇보다도

내가 정말 시인(詩人)이 됐으니 시원하고

인제 정말

진짜 시인(詩人)이 될 수 있으니 시원하고

시원하다고 말하지 않아도 되니

이건 진짜 시원하고

이 시원함은 진짜이고

자유(自由)다.

　또「신귀거래」의 세 번째「등나무」에서, 김수영은 등나무를 두고 "두 줄기로 뻗어 올라가던 놈이/ 한 줄기가 더 생긴 것이 며칠 전이었나" 하고 그전에 그로서는 전혀 볼 수 없던 자연의 신기함을 표현한다. 그의 이러한 긍정은「신귀거래」의 다른 부분에서, 또 그 후의 다른 시들에서도 표현되지만, 이런 경향을 요약하는 가장 적절하고 아담한 소품으로 우리는 1964년의「이사(移舍)」와 같은 것을 들 수 있을 것이다.

이제 나의 방은 막다른 방

이제 나의 방의 옆방은 자연(自然)이다

푸석한 암석이 쌓인 산기슭이

그치는 곳이라고 해도 좋다

거기에는 반드시 구름이 있고

갯벌에 고인 게으른 물이

벌레가 뜰 때마다 눈을 껌벅거리고

그것이 보기 싫어지기 전에

그것을 차단할

가까운 거리(距離)의 부엌문이 있고

아내는 집들이를 한다고

저녁 대신 뻘건 팥죽을 쑬 것이다.

이러한 귀거래사(歸去來辭)는 종전의 김수영과는 전혀 다른 김수영을 보여 준다. 우리는 여기에서 혁명시인으로서의 자신의 역할을 포기하고 주어진 현실에 침잠하는 중년의 시인을 볼 수도 있다. 김수영은 5·16 이전에 이미 "혁명은 안 되고 방만 바꾸어 버렸다."라고 말한 바 있지만, 5·16 이후에 그가 정치적 정열의 상당 부분을 상실한 것은 사실인 것 같다. 그러나 그에게서 반골(叛骨)의 심술이 아주 사라져 버린 것은 아니다.

「신귀거래」에도 그의 자책과 자기비판은 「모르지?」나 「이놈이 무엇이지?」 등에서 볼 수 있지만, 그 후의 시에서 그의 부정적 정열은 다시 점점 더 억제하기 어렵게 고개를 쳐드는 것을 볼 수 있다. 생활의 순응과 또 다시 예리한 혐오를 가지고 관찰하는 생활의 부르주아화가 다시 한 번 현실 개조의 정열에 어떤 방식으로인가 이어지리라는 것은 그의 만년의 시에서 예견되는 일이었다. 다만 이러한 이어짐의 모습이 분명해지기 전에 그는 타계하고 말았다.

그러나 여기에서 우리의 관심의 대상이 되어 있는 것은 김수영 시의 전체적인 모습이 아니라, 그것이 그의 미국 또는 외래문화에 대한 태도에 어떤 의미를 갖는가 하는 것이다. 이미 위에서 말한 바와 같이 그의 심술은 어떤 이유에서든지 또는 아무런 이유 없이 미국이든 소련이든, 외국과 외

래적인 것이 그의 현실적 삶에 직접적인 관계가 있을 수 없는 것임을 알게
하였다. 그리고 4·19 혁명의 실패는 그로 하여금 정치적 절망에 빠지게 하
면서 동시에 단순히 부정적인 의미에서가 아니라 긍정적인 의미에서 그
의 독자적인 생활——그것은 정치의 영고성쇠와도 관계없는 것이기에 미
국과 같은 강대국 또는 선진 문화와는 더욱 관계가 있을 수 없는 생활의
핵심을 깨닫게 했다. 우리가 맨머리에 언급한 바 있는 「가다오 나가다오」
는 5·16 이전에 쓰인 것이지만, 이미 말한 바와 같이 우호·적대 관계를 넘
어선 원초적 생의 충동으로서의 민족적 자주성을 확인하고 있다고 할 수
있는데, 이 확인은 심술로 인하여 또는 순응으로 인하여 얻게 된 자신의 삶
의 온전함에 대한 깨우침으로 하여 가능하여지는 것이다. 그러나 이러한
자주적 삶이 폐쇄적인 삶으로 나아가는 것은 아니다. 그것은 국가와 국가
간의 관계에서도 마찬가지일 것이다. 그것은 단순한 우호나 적대의 관계
를 초월한다. 확인되는 것은 자신의 또는 민족의 삶의 절대적인 온전함이
다. 이것은 다른 삶, 다른 국가와의 관계가 없는 삶일 수도 있으나 동시에
그와 복합적인 관계를 갖는 삶일 수도 있다. 이 후자의 경우, 그것은 각각
의 삶의 손상될 수 없는 독자성의 인정 후에 가능하여지는 어떤 공존의 관
계가 될 것이다.

완전히 같다고 할 수는 없지만, 이러한 무관계하면서 또 관계되는 자유
로운 교환의 관계는 D. H. 로런스가 미국에 있어서의 인디언과 백인의 관
계에 대하여 말한 것에 비슷하게 생각될 수 있을는지 모른다. 백인과 인디
언은 삶의 두 커다란 원리를 나타내고 있다. 그런 의미에서 그들은 하나의
삶의 양면이며 서로를 필요로 한다. 그러나 그들이 나타내는 삶의 원리는
그들 사이에 절대적인 적대 관계에 있다. 두 가지가 하나의 삶을 나타내는
만큼 두 개의 일치에 관한 신화는 늘 유혹의 원천이 된다. 그것은 신화에
그칠 수밖에 없다. 어디까지나

홍인(紅人)과 백인(白人)은 피로 맺은 형제일 수가 없다. 그들이 서로 가장 우호적인 상태에 있다 하더라도, 그들이 가장 우호적일 때, 그것은 반드시 한쪽이 다른 한쪽의 종족의 정신을 배반한 것이 될 것이다. 백인이 ─지적인 백인이 인디언을 '사랑'한다면 우리는 백인이 그 자신의 종족을 배반하고 있음을 안다. 거기에는 무엇인가 떳떳지 못하고 저열한 것이 있다. 배신자의 느낌이 그것이다. 미국화된, 백인의 풍습을 신봉하는 인디언의 경우에도 마찬가지이다. 그것은 배반이며 배신이다.

로런스는 계속해서 두 종족이 합치될 수 없음을 말한다.

육체적 존재로서 백인과 홍인은 서로서로에 대하여 억압적인 느낌을 준다. 선의가 아무리 강한 경우도 그렇다. 홍인의 삶은 백인의 삶과 다른 방향으로 흐른다. 서로 다른 방향으로 흐르는 흐름을 하나로 만나 섞이게 할 수는 없는 일이다.

두 인종의 삶은 정말 절대적으로 합치될 수 없는가? 로런스는 말한다.

육체적 합일은 불가능하다. 그러나 정신은 바뀔 수 있다. 백인의 정신은 홍인의 정신이 될 수 없다. 그것은 그러한 일치를 원하지 않는다. 그러나 그것은 홍인 정신의 대칭 또는 부정이기를 그칠 수 있다. 그것은 새로운 의식의 공간을 열 수 있다. 그리하여 거기에는 홍인 정신을 포용할 수 있는 여유가 생길 수 있다.

맨 처음 필요한 것은 서로의 절대적인 독자성, 절대적인 이질성을 인정하는 일이다. 그런 연후에야 참으로, 본질적인 공존의 가능성이 열린다. 거기에 새로운 인간관계가 열리는 것이다. 로런스가 제임스 페니모어 쿠퍼의 홍인과 백인의 주인공을 통해서 말하는 그러한 인간관계는 "두 남자의 벌거벗은 성(性)의 심연보다 더 깊은 인간관계이다. …… 그것은 너무나 깊어서 사랑도 존재하지 않는 관계이다. 그것은 자신들의 바닥에 이른 두 남자의 벌거벗은, 사랑 없는, 말 없는 결합이다." 이러한 관계는 로런스에 의하면 새로운 사회, 새로운 시대의 인간관계의 핵심을 이루는 것이다.

여기에서 "각자는 다른 상대 앞에서 감춤 없이 벌거벗은 상태에 있고 말 없는 상태에 있다. 상대도 자기 스스로일 뿐이며 환상을 통해서 조작된 것이 아니다. 각자는 거칠고 우람한 석주(石柱), 우뚝 선 남자, 스스로의 사람다움, 남자다움을 나타내고 있는 거칠고 우람한 살아 있는 석주일 뿐이다. 이것이 새로운 관계이다."[1] 로런스가 이러한 발언에서 말하고 있는 것은 그에게 특별한 철학적 의미를 가지고 있던 자연인 홍인종에 대한 백인의 관계에 대한 것이다. 두 종족은 대립적 관계에 있다. 그 극복은 이 대립의 절대성을 인정하고 대립을 통하여 다시 한 번 자신의 삶, 그리고 상대방의 삶의 절대성을 인정하는 것이 전제되어야 한다. 그때 비로소 이념과 인도주의를 넘어선 새로운 떳떳한 관계가 탄생한다. ─ 로런스는 이렇게 말한다.

이것은 불평등한 관계에 있는, 또 서로 다른 문화로 대치하고 있는 모든 민족 간에 그대로 해당될 수 있는, 더 나아가서는 모든 다른 민족, 다른 문화, 또 개인과 개인 간의 관계에도 그대로 해당되는 관계의 정식이라고 할는지 모른다. 김수영이 외래문화와의 착잡한 얼크러짐 속에서 드러내 주는 명제도 어쩌면 이와 비슷한 것이다.

---

1 D. H. Lawrence, *Studies in Classic American Literature*(Penguin, 1977), pp. 57~60.

아마 김수영 외에도 미국 또는 외국과의 관계를 깊은 체험적 연관 속에서 파악한 시인이 있을 것이다. 다만 그러한 것을 찾아내는 데는 지금 내가 준비되어 있는 이상의, 안으로부터의 깊은 분석이 필요할 것이다. 그러나 대부분의 시인의 경우에 미국, 미국 문화, 미국적인 것에 대한 태도는 조금 단순하게 직설적으로 표현된다. 6·25 전란 직후에 한 시인은 미국의 군인들 또는 UN군을 다음과 같이 찬양하였다.

저 멀리 몇천만 리(千萬里) 밖
아름다운 농원(農園)에서 일하던 이들 —
첨탑(尖塔)이 높이 선 대학(大學)의 청년(青年)들이
분노(憤怒)에 떨며 군복(軍服)을 갈아입고 뛰쳐나와
아시아의 한 끝 코리아를 찾아서 찾아서
구름을 헤치고 바람을 밀치며
하늘이 까맣게 달려와 주었나니
일찌기 이방인(異邦人)의 모습이
이렇듯 반가운 적이 있었으랴
우리를 살리러 온 그대들은 바로 천사(天使)였어라
　　　　　　── 노천명, 「무명용사(無名勇士)의 무덤 앞에: 유엔 묘지(墓地)에서」

그러나 대부분의 경우 두 나라의 관계는 부정적인 관계에서 보아진 경우가 더 많았다. 도대체 우리의 운명이 강대국에 의하여 결정된다는 사실 자체가 원천적으로 시인들의 마음을 불편하게 한다. 민재식(閔在植)은 우리의 위치를 지도상으로 가늠하며, 1956년의 시에서 다음과 같이 개탄하였다.

부딪치는 두 나라 사이

베에링 해협(海峽)엔 버큼이 인다.

아라스카의 손은 몹시 여위었구나.

캄차카의 서슬 돋친 뿔이여,

게다가 불쑥 내미는 산동반도(山東半島)의 붉은 코가 무서워

조국(祖國) ─ 잊혀지지 않는 노래로 흘러나오는

조국(祖國)은 한사코

태평양(太平洋) 울목 구석지로 구석지로만 움츠러든다.

그리고 민재식은 이어서 "잘난 나라의 잘난 백성들끼리/ 우리의 결론(結論)을 흥정하고 있다"는 점에 주목하고 "조국(祖國)은 개평거리냐/ 우리는 속죄양(贖罪洋)이냐" 하고 분개했다.(「속죄양(贖罪洋) 1」)

이러한 체념과 분노가 섞인 관찰에 대하여, 신동엽(申東曄)은 미국을 조금 더 직접적인 의미에서 억압적 질서의 부과자로 파악했다. 모든 부패와 착취와 억압의 현실 질서의 배후에 있는 것이 미국이라고 그는 이해했다. 그의 시는, 미국의 경제적 조정 아래,

방마다에서 한국의 토산물(土産物)

흥정되고, 자본(資本)의 앞잡이들은

한국 지도 위 등불 밝혀 놓고

분주히 주판알 튀[기는]

일이 일어난다고 한다. 또

자본(資本)이 벨을 누르면

중앙청 정승 대감들이

맨발로 달려와

머리 조아리고

다음 날 그들

은행실(銀行室) 벼슬아치들은

호남평야(湖南平野) 원주민의 쌀값을 인하(引下).

자본실(資本室)이 가지고 들어온

설탕값을 스물세 곱으로 올린다

— 「금강(錦江)」 제6장

고 말하여진다. 여기서 비롯하여 정치적 경제적 부패 외에 양키이즘에 중
독된 문화적 부패와 타락이 한국의 강토에 범람하는 것이다. 이러한 신동
엽에 비슷한 발상은 오늘날 점점 더 강해져 가는 것으로 보인다. 최근에 한
시인은 자본제국주의의 국제적 관계를 오늘의 분단 상황에 연결시켜

미군이 있으면

삼팔선이 든든하지요

삼팔선이 든든하면

부자들 배가 든든하고요

라고 말하기도 한다.

　이러한 정치적 판단의 시적인 표현 외에, 많지 않은 한미 관계에 대한
언급에서 놀랍게 성관계에 대한 관찰이 많은 것을 본다. 가령 6·25의 체험
을 주제로 한 구상(具常)의 「초토(焦土)의 시(詩)」에서도 두드러진 초토의

이미지를 구성하는 것은 혼혈아를 데리고 있는 여인, 서양인 상대의 창녀들의 모습이다. 시인이 주목하는 것은

> 양키 병정(兵丁)이 휙휙 휘파람을 불면
> 김치움 같은 땅속에서
> 노랗고 빨갛고 파란
> 원색(原色)의 스카아프를 걸친 계집애들이
> 청(靑)개구리처럼 고개를 내〔미는〕

모습인 것이다.

    말할 것도 없이 이러한 정경은 6·25 전란기의 참상의 한 모습이었다. 그러나 이러한 것이 특히 주목의 대상이 되는 것은 그것의 심리적 상징 때문일 것이다. 성관계에서의 우리 신체의 온전함은 우리 자아의 온전함의 가장 중요한 상징이 되는 것이다. 그리하여 전쟁 상황 속에서 이국 병정에 의하여 범하여지는 여성의 육체는 우리 자아, 우리의 삶의 온전함이 손상되었다는 느낌을 가장 대표적으로 표현한다.

    냉정하게 생각할 때 이국 병정에게 몸을 파는 일이나 제 나라 사람에게 몸을 파는 일이나 별 차이가 없다고 할 수도 있지만, 이국 병정의 경우가 특히 강한 혐오감을 주는 것은 그것이 개인적 삶과 사회적, 문화적 삶의 상징적 온전함에 더 큰 파열을 가져오는 것으로 느껴지기 때문이다. 이렇다는 것은 사실 그것보다 사실의 상징적 의미가 중요하다는 말이 된다. 이것은 조금 앞에서 본 정치적 발언에도 해당되는 말이다. 미국의 신제국주의, 신식민주의, 문화 침략 등에 대한 발언은 단순화되고 일방적이라고 할 수 있을는지 모른다. 아마 그러한 발언에 대하여 우리가 사실적인 판단을 내린다면, 그것은 옳은 것이기도 하고 그른 것이기도 하다고 하여야 할 것이

다. 또 그러한 발언이 옳다고 하더라도 그러한 발언이 지칭하는 상황의 해소는 단순한 비난, 직접적인 단절의 선언만으로 이루어질 수 있는 것이 아니라고 할 수도 있을 것이다.

인간 만사에 있어서 오늘날 이루어진 일은 여러 가지 요인의 일정한 과정 속에서 그렇게 된 것이고, 따라서 그것을 풀어 나가는 것도 그러한 요인들의 역과정(逆過程)을 통해서라고 할 수도 있을 것이다. 또 갈라짐만을 말하고 합침의 가능성을 말하지 않는 것은 인류의 보편적 윤리 원칙에 어긋난다고 할 수도 있다. 그러나 그러한 사실적 관련과 보편적 당위를 떠나서 볼 때, 일방적이고 단순한 것으로 보이는 발언도 깊은 심리적 진실을 포함하고 있을 수 있는 것이다. 이 심리적 진실은 위에서 김수영의 시의 분석에서 밝혀 보고자 한 바와 같이 개인적으로나 민족적으로나 온전한 자기의 삶을 살고자 하는 생명 충동의 깊은 원초적 당위성을 인정하라고 독자에게 요구한다.

(1986년)

농촌 문제의 시적 탐색

정동주의 시에 부처서

1960년대 이후의 우리 사회의 변화가 산업화란 말로 집약된다면, 이것은 달리 말하면, 비농업화란 말로 표현될 수도 있는 것이다. 따라서 변화에 따르는 문제들도 산업화의 초점이 된 도시의 문제와 변두리로 밀려난 농촌의 문제로 쪼개어 생각될 수 있다.

우리의 사회 변화의 노력은 총량적인 목표에 집중되어, 추상적이고 일반적인 목표의 수행에 따르는 구체적인 문제들에 별로 주의하지 않는 것이었고, 이것이 많은 사람들에게 변화의 과정을 특히 인간적으로 고통스러운 것이 되게 하였다고 하겠으나, 그중에도 농촌의 문제는 주의를 별로 받지 못한 것이었다. 또는 달리 말하여, 농촌의 문제가 주의를 받지 않은 것은 아니면서도, 은근히 그것은 역사적 변화의 후위(後衛)에 따르게 마련인 잔여(殘餘) 문제에 불과하다는 암묵의 전제에 의하여 접근되었다고도 말할 수 있다. 어떤 특정한 역사에 대한 관점 —— 역사와 사회의 발전의 방향이 과학과 기술의 개발, 산업화, 사회의 산업적 조직의 강화 등에 있다고 보는 관점에서는 이것은, 즉 농촌적 사회는 역사의 후미에 처질 수밖에 없는, 따라서 그에 따른 고통스러운 문제들이 없지 않은 대로, 받아들여질 수밖에 없는 기정사실로 생각될 수도 있는 것이다. 그러나 사람이 어떠한 역사 과정에 밀려들어 있든지 간에, 그 안에 있는 당사자에게는 물러가는 역사는 후위(後衛)도 없고, 피치 못할 기정사실도 있을 수 없는 일이다. 그리고 참으로 인간적인 질서에서, 이러한 당사자의 입장은 가장 중요한 요인의 하나로 고려될 수 있어야 마땅할 것이다. 사회의 기본적 성격이 바뀌고, 수많은 국민의 살림이 직접적으로 뒤집어지는, 농업 사회로부터 산업 사회로의 전환은 특히 이러한 당사자의 '피드백'을 절대로 필요로 하는 것이다.

그러나 이 전환을 불가피하게 치러야 하는 사회 변화의 대전쟁에서 농촌의 문제는 민간인 상대 구호 사업이나 선무 공작쯤으로 생각되어도 되는 것인가? 이 전환에 관계되어 있는 것은 희생과 고통의 최소화 이상의 어떤 문제가 아닐까? 이 전환은 사람이 사는 방식 전체에 대한 새로운 방향 정립을 요구하고 있는 것인데, 농촌적 삶에 비하여, 산업적 삶이 반드시 발전적 선택이라고 할 수 있는 것일까? 농촌이 나타내고 있는 어떤 삶의 방식을 심각하게 고려할 때, 우리는—비록 우리가 산업화의 불가피성을 수락해 들어가는 입장이라고 하더라도, 산업적 삶이라는 새로운 사회생활의 주제에 상당한 불안을 느끼지 않을 수 없는 것이다. 다시 말하여, 여기에 관계되어 있는 것은 낙후된 사회 분야의 향상의 문제가 아니고, 집단적 삶의 역사적 선택인 것이다. 우리의 농촌 문학이 우리에게 생각하게 하는 것은 이와 같은 문제들이다.

어떤 경우에나, 문학이란 대체로, 사회의 사실적 이데올로기적 추이에 관계없이, 당사자의 입장을 존중하게끔 되어 있는 기록 활동이라 할 수 있겠는데, 산업화가 시작된 이후의 우리 문학은 신동엽(申東曄), 신경림(申庚林), 이문구(李文求)와 같이 농촌을 직접적인 소재로 글을 쓴 작가가 아니라고 하더라도, 농촌적 정조(情調)와 현실을 표현하는 데 상당히 중요한 역할을 해 왔다. 1960년대 이후의 이러한 농촌 문학들은, 우리 사회의 어떤 지적 활동의 분야보다도 분명하게 전환기의 농촌의 고통을 기록해 왔다. 그리고 직접 농촌의 삶에 묻혀 있는 사람이 아니라고 하더라도, 현대의 기술주의, 대규모 조직주의, 관료주의의 비인간성에 굳어진 사람이 아니면, 아마 우리들 대부분이 바로 최근에 농촌을 떠나온 사람들인 까닭에, 문학이 호소하는 농촌의 고통에 대하여 등을 돌릴 수 없다고 느꼈을 것이다. 그러나 이러한 호소는, 역사의 발전이 치러야 하는 유감스럽지만 불가피한 대가에 대한 퇴영적 호소로도 생각되고, 또는 감상주의의 역류 현상으로도 생각될 수도 있었을 것이다. 좌이든 우이든 발전론자들의 관점에서는 역사의 큰 걸음에 밟히는 느림보의 희생은 당연한 대가로 생각되기 때문이다. 그러나 그렇게 분명하게 표현했든 안 했든, 우리의 농촌 문제의 작가들이 실제 표현하려 했던 것은, 이미 비친 바와 같이, 어떤 근원적인 역사적 선택 또 실존적 선택에 관계되는 것이다.

이미 많이 지적되어 온 바와 같이, 근대화와 국민 소득 향상의 통계 숫자에도 불구하고, 농촌의 빈곤은 그대로 문젯거리로 남아 있다. 그것은 절대적인 의미에서의 저소득의 문제이기도 하고, 정동주(鄭棟柱) 씨가 표현하듯이, "논값과 서울의 아파트 값(「이삭줍기」) 사이에 생기는 격차"의 문제이기도 하다. 물론 이러한 것은 단순한 경제 지표나 숫자상의 문제가 아니고, 구체적인 인간의 구체적인 고통의 문제이고, 사회과학적 분석보다 문학이 할 수 있는 것은 이것을 이러한 인간적 형태로 보여 주는 것이다. 정동주 씨가 그의 시의 어느 곳에서도 농민의 고통에 대하여 언급하고 있지 않은 곳이 없지만, 가령, 「보리를 널면서」의 다음과 같은 구절에서 그것을 적절하게 요약하고 있다.

목이 타는 생존의 나날로

낮게 깔려 흐르는 빈혈과

불볕 더위에도 오그라드는

주름살을 섞어서

가마니에 퍼 달아 50kg 팔백

　낮게만 책정되는 수매가, 가볍게만 측정되는 보리 가마는 그 무게가 "50kg 팔백"이지만 그것은 "목이 타는 생존"에서 빚어낸 산물인 것이다. 그러나, 농촌 노동에 있어서의 인간적 고통은 가난이나 노동의 직접적인 결과만은 아니다. 그것은 여러 복합적인 사회관계에 얽혀 있고, 또 그러니만큼 사람의 생존에 대한 내면적 인식에 연결되어 있다.

　위에서 든 「보리를 널면서」가 말하고 있는 것은, 농촌의 고역됨이 아니라, 크게는, 미곡 정책의 부당성이고, 작게는 수매 행정 담당의 관리들의 작은 횡포이다. 농촌의 고통의 원인의 하나는 "씨뿌리는 사람들 단속하는 문서들과/ 말 잘 듣는 사람들 다스리는 구호들"에 있는 것이다. 또 어떤 원인은 반드시 정책에만 관계되는 것은 아니면서도, 사회 구조에서 오는 것이다. 가령 정동주 씨는 그 어머니를 말하며, "죽어서 다시 태어난다면/ 남자로 태어나고 싶다는 여자가/ 47퍼센트쯤 된다"라고 지적하고, 어머니의 하루 평균 임금이 사천 원이고, 그 정년이 남자에 비하여 부당하게 낮아 마흔다섯 살이며, 여자는 나이에 비례하여 '목숨과 값어치'가 떨어지게 마련이라고 할 때, 그 원인은 복합적인 것이다.(「어머님 전상서」) 그리하여 농촌의 사회 구조적, 또는 정책적 억압은 농민의 삶을 괴로운 것이 되게 하고, "농삿군을 사람으로 보려 들지 않"는 조류를 만들어 내는 것이다.(「사람의 아들」)

　어떻게 보면, 농민의 수난은 역사적으로 매우 뿌리가 깊은 것으로서 어제 오늘의 문제가 아니라고 할 수도 있다. 조선조나 일제 또 해방 후 계속하여 농촌이 평안한 상태에 있었다는 증거는 없는 것으로 보인다. 정동주 씨가 사실의 또는 가공의 농민 족보를 일반화하여 말하듯이, 오늘의 농민의 증조할아버지는 참봉댁 머슴이었고 할아버지는 일제 때 징용 가서 죽었고, 아버지는 6·25 때 "탄알 지고 가다 행방불명"되었고, 작은형은 중동에서 사고로 죽었던 것이다. 그러나 오늘날처럼 농촌의 불행의식이 컸던 때는 없었다고 해야 할는지 모른다. 그것은 산업화가 가져온 충격으로 인한 것이다.

산업화는 도시화를 가져오고 도시의 정치, 경제, 문화를 사회 역학의 주류가 되게 하여, 이것으로 농촌을 전체적으로 압도하게 되었다. 많은 문제가 여기에서 발생하였다. 도시와 농촌의 불균형 발전은 많은 농민 또는 농민의 아들들로 하여금 농촌을 떠나 도시로 향하게 하였다. 따라서 농촌의 고통의 중요한 부분을 이룬 것은 도시 이주민의 경험이었다. 도시에서 이들을 기다리고 있는 것은 "육교 위에서 빗이나 싸구려 양말을 파"는 일이고, "다섯 식구 등짝 붙인 세 평 반 삭월세" 방이고 위궤양이고(「차례를 기다리며」), 접대부로의 전락이었다.(「미스 김」) 또는 대체적으로 말하여,

> 악어와 악어새는 사이좋게 살고
> 독사는 개구리를 통채로 삼키면서
> 독사답게 독사답게 독스러워지고
> 비둘기는 독수리 알을 품은 채
> 구구, 구구구, 구구, 까마귀는
> 송장 눈알 파먹으며 까욱까욱……

── 이러한 우화적(寓話的) 표현으로 요약할 수 있는 약육강식(弱肉强食)

의 살벌한 생존 투쟁이었다. 도시는 이러한 부정적 경험으로서만 아니라, 얼핏 보기에는 발전이라고 부를지도 모르는 도시의 문화를 통하여 농촌에 충격을 가하였다. 이러한 도시 문화 ─ 또는 산업화의 소산인 도시적 소비 문화는 비단 도시 이주민만 아니라 농촌에 거주하는 사람의 생활에도 그대로 파고들었다. 오늘의 농촌을 나타내고 있는 것은 슬레이트 지붕이며, 오토바이 헬멧 쓴 허수아비이며, 텔레비전이며, 보험 회사 달력이고(「팔월의 빛」) "마을 밭 지렁이 양식장에 빤질거리는 하이힐 자국"이다.(「시인에게」)

그리하여 새로이 근대화된 사회에서는 "황금의 불길로/ 사람을 만들거나 부리거나 죽이기도 하고/ 붓을 자른 칼날로 온갖 소리를 다시 자르거나 잘라서 가두어 버리기도 하고", 또는 '쾌락'과 '편리'와 '합리성'으로 생존의 모든 것에 인위적 흥분을 가하기도 한다.

산업화가, 그 도시의 수렁, 소비문화, 배금주의, 권위주의 정치와 쾌락, 편리, 합리성을 통하여, 궁극적으로 가져온 것은 농촌적 삶의 방식의 파괴이다. 사실 어떻게 보면, 산업화의 가장 큰 충격은 살 만한 삶의 방식으로서의 농촌적 삶의 파괴라고 할 수 있다. 전통적 농촌은 사람의 일생과, 사람과 사물의 관계에 대하여 일관된 통일성을 주고, 사람의 삶을 온전하게 떠받들어 주는 전체성을 가지고 있었다고 할 수 있었다. 이러한 것들이 파괴되기 시작한 것이다. 소비문화의 농촌 침투와 소득 격차나 배금주의와 같은 현상의 의미는 그것 자체에 있는 것이 아니라 이러한 얼핏 보기에 지엽적이고, 부분적으로 생각될 수 있는 일들을 통하여 농촌의 삶의 통일성과 온전함을 사라지게 한다는 데에 있다. ─ 이러한 것들은 모여서 통솔적 삶의 정신의 핵심을 용해시켜 버린다. 그리하여 "쓸쓸한 생존의 혈맥마다/ 꽃씨를 심는 사람 이웃에 드문 것은/ 결코 돈 때문은" 아닌 것이라고 말할 수도 있게 되는 것이다.(「햇빛 속에서」) 정동주 씨가 가장 강력하게 절규하고 있는 것은 바로 이 점 ─ 사람다운 삶의 방식으로서의 농촌의 상실이다.

이 상실은 여러 가지 형태로 그의 시의 도처에 기록되어 있다. 그것은 도시의 실향민의 마음에 문득 느껴지는 고향 생각—가령, "고향땅 뒷간 거미줄에 매달린/ 아늑함"(「차례를 기다리며」)으로 느껴지기도 하고, 또는 더 분명하고 구체적으로 바뀌는, 농촌의 토지 형질에서 관찰되기도 한다. 이제 농촌에는 "……그 흙담 골목길/ 눈에 익은, 돌부리 하나 없고", 사람의 마음도 이에 따라 변하여, "시멘트로 덮어 버린 이웃끼리의 인삿말"이 있을 뿐이다.(「실향기(失鄕記)」) 또는 농촌의 변화는, 다른 시에서 정동주 씨가 말하는 바로는, 자연스러운 과정에 따른 변화가 아니라 억지로 강행된 변화이다.「못골 얘기」에서, 시인은 철거되는 농가에서, "불도저 바퀴에 짓이겨진 풀잎들"을 보고, 이 풀잎들이 못골 사람들의 '숨은 얘기'와 '차마는 말 못함'을 나타내는 것을 느낀다. 이러한 철거의 이야기는 정동주 씨에게 생활 터전의 파괴를 대표하는 삽화가 된다.

그러나 여기에 덧붙여 주목할 것은 정동주 씨가 이러한 농촌적인 것의 파괴를 단순히 밖으로부터 부과된 것으로만 보지 않는다는 것이다. 그것은 공허한 소비문화를 받아들이고 도박을 하고, 소득 증대를 위하여 농약 농사를 수락하는 농촌 사람들의 잘못이기도 하다. 그러나 농촌적 삶의 파괴는 더 미묘한 형태를 취하기도 한다. 가령「동짓달」은 매우 간단한 삽화를 통하여 이 미묘한 내적 파괴를 짐작게 한다.

시누이 여섯 시집 보내고
살얼음 깨며 석화 따는 아지매
잦아진 손톱, 갈퀴 같은 손마디로
어룽어룽 기어오르는 것은

서울 유학하겠다며 읍내에서

자취하는 고등학교 3학년 막내 녀석

방이 추워 손 시리다는

그 말 한 마디뿐

여기에서 석화 따는 어머니의 손이 시린 것과 자취방에 사는 아들의 손
이 시린 것의 대조는 모자의 사랑을 이야기하기도 하지만, 그 사이의 차이
를 이야기하기도 한다. 이러한 세대 간의 차이를 통하여 사회 변화는 내면
으로부터 이루어지게 되는 것일 것이다.

농촌의 변화에 대한 정동주 씨의 부정적 시각을, 머리에 비친 바와 같
이, 단순히 빼앗기는 생활에 대한 원한으로, 또는 더 나아가 마땅히 극복되
어야 할 후진적 생활 방식에 대한 퇴영적 연연함으로 보아서는 아니 된다.
그것은 궁극적으로 사람의 삶의 핵심적 가치에 대한 강한 긍정과 확신에
서 나오는 것이다. 되풀이하여 말하건대, 그에게 농촌의 삶은 가장 근원적
인 인간적인 질서를 구현하고 있는 것이다. 여기에 대한 그의 부정에도 이
미 나타나 있는 것이다. 그에게 중요한 것은 일체적 삶이며 뿌리 있는 삶이
다. 그것은, 다시 말하여, "고향 땅 뒷간 거미줄에 매달린/ 아늑함"을 가지
고 있는 삶이다. 또 그것은 "산꿩처럼 순하게"(「시인에게」) 사는 삶이기도
하다. 그것이 농촌이든 아니든, 이상적 인간의 질서는, 「햇빛 속에서」에 이
야기된 바로는, "논리의 늪 지대/ 눈감고도 건너서 어깨동무 내 동무로 잘
도 사는" 어린애처럼 사는 것이요, "풀뿌리 견디는 겨울 흙 속 침묵에 배우
고 믿음 위에 쌓아 올린 사랑"에 기초하여 사는 것이다. 그리고 이것이 하
나의 공동체로 구현되는 것이다. 이상적인 상태에서 농촌은 이러한 인간
적 가치를 가진 공동체였던 것이다. 그것이 이제 뿌리 없는 나무처럼 사라
진 것이다.

송홧가루 날리는 솔밭

새소리도 푸르던 그날

무논엔, 두레꾼들 노래

후렴하던 뜸부기야

낯선 소리 어지러운 세상

뿌리없는 나무이고나

　그는 사라지는 질서를 "들길에서" 이렇게 한탄한다. 농촌을 하나의 인간적 질서로서 정당화해 주는 것은 근본적으로 그것이 자연에 기초해 있다는 것일 것이다. 바로 앞의 인용 부분에서도 자연의 이미지들은 두레 공동체를 묘사하는 중요한 수단이었지만, 이것은 농촌의 긍정적 묘사에서 계속적으로 보이는 것이다.

　말할 것도 없이, 자연의 이미지는 예로부터 시인들의 상투적 어휘였지만, 이것은 정동주 씨의 시에서 특히 도덕적 의미를 띤다. 어쨌든 이 부정의 시대에서, 특히 부정의 동기가 착잡한 것일 수 있는 오늘의 시대에 유보 없는 긍정, 비근하면서 삶의 근본을 이루고 있는 것들에 대한 긍정을 발견하는 것은 믿음직스러운 일이다. 또 그것은 그의 고뇌와 탐색의 본질성을 보장해 주는 것이기도 하다. 시인이 진달래꽃 피는 것을 보고 그것을 "혼불"이나 아이들이 횃불놀이하는 것에 비유하고, 또는 배꽃이 피는 것을 보고 그것을 "신열 든 가슴이 타오르는 함박눈"에 비유할 때, 우리는 이것이 시인의 전통적인 본령, 따라서 조금은 진부할 수도 있으나 그래도 참신하고 또 필요한 본령에 드는 것임을 인정할 수 있다. 「기분 좋은 날」에서는 시인은 새가 하늘을 날고 꽃망울이 열리는 것이 사람의 육체와 성에 일체가 되는 것임을 말한다. 또는 「청수리」에서 그는 자연에 대한 느낌을 하나의 고장, 공동체에 대한 투영으로 소박하게 종합해 본다.

수밀도 익는 팔월의 청수리

구름 위에 구름

대숲은 낮잠에 빠지고

한낮 숨소리에 빠져 버리고

고운 산새 북소리가

물에 떠서 흘렀다

　이러한 자연과 자연적 삶에 대한 긍정은 단순한 것이다. 그러나 이러한
자연의 주제는 정동주의 시에서 훨씬 더 복합적이고 갈등에 찬 조건과 관
계되어 생각되기도 한다. 오늘의 상황 속에서 소박한 자연의 긍정이 전혀
엉뚱하고 사사로운 뒤안에 그쳐 버릴 수 있음을 시인이 모르는 체할 수 없
는 것이다. 「꽃잎에서」와 같은 시는 얼핏 보기에는 전통적인 자연시이나,
조금 생각해 보면, 그것은 더 복합적인 의미를 가지고 있다.

패랭이꽃 대궁이를 꺾으면

맥족 젊은이 질그릇 빚는 소리가

풋망개 씹는 냄새로 피어나고 있었다

패랭이꽃 푸른 받침에 고여서 있는

맥족 사람들 말달리는 소리와

성긴 대바구니 틈새로 흐르는 뱃노래의

반짝반짝 물살도 같이 빛나는 눈물이

산풀 냄새에 섞여서 그냥 그

아득한 거리로 흔들리고 있었다.

이러한 구절은 흔히 낭만적 정서의 표현이라고 할 수도 있지만, 다른 한 편으로는 사람의 사는 방식에 대한 중요한 관찰을 담고 있는 것이다. (여기 의 구절은 신동엽의 시 「원추리꽃」과 비슷하다.) "패랭이꽃 대궁이"는 시인의 마 음에서 맥족 젊은이의 질그릇 빚는 소리, 풋망개 씹는 냄새(여기의 중첩된 비유의 문맥은 불분명하지만.), 맥족의 말달리는 소리, "성긴 대바구니 틈새로 흐르는 뱃노래" 등등에 연결된다. 이런 연결은 어떻게 보면 인위적인 연상 으로도 생각될 수도 있으나, 사실상 모든 사물이 자연스럽게 천의무봉(天 衣無縫)으로 하나를 이루는, 유기적 일체성의 삶에서 우리의 부분적 지각 작용은 알게 모르게 다른 모든 것들과 공간적으로 시간적으로 이어져서 이루어지는 것이다. 이러한 부분과 전체의 삼투 현상을 발터 벤야민(Walter Benjamin)은 '분위기'라 부르고, 이것이 유기적 공동체 속에 영위되는 삶의 행복한 증표라고 생각했다.

어쨌든 우리의 지각은 생존의 전체성을 배경으로 하여 이루어지고 이 러한 조건하에서 만족할 만한 것이 된다고 말할 수 있다. 물론 시인의 공감 각(Synesthesia)이 위에 말한 의식적 기획 아래에서 이루어진다고 할 수는 없지만, 시인의 의도에 관계없이 그것은 위에 비친 바와 같은 실존적 사회 적 의미를 갖는 것이다. 그러나 정동주의 자연 지각은 대체로 위의 경우보 다 조금 더 의도적으로 오늘날의 상황에 관계된다. 「처세술」에서 자연은 오늘을 사는 지혜의 제공자로 인식된다.

때로는 불끈 주먹도 쥐어 보고
때로는 꽉 다물어도 보는 어금니,
그러나 주먹처럼 어금니처럼 살지는
못하고, 빈 손 털며 바라본 하늘엔
구름이 간다.

여기서 구름은 살벌한 투쟁의 삶 속에서 행운유수(行雲流水)의 자연철학을 가르쳐 준다. 「이삭줍기」는 보다 적극적으로 과거에나 현재에나 사람 사는 근본은 변함없이 인간과 자연의 직접적인 교섭에 기초해 있다고 말한다.

> 맨손으로 먹이를 집어먹던 날부터
> 숟가락으로 혹은 젓가락으로 식사를 하는
> 오늘까지의 거리는 손바닥과 손등
> 그저 거기서 거기까지일 뿐
> 원시채집경제는 아직도 흙에 살아 있고
> 벼이삭 줍는 뜻은 목숨의 노래.

이러한 자연과의 직접성은 바인더라는 기계로 수확하는 오늘에도 변함이 없는 것이다. 사람과 사람의 관계도 마찬가지이다. 가령 사람들이 주고받는 인사는, "원시보다 낮은 곳에서/ 문명보다 높은 곳으로 소리없이/ 와 닿는 곡식들의 키를 짐작하는 들새들/ 날개만큼이나 아름다운 것"이다.

표면적 변화에도 불구하고 자연이 사람의 삶에서 가장 기본적인 것이라고 한다면, 이 사실을 무시하거나 경시하는 삶의 조직은 무엇인가 잘못되어 있는 것으로 생각될 수밖에 없다. 그런데 오늘날의 삶은 거의 전적으로 삶의 자연적 기초와는 전혀 다른 어떤 추상적 원리에 의하여 조직되어 있다. 위에서 든 「이삭줍기」에도 자연의 주제에 이어서 이것을 벗어나 있는 삶에 대한 비판이 있지만, 정동주 씨는 여러 편의 시에서 현대 사회에 대하여 비슷한 비판을 행하고 있다. 자연의 관점에서 오늘의 이념과 제도는 모두 크게 왜곡되어 있는 것이다.

그중에서도 정동주 씨가 관심을 가지고 있는 것은 이데올로기에 의한 삶의 왜곡이다. 그가 좌우익의 대결이나 남북 분단의 인위성을 보는 눈도 이러한 관점에서이다. 그의 관점에서 오늘날 "인민대학 교수인 조수환"과 "경상도 사천땅의 쉰여덟 살 홀홀단신 김씨부인"이 만나지 못하는 것은 인위적인 이데올로기의 장벽 때문이며, 그보다 더 원초적인 정과 사랑의 자연스러운 소통을 막기 때문이다.(「편지」) 6·25 때의 좌우익 싸움도 마찬가지이다. 좌우익 대립보다 근원적인 것은, 좌우익을 막론하고, "푹푹 찌는 칠월 야산 풀숲에서/ 토막난 송장을 치마폭에 싸안고/ 뉘것인지 알 수 없는 송장을 쓸어안고" 우는 모습에 나타나는, 사랑과 죽음의 공통성이다.(「도열병 12」) 사랑과 죽음의 현상이야말로, 이데올로기 대립보다 중요한 인간의 자연인 것이다.

이러한 발상은 사실 너무 단순하고 또 상투적인 것이라고 할는지 모른다. 그러나 이러한 발상의 상투성을 구해 주는 것은 그 철저함이다. 이데올로기의 비자연성은, 정동주 씨에게는, 다른 사회의 인위적 조직 원리, 또 그를 위하여 이루어지는 사회 행위에도 그대로 나타나는 것으로 생각된다. 「햇빛 속에서」에서 그가 이야기하고 있는 바로는, "지금 내 호흡의 사이사이에서/ 빛나는 있는 이것은 분명히/ 제도 같은 것들 저편에 흐르는 차원"의 것이다. 또는 "풀뿌리 견디는 겨울 흙 속 침묵은/ ……국가라 이름하는 것보다는 사랑스런 자연인 것"이다.

그러나 자연과 사회의 대결은 이런 높은 차원에만 있는 것이 아니다. 정동주 씨는 이것을 일상적인 차원에까지 끌어내려 한결 더 철저한 눈으로 검토해 본다. 얼핏 읽기에 조금 요령 부족인 듯한 인상을 주는 「차례를 기다리며」와 같은 시가 뜻하고 있는 것은 이러한 검토이다. 제목의 차례는 빈민촌의 공동변소에서 용변의 차례를 기다리는 것을 말한다. 이때 기다림의 절실함은 얼마만 할 것인가. 이것도 인간 자연의 발현이라면 인간 자연의 발현인데, 여기에 비하여 볼 때, 다른 추상적인 관념과 거기로부터 나오는 추상적 행동의 의미는 저으기 동떨어져 보일 수밖에 없는 것이다. 커다란 정치적 행위와 비근한 것의 현실 감각의 차이는 이 시에서, 계속되는 대비, ―즉, 데모 치르는 비용: 셋방 삭월세, 사과탄 맛 무허가 식품 얼음물, 총류탄의 밝기: 육십 촉짜리 전등, 최루탄 연발 터지는 소리: 딸의 주기도문 외우는 소리, 페퍼포그 연기의 맵기: 연탄불 연기의 맵기, 최루탄 분말의 눈물: 버스 차장의 희망, 오스크로노벤드알데하이드: 위궤양 치료제, 미즈노나이트릴 분자의 정교함: 우리 식구들의 삶에 대한 믿음의 신비 ―이러한 것의 대비에 나타나는 것이다. 이러한 구체적 관련에서 정동주 씨는 모든 인위적, 추상적인 것에 대한 자연의 우위를 말하는 것이다.

> 마르크스 깃발 위에 눈이 오는데,
> 그리이스 신화 위에 눈이 오는데,
>
> 알라신의 잠꼬대로 눈이 오는데,
> 잠꼬대가 칼이 되어 눈은 오는데,
>
> 핵무기의 공포 위로 눈이 오는데,
> 전쟁의 폐허 위에 눈이 오는데,

라고 하는 구절들의 뜻도 여기에서 해석될 수 있다. 즉 마르크스주의, 예술, 종교적 신앙, 전쟁 이러한 것들에 비하여 가장 근원적인 것은 눈과 같은 자연 현상이고, 「눈오는 밤에」가 계속 환기하는바 눈 오는 밤의 정서와 연민인 것이다.

정동주 씨의 시를 그 지적 구도라는 관점에서 이야기한다면, 이데올로기 또는 인생에 대한 비판과 그에 대응하는 자연적 인생의 비전은 그의 시의 핵심적 주제를 이루고 있다고 할 수 있다. 사실 현대 우리 사회와 농촌에 대한 그의 관찰은 이 비판과 비전에 종합된다. 이것이 독자에게 참으로 설득력 있게 전달될는지는 조금 더 두고 보아야 할 것이다. 그것은 지나치게 단순하고 감상적인 접근으로 생각될는지 모른다. 또는 이데올로기 비판이 상투적 사고에 대한 비판이라고 한다면, 그 비판 자체가 상투적이라고 생각될 수도 있을 것이다. 이데올로기도 삶의 현실 위에 추상적 관념으로 부과된 것이 아니라 삶의 현실 그 자체에서 성장하여 나오는 것이라는 면을 가지고 있고, 또 어떤 관념적 현실 파악이 사실상 삶의 왜곡된 재단에 이어진다고 하더라도, 그러한 관념에의 몰입은 그 나름의 현실적 동기 관계(動機聯關)를 가지고 있게 마련이다. 그렇다는 것은 이데올로기적 신화로부터의 해방도 추상적 비판에 의하여서가 아니라 발생론적 또는 역사적 분석과 이해에 의하여서만 가능하다는 말이다. 다시 말하여 진정한 이해가 언제나 그렇듯이, 진정한 탈신화는 밖으로부터의 정사(正邪)의 재단에 의하여서가 아니라 안으로부터의 이해와 분석으로부터 시작된다는 말이다.

그러나 이렇듯 말하는 것은 정동주 씨의 비판이 그릇되었다는 것이 아니라, 그것의 완성을 위한 하나의 가능성을 생각해 본 것에 불과하다. 어떤 경우에나 정동주 씨가 행하고자 하는 바와 같은 이데올로기 비판은 절실히 요구되는 바라고 말할 수도 있다. 좌우를 넘어선 하나의 공통된 입장의 발견은, 그 표면적 순진성에도 불구하고, 사회 내의 또는 민족 내부의 평화의 가능성을 약속하는 유일한 현실적 길이라고 할 수 있다. 이러한 입장의 끊임없는 대두는 바로 이러한 현실성에 대한 직관적 이해에서 나온 것일 수가 있다. 또 문제의 인지나 해결이 분열과 갈등의 현실로부터, 또는 어쩌면 그것의 심화로부터 시작할 수밖에 없다고 하더라도, 그것이 우리의 종착역일 수는 없다. 궁극적으로 탐색되어야 할 것은 사람의 개체적 집단적 삶에 대한 보다 포괄적인 이해이다.

이 이해에서 가장 중요한 것은 사람의 삶의 최종적인 테두리를 이루고 있는 자연에 대한 인간의 관계이다. 이 관계가 어떻게 설정되든지 간에 자연과의 조화된 관계 속에서 행해진 인간의 삶의 실험 중 가장 항구적인 실험 기간을 거친 것이 농업적 삶이었다. 그것은 오늘날에도 인간의 개체적, 집단적 삶을 분열과 갈등으로 빼어내고 본래적인 온전함에로 복귀하게 하는 데 많은 지혜를 가지고 있는 것이었다. 오늘의 상황에서 현실성이 있는 이야기인가를 떠나서 그것이 개인에게 항구적 안정과 자족성, 사회적으로 협동적 민주적 관계를 그리고 인간의 생존의 궁극적 한계인 환경과의 조화를 보장해 줄 수 있는 삶의 한 방식인 것은 틀림이 없다. 란차 델 바스토(Lanza del Vasto)는 "땅과 손과 입 사이에 가장 짧고 간단한 길을 찾으라."라고 말하였다. 토머스 제퍼슨은 "땅을 가는 자는 가장 귀중한 시민이다. 그들은 가장 정력적이며, 독립적이며, 선하고, 그들의 나라에 묶여 있으며, 가장 항구적인 유대에 의하여 그 나라의 자유와 이익과 하나가 되어 있다."라고 하였다. 경제학자 니콜라스 제오르제스쿠뢰겐(Nicholas Georgescu-Roegen)은 오늘의 기술 문화는 얼마 안 있어 지구의 모든 자원을 고갈시켜 버리고 지구를 노폐물의 엔트로피에 도달하게 할 것이라고 경고하고, 환경 위기의 한 탈출구를 자급자족의 농업에서 구하였다.

농업적 삶은, 위와 암시한 실제적 의의 외에, 세계와 인간에 대하여, 오늘날의 세계의 파괴적 허무주의와는 전혀 다른 도덕적 태도를 가지고 있다. 위에서의 바스토와 제퍼슨으로부터의 인용은 미국의 농부 시인 웬델 베리(Wendell Berry)로부터 인용한 것인데, 베리는 산업적 생산 방식과 농업적 생산 방식의 밑에 놓여 있는 태도의 차이를 '착취'(인간에 대한 것이든 자연에 대한 것이든)와 '양생'의 차이로 규정하고, 이 차이를 다음과 같이 설명하고 있다.

나는 노천 채광자(the Strip miner)를 대표적인 착취자로 본다. 그리고 구식의 농부 또는 농부상을 대표적인 양생자(養生者)로 본다. 착취자는 전문가다. 양생자는 전문가가 아니다. 착취자의 기준은 능률이다. 양생자의 기준은 돌봄이다. 착취자의 목표는 돈이요, 이윤이다. 양생자의 목표는 건강이다—토지의 건강, 자신의 건강, 가족의 건강, 이웃의 건강, 나라의 건강이다. 착취는 주어진 땅에게 얼마나 많이, 얼마나 빨리 생산해 낼 수 있는가를 묻는다. 양생자는 훨씬 더 복합적이고 어려운 물음을—땅의 수요량이 얼마인가? (즉 그 힘을 위축되게 하지 않으면서, 얼마나 생산해 낼 수 있는가? 장구한 시간 동안 얼마나 실속 있게 생산해 낼 수 있는가?) 이런 물음을 묻는다. 착취자는 될 수 있는 대로 적은 노동으로 될 수 있는 대로 많은 돈을 벌려고 한다. 양생자는 물론 자기의 일에 의하여 적절한 생활이 가능할 것을 기대한다. 그러나 그의 전형적인 바람은 될 수 있는 대로 일을 잘하는 것이다. 착취자의 장기는 조직에 있다. 양생자의 장기는 질서에 있다. 즉 인간적인 질서, 다른 질서와 신비에 조화되는 질서에 있다. 착취자는 으레 기관이나 조직을 위해서 일한다. 양생자는 땅과 집과 이웃과 고장을 위해서 일한다. 착취자는 숫자와 수량과 사실의 관점에서 생각한다. 양생자는 사람됨과 상황과 질과 특성에 따라서 생각한다.[1]

이와 같이 전통적인 의미의 농사일에는 매우 구체적이면서 도덕적인 어떤 태도가 들어 있다. 그리고 이것이 모든 방식의 산업화의 이데올로기를 넘어서는, 오늘의 헛된 욕망과 좌절, 항진되는 분열과 갈등을 넘어서는 종합적인 인간의 가능성을 나타내 주고 있는 것은 틀림이 없다.

베리는 이러한 농사의 도덕적 태도가 단순히 도덕적으로 우월하다고

1 Wendell Berry, *The Unsettling of America: Culture & Agriculture*(New York, 1977), p. 7.

하지 않는다. 그것은 장기적이며 포괄적인 관점에서 볼 때, 매우 현실적인 태도라고 주장한다. 그가 지적하는 바와 같이, 원시 농업은 — 가령 안데스의 우축마르카 부족의 농업까지도 다양성, 복합성, 유연성, 임기응변성(p.176)을 가지고 있어서 "거인이나 신들처럼 사는 데 만족하는 사람들"(p.222)에게는 충분한 생활과 정신의 안정성을 보장해 줄 수 있는 것이다. 다만 거대한 이윤과 소비의 관점에서만, 또 단기적인 관점에서만, 이 진정한 생존의 기술은 후진적이라고 무시되는 것이다.

이러한 농업적 관점은, 안데스에서도 옳았고 미국에서도 옳은 것이라면, 우리의 경우에 옳지 말란 법이 있는가? 물론 옛날식의 농업으로 그대로 돌아가는 것이 오늘의 문제에 대한 해결이 되는 것은 아닐 것이다. 베리도 과학적 영농 방법이 이윤이나 생산성만을 위하여 사용되지 않는 한, 농업에 적용될 여지가 많음을 말하고 있다. 그리고 미국의 농업 문제에 대한 그의 제안도 전통적 농업을 살려 나갈 수 있는 다원적 경제 사회 체제를 주장하는 데 그치고 있다. 이것은 우리나라의 경우에도 해당되는 것일 것이다. 결국 중요한 것은 어떤 특정한 방식의 해결책보다도 농업의 인간적 의미, 그리고 인간의 장기적 전망에 대하여 그것이 갖는 실용적 의미를 잃어버리지 않고 이것을 우리 사회의 미래의 창조에 반영하는 것일 것이다.

농촌을 주제로 한 문학을 추구해 온 사람들의 귀중한 공헌은 바로 이러한 인간적 의미의, 그러나 매우 현실적이며 실용적인 의미의 농촌을 잊히지 않게 하는 데 있는 것으로 볼 수도 있다. 이것은 단순한 울분이나 시새움이나 증오도 아니고 감상도 아니며, 우리의 삶의 역사적 선택을 위한 귀중한 공헌이다. 정동주 씨의 시적 작업도 이러한 테두리 안에서 생각해 볼 수 있을 것이다. 그의 시적 형상화, 그의 조사법(措辭法) 등에 아직도 불안한 점들이 보이는 것은 사실이다. 그러나 정동주 씨의 고뇌에 찬 탐색이 농촌 현실, 또 우리 사회의 현실에 대한 참으로 깊은 몰입에서 나오며, 그것이 얻고자 하는 것이 매우 중요한 ── 그에게 중요하고 우리 모두에게 중요한 것이라는 것은 틀림이 없다. 그의 현실감이 깊어지고 그의 탐색이 큰 시적 수확을 얻게 되기를 바라 마지않는다.

(1986년)

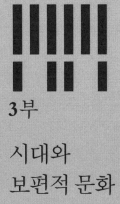

3부

시대와
보편적 문화

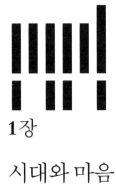

1장

시대와 마음

시와 정치 현실

5·16 이후의 한국 문화

1961년 5월에 있었던 정치적 변동이 아무리 충격적인 것이었다 하더라도 문학이, 특히 그중에도 시가 거기에 즉각적이고 직접적인 반응을 보였을 것으로 생각할 수는 없다. 이것은 그 후의 정치적 사건의 경우에도 마찬가지다. 시의 영역은 간단히 말하여 감정이다. 이것은 우리의 심성(心性)의 기능 가운데 그때그때의 기상 형편에 가장 민감한 부분인 듯 보이지만 실제에 있어서 변하기 쉬운 감정은, 그것이, 삶의 넓이와 깊이의 총체에 관계되는 한에서만, 진정한 시적 감정으로 기록되는 것이다. 정치적 변혁은 삶의 모든 면에 영향을 미친다. 우리의 행동과 관념 작용이 단적으로 여기에 반응을 보인다. 그러나 시에 끼치는 영향을 뚜렷한 형태로 검출해 내기는 어려운 일이다. 다시 말하여 시(詩)의 근본이 되는 감정은 심성의 심층에 관계하는 감정이며, 시가 이러한 깊이로부터 솟아나는 것인 한 시의 변화는 느릴 수밖에 없다. 이러한 완만함은 열혈의 행동인에게는 극히 답답하고 따분한 것일는지 모르나 다른 한편으로 바로 시가 우리에게 줄 수 있는 위로의 근거일 수도 있다.

그렇다고 시가 시대의 변화에서 초월해 있다고 말한다면 그것은 시를 죽음의 세계에 유배시키는 것이 될 것이다. 살아 있는 것인 한 무엇이나 변화한다. 시의 변화는 느리고 복잡한 것 같으면서 조금 다른 의미에서는 조그마한 외부적 충격에도 가장 민감하게 반응한다. 민감성이야말로 시의 특징인 것이다. 단지 시에 있어서 변화는 수면의 물무늬로서가 아니라 물부피의 전체에 일어나는 진동으로 파악되는 것이다. 정치가 시에 작용하는 것은 낱낱의 정치적인 문제로서가 아니라 여러 정치적인 문제들이 퇴적하여 삶의 전체에 가하는 압력의 전 과정으로서이다. 이것을 시 쪽으로부터 바꾸어서 말하면 이렇게 된다. 시의 사회적 기능의 하나는 한 시대에 있어서의 삶의 질을 검토하는 것이며, 정치는 그것이 이 삶의 질에 변화를 가져오게 한다는 점에서 시에 관계된다.

위에서 나는 시가 어느 정도 정치적 변화에 초월할 수 있다는 점에 시의 위로가 있다고 하였다. 그러나 오늘날 정치의 힘은 아무리 강조하여도 충분히 강조될 수 없을 만치 강력한 것이다. 현대 사회에서 정치만치 강력하게 삶의 모든 국면을 규제하는 힘을 달리 찾아볼 수 없다. 정치는 우리의 생활 자체이다. 그리하여 정치의 충격파는 시적 충동이 발생하는 심리의 심층에 그대로 전달된다. 뿐만 아니라 그것은 생명의 내면 원리에 대하여 전혀 몰이해한 폭한(暴漢)으로 온다. 그러므로 시는, 자기방어를 위하여서도 정치에서 초월해 있을 수 없다. 싫든 좋든 이것이 오늘의 상황이다. 문제는 시가 이러한 상황에 얼마나 바른 방식으로 반응하느냐 하는 데 있다.

시와 정치의 관계를 말함에 있어서 쥘리앵 방다(Julien Benda)가 『지식인의 배』라는 책의 서두에서 정신과 현실의 관계를 논하기 위하여 들고 있는 일화는 매우 시사적이다. 장교로 복무하던 톨스토이는 한 동료가 행군 중 열에서 이탈한 한 사병을 때리는 것을 보았다. 그는 이 장교에게 "같은 형제를 이렇게 때리는 법이 어디 있소? 복음서도 못 읽었단 말이오?" 하고 말했다. 그러니까 장교는 이에 대답하여 "당신은 군(軍)의 규칙도 못 읽어 보았단 말이오?" 했다는 것이다. 방다는 지식인의 충성심을 요구하는 것은 제1차적으로 '군의 규칙'이 아니라 정신의 원리라고 말한다. 시인의 경우에 있어서도 이것은 마찬가지이다. 단지 위의 삽화에서 방다는 초월적인 종교의 관점에 서 있지만 시가 전하는 복음은, 월리스 스티븐스의 어구를 빌려, '세속의 신비(secular mystery)'에 관한 것이다. 다시 말하여 시는 현상의 세계에 내재하는 정신의 원리인 것이다. 따라서 그것은 어떤, 정신의 원리보다 넓고 너그러운 것일 수 있다.

물론 어떠한 초월적인 입장도 현상의 세계를 떠나서 성립할 수는 없다. 인간이 시간 속의 존재인 한 영원은 시간 없이는 무의미한 것이다. 지식인의 임무는 정의와 사랑의 보편적인 정신 원리에 비추어 '군의 규칙'을 검토하고, 이에 대항하여 싸우는 것이라 시의 임무도 이 테두리 안에서 생각될 수 있다. 단지, 위에서도 말한 바이지만, 시의 원리는 좀 더 관대하게 비세적(非世的)이나 시는 이 세상에 있어서의 삶의 다양한 가능성에 대한 직관을 지향한다. 이런 의미에서 시야말로 오늘날의 사회에서 가능한 거의 유일한 삶에 대한 직관이라고 말할 수도 있다. 시인은 이러한 직관이 주는 확신을 가지고 모든 생(生)의 단편화와 의곡에 저항한다.

마키아벨리는 정치를 종교와 윤리에서 분리시킴으로써 정치와 정치사상에 일대 혁명을 가져왔다고 말하여진다. 좋은 의미에서든 나쁜 의미에서든 5·16이 한국 사회에 가져온 것은 마키아벨리 혁명이라 부를 수 있는 사회 및 정신 자세의 변혁이다. 그것은 정치 목적을 추상적인 면에서 현실의 평면에로 끌어내렸고 수단을 목적에 대한 효율성이라는 실용주의적 입장에서만 평가하게 만들었다. 이것은 매우 현실적이고 합리적인 일이라 말할 수 있다. 이것은 당초에 하나의 새로운 정신 질서를 의미했다. 합리와 현실의 질서에 철저하려면, 정신적 기율이 필요한 것이다. 마키아벨리의

『군주론』에서 어떤 청교도적인 엄격함이 느껴지듯이 5·16의 군사 정권은 어떤 정신성마저 느끼게 했다. 그러나 5·16은 본질적으로 비정신화의 혁명이다. 그것은 현실의 논리로써 현실을 정리하고자 했다. 그러나 완전한 현실주의는 정치의 현실적 질서를 보장하지 못한다. 마키아벨리의 영웅인 로마냐의 맹주 체사레 보르자(Cesare Borgia)의 이해(利害)가 다른 용병 대장들의 이해와 갈등을 일으킬 때 벌어지는 것은 싸움과 혼란이다. 정치학자들이 지적하듯이 마키아벨리의 과학주의적 질서는 윤리의 면을 빼어놓음으로써 비과학적인 것이 돼 버린 것이다. 5·16은 그 당초의 목적이 어떤 것이었든지 간에 마키아벨리즘의 모든 결과를 우리 사회에 가져왔다. 오늘날 우리가 보는 것은 윤리와 정신이 부재하는 이기와 투쟁의 현실주의 사회이다. 사람에 대해서 사람이 이리가 되는 오늘날의 사회는 사람다운 사람으로서의 사람을 말살하려고 한다. 시가 이러한 상태에 관심을 갖지 않을 수 없는 것은 너무나 당연하다. 앞에서도 말한 바와 같이 시는 사람의 사람으로서의 완전한 가능성에 관한 직관에 관계하기 때문이다.

과연 오늘의 시가 이러한 상황 속에 침묵만을 지켜 온 것은 아니다.

발돋움질해 본 거예요.
속진(俗塵)에 눈이 아려 재채기 한 거예요.
죄(罪)는 모두 그것뿐인 거예요.
빼랑빼랑이 이승을 향해
저승되지 말라고 듣겨 준 거예요.
가진 거라곤 교과서(敎科書)밖에
원칙(原則) 말고 딴 무기(武器)는 펴지도 않았어요.
사개가 물러난 집안 막대기
아틀라스처럼 어깨로 받치려고

보셨지 않아요, 욕심 없는 심지(心志)를.

— 김재원(金在元), 「내버릴 역사(歷史) 속을」

왜 나는 조그마한 일에만 분개하는가

저 왕궁(王宮) 대신에 왕궁(王宮)의 음탕 대신에

오십(五○)원짜리 갈비가 기름 덩어리만 나왔다고 분개하고

옹졸하게 분개하고 설농탕집 돼지 같은 주인년한테 욕을 하고

옹졸하게 욕을 하고

— 김수영(金洙暎), 「어느 날 고궁(古宮)을 나오면서」

오늘 나는 할 수 없이

바둑을 두고 있지만

어제 나는 할 수 없이

막걸리로 주정을 했지만

이런 게 아니라는

내 마음속의 생각은

바둑을 두면서도

농부(農夫)가 부러웠고

막걸리를 마시면서

홍경래(洪景來)를 생각했다.

— 신동문(辛東門), 「바둑과 홍경래(洪景來)」

위에서 세 가지 시구를 뽑아 보았지만, 이러한 발언은 대표적인 예에 불과하다.

그러나 한쪽으로, 학생 데모를 취급한 김재원 씨의 시행들과 다른 쪽으로 김수영 씨, 신동문 씨의 시행들 사이에 있는 느낌의 차이를 우리는 어떻게 설명할 것인가? 가장 분명한 차이는, 김재원 씨의 시가 내세우고 있는 주장이 정치적인 입장의 여하에 따라서는 얼마든지 반박될 수 있는 주장인 데 대하여 다른 두 시가 이야기하고 있는 것은 반박될 수 없는 것이라는 것이다. 어떠한 개인적인 체험은 비록 듣는 사람이 그것을 부연 확대하거나 교정할 수는 있지만 반박할 수는 없는 것이다. 시의 있을 수 있는 방식에 대한 우리의 모든 이야기를 지탱하기에는 위의 시구들은 너무 짧고 가벼운 것이지만, 위에서 지적한 차이의 의미를 좀 더 캐어 나가 보자. 이 차이가 우리에게 이야기해 주는 것은 다시 말하여, 문학이란 주장하기보다는 증언하고 예시하는 것이라는 사실이다. 시는, 앞에서 말한 바와 같이 심리의 피상에서 성립하는 의견이나 견해를 기술하는 것이 아니라, 정도의 차는 있을망정 보다 깊은 데서 우러나오는 분노와 괴로움을 표현한다. 그리하여 심층의 표현은 주장이 아니라 예시로서 더욱 웅변적이 된다. 뿐만 아니라 시적 직관은 본질적으로 인간의 평등하고 자유로운 가능성에 관한 직관임으로서 예시의 너그러운 힘을 믿는다. 다시 말하여 시는 본질적으로 폭력의 힘이 아니라 사랑의 힘에 관한 계시인 것이다.

아무리 시가 현실 문제를 다룬다 하더라도 시로서의 여러 형식적 요건을 무시할 수 없는 것도 시적 직관의 본질로부터 설명될 수 있다. 완전히 실리주의적인 세계에서는 수단이나 절차는 중요시되지 아니한다. 그러한 세계는 삶의 정신적인 의미를 믿지 않으며, 모든 가치를 존재가 아니라 소유에서 발견한다. 그러나 정신의 원리는 소유보다는 존재를 지향하며 절차란 바로 시간 안에서 존재가 드러나는 방식이다. 그러므로 시는 존재에 대한 직관에 참여하는 한 시의 있음을 가능케 해 주는 형식적인 요소를 무시할 수 없는 것이다.

우리는 인용한 시구에서 출발하여 시에 대한 몇 가지 생각을 정리해 보았다. 그러나 인용된 시구들이 최고의 시적 형태라고 말하자는 것은 아니다. 이러한 시구는 삶의 부분적인 표현, 그것도 부정적인 부분의 표현에 지나지 않는다. 그러면 오늘날에도 의연히 계속되고 있는 비정치적인, 순수 시가 시의 본령이라고 할 것인가? 일단 그렇다고 대답해 보는 것도 좋은 일이다.

> 눈을 뜨면 이미
>
> 태(胎)ㅅ줄은 시원(始原)에서 끊어지고 없더라,
>
> 나는 그것이 되었다, 나의 밖으로 나가선
>
> 그것이 되었다,
>
> 보고 싶은 사람은 다 어디로 갔나…….
>
> ─신동집(申瞳集),「눈을 뜨면 이미」

이러한 세계와 자아와의 내밀한 관계에 대한 추구는 시의 원천에 보다 가까이 있는 것이라 할 수 있다. 그러나 이것 또한 삶의 부분적인 표현이 됨은 말할 것도 없다. 사람은 사물의 세계에 대자적(對自的)으로 있을 뿐만 아니라 사회와 역사 속에 있다. 진정한 시는 사람이 그 속에 살아가는 이 두 가지 테두리 사이의 관계를 착반하는 데서 발생하는 것일는지도 모른다. 아마 우리가 기대하는 시는 영국의 여류 시인 캐슬린 레인(Kathleen Raine)의 어구를 빌려 '기원 원년'의 초역사적인 진실과 20세기 한국의 역사를 동시에 거머쥘 수 있는, 충분히 넓고 날카로운 시일 것이다. 하여튼 오늘날의 현실은, 그것이 어느 쪽에서 시작하든지 간에 시가 사개가 뒤틀릴 정도로 넓은 것이 돼 줄 것을 요구하고 있다.

지금까지 나는 주로 오늘날의 정치 사회 현실이 시에 대하여 가질 수 있는 영향을 이야기하였다. 그러나 시가 정치에 줄 수 있는 영향은 어떤가? 시와 정치의 관계는 동일한 역학의 장(場)에서 성립하지 아니한다. 하나는 사상의 질서에 속하며 다른 하나는 힘의 질서에 속한다. 그것들의 관계는 따라서 간접적이고 장구한 것이 될 수밖에 없다. 그러나 정치가 시에 귀 기울일 때 이 관계는 보다 직접적이고 급속한 것이 될 수도 있다. 5·16 이후 지금까지 쓰인 시들을 대충 읽어 보면, 누구나, 지금 쓰이고 있는 세계 어느 나라에서도 오늘날의 한국에서와 같이 어둠과 절망으로 가득 찬 시를 찾아보기 어려우리라는 느낌을 가질 것이다. 한국의 문학 전통이 부질없이 반항적이라서 그렇다고 고집할 수도 있는 일이다. 지금 쓰이는 시를 읽는다면, 집권자는 늘어나는 수출액, 높아 가는 국민 소득, 솟아오르는 빌딩, 뻗어 가는 도로의 의미를 다시 한 번 생각해 보지 않을 수 없을 것이다. 사실 시인이 외치는 어둠의 소리야말로 집권자가 들어서 마땅한 소리인 것이다. W. H 오든은 「바다와 거울」이라는 작품에서 퇴위하는 나폴리 왕 알론소의 입을 통해 집권자에게 다음과 같은 충고를 하고 있다.

아들이여 군중의 환호 가운데
왕위를 오르라 당황한 위엄으로.
그러나 기억하라, 옥새가 떠내려 와도
거들떠도 보지 않는 고기의 바다를.
왕자답게 바르게 앉으라 옥좌 위에.
그러나 생각하라, 왕관이나 부서진 의자나
팔 없는 동상이나 다 마찬가지가 되는 사막을,
경축의 종소리 대포 소리 그 가운데
너를 부러워하지 않는 어름짱 깊은 바다를,
임금도 물건이나 다름없는

태양(太陽)이 작열하는 외면(外面)의 왕국을.

다른 사람의 충고를 기대 말라,
누가 공식 연설문에 의미를 담는가,
한쪽에 어린아이 다른 쪽에 백합화
진보의 조각을 제작하며 누가
사갈(蛇蝎)을 이야기할 것인가? 왕립 동물원엔
상어와 문어가 조심스레 부재(不在)하고
어울려 시간 맞춘 시계는 멋대로 돌아간다.
그러나 저 밖에는 황막한 바다
사치스러운 연주회도 없는 바다. 저 밖에는
점심꺼리도 없는 황막한 사막.

너의 어두움만이 왕궁의 값비싼
거울이 말할 수 없는 것을 말해 준다.
어둠을 두려워하라, 황막한 바다를,
폭군도 사치스러운 의상 속에 얽혀 가라앉아 가고
궁녀가 쌀쌀히 돌아서는 바다를.
사막을 두려워하라, 황제도 샤쓰 바람,
거지들이 조롱 속에 그의 일기를 읽고
멀리서 깡마른 공포가 귀신처럼 다가오는
그러한 사막을, 없는 것을 꿈에서 배우라.

두려움의 위에 희망을 쌓아야 하는 까닭에…….

(1968년)

정치와 일상생활

진리와 문학

  그 도덕주의적 함축에도 불구하고 진실 혹은 진리는 정치나 종교인 뿐만 아니라 인문학자, 과학자 혹은 예술가가 추구하는 공동의 이상이다. 한낱 공허한 수사일망정 진실 혹은 진리에의 열렬한 의지를 표방하지 않고서는 그 누구도 사람의 감정이나 이성에 호소할 수가 없다. 진실의 표방이 지니고 있는 이러한 설득력은 사람의 생활 속에서 진실이 갖는 비중을 일깨워 주면서 동시에 그것이 매우 찾기 어렵고 지니기 어려운 어떤 것임을 상기시켜 주기도 한다. 가장 빈번히 강조되는 덕목이란 사실상 실천하기가 어려운 것이라면 진실 혹은 진리도 사람들이 가까이하기가 몹시 어려운 것임에 틀림없다.

  진실 혹은 진리의 탐구가 어려운 것은 그것에 대한 동의가 이루어지기 어렵다는 사실도 연관된다. 악마적인 시니시즘도 때때로 진실이나 진리란 이름으로 그 설 자리를 찾는다. 진실에 대한 동의가 이루어지기 어려운 것은 보는 위치에 따라서 산의 모양이 달라진다는 사고의 자기변호적 성격 ─ 변호의 대상이 원리적인 것이건 두드러지게 물질적인 이해관계이건 간에 ─ 에서 비롯된다. 그리고 이 사고의 자기변호적 성격이 의식으로 떠오르지 않는 심층적인 것이라는 사실은 사태를 더욱 복잡하게 만든다. 사고의 자기변호적 성격이 심층적이기 때문에 그것을 초월하는 객관에의 발돋움은 윤리적 호소력에 의해서만으로는 촉진되지 않는다.

진실 혹은 진리에 대한 동의가 언뜻 보아 쉬울 것 같은 자연 과학 분야에서도 보편타당한 진실의 발견과 정립이 어려운 예를 우리는 근대의 물리학, 현대의 생물학 또는 인류학 분야에서 목도하였다. 교회를 중심으로 한 사회적 편견과의 싸움 속에서 성장한 근대의 물리학은 사실의 연구나 인식 자체에서 가치를 찾고 과학적 사고를 실제 효용과 연결시키는 것을 상스러운 일로 여기는 버릇을 키웠다. 그것은 진실을 수호하는 과정에서 길러진 정당방위적인 경향이었으나 곧 다른 분야에까지 미쳐서 진실이나 진리의 탐구는 새로운 종류의 세속적 성직자의 전담 사항이라는 생각이 퍼지게도 하였다.

진실 혹은 진리의 탐구는 그러나 그것이 인간의 행복에 기여한다는 점에서 극히 실제적인 것이다. 진리가 밝혀져 있지 않은 세계 속에 산다는 것은 결국 사람들이 환상 즉 헛것의 세계 속에 사는 것이다. 헛것 속에서 살고 있는 한 사람은 깨어 있는 상태에 있는 것도 아니고 자유로운 상태 속에 있는 것도 아니다. 진실을 발견하고 그렇게 함으로써 자기 자신과 자연과 사회를 이성의 힘이 미치는 세계로 만듦으로써 비로소 인간은 자유롭게 되고 단순한 수동에서 능동적인 존재로 될 수 있다. 그것이 심층적인 내면세계건 혹은 복합적인 외부 세계건 사람들은 사실의 실상을 바르게 파악함으로써만 그것을 인간 이성의 통제 아래 조정할 수 있는 것이다. 그리고 인간 이성의 조정 반경이 넓어지면 질수록 그것은 인간의 자유에 기여한다. 이리하여 진실 혹은 진리의 발견은 그대로 인간 해방의 가장 강력한 무기가 된다.

인간과 자연과 사회에 관한 진실의 발견은 반드시 사람들에게 달콤하고 쾌적한 것만이 아니다. 근대 과학의 발전은 달콤하고 쾌적한 인간 중심주의에 찬물을 끼얹어 왔다. 그러나 가슴을 철렁하게 하는 냉엄한 사실의 인식과 이에 대한 적절한 자기 조정은 언제나 성숙의 기본적인 조건이다. 인간의 자기 해방은 성숙을 전제로 한다. 진실 혹은 진리의 탐구는 그러니까 성숙한 자유인으로서의 자기완성을 위해서 불가결하고 그 효용은 아주 요긴한 것이다. 문학도 넓은 의미의 진실의 탐구이고, 한 유미주의자가 극명하게 정식화했듯이, 진실되지 않은 것이 아름다울 수는 없다. 진실의 탐구가 어려운 때일수록 이러한 시원적인 것에 대한 성찰이 요구된다.

시대의 마음과 문화: 10주년에 부쳐

《세계의 문학》은 이번 가을로 창간 10주년을 맞는다. 그간의 공과를 접어 두고, 우리는 그만큼의 세월을 버텨왔다는 것에 스스로 대견함을 느낀다. 사람의 하는 일이 거룩한 뜻과 일편단심의 노력으로만 이루어지는 것이 아니고, 어찌어찌하다 보면, 일이 되고 역사가 되는 수가 많다고 하겠으나, 돌이켜 보건대,《세계의 문학》의 10년이 가능했던 것은 수많은 분들의 의지와 노력에 의한 것이었다. 그리고 그것은 궁극적으로 도덕적 의지에 기초한 노력이었다고 하여 마땅하다. 박한 고료에도 불구하고 수많은 필자들은 기꺼이 글을 써 주셨다. 이러한 기여는 우리 사회와 문화 속에 자리하여야 할 진리의 작업의 중요성에 대한 확신이 있음으로 가능한 것이었다. 사람이 하는 일로서, 한 가지 눈에 뜨이는 일을 위하여 얼마나 많은 눈에 뜨이지 않는 정성들이 있어야 하는가. 편집, 영업, 인쇄 등등 ── 빼놓을 수 없으면서도 자자분한, 그러기에 보람 없이, 어렵게만 여겨질 수 있는 일에 많은 분들이 묵묵히 종사하였음으로 하여 《세계의 문학》이 있을 수 있었다. 수많은 익명의 일꾼들의, 일에의 열려 있음, 의식적이든 무의식적이든 그러한 일의 사회적 의의에 대한 믿음 ── 이러한 것들은, 생각해 보면, 우리를 감격시키기에 충분하다. 민음사는 경제적 손익에 관계없이 이 여러 사람들의 일을 일관성 있게 뒷받침하여 왔다. 그것은 구태여 말로써 표현되고 주장되지 아니한 만큼 더욱 굳은 결단을 느끼게 해 주는 것이었다. 이 자축의 지면을 빌어, 이 모든 분들께 깊은 감사의 뜻을 표한다.

10년을 버텼다는 것은 10년을 살아남았다는 것을 말한다. 진리가 죽고 정의가 옥쇄하는 시대에 있어서 살아남는 것은 치욕일 수도 있다. 그러나 대체적으로 말하여 살아남음 그 자체는 좋은 것이다. 그것은 많은 사람들의 뿔뿔이 또는 뭉쳐진 의지와 노력의 결과이며, 그러니만큼 삶의 에너지의 긍정적 결집을 표현하는 것이다.

그러면서 그것은 세상이 그것을 허용하였음으로 하여 가능한 것이다. 《세계의 문학》이 존립하는 것은 가장 단적으로 독자로 대표되는 사회적 수요로 인한 것이지만, 이 수요는 사실상 현실적 독자에만 한정되는 것이 아니고, 그러한 문화기관의 존립을 인지하는 더 많은 사회층에 의하여 뒷받침되는 것이다. 또 그것은 일반적으로 사회적인 문화의식을 통하여 그 정당성을 인정받는 것이라고 할 수도 있다. 역설적으로 말하건대, 이 인정에는 오늘의 검열당국도 참여하고 있다고 할 수 있다. 그렇다는 것은 언론과 출판의 자유를 제약하려는 끝없는 노력에도 불구하고 그 제약의 칼이 어느 한계에 그칠 수밖에 없음은 칼은 든 자 또한, 진리에 대한 문화의 지상명령을 거역할 수 없었기 때문이다. 결국 살아남는다는 것은 복잡한 현실의 얼개의 허용으로 가능한 것이다. 그것은 주체와 객체의 끊임없는 교환 과정 속에 만들어지는 복합적 덩어리이다. 그러면서 그것은 대체적 진리의 연면을 나타내고, 그것의 굴곡과 음영을 흡수하여 삶의 현실을 보다 더 너그럽게 포용하는 진리의 구현자가 된다. 오래 살아남은 자의 위엄은 진리와 삶의 음영을 너그럽게 포용하는 연면성의 위엄이다. 《세계의 문학》이 이러한 권위나 위엄을 가지고 있다고 스스로 착각한다는 것은 아니다. 수상한 오늘의 시대에 있어서, 우리가 기약할 수 있는 것은, 지난 10년에 더하여, 앞으로의 5년 또는 10년일는지 모른다. 아마 우리가 100년을 지속할 수 있다면, 우리의 살아남음은 다른 많은 장수하는 생존자와 제도처럼 그 자체로 의미가 있는 것이 될는지 모른다.

오늘에 있어서 살아남는다는 것은 연륜을 쌓아 가는 일이면서 또 동시에 반드시 치욕은 아니라고 하더라도, 또 거짓과 불의에 타협하는 것은 아니라고 하더라도, 적어도 충분히 진리와 정의에 철저하지 못했음을 말하는 것일 수 있다. 이 점 《세계의 문학》도 예외가 아니다. 잡지의 기능이 어떤 특정한 주장을 내세우고 그것은 고집하는 데 있다고 하기보다는 사회의 진리 작업을 촉진하고 중재하여 공동문화를 성립하게 하고 그 질을 높이는 데 있다고 할 수 있지만, 이러한 중재자의 위치의 관점에서 말하더라도 우리가 하여야 할 말을 하지 못하고, 바로 이야기할 것을 둘러서 이야기하고, 무엇보다도 마땅히 실어야 할 글들을 싣지 못한 일들이 있었음을 인정하지 아니할 수 없다. 이 점 우리는 매우 부끄럽게 생각하는 바이다.

오늘날 진리에 가해지는 제약과 박해의 형태는 단적으로 물리적인 것이지만 그것은 또 그것 나름의 이론들을 갖추고 있다. 문학에 한정하여 말하건대, 문학의 순수와 참여에 대한 논쟁은 해묵은 것이 된 지 오래이다. 그러나 아직도 사람들의 생각의 틀을 지배하고 있는 것은 이 두 관점의 대립인 것으로 보인다. 여기에서 우리가 새삼스럽게 이 문제를 밝혀 볼 생각은 없지만, 어떤 사람들은 문학과 문화의 순수성이라는 명분으로 《세계의 문학》의 비교적 광범위한 관심을 마땅치 않게 보아 왔다.

　문학에 일종의 순수성이 있음을 우리는 부정하지 아니한다. 문학이 순수한 것이라고 가정한다면, 그것이 언어의 구조 또는 감정의 구조 이외의 것이 아니라는 말일 수 있다. 그러나 그렇다고 하더라도, 그 언어는 사물을 지칭하지 아니할 수 없고, 그 감정은 현실 세계의 무엇인가에 대한 감정이 아닐 수 없다. 다만 그 사물과의 관련, 그 감정이 문학의 형식 속에 수납되면서, 어떤 순수성을 얻을 뿐이다. 그러니까, 문학이 순수하다고 하더라도, 그것은 그 자료에 있어서 그러한 것이 아니고, 정련의 과정을 통해서 결과로서 그렇게 될 수 있을 뿐이다. 이 순수성에 이르기 위하여서라도, 문학은 사람의 삶의 모든 것에 그 관심을 넓히고, 그것에 대한 이해를 얻으려고 노력하지 아니할 수 없다. 그것은 역사와 사회학과 철학 그리고 정치학과 함께 인간의 삶에 대한 넓은 탐구의 일부를 이루어 비로소 제 본령에 들어갈 수 있는 것이다. 뿐만 아니라 그것은 이런, 인간 탐구를 위한 모든 노력 가운데에서도 가장 구체적인 인간의 모습에 관심을 가지고 있기 때문에, 당대의 인간, 당대의 삶, 보다 나은 삶을 향한 당대 사람들의 집단적 움직임에 눈을 감을 수 없는 것이다. 당대적 현실 속에 있는 인간이 아니고 구체적인 인간이 어디에 있을 것인가? 또 이러한 당대적 인간의 현실을 빼고 문학이 무엇으로 문학이 될 것인가? 문학은 이 당대의 인간을 당대의 현실 속에서, 또 인간은, 하루를 살고 마는 존재가 아닌 까닭에, 긴 역사와 영원의 관점 속에서, 묘사하고 이해하는 노력이다. 그것은 그에 비슷한 작업을 하는 다른 지적 활동, 문화활동에서 유리될 수 없고 당대의 삶의 움직임에서 유리될 수 없는 것이다. 그렇게 될 때, 그것은 고사(枯死)를 면치 못한다. 《세계의 문학》이 우리의 문학에 기여한 것이 있다면, 그것은 인간의 삶 속에 움직이고 있는 다양한 진리의 활동을 문학에 연결하고, 다시 문학으로 하여금 이 광범위한 지적 활동에 기여케 하는 데에 있어서 매개자의 역할을 하려고 했다는 데에서 찾을 수 있다고 생각한다. 그것의 성패는 우리 스스로가 판단할 것이 아니지만, 《세계의 문학》은 우리 시대에 이루어지는 다양한 진리의 작업으로 하여금 우리 사회의 기초가 되게 하려는 대역사(大役事)에 참여하는 데에서 긍지를 갖고자 하였던 것이다.

그러나 우리는 진리가 쉽게 이루어질 수 있는 것이라고 생각하지 않는다. 어쩌면 진리 그 자체는 간단한 것인지도 모른다. 그러나 그 과정은 어떤 경우에나 어려울 수밖에 없다. 진리가 삶의 구체적 과정이 되는 것은 수많은 삶 속에서 수많은 판단과 수많은 실천의 결과로 그렇게 되는 것이다. 우리의 개체적 실존의 관점에서 볼 때도, 중요한 것은 어떤 특정 진리를 듣고 말하고 기억하고 하는 것보다도 그것의 깨우침이다. 이 깨우침은 사람마다 그에 주어진 능력과 그가 처해 있는 사정과 그의 개인적인 역사에 따라서 다를 수밖에 없다. 문화의 과정은 이 개체적 진리의 깨우침을 다양한 길을 통하여 가능하게 하면서 동시에 그것을 하나로 묶어 나가는 과정이다. 이때 체험의 구체적 완성에 가장 큰 관심을 가지고 있는 문학은 문화적 자각에 있어서 가장 중요한 고리를 이루는 것이다.

얼핏 보아 가장 강력한 것은 사실의 힘이다. 사회학자들이 말하는 바와 같이, 사실과 마음의 가치가 부딪칠 때, 결국 물러나게 마련인 것은 마음의 가치이다. 그러나 이것은 단기적인 것이요, 장기적으로 볼 때 역사를 만드는 것은 마음과 마음에서 나오는 생각이다.(물론 그것이 사실을 포용할 만큼 강력한 변증법을 가지고 있는 한도에서) 또 그렇게 하여 사람의 다양하고 조화된 생각이 만든 세계에서 사람은 참으로 사람다울 수 있다. 이것은 쉽게 이루어지는 것은 아니다. 그러나 마음의 힘은 인간사에서 약하고 부드러우면서도, 끈질기고 무시할 수 없으며, 결국은 모든 것을 이겨 내고야 만다. 《세계의 문학》은 앞으로도 우리 시대의 마음을 만들어 내고 그것으로 이루어지며 그것을 가능하게 하는 공동문화를 창조하고, 그 가운데 사람이 사람답게 살 수 있는 세계의 창조에 그 나름의 기여를 계속할 수 있기를 희망한다. 다시 한 번 스스로의 연륜을 확인하며 그간의 여러분들의 노고에 감사한다.

언어의 황홀경

장 보드리야르의 서양의 과학 기술 문명을 설명하는 말 가운데 '엑스타스(extase)'라는 말이 있다. 이것은 황홀경 또는 정상적인 상태를 벗어난 이상 상태라는 말인데, 기호와 전달 매체가 번창하는 현대 서양 문명에 있어서 의미를 만들어 내는 작용들, 언어, 이론, 이미지, 또는 그 나름의 의미 함축체로서의 여러 가지 인공적 저작물들이 자기도취에 빠져서 그것 나름의 독자적인 세계, 말하자면 현실이나 객관적인 현상과 관계가 없는 독자적인 세계, 그러면서 오히려 현실 이상의 현실을 제시하는 현실 세계를 이루게 되는 상태를 가리키는 것이다. 달리 말하면 의미 작용의 과잉, 의미의 자기도취, 의미의 자기 경직이 '엑스타스'를 만들어 내는 것이다.

사람은 현실을 이해하기 위해서 현실에 대한 모형을 만들어 낸다. 그러나 이 모형이 극단적인 세련 상태에 이르면, 모형이 현실을 대치하고 오히려 우위에 놓인다. 가장 손쉬운 예는 가령 유행에 있어서 모델에서 볼 수 있다. 유행의 모델은 모델이라는 말이 나타내는 바와 같이 어떤 아름다운 현실을 나타내려는 것이지만, 그것 자체대로 아름다움의 전형이 되어 버린 예이다. 그것은 '아름다운 것보다 더 아름다운 것'이 된다. 이와 마찬가지로 이미지나 언어는 쉽게 '현실보다 더 현실적이고' '진실보다 진실한 것'이 될 수 있다.

이러한 일들은 보드리야르의 진단으로는 유독 자본주의 후기에 일어나는 것인데, 얼핏 들으면 이것은 자본주의 문명에 있어서의 영상 조작을 비판하는 말로 들린다. 모든 것은 사람이 만들어 내는 영상과 모형에 불과하다. 그러한 것들은 객관적 현실로부터 동떨어져 있는 것이다. 그러나 객관적 현실이란 존재하는 것인가? 마르크스주의자로 시작한 보드리야르에게는 현실에 대한 강한 향수가 있음에 틀림이 없다. 그러나 그의, 적어도 표면상의 진술로 보아 그는 자의적일 수밖에 없는 의미 작용, 의미 표현을 넘어가는 현실이나 진실의 존재를 부정한다. 그런 점에서, 오늘날의 어떤 포스트모더니즘의 이론가보다도 광범위하게 포스트모더니즘 현상의 사회적 기반을 분석하는 이론가의 한 사람임에도 불구하고, 보드리야르는 포스트모더니즘의 일반적 허무주의에 깊이 젖어 있다고 하지 아니할 수 없다.

궁극적인 의미에 있어서, 현실이나 진실 또는 진리는 존재하는 것이 아닌지 모른다. 또는 자본주의 문명의 난숙한 단계에 있어서, 객관적 현실과 진리는 소멸하는 것인지도 모른다. 그러나 객관적 현실과 진리를 부정하기에는 대부분의 사람들의 삶은 너무나 필연성의 제약 속에 있고 이 필연성은 하나의 또는 일정한 모양의 법칙성을 가지고 있는 것으로 느껴진다. (보드리야르가 우리의 현실 체험을 부정하는 것은 아니다. 다만 그것이 어떤 결정된 구조나 법칙의 관점에서 일체적으로 파악될 수 있다는 가능성을 부정하는 것이다.) 그런데 이 궁극적인 문제가 어떠한 것이든지 간에, 철학이나 문학이나 또는 과학의 반성적 노력을 통하여 현실을 표현하고 현실의 의미를 포착하고자 하는 사람들은 어느 사회, 어느 시대에 있어서도 언어와 영상, 사람이 만들어 내는 모형과 그것이 지시하고자 하는 대상이나 현실 또는 진리와의 사이에 존재하는 간극을 의식하여 왔다. 현실과 진리를 표현하려는 모든 인간의 노력은 그것을 드러냄과 동시에 그것을 은폐하는 작용을 하게 마련이기 때문이다. 이러한 위험에 대한 의식은 참으로 현실과 진리에 이르려는 모든 사람에게 필수적인 것이었다. 그리하여 표현의 문제는 어떻게 의미를 통하여 의미 저 너머의 것을 지시하는가 하는 것이다. 언어의 생명은 언어 너머의 말없는 존재에 이르는 데 있다.

우리가 오늘날 자본주의·문명의 난숙한 단계에 있다고 하는 것은 우리 사회에 대한 옳은 진단이 아닐 것이다. 그러나 언어와 영상의 '엑스타스' 만은 우리 사회에서 쉽게 관찰할 수 있는 현상임에 틀림이 없다. 다만 그것은 서양 문명에 있어서의 섬세함에 이르지 못한 것이 다행이라면 다행일 것이다. 포스트모더니즘의 단계에 있어서, 모형 조제와 의미 작용의 발달은 현실과 그 모형의 구분을 지극히 어렵게 하고, 모형의 배후에 숨어 있는 불온한 의도를 알아내기 어렵게 한다. 이에 비하여, 우리 사회에 있어서의 의미 작용의 황홀경은 비교적 속이 들여다보이는 상업주의, 냉소주의적 도덕주의, 자기도취의 지적 오만, 감정적 원한, 정치적 술수들을 드러내 준다.

문학의 현실이나 진리에 대한 관련은 복잡하고 문제적이다. 그것은 본래부터 가공의 언어이다. 그러나 그 가공성에 대한 의식이 동시에 보다 진실에 가까이 갈 수 있는 한 방편이 된다. 문학은 언어로 만들어지는 것이면서, 언어를 불신한다. 그것은 이미지의 언어에 의존하면서 이미지의 우상적 성격, 그 허위성을 의식한다. 그것은 감정의 조작을 시도하면서, 과장된 감정의 자기 탐닉, 그 허위성을 혐오할 수 있다.

그러나 오늘날 우리 문학의 많은 부분은 말과 말재주와, 이론과 이론의 기계론적 편의와, 인위적으로 자극되는 감각과 감정, 고정된 양심의 '엑스타스' 속에 빠져 있는 것으로 보인다. 언어의 생명은 오로지 스스로의 함정을 벗어나 객관적 진실에 이르려는 노력에서 온다. 기존의 언어, 그 타성, 자동성, 그 이론과 감정의 틀을 완전히 벗어날 수는 없을 것이다. 그것은 혼란을 의미한다. 그러나 결국 진리는 잘 닦여진 길을 벗어난 새로운 언어 속에 있다. 그 언어는 언어를 넘어가는 침묵의 진실을 가리키고 스스로 소멸한다. 그 진실은 새로운 독창성의 외로운 고뇌를 통하여 이르게 되면서 또 만인이 공유하고 있는 현실 — 언어의 엑스타스로 은폐되지 않는 현실로서 늘 존재해 왔던 것이다.

《세계의 문학》은, 최근 외국에서 발표된 좋은 글들을 우리 독자들에게 소개하고자 노력해 왔다. 이번 호에는 페레스트로이카 이후의 소련 문학에 대한 논문 「미래의 끝」을 번역해서 싣는다. 페레스트로이카 이후, 소련의 사회와 문학이 이전의 경직성을 극복하고 새로운 지평을 열어 가는 자기 갱신의 과정과 지향은 우리 사회와 문학의 현재와 미래에도 좋은 타산지석이 될 수 있을 것이다.

그리고 이번 호에 소설을 발표하는 이석호, 채희윤, 엄창석 씨 등은 등단한 지 오래지 않아 잘 알려지지 않은 작가이나, 눈 밝은 사람들은 이들의 소설가적 역량과 가능성을 이미 알고 있을 것이다. 일반 독자들께서도 이번 작품을 통하여 이 점을 확인할 수 있기를 바란다. 또 새로운 시인 김재석, 김요일 두 분의 시를 선보인다. 소박하고 안정된 시상을 보여 주는 김재석 씨의 시가 전통적이라면, 발랄하고 재치 있는 언어를 구사하는 김요일 씨의 시는 실험적이다. 상반된 경향의 두 시인이 작가의 개성적 목소리로 우리 시단을 풍요롭게 해 주길 기대한다.

정치, 문화, 동구 혁명

문학은 정치에 대하여 불가분의 그러나 늘 순탄치 않은 관계를 가져 왔다. 문학은 정치와 같은 현실에 관여한다. 그것은 현실에 대한, 의도한 것이든 아니한 것이든, 하나의 투영도를 제시하거나 함축하며, 이것은 그 나름으로 정치가 가지고 있는 현실의 도면을 긍정, 옹호 또는 부정하기 마련이다. 물론 문학의 현실 관여 또는 흔히 써 오던 말로, 참여는 그 목적, 방법, 그 감성에 있어서 정치와 다를 수밖에 없다. 그리고 그 현실적 효율성이 정치와 같을 수 없는 것임은 물론이다. 작가가 의도적으로든 또는 의도에 없는 영향력으로든, 현실에 관여할 때, 그의 행위를 매개하는 인생의 비전은 그 나름의 온전함을 가지고 있어서 정치의 도구적 구상 속에 완전히 편입되기 어려운 것이다. 그리하여 작가의 정치 참여는 대체로 엉거주춤한 것이기 쉽다. 그것은 일치와 불일치, 협화와 불협화의 복잡한 형태가 된다. 물론 이것이 문학과 정치의 관계를 부정하는 것은 아니다. 현실적 효율이 아니라고 하더라도, 심성과 감성을 통하여 현실 행동에 작용하는 영향력이 현실의 중요한 요인임은 틀림이 없다. 정치 행동가가 작가를 선전에 동원하고 또는 작가를 탄압 검열하는 것은 그들이 이러한 영향력을 과장하여 받아들이고 있다는 증거이거나, 그들이 장악한 것으로 보이는 현실이 그들의 손아귀에 확실하게 쥐어지지 않고 있다는 것을 말하는 증거이다.

하여튼 근년에 와서 세계의 도처에서 정치와 문학의 관계를 어느 때보다 밀접하게 한 사건들이 많이 있었다. 말할 것도 없이, 한국의 민주화 운동에 대한 문학의 긴밀한 관계는 우리가 가까이 보아 온 바이다. 이와 비슷한 일은 아시아, 남아메리카, 아프리카 등지에서도 넓게 관찰되는 현상이다. 최근에는 1989년을 하나의 분수령으로 하는 동구의 변화에서도 문학은 매우 중요한 역할을 수행하였다. 헝가리, 폴란드, 체코슬로바키아 등 여러 나라에서 정치 변화를 자극하고 지도한 것은 작가와 지식인이었다. 오늘에 와서 우리는 이들이 정치적 지도자로 등장하여 말을 통해서가 아니라 그 행동을 통해서 현실에 작용하고 있음을 보는 것이다.

그런데 흥미로운 것은 한국이나 동유럽에서 다 같이 정치와 문학이 전에 없는 긴밀한 관계를 형성했다는 사실에 못지않게 이 두 지역에서의 이 긴밀한 관계가 보여 주는 뉘앙스의 차이이다. 우리나라에서의 문학의 정치 참여가 삶의 정치화에 관계되어 있다고 한다면, (물론 이것은 관찰의 각도가 어떠한 것이냐 하는 데에 따라서 달리 보일 수 있는 것이기는 하지만) 동유럽의 문학의 정치 참여는, 말하자면, 삶의 비정치화에 관계되어 있다고 볼 수 있다. 체코슬로바키아의 민주화 운동에서, 많은 작가·지식인을 결집시킨 계기가 되었던 것은 1977년 1월에 발표된 「77 헌장」이었는데, 그 주동 인물의 한 사람이었던 바츨라프 하벨(Václav Havel)은 「77 헌장」 운동의 계기를 설명하면서, 그것은 "자신의 진실 속에 살며, 자신이 즐기는 음악을 연주하고, 그들의 삶에 의미가 있는 노래를 노래하며, 자유롭게 존엄과 유대 속에 살고 싶은 무명의 젊은이들"을 방어할 필요에서 비롯되었다고 말한다.[1] 여기에 참여했던 지식인과 작가들은, 다시 하벨의 표현을 빌려, "체제의 요구 사항과 다른", "삶의 목적, 사람들이 …… 자신과의 조화 속에 살며, 견디어 낼 만한 정도의 삶을 살며, 윗사람들이나 관리들로부터 수모를 당하지 않으며, 경찰의 끊임없는 감시를 받지 않으며, 스스로를 자유롭게 표현하며, 창의력의 출구를 얻으며, 법률상의 신변 안전을 향수하는 등의 인간의 기본적인 필요"[2]를 확인하고자 했던 것이다. 다시 말하여, 그들은 혁명이 요구했던 삶의 정치화를 제도로 정착시킨 공산 체제하에서, 단순하게 그들 스스로의 삶을 살고자 했다. 이러한 삶의 방어를 위한 필요로 인하여 소위 반체제 지식인·작가들은 정치에 참여하지 아니할 수 없었던 것이다.

이러한 정치 참여의 방식은 다른 정치 참여 — 특히 마르크스주의에서 영감을 얻은 작가들의 정치 참여 방식과는 상당히 대조적인 것이다. 후자도 물론 사람들이 원하는 바대로 또는 본성에 따라 살고자 하는 삶을 살지

---

1 *The Power of The Powerless*(New York: Sharpe, 198), p. 46.

2 Ibid., p. 51.

못하며 그것이 무참히 파괴되는 것을 보는 데에서 시작한다. 그러나 이 경우 문제 해결의 방식은 방어적 옹호보다는 사람들의 삶을 조건 짓고 있는 사회를 적극적으로 또는 공격적으로 재구성하는 데에서 찾아진다. 그것은 비정치적 삶의 정치화를 요구하고, 개체적 삶의 정치적 동원과 새로운 체제로서의 재구성을 요구한다. 이것이 흔히 참여 문학에서 주창되는 바이고, 또 우리 문학에 있어서 정치 참여의 동기를 제공해 주었던 사고이다. 이것을 도식화하여 말한다면, 우리는 여기에 삶의 비정치적 목적을 옹호하고자 하는 참여와 비정치적 삶의 정치화를 요구하는 참여를 보는 것이다. 이 두 참여의 논리는 어느 정도는 혁명 이후의 사회와 혁명 이전의 사회의 차이로 설명될 수 있을 것이다.

다른 사회의 다른 지적·사회적 세력들의 상호 관계가 여기에 더 중요하다고 할 수도 있다. 그것이 어떻게 설명되든지 간에, 이러한 차이는 문학의 정치 참여의 두 가능성을 드러내 주면서 동시에 어떠한 경우에나 피할 수 없는 문학의 참여의 양의성을 말하여 준다.

그러나 이러한 두 개의 가능성 또는 하나의 양의성 속에 비교적 분명해 보이는 공통의 기초가 없는 것은 아니다. 어떤 경우에나, 문학을 특징짓는 것은 그것이 구체성의 언어라는 사실이다. 문학의 언어는 삶의 실제의 밀물·썰물에서 생겨난다. 그리고 그것은 끊임없이 교환 관계에 있다. 이것도 추상적 언어 —— 물질적·사회적 조종의 필요에서 생겨나는 추상적 언어와 다르고 또 그것에 저항한다. 그리하여 예술의 언어, 특히 문학의 언어는, 그것이 어떠한 것이든지, 사람이 견뎌야 하는 정치 질서에 대하여, 또 정치뿐만 아니라 생활 세계의 구체성의 억지스러운 단순화를 시도하는 모든 추상적 삶의 구도, 또 그것과 한 짝을 이루는 추상의 언어에 대하여 비판적 의미를 갖는다. 삶의 방어이든 정치화이든, 정치적 참여의 밑바닥에 있는 것은 이러한 문학 언어의 체험이다. 그럼으로 하여 또 그것은 서로 방향이

다른 정치적 관련에 대하여 어느 정도의 한계를 짓는 것으로 보인다. 문학이 가하는 한계는 궁극적으로 삶의 현실의 전체성과 다양성이다. 구체성의 비판이, 욕망의 도착을 통하여 또는 이데올로기의 과장에 의하여 구체적 현실을 떠날 때 그것은 문학 고유의 힘을 상실할 수밖에 없다.

이러한 사실은 직접적인 정치 현실에서만이 아니라 대체로 현대의 삶에 있어서 넓은 함축적 의미를 가지고 있다. 오늘의 세계 또는 앞으로의 세계는 한편으로 가속되는 세속화에 의하여 특징지어진다. 세계를 이해하고 살아가는 방법으로서의 초월적이고 추상적인 구도들의 쇠퇴는 불가피하다. (그런 만큼 여러 형태의 원칙주의(fundamentalism)에서 보듯이, 이러한 추세에 대한 후위(後衛) 저항이 강화되는 것도 사실이다.) 이와 더불어 우리는 다른 한편으로 삶의 물질적 사회적 도구들의 능률적 배분을 지향하는 경영과 조종 ─ 전략적 의도들, 그에 따른 추상적 언어의 번성을 보게 된다. 이에 대하여 구체의 언어, 소외 없는 언어로서의 문학은 매우 중요한 역할을 수행할 수 있다. 되풀이하건대, 그것은 인간의 감각적, 육체적, 정서적, 지적 전체성을 표출하는 언어로서 점점 맹위를 떨치는 추상의 언어에 맞서게 된다. 물론 추상의 언어가 단순히 악의 힘을 나타내고 있는 것은 아니다. 사람이 집단에 대하여 또 그를 에워싸고 있는 인간을 넘어서는 전체성에 대한 관계에서 벗어날 수 없는 한, 추상의 구도, 추상의 언어는 불가피하다. 뿐만 아니라 그것은 그것 나름으로 바른 상태에서 인간성의 한 면을 나타내고 그 높은 업적을 나타낸다. 다만 그것의 오용의 가능성이 오늘날 더 증대되어 간다는 사실이 우려의 대상이 되는 것이다.

이러한 편향과 균형의 어려운 관계는 정치와 문학의 사이에도 성립한다. 이것은 어느 한쪽으로 쉽게 단정될 수 없다. 또 그렇지 않는 것이 삶의 진정한 균형에 도움이 되는 일이다. 이번 호에서,《세계의 문학》은 다시 한번, 동유럽의 변화에 관계되는 문학, 논설 그리고 관찰에 주목한다. 이것이 오늘의 세계에서 여러 가지로 중요한 그 지역의 이해에 도움이 될 뿐만 아니라 문학과 오늘의 현실 ─ 우리의 현실, 세계의 현실의 관계에 대한 우리의 생각을 깊이 하는 데 도움이 되어 주기를 희망한다.

그리고 이번 호는 후기 산업 사회에서 소설이 갖는 위상을 지금의 우리 상황과 관련지어 점검해 보는 특집을 마련했다. 우리 소설의 진로를 다시금 생각해 보는 유익한 기회가 될 것이다. 소설에서 이번 호는 풍성하다. 장편 「경마장 가는 길」로 화제를 모은 하일지 씨의 두 번째 장편 「경마장은 네거리에서……」를 전재했고 전년도 '오늘의 작가상' 수상작가 이선 씨의 장편 「행촌 아파트」를 분재했다. 또 역량이 기대되는 안광(安光) 씨의 단편 「구지가에 대한 명상」이 선보인다. 우리 문학의 새로움을 일구어 나가는 이들에게 많은 관심이 있기를 빈다.

그리고 이번 호부터 《세계의 문학》은 '계간비평'을 시작한다. 필자를 바꾸어 가면서 진행될 '계간비평'란은 작품의 홍수 속에서 그 필요성이 점증하는 현장 비평의 기능을 강화시켜 줄 것이다.

동유럽의 변화에 대한 단평

이 글에 대하여: 「말의 힘」

체코슬로바키아의 극작가 바츨라프 하벨은 최근에 체코슬로바키아의 대통령에 선출되었다. 그로 하여금 대통령이 되게 한 조용한 혁명은 아래에서 그가 말하고 있는 체코슬로바키아의 사정을 바꾸어 놓았다. 체코슬로바키아는 동부 유럽에서도 가장 평화롭고 자유로운 변화를 이룩해 낸 사회가 되었다. 그러나 하벨이 말하고 있는 말의 가능성과 위험에 대한 경고는 어느 상황에서나 맞는 것임에 틀림이 없다.

이 글에 대하여: 「페레스트로이카의 모순들」

오늘날 소련과 동유럽에서 일어나고 있는 변화는 온 세계에 커다란 의미를 가지고 있는 변화이다. 1989년은 1789년, 1848년 또는 1917년에 못지않게 중요하다. 세계가 좁은 상호 작용의 공간으로 바뀐 오늘날에 있어서 그것은 다른 혁명의 해보다도 더 중요하다고 하여야 할는지 모른다. 오늘날의 동유럽의 변화는 현실 정치를 넘어가는 차원에서 중요성을 가지고 있다. 그 변화가 보다 나은 사회를 건설하려는 인간의 거대한 드라마의 한 장을 이루는 것이기 때문이다. 현실적으로, 상징적으로 한반도의 우리도 이 드라마에 깊이 관련되어 있다. 오늘의 동유럽의 변화의 귀결은 우리가 우리의 현실적, 상징적 방향을 가늠하는 데 깊은 영향을 줄 것이다. 그런 의미에서, 그것에 대하여 현실적, 이론적 이해를 얻고자 하는 것은 모든 생각하는 사람의 관심사가 아닐 수 없다. 그러나 지금의 시점에서, 우리는 다만 바른 정보와 이해를 위한 준비에 만족할 수밖에 없다.

카를로 안토니오(Carlo Antonio)의 글은 페레스트로이카의 경제적 측면에 대한 구조적 분석을 시도하고 있다. 이것은 상당히 좁은 각도에서 문제를 다루고 있고 일방적이라는 느낌을 준다. 그러나 이러한 분석이 사실적 설득력을 가지고 있는 것은 분명하다. 다만 그것은 다른 분석들에 의하여 보충될 필요가 있을 것이다. 안토니오의 논문은 미국의 계간지《텔로스(Telos)》에 다른 논문들과 더불어 실렸던 것이다. 이것은 이런 논문들과 관련되어서 읽혀져야 할 것이나, 우선 급한 대로 번역하여 전재해 본다. 카를로 안토니오는 이탈리아 살레르노 대학교의 사회학 교수이다.

동구의 희망

《세계의 문학》에서는 지난 호에 페레스트로이카에 관한 논문을 실은 바 있다. 그때도 언급한 바와 같이 오늘날 동부 유럽과 소련에서 일어나고 있는 일은 세계사적 중요성을 가진 것이다. 그것은 이번 세기의 서양의 발전에 대한 통념적 해석들을 뿌리째 흔들어 놓았다. 그리고 오늘날 알게 모르게 서양사가 세계사가 되고, 우리의 역사도 그 테두리 속에서 또는 그것과의 관계에서 스스로를 가늠하지 않을 수 없게 되었다고 한다면, 동부 유럽의 사건은 여러 가지로 우리에게도 중대한 의미를 갖는 것일 수밖에 없다.

동부 유럽의 엄청난 변화의 의미가 무엇이며, 그것이 이르게 될 종착역이 무엇인가는 분명치 않다. 어떤 사람은 그것이 공산주의의 붕괴이고 자본주의의 승리를 의미한다고 말하고, 어떤 사람은 공산주의의 붕괴임에는 틀림이 없으나 반드시 자본주의의 승리를 의미하는 것은 아니라고 말한다. 또 다른 사람은 그것은 보다 큰 발전을 위한 사회주의의 자기 교정 작용이라고 말한다. 또 어떤 사람은 인간의 역사에 대한 모든 일반적 사고와 계획의 붕괴를 뜻한다고 말한다……

확실한 것은 동부 유럽이 오늘날 커다란 역사적 변화의 와중에 있다는 것이고, 여기에 대한 단기적 판단은 기껏해야 더 큰 역사적 과정의 한 순간을 잘못 포착한 것에 불과한 것일 거라는 점이다. 다렌도르프가 말하고 있듯이, 필요한 것은 낡은 사고의 틀에 새 사실을 편입하는 일이 아니라, 새로운 사실에 열려 있는 전적으로 새로운 생각이다.

여기에 번역 전재하는 심포지엄은 독일의 시사 주간지 《디 차이트(Die Zeit)》의 1989년 12월 29일호에 게재되었던 것이다. 여기에는 참석자의 명단에서 알 수 있듯이, 동서 진영의 이론가, 행동가, 정치가들이 두루 참여하고 있다. 이들의 토의에서도 드러나듯이, 이들 또한 그들이 1989년의 혁명이라고 하는 사건의 의미를 분명히 파악하고 있는 것은 아니다. 또 그렇다고 하더라도 그들의 배경과 서 있는 입장에 따라서 그 파악의 방향이 다른 것을 우리는 볼 수 있다. 그러나 이들에게 공통된 것은, 입장의 좌우에 관계없이, 모두 가지고 있는 것으로 보이는 새로운 희망의 느낌이다. 적어도 그들은 냉전의 낭비와 불안이 끝나는 데에서 보다 인간적인 유럽, 나아가서 세계에 대한 가능성이 시작하는 것을 느끼고 있는 것이다. 인간의 역사가 수없이 되풀이하여 보여 주고 있는 것은 전환의 시기에 있어서 새로운 유토피아적 희망이 높아지고, 곧이어서 그러한 희망이 현실의 무게 속에 다시 가라앉게 된다는 사실이다. 그러나 비록 완전히 실현되지는 못하더라도 희망과 새로운 가능성은 인간 현실의 혁명적 변화는 아닐망정 그 교정에 있어서 나름의 역할을 한다.

우리는 현실이 이러한 희망과 가능성에의 참여를 허용하는 것이든 아니든, 《디 차이트》의 심포지엄을 보면서, 우리는 그들의 전력과 소신이 어떤 것이든지 간에 참석자들이 참으로 진지하고 이성적으로 또 여러 가능성과 여러 사람에게 열려 있는 태도로서 유럽의 새 질서를 모색하고 있는 것을 느낄 수 있다. 그러한 모색에 임할 수 있는 이론가, 행동가, 정치가를 가지고 있다는 사실이 이미 유럽의 새 희망의 한 면이라는 인상을 준다. 이 점에 있어서도 우리가 배워야 할 것은 너무나 많은 듯하다. 하여튼 《디 차이트》의 심포지엄이 오늘의 유럽의 변화를 이해하는 데, 그것을 통하여 우리의 위치를 되돌아보고, 또 우리 자신의 정치적 사회적 환경에 대하여 유추적 반성을 하는 데 일조가 되기를 희망한다.

축제와 일상생활

이번 여름, 우리 사회의 주제는 바르셀로나에서 열린 하계 올림픽인 것 같다. 올림픽만이 우리의 의식과 관심을 시끄럽게 장악하고 다른 모든 문제들은 희미한 배경인 것처럼 생각된다. 거의 날마다 텔레비전 화면을 통하여 생생하게 전달되는 금메달 소식은 그 자체로서 자랑스럽고 흥미로운 것이 아닐 수 없다. 거의 언제나 답답하고 우울한 소식만을 무기력하게 듣고 있어야 했던 우리들에게 강렬한 육체의 축제와 그 승전보는 한여름의 무더위를 일시나마 씻어 주기에 부족하지 않다. 더구나 메달 경쟁에서 선진 열강에 뒤지지 않음을 볼 때, 소박한 민족적 자부심을 느낄 수도 있다.

그러나 올림픽의 열기 속에서 또는 올림픽 경기를 바라보면서 몇 가지 염려스러운 생각 또한 하지 않을 수 없다. 가장 먼저 떠오르는 것은, 단순한 운동 경기에 우리가 너무 들뜨는 것이 아닌가 하는 생각이다. 올림픽이 시작되고부터 파행적인 국회, 한강 다리의 붕괴 사고, 일부 도시의 제한 급수나 그 밖의 커다란 사회 문제들은 제 몫의 관심을 얻지 못한다. 뿐만 아니라 한창 확대되고 있던 환경 문제도 뒤로 밀리는가 하면, 출판 시장은 불황의 터널에 갇혀 버린다. 따지고 보면, 우리의 사회의식은 언제나 한 가지 화제에 매달려 늘 흥분한 상태에 있다고 할 수 있다. 선거 철이면 모든 사회적 에너지가 선거에만 쏟아지고, 정보사 땅 사기 사건이 터지면 세상일이 그것뿐인 것처럼 나라 전체가 흥분한다. 그리고 얼마 후 화제가 바뀌면 그 이전의 화제는 쉽게 잊힌다. 우리는 평범한 일상성을 상실하고 언제나 흥분과 충격의 '깜짝쇼'만 있는 사회에 살고 있는지도 모른다.

한편, 그러한 열기들, 특히 올림픽의 열기 같은 것은 우리가 스스로 선택한 것이라기보다 사회적으로 조작된 것일지도 모른다. 일부 사회학자들은 스포츠, 섹스, 스피드 등에 대한 대중들의 열광이 정치적 조작의 결과라고 말한다. 그것이 조작이든 아니든 간에 그러한 열기가 정치권력에 대한 감시와 비판을 크게 완화시키는 것은 분명하다. 올림픽의 열기에 보다 큰 영향을 미치는 것은 언론의 상업주의일 것이다. 시청률, 판매 부수, 그리고 무엇보다 상업 광고 수익 확대를 위해서 언론들은 올림픽 열기를 한정 없이 증폭시키고자 하는 것처럼 보인다. 정치와 언론이 올림픽과 같은 것으로 대중들을 현혹시킬 때, 우리 사회가 지출하고 있는 눈에 보이지 않는 비용이 얼마나 큰 것인가를 냉정하게 생각해 보아야 할 것이다.

또 한 가지 올림픽 경기를 보면서 드는 생각은, 그것이 텔레비전 속의 스포츠라는 사실이다. 그러니까 그것은 우리들의 심신을 단련하는 것과는 전혀 무관한, 오락 영화와 유사한 것이 되어 버렸다. 사격과 양궁 등은 경기 방식이 바뀌었는데, 그것은 거의 전적으로 관객들의 흥미 증진을 위한 변경일 것이다. 그리고 어떤 종목들은 스포츠라기보다는 서커스가 아닐까 하는 느낌을 주기도 한다. 인간 한계에의 도전이 지나쳐서 인간의 육체를 어릴 때부터 지나치게 학대하여 놀라운 묘기를 보여 주는 것은, 건강한 인간 승리라기보다는 비인간적 서커스일지도 모른다. 그러니까 이제 올림픽은 숭고한 아마추어 스포츠의 제전이라기보다는 전 세계적으로 흥행에 성공한 텔레비전 속의 오락 영화와 같은 것이 되어 버렸다.

그러나 올림픽에 대한 이러한 염려가, 그것이 본질적으로 지니고 있는 놀이의 성격을 부정하는 것은 아니다. 그러한 비일상적 놀이의 공간은 우리의 삶에서 필요한 것이다. 다만 놀이의 공간 속에서 삶의 공간을 잃어버리고 있다면 그것이 문제인 것이다. 건실한 삶의 공간이 있고, 그 곁에 조그맣게 놀이의 공간이 있다면 그것은 환영할 만한 일일 것이다. 우리는 놀이의 공간에서 즐기되, 삶의 공간을 떠나지 않고 건전한 일상성을 유지해야 할 것이다.

열기와 흥분에 휩쓸리지 않는 건전한 일상성은 높은 수준의 사회의식과 문화의 바탕 위에서 가능한 것이다. 《세계의 문학》은 문학을 중심 대상으로 하여 이러한 바탕의 확보와 공고화에 기여하고자 하여 왔다. 이번 호의 특집 「권력과 인간」 역시 이러한 지향의 일환이다. 권력이 집단의 역사나 개인의 삶에 작용하는 바는 심대하다. 오늘날 정치권력이 그 이전보다 상대적으로 약화된 것처럼 보이지만 그래도 그 정치권력의 성격과 향배는 모든 사람들의 큰 관심거리다. 소위 '대권 경쟁'이란 것에서 그것을 확인할 수 있다. 민주 사회가 되어 권력이 분산된다 하더라도 국가 권력은 더욱 강고해져 가고 또 언론이 새로운 전횡적 권력자로 떠오른다. 권력의 양상이 달라질 뿐, 권력 자체의 중요성이 감소되지는 않는 것 같다. 뿐만 아니라 거대 권력의 상대적 약화는 중소 권력의 강화를 가져오며 그 권력의 작용 방식이 보다 교묘하고 은밀해지는 경향이 있는 듯하다. 그러므로 권력에 대한 새로운 이해는 현대 사회와 인간을 이해하는 데 중요한 함수가 된다. 더운 날씨에도 불구하고 어려운 주제를 풀어 주신 필자들께 다시 감사 드린다.

유종호 씨가 오랜만에 우리 문학과 사회에 대하여 귀중한 제언을 해 주셨다. 현재 우리 문학은 전환기의 혼돈을 보여 주고 있다. 한편으로는 상대적 허무주의에 빠져 피곤하고 왜소한 모습을 보여 주는가 하면, 다른 한편으로는 시효가 지난 가치에 맹목적으로 매달려 있기도 하다. 이런 가운데 문학다운 문학은 위축되고 엉뚱한 사이비 문학이 설치기도 한다. 이런 혼돈을 극복하고 문학을 바른 모습으로 세우기 위한 유종호 씨의 고뇌는 시사하는 바 클 것이다. 그것은 사회주의의 몰락과 세계사의 일대 전환에 즈음하여 제대로 방향성을 찾지 못하고 있는 우리 문단에 대한 통찰력 있는 진단이 될 것이다.

《세계의 문학》은, 중요한 작품이라고 판단되면 장편이라도 과감하게 전재하여 독자들의 주목을 받아 왔다. 이번 호에 다시 주목할 만한 장편 소설 한 편을 전재한다. 하일지의 「경마장의 오리나무」가 그것이다. 직장과 가정과 사회로부터 소외당한 한 중년 남자의 가출 이야기인 이 소설은 의미 없는 생활, 맹목적으로 반복되는 일상, 출구 없는 삶이라는 우리들의 모습을 냉정하게 그려 내고 있다. 세 편의 「경마장──」 소설로 세상 사람들의 관심을 끌었던 하일지 씨는 이번 「경마장의 오리나무」로 그의 작가적 위상이 새롭게 확인될 것으로 기대한다. 그리고 새로운 시인 이원 씨와 조병준 씨의 작품이 발표된다. 두 신인의 작품에서 우리는 개성적이고 세련된 언어를 만나게 될 것이다.

많은 문인들이 좋은 작품들을 《세계의 문학》에 보내 주신다. 뿐만 아니라 좋은 원고를 보내 출판을 희망한다. 《세계의 문학》과 민음사는 그 좋은 원고를 모두 소화해 내지 못해 늘 안타깝고 또 필자들에게 죄송스럽다. 이번에도 좋은 원고들이 많이 유보되거나 누락되었다. 너른 양해가 있기 바랄 뿐이다.

(1977~1992년)

예술과 사회

예술, 특히 문학의 사회적 관련에 대한 의식은 근래에 와서 부쩍 높아졌다. 아마 이러한 현상 자체가 이 관련성을 단적으로 증거해 주는 것이라고 할는지 모른다. 원래 고통스러운 우리 현대사의 흐름이 삶의 역사적 사회적 테두리에 대한 한국인의 의식을 준비해 온 데다가 근년의 산업화가 가져온 급격한 사회 변화가 이러한 의식을 첨예화한 것이다. 사람이 커다란 정치적인 집단 속에 편입되기 시작한 이래 내내 가속되어 온 현상이겠지만 산업화는 어느 때보다도 점점 많은 사람을 점점 복잡한 사회의 그물 속에 묶어 놓게 되었다. 그러나 예로부터 사람이 사회를 떠나서 살 수 없고 사람의 일의 대부분이 사회 속에서 이루어지는 것인 한, 대개의 일은 그 일이 이루어지는 사회적 연관을 가지게 마련이다. 예술도 예외일 수는 없다.

다만 예술은 얼른 보아, 대부분의 세간적인 인간 활동과는 다르게, 효용이 아니라 절대적 가치의 세계에 거(居)한다고도 생각되기 때문에, 그 사회적인 관련을 연구하는 것으로 예술의 핵심에 이르는 것이 아니라는 주장이 있을 수는 있을 것이다. 문제는 예술의 사회적 연관이 예술의 본질이나 내용 자체를 설명할 수 있느냐 하는 데 있다. 이것은 말하자면 종교의 경우와 비슷한 것이다. 종교가 사회적인 맥락을 가지고 있다고 해서 그 진리 내용을 이 맥락 속으로 환원할 수 없다고 느끼는 사람들이 있는 것은 이해할 만한 일이다. 또 예술의 경우도 이렇게 생각하는 사람이 있는 것은 당연하다. 이러한 문제에 답변이 무엇이든지 간에, 종교나 마찬가지로 예술에도 여러 가지 사회적 맥락이 있는 것은 사실이고, 또 예술이 우리에게 어떤 점에서든지 중요한 의미를 가지고 있는 인간 활동의 하나인 한, 그것에 대한 총체적인 연구를 시도한다는 것은 의의 있는 일이다.

위에서 근래에 예술의 사회적 관련에 대한 의식이 높아졌음을 말하였지만, 이러한 고양화는 다분히 예술이 우리 사회의 역사적 발전에 기여하여야 한다는 주장을 중심으로 결정화하였다고 할 수 있다. 이러한 주장에 대하여도 그동안 우리 예술계 특히 문학계에서 진행되어 온 여러 논쟁에서도 나타났듯이 반발, 유보, 찬성, 여러 가지의 반응이 있을 수 있겠으나 적절한 반응은 어느 경우에나 문학과 사회에 대한 보다 광범위한 고찰을 필요로 하는 것일 것이다. 예술이 역사의 발전에 기여하여야 한다고 생각하는 경우 특히 우리는 예술과 사회의 관계에 대한 주의 깊은 성찰과 검토를 게을리하지 말아야 할 것이다. 어떻든 문학은 물리적 강제력이 아니며 정도의 차이는 있을망정 그것이 사람의 자유로운 이성과 감성에 호소하는 것임은 틀림없는 사실일 것이고, 그렇다면 일방적인 계획이나 당위적 요구를 그대로 부과할 도리는 없는 것이다.

예술의 사회적 관련은 다양하다. 우선 작가들 중심으로 생각하여 보면, 예술가가 사회의 직업 체제 속에서 어떤 위치를 차지하고 있는가, 예술가는 어떻게 충원되며, 어떠한 보상을 받으며, 어떠한 사회적 명성을 얻는가 등등의 문제를, 다른 직업 집단의 경우와 같이 연구할 수 있다. 예술가가 만들어 내는 물건, 즉 예술품, 작품이나 공연이 어떠한 생산 체제 속에서 생산되고 어떻게 시장에 또는 소비자에 공급되는가, 여기에서 생산품의 가격의 경제적 구성은 어떠한가 하는 문제들은 작가의 사회적 위치를 고려함에 있어서도 저절로 일어나는 문제이지만, 이것은 벌써 생산 체제라는 관점에서 예술품, 그것을 문제 삼는 것이 될 것이다. 그런데 생산품으로서의 예술품은 소비자가 소비하는 소비품으로 볼 수도 있다. 소비품으로서의 예술품의 공급 과정은 어떠한가? 여기에서 비평가, 서평자, 저널리스트, 광고 매체 등은 어떤 역할을 하는가? 이러한 질문들도 고찰의 발단이 될 수 있을 것이다. 그러나 이러한 질문은 불가피하게 소비자로서의 독자나 청중 또는 관중의 심리나 배경에 대한 질문으로 연결된다. 누가 어떤 환경에서 어떤 예술품을 어떻게 받아들이는가 하는 문제에 추가하여 계층적 배경과 예술 향수의 과정에는 어떠한 관계가 성립하는가 하는 보다 심층적인 문제도 물어질 수 있을 것이다.

다시 말하여, 위에 들어 본 여러 가지 문제들은 예술 성립의 사회적 배경, 예술가의 계층적 배경, 예술가 집단의 직업적 성격, 출판업, 극장 제도, 영화 제작 체제의 예술 작품 제작과의 관계, 저널리즘의 역할, 대중문화의 성립, 정치권력과 예술의 관계, 여가의 사회적 배분, 예술 소비자의 사회적 성격과 변화 과정, 예술 취미 내지 수용 태도의 결정 요인 ── 이러한 여러 가지 사항에 관한 연구로 나타날 것이다. 그러나 이러한 연구는 많은 사람에게 예술의 문제를 너무나 외면적으로 또는 주변적으로 접근한다는 인상을 줄 것이다. 보다 본질적인 문제는 예술 가치의 사회와의 관련을 고찰하는 데에서 드러날 것이다. 예술 작품의 소재가 어떠한 사회적 연관과 의미를 갖느냐 하는 물음은 조금 더 이러한 예술 내적 문제에 접근하는 것으로 보인다. 그러나 아무래도 예술의 본질적인 문제는 소재의 예술적 구성의 문제다. 희랍 비극과 우리의 판소리의 구성의 실제가 다른 것은 말할 것도 없지만, 아마 구성의 이상, 결국은 심리적 효과의 원인이 되고 그 평가 기준이 되는 규범에 관계되는바 이들 연극 유형의 배후에 잠겨 있는 구성의 이상도 다를 수밖에 없을 것이고 거기에는 관련된 사회적 요인들이 있을 것이다. 문학에 있어서 장르의 형성과 성쇠가 어떠한 사회적, 역사적 요인에 의하여 결정되는가 하는 것을 생각하는 것은 구조적, 형식적 문제에 대한 또 다른 구체적인 물음으로 성립될 수 있다. 양식과 양식의 변화는 어떤 사회적, 역사적 의미를 갖는가? 사물을 보고 이를 재현하는 방법은 어떤 시대적 연관을 갖는 것일까? 이외에도 예술 형식의 문제에 관한 여러 질문이 있을 것이다. 이런 면에서의 문제의 제기 및 그것에 대한 연구는 가장 본질적인 것으로 보임에도 불구하고 가장 미개척의 상태에 있다.

위에서 많은 문제의 영역을 지적하였지만, 이러한 문제 영역의 상호 연관 관계도 그 나름의 연구 대상이 될 수 있다. 위에서 우리는 예술이라는 매우 애매한 말을 썼지만, 문학, 연극, 음악, 미술, 무용 등등이 참으로 하나의 개념 속에 같이 생각될 수 있는 것이냐 하는 의문이 있을 수도 있다. 설사 그렇다 하더라도 그것들의 사회적 요건이나 역사적 의미는 서로 같은 것일 수는 없을 것이다. 사회라는 관점에서 예술의 분야는 어떻게 서로 다르고 또 어떻게 비슷하며 관련되어 있는가? 이러한 물음도 중요한 물음일 것이다. 위에서 우리가 받아들인 전제는 예술 또는 여러 예술 분야가 시대의 변화 속에서 또 이 사회와 저 사회, 이 문화와 저 문화를 통해서 어떤 연속성을 가진다는 것이었다. 이 전제 자체가 증명될 필요가 있는 것일 것이다. 우리가 필요로 하는 것은 한 사회, 한 시대에 대한 연구이면서 동시에 한 사회에 대한 통시적(通時的), 공시적(共時的) 연구이고 또 한 시대와 다른 한 시대, 한 사회와 다른 한 사회와의 비교 연구이다.

이러한 예술과 예술의 사회적 연구 그 자체는 어떤 사회적 연관을 갖는가? 이러한 질문을 발하는 것은 단순히 '사회학의 사회학'처럼 예술의 사회적 연구도 자기재귀적(自己再歸的)인 성찰을 허용한다는 것을 말하기 위한 것만은 아니다. 물론 그러한 성찰이 가능하고 또 필요한 것도 사실이지만 여기서 우리가 생각하여야 할 한 가지 일은 예술에 대한 사회적 연구 스스로가 제 나름의 역사적 의의를 찾아야 할 것이라는 점이다. 어떠한 연구나 그것을 너무 좁게 선택된 목표에 의하여 제한하는 것보다 그 자체로서 추구하는 것이 좋다는 것은 좋은 이야기이지만, 그렇다고 해서 모든 것에 대한 모든 연구가 똑같이 중요한 것일 수는 없다. 사고의 폐단이면서 또 필요한 것이 단순화라면, 단순화는 목적의 고려 없이는 방법적으로도 불가능하다. 예술에 대한 학문적인 성찰에 대한 한 가지 정당화는 그것으로 하여금 사회적 발전을 위한 전략적 해명이 되게 한다는 데에서 찾아진다고 할 것이다. 다시 말하여 예술의 여러 과정을 보다 잘 이해함으로써 예술이 우리에게 갖는 의미를 사회 속에 보다 잘 구현할 수 있게 되어야 한다.

예술의 사회적 연관에 대한 증대되는 관심에도 불구하고 비평적 학문적 고찰은 아직도 그 시발점에 있다는 느낌을 준다. 여러 사람의 공동 노력의 결과를 하나로 묶음에 있어서, 편집자는 모든 중요한 분야의 중요한 문제에 대한 고찰을, 적어도 문제의 제기란 형식으로라도 망라하지 못했음을 유감으로 생각한다. 우리 문화의 다른 분야에서나 마찬가지로, 많은 것이 앞으로 이루어져야 할 것이다. 그러나 여기의 논문들은 이루어져야 할 일들에 일단의 거점이 될 수 있을 것이다.

김현 씨의 「문학과 사회」는 문학과 사회의 문제를 그 역사적인 기원으로부터 추적하면서 그 일치, 대립의 핵심을 조명하려고 한다. 그다음 송재소(宋載邵), 김흥규(金興圭), 유종호(柳宗鎬) 제씨의 논고는 한국 문학을 이조의 한문 문학, 판소리, 현대 문학의 예를 들어 사회적인 관점에서 고찰한다. 마땅히 이 부분의 글이 더 많아야 할 것이나, 아직까지 문학과 사회의 내적인 관계를 치밀하고 또 광범위하게 다룬 글들이 많지 않음에 세 편

정도의 글도 적지 않은 범례가 될 것으로 생각한다. 유종호 씨의 「영국 소설과 사회」는 근대 소설의 발상지라고 할 수 있는 영국에 있어서의 사정을 알아보아 비교적 관점을 마련해 보고자 하는 목적을 가지고 있다. 서구에 있어서의 그 방면의 연구의 소개와 필자의 독자적인 성찰의 결과가 우리의 사정을 생각하는 데에 많은 참고점을 제시하여 줄 것이다. 김종철(金鐘哲) 씨는 대중문화의 문제를 고찰한다. 예술이 사회에 대하여 가장 직접적인 교섭을 갖는 것은 대중문화의 형태를 통하여서이다. 그러면서도 고급문화는 대중문화에 대해서 적대적인 관계를 가지고 있는 것처럼 보인다. 사회 전반의 체제와의 관련, 특히 권력과 경제의 체제와의 관련에서 대중문화나 고급문화는 어떤 의미를 갖는 것인가? 이것은 가장 중요한 물음의 하나이다. 김종철 씨의 대중문화론도 이미 외국 이론의 영향을 강하게 보이고 있지만, 우리의 현실에서 외국의 여러 이론을 참고하는 것은 불가피하다. 외국의 이론을 우리의 현실의 조명에 빌려 오는 경우, 시각의 왜곡이 일어날 수도 있지만, 우리 현실의 이해가 화급한 것인 만큼 빌려 올 것은 빌려 와야 할 것이다. 곽광수(郭光秀), 이동렬(李東烈), 김주연(金柱演), 제씨의 논고는 서구 현대 이론에서의 중요한 몇 가지를 토의한다. 근자의 문학의 사회적 관련에 대한 관심은 이러한 서구 이론가의 국내 소개에도 힘입은 바 있는 것으로 보인다. 이들 이론가들에 대한 본격적인 소개, 토의는 우리의 이해 증진에 없어서는 안 될 일일 것이다. 대개 이상의 글들은 문학을 대상으로 한 글이다. 그러나 문제가 문학에 한정될 수는 없다. 어떻게 보면 예술과 사회의 관계는 의미 표상의 매체로서 언어가 개입되지 않거나, 가장 중요한 요소가 아닌 음악, 미술, 영화, 무용 등등에서 더욱 극명하게 나타날 것이다. 그러나 이 방면의 좋은 글을 얻어 보기는 매우 어려운 일이다. 음악 양식과 사회의 관계를 고찰한 이강숙(李康淑) 씨의 뛰어난 글을 얻어 실을 수 있었던 것은 천만다행이었다. 앞으로 이 방면의 글이 좀 더 많이 나올 것을 기대한다. 마지막으로 편집자의 졸고(拙稿)「예술 형식의 사회적 의미에 대하여」는 역사적, 철학적 관점에서 문학과 사회의 관계의 문제를 개관하고 있으나, 예술의 형식적인 요소에 초점을 맞춘 것이다. 고찰의 대상은 주로 문학이지만, 다른 비언어 예술이 같은 방법으로 문제될 때에는 형식적인 요소가 더 크게 부각될 것이므로 보다 일반적으로 예술의 형식적인 면의 사회적 의미를 생각할 때에도 이 글의 고찰은 관계가 있을 것으로 생각한다.

이만 정도의 일에도 많은 사람들의 시간과 성의, 협동이 필요하다. 급한 시한에도 불구하고 글을 써 주신 여러분들, 또 수고는 수고대로 하고도 끝내 시한에 대지 못한 분들, 이 일을 발의하고 물질적 지원을 맡았으면서, 여러 가지 사정으로 계획이 지연되는 안타까움을 참고 견디신 한국사회과학연구소 차인석(車仁錫) 교수께 심심한 감사를 드린다.

(1979년)

문학 현실주의의 조건

문학의 본질이 무엇이냐에 대해서는 여러 가지 답변이 있을 수 있으나, 예로부터 널리 받아들여졌던 답변의 하나는 예술이 현실의 반영이라는 것이다. 그러나 말할 것도 없이 이것은 하나의 답변이면서, 해답보다는 문제를 더 많이 제기해 주는 것이라 할 수 있다. 현실이란 무엇을 말하느냐 또 그것은 어떻게, 본질적으로 현실 그것과 다른 것일 수밖에 없는 예술 매체 — 문학의 경우, 언어에 의하여 반영 재현될 수 있느냐 — 이러한 질문은 다른 많은 질문 중의 일부에 불과하다.

우리는 일단 현실을 실제로 존재하고 있다고 생각되는 객관적인 여건의 전체라고 말할 수 있다. 그러나 이 정의를 받아들인다고 하여도 예술가가 이렇게 정의된 모든 것을 다 그려 낼 수는 없는 것이다. 그는 불가피하게 선택적이 될 수밖에 없고, 이 선택은 한쪽으로 어떤 개인의 관점에서 그의 삶에 중요하다고 여겨지는 것에 주목한다는 것을 말하고, 다른 한쪽으로는 그 개인이 살고 있는 문화 집단의 관점에서 중요하다고 여겨지는 것에 주목한다는 것을 말한다. 그런데 이러한 선택적 현실의 구성은 대개 의식적으로 선택되어 이루어지기보다는 무의식적인 전제로서 존재한다. 이 것은 대개의 경우 예술의 관습 ─ 무엇을 어떻게 그려야 한다는 관습으로 존재하며, 이 관습은 예술가가 그의 수련 과정에서 거의 무의식적으로 흡수하게 되는 것이다. 이러한 관습 가운데 가장 중요한 것은 스타일이다. 언어는 무색투명한 도구에 불과한 듯하면서도 그 자체의 구조 때문에 또 시대나 계층에 따라 다르게 마련인 스타일이라는 방향성을 통하여, 예술가의 소재를 제한하고 그 형성의 결과를 규정한다. 예술가가 현실을 그린다는 것은 이러한 언어와 그 스타일의 제약 아래에서 현실을 취사선택, 형상화한다는 것을 말한다.

그러면 우리는 물을 수 있을 것이다. 예술가는 매체와 스타일의 여러 버릇을 초월하여 직접적으로 현실에 이를 수는 없을까. 아마 이것은 거의 불가능한 것일 것이다. 예술가는 현실을 직접적으로 마주 보는 것이 아니라 어떠한 형성적 세력의 구도 안에서만 현실을 재구성한다. 그리고 이 예술가의 재구성을 통하여 우리는 우리 자신의 현실을 보다 분명하게 알 수 있게 된다. 그리고 이 재구성의 노력은 불가피하게 당대적 언어의 관습과 스타일상의 특징에 의존한다. 물론 위대한 예술가는 이러한 당대적인 관습을 초월하는 사람이다. 그러나 그 초월은 당대적인 관습의 발판 위에서 가능하다.

당대적 예술 관습의 억압적 기능을 어느 정도까지 받아들일 수밖에 없음은 형상화 없이, 또 형상화의 기존 습관 없이 현실을 볼 수 없다는 인간 감각의 기본적인 조건에 기인한 것이기도 하지만, 다른 한편으로는 예술적 형성의 여러 관습이 당대의 문화적, 사회적, 정치적 삶의 총체의 한 표현으로 존재하기 때문이기도 하다. 한 시대의 삶의 방식을 한꺼번에 만들어 낼 수 없는 바와 같이, 한 시대의 스타일도 마음대로 만들어 낼 수는 없는 것이라 할 수 있다. 그럼에도 불구하고 예술가는 이러한 시대적 제약을 넘어서고자 한다. 이런 면에서 그는 기존 현실 속에서 기존 현실을 발판으로 하여 새로운 현실을 창조하려고 하는 사회 혁명가의 입장에 매우 가까이 있다.

예술 관습이 어떻게 역사를 통하여 예술적 표현을 제약하고 또 이 관습은 상대적인 사회 조건에 의하여 규정되는가, 또 예술은 어떻게 이러한 것을 개조하고 새로운 표현으로 나아갈 수 있는가 하는 것은 예술 과정에 대한 우리의 질문에 있어서 가장 중요한 질문 중의 하나이다. 에리히 아우어바흐가 그의 저서에서 묻고 있는 것은 이러한 질문이다. 그는 예술가의 창조와 당대의 스타일과 또 시대적 상황이 매우 복잡한 상호 작용 속에 있음을 보여 준다. 그리고 그의 질문과 탐구를 통해서 예술의 존재 양식은 물론 사회와 예술의 관계에 대하여 날카로운 통찰을 제시한다.

에리히 아우어바흐의 『미메시스: 서구 문학에 있어서의 현실 묘사』는 원전의 세밀한 분석을 시도하고 있는 20개의 장(章)으로 구성되어 있다. 오디세우스와 성서의 대조적 고찰에서 시작하여 버지니아 울프의 소설론에 이르기까지 이 책은 거의 3000년의 시간을 다루고 있고 그리스 말, 라틴 말, 프랑스 말, 이탈리아 말, 스페인 말, 독일 말, 영어 등 일곱 가지 말로 된 원문을 다루고 있다. 그리고 장르에 있어서도 서사시, 역사, 로맨스, 극, 자서전, 에세이, 회고록, 소설 등 거의 모든 분야가 망라되어 있다. 이 책의 부제가 말해 주듯이 서양 문학의 소재와 표현에 있어서의 역점의 변화를 추적하고 있는데, 이 변화는 간단히 보아 서양 사람들이, 자질구레하고 심상한 일상생활을 진지하고 심각하게 묘사할 값어치가 있는 것이며 역사적 맥락의 진전 속에 놓여 있는 평범한 개인을 문제성 있거나 비극적인 것으로 볼 수도 있다는 것을 점차로 믿게 된 과정이라고 저자는 생각한다. 스타일 혹은 문체 분리의 원리라는 생각은 따라서 이 책에서 극히 중요한 형성 원리다.

장르에 대한 고전 이론은 그리스나 로마 시대의 사회적·철학적 가치관을 반영하고 있었다. 비극은 우리보다 나은 사람들의 영웅적 운명 성쇠를 이에 어울리는 숭고하고 격조 높은 언어로 그림에 반하여, 일상 현실의 영역은 희극에 맡겨져서 우리보다 못난 사람들을 걸맞게 저속한 스타일로 그리게 되어 있었다. 그러나 성서 문학은 이와는 아주 다른 사회관을 가지고 있었기 때문에, 다루어진 소재의 계급적 성격에 따라서 스타일 혹은 문체를 분리시키는 법이 없었다. 복음서의 얘기들은 지체 낮은 사람들을 아주 진지하게 때로는 장엄하고 숭고하게 다루고 있다. 이러한 기독교적 전통은 성자의 생애나 기적극 같은 중세 문학 속에 계승되어 있다가 단테의 『신곡』에서 그 완벽한 표현을 얻게 된다. 르네상스와 종교 개혁을 겪으면서 스타일 분리의 경향이 특히 프랑스에서 다시 두드러지게 나타나지만, 그것은 오래가지 못하며 드디어 일상생활의 영역을 진지하고 비극적으로 다루려는 현대 리얼리즘 문학이 19세기에 대두하게 된다고 저자는 생각한다. 단순화해서 말해 본다면, 이러한 현대 리얼리즘에 이르는 서양 문학의 현실 모방의 궤적이 이 책의 일관된 주제라고 할 수 있을 것이다.

　　이 책의 20개 장은 각각 독립된 문체론적 에세이라고 할 수도 있다. 저자는 길지 않은 원문을 인용하고 나서 어휘라든가 구문에 관한 문체론적 분석을 꾀하지만, 거기에 머무르지 않고 이렇게 분석의 대상이 되어 있는 언어와 문체가 그 속에 조건 지어져 있는 역사 사회적 맥락을 고려하여 보다 폭넓은 결론에 도달하게 된다. 그 점 저자는 궁극적으로 문화사가의 모습을 보여 주는 셈이지만, 이 폭넓은 결론이 언어적 기초 위에 단단히 뿌리박고 있다는 점에 이 책의 고유한 매력과 강점이 있다. 저자는 호머와 성서에서 서구 문학의 현실 묘사 파악의 출발점이 되어 주는 대립적인 두 개의 기본 형태를 발견하고 있는데, 오디세우스와 아브라함의 대목을 인용하고 나서, "충분히 형상화된 묘사, 균일한 조명, 중단 없는 연관, 자유로운 표현, 모든 사건을 앞에 내놓기, 극명한 의미 제시, 역사 발전의 요소나 심리적 관점의 요소가 별로 없는 것"이 전자의 특색이요, "돋보이게 하는 부분과 으슥하게 버려 두는 부분의 대조, 갑작스러움, 표현되지 않은 것의 암시성, 배경에 숨겨 놓기, 의미의 복합성과 해석의 필요성, 세계사적 요구, 사물이 역사적으로 생성된다는 생각의 발견, 문제성 있는 것에 대한 집중적 관심"이 후자의 특색이라고 결론을 내리고 있는데, 이 과정의 솜씨는 요술쟁이의 그것처럼 탄복할 만하다. 그리고 저자의 박학과 솜씨에 대한 탄복은 책 첫 장에서 마지막장까지 변함없이 계속된다고 하겠다.

저자 에리히 아우어바흐는 1892년에 베를린에서 태어났다. 처음 하이델베르크에서 법률 공부를 했으나 1차 대전에 종군한 뒤 예술사, 언어학을 공부하게 되었고 1921년에 로맨스어로 학위를 받았다. 비코의 『새 학문』을 번역했고 1929년에 『세속 세계의 시인으로서의 단테』를 내어 학계의 인정을 받았고 이어 말부르크 대학교에서 로맨스어 문학을 가르쳤다. 이후 나치 정권의 유대인 박해에 따라 터키의 이스탄불로 가서 터키국립대학교에서 11년간을 머물렀다. 『미메시스』를 쓰기 시작한 것은 이때였는데 터키에서의 불우한 연구 환경, 즉 도서와 자료의 결핍이 오히려 이 대작을 가능하게 한 것이었다. 참고 도서의 부족으로 그는 원전의 정밀한 독서를 강요당했고, 그 결과 자질구레한 실증적 자료에 구애받지 않는 통찰의 책을 내놓게 된 것이다. 저자 자신이 "이 책이 나오게 된 것은 전문적인 도서가 풍부하지 못하였기 때문이기도 하며, 이 많은 주제에 대한 모든 연구를 접할 수가 있었다면 이 책을 쓸 엄두를 못 냈을지도 모른다."라고 술회하고 있다. 1947년 미국으로 건너가 펜실베이니아 주립대학교, 프린스턴 대학교, 예일 대학교에서 일하다가 1957년 작고하였다. 스위스에서 1946년에 이 책이 간행되어 큰 성가를 얻었고 1953년에 영역본이 나왔다.

언어의 문맥과 역사 사회적 맥락을 아울러 중시하는 그의 차분하고 자상한 분석과 이른바 실증적이라 불리는 자질구레한 문학 주변적인 사실의 고려를 대담하게 배제하고 있는 그의 비평 방법이 우리에게는 시사적이고 계고적이라고 생각한다. 아쉬운 대로 영역본을 통해서나마 이 책의 일부를 번역해서 《세계의 문학》에 실은 것은 바로 그러한 뜻에서였다. 처음부터 책을 낼 생각은 아니었으나 하다 보니 책 한 권의 분량이 되었고, 또 그런대로 이 책에 대한 관심도 많아져서 이왕에 나온 부분을 책으로 내는 데 동의하였다. 이 책의 제13장 이후의 근대 편을 모두 번역한 셈이다. 원칙적으로는 원본에서 번역했어야 마땅할 것이나, 급한 대로 잡지에 낸다는 사정 때문에 구하기 쉬운 영어판을 통한 중역이 된 것을 그대로 내놓는다. 기회가 있는 대로 원본에 대조하여 잘못된 점이 있다면 시정해 볼 생각으로 있다.

우리말 번역에 사용한 영역본은 윌러드 트라스크(Willard R. Trask)가 번역하여 프린스턴 대학교 출판부에서 출간한 것을 사용하였다. 아우어바흐는 이 책에서 여러 낱말을 자유롭게 사용하고 있고 특히 주된 분석의 대상이 되어 있는 원전은 본래 작품이 쓰인 말로 인용되어 있다. 그러나 우리 독자에게 여러 말을 그대로 사용하는 것은 번거롭기도 하고 불필요한 일이겠으므로, 역자의 자유 재량에 따라 적절하게 우리말 번역으로 대체하였다. 또 한 가지 적어 두어야 할 것은 몇 개의 장이 원문과는 다르게 세분되었다는 점이다. 이 세분은 본래 잡지 게재의 편의 때문에 행했던 것이나 여기에도 그대로 살려 두었다. 본문의 내용을 조금 더 분명하게 해 줄 수 있는 것으로 생각되었기 때문이다.

(1979년)

삶의 형상적 통일과 사회 역사적 변화

『미메시스』를 번역하여 《세계의 문학》에 연재해 온 것이, 그간 간헐적으로 중단되었던 호도 있었지만, 어언 10년이 되었다. 그렇다고 번역에 특별한 공을 들였기 때문은 아니다. 오히려 너무 오랜 세월에 걸쳐 일했기 때문에 용어나 스타일의 일관성에 있어서 고르지 못한 점들이 생기지 아니하였을지 모르겠다. 다만 시간의 무상을 생각하게 될 뿐이다.

돌아보건대, 1960년대 이후 한국 문학계의 과제의 하나는 문학의 사회성에 대한 인식을 확대하는 일이었다. 이러한 작업은 1980년대 후반의 오늘에 있어서 그 이상 바랄 수 없을 정도로 진전된 것으로 보인다. 그리하여 오늘날 주장되고 있는 것은 문학의 사회성에 대한 인식이 아니라, 보다 실천적인 관점에서 문학이 정치 운동의 일부가 되어야 한다는 명제이다. 이것은 그간의 문학 의식의 변화와 발전을 나타내는 것이기도 하지만 무엇보다도 사회의 자본주의적 변화의 급속화를 반영하는 것이다. 얼핏 보기에, 문학의 정치 종속적인 관계를 우선적으로 보는 발상은 한쪽으로 지나치게 치우치는 인상을 준다. 그러나 그러한 면이 있는 대로 이쪽이나 저쪽으로의 치우침은 문학 의식의 확대에 기여하는 변증법적 운동의 한 면을 이루는 것이라고 할 수도 있다. 중요한 것은 통시적으로나 공시적으로나 총체적 의식으로서의 문학의 이념을 유지하는 일일 것이다. 그것은 문학에 대한 독단적 견해에서 나오는 것이 아니라, 삶에 대한 가장 포괄적인 의식을 유지함으로써만 가장 인간적인 삶이 가능하며 그러한 의식의 유지가 유독 문학이 맡을 수 있는 일이 아니겠느냐는 생각에서 요구되는 고찰이다.

　『미메시스』가 쓰인 것은 1942년에서 1945년 사이로, 비록 문학과 문학에 대한 반증이 시간에 발맞추어 진전하는 것이라고는 할 수 없지만, 이미 한 세대 이상의 옛 저서이고 또 그러한 흔적들을 다분히 간직하고 있는 책이다. 그렇다는 것은 그 후, 특히 1960년대 이후, 마르크스주의 이론의 활성화, 또 그와 동시에 진전된 구조주의, 후기 구조주의 또는 현상학적 반성들의 대두, 또 그것과 마르크스주의와의 활발한 교환 및 대결로 인하여, 사회와 문학의 전반적 관계에 대한 성찰들은 더욱 정치한 개념적, 이론적 도구들을 구비하게 된 것으로 판단되기 때문이다. 그러나 『미메시스』가 광범위한 사회적, 문화적 컨텍스트에 있어서의 문학의 의미에 대한 고전적인 저작으로 남아 있는 것은 틀림이 없다. 그리고 고전적 저작들의 특징은 시발점에서만 가능한, 그것 나름의 통찰들을 담고 있다는 데에 있다. 『미메시스』는 다른 그에 비슷한 문학 이론서에 비해 그 문학적 사회적 성찰이 인문주의적 포괄성과 깊이 그리고 유연함을 유지하고 있다는 데 강점이 있다. 그리하여 그것은 많은 사회사적, 문화사적 통찰에도 불구하고, 서양 인문주의의 총체적이고 조화된 삶에 대한 이상을 ─ 사회적 외면화 없이는 불가능하면서 또 내면적 완성에 대한 추구가 없이는 무의미한, 그러한 이상을 견지하고 있다. 이러한 이상이 초공간적, 초시대적일 수는 없지만, 문학의 또는 적어도 최선의 서양 문학의 한 교훈이며, 우리가 배울 만한 것임은 틀림없는 일일 것이다.

『미메시스』는 그 부제가 말하고 있듯이 서양 문학에 있어서의 현실 묘사의 발전을 추적하고 있다. 그것은 리얼리즘의 역사이다. 그러나 이 역사 기술의 주축을 이루는 것은 스타일의 개념이다. 이 개념이 아우어바흐로 하여금 3000년의 역사를 하나의 맥락 속에서 파악할 수 있게 하는 실마리가 되는 것이다. 간단히 생각하면, 스타일은 형식에 관계되는 개념이다. 이에 대하여 역사는 주로 사실적 내용의 변화에 관계되는 것으로 생각할 수 있다. 그렇기는 하나 형식이 그 나름의 역사를 가지고 있는 것임은 미술사나 음악사에서 이미 오랫동안 인정되어 온 바와 같다. 그런데 형식의 역사는 눈에 보이는 외적인 모양의 누적적 변화 또는 혁명적 변화에만 관계되는 것이 아니다. 밖으로 정착되는 형식은 형성하는 힘에 대응하여 나타나는 결과이다. 이 형성하는 힘은 인간의 주체적인 삶의 표현이며, 그것이 일정한 일관성 속에 양식화될 수 있는 한에 있어서 그것은 진정으로 주체적인 소유가 된다. 물론 인간의 주체적인 삶은 이미 주어져 있는 형식 또한 그에 못지않게 자연과 사회의 여러 세력에 의하여 형성된다. 이렇게 볼 때, 스타일의 역사는 인간 삶의 개인적이면서, 집단적이고, 자연적인 인간 삶의 통로의 역사이다. 그러므로 『미메시스』는 외면적으로 파악된 현실 모사의 문제가 아니라, 인간의 또는 서양적 인간의 주체적 삶, 인간적 삶의 문제를 이야기하고 있는 것이다. 또는 그것은 서양인이 사회적 형성과 예술적 기술의 변화 속에서 어떻게 더욱 보편적인 의식과 삶의 지평으로 나아가게 되었는가를 이야기한다고 말할 수도 있다. (이것이 하나의 진전, 하나의 발전이라고 본다면, 거기에 희생과 대가가 없었던 것은 아니었을 것이다. 또 서양 역사의 종착역쯤에 와 있는 것으로 보이는 오늘의 시점에 있어서, 그 희생과 대가는 과연 지불할 만한 값이었던가 하는 의문을 우리는 갖지 않을 수 없다.)

서양 문학의 역사에서 스타일의 역사는, 아우어바흐에 의하면, 스타일 분리(Stiltrennung)에서 스타일 혼합(Stilmischung)으로 나아간 것으로 말해질 수 있다. 이것은 서양 사회가 계급의 분리를 요구하는 계급 사회로부터 보다 평등한 사회에로 옮겨 간 것에 대응하는 역사적 변화이다. 이것은, 소략하게 말하여, 우리가 민주적 사회의 구현을 바람직한 것이라고 생각하는 한 발전적 변화라고 할 수 있다.

그러나 그렇다고 하여 스타일 분리의 이념을 단순히 계급적 미신에 속하는 것으로서 타매(唾罵)할 수만은 없다. 그것은 계급적 편견에서 나온 것이기도 하지만, 그 나름으로 삶을 하나의 통일성 안에서 파악하고자 하는 충동에 관계되어 있는 것이기도 하다. 스타일의 이념 자체가 그러한 충동을 나타내는 것이라고 해야 할 터인데, 스타일의 혼합은, 그런 의미에서, 스타일의 포기를 의미하는 것이 아니다. 문제는 어떻게 스타일의 통일성을 유지하면서 다양한 삶의 현실 또는 사회적 현실을 수용하느냐 하는 것이다. 그것은 한편으로 삶 자체가 그것을 받아들일 만한 조건을 갖춤으로써, 즉 이 경우에 있어서 사회의 계급적 차이가 해소됨으로써, 다른 한편으로는 그것에 대응하는 이성적 사고의 진전이 있음으로써 해결될 수 있는 문제이다. 다시 말하여 사회의 상류층에서만 허용되던 이성적 삶이(물론 그 내용 자체도 바뀌면서) 사회 전반에 확산됨으로써 해결될 수 있는 것이다. 다양하고, 포괄적이며 유연하면서 일관성 있는 스타일, 그러니까 다양하고, 포괄적이며 유연하면서 일관성 있는 삶을 표현할 수 있는 스타일은 사회와 이성의 진전의 한 기능으로서 성립한다. 그것은 역사의 소산이기도 하고, 역사의 창조자이기도 하다.

사실주의 또는 현실주의를 표방하든 아니하든, 문학은 어떤 종류의 현실, 또는 적어도 쓰고 읽는 사람에 의하여 인간적 세계의 현실로 인지될 수 있는 것을 그리고 창조한다. 다만 역사적 사실주의가 요구하는 것은, 문학이 재현하는 현실이 충분히 포괄적인 것이어야 하며, 또 충분히 중요한 것이어야 한다는 것이다. 달리 말하건대, 그것은 경험적 사실에 포괄적으로 또 섬세하게 충실해야 한다는 것이다. 이것은 그러한 경험에 대응하는 주체적 발전, 감성과 이성의 발전이 있어서 가능하다. 그 주체는 제 홀로 생겨나는 것이 아니라 문화적으로 구성된다. 여기에서 문화란 스타일을 비롯한 예술 형식을 포함한다. 물론 이것은 궁극적으로 사회관계의 물질적 토대 위에서 생겨나는 것이라고 할 수 있다.

아우어바흐는 한 작가, 한 작품뿐만 아니라 한 구절에까지도 얼마나 많은 개인적, 문화적, 사회적 요인이 개입되어 있는가를 그의 밀도 있는 분석을 통해 보여 준다. 그의 관심은 이러한 요인들이 하나의 얼크러진 마디를 이루고 있는 텍스트 자체에 집중된다. 그리하여 그의 문화사적, 또는 더 일반적 역사적 관심의 일반성에도 불구하고 그는 우리로 하여금 그러한 일반성 가운데 트이는 일회적인 미적 구성물을 감지할 수 있게 한다. 그럼으로 하여 작품의 유니크한 존재는 미적 향수의 대상으로 남아 있게 되는 것이다. 사람의 생존 자체가 그러한 것이라면 그러한 것이겠는데, 아우어바흐의 장점은 이러한 일반성과 특수성의 얽힘을 현시하는 데 있는 것으로 보인다.

물론 아우어바흐의 분석들은 인상주의적이라는 느낌을 준다. 심미적 평가에 있어서 인상주의는 어느 정도 불가피한 것이라고 해야 할지도 모른다. 그러나 그의 사회적 역사적 이해, 그것도 매우 무방법적인 인상의 집적이라는 인상을 준다. 이것은 이미 그를 비판하는 사람들이 지적한 바 있는 일이다. 아마 이러한 면은 더 연구되고 보충되어야 할 것이다. 그러나 『미메시스』가 역사와 사회와 미적 가치, 컨텍스트와 텍스트를 성공적으로 융합시킨 기념비적 저작임에는 틀림이 없다. 이것은 서양 문학의 연구서로서 그러한 것이지만, 우리가 서양 문학을 연구하든 우리 문학을 연구하든, 또는 일반적으로 인간 정신의 역사에 관심을 가지고 있든, 『미메시스』는 우리에게 많은 것을 암시할 수 있다. 특히 최근 20여 년 동안 우리 사회에서 성장해 온 역사적 사회적 문학 의식에 비추어 『미메시스』는 우리 독서계에도 중요한 기여를 할 수 있을 것으로 믿는다.

이미 말한 바와 같이 우리의 번역은 10년에 걸쳐서 이루어진 것이지만, 세월의 장구함이 번역의 질을 높였다고 할 수는 없다. 다만 출발점에 있어서는 윌러드 트라스크의 중역을 대본으로 했지만, 시간이 경과하는 동안, 우리는 독일어 원문을 입수하여 적어도 번역 일부에 있어서는 이것을 대본으로 할 수 있었다.

우리가 대본으로 삼은 것은 프랑케 출판사(Francke Verlag)의 제6판(1977)인데, 트라스크의 영역과 더러 차이가 보이기도 했지만, 대체로 트라스크의 영역이 놀랍도록 충실하면서도 유려한 것임을 확인할 수 있었던 것은 다행스러운 일이었다. 혹시 개정판을 내게 된다면 『미메시스』 전부를 원문과 대조할 수 있는 기회를 가졌으면 한다.

이번에 상자되는 책은 『미메시스: 고대, 중세 편』이라는 제목을 가질 것이다. 이것은 말할 것도 없이 아우어바흐의 원본에는 없는 구분이다. 우리의 구분은 단지 출판의 편의상 생긴 것이지, 주목할 만한 시대 구분의 의의를 가지고 있는 것은 아니다. 사실상 역사적 의미에서의 중세는 이번 책이 끝나기 전에, 그러니까 몽테뉴에 이르기 전에 끝났다고 말할 수도 있고, 이미 간행된 근세 편에도 계속되어, 가령 『돈키호테』와 같은 작품에도 강한 잔영을 남기고 있다고 말할 수도 있다. 앞으로 두 개로 쪼개었던 부분이 합쳐져 한 책이 된다면, 이러한 문제는 저절로 해소될 것으로 생각한다. 우선 독자 여러분의 양해를 구하고자 한다.

오랜 세월의 작업임에도 또는 그로 인하여 많은 실수가 있을 것으로 생각한다. 강호 제현의 질정(叱正)을 바란다.

(1987년)

리얼리즘과 리얼리즘 이후

　에리히 아우어바흐의 『미메시스』를 번역하여 민음사에서 책으로 출간한 것도 어느덧 20여 년 전의 일이 되었다. 이번에 민음사에서 이것을 다시 손을 보아 낸다고 한다. 고마운 일이다. 아직도 학계와 독자의 관심이 있다는 것인데, 이것은 물론 아우어바흐 원작의 고전적인 가치로 인한 것이다. 원저가 나온 것은 1946년이다. 책이 나온 후에 이제 60년이 넘은 것인데, 아직도 절판이 되지 않고 인쇄되어 나오고 있는 것으로 보인다. 그 기념비적인 의의를 증언해 주는 일이다.

　이 책에는 서양 문학의 3000년의 역사가 언급되어 있고, 또 모더니즘 문학으로 분류할 수 있는 작품에 대한 논의도 들어 있지만, 그 주제는 리얼리즘이다. 역사적인 개관의 결론은 역사의 끝에 온 것이 리얼리즘이라는 것이다. 그러니까 모든 것이 그것을 향하여 나아간 것이다. 이 책을 번역할 때만 해도 이 테제는 정당한 것으로 생각되었다. 그러나 그 후, 사실은 번역서가 나오기 전에 시작된 흐름이지만, 리얼리즘의 가능성에 회의적인 눈을 던지는 비평적 이론들이 대두하였다. 그리고 이론만 아니라 작품의 현장에서도 이것을 생각하게 하는 경향이 강해졌다. 이것은 서양 문학에서만이 아니라 우리 문학에서도 눈에 띄게 된 현상이다. 이제 아우어바흐의 저서를 재출간함에 있어서, 리얼리즘의 문제에 대한 새로운 고찰이 필요한 것으로 보인다. 그리하여 서문을 대신하여 이에 대한 역자의 생각을 간단히 적어 보기로 한다. 리얼리즘에 대한 요청은 아직도 정당한 것으로 말할 수 있지만, 그것이 새로운 도전에 부딪치고 있는 것을 간과할 수 없다. 이 도전은 오늘의 상황의 중요한 증후이다.

1

예술 현상과 관련하여 쓰이는 미메시스라는 말은 물론 아리스토텔레스로부터 시작한 것으로서, 모방, 모사, 재현, 묘사 등 여러 말로 번역될 수 있지만, 대체로는 현실을 예술 작품에 그려 낸다는 뜻으로 이해된다. 아우어바흐 원저의 부제목은 이것을 '기술된 현실(Dargestellte Wirklichkeit)', 또는 조금 더 편하게 한국어로 번역하여, '현실 묘사'라는 말로 다시 설명하고 있다. 현실을 그려 보이는 것이 예술 행위라는 생각이 문화와 전통을 초월해서 널리 통용될 수 있는 것은 아닐 것이다. 그러나 예술에서 사람 사는 모습, 또는 그중의 어떤 것을 확인하거나 인지하고자 하는 의도가 개입된다는 것은 그다지 드문 일이 아니다.

그러나 묘사의 심리는 특히 문학 작품에 두드러진다. 이것은 어느 시대에나 볼 수 있는 것으로 아우어바흐는 호메로스로부터 20세기까지 역사적 궤적을 추적한다. 그러나 서구 전통의 테두리 안에서 생각할 때, 특히 현실 묘사 또는 재현의 요구를 비교적 적절하게 충족시키게 된 것은, 적어도 그가 보기로는, 19세기의 서구의 리얼리즘 소설에 있어서이다. 예술 작품이 현실을 재현한다고 할 때, 현실을 있는 그대로 베껴 낼 수는 없는 일이다. 그것은 물리적으로 불가능하고, 심리적으로도 바라는 것이 아니다. 사람의 모든 행위가 그러하듯이, 언어는 선택의 행위이다. 그것을 일정한 규모로 엮어 내야 하는 경우는 더욱 여러 가지 선택의 방안을 생각하여야 한다. 그중 하나가 중요성의 평가 체계이다. 사람들이 어떤 일의 진상을 알고자 한다면, 대체로는 어떠한 관점에서 볼 때 중요한 것으로 생각되는 것을 알고자 하는 것이다.

예술 작품의 현실 재현에서 작용하는 기준은 어떤 것인가? 19세기 서구 소설에서 현실을 그린다고 할 때, 그것은 보통 사람의 현실을 그린다는 것을 말한다. 이것은 역사적으로 새로운 일이었다. 옛날에 보통 사람의 나날의 삶이 문학에서 중요한 묘사의 대상이 되지 않았던 것은, 언어의 유연한 활동도 역사적으로 발달해야 하는 까닭에 언어가 미숙하다는 점도 없지 않았겠지만, 그러한 삶이 기록하거나 상상할 만한 무게가 있는 것으로 생각되지 않았기 때문이다. 19세기 소설에서 이러한 삶을 묘사한 것은 단순히 그것을 복사해 낸 것이 아니라 그것을, 아우어바흐가 말하는 바와 같이, "심각하게, 큰 문제를 함축하고 있는 것으로, 그리고 어쩌면 비극의 깊이를 가질 수 있는 것"으로 묘사하고 구성한 것이다. 옛날에 이러한 심각성은 영웅들, 통치자, 귀족들 같은 지배 계층의 삶에만 존재하는 것으로 생각되었다. 물론 이 경우에도, 묘사의 대상이 되는 것은 그들의 영위하는 나날의 삶보다는 큰 문제들, 즉 사회의 정치적 운명과 정신적 문제들이 걸려 있는 행위들이었다. 보통의 삶이 그려 낼 만한 것이 되는 데에는 정치적, 사회적, 경제적, 문화적 조건들에 큰 변화가 있었다는 것을 뜻한다.

2

그러나 서양사를 되돌아볼 때 후기 고전 시대와 중세에서도 보통의 삶이 완전히 무시된 것은 아니었다. 희극적인 재미를 위하여 시도되는 묘사를 제외하더라도, 기독교의 관점은 그 중요성을 인정하는 것이었다고 할 수 있다. 그것은, 계급의 상하나 세속적인 관련의 경중에 관계없이, 모든 사람의 영혼은 하나같이 죄와 구원의 순환 속에 있다는 생각이 기독교에 있다고 할 터인데, 그렇다면, 모든 사람의 삶은 모두 중요하다고 할 수밖에 없다.

이것은 이미 성경에 나오는 것이고 그 서사적 전개에서 중요한 의미를 부여받았다고 하겠지만, 기독교에는, 성경에 기술된, 어떻게 보면 단순한 사건이라고 간주될 수 있는 일에 한껏 심각한 의미를 부여하는 해석 방법이 있다. 가령 아브라함이 이삭을 묶어 제물로 바치려 했다는 창세기의 이야기를 인간의 구원을 위하여 십자가에 못 박힌 예수 그리스도의 이야기를 미리 보여 준 것이라고 해석하는 것과 같은 것이 그것이다. 한 사건이 다른 사건에 대한 예언이 되는 것인데, 그보다 중요한 것은 이 세상의 사건이 그것을 넘어가는 정신적 차원에서는 다른 의미를 갖는다는 해석 방법이다. 이때 사건은 정신적 의미를 현시하는 형상 ── '피구라(figura)'이다. 이에 비슷하게, 성경에 기록될 만한 것이 아니라도 보통 사람의 보통의 삶의 사건도 중요한 정신적 의미를 가질 수 있다.(아우어바흐가 예로 드는 것은 아니지만, 아메리카의 청교도 이민자들이 일기를 많이 적은 것도 이러한 테두리에서 생각할 수 있다.)

3

　그러나 리얼리즘의 소설들이 기록하는 일상적인 일들이 의미를 갖는 것은 이러한 정신적 차원에서 의미를 빌려 오기 때문이 아니다. 소설의 사건들은 정신적 의미에 대한 형상적 현시이기 때문이 아니라 그 자체로——구태여 따진다면, 그 시간적 전개와 인과 관계 속에서 의미를 갖는다.

　여기에서 어떻게 중요한 의미가 생겨나는가는 분명치 않다. 역사가 어떤 의미 있는 흐름을 이룬다는 것은 흔히 있는 생각들이다. 사람의 크고 작은 일들은 이 역사의 흐름에 의하여 설명된다. 그리고 중요한 부분의 의미는 이 흐름에 의하여 얻어지는 것으로 생각된다. 마르크스주의에서 역사의 끝에 오게 될 이상 사회의 도래 또는 구현을 향하여 가는 역사는 모든 의미의 모체이고, 사람들의 삶과 행동의 의미는 이러한 역사에 의하여 정의된다. 집단주의 그리고 전체주의는 집단이 나아가야 할 목표를 설정하고 그것에 봉사하는 것이 사람의 삶의 의미라고 말한다. 아우어바흐도 일종의 역사주의자임에는 틀림이 없다. 일상생활의 리얼리즘을 긴 역사적 진화의 결과라고 보는 것만으로도 그가 사람의 삶을 크게 규정하는 것이 역사라는 것을 믿는 것이라고 할 수 있다. 그는 프랑스 혁명의 이상을 긍정적으로 보고 스타일의 혼용이 민주주의의 발전에 기여한다고 생각한다. 그리고 졸라의 작품들에 그려진 노동자들의 사회주의를 위한 투쟁에 공감한다. 그렇다고 그가 이념을 문학의 가장 중요한 척도로 삼는다고 할 수는 없다. 근대 문학의 리얼리즘을 말하면서, 그가 이념적 입장에서 문학적 지지를 보내는 경우는 졸라의 경우가 유일한 것으로 보인다. 근대 독문학이 역사적 변화를 바르게 포착하지 못한 것을 개탄하는 것과 같은 데에서도, 적어도 발전하는 역사에 대한 이해가 근대 문학의 자기실현에 중요한 요건이라고 생각하는 것은 사실이다. 그러나 역사의 움직임을 파악한다는 것 그것으로 사람의 삶의 의미가 소진된다고 생각하는 것은 아니다. 문학은 문학대로의 밝혀내야 할 인간의 현실이 있고, 그것은 추상적으로 이야기되는 역사관으로 완전히 해명되지 아니한다.

역사의 발전 또는 변화가 막중한 것이라고 하여도, 적어도 소설의 리얼리즘이 개인의 삶에 관계되는 한에 있어서, 삶의 의미는 역사 자체에서가 아니라 역사와 개인의 운명과의 변증법적 교환에서 생겨난다. 「고리오 영감」에 나오는 여인숙 주인 마담 보케르의 인물됨은 그가 운영하는 여인숙과 하나가 되어 있는 것으로 묘사되어 있다. 그녀의 옷이나 몸이나 표정이나 행동이나 그 지저분한 것 등은 그 여인숙의 초라한 모양에 그대로 일치한다. 불결하면서도 어떤 면에서는 구수하게 인간적인 이 펜션은 시대의 자연스러운 결과물인 것이다. 그러면서도 마담 보케르는 시대가 만들어 낸 꼭두각시는 아니다. 그녀는 저항과 적응으로 시대의 압력에 반응하며 자신의 삶을 살아간다. 그 나름의 개인적 운명의 고통과 어려움 속에서 형성된 것이 그녀의 모습이고 옷매무새이고 행동 방식이고 인생이다.

플로베르의 에마 보바리의 경우에도 그 여자의 운명이 그녀의 시대와 환경의 소산인 것은 마찬가지이다. 그러나 에마는 자신이 처해 있는 세계의 조건을 조금 더 적극적으로 벗어져 나가고자 한다. 그러나 그녀의 그러한 선택은 적절한 것이 되지 못한다. 그녀가 벗어져 나가고자 하는 세계가 진술하지 못한 거짓된 세계라면, 그녀의 선택도 거짓된 세계의 어리석은 선택에 불과하다. 그녀의 모든 것은 "범용하고 바보스러운 무지의 세계, 거짓 환상과 충동과 상투어의 세계"이다. 물론 시대의 많은 사람들의 삶이 그러한 세계 안에 들어가 있다.

플로베르는 물론, 발자크가 그리는 등장인물들이 속되고 무지한 세계이기는 하지만, 그들이 이들을 우스개나 풍자의 대상으로 그리는 것은 아니다. 그들의 운명은 누항사(陋巷詞)에 그치지 않고 실존적이고 비극적인 의미를 갖는 것으로 묘사된다. 그것은 작자들이 그들의 이야기를 그들의 입장에서 공감적으로 적어 나가고 있기 때문이다. 그들은 그들 나름으로 개성을 가지고 있는 인물들이다. 그렇다고 그들의 삶이 삶의 높은 가능성을 구현하는 것이라고 할 수는 없다. 작품에는 이들을 공감적으로 그리면서 동시에 그들을 넘어가는, 그리하여 그들의 삶을 비판적으로 평가하는, 높은 삶의 기준이 시사되어 있다. 공감의 서술이라고 해서, 서술되어 있는 삶의 이야기가 괴로운 인생의 실화에 그치지 아니한다. 발자크는 한편으로는 생물학적, 사회적 결정론자였다. 다른 한편으로 그는 높은 삶에는 종교적인 바탕이 있어야 한다고 생각하였다. 그러면서 이러한 것들에서 연역되어 나오는 법칙과 규범에 의하여 재단되는 것이 아닌, 그때그때 상황 속에 있는 개체적인 인간을 그렸다.

플로베르는, 누항의 소시민의 이야기를 적으면서, 그것을 넘어가는 보다 높은 의미의 차원을 매우 특이한 방법으로 보여 주었다. 이것은 리얼리즘에 충실한 소설이 무엇을 할 수 있는가를 가장 순수하게 보여 주고 동시에 인간의 금욕적 정신 기율이 이를 수 있는 어떤 경지 ─ 세간에 있으면서 그것을 넘어가는 어떤 경지를 예시한다고 할 수 있다. 그는 "사실적 성실성" 그리고 그것을 실천한 문장의 정확성을 기하는 것만으로 에마 보바리의 삶이 거짓된 세계라는 것을 보여 주었다. 예술적 기율 그것으로써 그녀의 세계의 무지와 보다 지혜로운 세계의 가능성을 시사하는 것이다.

플로베르의 예를 생각해 볼 때, 예술은 당대의 현실을 직접 접근할 수 있는 힘을 가지고 있다. 그의 경우에는 그 힘이 다가가는 사실성만으로, 현실을 보다 넓은 또는 진실된 차원에서 평가할 수 있다는 느낌이 든다. 이것을 가능하게 하는 것은, 다시 말하여, 오로지 그의 예술적 헌신이다. 그것은 정신적 진리를 위하여 모든 것을 바치는 성직자나 교직자의 헌신에 비숫하다. 자기를 버리고 주어진 현실의 주제에 헌신하는 플로베르의 몸가짐은 종교적 신앙에서 나오는 신비주의자에 가깝다. 다만 모든 노력은 설법이나 실천이 아니라 주어진 사실을 철저하게 밝히는 데에 바쳐진다.

그러나 밝혀지는 사실은 있는 것을 그대로 사진처럼 모사되는 것이라기보다는 그것이 드러내는 정연한 질서로 인하여 분명해진다. 사실은 논리의 질서 속에 자리해 있다. 여기의 논리는 위로부터 부과되는 것이 아니라 사실 속에 드러나는 논리이다. 그러면서 그것은 사실을 구조화한다. 다만 이러한 논리나 구조의 정연함이 밖으로 지나치게 두드러져 나오는 것은 아니다. 드러나는 것이 있다면, 그것은 스타일의 정치성(精緻性)이다. 그러나 이러한 깔끔한 스타일의 형성에 시대적인 배경이 없는 것은 아니다. 플로베르가 가졌던 바와 같은 객관적 진리의 가능성에 대한 믿음은 당대의 과학적 실증주의의 영향을 받은 것이다. 그러나 보다 넓은 여론의 풍토를 살피면, 그것이 다시 예술에 대한 절대적인 믿음으로 이어진다. 당대의 정예 분자를 자처하는 예술가들은 사회의 저속성에 대하여 강한 혐오감을 느끼고 예술의 순수성에서 위로를 찾았다. 플로베르는 현실주의자이면서 심미주의자였다. 이렇게 볼 때, 플로베르와 같은 작가가 당대의 삶의 진실에 가까이 갈 수 있었던 것은 단순히 어떤 정신적인 태도 또는 작가의 언어의 진실에 대한 헌신 때문만이 아니라 시대적인 발전의 영향 때문이었다고 하는 것이 옳다.

이것은 그의 장점 속에 들어 있는 결점에서도 드러난다. 그것은 심미주의의 한계이다. 아우어바흐의 생각에 그의 리얼리즘은 졸라의 자연주의에 비하여 시대의 모습을 전반적으로 파악한 것이 아니다. 졸라는 당대의 역사를 움직이는 모든 것 —자본주의, 기업, 정부와 기업의 결탁, 노동자의 빈곤과 저항 그리고 거기에서 자라 나오는 새로운 사회를 위한 희망, 이러한 것들을 모두 포괄하고 있었다. 스타일 분리의 원칙을 넘어, 졸라는 낮고 추한 것 가운데 그 진상을 심각한 의미를 갖는 것으로 그려 내었다. 물론 궁극적으로는 그의 서사에 의미를 부여한 것은 단순히 역사의 움직임이 아니고 그의 예술가로서의 철저함과 윤리적 감수성이었다.

4

그러나 역사 안에서의 지적 노력은 몇 번을 뒤집어지게 되어 있다고 할 수밖에 없다. 역사의 움직임의 총체는 졸라가 생각하였던 것만큼은 쉽게 파악되는 것이 아닌지 모른다. 『미메시스』가 마지막으로 다루는 20세기의 작가들은 버지니아 울프, 제임스 조이스, 프루스트와 같은 주로 주관적인 체험 — 의식의 흐름의 기술에 충실한 모더니즘의 작가들이다. 이들 작가들에서 아우어바흐가 주목하는 특징의 하나는 이야기의 전개가 긴 시간 — 한 사건이나 삶의 전모를 포괄하는 긴 시간이 아니고 짧은 시간이라는 것이다. 22장에서 긴 분석의 대상이 되고 있는 버지니아 울프의 작품도 그렇지만, 근대 서양 문학에서 시간의 짧음이라는 관점에서 참으로 대표적인 것은 조이스의 『율리시스』인데, 이것은 수백 페이지에 달하는 방대한 분량의 소설이면서 시간적으로는 기껏해야 하루의 일을 기술한다. 등장인물들의 주관적인 의식의 흐름을 기록하다 보면 그 테두리가 되는 사건은 짧은 시간에 일어나는 것이 될 수밖에 없다고 하겠지만, 아우어바흐의 해석은, 이러한 기술적인 측면을 넘어서, 긴 시간을 통한 삶의 추이를 파악하기가 어렵게 되었다는 사정이 그 원인이라는 것이다. 세계는 너무 복잡하고 단편화되고 또 다양하다. 이러한 사정 때문에, 갈등과 폭력과 혼란이 일어나기도 하고 하나의 특이한 이론으로 모든 것을 설명할 수 있다는 광신의 무리들이 등장하기도 한다.

긴 서사가 불가능해지는 것은 너무나 당연하다. 그러나 다른 한편으로 짧은 시간에 집중되어 있는 의식의 넓이 그리고 감각적 세부와 사건이 보여 주는 것은 삶의 모든 것이 짧은 순간과 계기에 압축되어 있다는 것을 말하여 주는 것이라 할 수 있다. "현실의 모든 풍요와 삶의 깊이"가 한순간 안에 있는 것이다. 이들 모더니즘의 작가들이 발견한 것은 이러한 순간에 넘쳐 나는 삶의 풍요로움이다.

전체의 상실 그리고 역설적으로 세부에 압축되는 풍요는 새로이 형성되는 전체를 느끼게 한다. 전체의 상실은 눈앞에 서로 다른 것들이 잡다하게 펼쳐지게 된다는 것을 말한다. 그것은 차이의 강조와 갈등의 심화와 함께 그것의 해소 가능성을 열어 놓는다. 서로 다른 것들이 하나가 되게 하는 것은 계획된 질서들이 아니다. 여러 다른 질서들은 싸움의 원인이 된다. 사람들은 집단의 역사 속에서 서로 갈라져 있지만, 개체적인 존재로서 다 같은 평면에 있다. 그것이 심화될 때 그들은 일상적 삶의 순간의 풍부함이라는 점에서 하나로 있다는 것을 서로 인정할 수 있다. 이 관점에서는 주제가 되는 삶이 스페인인의 삶인가 코르시카인의 삶인가 중국의 농부의 삶인가 하는 것은 중요치 않다. 아우어바흐가 『미메시스』를 쓴 것은 2차 세계 대전의 극도의 혼란기였지만, 그는 일상성 속에서 하나가 될 수 있는 세계가 온다고 믿는 것으로 보인다. 이러한 믿음에 있어서 그는 마치 세계화라는 말로 설명되는 21세기에 그다음에 올 수도 있을 세계를 내다보는 것처럼 말한다. 심화된 일상성의 리얼리즘이 그 조짐이다.

여러 가지 싸움 가운데에 또 싸움을 통하여 경제적 문화적 평준화의 과정이 완성된다. 지구 위에 하나의 공통된 인류의 삶에 이르는 길은 아직 멀다. 그러나 이제 끝이 보이기 시작한다. 그것은 서로 다른 사람들의 삶의 어떤 순간을 별 의도 없이, 정확하게 안으로 밖으로 그려 내는 데에서 가장 뚜렷하게 또 구체적으로 드러난다.

　단순한 일상적인 삶의 묘사는 혼란의 증후인 듯하면서도 새로운 세계의 도래에 이러한 중요성을 갖는다. 이 삶의 단순성은 어떤 구시대의 사람에게는 마음에 들지 않겠지만, 그것이 앞으로의 세계 모습이다. 아우어바흐는 이렇게 말한다.

5

　그런데 아우어바흐의 예언은 맞는 것일까? 역사의 참으로 긴 지속이라는 관점에서 볼 때, 이 예언은 먼 미래를 내어다보는 그의 형안(炯眼)을 증명해 주는 것일 수도 있다는 느낌이 든다. 『미메시스』 이후 65년의 시점에서, 여러 다른 사회와 문화들이 서로 가까워지고 하나의 세계가 되어 가는 것은 틀림이 없다. 문화는 하나가 되지 아니하여도 서로 이해하고 인정하는 것이 되어 간다. 평준화가 일어나 수준이 더 저하되는 부분들이 없지 않을 것이지만, 대체로 더 풍부해진다고 하는 것이 옳을 것이다. 모든 사회가 하나의 세계 시장으로 통합된다는 의미에서 경제는 하나가 되어 간다. 그러나 나라와 지역에 따르는 격차는 오히려 심화된다. 세계 빈곤의 해결과 경제적 평준화는 조금 더 기다려야 한다고 할 수밖에 없다. 독자적으로 향유하면서 모든 사람이 공유하는 일상의 삶에 삶의 참 의미가 있다는 사실의 인정이 앞으로 올 세계의 통합의 근거가 될 것이라고 아우어바흐는 말한다.

　그러한 통합이 참으로 깊은 삶의 만족을 가져오게 될 것인가? 조금 전에 일상성의 미래를 긍정하는 그의 말을 인용했지만, 그에 이어, 아우어바흐는 문화의 자산을 즐기고 역사의 전개를 일목요연하게 내다보기를 원하는 사람에게는 일상성의 평준화는 섭섭한 일이 될 것이라고 쓰고 있다. 이 평준화에 대한 불만은 그가 생각하는 것보다 더 큰 의미를 가진 것일는지 모른다. 문화의 깊이와 세계의 역사를 한눈으로 보겠다는 욕망 — 지적 욕구이면서 동시에 권력 의지인 이러한 욕망의 정당성을 인정하지 않더라도, 사람이 일상성 이상의 것, 또는 주어진 세계의 현상 이상을 지향하는 정신적 갈구를 가진 것도 부정할 수 없다. 또 이것이 없이는, 조금 후에 다시 이야기하겠지만, 일상성은 삶에 커다란 왜곡을 가져오는 요인이 될 수 있다. 일상성을 넘어가는 인간의 갈구 — 초월의 소망을 버리지 않는 미래가 있기 위해서는 일상적 삶의 풍요성에 대한 인정에 추가해서 그것을 보다 높은 차원으로 지양(止揚)하는 정신의 움직임이 있어야 하는 것이 아닌가 하는 생각이 든다. (앞에서 시사하는 바와 같이, 작가들의 예술적 기율에 대한 헌신도 자기 억제의 금욕주의에 관계되고 그것은 인간성의 이러한 정신적 차원에 연유한다고 할 수 있다.)

그런데 더 큰 문제는, 이야기한 바와 같이, 아우어바흐가 예견하는 심화된 일상성의 실험이, 그것이 그 자체로 남아 있는 한, 요원한 것으로 보인다는 것이다. 세계가 일상성의 삶에 기초하여 하나가 된다고 할 때, 적어도 지금의 상황으로 보건대, 그 일상성의 진실은 발자크나 플로베르 그리고 버지니아 울프의 심화된 일상적 순간의 진실은 아닌 것으로 보인다. 대체로 말하여, 20세기 후반으로부터 지금까지의 지적인 추세 — 서양이나 한국의 추세로 보건대, 아우어바흐가 말하는 리얼리즘 — 그가 예찬하는 일상성의 풍요를 인지하는 리얼리즘은 이제 종말을 맞이했다 할 수 있다. 세계적으로 보편화되고 있는 대중문화나 오늘날에 읽히는 작품들이 생각하게 하는 것이 그러하다. 지금의 일상성은 "현실의 모든 풍요와 삶의 깊이"를 보편화하는 것이 아니다.

이론적인 측면에서 여기에 병행하는 것은 모든 이성적 계획을 부인하는 각종의 포스트모더니즘이다. 물론 이러한 이론들을 그 난해함과 지적 정교함으로만 미루어 보아도 대중문화와 같은 평면에 두고 말할 수는 없다. 그러나 그 주장들은 많은 경우 새로 대두한 일상성 ── 타락한 일상성의 한 부분을 이룬다고 생각할 수 있다. 현실과 언어에 대한 그 분석들은 삶의 구체적인 진실에 대한 이해를 깊이 하기보다는 그 이데올로기적 공식화를 가져오는 것으로 보인다. 그리하여 평준화된 일상성의 시장에 부족한 개념의 상품을 공급한다. 아우어바흐의 리얼리즘론에는 현실의 깊이를 열어 주는 언어의 가능성에 대한 믿음이 있다. 포스트모더니즘의 이론들의 한 효과는 이 믿음을 뒤집어엎는 것이다. 언어는 주로 조종의 전략에 봉사하는 이데올로기의 수단이다.

이러한 정치적 함축을 캐내는 데에까지는 나아가지 않았지만, 언어의 가능성을 뒤집어엎는 첫 기수의 역할을 한 것은 데리다나 폴 드 만(Paul de Man)의 해체 이론이다. 해체론은 리얼리즘이 전제하는 언어에 의한 현실 묘사의 가능성을 부정한다. 해체론은 아우어바흐의 리얼리즘론의 현재 위상을 생각하는 데 흥미로운 대비점을 제공한다.

위에서 언급한 바와 같이 아우어바흐는 기독교 전통에서 일상적 사건에 의미를 부여하는 방법의 하나로서 '형상(figura)'의 존재를 말하였다. 이 피구라의 이론에서 구체적인 사건은 숨어 있는 정신적 의미를 구체적으로 표현하는 비유로서의 의미를 갖는다. 그런데 근대적 리얼리즘에 이르러 사건의 의미는 정신적 차원에서 오는 것이 아니라 삶의 전체적인 맥락에서 생겨난다. 이 맥락을 이루는 것은 개인의 삶과 그를 에워싼 삶의 조건의 상호 연관성이다. 이것은 개인사나 사회사의 지속적 시간 속에 드러나는 것일 수도 있고 일상적 삶의 순간에 압축하여 드러나는 것일 수도 있다. 어떤 경우에나 그것은 사실의 사실성을 그 바탕으로 한다. 그리고 문학 작품에서 이 사실성의 재현이 가능한 것은, 되풀이하는 말이지만, 언어의 현실 일치를 전제한다. 이러한 전제가 성립할 수 없다면, 언어 행위는 무엇을 하는 것인가? 그것은 내용이 불확실한 수사 행위에 그칠 뿐이다. 그러면서 그것은 마치 사실적 실체를 환기하는 듯한 인상을 만들어 낸다. 다시 말하여, 언어는 어떤 모양을 가진 것, 형상, 피구라를 그려 낸다. 그러나 그것이 무엇을 지칭하는지는 불확실한 채로 남는 것이다. 해체 이론에 중요한 이론적 거점을 제공한 폴 드 만은 문학의 언어를 지시 대상이 없는 순전한 형상의 언어(figural language)로 본다. 그의 중요한 논문 「기호학과 수사학(Semiology and Rhetoric)」에 의하면, 이 형상적 언어는 복잡한 수사 전략을 통하여 현실 묘사의 인상을 만들어 낸다. 형상에 있어서 수사학적으로 중요한 것은 은유(metaphor)와 환유(metonymy)인데, 폴 드 만의 생각으로는, 문학 수사는 대체적으로 환유를 은유로 대체하는 전략으로 마치 그것이 사물 자체의 성질을 기술하고 있는 것처럼 보이게 한다. 이때, 환유는 우연적인 연쇄 속에서 이루어지는 것인데, 문학의 수사가 그것을 보다 강한 필연적인 현재성을 가진 은유로 환치하는 것이다. 다른 한편으로 환유는 언어의 통어적 집합(syntagma) 속에 편입되면서 수사 전체에 문법적 엄밀성을 부여한다. 이와 함께 어떤 상황의 묘사는 전체적으로 비유적 성격의 전체성과 특질을 가지며 또 보강된 필연성을 갖는다.

구체적인 예시가 없는 이러한 추상적 설명이 별로 설득력을 가질 수는 없겠으나, 여기에서 드 만의 난해한 분석을 되풀이하기는 어려운 일이고, 요지는 그의 수사학적 분석의 목표로 하는 것은 문학적 표현이 하나의 자기 폐쇄적 놀이며 사실의 재현에 관계되는 것이 아니라는 것이다. 그렇기는 하나 이 논문에서 분석의 대상이 되어 있는 여러 구체적인 예 가운데 하나를 들어 보기로 한다. 여기에 드는 것은 프루스트의 소설의 한 장면에 나오는 수사 전략의 경우이다. 프루스트는 주인공이 어린 시절의 여름날 자기 방에 누워 책을 보고 있는 장면을 그리려 한다. 여름날을 그리는 데에는 여러 비유적인 것들이 동원되는데, 햇빛, 그늘, 실내악, 나비, 망치질하는 소리, 별, 파리 떼, 냇물에 흐르는 물 등등, 이들 가운데 어떤 것은 대상을 지칭하는 것이고 어떤 것은 그것을 비유적으로 변형하는 것이다. 이 비유 중 폴 드 만의 긴 분석의 대상이 되어 있는 것 하나는 "파리들의 여름 실내악"이라는 표현이다. 그것은 여름의 전체를 종합하는 비유의 역할을 한다. 그러나 파리와 실내악 사이의 관계는 환유적이고 우연적인 것이다. 그러면서도 여름의 일체성과 특징을 하나로 맺어 주는 역할을 한다. 이것을 강조하기 위하여 프루스트는 이 파리들의 음악이 우리가 우연히 회상하는 종류의 음악과는 다른 것임을 강조한다. 파리는 여름과 더불어 생겨나고 없어지는 곤충이다. 따라서 그 음악은 여름과 일체가 되어 있는 그 필연적인 일부로서의 음악이다. 이것이 인위적이라는 것을 프루스트가 모르는 것은 아니라고 폴 드 만은 말한다. 그것은 그가 의식하고 선택하는 수사의 전략이다. 이 전략의 사용은 그가 말하고자 하는 것을 위해서 불가피하다. (위의 예에서, 파리 떼들의 음악과 실내악, 이 둘 중 어느 쪽이 은유이고 어느 쪽이 환유인지는 설명되지 않고 있다. 실내악은 주인공이 갖는 여름의 느낌을 종합하는 총체적인 비유라는 점에서 좋은 은유이다. 주인공의 인식이라는 관점에서는 파리 떼가 그의 여름의 느낌에 이어지는 것은 우연한 환유적 연결의 결과이다. 그러나 파리 떼는 자연 현상의 일부로서는 여름의 일부를 이룬다. 그것은 필연적인 것이다. 단순한 근접성으로 일어나는 환유적 연결은 공간이라는 물리적 근거를 가졌다는 점에서는, 의식의 관점에서 의미를 통합하는 은유보다 필연적인 경우가 많다고 할 수 있다. 환유의 통어적 집합과 관계하여 말하여지는 문법의 법칙성도 사실 사유 그리고 행동 방식의 필연적 규칙에 근거한다고 할 수 있다. 폴 드 만의 비유에 대한 분석은 이러한 문제를 생각하지 않는다. 또 그는 예로 들고 있는 비유들의 성질을 분명히 하지 않는다. 그러나 그의 분석에서 요점은 위에서 말한 것처럼 언어의 수사 전략이 반드시 사실 세계의 사실에 맞아 들어가는 것이 아니라는 것이다.)

　여기에서 간단히 살피고자 하는 예는 폴 드 만의 다른 프루스트론에 나오는 같은 장면의 분석에 들어 있다. 문제의 비유는 "활동의 격류(un torrent d'activite)"라는 것이다. "나의 편한 안정은 …… 흐르는 물 가운데에 드리운 움직이지 않는 손처럼, 활동의 격류의 충격과 활기를 받쳐 들고 있었다." 프루스트는 방에서 책을 읽고 있는 주인공 마르셀의 심정을 이렇게 표현한다. 여기의 '활동의 격류'라는 말은 정신없이 바삐 몰아가는 활동을 말하는 프랑스어의 상투적 표현인데, 이 장면에서 그것은 서늘한 방에서 책을 읽고 있는 사람과 밖에서 벌어지고 있는 여러 뜨거운 활동들과의 대조를 표현하기 위하여 끌어들인 것이다. 상투적 표현에서 '격류'는 냇물과는 별로 상관이 없이 격화된 어떤 현상을 의미한다. 그러나 드 만의 해석으로는 여기에서는 다시 원래의 의미가 살아나서 찬 물결이 되는데, 그것은 방의 서늘함, 책을 읽고 있는 자의 편안한 안정에 관계되는 것이 되어 있다. 그러므로 그것은 뜨거운 여름날 밖에서 벌어지고 있는 여러 활동들의 열기에 이어질 수는 없는 것이다. (격렬한 열기(torride)라는 말이 격류(torrent)에 이어져 있다고 할 수 있기 때문에, 어느 정도 가교(架橋)가 되어 준다고 하겠지만.) 두 개가 하나로 묶인 것은 오로지 프루스트의 자의적인 의도로 인한 것이다.

　격류라는 비유 아래에는 두 가지 의도가 작용하고 있다. 하나는 '윤리적 투자'에 관계되어 있다. 방에 있지 말고 밖에 나가 밖에 벌어지고 있는 활동에 더 참여해야 한다는 어머니의 말씀을 알고 있는 어린 마르셀-프루스트는 방에 있으면서도 밖의 일에 참여하고 있다는 것을 증명하고자 한다. 밖의 현장에 온몸으로, 감각으로 접하게 될 때, 그것은 더 실감 나는 것이 될는지 모르지만, 단편적인 느낌의 집합으로 경험되는 것일 뿐이다. 이에 대하여 방 안에 멀리 떨어져 있으면서 생각하는 것은 그것을 전체로서 느끼고 아는 것이 될 수 있다. 이러한 관점에서 햇빛으로부터 비켜 그늘의 서늘함 속에 가리워 있는 방 안은 햇빛의 뜨거움에 일체가 되는 것을 가능하게 하는 매체라고 할 수 있다. 그 서늘함이 뜨거움을 '받쳐 들고' '지원함'으로써 밖의 일들이 전체로서 존재할 수 있는 것이다. 서늘함과 뜨거움은 이러한 의미에서 하나이다. 이 역설적 주장은 프루스트의 다른 입장에 이어진다. 프루스트는 방 안에서 책을 읽고 있다. 책에는 뜨거운 모험담들이 들어 있겠지만, 그것을 전체적으로 알게 되는 것은 독자의 조용한 집중을 통해서이다. 확대하면, 이것은 프루스트의 소설 『잃어버린 시간을 찾아서』의 의미라고 할 수 있다. 지난 시간의 일들은 그것을 되돌아보면서 글을 쓰는 행위 속에서 재구성됨으로 비로소 찾아지게 된다. 이 전체적인 회복을 위한 노력의 성과가 소설 『잃어버린 시간을 찾아서』이다.

6

그런데 이렇게 하여 회복된, 또는 재구성된, 시간이 사실적 진실에 일치하는 것일까? 폴 드 만의 생각은 그렇지 않다는 것이다. 그리고 그렇지 않다는 것이 해체론의 테제이다. 폴 드 만에게 프루스트의 글은 오로지 수사이며 형상적 언어(figural language)의 창작물이다. 그렇다고 이것이 완전히 거짓이라는 말은 아니다. 언어와 사실의 모호한 관계는 사실에 이르고자 하는 사람의 노력을 언제나 그러한 불확실한 언어 형상의 놀이의 한계 속에 머물게 한다. 사람의 의식은 사실을 꿰뚫어 보고자 한다. 사실은 전체적인 연관성에서만 그 참모습을 드러낸다. 이것은 사람이 갖는 크고 작은 체험에서도 마찬가지다. 사람은 체험을 전체성 속에 파악하고자 한다. 또는 한순간 속에 삶의 모든 것을 보고자 한다. 그러나 그 순간은 공간적으로나 시간적으로나 그러한 노력의 밖으로 무한히 뻗어나 있다. 그리하여, 사실에 관한 것이든 체험에 관한 것이든, 어떤 전체적이고 일체적인 의식도 진정으로 전체적이고 일체적인 것일 수 없다. 프루스트는 그의 소설에서 죽음의 순간이 진리의 시각에 일치한다면 더없이 행복할 것이라고 말한다. 이것은 프루스트 자신이 의식과 언어 표현이 사실 그것에 일치할 수 없다는 것을 인정한 것이다. 그러면서도 그것에 대한 희망을 — 그리고 가능성을 강력하게 표현한 것이다. 그러나 드 만은 진리의 시간과 죽음의 시간의 일치는 있을 수 없다고 말한다. 시간은 결코 자기 자신과 일치할 수 없고 시간 속에서의 진리도 자기 자신과 일치할 수 없기 때문이다.

드 만에게 언어의 불확실성은 진리의 좌절을 의미한다. 그러나 불확실성에 접근되는 진리 — 실패하는 진리가 바로 진리가 나타나는 방식이라고 할 수는 없는 것일까? 이렇게 묻는 것은 진리가 무엇인가 하는가를 다시 생각하게 되는 것이 되게 한다. 여기에 대하여 우리는 일단 사실이 사실 그대로 드러난 것이 진리라고 답해 보기로 한다. 사실은 어떤 독립된 사실일 수도 있고 그렇지 않은 것일 수도 있지만, 그것은 언제나 다른 많은 사실과의 관계 속에서만 완전한 사실이다. 달리 말하면, 그것은 전체성 속에서만 사실이 된다. 이 전체성은 사실이 집합을 말하는 것일 수도 있지만, 달리는 그것들에 나타나는 그리하여 사람의 직관에 드러나는, 사실의 집합을 초월하는 그 나름의 실재라고 할 수도 있다. 이 후자의 경우 그것은 직관된 전체성이다. 그런데 직관의 대상으로서의 전체성은 완전히 현존하는 것일 수 없다. 그것은 인간의 인식 능력을 초월한다. 대체로 직관되는 것은 전체성보다는 일체성이다. 즉 어떤 사물이 전체와 하나로 있다는 것을 직감하는 것이다. 구체적 사물을 넘어가는 전체성이 직접적으로 주어진다고 할 때, 그것에 대한 가장 근사한 예는 공간적 형상이다. 그것은 직접적으로 지각되는 것이면서 추상적인 어떤 것에 가깝다. 물론 이 경우에도 시사되는 것은 전체성이면서 일체성이다. 아우어바흐가 말한 서양 중세의 형상 피구라(figura)는 정신적 진리를 암시 또는 지시하는 구체적 사건 또는 대상이다. 그러나 그것이 이 대상에 완전히 일치하는 것은 아니다. 그것은 추상화되어 의미에로 변형되어 가는 어떤 것이다. 이 변형의 완성에 나타나는 것이 의미인데, 그때 완성되는 것이 피구라이다.

사실과 사실을 하나로 묶어 주는 것은 의미이다. 이때의 의미는 대체로 논리나 인과 관계를 말하는 것일 터인데, 그것은 사람의 인식 작용의 방편이 된다. 그러나 이 방편은 사실 자체의 법칙성에서 나오는 것이기 때문에 반드시 방편이라고만은 할 수 없다. 그것은 사실에 근거해 있다. 이 법칙성을 사물의 관점에서 본다면, 그것은 사람의 인식의 방편이 아니라 사물이 인간에게 스스로를 드러내는 모양이라고 할 수 있다. 그런데 이러한 사실의 의미 연관, 그것을 에워싼 전체성은 반드시 선형의 논리 연관이 아니라 한번에 주어지는 직관일 수 있다. 되풀이하건대, 사람의 지각 체험에서 공간을 비롯한 사물의 형상에 대한 지각은 한번에 주어지는 직관이다. 그것은 논리나 개념이 아니라 형상의 모습을 띤다. 이때 형상은 하나의 부분적인 사물을 넘어 다른 어떤 것을 지시한다. 그것은 사물의 전체성이 드러나는 한 방편이다. 물론 직관된 전체성은 지각된 모양 또는 고정된 형상 안에 포괄되지 아니한다. 형상은 직관된 전체성이 나타나는 어떤 특별한 순간의 사건이다. 조이스가 말하는 에피파니 ── 한 순간에 결정화(結晶化)되어 나타나는 한 사물이나 상황의 진실이 이와 같은 것이라 할 수 있다.

조금 복잡한 이야기가 되었지만, 사실은 사진을 찍듯이 현실을 찍어 내는 것으로 또는 사회 이론의 한 사례로서만 모사되는 것일 수 없다. 폴 드 만이 말하는 수사학이나 형상적 언어는 거짓의 전략이라기보다는 사물이 사물로서 나타나는 진리라는 사건의 일부를 가리키는 것이라고 할 수 있다. 이렇게 말하는 것은 폴 드 만의 실패를 성공으로 전환하는 것이다. 그러나 실패의 예감이 반드시 틀린 것이라고 할 수 없다. 형상이 성공이 되는 것은 그것이 진리에 이어짐으로써이다. 그러나 이어짐은 자동적인 것이 아니다. 거기에는 여러 가지 자의성이 끼어들 수 있다. 그때 그것은 실패하는 것이 될 수밖에 없다.

7

폴 드 만의 분석에서 주의할 수 있는 것은 진리와 의미를 추구하는 일은 결국 우연의 연쇄 속에 나타나는 환유를 은유로 환치하고자 하는 것이라는 말이다. 그리고 그는 이것이 반드시 진실되다고 할 수 없는 수사적 전략을 요구한다고 생각한다. 환유를 우연한 연상으로 또는 근접하여 있다는 것만으로 하나의 연쇄 속에 엮어 내는 것은 주체의 지향 또는 의지이다. 중요한 것은 이 의지가 진리를 지향한다는 것이다. 그것이 은유적인 일체성을 가진 것이든 형상적 일체성을 현현(顯現)하는 것이든, 진리를 뒷받침하고 있는 것은 진리를 향한 주체의 의지이다. 진리 지향은 그 의지에 적절한 기율을 요구한다. 진리에의 의지는 스스로에게서 자의성의 놀이를 배제하고 일정한 금욕적 기율로 정화하여야 한다. 드 만의 예에서 프루스트는 자신의 삶 또는 소설의 주인공 마르셀의 한 순간을 포착하는 데에는 뜨거운 활동으로부터의 거리, 그것을 가능하게 하는 서늘한 안정이 있어야 한다는 것을 시사한다. 이것은 플로베르의 예술적 기율에 대한 신념에 그리고 인간 희극의 모든 것을 포괄하고자 하는 발자크의 공감적인 객관성으로 이어진다. 이러한 기율은 정신적 전통에서 발전하고 시대적인 분위기에 의하여 권장되거나 쇠퇴한다. 버지니아 울프나 프루스트에 있어서는 보다 전통적인 의미에서의 리얼리즘이 후퇴하였다고 하여도 이러한 진리에의 의지, 예술과 정신의 기율에의 믿음과 사회 풍조는 그대로 존재하였다고 할 수 있다. 아우어바흐의 리얼리즘의 역사에 이들 비전통적인 작가들을 포함한 것은 이러한 이유로 인한 것이라 할 수 있다. 그런데 오늘날 리얼리즘이 후퇴하였다고 한다면, 그것은 무엇보다도 진리와 정신과 예술의 기율에 대한 믿음이 쇠퇴하였기 때문이라고 할 수 있다. 폴 드 만은 이러한 시대의 증후를 일찍이 예견하였지만, 그의 논의는 아직도 진리의 기율 속에 있었다. 이것은 데리다와 같은 해체 철학자에게도 해당된다. 그는 언어의 진리 가능성을 의심했지만, 그것은 아직도 진리의 가능성이라는 테두리 안에서 그 문제를 제기하고 있는 것이다.

정신의 기율이 쇠퇴하고 난 다음에도 정신 또는 인간의 주체적 심리가 없어지는 것은 아니다. 그것은 어떤 상태에 있는가? 무엇에 의지하여 스스로를 지탱하는가? 주체적 심리가 스스로를 구하는 방법의 하나는 선택된 독단적 믿음으로 모든 것을 저울질하고 재단하는 것이다. 그러나 더 쉬운 방법은 시대의 정신에 스스로를 맡기는 것이다. 오늘날 시대를 지배하는 정신은 일체의 정신적 기율을 혐오하는 자유주의이다. 정신은 자유로워야 한다. 객관적인 사실의 사실됨에의 접근을 위하여 스스로를 금욕적 훈련에 예속시키는 것은 이러한 시대의 자유 정신에 역행하는 것이다. 예술의 영역에 있어서 시대가 처방하는 자유는 사실에의 예속 또는 순응이 아니라 제한 없는 판타지에 표현된다. 그러나 정신은 아무런 제한이 없이 자유로울 수 있는가? 자유로운 판타지의 뒤에는 온갖 충동과 욕망이 서려 있다. 또 그것을 일정한 방향으로 정향화하는 것은 작고 큰 권력에의 의지이다. 자본주의의 시장 논리 속에서 이 모든 것은 이윤 추구의 강박이 된다. 판타지의 자유는 이 강박에 봉사한다. 판타지의 자기실현은 시장의 상품으로 구체화된다.

아우어바흐의 리얼리즘의 역사를 다시 한 번 되돌아봄에 있어서 거기에 움직이는 근본 원리와 그것의 오늘의 위상에 대하여 반성을 시도해 본 것이 위 글이다. 그것이 너무 긴 글이 되었다. 오늘의 상황에서, 아우어바흐의 생각은 구시대에 속하는 것으로 보인다. 그가 추적하고 있는 역사가 3000년에 걸치는 것이라는 것을 생각하면, 그 역사 모두가 오늘의 역사에 대하여 하나의 긴 전사(前史)가 아닌가 하는 생각이 든다. 그러나 역설적으로 바로 그러하기 때문에, 문학과 역사와 인간에 대한 그의 성찰은 오늘의 시대에 특히 중요한 의미를 가진 것이라고 할 수도 있다. 그가 생각한 대로, 그가 말하는 리얼리즘의 문학이 탐색해 온, 모든 사람의 일상적 삶의 심화와 풍요화에 의지해서, 인류 사회가 차이와 세계사적 갈등을 해소하고, 하나의 공동체로 나아가는 것이 세계사의 진로라고 한다면, 이 삶의 현실과 진리를 밝혀 보려는 문학의 역할은 아직도 끝나지 않았다고 할 것이다.

『미메시스』의 재출간을 생각하고 그것을 위하여 노력한 민음사의 여러 분들께 깊은 감사를 드린다.

(2012년)

생명이 있어야 할 자리

'살아야겠다'는 의지

아우구스티누스는, 시간은 생각하지 않고 있으면 다 알고 있는 것이지만 그것에 대하여 생각하려면 가장 알 수 없는 것이 된다고 말하였다. 생명의 경우도 이것은 마찬가지이다. 그것은 우리가 다 알고 있는 것이면서, 그것에 대하여 생각하려는 순간, 그것은 알 수 없는 것이 되고 만다.

생명에 대하여 우리가 알지 못한다는 것은 그것의 형이상학적 본질, 또는 그것의 의의에 대하여 알지 못한다는 것일 수도 있고, 또는 더 과학적으로 생명의 생화학적 근거를 아직까지는 정확히 알지 못한다는 것일 수도 있다. 우리가 생명을 알고 있다는 것은 우리 모두가 그 한복판에 있으며, 또 그것 없이 한시도 우리 자신의 존재의 부지를 생각할 수도 없기 때문에, 산다는 것의 느낌을 우리 모두가 다 맛본 바가 있다는 말이다. 그렇기는 하나, 어떤 경우에도 생명이 어떤 것인가를 정면으로 대어놓고 따져 들어가면, 형이상학적으로나, 과학적으로나 일상적 느낌으로나 분명하게 가려서 대답하기가 어려운 것은 사실이다.

대체로 우리가 생명에 대해서 직접적으로 가지고 있는 앎은 그 본질에 대한 것이라기보다는 '살아야겠다'는 생명에의 의지이다. 물론 이것은 늘 강한 의지의 형태로 우리에게 체험되기보다는 막연한 지속성의 느낌으로 있지만, 이것이 위기에 처해서는 강한 의지의 형태로 바뀔 것이라는 것을 직감적으로 알고 있는 것이다. 하여튼 우리는 모두 '살아야겠다'는 의지를 가지고 있고, 또 이것을 우리 동료 인간, 또 다른 생명체, 중생도 가지고 있는 것을 인정한다. 여기로부터 우리는, 그 궁극적인 근거가 무엇이든지 그에 상관이 없이, 모든 생명은 존중되어야 된다는 윤리적 명제를 끄집어내기도 한다.

그런데 이러한 생명에의 의지란 각도에서 생명에 대하여 아는 경우도 우리의 일상적인 앎은 매우 초보적인 느낌 이상의 것이 된다고 주장하기는 어려운 일이다. 살아야겠다고 느끼고 생명을 존중한다고 할 때, 그것은 반드시 무조건적인 최소한도의 생명의 보전만을 지칭하는 것은 아니다. 어떤 경우에 사람들은 구차한 조건 속에서 목숨을 부지하는 것보다는 차라리 죽는 것이 낫다고 생각하고, 또 그러한 생각에서 스스로의 죽음을 선택하고, 또 다른 생명체에 대한 우리의 판단에서 그들의 삶의 조건이 죽음만 못하다고 결정하기도 한다.

생명 충족의 전제 조건

세상만사가 그러하듯이, 생명의 경우도, 그것을 가능하게 하고 또 우리로 하여금 그것을 바람직하게 하는 여러 조건들이 있다. 우리가 생명을 귀하게 생각한다면, 그것은 이 조건들을 아울러 포함하여 그렇게 생각하는 것일 것이다. 다만 어떤 조건들은 다른 조건들에 비하여 덜 중요하기 때문에 어느 정도의 손상이 있더라도 그것들이 충족되지 않는 상태를 그대로 참고 견딜 수 있다고는 생각하는 것이다. 다시 말하여 생명을 받아들일 때, 우리는 생명의 조건도 받아들이는 것일 터이다.

그러나 이 조건에 대하여 우리는 잘 알지 못하고 있다. 이 조건은 단순히 우리의 의지적 또는 도덕적 선택을 말하는 것이 아니다. 물론 그것도 포함할 수 있지만, 더 기본적인 차원에서 생명이 제대로 기능하는 상태에 있으려면 필요한 기본 조건을 말하는 것이다. 모터가 제대로 움직이려면, 일정한 연료가 공급되어야 하고, 모터실의 환기 상태와 실내 온도가 어떤 것이어야 하고 — 이것과 같은 의미에서 말이다. 그러나 이외에도 생명의 기능이 최선의 상태로 유지되려면 어떤 상태에 있어야 한다는 조건들이 있을 것이다. 우선 생각할 수 있는 것은 말할 것도 없이 먹이를 필요로 한다는 것과 같은 생물학적 또 생화학적·생물리학적 요건들이다. 이 점에 대하여 우리는, 적어도 상식의 차원에서는 초보적인 지식밖에 가지고 있지 않다.

가령 사람의 생명의 경우, 무슨 먹이가 생명의 온전한 또는 건강한 유지에 필요한 것인가? 공기 상태는 어떠해야 하는가? 물은 어떤 물이 좋은가? 주거 환경은? 이러한 질문들은 초보적이면서도 중요한 것이다. 그리고 주지하다시피 인간의 문명이 환경의 제약에 부딪치고 있다는 증거가 도처에서 드러나고 있는 지금에 와서 이러한 질문은 피할 수 없는 것이 되었다.

그런데 대체로 우리의 전통은 생명의 사실적 조건에 대한 고찰을 별로 중시해 오지 않았다. 그리하여 인간 존재를 너무나 철학적·도덕적 관점에서만 보아 온 혐의가 있다. 어떻게 보면 철학이나 도덕은 우리의 자의적인 의사와 소망을 밖에다 투영한 것이기 쉽기 때문에, 있는 대로의 사실에 순응하는 것이 진리의 태도라고 한다면, 주관적인 철학이나 도덕은 오히려 비철학적이고 비도덕적인 것일 수 있음에도 불구하고 우리는 사람이 먹어야 살며, 이것이 모든 사람에게 적정한 것으로 확보되기까지는 개인적으로나 사회적으로나 평화로운 삶이 불가능하다는 가장 초보적인 사실까지도 우리의 모든 사고의 대전제로 인정하기를 꺼려하는 경우가 있어 왔던 것이다.

부자연스러움의 극복

사람이 먹어야 사는 존재라고 할 때, 아무것이나 아무 상태에서나 먹기만 하면 된다는 말은 아니다. 여기에는 또 우리의 주관적인 선호의 문제만은 아닌 조건들이 있다. 이러한 문제는 기본적인 생물학 이외에 좀 더 넓은 관찰, 생태학적·진화론적 또 어떤 경우에는 심리학이나 사회학의 관점에서의 고찰이 필요하다.

우리는 신문에서 사람을 물고 또 물어 죽이는 개의 이야기를 본다. 이런 뉴스와 더불어 우리가 듣는 이야기는 개를 풀어 놓아두어서는 안 되고 풀어 놓는 것을 철저하게 단속하여야 한다는 것이다. 이것은 사람 무는 개에 대한 즉각적인 대처 방안으로는 옳은 것이다. 그러나 개를 키워 보고 관찰해 본 사람은 다 아는 일로 개는 묶어 놓을수록 사나워지고, 넓은 공간에 자유롭게 풀려 있는 개는 오히려 사납게 만들기가 더 어렵게 되기도 한다. 이것이 옳은 관찰이라면, 개를 묶어 놓으면 놓을수록 사람이 사나운 개에 물리게 되는 일은 빈번하게 일어날 수도 있는 것이다. 물론 그렇다고 무조건 풀어 놓는 것을 맹견에 대한 대책으로 권장할 수 있는 것은 아니다. 개와 사람이 공생을 기하는 한, 개는 사람의 요구 조건을 어느 정도 받아들이고 이를 감내할 수밖에 없다.(사람이 개에 대하여서도 어느 정도의 양보가 있어야

겠지만.) 또 사람과 개 사이에는 건너뛸 수 없는 자연적 경계가 있고, 이 경계는 야성의 골짜기로 나누어져 있다.

그러나 여기에서 내가 이야기하고자 하는 것은 삶의 근본 조건에 어긋나는 방책으로서 근본적인 평화적 균형을 얻고자 할 수 없다는 점이다. 우리는 별생각 없이 우리 자신 이외의 생명에 대하여 우리 마음대로의 조건을 부과할 수 있다고 생각한다. 다시 개의 예를 들어, 우리는 매우 짧은 줄로 매어 있는 개가 같은 자리에서 먹기도 하고 자기도 하고 또 똥오줌도 누고 하는 것을 흔히 본다. 모든 동물에는 기본적인 청결 감각이 있다.(사람이 더러운 것을 즐긴다고 생각하는 돼지까지를 포함하여) 개가 같은 자리에서 모든 생물적 기능을 다하지 않을 수 없게 되는 것은 부자연스러운 일이다. 우리와 같이 각박한 생존 조건에서 개의 그런 문제까지 신경을 쓸 수야 없겠지만, 개 자신이 그러한 환경에서 부자연스러운 느낌을 도저히 이겨 내지 못하리라는 것은 상상할 수 있는 일이다.

물론 이러한 상상의 의미는 사람에게도 타고난 생명의 조건들이 있는데 이것이 충족되지 않는 상태에서 우리가 사람의 문제를 생각하려는 경우가 있지 않겠느냐 하는 의심을 갖게 한다는 데 있다. 사람의 경우, 우리는 너무 많은 것을 그 원인은 연구하려 하지 않고 금지와 단속으로만 문제를 해결하는 것은 아닌지 — 이러한 의심을 가져 볼 필요가 있다는 말이다. 가령 성도덕이 문란해지고 성범죄가 잦다면, 우리의 광고·대중 매체·오락의 모든 것이 성적 암시에 넘치는 노출된 육체를 과시하는 판에, 그것에 끌리는 청소년을 단속만 하여 선도할 수 있을 것인가? 이것은 재산상의 범죄에도 그대로 해당되는 일이다. 이러한 예들은 직접적으로 생물학적 원인에서 나오는 것이 아니라고 할 수 있을는지 모른다. 성 문제의 경우는, 아마 인간 생존의 생물학적 근거에 더 직접적으로 관계되는 것은 청소년의 성 충동의 존재조차도 인정치 않으려는 청교도주의의 부자연스러움 같은 것일 것이다.

사람이 사는 일에 있어서 생명의 근본 흐름이라는 점에서, 무엇이 자연스럽고 무엇이 덜 부자연스러운 것인가? 모든 것을 인간 스스로가 만들어 낸 문화에 돌리는 사람은, 자연이 어디에 있느냐, 모든 것이 문화라고 할지 모른다. 이것은 단순히 우리가 우리 주변에서 아는 문화, 지난 100년 동안, 300년 동안, 또는 5000년 동안이 아니라 사람이 생물학적 존재로서 이 세상에 존재해 온 장구한 역사를 통해 본 문화적 발전을 포함하여서 하는 이야기라면 옳은 이야기일 것이다.

공격 본능이 생활 공간을 확보해

가령, 아프리카의 올두바이 계곡에서 발견된 300만 년 전의, 우리의 원숭이 조상은 벌써 사회생활의 흔적을 남겨 놓았다고 한다. 그들은 먹이를 먹을 때에 먹이가 있는 현장에서가 아니라 여럿이 모여서 먹을 수 있는 장소에 먹이를 한데 모은 다음, 먹은 것 같다고 한다. 이것이 옳다면, 사람을 순전히 개인주의적인 동물로 보고 그렇게 행동하게 하는 것은 수백만 년 동안 형성된 습관 또는 본능을 어기는 일이다. 이보다 작게는, 우리가 오늘날도 음식이 있을 때 빈말로라도 한자리에 있는 사람에게 같이 먹을 것을 권하지 않고는 불편한 느낌을 면할 수 없는 것 같은 일은 수백만 년에 걸쳐 다져진 본능에 소급해 가는 느낌일는지도 모를 일이다.

그러나 인간의 본성을 지나치게 사회적으로만 볼 일도 아니다. 올두바이 계곡의 원숭이들은 가족생활의 흔적도 남기고 있다고 한다. 어떤 극단적인 사회사상가들은 가족이 모든 이기적 불화의 씨앗이라고 생각하고 가족을 폐지하고 이것을 사회 전체라는 대가족 속에 통합시켜야 한다고 주장하였다. 그러나 이것이 아무리 좋은 생각이라고 하여도 가족이 올두바이 시대로부터 계속되어 온 것이라면 이것을 현실화할 수는 없을 것이다. 더 나아가 인간의 이기적인 충동도 인간성의 일부인 것은 사실이다. 인간의 이기적 충동의 밑바닥에 있는 인간의 공격성에 언급하여, 콘라트 로렌츠(Konrad Lorenz)는 생물의 공격 본능이 종(種)의, 생활 공간에의 균일한 확산을 보장해 준다고 주장한 바 있다. 이와 같이 공격성이나 이기적 충동이 종의 생존에 깊이 관계되어 있다면, 그것을 없애려는 어떤 시도도 부질없는 것이 될 것이다.

이러한 사례 이외에도 지금까지 발견되고 또는 발견되지 아니한, 지구상에서 생명이 진화하는 과정에서 생긴 항수들이 있을 것이다. 북유럽에 있는 레밍이라는 동물은 무리가 팽창하여 사는 공간이 지나치게 조밀하여지면, 집단적으로 물에 빠져 죽는다는 것이 널리 알려진 사실이다. 에드워드 홀은, 동물생태학의 관점에서, 많은 동물들이 개체와 개체 사이에 일정한 공간을 유지할 필요를 가지고 있음을 관찰하고, 사람도 이러한 개체 간의 공간의 유지를 필요로 한다는 것을 말하였다.(그는 이것이 문화에 따라서 다르게 나타난다고 말하기는 하였다.)

진화 과정에서 남은 인간성의 항수들

오늘날 사람의 많은 문제는 부자연스러운 밀집 현상에 관계되는 것인지도 모른다. 해결할 수 없는 문제를 낳는다는 뜻에서만이 아니라 그것이 사람의 본능에 어긋난다는 의미에서 밀집은 그보다 직접적으로 일종의 집단정신 혼란, 집단 히스테리의 원인이 되는 것이 아닌가 하는 것이다. 사람의 진화론적 역사와 관련해서 생각나는 것을 또 들어 보면, 사람은 대부분의 진화 과정을 통해서 산과 강과 나무들로 이루어진 자연환경 속에서 살아온 것으로 생각되고 있다. 그런데 오늘날과 같은 콘크리트의 사막에서 사람이 정신 불안정을 경험하지 않고 얼마나 버틸 수 있을는지는 알 수 없는 일이다.

등산 인구의 증가는 자연 상실로부터 출구를 찾으려는 자연스러운 노력이 아닌지? 도대체 오늘날 '레저' 운운하는 오락 행위의 추구는 산업 발달의 혜택이 아니라 그 병폐의 한 증후라고 하는 것이 옳지 않을는지……. 우리는 사람의 진화 과정과 관련해서 이러한 생각을 해 볼 수 있는 것이다. 또는 오늘날의 사회에서 1년 365일 아침 9시에서 5시까지(8시간 노동제가 지켜진다고 가정하고) 규칙적인 노동을 해야 하는 것은 자연스러운 일인가? 적어도 이러한 격렬하고 규칙적인 노동 관습은 더 자연스러운 리듬에 따라서 놀고 일하던 시대의 인간적 특징을 대체하려는, 기껏해야 지난 100년 또는 200년 동안에 도입된 새로운 발명임에는 틀림이 없다.

진화의 역사와 관련이 되어 있으면서, 우리의 육체보다는 정신의 능력에 관계되는 인간성의 항수들도 사람이 삶을 영위해 나가는 데 생각해야 할 요인들이다. 가령 언어학자들은 사람이 새로 언어를 습득할 수 있는 능력은 열두서너 살을 경계로 급속히 저하된다고 말한다. 이것을 생각지 않고 언어 교육을 계획하는 것은 많은 낭비를 가져올 것이다. 사람의 학습 능력은 스물두서넛을 경계로 감퇴하는 증후를 보이기 시작한다고 한다. 사람의 지능 발달을 집중적으로 연구한 장 피아제(Jean Piaget)에 의하면, 사람의 추상 능력, 수학적 개념을 파악할 수 있는 능력은 여덟 살 이후에 나타난다고 한다. 이러한 것들을 참고하지 않는 교육 계획은 무모한 것이기 쉽다. 이외에도 심리학에서 인간의 생득적 한계에 대한 발견은 무수히 많겠으나, 이를 새삼스럽게 들 필요는 없는 일일 것이다.

'하면 된다'의 윤리성

위에서도 잠깐 비추었지만, 사람은 주어진 대로의 생물학적 조건에 따라 살기보다는 문화적으로 삶의 조건을 형성하면서 사는 존재라고 할 만한 이유는 충분히 있다. 다만 이것도 사람의 마음대로만은 할 수 없는 필연의 성격을 가지고 있다는 것을 잊지는 말아야 할 것이다. 그리고 어떤 진화론자나 인류학자가 말하듯이, 사람이 만드는 문화는 생물학적 조건들과 밀접하게 관련하여 발달함으로써 생물학적 진화에까지 영향을 주었다고 말할 수도 있는 것이다. 그리하여 그것은 거의 생물학적 차원의 필연성을 가지고 있다고 말할 수 있는 것이다.

인간이 삶을 영위해 가는 데 있어서 빼놓을 수 없는 문화적 항수가 무엇이냐 하는 것을 여기서 일일이 따질 수도 없고 또 그것은 논란의 여지없이, 이것 이것이다 하고 쉽게 가려내기도 어려운 일이다. 그러나 우리가 흔히 이야기하는 도덕적 가치, 정치적 이상, 가령 자유·평등·정의·정직·우애 등도 단순히 우리가 억지로 배워서 채택하는 이상이라고만은 할 수 없는 생물학적 근거에 연결되어 있는 생존의 근본 조건이 아닌가 하고 생각해 볼 수 있다. 아마 아무런 교육적 노력이 없더라도 사람은 이러한 가치와 이상이 실현되지 아니한 환경 속에서 살 때, 정신적 혼란과 신체적 불안정을 경험하지 않을 수 없을 것이다.(잔인한 생존 투쟁, 지배욕, 파괴 등을 사람의 본성처럼 이야기하고, 모든 좋은 이상들은 높은 사람들의 명령과 편달로만 실현될 수 있는 것처럼 이야기하는 경향이 있지만, 이것은 우리 사회가 자연스러운 균형으로부터 얼마나 떨어져 나왔는가를 나타내는 증후에 불과하다.)

생명이 온전하게 유지되는 데에는 충족되어야 할 조건이 있다. 그것은 진화와 문화의 발전을 포함한 역사 속에서 형성된 것이다. 우리는 단순히 목숨을 부지한다는 의미에서 생명을 생각하는 데에서 한발 더 나아가서,

이러한 역사의 과정에서 형성된 생명의 여러 조건들을 아울러 생각하여야한다. 그리고 그 모든 것이 생명의 내용을 이룬다. 생명을 존중한다면, 생명을 온전하게 하는 모든 조건을 존중하는 것이 옳다. 우리는 '하면 된다'는 소리를 많이 듣는다. 이것이 삶과 사물의 근본적 제약과 가능성에 상관없이 우리 마음대로 무엇이든지 할 수 있는 말이라면, 이것 또한 우리 사회가 얼마나 삶의 바뀔 수 없는 조건을 무시한 부자연스러운 상태에 떨어져 있는가를 나타내는 증표가 될 뿐이다. '하면 된다'는 것은 사람의 삶의 조건을 충족시키고 그것을 개화하게 하는 것일 때, 비로소 우리의 삶을 훼손하는 것이 아니라 증진시키는 의지의 표현이 될 것이다.

(1984년)

2장

교육과 문화

새로운 교과서 체제를 위한 제언

관권(官權)이 묵인한 부정

중고등 교과서 회사의 부정 사건이 커다란 물의를 야기하고 국민의 분격을 산 것은 그것이 국민 일반의 사회에 대한 통례적인 가정을 근본적으로 흔들어 놓는 것이었기 때문이다. 법적으로 볼 때 문제의 핵심은 탈세에 있다. 말썽이 됐던 탈세액의 크기는 많은 사람들에게 가장 중요한 의미에서의 사회적인 특권과 의무의 분배가 근본적으로 공정치 못한 것이라는 의심을 확인해 주는 것이었다.

경제적으로 부정의 의미는 교과서의 가격이 폭리 가격이라는 데에 있었다. 그리고 이러한 폭리 가격은 그것이 독점 가격이었기 때문에 가능하였고, 이러한 독점 가격은 관(官)의 협조 내지 묵인으로서만 가능하였다. 아무리 정부에 대한 일반적인 신임이 대단한 것이 아니었다고 하더라도 관의 가격 사정의 공정성에 대한 기대가 그래도 컸기 때문에 교과서회사의 부정을 조장한 문교 당국자들에 대한 분노는 그만큼 더 큰 것이었을 것이다. 다른 부정 사건들이나 마찬가지로 교과서 부정은 정부의 권위를 실추시키고 정부의 공정성에 대한 국민의 신임을 손상하였다. 이것이 교과서 부정의 정치적인 측면이다.

그러나 교과서 회사 사건에 대한 국민의 반응은 이러한 법률적, 경제적, 정치적 부정이라는 면에서만 이야기되어 버릴 수 없는 면을 가지고 있다. 탈세나 세금의 불공평에 대한 국민의 의심은 이번 사건에만 국한되는 것이 아니다. 적정 가격의 문제의 경우도 마찬가지다. 사실 따지고 보면 생산 원가와 납득할 만한 이윤 계산에 기초한 시장 가격은 오늘날의 현실에서 차라리 예외에 속한다고 하는 것이 옳을 것이다. 물론 이번 사건에 관여되어 있는 상품이 국민 생활의 기본적인 사항을 이루고 또 다수의 국민에 관계된다고 할 수는 있다. 그러나 따지고 보면 사람들이 시장에서 구입하는 대부분의 상품이 의식주의 관계되는, 그야말로 생존의 필수품이라고 할 때 교육은 오히려 그렇게 필수적인 것이라고 생각할 수도 없는 것이다. 당장에 목숨을 부지하는 데 필요한 물건들의 경우에 있어서 참으로 적정한 가격이 성립되어 있는 것일까?

사회에 만연한 그릇됨의 한 단면

이러한 여러 고려에도 불구하고 교과서 부정의 문제에 대한 여론의 격렬한 반응은 그럴 만한 이유를 가진 것이라고 보아야 한다. 그것은 그러한 사건이 교육의 분야에서 일어났기 때문이다. 당장에 굶어 죽는다거나 얼어 죽는 경우가 아니라면 오늘날 사회 전체의 생존의 질서를 규정하고 정당화해 주는 것이 교육이라는 것을 사람들은 알고 있다. 그리하여 교육에 있어서, 또 교육에 관계되는 모든 일에 있어서 공정성의 기대는 어느 분야에서보다 큰 것이다.

물론 이러한 실제적인 이해의 면에서 국민이 사회의 기본 질서에 대한 신임을 요구한다는 외에 여러 가지 다른 요인들도 작용하고 있을 것이다. 거기에는 교육의 신성함에 대한 전통적인 믿음도 작용하고 있을 것이고, 오늘날의 사정이 어떤 것이든지 다음 세대만은 보다 밝은 세계 속에서 살아 마땅하다는 믿음도 작용할 것이고, 무엇보다도 모든 일에 있어서 사람이 근본을 이루는 것이며, 이 근본으로서의 사람이 바르게 있지 못할 때 다른 모든 것이 그릇되게 마련이고, 이런 인간 형성에 교육이 관계된다는 막연한 인식도 작용하고 있을 것이다. 교과서 부정에 대한 격렬한 반응은 이러한 여러 가지 기대에 관련되어 있다. 동시에 여기에 표현되어 있는 것은 어떤 지엽적인 잘못의 시정에 대한 요구가 아니라 우리 사회의 기본적인 질서에 대한 믿음을 바르게 하여야겠다는 요구이다. 어떻게 보면 이것은 매우 순진한 요구이지만, 또 순진한 대로 확보되어야 할 최소한도의 요구라고 인정하지 않을 수 없는 요구이다.

교과서의 단일화와 그 문제점

이미 일어난 부정은 사직 당국에 의하여 가려질 것이지만, 이제 필요한 작업은 바른 교과서 체제의 수립이다. 이것은 다각적인 고려에 입각한 것이어야 할 것인데, 우선적으로 이미 드러난 부정의 요소를 제거한 것이어야 함은 말할 것도 없다. 이 작업은 단적으로 적정한 가격 또는 최소한도의 경비를 제한 다음 산출해 낼 수 있는 가장 싼 값을 확보하는 문제로 좁혀질 수도 있을 것으로 보인다.

그러나 여기에서 주장하고자 하는 것은, 적어도 오늘날의 여건에서 교과서의 값을 시장 가격의 원리에 매어 두는 한 적정가를 유지하는 것이 매우 어려울 것이라는 점이다. 한편에서 주장되고 있는 것은 다시 한 번 교과서를 자유 시장의 경쟁에 방임하는 것을 원칙으로 하면서 문교부의 검인정권을 강화하여 수준 저하와 과다 경쟁의 폐단을 막자는 것이다. 그런 다음 가격 사정을 한층 엄격히 함으로써 적정가를 확보하자는 의론이다. 관권과 상업 이익의 밀착을 가능하게 하고 부정 사태의 원인이 되게 한 현행 체제를 폐지한다면, 아마 이러한 주장 — 결국은 교과서 단일화 이전의 상태로 돌아가자는 이러한 주장이 유일한 대안처럼 보인다. 그러나 사실 원상 복귀가 문제의 해결을 가져올는지는 심히 의심스러운 노릇이다. 구구하게 폐단을 따지지 않더라도 교과서 단일화의 결정이 이루어진 것은 자유 경쟁의 시장 원칙의 폐단을 교정하자는 것이었다. 시장 경제의 원리는 경제 인간의 사사로운 이윤의 추구가 공익의 증진에 기여한다는 것이나 오늘의 상황에 이러한 시장 경제의 공리가 그대로 적용된다는 것도 의문이나, 교육과 같은 핵심적인 부분에서 다른 방책이 없다면 모르거니와 교육 효과의 향상을 이윤 추구의 자의성에 맡긴다는 것은 극히 위험스러운 일이라 할 수밖에 없다. 교과서 부정 사건이 가르쳐 주는 것이 있다면 그것은 교육과 이윤 추구와의 관계를 단절해야 한다는 것이다.

필요한 것은 교육의 문제를 교육의 문제로서만 고려할 수 있는 공간을 만들어 내는 것이다. 이것은 어떤 종류의 것이든지 간에 교과서 문제를 담당하는 자가 사사로운 이윤이 아니라 공익을 대표할 수 있는 자라야 한다는 것을 요구한다. 검인정 교과서의 단일화는 그것이 공공 책임의 증대에로 나아가는 것이었다는 점에서 원칙적으로 바른 방향으로 나아가는 움직임이었다고 해야 할 것이다. 잘못된 것은 그러한 움직임이 사사로운 이해관계를 끊어 버리는 것이 아니라 그것과의 더욱 흉악한 밀착을 가져올 수 있는 요인을 지닌 것이었다는 점이었다. 문제의 해결은 이러한 요소를 제거하는 데에 있다. 부정 사건에 대한 반작용으로서 보다 개방적인 시장 경제의 원칙을 받아들이자는 것은 사태의 근본을 잘못 보는 것이다. 아마 국민이 참으로 요구하고 있는 것은 그것이 아무리 엄정한 규율에 의하여 통제되는 것이라 하더라도 새로운 노름판을 차리라는 것이 아니라 노름판을 아주 폐지하라는 것일 것이다. 사실 따지고 보면 적정가의 문제가 아니라, 교과서가 이윤 추구에 연결되어 있다는 그 사실이 문제인 것이다.

교과서 국정화(國定化)와 정부의 책임

이렇게 이야기하고 하고 보면, 지금 필요한 것은 모든 교과서의 국정화처럼도 보인다. 그러나 많은 사람들이 국정화에 대하여 가지고 있는 의구심도 전혀 근거 없는 것이 아님은 물론이다. 교육이 상업 이윤에 예속되어서 아니 되는 것이라면, 그것이 어떤 단기적인 정책 목표나 이데올로기에 제약되는 것도 똑같이 우려할 일이다. 국정화는 바로 이러한 우려를 현실화할 수 있다. 어떤 경우에 있어서나 관은 권력을 독점하고 있는 만큼 이성적인 토론에 널리 호소할 필요를 덜 느끼게 마련이고, 자연히 그 사고 작용이 폐쇄적이고 협량한 것이 되기 쉽다. 또 누가 관권 자체의 고정성을 보장해 줄 수 있겠는가. 교과서의 문제에 있어서 시장의 원칙을 받아들여야 한다는 주장의 상당 부분은 이러한 관에 의한 독점 관리의 폐단을 고려한 데에서 나오는 것일 것이다. 그러나 이러한 폐단을 생각하더라도 시장의 자유가 아니라 공공 책임의 원리가 적어도 교과서의 경우에 적용되어야 한다는 것은 흔들릴 수 없는 것이다. 극단적으로 교과서의 완전 국정화를 채택한다 하더라도 우리가 생각하여야 할 것은 상업 출판사들이 책임을 지는 것은 실질적으로 정부 당국에 대하여서지만, 정부는 어떠한 제약하에서도 적어도 국민에 대하여 조금은 책임을 지게 마련이라는 사실이다.

아마 하나의 타협안으로서 생각할 수 있는 것은 문교부가 교과서 위원회 같은 것을 구성하여 교과서의 문제를 관장하게 하는 것일 것이다. 이 위원회는 분과별로 구성하되 최대한도로 학계의 가장 발전적이고 대표적인 견해와 사회와 가정의 현실적인 요구를 널리 반영할 수 있는 것이어야 할 것이다. 그러기 위해서 이러한 위원회가 일부 소위 권위자로 생각되는 사람들에 의하여서만 구성되어서는 아니 된다는 점을 특히 기억하여야 한다. 어떠한 학문 분야에 있어서도 완전히 보편적이고 절대적인 권위를 구현하고 있는 사람은 있을 수 없다. 하나의 학문은 한 사람, 또는 몇 사람에 의하여서가 아니라 학문 공동체에 의하여 보편적 이상에 가까이 간다. 학계의 교과서 위원회 참여는 이 공동체를 대표하는 것이라야 한다. 그러기 위해서는 학문의 다른 유파 학계에 있어서의 연령상으로 노장청(老壯靑)의 넓은 참여를 기하는 것이 중요할 것이다. 이 위원회의 작업은 널리 공개될 수 있는 것이어야 하며 또 위원회의 임원은 일정한 기간을 두고 교체되어야 한다. 교과서 위원회의 일은 주로 교과서의 편찬과 수정이 될 것인데, 이 위원들이 교과서의 저자가 되는 경우 그들의 보수가 공정하게 평가된 작업비 이상의 것일 필요는 없다.

교과서공사는 결코 이권 기관이 될 수 없다

그런데 교과서의 출판과 공급 그리고 경리 운영 ── 이러한 문제들을 교과서 위원회에서 떠맡을 수 없는 것은 자명하다. 이러한 운영의 문제를 해결하기 위해서는 국책 회사로서 교과서공사와 같은 것이 필요하다. 이것이 또 하나의 이권 기관이 될 가능성을 철저히 봉쇄하여야 한다는 것은 말할 것도 없다. 이것은 최소한도의 가격으로 교과서를 공급하는 일만을 그 목적으로 하여야 할 것이다.

그런데 이 최소한도의 가격이란 것은 해석에 따라서는 유동적인 것으로 생각된다. 그것은 그야말로 생산 원가와 경상비에 한정될 수도 있고 어느 정도의 적정한 수준의 이윤까지를 산입한 것일 수도 있다. 교과서공사에서 후자의 최소를 택하는 경우 이윤은 교육적 목적에 봉사하는 여러 사업에 재투자될 수도 있을 것이다. 이러한 재투자가 바르게 사용만 된다면, 이윤을 계산한 최소가를 채택하는 것도 그만한 이익이 있을 것으로 생각된다. 또 이윤이 납득할 만한 용도를 발견한다면 국민이 약간의 부담에 큰 불평을 갖지도 아니할 것이다.

사실 냉정히 생각해 볼 때, 종전의 교과서 값도 다른 물건과 완전히 동일한 상품이라는 관점에서 본다면, 그 단위 가격이 지나치게 높은 것이었다고 말할 수는 없는 것이다. 국민의 분노는 단위 가격의 인하에서 생기는 차액을 돌려받자는 뜻에서보다도 단위 가격의 총화가 이루는 엄청난 액수가 부당하게 또 개인적인 치부를 위하여 사용되었다는 데에서 연유하는 것이었다. 이렇게 볼 때 교과서공사의 어느 정도의 이윤은 받아들여질 수 있는 것일 수도 있는 것일 텐데, 그러한 이윤을 계상하는 경우, 아마 그것이 제일 적절하게 사용될 수 있는 곳은 바로 교과서대를 지불하는 학생들 자신의 교육 환경을 개선하는 일일 것이다. 중고등학교의 입시 제도 폐지 이후 학교 수준을 고르게 하여야 한다는 이야기가 많이 있었으나, 그러한 평준화를 위한 노력이 크게 추진되고 있지는 않는 것 같다. 교과서에서 나오는 이윤은 이러한 일에 사용될 수 있는 것이 아닌지 모르겠다.

여기서도 중요한 것은 다시 한 번 말하여, 교과서 수익이 참으로 공정하게 사용된다는 것이다. 공정성을 위해서나 사실상의 필요로 보나, 이 돈의 용도는 구체적인 데 한정되어야 한다. 그 용도는 위에서 말한 대로, 교육 환경의 개선, 즉 중고등학교 교사의 노동 시간 감소, 교실 수 확보, 교실당 학생 수의 감소, 실험 도구의 구입 등등 매우 실제적인 개선 작업에 한정되는 것이 가장 좋을 것이다. 이러한 교육 환경에의 투자는 교육의 핵심에 관계되는 일이다. 어떤 의미로는 교육에 있어서 가장 중요한 것은 무엇보다도 인적 물리적 교육 환경의 확보인 것이다. 교육의 본질이 훈련보다 성장에 있다고 할 때, 성장이 필요로 하는 것은 적절한 환경이고 다른 것들은 모두 보조 수단에 불과하다.

돈의 용도에 대한 구체적인 명시 외에, 교과서 회사를 바르게 운영하는 데 필요한 조치는 많이 있을 것이다. 하나의 원칙으로 지적될 수 있는 것은 그 인사나 운영이 어디까지나 공개적이고, 전 교육계 내지 국민의 감시 속에 행해지는 것이어야 하고, 그것이 또 하나의 밥벌이꾼의 밥벌이판 또는 노름판이 되어서는 안 된다는 것이다. 교과서공사가 다른 교육 사업을 떠맡고 보면, 그 이름을 교육공사 정도의 보편성을 띠어야 할 것이라는 생각이 든다. 사족으로 부언해 둔다.

(1977년)

시험은 불가피하지만
편의상 고안에 불과한 것일 뿐

시험은 늘 고통스러운 것

지난해 11월 22일에는 전국 대학 지망생이 예비고사를 치렀지만 이러한 시험이 아니라도 인생의 여로에는 특히 젊은 시절에는 무수한 시험이 놓여 있다. 가다가는 시험에서 보람과 기쁨을 느끼고 시험은 많을수록 치열하게 경쟁적일수록 좋다고 생각하는 사람이 없지 않는 듯하지만 대부분의 사람에게 그것은 고통스러운 것이다. 그러나 시험은 불가피한 것으로 보인다. 그래도 그것이 그 자체로 값있는 것이라고 하기는 어려운 일이다.

어떤 사람들은 가령 높은 학교는 될 수 있는 대로 들어가기 어려운 것이 당연하다고 생각한다. 달리 생각해 보면 좋은 학교에 들어가는 데 시험이 필요한 것은 불가피한 사회적 인간적 제약 때문이다. 수용할 수 있는 시설이 있어서 모든 지망자를 수용한다면 얼마나 좋은 일이겠는가. 풍부한 인적 물질적 자원이 각각 종류가 다른 재능과 정도가 다른 지능을 가진 사람들을 위하여 그들에게 맞는 교육을 베풀 수 있다면 좋은 학교는 입학생을 제한할 이유가 없을 것이다. 사회의 고용 능력이 한없이 탄력적인 것이어서 좋은 학교에서 공부한 학생 모두에게 적절한 자리를 마련해 줄 수 있다면 구태여 시험이 필요할 것인가.

입학 제한은 사회적 요인

이러한 조건들이 만족될 날은 멀고도 먼 훗날일 것이다. 그러나 이러한 조건들을 생각함으로써 많은 사람의 불합격이 아니라 모든 사람의 입학이 원칙이며 시험을 통한 입학설의 제한은 사회적 인간적 요인으로 인한 불가피한 일임을 확인할 필요는 있다. 이 확인은 적어도 사회적 관용성을 넓혀 줄 수 있을 것이다.

이러나저러나 시험에 의한 급락은 사회적인 것이다. 시험은 절대적인 의미에서가 아니라 대부분 사회적 필요의 기준에 의하여 사람을 시험하는 것이다. 시험이나 측정은 비교한다는 것을 뜻한다. 이때 비교의 두 항목은 자연과 인간, 사회와 인간, 인간과 인간이다. 다만 시험에 있어서 비교의 한 항목은 어떤 절대적 기준처럼 보일 뿐이다. 자기 나름만의 재능, 자기 나름만의 삶은 비교될 수도 없고 따라서 재어질 수도 없다. 스스로의 독창적 삶을 살려는 사람에게 획일적 시험은 아무런 의미도 가질 수 없다. 거꾸로 시험을 통과하는 사람은 그의 자질에 대하여 절대적인 인정보다는 사회적인 인정을 얻는 것이다. 그런데 시험에 인정되는 것이 무엇이든지 간에 그것이 어떤 특권의 근거가 될 이유는 없다. 사회의 관점에서는 그것은 특권의 허용보다는 봉사에의 요구를 나타낸다. 시험에 의한 사회적 인정은 사회의 필요에서 나오는 것이기 때문이다.

그런데 입학시험, 대학 입학시험을 통하여 사회가 선택하려고 하는 사람은 어떠한 사람일까. 적어도 오늘날의 시험 제도와 내용으로 보아 독창적 인간, 자기가 선택한 어떤 일에 깊이 몰두하고 거기에서 특출한 재능을 나타내고 기르는 사람, 자신의 일에 보람과 기쁨을 가지고 전진할 수 있는 사람이 아닌 것만은 분명하다.

주체 작용 개입은 불허해

오늘날 대입 학력고사에 포함되어 있는 16개 과목에 고르게 숙달할 수 있는 젊은이는 천재적 만능인이든지, 자신으로부터 완전히 소외된 인간일 것이다. 소외인이라고 하는 것은 평면적이고 단편적인 지식을 무한히 흡수하는 데에는 일관적 주체 작용이 개입할 수 없기 때문이다. 하여간 16개 과목에 걸친 객관 테스트에 통과되는 데 필요한 것은 순응적이고 비개성적이고 자기 소외적인 능력일 것으로 보인다.

16개 과목을 모두 시험에 포함시키는 것은 고등학교 교육이 편벽된 것이 되지 않게 하려는 의도에서 나온 것이라, 객관 테스트는 공정성과 응시자의 규모라는 관점에서 불가피한 것이라 할 수 있을 것이다. 그러나 이러한 점을 참작한다 하더라도 16과목을 다 시험할 필요가 있을까. 몇 개의 과목만을 지정하는 것이 폐단이 있다면 지망 학과에 따라서 4, 5개의 과목을 선택하게 하는 방법도 있을 것이다.

이 과목은 일률적으로 지적하는 것보다는 대학의 과에서 정하는 것이 좋을는지도 모른다.(A대 화학과에서는 국사, 국어, 수학, 물리, 화학을 요구하고 B대학 화학과에서는 국어, 영어, 수학, 생물, 화학 등을 요구하는 식으로.) 객관적 테스트는 전국적인 규모의 시험에서는 불가피한 것일 것이다. 다만 이것은 학교별로 다른 방식의 시험에 의하여 보충될 수 있을 것이다. 이러나저러나 시험 과목이 줄어든다면 교육의 실질적인 내용에서 단편적 지식들이 차지하는 비중이 줄어지는 결과가 될 것이다.

제비뽑기나 마찬가지 돼

어떤 경우에나 시험이라는 것은 엄격한 테스트라기보다는 제비뽑기나 마찬가지로 사회 평화의 방법이라는 성격을 가지고 있다. 60점짜리와 50점짜리 사이에 참으로 의미 있는 자질상의 차이가 있을까. 아는 문제와 모르는 문제가 나오는 확률은 또 어떤가. 우연적으로 맞고 안 맞는 확률은? 주관적인 시험의 경우를 생각하면 각각 10점의 10문제가 나왔을 경우 각 시험 문제의 채점에 있을 수 있는 주관적 판단의 편차를 적어도 1점이라고 한다면 10문제에 100점의 차이가 생기게 될 것이다. 이것이 몇 개의 과목에 걸친다고 하면 그 차이는 엄청나게 커질 것이다.

시험은 불가피하기는 하지만 역시 편의상의 고안에 불과하다. 그렇다고 하더라도 또는 그러니만큼 그것이 공정의 기준과 양식의 범위를 벗어나지 않도록 하는 것이 중요하다. 물론 궁극적으로 시험의 부당한, 부당할 수밖에 없는 영향을 줄이는 길은 그것이 부당한 특권이 아니라 봉사의 길이 되게 하고, 시험으로 길러지지 아니한 재능과 삶에게도 자기실현의 기회를 최대한도로 부여하도록 하는 것이다.

(1984년)

오늘의 대학 입시제
어디에 문제점이 있나?

강요되는 획일성 때문

대중 매체에서 대학 입시 관계의 보도와 토론이 차지하는 비중은 가히 세계적일 듯하다. 이것은 우리 사회가 유달리 대학과 대학에서 탐구하는 진리에 대하여 갖는 뜨거운 관심을 반영하는 것일까? 그보다는 이것은 대학이 우리 사회의 특권 배분에 중요한 분기점을 나타내기 때문이라는 것이 옳을 것이다. 신문에서 이야기되듯이 대학 입시 제도에 문제가 있다면 대학과 사회적 특권의 배분이 이어지는 매듭부터 풀어 나가야 근본적인 해결이 있을 수 있을 것이다.

이러한 근본적 관점에서 문제를 다루지 않더라도 입시 제도에 문제가 있는 것은 부인할 수 없는 일이다. 그중에도 내 생각에 가장 중요한 것은 현행 제도가 강요하는 획일성이 아닌가 한다. 입학 전형은 개인적 요구와 사회적 필요가 절충되는 과정이다. 대체로 대학은 개인과 사회의 요구를 절충하여 성립한다. 입학하는 사람도 이 두 요구에 적응할 기대를 갖는다. 그는 대학에서 자기의 실현의 방법을 익히며 장래의 생업을 위한 기술을 습득하게 된다. 대학 교육에 작용하는 개인과 사회로부터의 두 가지 요구는 서로 마찰을 일으키기도 하고 조화되기도 한다. 이상적인 상태에서 개인은 사회가 부여하는 기회를 통하여 자기를 실현하게 마련이며 사회의 일은 개인의 자기실현에서 오는 활력에 힘입어 능률적으로 또 창조적으로 수행될 수 있다.

개인과 사회는 또 보람이라고 이름할 수 있는 내적인 과정을 통하여 조화를 이룬다. 자기실현은 할 만한 일, 보람 있는 일을 한다는 것을 말하고, 이 보람은 나만의 느낌이면서 사회 또는 그보다 큰 질서가 정하는 정당성의 질서 속에 존재하는 느낌이다. 또 사회는 이 보람의 느낌을 통해서 비판 수정되기도 한다. 보람이 중시될 때 사회가 무조건적으로 소외 작업을 개인에게 부과할 수는 없게 되기 때문이다.

개인과 사회에의 요구

대학에서 또는 일반적으로 교육에 있어서 문화 또는 교양의 의의는 이러한 보람의 탐구라는 각도에서 파악될 수 있다. 그런데 '보람 있는 일'이라고 할 때의 '일'은 일반적인 것이라기보다는 특정한 분야의 일을 말한다. 사회가 필요로 하는 일은 무수히 많다. 그리고 그 모든 일들은 잠재적으로는 다 우리에게 보람을 안겨 줄 수 있는 일이다.

대학에서 할 수 있는 중요한 일은 각 개인의 성향을 발견 확인하고 능력을 계발하며 어떤 선택된 일에 대한 깊은 관심을 발전시키는 것이다. 능력과 관심의 개인적 발전은 사회의 관점에서도 중요하다. 사회는 열의와 관심을 가지고 일을 해 나갈 수 있는 무수히 다른 재능을 지닌 사람을 필요로 한다. 또 새로운 관심과 능력을 가진 사람들을 통해서 사회는 풍부해진다.

대학 입학 전형은 이러한 의미에서의 재능 — 새로 발견되고 계발되어야 하지만 이미 방향을 보이고 있는 재능과, 사회적 수요 또는 더 구체적으로 사회의 현실적 이성적 수요를 반영하고 있는 대학의 교육 자원을 이어 주는 중개 과정이다.

대학 수용 능력도 문제

원칙적으로 대학에 뜻이 있는 자는 이 중개 과정을 통해서 적절하게 자기의 소질을 계발하고 사회에 기여할 가능성을 가장 확실하게 해 줄 수 있는 장소로 배치될 수 있어야 한다. 이것이 불가능한 것은 개인의 자기실현의 이상과 사회적 필요가 쉽게는 맞아 들어가지 않을 수 있기 때문이고, 또 달리는 대학의 수용 능력이 모든 개인적 요구와 이상을 포용할 수 없기 때문이다.

개인적 재능과 사회적 수요와 대학의 시설을 조정하는 것이 입학 전형이라고 할 때, 이 일이 쉽지 않음은 말할 것도 없다. 이 재능과 수요의 궁합을 어떻게 맞출 것인가? 이 맞추는 방법은 하나하나의 개인의 필요를 그의 성향과 능력과 관심에 따라 섬세하게 재는 것이 되어야 할 것이다. 현실적으로 이것은 불가능하다. 그리하여 객관적이고 경쟁적인 입학시험이 필요하게 된다. 그러나 이것은 그 폐단이 큰지 쓸모가 큰지를 알 수 없는 괴물로 바뀌기 쉽다. 오늘의 경쟁 시험은 사람을 그 특수한 재능과 관심에 따라서 평가하는 것이 아니라 외부로부터 부과된 하나의 자로 잰다.

사람이 대체로 자기실현을 하고 사회적 기여를 하는 것이 자기의 특이한 편향을 통하여서라고 한다면, 오늘의 경쟁 시험 제도는 이러한 사람을 대학 교육 제도에서 제외시키는 결과를 가져오고 있다. 이것은 개인적으로도 큰 불행이지만 사회적으로도 큰 손실이 되는 일이다. 사회는 다양한 재능의 기여를 잃고 개인적으로 불행한 사람들을 얻는다.

전 고교 과정 대상 무방

이런 관점에서 16개 과목에 걸쳐서 시험을 실시하고 여기서 나오는 숫자를 기계적으로 적용하여 입학을 결정하는 오늘의 대학 입시 제도는 가장 우둔하고 불행한 제도로 보인다. 가장 획일적이며 가장 기계적인 선발 제도로서 교육의 자연스러운 과정에서 가장 벗어난 제도인 것이다. 필요한 것은 근본적인 재검토이다. 그리고 근본적인 검토가 필요한 만큼 어떤 쉬운 방책을 이러한 자리에서 제안할 수 있는 것도 아니다. 여기에서는 우리 사회에 존재하는 다양한 재능을 다양한 방법으로 발견하고 다양한 자기실현과 사회 기여를 할 수 있게 하는 데 도움이 되는 방식이 연구되어야 겠다는 일반 원칙을 강조할 수 있을 뿐이다.

그러나 잠시 현행 제도는 수정한다는 범위에서 이것을 생각해 본다면 내 생각으로는 고등학교에서 가르치고 있는 모든 과목을 시험 대상으로 하는 것은 그대로 고수해도 좋은 것으로 보인다. 그 가운데에서 스스로의 성향과 능력과 관심에 따라서 3~6개의 과목을 택하여 과목별 점수를 얻게 한다. 다른 한편으로는 각 대학에 따라 또는 각 대학의 각 학과에 따라 전형 대상이 되기 위하여 학생이 통과해야 할 과목을 공포케 한다. 이것은 대학과 학문의 성격에 따라서 또 학문의 성격을 규정하는 관점에 따라서 달라질 수 있을 것이다. 어느 특정한 과가 요구하는 과목들의 배점도 그 과가 과목에 부여하는 비중에 따라서 달라질 수 있을 것이다.

(1984년)

앎과 깨우침

1

대학에 따라서는 여름에 중·고등학교 교사 훈련 과정을 연다. 그런데 최근 들은 바로는 이 과정의 일부를 통신 강좌 형식으로 바꾸기로 했다고 한다. 그렇게 하여 하계 교육 동원에 따르는 피교육자들의 고통을 감하여 주도록 하였다는 것이다. 이러한 소식이 정확한 것인지 확인하여 보지는 못하였지만, 그러한 조처가 취하여졌다면, 그것은 충분히 이해할 만한 것이고 잘한 것이다.

그런데 대학에서 이루어지던 교육이 가정으로 옮겨진다고 하더라도, 교육 대상자들의 고통이 모두 덜어지지는 않으리라 생각된다. 하계 강습 수강자들의 고통은 단순히 쉬고 싶은 계절에 집을 떠나 불편한 객지에서 강의라는 기율 생활을 한다는 사실에서만 일어나는 것이 아니기 때문이다. 이러한 강습 과정에 나가 보면, 누구나 느낄 수 있는 것은 수강자들의 소극적 태도 또는 마지못해 하는 태도이다. 내키지 않는 일을 해야 하는 것은 고통스러운 일이다. 이 고통은 집에서 통신 강의를 받는 경우에도 남을 수밖에 없을 것이다. 이러한 고통은 교육의 불가피한 대가라고 할 수도 있다.

교육은 일종의 훈련 과정이다. 훈련은 자연스러운 무정형의 상태에서 긴장된 정형의 상태로 옮아가는 것을 뜻한다. 이 훈련은 스스로 하는 것이면서, 또 외부적으로 부과되는 것이기도 하다. 우리말 수사의 '교편을 잡는다'는 말은 교육이 근본적으로 이러한 고통스러운 훈련의 과정이라는 것을 표현해 주고 있다. 과연 일반적으로 우리나라의 교육은, 비단 교사들의 하계 훈련에서뿐만 아니라, 각급 수준에서, 일체 고통스러운 훈련의 과정으로 되어 있다고 말할 수 있다. 이것이 제일 심한 것은 고등학교 2, 3학년 시절이지만, 대체로 중학교에서나 대학에서나 교육의 근본적 전제와 현실은 교육이 외부적으로 부과되는 훈련이며, 그에 따르는 고통은 불가피하나 더 나아가서는 바람직하다는 것이다.

다시 말하면 교육이 일종의 훈련의 과정과 훈련의 고통을 포함하는 것이라는 것은 받아들여질 수밖에 없는 사실일 것이다. 그러나 그것이 교육의 전부라고 말할 수는 없는 일이다. 교육학의 이론도 동기의 중요성을 말한다. 이것은 내키지 않는 것을 억지로 시키는 것보다 스스로 하게 하여야 교육 효과가 높다는 것을 말하는 것이다. 그러나 이 경우에도, 자발적인 동기가 교육 내용이나 과정 자체에서 나오는 것이 아니라 그것이 가져오는 교육 외적인 보상에 의하여 유발되는 것이라면, 그러한 동기는 외적인 기율의 부과에서 그렇게 먼 것이 아니다. 하계 교사 강습에 참여하는 교사들도 승진이라든가 명예라는 보상은 받게 되어 있는 것이다. 순수한 의미에서의 교육의 동기는 교육 자체에서 느끼는 기쁨이다. 나는 미국에서 교사들이 하계 강습을 받는 것을 보았지만, 이 때 교사들은 그들의 일상적 과정에서 해방되어 새로운 지적 세계를 탐구할 기회를 갖게 되는 것을 대체로

기뻐하는 것 같았다. 우리의 현행 교육 제도는, 단순화하여 말하면 지적 탐구에서 오는 기쁨, 지적 호기심의 만족이 주는 행복감을 없애 버리는 효과를 갖는 것으로 보인다.

2

지적 탐구의 기쁨은, 약간의 계발과 장려가 필요하다고는 하겠지만 인간의 극히 자연스러운 능력의 하나이다. 논어의 서두에 나오는 문구가 벌써 "배우고 때로 익히니 즐겁지 아니한가.(學而時習之, 不亦說乎.)"가 아닌가. 유학은 딱딱하고 외면적이고 엄숙한 인상을 주지만, 사실에 있어서 유학이 다른 일면으로 강조하는 것은 자연스러움이다. 자연스럽고 편안하고 즐거운 마음이 들 때, 그것은 모든 것이 순리대로 되어 간다는 증거인 것이다.("如時雨化之者.") 또 그는 "이치와 의가 내 마음을 기쁘게 하는 것은 마치 소와 양과 개와 돼지가 나의 입을 기쁘게 하는 것과 같은 것이다.(理義之悅我心, 猶芻豢之悅吾口.)"라고 하였다. 이러한 이치와 의를 배우는 것이 또한 즐거운 것이 됨은 당연한 것이다.

교육의 내용을 이루는 것이 앎이라고 할 때, 도대체 안다는 것은 무엇인가? 이것을 정의함에는 여러 가지 방법이 있을 것이고, 이 방법 가운데 가장 바른 것은 인식론의 입장에서 이를 정의하는 것일 것이다. 그러나 여기에서 우리의 목적과 관련하여, 교육의 과정이라는 관점에서 볼 때, 그것은 피교육자의 심리를 이야기하는 것이 될 것이다. 어떤 단계에서, 어떤 사람이 무엇을 알았다고 할 수 있는가? 우리의 질문은 바로 이것이다. 조금 우스꽝스러운 예를 들어, 어떤 지적 정보를 기록한 책을 단순히 사 가진다고 해서, 우리가 무엇을 안다고 할 수 있는가? 이것이 우리의 지식과 관계가 없음은 말할 것도 없다. 같은 정보를 우리 몸, 가령 등이나 손바닥에 적으면 어떤가? 더 나아가 이것을 외웠을 때, 그것은 안다고 할 수 있는가? 대부분의 시험은 어떤 지적 정보를 외워 두었다가 재생해 놓을 것을 요구한다. 마음에 외워 두는 것이 아는 것임에는 틀림없다.

그러나 이런 경우를 생각해 보자. 가령, 수험생이 학교에서 배우거나 스스로 책에서 본 것의 의미를 잘 알지는 못하지만, 기억력이 좋은 덕택에 답안지에 그 외운 것을 적어 놓을 수 있었다고 하자. 그때 이 수험생은 그것을 알았다고 할 수 있을까? 이때 수험생은 선생님의 말씀이나 책에 있는 글을 전달하는 역할을 했을 뿐이다. 이것은 그가 어떤 정보를 손바닥에 적었다가 옮겨 놓는 것과 크게 다르지 않다고 할 수도 있을 것이다. 다만 이때 적어 놓는 장소가 손바닥이 아니고 기억 또는 머리였을 뿐이다. 이것은 자명한 것을 조금 과장하여 말한 것에 불과하지만, 분명한 것은 앎이 단순히 책이나 손바닥이나 마음에 기록하는 것을 의미하는 것이 아니라 마음이 능동적으로 앎의 대상과 합치하고 이것을 자기의 일부로 흡수한 상태를 말하는 것이라는 사실이다. 그런데 우리 현실에 있어서, 안다는 것은 밖으로부터 주입되는 것을 받아들이고 보유하고 재생하는 과정으로만 생각되고 있는 것이다.

거죽으로 볼 때, 이러한 수동적인 보유와 능동적인 소유 사이에는 별다른 차이가 없는 것처럼 보인다. 사실상 어떤 수학의 정리를 우리가 보았을 때, 또는 이것을 외웠다가 재생하였을 때, 전제와 과정과 결론이 하나도 틀리는 바가 없다고 한다면, 우리가 참으로 알고 있는지 아닌지를 식별하는 방법은 무엇인가? 결국 알고 보는 것과 모르고 보는 것, 기계적인 재생과 이해된 재생의 차이는 우리가 어떤 것을 마음으로 수긍하느냐 안 하느냐의 차이이다. 그것은 밖으로 나타나지 않는 심리의 차이에 있는 것이다.

윌리엄 제임스는 합리성의 테스트가 결국 합리성의 느낌에 의존할 수밖에 없다고 한 바 있다. 이러한 느낌은, 모든 정서가 그러하듯이, 어떤 흥분 상태를 말하는 것이다. 나는 이 흥분이 기쁨이나 즐거움에서 온다고 생각한다. 논어에서 "학이시습지 불역열호(學而時習之 不亦說乎)"라고 한 것은 바로 앎에 따르는 이러한 느낌을 표현한 것이다.

또 여기에서 주의할 것은 배우는 것이 즐거운 일이란 것 외에, 배워서 익히는 것이 즐겁다고 한 점이다. 그것은 배움이 익힘을 통하여 내면화될 때 기쁨이 일어난다는 말이다. 즉 마음의 능동적 소유가 기쁨의 조건인 것이다. 주자는 그의 주석에서 이러한 내용을 더 분명히 하고 있다.

익힌다는 것은 새가 자주 나는 것이다. 배워서 그치지 않는 것은 새가 자주 나는 것과 같다. 열(說)은 기쁘다는 뜻이다. 이미 배운 것을 때때로 익히면 배운 것이 무르익고, 마음에 기쁨을 느껴, 그 나아가는 것을 스스로 그치지 않는 것이다.(習, 鳥數飛也. 學之不已, 如鳥數飛也. 說, 喜意也. 旣學而又時時習之, 則所學者熟, 而中心喜說, 其進自不能已矣.)

이러한 배움과 기쁨의 관계는, 위에서 비친 바와 같이, 작을 수도 있고 클 수도 있다. 종교나 다른 정신적 수련에 있어서도, 깨우침은 단순한 지적인 확장을 의미하기보다 커다란 정서적 체험, 또는 더 나아가 전인격적 체험으로 이야기된다. 그리고 이것은 크게 만족스러운 감격의 체험으로 말하여진다. 지식 발전 과정의 모든 단계가 이러한 종교적 체험의 감격을 수반하는 것일 수는 없다. 그리고 아마 지식의 확장에서 얻어지는 느낌은 종교적인 열반과는 질적으로 같은 것이 아닐는지도 모른다. 그러나 이러한 것에도 그 나름의 정서적 만족이 있고 그것이 기쁨의 느낌에 가까운 것임에는 틀림이 없는 일이다.

이렇게 볼 때, 안다는 것은 깨우침의 기쁨을 거쳐서 진정한 앎이 된다고 할 수 있다. 이미 되풀이하여 말한 바와 같이, 우리 교육에 전반적으로 결하고 있는 것은 깨우침으로서의 앎이다. 또 그러니만큼 참다운 의미에서의 앎이 없는 상태라고 할 수도 있다.

3

그러면 어떻게 하여 깨우침이 있는 앎이 가능한가? 여기에서 우리가 간단히 깨우침에 이르는 길을 제시할 수는 없다. 그러나 몇 가지를 생각해 보건대, 이미 비쳤듯이, 교육의 핵심은 단순한 지적 정보의 전수나 암기가 아니라 앎의 기쁨을 일깨워 주는 데 있어야 한다. 그리고 소극적인 각도에서 말할 수 있는 것은, 고통스럽게 부과되는 지식과 훈련이 싹트려고 하는 앎의 기쁨을 죽여 버리게 되며, 그러니만큼 깊은 의미에서 그것이 오히려 비교육적이라고 할 수 있다는 점이다.

또 지적할 수 있는 것은 마음은 능동적이라는 것이다. 오래전부터 주입식 교육의 폐단이 이야기되어 왔지만, 그 폐단은 이런 면에서도 재확인될 수 있다. 그것은 마음의 능동성을 무시한 것이다. 능동적인 느낌이 없이는, 마음이나 몸이 다 같이 기쁨과 같은 적극적 정서를 느낄 수 없다. 주입식 교육, 또는 교사의 일방적 권위에 의지하여 지탱되는 학습이 요구하는 수동적 상태 자체가 비교육적 상황을 만들어 내는 것이다.

수동적 교육 상황에서 요구되는 것이 사실상 정보의 기억인 것은 자연스러운 일이다. 생사실(生事實)들이야말로 마음이 능동적으로 다루기 어려운 것이다. 물론 사실적 정보의 기억 그 자체가 잘못된 것은 아니다. 그러나 참으로 교육적인 기능을 발휘하기 위해서는, 사실은 단순한 사실로 남아 있어서는 아니 된다. 그것은 마음의 능동적 움직임을 유발할 수 있게 하는 것이라야 한다. 이것은 사실의 의미를 묻는 것을 말한다. 마음은 의미를 통하여 사실을 비로소 그 자신의 것으로 할 수 있다. 이것은 여러 개의 사실을 하나로 통합하는 작용을 통하여 이루어진다. 즉 마음은 사실들을 하나의 의미 속에 통합함으로써 사실에 개입한다. 그렇다는 것은 학교에서 가르치는 사실들이 단편적인 것이기보다는 전체적인 것에 가까움으로 하여 마음의 능동적 개입을 유발할 수 있다는 말이 되기도 한다.

그러나 이것이 기계적인 전체성이나 체계성을 말하는 것은 아니다. 이 기계적 체계성이나 전체성만큼 마음을 짓누르고 죽이는 것도 없다. 여기서 사실적 지식들이 전체적으로 통합되는 것은 한편으로는 사실들 자체가 이루는 체계에 의하여서이고, 다른 한편으로는 우리 마음의 삶의 지속에 의하여서이다. 마음의 능동적인 움직임이라는 관점에서 볼 때 중요한 것은 마음의 지속성이다. 그것은 모든 사실적 지식의 습득 과정을 통하여 능동적 자기동일성을 유지한다. 그러니까 지식의 과정에 전체성이 있다고 한다면, 그것은 마음의 삶의 일체성에 의하여 주어지는 것이다. 물론 이것은 지식 자체에 그대로 나타나기보다는 보이지 않는 관심의 지평으로 존재한다. 그리고 이 관심의 지평은 지적인 성장과 더불어 점점 사실의 객관적 체계성에 가까이 간다.

교육의 과정으로서 마음의 지속적인 삶을 일깨우는 것이 중요하다고 한다면, 그것은 다른 한편으로는 지식의 과정에 작용하는 마음과 일상적 삶의 과정에 작용하는 마음이 일치하여야 한다는 것을 말한다. 이것이 일치함으로써 우리의 일상생활은 보다 큰 지적 원근법에 의하여 조명되고, 또 우리의 지식은 일상생활로부터 구체적 체험의 느낌을 얻는다. 그러니만큼, 능동적 교육에서 가장 중요한 것은 피교육자가 처해 있는 현실 상황으로부터 출발하는 것이다. 그것의 지적인 정교화가 결국 교육의 종착역이라고 할 수 있다. 이러한 것들을 존중하는 교육에서 형성되는 것이 능동적이며, 현실적이고, 비판적이며, 창조적인 마음이다. 또 이 마음을 통해서 사람은 자기 동일성을 얻고 그것을 근거로 자기 현실의 목표를 이룰 수 있다. 그리고 마음은 달리 보면 나와 세계, 나와 사회를 한자리에 놓는 투명한 공간에 불과한 것이기 때문에, 이런 능동적이고 창조적인 마음을 통하여, 우리는 세계와 사회의 규칙과 진리를 우리 자신의 것으로 수용할 수 있다.

4

제도의 관점에서 볼 때, 능동적인 마음의 깨우침 그리고 앎의 기쁨을 빼앗아 가는 것은 시험 제도이다. 이것은 우선 사실적인 지식의 단편적인 집적의 양을 강조하는 입시 제도에서 볼 수 있는 것이다. 입시 제도로 하여, 학생들은 배우는 것을 익히고 즐기고 할 여유를 갖지 못한다. 그런 데다가 이 양에 대한 강조는 모든 교과목을 똑같이 입시 과목으로 삼아야 한다는, 각 과목 전공자들의 영토욕에서 나온 주장에 의하여 보강된다. 또 시험 제도는 입시가 아니라도 학교 교육의 모든 면에 침투되어 있는데, 이것은 물론 평가의 필요 또는 더 나아가서 증명의 필요에 이어져 있고, 이 증명은 출세에 절대적으로 중요한 기능을 한다. 말할 것도 없이 평가가 교육의 과정에서 일부분이 되어야 하는 것을 부인할 수는 없다. 그러나 그것의 의의는 제1차적으로 교육의 진전 정도 ── 참다운 의미에서의 교육의 진전 정도 ── 를 본인에게 알 수 있게 하는 수단이 된다는 데 있어야 할 것이다. 또 그것은 사회적 의의를 갖는다. 학교는 사회적으로 필요한 재능을 믿을 수 있게 분류·공급할 의무가 있다. 이 목적을 위하여 평가는 불가피하다. 그러나 이것은 본래의 교육 과정에 부차적인 것에 불과하다. 오늘날 교육은 평가와 증명을 위하여 존재하는 듯하다. 그리고 그 목적을 위해 인위적으로 세분화되고 경직화된 증명 제도가 만들어지기도 한다.

교육을 외면적으로 규정하는 제도는, 위에서 간단히 비친 바와 같이, 교육의 과정에 대한 왜곡에 연결되어 있다. 즉 교육의 핵심이 앎의 기쁨에 있다는 것을 잊어버렸기에, 우리는 이러한 제도들을 당연한 것으로 보고, 그러한 것들이 피할 수 없는 필요악이라고 하더라도, 그것들의 극단적인 왜곡마저 당연한 것으로 받아들이는 것이다. 그러나 교육에서 기쁨을 잊었다면, 그것은 우리의 삶에서 기쁨을 잊었기 때문이다. 우리는 삶을 계속적인 고통의 과정으로 또는 이 고통을 참고 견디는 과정으로 생각하는 데 익숙해 있다. 삶에 기쁨이 있다면 그것은 지속적이고 조용한 만족의 느낌이 아니라, 폭발적인 환락에서만 얻어질 수 있는 것이라고 우리는 생각한다. 또는 극히 세속적인 행복 — 부귀영화 — 에서만 기쁨이 얻어질 수 있다고 생각한다. 이것들은 모두 기쁨의 억제와 고통의 기율에의 순응과 투쟁을 필요로 한다. 그러나 예로부터 시인들이 이야기해 오듯이, 삶의 과정은 있는 그대로 기쁨의 과정인 것이다. 그렇지 않고서야 수십만 년을 이 지상에 삶이 지속할 수 있었겠는가.

기쁨의 충동의 억제는 일의 기율에 관계된다. 말할 것도 없이 일은 기율을 필요로 한다. 그리고 기율이란 자연스럽고 자유스러운 삶의 관점에서 볼 때 괴로운 것이다. 그러나 마음의 창조적 표현 — 그 대표가 되는 예술적 업적이나 과학의 발견은 모두 기율을 필요로 한다. 모든 훌륭한 일을 위한 집단적 움직임은 기율을 필요로 한다. 그런데 기율이 반드시 고통스러운 것은 아니다. 또 모든 고통도 그저 고통스러운 것만은 아니다. 기율은 능동적으로 습득될 때, 자랑과 기쁨의 근원이 된다. 고통까지도 깨우침의 기쁨의 계기가 될 수 있다. 예술의 가장 높은 표현인 비극이 보여 주는 것은 고통의 깨우침에로의 전환이다. 이렇게 볼 때, 기쁨의 충동의 억제는 기쁨 자체에 대한 두려움에 관계되어 있다. 이 두려움은 억압적 제도와 습관에서 나온다.

우리가 사람 하나하나를 존중한다면, 우리는 마음의 자발성을 존중하지 않을 수 없다. 마음은 밖으로부터 부과되는 일체의 단순화된 슬로건을 거부하거나, 아니면 스스로의 죽음을 택한다. 그렇다고 마음이 제 마음대로의 마음이란 말은 아니다. 위에서도 말한 바와 같이 마음은 투명한 공간에 불과하다. 그 속에 사회와 세계가 투영된다. 다만 마음은 이 투영된 이미지를 능동적으로 구성할 수 있는 자유와 여유를 가져야 한다. 이 자유와 여유는 그것을 존중해 주는 사회가 부여한다. 결국 사회가 사람 하나하나를 존중하는 사회가 되어야 하는 것이다. 그때 우리 마음은 자유로워진다. 그리고 그 기쁨을 회복할 수 있게 된다. 그러나 사람의 모든 일이 그러하듯, 이 과정은 기쁨으로부터 시작하여 사회로 나아가는 것일 수도 있다.

(1984년)

도구화하는 영어 교육

우리가 기억할 수 있는 한, 한문 교육은 우리나라의 교육 과정에 있어서 가장 중요한 내용의 일부를 이루어왔다. 그러니까 외국어 교육의 역사는 그 뿌리를 가리기 어려울 정도로 오래된 것이다. 물론 이제 한문은 우리 교육에 있어서 저 변두리로 밀려나고, 외국어 교육이라면 서양 언어 특히 영어 교육을 말하게 되었다. 그러나 한문 교육과 영어 교육이 전적으로 다른 성격의 것임은 새삼스럽게 말할 필요도 없으나, 오늘의 우리의 정신 상황을 짐작하는 데 이 차이를 깊이 생각할 필요는 있을 것이다.

오늘의 영어 교육에 있어서, 모든 역점은 그 실용성에 주어지고 있다. 이에 대하여 옛날의 한문 교육은 전적으로 비실용적이었다. 오늘날 많이 이야기되고 있는 것은 영어 회화 능력의 중요성이다. 이것은 교육의 실제가 이 능력을 길러 주지 못하는 데에서 나오는 이야기이지만, 실제야 어떻든, 교육 목표 자체까지도 궁극적으로는 회화 능력의 획득에 있는 것처럼 이야기된다. 한문에 있어서 공부되는 것은 말이 아니라 글이었고, 그 글도 당대적인 구어가 아니라 고전의 틀에 굳어 버린 실용 생활과 직접적인 관계가 없는 문어였다. 말로서의 중국어는 일반 교육의 대상이 되지 않고 전문가의 훈련 내용이 되었고, 이것은 격이 낮은 일로 간주되었다.

말의 살아 있는 의미를 생각해 볼 때, 일상 언어로서의 중국어를 배우지 않았던 것은 크게 잘못된 일이었다. 그러나 그것이 그것대로의 뜻이 없는 것은 아니었다. 한문 교육은 실용적 능력의 훈련이 아니라 정신 도야의 일부였다. 그리하여 수학하는 사람은 고전을 읽고, 처음부터 성인의 말씀을 배웠다. 이러한 정신의 도야가 하필이면, 외국어를 통하여서만, 이루어진 것은 유감스러운 일이었다. 이것은 참으로 성인의 말씀을 삶의 일부가 되게 하는 데 장애가 되었다. 그리하여 잘못 배운 사람에게 고결한 학문과 일상적 삶은 전혀 별개의 것이 되었다. 그러나 외국어로서 정신 수양의 도구를 삼은 것은, 그 나름대로의 이유가 있는 일이기는 하였다. 정신 수양이란 우리 마음에 본래부터 있는 것을 객관화하여 재소유한다는 면을 가지고 있다. 외국어는 이 객관화를 용이하게 한다.

다른 한편으로, 수양은 객관적 질서의 세계를 자기 안으로 끌어들이는 과정을 뜻한다. 외국어가 나타내고 있는 객관적 질서에 순응하면서, 그것을 자신의 창조적 정신의 기초가 되게 하는 것은 이러한 뜻에서 정신 수련의 한 모범이 되는 것이었다. 서양에 있어서의 고전어의 학습에도 이러한 뜻이 있었다. 그리고 자족적인 문화에 있어서도, 외국의 고전이 갖는 의의는 이러한 점에서 특별한 것이라고 할 수 있다. 외국어 습득의 정신적 의의는 물론, 그것이 그러한 목적하에서 또 그러한 것에 도움이 되는 내용을 통하여 이루어질 때, 성립한다. 오늘날 우리나라에 있어서 영어 교육은 이러한 인문적 의의를 전혀 상실하였다. 영어는 거의 사람이 표현하고자 하는 의미 ─ 특히 높고 깊은 의미와는 관계없는 것이 되었다. 영어는 내용 없는 수단에 불과하다. 그것은 외국인과 인사를 교환하고 관광객을 안내하고 호텔에 들어가고 음식점에서 음식을 주문하고 데이트를 하고 하는 데 사용되는 수단이다.

그런데 이것보다 더 중요한 것은 이러한 수단이 된 영어가 암시하고 있는 인생의 모범이다. 관광 영어가 투사하고 있는 인생은 가장 피상적인 상업적 관계 속에 움직이는 인생이다. 실용 영어의 인생은 내용 없는 말들을 주고받으며 서로 인사하고, 영화를 보고, 체중을 걱정하고, 물건을 산다. 우리는 외국 문화의 침입에 대한 발언을 많이 듣는다. 그러나 관광 영어에 의한 삶의 천박화에 대한 경고는 별로 들을 수 없는 것 같다. 천박화한 인생의 이미지가 우리의 삶에 스며 들어오는 것은 신문의 영어 회화란과 방송 회화 시간과 상업카세트를 통하여서만이 아니다. 학생들이 배우고 있는 영어 교과서 자체가 관광 영어 위주로 되어 가고 있는 것이다. 관광 회화의 연습, 피상적이고 시사적인 정보와 묘사 — 오늘의 영어 교과서는 이러한 것만을 실어야 효과적인 것으로 되어 있다. 또 이러한 데에서 나온 문장들이 대학 입학시험의 소재가 된다.

모든 것이 도구화해 가는 것이 오늘의 사회의 한 특징이다. 학문도 도구로서만 명맥을 유지하는 성싶다. 외국어 교육으로부터 인문적 의의가 전적으로 상실되고, 그것이 관광 안내의 수단 또는 기껏해야 상업 거래와 상담의 수단으로서만 의의를 갖게 된 것은 너무나 당연한 일인지도 모른다. 따라서 영어의 인문적 의의에 대하여, 말이 인간 존재에 대하여 갖는 신비스러운 힘에 대하여, 학문의 진리 기능에 대하여 이야기하는 것은 부질없는 후위 방어전(後衛防禦戰)에 불과한 것일까.

(1984년)

문학

우리나라 대학의 문학 연구는 대개 어문학과의 테두리 안에 들어 있다. 말할 것도 없이, 어문학과의 공부는 어학과 문학을 포함한다. 어학은 고등학교의 문법과 같은 과목에서 알 수 있듯이 말의 구조 자체를 공부하는 것이고, 문학은 말이 인간사를 표현하는 내용과 그 표현의 형식을 공부하는 것이다. 공부의 내용이 다른 만큼 공부하는 방법도 다르며, 공부하는 사람의 기질도 꽤 다른 편이다. 어학이 과학적인 기질에 어울린다고 한다면, 문학은 좀 더 정서적이고 철학적인 기질에 어울린다고 할 수 있다. 그러나 두 기질이 사람에 따라서 확연히 달라지는 것이 아니므로, 대학에 입학한 뒤에 어느 쪽에 역점을 두느냐를 정할 수 있을 것이다.

가장 단순한 차원에서 또는 가장 높은 차원에서 볼 때, 어학 연구와 문학 연구는 같은 것이라고 할 수도 있다. 곧 그 둘은 모두 말을 그 관심의 대상으로 한다. 말을 바르게 사용하는 것은 실용적인 의미를 가지며 그와 함께 사람의 삶을 바르고 높고 풍부하게 유지하는 데에 기본이 되는 일이다.

문학 공부는, 매체 언어에 따라 여러 갈래로 나뉠 수 있다. 우리나라의 대체적인 형편에 따라 우선 한국어를 매체로 하는 한국 문학 연구와 갖가지 외국어를 매체로 하는 외국 문학 연구로 나누어 보는 것이 편리하겠다.

문학 연구에서뿐만 아니라 전체 어문학 연구에서 대종을 이루어야 할 것은 한국어와 한국 문학이다. 대학에서의 어학과 문학의 연구는 우리나라의 말과 문학 유산과 문학 현실에 대한 관심에서 출발해야 마땅하기 때문이다. 그러나 오늘날 어문학 연구에서 국어 문학에 못지않게, 외국어 문학이 커다란 비중을 차지하고 있다. 이것은 세계사와 한국사가 엇갈리는 오늘의 시점에서, 우리의 실정이 아직도 밖으로부터 배워야 할 것이 많은 데에서 그 타당성을 찾을 수 있겠다. 그러나 실제로는 외국어의 실용 가치가 학생들의 학과 선택에 중요한 요인의 하나가 된다. 어쨌든 한 나라의 말과 문학의 발전이 흔히 다른 나라의 문학과의 만남에 따라 크게 자극됨은 말할 것도 없다.

국문학은 연구의 초점에 따라서 몇 갈래의 분야로 나뉜다. 이것은 실제로 대학에서보다 대학원에서의 문제이지만, 국문학 연구는 고전 문학에 초점을 맞출 수도 있고 1900년대 뒤의 현대 문학에 초점을 맞출 수도 있다.

그리고 잊지 말아야 할 것은 한문 문학이다. 엄격하게 말하여 말과 말이 표현하는 내용 또는 정신을 서로 떼어 낼 수 없는 하나라고 할 때에 우리 문학은 우리말로 쓰고 말하여진 문학이다. 그러나 우리의 선조들의 생활과 정신의 꽤 많은 부분이 한문으로 기록되어 있음은 잘 알려진 일이다. 이 즈음에 와서, 표현 언어의 이질성에도 불구하고, 한문 문학이 우리의 소중한 문화유산이고 중요한 문학적인 업적이라는 인식이 널리 받아들여져 가고 있다. 따라서 국문학과에도 한문학 교수가 있고 한문학 강좌가 있는 대학들이 늘어 가고 있다. 다만 한문학은 특별한 예비 훈련이 필요한 학문이므로 국문학과와 따로 독립하려고 하는 편임도 이해할 만하다. 그러나 국문학을 연구하는 중요한 이유의 하나는 선인들의 정신생활을 이해하고자 하는 것이므로 한문 문학은 국문학의 역사적인 연구에 빼놓을 수 없는 부분이 된다.

국문학과에서의 문학 연구는, 그것이 고대의 것이든 현대의 것이든, 역사적인 연구의 성격을 띤다. 그것은 지나간 일을 새로이 구성해 내고 이해하기 위한 노력으로 이루어지는 것이다. 그러나 문학은 옛날에 쓰인 것이기도 하고 오늘날 쓰이고 있는 것이기도 하다. 그런 만큼 대학의 국문학과는 글을 쓰려는 사람에게 훈련을 시키는 곳일 수도 있다. 중앙대학교의 문예창작과 같은 곳은 그 학과의 목적을 아예 이러한 훈련에 두고 있는 곳이다. 다른 대학에도 흔히 교수 가운데 현역 작가들이 있고 또 창작 강좌를 한두 개 설치하기도 하나 이런 훈련에 그다지 신경을 쓰지 않는다. 대학 자체가 문예 창작에 주력하든 안 하든, 문학에 대한 학문의 연구가 적어도 창작에 얼마만큼 도움을 준다고 말할 수는 있다. 특히 비평은 문학의 학문적인 연구와 구분하여 말하기 어려운 바가 있다.

외국 문학의 연구는 세계에 존재하는 모든 언어가 대상이 될 수 있지만 우리나라 대학에 설치되어 있는 외국 문학을 연구하는 학과들은 적어도 우리의 관점에서 중요하다고 생각되는 언어로 된 문학을 다루는 학과들이다. 지금으로서는 영어가 우리에게 가장 중요한 언어이다. 그다음으로 불어, 독일어 같은 유럽어가 있으며 스페인어와 러시아어가 점차로 그 영역을 넓혀 가고 있다. 동양 언어 가운데에 중국어는 전통적으로 우리에게 중요한 언어일 뿐만 아니라, 대학의 학과로서도 이미 오래전부터 있어 왔다. 요즈음에는 일본어에 대한 관심이 부쩍 늘어났고 일어일문학과를 설치한 대학이 많이 생겼다. 앞서 든 언어 말고도 인도어, 말레이어, 스웨덴어와 같이 우리에게는 희귀한 언어들을 널리 가르치는 곳으로 한국외국어대학교가 있다.

다만 여기서 지적하여 두어야 할 것은 이러한 언어들의 이름을 딴 모든 학과가 문학을 연구하는 곳은 아니라는 사실이다. 대학에 따라서는 문학이 아니라 실용적인 의미에서의 어학 훈련을 중심으로 하는 곳들이 있다. 우선은 학과의 이름이 무슨 어과이냐 아니면 무슨 문학과이냐를 보아 가려낼 수 있다. 그러나 어떤 경우에도 어학 훈련과 문학 공부가 분리될 수는 없다. 말을 모르고 문학을 할 수가 없고, 문학을 모르고 말을 깊이 있게 구사할 수가 없다. 따라서 어느 대학에나 그 정도가 다를망정 어학 훈련과 문학 연구가 나란히 있기 마련이다.

국문학 연구의 의의는 자명한 편이지만 외국 문학 연구의 의의는 어디에 있을까? 이미 말했다시피 우리는 밖으로부터 배워야 할 것이 많다. 여러 나라의 문학을 하나로 연구하려는 것이 이른바 비교문학이라고 불리는 학문이다. 그러나 이것을 넘어서서, 본질로 보아 문학은 하나이다. 문학은, 민족 언어에 뿌리박고 있으면서, 그것을 초월하여, 사람을 사람답게 유지하는 사람의 의식의 모든 것을 담고 있다. 외국 문학 연구의 의의도 마침내는 이러한 보편 문학의 이념을 우리의 것이 되게 하려는 노력의 한 부분이라는 점에서 찾을 수 있다.

문학의 성질이 매우 다양한 만큼 대학에서 문학 공부를 한 사람들의 사회 활동도 그래야 마땅하나 현실은 반드시 그렇지는 못하다. 서울에 있는 주요한 대학의 국문과 또는 외국 문학과 출신자들의 진로를 보면, 대학의 교수나 중고등학교의 국어 또는 외국어 교사가 되어 있는 사람이 가장 많다. 그중에도 외국어 문학과 졸업생이 특히 기업체에 많이 진출하는데 이것은 국제관계에서의 경제 활동이 중요한 오늘날에 외국어의 실용 가치를 나타내 주는 것이라고 하겠다. 실제로 외국어 능력을 바탕으로 한 사회 진출의 보기는 외교관을 비롯하여, 외국어가 필요한 모든 분야에서 두루 볼 수 있다. 대학에서 익힌 외국어 실력을 바탕으로 하여 그 외국어의 모국에 유학하여 경제학과 같은 다른 학문을 공부한 사람도 많다. 그러나 이러한 것들이 외국 문학 연구의 본성이 아님은 말할 것도 없다.

문학을 공부한 대학 졸업생들로서 언론계 또는 출판계에 진출한 사람들도 적지 않다. 이것은 문학의 관심이 언어의 전달과 사람의 삶의 모습에 있는 만큼 자연스러운 일이다. 하기야 더 심각한 의미에서 언어를 쓰는 일은 문예 창작이다. 문학은 인생에 가장 커다란 위안을 제공해 주는 것의 하나일 뿐만 아니라, 이미 말한 바와 같이, 사람의 삶을 사람다운 것으로 지켜 주는 가장 중요한 요소에 든다. 그런 만큼, 흥미를 가지고 있으며 또 스스로 재능이 있다고 생각하는 이는 한번 해볼 만한 일이다. 그러나 뛰어난 창작가는 사회에서 지극히 몇몇밖에 필요하지 않으며, 또 많은 불확실한 조건과 시련을 거쳐야만 자신이 설 자리를 발견하게 된다. 따라서 창작가로의 삶은 쉽게 도전할 만한 것이 아닌지도 모른다.

말의 바른 상태는 사회의 모든 활동의 기본이 되는 일이다. 또 한 사람이 말을 바르게 쓰고 말이 표현하는 지혜를 옳게 몸에 익힌다는 것은 그 사람의 활동과 됨됨이의 근본이 된다. 따라서 문학 공부는 어떤 사회 활동에서나 좋은 기초가 되며, 그런 만큼 문학 전공자는 어떤 방면으로나 쉽게 진출할 수 있다. 실제로 외국에는 대학의 문학 전공자의 진로가 매우 다양하다. 다만 대학원에서나 직장에서 전문적인 훈련을 받아 문학적인 교양에 전문적인 기능을 덧붙일 필요는 있겠다. 어쨌든 우리나라에서도 여러 사회 활동에서 문학적인 교양의 중요성이 점차로 크게 인식되리라고 본다. 그리하여 언어와 문학의 기본 교양과 다른 전문 기능을 함께 갖춘 사람은 모든 중요한 직종에서 가장 필요한 사람이 될 수도 있을 것이다.

(1984년)

대학 교육과 연구

진리의 존재 방식에 대하여

1

대학은 유치원 또는 초등학교에서 시작하여 중고등학교의 교육을 거친 학생들이 들어오는 최종의 또는 최고의 교육 기관이다. 따라서 대학을 주로 교육 기관이라는 관점에서 생각하고, 또 대학의 주요 임무를 교육에 있는 것으로 파악하는 것은 자연스러운 일이다. 그러나 다른 한편으로 대학의 다른 임무의 하나가 연구라는 것도 일반적으로 인정되어 있는 일이다. 다만 이것은 지금의 단계에서 명분상의 일이고 현실에 있어서는 그다지 두드러져 보이지 않는 일일 뿐이다. 그것은 그 점에 대한 인식의 강도가 약한 데에도 기인하겠지만, 그것보다도 우리의 현실 자체에서 그 요구가 절실하게 대두되는 것이 아니었기 때문이었을 것이다.

그러나 요즘에 와서 연구의 중요성은 점차로 인식되어 가고 있는 것으로 보이는데, 과연 대학의 핵심은 연구라고 말할 수 있는 것이다. 연구는 그 자체로서 중요한 것일 뿐만 아니라 대학의 다른 기능인 교육과의 관련에서도 중요한 것이다. 그렇다는 것은 대학에서 가르치는 것의 상당 부분이 대상화되어 있는 기성 지식 체계를 넘어선 연구하는 마음이기 때문이다. 교육에 있어서 연구 자체가 심각한 내용을 이룰 수는 없겠으나, 적어도 지식의 과정이 끊임없이 진행되고 변화하는 연구에서 나오는 것이라는 사실은 지식 수수의 지평 의식을 이루어 마땅하다. 이것은 교수와 학교 인원이 연구 과정에 있음으로써만 북돋워질 수 있는 것이다.

2

추상적으로 말하여지는 연구의 중요성을 넘어서서, 오늘날 연구의 필요는 극히 현실적인 사정에서 나온다. 즉 국제 무역 경쟁에 있어서 유리한 위치를 확보하기 위하여서는 기술 연구가 절대적으로 필요하다는 생각이 오늘의 연구에 대한 관심의 동기가 되어 있는 것이다. 이러한 생각과 동기가 궁극적으로 무엇을 의미하든지 간에, 연구에 대한 관심의 고조는 일단 환영할 만한 것이다. 우리의 학문은 근대 이전이나 근대 이후에나 대체적으로 식민지적 상황 속에 있었다. 그것은 선진 지역에서 우리에게 전수되는 것으로 생각되어 왔다. 그러나 이제 그것은 밖으로부터 수입되는 것만으로는 불충분하며 우리 스스로 만들어 내지 아니 하면 안 되는 단계에 이른 것이다. 여기에서부터 나아가 필요한 것은 학문의 연구가 단순히 수입 대체에 필요한 것이 아니라 본래부터 만들어지는 것이라는 것 ― 부분적으로 그러한 것이 아니라 처음부터 인간이 창조한 것이라는 사실을 깊이 깨닫는 것일 것이다.

연구는 두 가지 면에서 고려될 수 있다. 하나는 그때그때의 필요에 대응하는 연구, 발견, 발명의 면에서 고려하는 것이고, 다른 하나는 이러한 연구, 발견, 발명을 해낼 수 있는 주체 — 창조적 마음의 관점에서 고려하는 것이다. 궁극적으로 연구의 진흥은 많은 연구 업적을 낸다는 것보다도 그러한 업적을 만들어 낼 수 있는 마음을 길러 낸다는 데에서 가능해진다고 할 수 있다. 이 점에 있어서 연구는 깊은 인간적 의미, 또는 교육이 결국은 인간의 완성에 관계된다고 할 때, 교육적 의미를 갖게 된다. 이렇게 말하면서 우리가 생각하게 되는 것은 연구 업적을 많이 낸다는 것과 연구심을 갖는다는 것은 일치하는 것이면서 반드시 일치하는 것이 아니라는 점이다.

연구란 사물의 연구를 가리키고, 사물을 연구의 대상으로 할 때 그것은 사물의 세계에 대한 몰입을 요청한다. 그러나 연구하는 마음의 자각은 사물의 세계로부터 일정한 거리를 유지함으로써 자기 성찰에 들어가고 자기 동일성을 깨닫는 과정을 필요로 한다. 물론 이 두 가지 과정이 완전히 별개의 것이라고 말할 수는 없다. 사물에 대하여 연구한다는 것은 한 개 이상의 대상을 비교, 분석, 종합하는 것을 말한다. 따라서 눈앞의 대상은 그것에 대하여 일정한 거리를 유지하는 관찰자의 마음을 통하여서만 다른 대상에 맺어질 수 있다. 위에서 말한 두 대조적인 관점이란 한계적 경우를 말하는 것에 불과한 것이다. 그러면서도 거기에 차이가 있는 것은 사실이다. 대상에 집착해 있는 마음은 아무리 연구의 업적이 많더라도 어떤 의미에서는 부자유스러운 상태에 있다고 할 수 있고, 연구심을 자각한 마음은 사실적 진리에는 철저하지 못한 채로 인간과 사물의 근본에 대한 자각을 얻고 또 그러니 만큼 자유로운 상태에 있다고 말할 수 있다.

되풀이하여 말하건대, 연구가 우리에게 깨우쳐 주는 것은 마음이 스스로의 주인이며, 세계가 스스로의 창조성에 대응하는 것으로서 존재한다는 사실이다. 이러한 마음은, 거꾸로 말하여, 그의 본성의 자유로운 움직임을 제한하는 일체의 것을 배격한다. 또는 그것은 그 자신의 일체성에 대하여 지대한 관심을 가지고 그 일체성의 손상에 대하여 민감하다. 이렇게 말하면, 이러한 마음이 자기중심적이라는 것처럼 들린다. 그러나 이것은 마음이 자기 속에 침잠하려는 경향을 갖는다기보다는 세계 자체를 하나의 일관성, 하나의 일체적인 것으로 파악하려는 경향을 갖는 것을 말하는 것에 불과하다. 연구하는 마음은 주어진 모든 것을 일단은 회의하고 부정하면서 그것이 무한한 연관의 전체성 속에 드러날 때까지 쉬지 않는다. 그리고 이 전체성도 하나의 정해진 체계, 윌리엄 제임스가 "덩어리 우주(block universe)"라고 부른 필연의 체계로 생각되기보다는 주체적 창조성에 대응하여 선택되고 변화하며 근거 지어지는 개방의 전체성이다.

　모든 연구하는 마음이 마음의 본성의 자각과 세계의 전체성의 구성에 관계되는 것은 아니다. 그러나 그것은 여기에 직접 간접으로 참여한다. 대부분 우리의 마음은 주어진 사실을 그대로 받아들이고 그것에 사로잡혀 있다. 이것은 마음이 존재하는 방식의 한 면이다. 그러나 연구는 주어진 사실에 대하여 의문을 제기함으로써 시작된다. 거기에서 출발하여 비로소 그것은 새로운 답변을 찾을 수 있는 것이다. 그러면서 우리의 마음은 스스로의 마음의 부정과 구성의 힘을 깨닫게 되고 또 일체의 것이 이러한 마음에 대응하여 존재하는 가능성을 생각하게 되는 것이다.

　대부분의 연구는 고도의 전문성을 가지고 있다. 그것은 이미 구역이 정해져 있는 현실 속에서의 극히 면밀하게 정의된 방법으로 사물의 얼개를 따져 나가는 일을 말한다. 알다시피 연구와 전문화는 거의 같은 것을 의미한다. 그러나 동시에 어떤 경우에 있어서나, 연구의 한 보람은 관점의 일반화에 있다. 역설적으로 전문적 연구는 그것이 깊어 감에 따라 일반화의 가능성을 높이는 결과를 가져오는 것이다. 교육의 관점에서의 연구의 의미는 이러한 심성의 일반화에서 찾아진다.

3

위에 말한 것은, 얼른 생각하듯이 연구의 효용이 그 실용적, 이론적 업적에만 있는 것이 아니고, 인간 본성의 자각과 전체성의 요구 또는 심성의 일반화에 있음을 지적한 것이다. 다시 말하여, 여기에 깊은 의미에서의 연구의 도덕적 의의가 있다. 그러나 연구의 체험의 더 중요한 교육적 결과는 진리의 존재 방식에 대한 깨우침에서 얻어진다. 그것이 우리에게 말하여 주는 것은 진리가 사람과 따로 존재하면서 우리에게 외부적인 권위로서 작용하는 객체가 아니라는 사실이다. 진리는 반드시 사람에 의하여 창조되는 것이 아니라고 하더라도 적어도 사람의 발견 속에 존재하는 것이다. 진리는 누군가에 의하여 발견된 것이다. 그리고 살아 있는 진리이기 위해서는 그것은 우리 자신에 의하여 새로 발견되어야 한다. 우리를 앞서간 진리의 발언자는 진리를 발견하여 우리에게 그대로 전달해 준 것이라기보다는 우리가 진리에 이를 수 있는 길을, 또는 그에 이를 수 있는 보조 수단을 주었을 뿐이다. 이런 의미에서, 진리는 흔히 생각하는 것과는 달리 개인적이다. 진리의 존재 방식에서 중요한 것은 진리가 일찍이 발견되고 또 우리 자신에 의하여 재발견되는 것인 만큼, 새로운 진리가 발견될 수도 있다는 것, 오늘의 진리가 다른 진리에 의하여 대치될 수도 있다는 사실이다. 다시 말하면, 연구의 결과로 진리가 드러난다는 것의 중요한 한 의미는 진리의 잠정성에 있다. 즉 진리가 완전한 객체로 존재하는 것이 아닌 한 그것은 잠정적 가설에 불과한 것이다.

이러한 말은 진리는 영원 불변하다는 생각에 배치된다. 또 진리가 잠정적이라는 것은 진리의 효용을 상당히 감소시키는 것이라고 할 수 있다. 사람은 본래 아무런 목적 없이도 진리에 대한 갈구를 가지고 있는 형이상학적 존재이다. 그러나 진리의 한 효용은 그것이 사람의 자연적, 사회적 삶에 안정성을 부여한다는 데 있다. 진리가 가변적인 것이라고 할 때, 그러한 면은 상당히 줄어든다고 할 수밖에 없다. 그러나 지적 모험의 결과가 안정성의 상실인 것은 부인할 수 없는 일이다. 사실 진리의 위험성은 늘 진리 탐구의 경고의 내용이 되어 왔었다.

그러나 진리의 잠정성이 그것의 안정 기능을 전적으로 빼앗아 가 버리는 것은 아니다. 진리의 효용은 여전히 우리의 물리적, 사회적 삶에 어떤 토대를 제공한다는 데 있다. 다만 그러한 토대는 진리의 고정 체제보다는 복잡한 요인들로 이루어지는 균형으로서 존재한다고 하여야 할 것이다. 진리는 아무리 잠정적이라고 하여도 어떤 개인의 기분의 움직임에 따라서 변화하는 것처럼 제 마음대로 존재할 수는 없는 것이다. 오늘과 내일의 진리가 다르다고 한다면, 이 변화는 일정한 구조 속에서 일어나는 변화이다. 진리의 탄생은 전적으로 새로운 것의 발견을 의미할 수도 있고, 또 옛 오류의 교정일 수도 있다. 그러나 하나의 진리에 의한 다른 진리의 대치는 반드시 절대적 의미에서 새로운 것의 대두 또는 오류의 대치를 뜻하는 것은 아니다. 진리와 오류의 관계는 그것보다는 복잡한 변증법적 얼크러짐 속에 있고, 이 얼크러짐이 진리의 움직임에 하나의 안정성을 부여한다.

우리가 알아야 할 것은 진리가 질문에 대한 답변으로 존재한다는 사실이다. 또 이 질문은 아무렇게나 던져지는 질문이라기보다는 질문을 일어나게 하는 문제적 상황에서 나오는 것이다. 어떤 한 명제가 진리가 아니라고 할 때, 그것은 질문에 대한 바른 답변이 아니거나, 상황에서 저절로 나오는 질문, 즉 바른 질문에 대한 바른 답변이 아니라는 것을 뜻한다. 이때 우리가 다시 돌아가야 하는 곳은 주어진 상황이다. 그리고 그 상황을 문제적인 것으로 다시 열고 새로운 질문과 답변을 찾아야 한다. 그러나 이 상황으로 다시 돌아가는 것은 본래 가지고 있던 잘못된 진리의 명제의 지시에 따라서이다. 우리는 우리가 버리는 명제를 좋아서 그것이 나오는 바탕이 되었던 상황을 재구성하는 것이다. 이런 의미에서 오류의 명제 그것도 반드시 완전히 오류만을 가진 것은 아니다. 이렇게 볼 때, 진리와 오류의 관계는 반드시 적대적인 것이 아니고 어떤 필연성에 의하여 묶여 있다고 할 수 있다. 그러니만큼 하나에서 다른 하나에로의 움직임은 그렇게 자의적인 것이 아니다.

그러나 위의 고찰에서 진리의 안정성을 보장해 주는 것은 진리 명제의 모태가 되는 상황 또는 더 일반적으로 말하여 진리의 지평의 안정성이라고 말해야 할 것이다. 그러나 이 상황 또는 지평이 완전히 엄격한 필연성의 체계를 형성하는 것은 아니다. 새로운 질문을 허용한다는 것 자체가 이것이 비교적 유연한 전체성을 이루는 것임을 말하여 준다. 그것은 여러 다른 진리 명제의 대안들을 수용하고 있는 총체이다. 그럼으로 하여, 하나의 명제에 대신하여 다른 명제를 끌어낼 수 있는 것이다. 오류와 진리는 한 문제적 상황에서 답변으로 채택될 수 있는 두 가지 가능성을 나타내는 것이라고 하여도 좋다. 그러면서도 모든 대안들이 동등한 무게를 가지는 것은 아니다. 다른 명제들과의 관련성 또는 상황의 역사성이라는 관점에서 하나의 명제는 다른 명제에 대하여 필연적 선택의 대상이 되는 것일 것이다. 그리고 하나의 명제가 진리로서 쓸모없는 것이 되는 것은 전체적이며 역사적인 관련에 변화가 일어나기 때문으로 생각할 수 있다. 진리 명제의 근거로서의 상황은 고정되어 있는 것이라기보다는 역사적 루트를 통하여 움직여 가고 있는, 변화하면서, 법칙적인 전체이다.

학문 활동 ─ 특히 자기 성찰적 학문 활동의 주요 임무의 하나는 이러한 움직이는 전체성으로서의 상황 의식을 유지하는 일이다. 여기에서 주어진 상황은 필연적 법칙성에도 불구하고 여러 가지 대안을 포용하고 있는 지평으로 간주되어야 한다. 이러한 대안들은 상황의 사실적 조사와 논리적 분석을 통하여 검증된다. 그러나 어떠한 사실도 ─ 특히 그것이 인간에 관계되는 한은, 그것 자체로 존재하지 아니 한다. 그것은 역사적 실천과 결정의 결과로 만들어지거나 구성된 것이다. 모든 학문적 문제가 역사적 배경 속에서 이해되어 마땅한 것은 이러한 연유에서이다. 동시에 우리가 알아야 할 것은 역사적 실천과 결단, 또는 개인을 완전히 넘어가는 어떤 초월적 집단 원리와 일방적으로 일치하는 것이 아니라는 점이다. 그것은 공동체적 상호 작용 속에서 이루어지는 창조적 이니셔티브의 표현이고 그것에 대한 제약이다. 이것은 사회적 사실에서만이 아니라 자연과학적 진리의 경우에도 어느 정도는 해당되는 것이다. 진리는 어떤 경우에 있어서나 사실의 원리의 검증이면서 공동체적 합의인 것이다.

학문 연구가 진리에 관계되는 것은 그것이 반드시 어떤 특정한 종류의 진리를 포용하고 있다는 점에서가 아니다. 오히려 학문 연구는 진리를 낳을 수 있는 조건 — 사실적 검토를 위한 정신적 기율과 진리의 역사적 지평에 대한 기억과 공동체적 합의의 틀을 유지한다는 점에서 진리에 깊이 관여되어 있는 것이다. 이 테두리 안에서 진리는 인간 정신과 세계의 끊임없이 새로운 해후로서 새로이 생겨나는 것이다. 학문 연구의 인간적 의의는 어떤 특정한 업적보다도 이 해후의 가능성을 열어 놓는 데에 있다.

4

진리는 사람이 안정된 삶을 사는 데 필수불가결의 것이다. 진리에 의지하여 우리는 물리적 환경 속에서의 삶을 예견하고 기획하며, 사회생활에 있어서의 공존적 질서를 유지하고, 개체로서의 일관성을 유지한다. 이러한 데 빼놓을 수 없는, 진리가 많을 수밖에 없는 것이라는 것은 심히 불안한 일이다. 그렇기 때문에 우리는 만고불변의 확신의 대상이 될 수 있는 진리를 원한다. 그러나 진리의 물화(物化) 내지 물신화(物神化)는 그 나름의 억압적 기능을 갖는다. 우리가 개인으로 살고 죽는 한, 우리는 늘 새로운 질문과 새로운 답변을 하게 마련이다. 또 이것을 허용하는 만큼 삶은 하나의 풍요로운 뿔(horn of plenty)과 같다. 고정된 진리는 진리의 무한한 변조를 억압하고 삶의 풍요한 뿔을 마르게 한다. 그러나 진리는 고정된 명제의 총체가 아니라 역사적 기억과 공동체적 대화와 동의에 의하여 떠받쳐지는 열려 있음이다. 이 열려 있음이 우리의 실존적 진리의 변조를 충분히 수용할 만큼 유연하고 관대한 것이라고 할 때, 진리는 다시 위에서 말한 바와 같이, 우리의 삶의 성장을 위한 굳건한 뿌리가 된다.

대학의 연구는 사회가 필요로 하는 기술적, 이론적 고안의 수단이기도 하지만, 사람이 사람답게 살아가는 터전을 마련하는 데 있어서 근본적인 작업을 뜻하기도 한다. 그리고 대학의 교육 그것도 이러한 작업에 필수적인 연구심을 기르는 일 이외의 다른 일을 뜻하는 것이 아니다.

(1985년)

'정치 제일' 속에 증발된 문화

가장 등한시된 우리의 문화제도

오늘날 우리 사회가 당면하고 있는 가장 긴급한 문제는 민주 사회로의 발전을 위한 기틀을 만들어 낼 수 있느냐 그러지 못하느냐 하는 문제이다. 그러나 이것은 최대한도의 문제가 아니라 최소한도의 문제이다. 당면의 투쟁 목표는 우리 사회가 살 만한 사회가 되는 데 필요한 최소한도의 기본적 약속을 확보하는 일이지만, 그것의 달성으로 훌륭한 사회가 되는 데 필요한 최대한도의 요건들이 충족된다고 말할 수는 없다. 민주화라는 최소 조건이 중요한 것은 그것이 살 만한 사회, 사람의 삶은 살 값이 있는 사회로 만드는 여러 일들의 필수적 기초 조건이 되기 때문이다. 어쩌면 사람이 창조적 존재인 한 이 기초 조건이 만족되면, 거기에서 시작하는 사회 동력학 자체가 많은 것을 이룩해 낼 것으로 기대할 수 있다. 그렇긴 하나 기초 조건은 어디까지나 필수적인 것이면서 충족한 것은 아니다. 사람 하는 일이 다 그러하듯이 진정한 인간적 사회의 건설과 유지는 기초 조건을 넘어서서 진행되어야 할 끊임없는 작업이라고 하는 것이 옳을 것이다.

오늘날의 문제라는 관점에서 문화의 문제는 결코 화급한 문제라고 할 수 없을는지 모른다. 또 이것은 바른 정치 제도 아래에서 저절로 그 자연스러운 동력학을 통하여 전개될 성질의 문제라고 할 수도 있다. 그러나 다른 한편으로 장기적으로 볼 때, 문화의 문제는 가장 중요한 문제라고 말할 수 있다. 우리가 무엇을 하든지 간에 우리의 작업의 우선순위에 대한 감각은 문화의 규정에서 나온다고 볼 수 있기 때문이다. 우리 사회의 우선순위에 대하여 생각한다는 것은 문화에 대하여 생각하는 것이다.

사회의 기본적 틀을 고안함에 있어서 빼놓을 수 없는 것은 사회의 작업의 우선순위를 생각하는 것이고, 그것은 문화를 생각하는 것이 된다. 최근의 헌법에 관한 논의는 말할 것도 없이 민주주의의 활발한 전개를 가능하게 하는 방안에 집중된다. 이것은 우리 현대사의 흐름으로 보아 또 지난 20년간의 긴장과 갈등의 경험으로 보아 너무나 당연한 일이다. 그러나 민주화는 우리의 지상 명령이면서 지상 명령이 아니다. 왜냐하면 정치적 요구는 그것이 어떠한 것이든지 간에 그 자체로 의미를 갖는 것이라기보다는 그것이 사람의 삶에 대하여 갖는 관계를 통하여 의미를 갖는 것이기 때문이다.

민주화에 대한 요구의 밑바닥에는 바람직한 삶에 대한 대체적인 합의가 깔려 있는 것일 것이다. 이러한 합의는 국민적 체험 —— 서로 다르고 갈등을 일으키면서도 서로 조정되고 수렴되게 마련인 국민적 체험을 통하여 이루어지는 것이다. 그러나 이러한 합의는 다른 한편으로는 조금 더 적극적인 반성의 대상이 될 수 있는 것이다. 그리고 이 적극적 반성을 통하여 우리의 정치적 지표와 행동은 한결 능동적인 것이 될 수 있을 것이다. 문화의 기능은, 분명치 않은 대로, 바람직한 삶의 비전에 대한 어떤 합의 또는 그에 대한 주체화된 반성을 제공하거나 매개하는 일을 포함한다. 이렇게 볼 때 사회의 근본에 대한 새로운 고찰에서 문화의 문제는 매우 중요한 위치를 차지한다고 보아야 한다.

그러나 다른 한편으로 어떠한 것이 좋은 삶인가에 대한 보편적 합의가 있을 수 있겠는가에 대한 회의가 있을 수 있다. 그것에 대한 일방적 또한 정적 정의와 사회적 부과는 매우 억압적인 것이 될 수 있고, 오히려 자유로워야 할 삶의 테두리를 좁히는 결과를 가져올 수도 있다. 필요한 것은 좋은 삶의 적극적 내용을 밝히는 일이라기보다는 그것에 대한 토의를 계속 유지시키는 방안이다. 정치 제도의 관점에서는 이 방안은 이 토의를 계속 자극하고 그 결과를 정치 과정 속에 투입하는 장치이다. 넓은 관점에서 중요한 것은, 문화의 내용보다는 문화의 제도이다. 그러나 모든 사회 활동 분야 가운데 가장 제도적으로 등한하게 되어 있는 것이 문화의 제도이다.

문화는 삶의 형성 원리

이러한 문제를 말하기 전에 우리가 생각하여야 할 것은 문화에 대한 우리의 근본적인 태도이다. 사실 오늘날 문화의 문제의 핵심은 이 태도의 방향에 있다.

최근 《중앙일보》가 실시한 국민 여론 조사에는 정부의 여러 정책 시행에 대한 평가를 요구하는 문항들이 들어 있는데, 거기에는 문화 정책에 대한 평가도 포함되어 있다. 여러 정책에 대한 평가 가운데 주목할 만한 것은 문화 정책에 대한 강력한 긍정적 평가이다. 이 평가가 어떤 구체적 내용에 기초해 있는지는 설문은 밝히지 않고 있다. 그러나 평가는 정부의 여러 외적인 업적에 기초한 것이 아닐까 하고 짐작이 된다. 가령 이번 아시아 체육대회에서 단적으로 나타난 체육 투자, 또 그 이전에도 두드러지게 돈

보이는 각종 체육 시설의 확장, 예술의 전당 건설로 대표되는 공연 시설의 증가, 새로운 국립박물관, 미술관 건립, 도시 공간에 있어서의 미술 효과의 강조 —— 이러한 눈에 띄는 일들이 긍정적으로 평가되는 문화 정책의 구체적인 업적의 중요한 일부가 되는 것일 것이다. 또 여러 가지 축제 행사나 전통 예술을 중심으로 한 공연 예술의 상연 등이 전에 없이 빈번해진 것도 지적될 수 있다. 쉽게 눈에 띄지 않는 것으로는 문예진흥기금의 지원을 받아 활발해진 동인지, 지방 문예지 등의 문예 출판 활동들도 들 수 있을 것이다.

이러한 것들은 다 중요한 문화 발전의 내실이고 증표이다. 그러면서도 어쩌면 그것들은 동시에 문화에 대한 우리의 태도의 근본을 흐리게 할 위험성을 가지고 있다. 이러한 문화의 업적들은 전시적인 것에 치중한다는 비판을 자주 받는다. 이것은 사실 심각하게 생각해 보아야 할 비판인 것이다. 건물이나 행사 또는 기타의 가시적 표현들로써 파악되는 문화는 대상으로서 파악된 문화이다. 일어나고 있는 것은 문화의 대상화이다. 여기에서 문화는 일정한 투자에 의하여 얻어지는 물품들로 구성되는 것으로 파악된다. 그것은 대상물이며 구매되는 것이다. 문화적 대상물이 필수적인 것이 아닌 한, 여기에 행사되는 구매력은 사회의 필수적 사항들이 충족되고 남은 여력에서 나온다. 따라서 문화는 정치나 경제 문제를 해결하고 난 다음의 여유 있는 생활의 장식이 된다.

그러나 문화가 외적, 전시적, 대상적, 장식적인 것 가운데에만 존재하는 것이 아님은 말할 것도 없다. 설령 여러 화려한 문화적 구조물들이 우리의 찬탄의 대상이 된다고 할지라도, 결국 그 찬탄은 그러한 구조물들이 인간의 정신과 창조력을 나타내고 있는 데 연유한 것이다. 정신적 과정의 최종적 산물로서, 비로소 문화 구조물은 참다운 의의를 갖는 것이다. 우리가 단순한 자연물 또는 모방물들을 진정한 문화적 구조물과 구분하여 생각하는 것도 이러한 이유 때문이다. 문화가 물질이라기보다 정신이라는 것은 사실 새삼스럽게 말할 필요도 없는 것이다.(요즘은 경제 성장의 자만감에 밀려 사라졌지만, 한때 동양의 정신문화와 서양의 물질문화의 대비와 정신문화의 우위성에 대한 주장은 상투적으로 이야기되어 오던 것인데, 이러한 대비와 주장에도 문화가 근본적으로 정신에 관계되는 것이라는 것은 함축되어 있는 것이다.)

우리가 주목해야 할 것은 문화가 정신을 표현하는 것일 뿐만 아니라 정신을 형성하는 것이라는 것이다. 예술 작품은 정신으로도 또 표현된 대상물로도 존재한다. 그러나 그 참 의의는 그것이 삶의 풍요한 장식이 된다는데, 또는 이미 형성되어 있는 정신을 표현한다는 데 있는 것이 아니다. 그것은 새로운 정신의 형성에 예술이 깊은 영향을 끼친다는 데에 있다. 예술은 정신의 표현이며 정신을 형성하는 매개체이다. 또 이때 형성되는 정신은 단순히 예술의 창조에 관계되는 또는 새로운 예술을 창조하는 정신인데 그치는 것이 아니고 인간의 모든 주체적 활동에 작용하는 근본 원리로서의 정신이다. 아마 이렇게 말하는 것은 예술에 지나치게 큰 의미를 부여하는 것이라고 할는지 모른다. 더 적절하게 말하건대, 이 정신 형성의 과정에 관계되는 것은 예술만이 아니고 더 광범위한 의미에 있어서의 문화 활동이라고 할 수 있다. 하여튼 여기에서 우리가 말하고자 하는 것은, 방금 예술에 관하여 말하였듯이, 문화가 삶의 장식이며 표현이며 형성 원리라는 점이고, 이 세 기능 가운데에서 형성의 원리의 측면이 가장 중요한 것이라는 점이다.

전능한 위치에 있는 정치

이렇게 볼 때, 문화는 일정한 경제적 투자가 만들어 내는 대상물이 아니라 이 투자의 결정 속에 작용하고 있는 원리이다. 이 원리에 의하여 결정된 가치의 서열에 따라서 문화의 대상적 투자가 이루어진 것이다. 또 이 원리는 문화 투자가 아닌 다른 투자에도 이미 작용하고 있고, 또는 어떤 종류의 문화 투자를 삼가기로 한 결정에도 작용하고 있는 것이다. 사실 이러한 주체의 활동의 원리로서의 문화는 우리가 하는 모든 일에 작용하고 있다. 다만 그것은, 보다 분명하게 주체화된 상태에 있어서, 스스로의 원리를 되돌아보고 스스로를 의식적으로 교정하고 형성해 나갈 수 있는 것이다. 이것이 보다 전문적 의미에서의 문화의 핵심적 작업을 이룬다. 정신의 자기 성찰, 자기 형성의 노력은, 다시 말하여 문화라는 테두리 속에 분류되는 여러 활동 속에서 행해진다. 이 활동으로 대표적인 것이 예술이다. 그러나 위에 비친 바와 같이 예술은 그 능동적 측면에서 파악될 때 외면적 업적이라기보다는 정신의 움직임이다. 뛰어난 예술 작품은 그 감각적 아름다움으로 우리를 사로잡는 일을 넘어 그 뒤에 숨어 움직이는 정신으로써 우리를 고양시킨다.

그러나 정신이 정신을 되돌아보는 일은 철학적 성찰의 영역에 속한다. 그리하여 예술을 포함하여 살아 움직이는 문화의 표현에는 흔히 철학적 정신이 움직인다. 최선의 문화의 상태에서 예술의 개화는 철학의 창조적 발전과 병행한다. 어떤 경우에나 자각적 문화는 철학적 문화의 성격을 가지고 있다. 그런데 오늘의 우리 문화에 있어서 결여되어 있는 것은 이러한 철학적 자각인 것으로 보인다. 이것은 우리 문화에 정신의 자각적 균형이 부족하다는 말이다. 더 직접적으로는 경제의 투자에 의하여 얻어질 수 있는 대상의 구조들에 비하여 철학을 비롯한 인문과학의 부진은 이것에 대한 일부의 증거가 되는 일이다.

중요한 것은 다시 말하여 철학이나 기타 인문적 학문들이 크게 떨치지 못하고 있다는 사실이 아니라, 그러한 것과 상관되어 있는바 삶 전체에 대한 균형 감각이 부족하다는 점이다. 너무 단순화된 일반론이기는 하지만, 우리의 스포츠, 음악, 미술, 연극 또는 문학이 어떤 독특한 스타일 — 더 나아가 하나의 대 스타일(der große Stil)에 이르지 못하는 것은 여기에 관계되어 있다. 또는 우리의 생활과 환경에 대한 적응이 어설프고 어색하고 추하고 모순과 갈등을 드러내는 것도 적어도 일부는 여기에 관계되는 것이라고 할 수 있다.

그러나 무엇보다도 걱정되는 것은 어떠한 삶에 대한 감각에 의하여 정치가 움직여지고 있는가 하는 문제이다. 국가 생활의 모든 면에서 정치는 모든 것을 거의 마음대로 주무르는 형편에 있다. 그러한 정치의 마음을 만들어 내는 것은 무엇인가? 정치가의 내면적 정신을 형성하는 것은 무엇인가? 그의 성장 과정에서 그의 마음을 만들어 내는 것은 무엇이며, 그가 정치권력을 행사할 때 그의 권력 행사의 내면적 원리가 되는 것은 무엇인가?

오늘날 정치는 전능한 입장에 있다. 그것은 모든 것을 부린다. 그것은 물리적 힘에 의하여, 수의 힘에 의하여, 여론의 힘에 의하여, 마지못한 상태로 제어될 수 있을 뿐이다. 그것은 그 이상의 정신적 원리에 승복할 의사를 전혀 가지고 있지 않다. 이상적으로 말할 때, 정치는 한 나라의 문화가 함축하는 윤리적 원리들에 의하여 제한된다고 할 수 있다. 그러나 그러한 문화가 온전한 상태에 있지 않을 때 어떻게 할 것인가? 어떤 경우에 있어서나 오늘날 정치는 문화와 같은 현실적 힘을 구비하지 않은 것에 의하여 통제될 생각이 없다. 이것은 소위 국가의 문화 정책이란 것에서 단적으로 나타난다. 그것은 문화를 정치의 의도에 따라 조종하려는 방책들일 뿐이지 문화의 보다 높은 정신 작용에 귀 기울이려는 방안은 아무 데에서도 찾아 볼 수 없다.

수혜자의 위치로 떨어진 문화

　이러한 문제들에 대하여 걱정이 있다면, 그것은 건전하고 활발한 정신 문화의 자연스럽고 자발적인 발달에 의하여 어느 정도는 해소될 수 있을 것이다. 그러나 그것만으로는 충분치 않다. 우리나라에서뿐만 아니라, 대체로 현대 국가에 있어서 문화의 상태가 어떠한 것이든지 간에 그 점에는 관계없이, 문화의 철학적 원리가 정치에 투입될 방도는 없는 것으로 보인다. 즉 정치가 문화에 작용할 수 있게 하는 것이 아니라 문화가 정치에 작용할 수 있게 하는 아무런 공식 제도 또는 기구가 없는 것이다. 이것은 어디까지나 문제로 남는다.

　문화의 비공식적 존재 방식은 한편으로는 바람직한 것이라고 할 수도 있다. 현대 국가는 세속 국가이다. 이것은 역사 발전이 가져온, 하나의 중요한 업적이다. 종교, 윤리, 이데올로기, 고급문화로부터의 국가의 분리는 시민적 자유의 쟁취에 불가결한 과정이었다. 정신적 원리 ── 종교적이든 도덕적이든 심미적이든 ── 에 의한 통치는 자유를 제한하게 마련이고 급기야는 인간 생활의 다양한 가능성을 한정하는 결과를 가져오기 쉬운 것이다.

　뿐만 아니라, 정신적 원리에 의한 정치는 정신 자체의 활발하고 고양된 활동에도 유해하기 마련이다. 정치에 흡수된 학문이나 예술치고 궁극적으로 그 창조적 능력에 위축을 경험하지 않은 경우가 별로 없음을 우리는 역사에서 본다. 아마 그 가장 좋은 예는 조선조의 역사에서 찾아질 것이다. 정신의 원리는 자유이다. 그것은 공시적 제도나 기구를 싫어한다. 그것의 존재 방식은 비공식적 번영이다. 그것이 어떤 공식 기구에 대하여 작용을 가할 수 있다면, 그것은 보이지 않는 영향력을 통하여서이다. 그러나 이러한 과정은, 뒤에서 비친 바와 같이, 정신의 무력화 내지 소멸의 위험을 무롭쓰는 것이기도 하다. 그것은 궁극적으로 사람다운 삶의 상실을 뜻할 수도 있다. 개인 생활에서나 집단의 생활에서나 제정신을 가누고 산다는 것은 가치의 문제라기보다는 삶의 필수적인 조건인 것이다. 그리고 완전히 세속화된 세계에서, 정신이 참으로 자유로울 수 있는가 하는 것도 크게 의심되는 일이다.

세속적 자유주의 이상이 대두하는 근대의 초기에 비하여, 오늘날의 국가 권력과 경제력의 비대는 인간 활동의 어떤 영역도 자유로운 상태로 놓아두지 않는 지경에 이르렀다. 오늘날의 국가는 일체의 자원, 인원, 활동을 총괄하며, 일체의 혜택을 급부하는 총체적 관리 체제가 되었다. 여기에 맞설 수 있는 것이 있다면, 경제의 힘이다. 물론 이 경제의 힘은 권력과 분리되어서보다는 그것과 결탁하여 움직인다.

인간의 어떤 활동도 자원과 인원의 지원이 없이는 불가능하고 이 지원은 사회 전체의 권력과 경제력에 의하여 배분된다고 할 때, 어떻게 정신 활동 또는 문화 활동이 독자적 자유를 누릴 수 있겠는가? 초기 자유주의 시대와 오늘의 상황은 전혀 다르다. 오늘날 모든 것은 관리된다. 오늘날의 정신과 문화가 완전히 수동적 수혜자의 위치에 떨어지게 된 것은 당연한 귀결이다. 또 권력자의 지시와 지원이 없이는 존립하기 어렵게 된 문화는 자연스럽게 권력의 장식이 되고 그 홍보 활동의 일부가 된다.

통치자 교육이 무시되는 시대

사람의 정신이 문화에 의하여 형성되든 아니 되든 어떤 형태로든지 사람이 하는 일에 어떤 주체적 원리, 정신이 작용하지 아니할 수 없다. 그러나 그 정신은 형성되지 아니한 주어진 대로의 것일 수밖에 없고, 경험의 세계에서의 우연적 계기들에 의하여 충동적으로 움직이는 혼란된 본성일 수밖에 없다. 기껏해야 그것의 원리는 가장 조잡한 현실주의이며 기능주의이다. 오늘날 우리 주변에 보는 것은 조잡한 격정과 충동이며, 가장 세련된 형태에서 몰가치적인 기능주의적 현실주의이다. 이러한 적나라한 정신 형태를 인간의 변함없는 본성으로 받아들이는 입장이 불가능한 것은 아니다. 사실상 오늘날의 모든 정치 이론은 인간 정신의 고양화를 인정하지 아니한다. 타고난 대로의 정신적 자질이 그대로 바람직한 삶의 기본적 조건으로 또 충분한 조건으로 받아진다.

물론 교육은 어느 때보다도 팽창되어 있지만, 그것은 주로 객체화된 정보량의 증대에 관계되는 것이지, 정보 이전의 주체적 심성의 각성에는 크게 관계되지 아니한다. 그러나 역사적으로 볼 때, 많은 사회는 인간의 주체적 심성의 도야의 중요성을 인정하고, 이 도야는 광범위한 문화적 유산의 체험과 이성적 자각을 필요로 하는 것으로 생각하였다. 이것은 특히 정치에 중요한 것으로 생각되었다. 전근대적 정치철학에서 강조되는 통치자 교육론 ── 가령 플라톤의 『국가』나 에라스무스의 『크리스천 통치자의 교육』, 또는 유교 전통의 수많은 저작들 ── 은 이런 맥락에서 의의를 갖는 것이다.

인문적 또는 철학적 지혜 속에 형성된 정신을 정치의 동력이 되게 하려는 제도적 노력들도 이런 맥락에서 생각될 수 있다. 이러한 노력에 있어서 조선조는 세계적으로 아마 가장 주목할 만한 예를 제공해 주는 것일 것이다. 그것은 권력 기구의 도처에다 권력으로부터의 (상대적) 독립을 유지하면서 통치자에게 간언하고 설법하고 통치자의 행동을 공적인 자리로 끌어내고 시간적으로 역사의 판단 속에 매어 두려는 수없는 제도적 장치를 시도했던 것으로 보인다. 더 연구되어야 할 사항이겠지만 이러한 제도가 반드시 성공했던 것으로 보이지는 않는다. 이것은 다른 사회의 경우에도 마찬가지였던 것으로 보인다. 가령 엄격한 기독교적 윤리 속에 정치와 사회를 묶어 두려고 했던 칼뱅의 주네브나 아메리카의 개척자 식민지를 생각해 볼 수도 있다.

우리가 이러한 예들을 반복할 수는 없다. 그것들이 설사 성공한 것이었다고 하더라도 세속화된 오늘의 세계에 또 오늘의 세계의 업적에 그와 같은 규제가 맞아 들어갈 수는 없는 일이다. 무엇보다도 그것은 오늘의 인간의 근본 전제인 민주주의에 맞아 들어갈 수가 없다. 그러나 정신적 형성의 작업을 무시하고 기능적 현실주의가 사람다운 삶의 달성에 문제가 있는 것임은 일단 인정할 필요가 있는 일이다. 그리고 그것에 대한 답변의 하나가 문화의 작업에 있고, 또 이것은 사회의 공식 기구에 적어도 어느 정도는 관계될 수 있어야 한다는 것을 생각해 볼 필요가 있는 것이다. 여하튼 오늘날처럼 통치자의 교육이 무시된 시대는 찾기 어려운 일이고 이것은 방치될 수 있는 일이 아니다.

문화, 정신 활동의 공적 기구 참여

위에서 말한 바와 같이, 정신의 작업으로서의 문화의 작업은 비공식적인 공간에서 가장 활발할 수 있다. 이것은 진정한 의미에서의 민주주의가 보장해 줄 수 있다고 할 수 있을는지 모른다. 진정한 의미에서라는 것은 오늘날 보는 바와 같은 국가 권력의 직접적인 개입이 문화 공간에서 배제되어야 한다는 뜻에서 더 나아가 문화가 그 활동의 지원을 위하여 정치력이나 경제력의 눈치를 볼 필요가 없어야 한다는 뜻에서이다. 이것은 자유방임만으로는 확보될 수 없는 조건일 것이다. 그것은 공공 자원과 기구를 문화 자체에서 나오는 기준 밖으로부터 오는 아무런 제약 조건이 없이, 문화 활동에 제공해 주는 입법 조치와 기구의 창설을 요구하는 일이다. 이것이 어떠한 것이 되어야 할 것인가는, 여기에서 간단히 제시할 수 있는 것 이상으로, 각국의 사례들을 참고한 연구를 필요로 할 것이다.

그런데 더욱 중요한 것은 정신 활동으로서의 문화 활동이 어떻게 사회의 공식 과정 속에, 또는 정치 과정 속에 투입될 수 있겠는가 하는 문제이다. 일단 민주적 조건하에서 정신적 영향력을 통하여 정치 과정에 관계될 것으로 기대해 볼 수 있다. 그러나 정신 활동이 대중적 영향력만으로 사회의 공적 과정에 관계된다면, 그것은 정신 활동의 희석화를 감수해야 할 것이다.

나는 이상적 민주 사회가 반드시 모든 인간 활동의 희석화 또는 모든 인간적 자질의 평균치화를 요구한다고 보지 않는다. 어떤 종류의 것이든지 간에 차등의 인정은 그 나름의 위험을 가진 것이지만, 그러한 위험은 제도적 조정과 다른 여러 가지 고안을 통하여 중화될 수 없는 일이 아니다. 어떤 경우에나 대체로 전문가와 비전문가의 구분은 없어질 수 없을 것이고, 또 그것을 없애는 것이 반드시 사회 발전을 위하여 옳은 것일 수 없을 것이다. 이것은 문화에서도 마찬가지이다. 이것은 사람의 자질이나 업적에 있어서 그렇고 고급문화와 하급 문화의 구분에 있어서 그러하다. 오늘날의 대중적 민주주의 국가에 있어서 유일하게 살아남는 문화는 대중문화로 보인다. 그러나 여기에서도 이것이 반드시 민주주의의 조건은 아니지 않나 한다.

민주주의는 한편으로는 국민의 평균적 상식이 유통될 수 있는 사회이다. 그러나 다른 한편으로 그것은 국민의 역량의 최고 수준의 표현을 가능하게 해 주는 사회이다. 이것은 개인을 위해서나 사회를 위해서나 바람직한 일이다. 따라서 서로 다른 자질을 서로 다르게 발전시킨 사람들의 유기적 결합은 단순한 의미의 평등한 인간의 사회적 결합과 조화될 수 있어야 한다. 어떻든지 간에 여기에서 말하고자 하는 것은 문화 활동 또는 정신 활동이, 민주 사회의 이념에 배치되지 않는 한도에 있어서, 산만한 영향력 이상의 보다 직접적인 방법으로 국가의 공적 기구에 참여할 수 있는 방법을 연구해 보는 일이 필요하다는 말이다.

권력은 가치 지식인을 기피해

이상이야 어쨌든지, 오늘날의 민주 국가에서, 일반 시민의 수준을 넘어가는 전문 지식을 갖춘 전문가들의 특수한 역할은 이미 인정되어 있다. 현실의 문제로서, 정치에 대한 문화의 특수한 관계를 설정하는 일은 기존 제도의 약간의 교정을 가하는 일에 불과하다. 그것이 좋은 일이든 나쁜 일이든 오늘날의 정치 기구가 점점 테크노크라시가 되어 간다는 것은 자주 지적되는 일이다. 위에서 말한 전문가란 이것을 운영하는 테크노크라트들이다. 달리 이름하면 기능 지식인이다.

그런데 여기에 비슷하게 문화 활동 종사자의 이름을 붙인다면, 그들은 가치 지식인이라고 할 수 있다. 오늘날 권력의 과정에 기능 지식인들은 여러 가지 형태로 정부 부속 연구 및 자문 기구를 통하여, 각종 용역 계약을 통하여 또는 직접 관료의 자격으로 참여하고 있다. 이에 비하여 가치 지식인들은 이 과정에서 거의 전적으로 제외되어 있다. 본래 문화 가치의 검토나 창조에 관계되어 있던 인사들이 정부에 참여하지 않는 것은 아니다. 그러나 그들은 이러한 참여와 더불어 일종의 기능 지식인으로 탈바꿈을 하게 된다. 그들의 권력 기구 내에서의 역할은 그들의 언어와 개념 처리의 기능을 통하여 수행된다.

그러나 본래의 가치 지식인의 관점에서 볼 때, 이러한 기능은 주로 제2

차적인 도구의 성격을 가진 것이다. 이것은 주어진 목표에 봉사하는 데 의의를 갖는 것이 아니라 목표 자체를 검토하고 부정하고 설정하는 데에서 의의를 갖는 것이다. 가치 지식인의 존재 이유는 그의 특수한 기술에 의하여 얻어지는 것이 아니라 일체의 목표나 가치나 우선순위를 해체 조립하는 반성 활동에 의하여 얻어지는 것이다.

권력 기구가 가치 지식인을 기피하는 것은 이해할 만하다. 그들은 주어지는 목표나 가치를 그대로 받아들일 것을 거부한다. 또 그들은 정치가 부과하는 명령이나 지시를 받아들이기는커녕 오히려 정치의 위에 서서 이에 명령이나 지시를 내리지는 않더라도 건방진 요구를 내놓기 일쑤이다. 이것이 바로 그들의 존재 이유이다. 그러나 이들이 사회 공적 과정, 정치 과정에서 제거됨으로써 생기는 폐단과 잃어지는 이익은 새삼스럽게 말할 필요도 없다. 이미 위에서 누누이 비친 대로, 목적과 가치 순위에 대한 체계적 검토가 없는 곳에서 사회의 진로는 무사려한 현실주의에 맡겨지고, 개인적 삶이나 집단적 삶은 부분과 부분의 부조화 속에서 갈등과 역기능으로 치닫게 된다.

모든 것은 민주화와 더불어

그러면 가치 지식인 또는 문화 활동의 종사자가 어떤 형태로 정치 과정에 참여할 수 있을까? 여기에서 간단히 어떤 방안을 제시할 수는 없다. 앞에서 말한 대로 이것은 심각한 연구의 대상이 되어 마땅하다. 여기에서는 조선조의 기구들이 좋은 참고 자료가 될 것이다. 또는 오늘날의 학술원이나 예술원을 보다 적극적으로 정치 과정 속으로 끌어들이는 방법을 생각해 볼 만도 하다.(물론 그런 경우 이 조직이나 회원 구성 방법 등도 새로 생각되어야 할 것이다.) 이러한 문화 기구는 어떤 형태의 것이든 정치에 부속되거나 수혜적 관계에 있는 것이 아니라 대등하거나 우위에 서 있는 입장에서 그것에 작용할 수 있는 기구여야 한다. 그러나 이것이 독단적이거나 특권적 기구일 필요는 없다. 그것은 특정한 교조적 진리를 수호하는 기구가 아니라 인간의 삶에 관한 진리에 대하여 개방성을 유지하는 기구로서 족하다.

이 개방성은 사람의 삶에 보편적 진리나 기준이 있음을 인정하면서, 이것을 부정하고 회의함으로써 재정립하며, 재정립을 통하여 수정 변화 확대하는 전 과정을 통하여 구현되는 것이다. 이것은 단순히 사회적 삶에 대한 문화적 성찰을 계속적으로 유지하는 기구에 불과하다. 그런 의미에서, 그것은 토의의 기구이면서 아무런 의결이나 결정에는 이르지 않는 기구이다. 그러면서 그것은 여러 기구 속의 한 기구로 존재한다. 이미 말한 바와 같이 오늘의 국가는 전문가들에게 절대적으로 의존하고 있다. 이 전문가들은 그들의 기량을 가지고 정부나 국가가 설정한 목표에 봉사하는 사람들이다.

그러나 이들의 봉사가 맹목적인 것은 아니다. 이들은 그들의 전문성을 통하여 이에 봉사한다. 이 전문성은 그 나름의 윤리적 행동 기준을 가지고 있다. 전문가가 이것에 충실한 만큼 그는 정치 과정에 윤리적 정신을 불어넣는다. 이것은 쉬운 일이 아니다. 여기에 갈등이 있을 수 있는 여지는 얼마든지 있다. 따라서 사회의 문화적, 정신적, 윤리적 기준을 유지한다는 관점에서, 전문가들의 전문성을 보장해 주는 입법 조치와 제도적 장치도 중요한 일이 될 것이다. 전문가들 외에 오늘날의 국가에서 여러 가지 부분적 이익을 대표하는 단체들도 떼어 놓을 수 없는 구성 요소의 하나이다. 이것도 부분을 전체에 매개하는 과정을 대표하는 한, 문화적 작업의 일부를 이룬다. 문화의 작업은 이러한 여러 일들이 이루는 통합 작용의 한 부분으로 존재한다.

물론 민주주의가 현대적 삶의 근본 원리로 되는 한, 모든 것은 정치로 귀착된다. 그 영향력과 견해의 투입이 전문가를 통해서 이루어지든지, 이익 집단에 의하여 이루어지든지 또는 가치 지식인을 통하여 이루어지든지, 최종적인 결정은 정치 과정 속에서 맡겨져 마땅하다. 그 과정은 국민의 대표자로서의 통치자와 국민 전부를 포함한다. 그러나 궁극적으로는 모든 것은 가장 평범한 국민 한 사람 한 사람의 양식에 의하여 검증되어야 한다. 결국 정치에서 문제되는 것은 지식도 진리도 문화도 아니고 국민의 삶이다.

　이런 의미에서 오늘날의 가장 긴급한 문제는 민주화의 문제이다. 그것과 더불어 모든 것이 시작될 수 있다. 문화의 문제도 그렇다. 그러나 그것과 더불어 모든 것이 끝나는 것은 아니다. 긴급한 일은 아닌 대로, 문화의 문제도 지금부터 적어도 해 볼 만한 일이다. 이미 말한 바와 같이 장기적으로 볼 때, 그것은 삶의 핵심적인 문제인 것이다.

(1986년)

1부 시와 지성 — 영미 문학론

관습시론 — 그 구조와 배경, 《서울대학교 논문집: 인문 사회 과학》 제10호(1964)

존재의 인식과 감수성의 존중, 《신동아》 제5호(1965년 1월호)

전통과 방법 — T. S. 엘리엇의 예, (원글) 「T. S. 엘리엇의 예」, 《청맥》 제6호(1965년 3월호); (개고) 한국영어영문학회 엮음, 『T. S. 엘리엇』(민음사, 1978)

시에 있어서의 지성, 《창작과 비평》 제5호(1967년 봄호)

현대에 있어서의 개인 — 솔 벨로의 세계, 김우창 옮김, 『솔 벨로: 비의 왕 헨더슨』(현대세계문학전집 15, 신구문화사, 1970); 김우창 해설, 『Saul Bellow: Seize the Day』(신아사, 1977)

월리스 스티븐스 — 시적 변용과 정치적 변화, 《심상》 제4호(1974년 1월호)

월리스 스티븐스의 시적 배경, 《한국문학》 제18호(1975년 4월호)

키츠의 시 세계, 존 키츠, 김우창 역주, 『키츠 시선』(민음사, 1976); 존 키츠, 김우창 역주, 『가을에 부쳐』(민음사, 1991)

『황무지』, 신동아편집실 엮음, 『세계를 움직인 백 권의 책』(동아일보사, 1979)

공동체에서 개인에로 — 19세기 미국 시에 대한 한 관견, 서울대학교 미국학연구소, 《미국학》 제5집 (1982)

엘리자베스 비숍의 시 — 사물에서 사건으로, 한국영어영문학회 엮음, 『오늘의 미국문학』(탐구당, 1983)

사물의 미학과 구체적 보편의 공동체, 백낙청 엮음, 『리얼리즘과 모더니즘』(창작과비평사, 1984)

수평적 초월 — 미국적 경험 양식에 대한 한 고찰, 김우창 외, 『미국인의 생활과 실용주의』(민음사, 1985)

2부 문학예술과 사회의식

1장 단평 모음

비사실적 소설, 《현대문학》 제154호(1967년 10월호)

작가의 자기 훈련과 사회의식, 《현대문학》 제155호(1967년 11월호)

신동집 씨의 「근업시초」, 《현대문학》 제156호(1967년 12월호)

100주기를 맞는 보들레르의 시, 《대학신문》(1967년 9월 25일)

시민으로서의 시, 《대학신문》(1967년 10월 16일)

외국 이론 수용의 반성, 《대학신문》(1972년 9월 25일)

언어와 현실 — 인간적인 것,《대학신문》(1973년 5월 21일)

문물, 세태, 사상 — 송욱의『문물의 타작』서평,《대학신문》(1978년 9월 25일)

문학의 발달을 위한 몇 가지 생각,《문예진흥》제44호(1979년 2월호)

2장 평론

거역의 기쁨과 외로움,《한국문학》제20호(1975년 6월호)

제3세계 소설의 가능성,「제3세계 문학의 현재와 가능성」,《대학신문》(1981년 3월 15일); 백낙청·구
  중서 엮음,『제3세계문학론』(한벗, 1982)

자연 소재와 독특한 정서, 이기철,『청산행』(민음사, 1982)

새벽 두 시의 고요 — 신석진 씨의 시에 부쳐서, 신석진,『새벽 두 시』(민족문화사, 1983)

가난과 행복의 권리 — 하일의 시, 하일,『주민등록』(민음사, 1984)

대중문화 속의 예술 교육,《문교행정》제30호(1984년 6월호)

미국의 시적 심상 — 김수영을 중심으로, 문동환·임재경 엮음,『한국과 미국』(실천문학사, 1986)

농촌 문제의 시적 탐색 — 정동주의 시에 부쳐서, 정동주,『이삭줍기』(청사, 1986)

3부 시대와 보편적 문화

1장 시대와 마음

시와 정치 현실 — 5·16 이후의 한국 문화,《사상계》제181호(1968년 5월호)

정치와 일상생활,《세계의 문학》1977~1992년 머리말을 모음

  진리와 문학(1977년 여름호); 시대의 마음과 문화(1986년 가을호); 언어의 황홀경(1990년 가을
  호); 정치, 문화, 동구 혁명(1991년 봄호); 동유럽의 변화에 대한 단평(이 글에 대하여 —「말의
  힘」, 1990년 봄호; 이 글에 대하여 —「페레스트로이카의 모순들」, 1990년 봄호; 동구의 희망,「대
  토론 — 1989년 동구 혁명」의 편집자 주, 1990년 여름호); 축제와 일상생활(1992년 가을호)

예술과 사회, 김우창 엮음,『예술과 사회』(민음사, 1979)

문학 현실주의의 조건,「머리말」, 김우창·유종호 옮김,『미메시스』(민음사, 1979)

삶의 형상적 통일과 사회 역사적 변화,「역자의 말」, 김우창·유종호 옮김,『미메시스』(민음사, 1987)

리얼리즘과 리얼리즘 이후, 김우창·유종호 옮김,『미메시스』(민음사, 2012)

생명이 있어야 할 자리,《정경문화》제228호(1984년 2월호)

2장 교육과 문화

새로운 교과서 체제를 위한 제언, 《세대》 제166호(1977년 5월호)

시험은 불가피하지만 편의상 고안에 불과한 것일 뿐, 《교육연구》 제175호(1984년 2월호)

오늘의 대학 입시제 어디에 문제점이 있나, 《교육연구》 179호(1984년 6월호)

앎과 깨우침, 《대학교육》 제10호(1984년 7월호)

도구화하는 영어 교육, 《월간 조선》 제54호(1984년 9월호)

문학, 김형국 엮음, 『대학에서 나는 무슨 공부를 하여 어떤 사람이 될까?』(뿌리깊은나무, 1984)

대학 교육과 연구 ─ 진리의 존재 방식에 대하여, 《대학교육》 제16호(1985년 7월호)

'정치 제일' 속에 증발된 문화, 《월간 조선》 제80호(1986년 11월호)

김우창

1936년 전라남도 함평 출생. 서울대학교 문리과대학 정치학과에 입학해 영문학과로 전과했다. 미국 오하이오 웨슬리언대학교를 거쳐 코넬대학교에서 영문학 석사 학위를, 하버드대학교에서 미국문명사 박사 학위를 취득했다. 서울대학교 영문학과 전임강사, 고려대학교 영문학과 교수와 이화여자대학교 학술원 석좌교수를 지냈으며 《세계의 문학》 편집위원, 《비평》 발행인이었다. 현재 고려대학교 명예교수, 대한민국예술원 회원으로 있다.

저서로 『궁핍한 시대의 시인』(1977), 『지상의 척도』(1981), 『심미적 이성의 탐구』(1992), 『풍경과 마음』(2002), 『자유와 인간적인 삶』(2007), 『정의와 정의의 조건』(2008), 『깊은 마음의 생태학』(2014) 등이 있으며, 역서 『가을에 부쳐』(1976), 『미메시스』(공역, 1987), 『나, 후안 데 파레하』(2008) 등과 대담집 『세 개의 동그라미』(2008) 등이 있다. 서울문화예술평론상, 팔봉비평문학상, 대산문학상, 금호학술상, 고려대학술상, 한국백상출판문화상 저작상, 인촌상, 경암학술상을 수상했고, 2003년 녹조근정훈장을 받았다.

김우창 전집 6

보편 이념과 나날의 삶 :현대 문학과 사회에 관한 에세이, 1964~1986

1판 1쇄 찍음 2015년 11월 27일
1판 1쇄 펴냄 2015년 12월 14일

지은이   김우창
발행인   박근섭·박상준
펴낸곳   (주)민음사

출판등록   1966. 5. 19. 제16-490호
주소   서울시 강남구 도산대로 1길 62(신사동)
          강남출판문화센터 5층 (우편번호 06027)
대표전화   515-2000 | 팩시밀리   515-2007
홈페이지   www.minumsa.com

ISBN   978-89-374-5546-9 (04800)
ISBN   978-89-374-5540-7 (세트)